DANUTA REAH

Nachtengel

Buch

Am Snake Pass, mitten im Peak District, wird ein Wagen verlassen aufgefunden. Die Besitzerin Gemma Wishart, eine junge Linguistin, die an der Universität Sheffield russische Dialekte erforscht, ist spurlos verschwunden. Kurz darauf entdeckt man eine tote Frau in einem Hotelzimmer. Einziger Anhaltspunkt für die Ermittlungen ist eine Visitenkarte, die auf einen Begleitservice namens »Angel Escorts« verweist. Diese Firma ist der Polizei nur allzu bekannt: Sie wird mit Menschenhandel aus den osteuropäischen Ländern in Verbindung gebracht. Für Detective Inspector Lynne Jordan von der Polizei Sheffield steht sofort fest, dass zwischen der vermissten Unidozentin und dem Mordopfer aus dem Hotel ein Zusammenhang bestehen muss. Denn Gemma Wishart hat die Polizei bereits mehrmals bei der Arbeit unterstützt. Auch als Lynne kurz zuvor eine Prostituierte aus Russland vernahm, hat Gemma das Verhör übersetzt. Kurz darauf wurde die junge Russin tot aufgefunden. Schon nach wenigen Tagen wird Lynnes Vermutung zur Gewissheit: Die Tote aus dem Hotelzimmer ist Gemma Wishart. Und die Polizei geht davon aus, dass sie nebenbei als Callgirl für »Angel Escorts« tätig war. Doch während Lynne weiter im Milieu ermittelt, macht sich eine Freundin Gemmas auf eigene Faust daran, Näheres über die Umstände von Gemmas Tod in Erfahrung zu bringen. Roz Bishop will nicht glauben, dass Gemma im Rotlichtmilieu gearbeitet hat …

Autorin

Danuta Reah ist Dozentin für Englisch an der Universität und unterrichtet Creative Writing in Sheffield, wo sie mit ihrem Mann lebt. Danuta Reah gehört mittlerweile zu den Stars der englischen Spannungsliteratur und wird heute in einem Atemzug mit Autorinnen wie Minette Walters und Ruth Rendell genannt.

Von Danuta Reah außerdem lieferbar:

Letzter Halt (35617) · Plötzliche Stille (35986)

Danuta Reah

Nachtengel

Roman

Aus dem Englischen
von Doris Styron

BLANVALET

1

Zuerst war es wie ein Spiel. Der dunkle BMW war hinter ihr aus dem Parkplatz herausgefahren und ihr auf der Durchgangsstraße bis in die Stadtmitte von Manchester gefolgt. »Aufgeblasener Geldsack«, murmelte sie. Luke sagte das immer, wenn er jemanden sah, der einen Luxusartikel besaß, um den er ihn heimlich beneidete. Der BMW blieb bis zur Autobahn hinter ihr, und als alle drei Fahrbahnen leer vor ihm lagen, war der Fahrer zu ihrer Überraschung nicht mit Vollgas an ihr vorbeigezogen. Jedenfalls war der schnittige dunkle Wagen manchmal vor, dann wieder hinter ihr, aber immer in ihrer Nähe. Sie fing an, im Rückspiegel genauer auf den Fahrer zu achten, weil sie wissen wollte, ob es jedes Mal dasselbe Fahrzeug war. Aber die Fenster waren dunkel getönt. Protziger Fatzke! Ebenfalls eine Vokabel aus Lukes Wortschatz. Sie hatte den Eindruck, dass der Fahrer helle Haare hatte – blond oder vielleicht weiß? –, konnte es aber nicht genau erkennen.

Als sie Manchester verließ, fing es an zu dämmern, und als sie auf der geraden Straße an den hohen Steinmauern und den Läden vorbei nach Glossop kam, war es bereits dunkel. Sie fuhr langsamer, als sie den großen Platz erreichte. Am Morgen war hier viel Verkehr gewesen. Die Leute, die aus den Geschäften kamen, liefen, ohne sich umzusehen, so sorglos über die Straße, als sei es Sache der Autofahrer, ihnen auszuweichen, und das hatte sie rasend gemacht. Sobald die Fußgänger ihr Auto wahrgenommen hatten, kümmerten sie sich nicht mehr darum und achteten nur noch auf den Gegenverkehr.

Die Hinfahrt am Morgen war ihr richtig auf die Nerven gegangen. Am schlimmsten war es in der verkehrsreichen Stadtmitte gewesen, wo Ortskundige sie durch Hupen dermaßen belästigt und nervös gemacht hatten, dass sie zu schnell an den Schildern vorbeiflitzte und sich verfuhr, denn alle schienen nur darauf aus zu sein, die Fremde aus ihrem Ort hinauszudrängen.

Deshalb hatte sie sich auf die Rückfahrt gefreut. Dann würde das Meeting hinter ihr liegen und nur noch der Heimweg vor ihr. Die Straßen würden leer sein, und nach dem anstrengenden Stadtverkehr erwartete sie eine ruhige Fahrt durch ländliche Gegenden, über den Snake Pass und die raue Höhenstraße durch das Coldharbour Moor, die abfallenden Serpentinen zwischen Kinder Scout und Bleaklow an Doctor's Gate vorbei; dann kamen die sanfteren, bewaldeten Hügel und der Ladybower-Staudamm, es ging durch öde Moore, wo die Strecke immer länger schien, als sie erwartet hatte, und schließlich durch die Außenbezirke von Sheffield, wo sie sich entspannen konnte.

Die Fahrt durch Manchester war auf dem Rückweg ruhiger verlaufen, auf der Autobahn war viel los, aber es gab keine ungeduldigen Fahrer mehr, die an ihrer Stoßstange klebten und sie mit der Lichthupe belästigten. Die ausgedehnten Randbezirke von Ashton und Stalybridge wirkten eintönig und fast friedlich. Nur etwas war eigenartig…

Sie hatte geglaubt, den BMW hinter sich gelassen zu haben, als sie die Autobahn an der Ausfahrt zur A57 nach Glossop verließ. Während sie allmählich ruhiger wurde und sich klar machte, dass der Tag vorbei und alles prima gelaufen war, dass sie ihre Sache gut gemacht hatte und alle zufrieden sein würden, sah sie ihn plötzlich wieder, zwei Autos vor ihr. Das Tageslicht war im Schwinden, und die Straßenbeleuchtung wurde bereits eingeschaltet. Man konnte nur schwer Einzelheiten erkennen, aber es schien derselbe Wagen zu sein.

Weswegen war sie besorgt? Dass jemand die gleiche Route wie sie fuhr? Bestimmt taten das viele Leute. Aber es war ein Wagen, der auffiel, *und er musste die ganze Strecke seit Manchester mit ihr Schritt gehalten haben.* Oder vielleicht war es doch nicht der gleiche Wagen? Wie viele dunkle BMWs gab es denn auf den Straßen? *Und wie viele hast du heute früh schon gesehen?*

Sie kam zu der Abzweigung mit dem Schild Sheffield in Richtung Woodhead Pass, kümmerte sich aber nicht darum, sondern bog rechts auf die A57 nach Glossop ab – eine einsame, schmale Straße mit dem passenden Namen Snake, die die Pennines vom südwestlichen Teil Sheffields her überquerte. Und bevor sie Sheffield erreichte, ging es – nach Glossop – noch durch ein ländliches Gebiet. Sie schien den BMW jetzt verloren zu haben.

Als sie langsam auf den Marktplatz in Glossop zufuhr, wäre ihr irgendein Lebenszeichen recht gewesen. Es nieselte, und die Sicht durch die nasse Scheibe war schlecht. Sie schaltete die Scheibenwischer an, aber sie kratzten und schabten nur. Sie musste die Wischblätter auswechseln. Die Geschäfte lagen wenig einladend im Dunkeln, nur aus einem Imbisslokal fiel gelbes Licht auf den Gehweg, aber niemand schien dort zu sein. In den Pubs mussten doch Leute sitzen, die der Regen von den Straßen vertrieben hatte. Die leeren Gehwege ließen sie an die nicht mehr fernen, langen Winterabende denken, und das Glänzen der nassen Steinplatten machte sie frösteln.

In der Dunkelheit versuchte sie, eine Telefonzelle ausfindig zu machen. Sie hatte so gut wie versprochen, auf dem Rückweg bei Luke vorbeizukommen, und musste ihm Bescheid sagen, dass sie es erst spät oder wahrscheinlich gar nicht schaffen würde. Der anstrengende Stadtverkehr schien jetzt weniger schlimm als die Vorstellung der Dunkelheit in den Bergen, der einsamen Fahrt durch die öde Landschaft und der langen, gewundenen Straße bis nach Sheffield. Plötzlich war ihr die winterliche, nächtliche Fahrt über die Berge zuwider, obwohl die Winter heutzutage meistens nicht mehr so kalt waren, dass die Straßen in den Hochlagen unpassierbar wurden. Sie konnte sich an Fahrten in ihrer Kindheit erinnern, als sie mit ihrem Vater die Pennines überquerte und sie zwischen hohen Schneemauern fuhren und darauf hofften, dass der Schneepflug den Weg durch die Verwehungen frei gemacht hatte.

Endlich! Sie hatte doch gewusst, dass es auf dem Platz Telefonzellen gab. Sie hielt auf dem Kopfsteinpflaster an, ging schnell hinüber und fluchte, als sie in eine Pfütze trat und ihr Schuh sich mit eisigem Wasser füllte.

Sie humpelte weiter und spürte, wie ihre Zehen anfingen, am Schuh zu reiben, zog die Tür der Zelle auf und suchte in ihrer Geldbörse nach Kleingeld. Während sie auf das Freizeichen horchte, sah sie auf die Uhr. Halb acht, mindestens noch eine Stunde Fahrt bis nach Hause, dann ein großer Gin, oder nein, ein Whisky Mac, letzte Weihnachten hatte sie durch Luke diese sündhafte Mischung aus Whisky und Ingwerbier kennen gelernt. Danach ein heißes Schaumbad und schnell ins Bett. Sie spürte den leicht brennenden Ingwergeschmack schon auf den Lippen.

Das Telefon klingelte, dann hörte sie ein Klicken und Lukes Stimme. »Hinterlassen Sie eine Nachricht, ich melde mich.« Der Anrufbeantworter. Jäh überkam sie Ärger, weil er nicht da war, wenn sie ihn brauchte. *Das ist nicht fair!* Sie hörte den Piepston und sagte schnell: »Hallo, ich bin in Glossop. Es ist ungefähr halb acht. Es hat länger gedauert, ich fahre direkt nach Hause. In ungefähr einer Stunde bin ich dort.« Sie wartete, ob er abnahm; manchmal ließ er das Gerät laufen, um zu hören, wer anrief, aber er hob nicht ab. »Also, bis morgen«, sagte sie leise und ziemlich deprimiert.

Sie musste sowieso nicht unbedingt mit ihm sprechen, sagte sie sich, als sie zum Auto zurücklief. Es genügte, eine Nachricht zu hinterlassen. Aber sie hatte sich darauf verlassen, mit ihm reden zu können, nur zwei Minuten mit ihm verbunden zu sein, bevor sie die Fahrt über die hohen dunklen Berge und den einsamen Snake Pass antrat. Sie steckte den Schlüssel ins Schloss und hielt inne. Eine Zigarette. Sie würde eine Zigarette rauchen, denn sie fühlte sich immer noch erschöpft nach diesem harten Tag, und es wäre vernünftig, vor der Weiterfahrt fünf Minuten auszuruhen. Eigentlich – sie sah sich schnell um, aber die Straße war immer noch leer – hatte sie eine bessere Idee. Sie suchte in ihrer Tasche nach einem kleinen Beutel mit einem dünnen Joint, den Luke ihr am Abend zuvor gegeben hatte. Hatte sie ihn dabei? *Ja!*

Sie saß ruhig da und inhalierte den Rauch, hielt die Luft an und atmete dann langsam aus. Sie spürte, wie sie sich entspannte und ihre Furcht vor der einsamen Fahrt sich langsam verflüchtigte. Ihr wurde angenehm schwindelig, und das Licht der Straßenlaternen brach sich und blitzte in den Regentropfen auf. Genug. Sie musste noch fahren. Sie stellte den Sitz bequemer ein und legte den Sicherheitsgurt an. Dann rückte sie den Spiegel zurecht, war sich aber bewusst, dass sie nur versuchte, das Unaufschiebbare hinauszuzögern. Ihre Furcht hatte sich in Müdigkeit verwandelt, und sie wäre am liebsten einfach sitzen geblieben, um im Schutz des Wagens die Stille zu genießen. Aber je eher sie weiterfuhr, desto besser.

Sie drehte den Zündschlüssel um, sah in den Rückspiegel, legte den Gang ein, ließ die Kupplung kommen und fuhr los. Hinter sich hörte sie ein anderes Auto starten und anfahren. Sie war also nicht die Einzige, die sich in dieser Nacht zum Snake Pass aufmachte. Die Scheinwerfer eines Wagens hinter sich zu haben würde tröstlich sein und das Gefühl vertreiben, die Welt sei untergegangen und sie wäre die einsame Überlebende einer

Katastrophe. Aber auf dem letzten ebenen Stück, bevor die Straße anstieg, kam der Wagen hinter ihr näher und überholte sie zügig und mühelos. *Aufgeblasener Geldsack*. Teilnahmslos sah sie die Rücklichter vor sich in der Dunkelheit verschwinden. Sie war bekiffter, als sie gedacht hatte, und musste vorsichtig fahren.

Sie fröstelte und drehte die Heizung auf. Der Wind heulte und drückte den Motorengeruch ins Wageninnere. Ihre Füße waren heiß, aber sonst fror sie in der eiskalten Luft, die durch die undichten Fenster und die klappernde Tür hereinkam.

Sie fuhr hinter Glossop den Berg hinauf. Die Straße machte eine Rechtskurve und führte dann an einem Haus vorbei, durch dessen Fenster ein warmer Lichtschein auf die Straße drang, dann nach links. Auf der einen Seite waren Felsen, auf der anderen ein schroffer Abhang. Es war eine lange, steile Steigung. Sie schaltete in den dritten, dann in den zweiten Gang herunter. Der Motor dröhnte. Weiße Wölkchen flogen vor ihr durch die Luft, und plötzlich steckte sie in einer Nebelbank, in der die grellen Scheinwerfer sie blendeten. Sie fuhr langsamer, spähte hinaus und versuchte, etwas zu erkennen, denn auch die Scheibenwischer halfen nichts. Dann war es wieder klar, die Scheinwerfer beleuchteten die nasse Straße, die Felsen und das Gras des Heidemoors, auf dem ein Schaf hinter einem Felsbrocken Schutz suchte. Sie war fast auf dem Gipfel, und die Straße stieg nicht mehr an. Um sie herum war nichts als wilde Landschaft, flaches Torfmoor und Grasbüschel. Ihre Scheinwerfer spiegelten sich im Wasser der dunklen Tümpel. Bald würde die Straße abfallen, an Doctor's Gate vorbei, zwischen Bleaklow und Kinder Scout hinunter, zwischen dicken Bäumen hindurch und weiter durch die leere Nacht.

Sie war halb in Trance, die Straße verschwand unter den Rädern. *Bald zu Hause, bald zu Hause* ging es ihr wie ein beruhigendes Mantra durch den Kopf. Sie dachte an Luke und fragte sich, ob sie ihn anrufen solle, wenn sie heimkam. Die letzten paar Monate mit ihm waren schön gewesen. Er würde ihr fehlen… Lichter tanzten durch die Dunkelheit, und sie betrachtete sie teilnahmslos. Der Wagen geriet ins Schleudern, sie schreckte auf und konzentrierte sich. Den Joint zu rauchen war eine schlechte Idee gewesen. Ärgerlich kurbelte sie das Fenster herunter und zuckte zurück, als der Regen auf ihr Gesicht und ihren Arm traf. Waren da Lichter vor ihr? Sie erinnerte sich an den Wagen, der sie überholt hatte, als sie aus Glossop herausfuhr. *Aufgeblasener Geldsack…* Sie versuchte, sich zu erinnern, wie der Wagen ausgesehen hatte. Dunkel, es war ein dunkles Auto gewesen…

Ohne jegliche Vorwarnung streikte der Motor ihres Wagens. Was zum…? Sie trat aufs Gas. Nichts. Sie sah auf den Benzinanzeiger. Noch halb voll. Sie hatte heute früh aufgetankt. Der Wagen rollte noch ein Stück weiter, wurde immer langsamer. Sie fuhr an die Seite und blieb stehen. Was nun…? Das Licht der Scheinwerfer brach eine Schneise durch Regen und Finsternis. Ihr war kalt. Mit steifen, ungeschickten Fingern drehte sie den Schlüssel im Zündschloss. Der Motor jammerte ein paar Mal, sprang aber nicht an. Sie versuchte es noch einmal und bemerkte, dass das Scheinwerferlicht dunkler wurde. Schnell schaltete sie die Scheinwerfer aus. Die Batterie war alt. Sie hätte das Licht sofort abdrehen sollen.

Sie saß da, starrte in die Dunkelheit und hörte den Regen aufs Dach und gegen die Türen trommeln und den Wind pfeifen. Dann sah sie die Lichter vor sich. Plötzlich kamen aus der Finsternis zwei Lichtpunkte auf sie zu. Wie von einem Auto, aber… es waren Rücklichter, ein Auto kam rückwärts auf sie zugefahren. Ein großes Auto, ein dunkles? Sie drehte den Schlüssel noch einmal im Schloss, und der Motor schien anzuspringen, starb dann aber wieder ab.

Der Motor war tot.

2

Sheffield, Freitag, 7 Uhr 30

Es war ein kalter Morgen. Der Regen vom Abend zuvor war gefroren und machte die Gehwege gefährlich glatt. Dort, wo das Eis zerbrochen war, bildete es weiße Muster auf den Pfützen. Als die Sonne aufging, war der Himmel wolkenlos.

Roz zitterte, als sie aus dem Auto ausstieg und die Kälte sie traf. Ihr Atem hing wie eine Wolke in der Luft. Der Parkplatz war so früh morgens noch leer, und sie konnte direkt vor dem Arts Tower parken. Sie bog den Kopf nach hinten, um an dem Gebäude hochzusehen. An windigen Tagen tat sie das manchmal und sah die Wolken vorbeiziehen, bis es ihr vorkam, als bewege sich der Turm und die Wolken stünden still. Sie holte ihre Aktentasche vom Rücksitz und schloss den Wagen ab.

Sie sah auf ihre Uhr. Halb acht, noch genug Zeit. Sie ließ sich die Vorbereitungen für das Meeting durch den Kopf gehen. Roz war die ranghöchste Forschungsassistentin der Gruppe für forensische Linguistik, die Law-and-Language-Group, ein kleines, erst vor kurzer Zeit an der Universität gegründetes Team, das von Joanna Grey geleitet wurde. Als Roz vor einem Jahr nach Sheffield gekommen war, hatte sie eine Stelle am Linguistischen Seminar angenommen, in der Hoffnung, ihre Forschungsarbeit zu Befragungsmethoden weiterverfolgen zu können. Die ehrgeizige und umtriebige Joanna hatte sie ermutigt, ihre Fähigkeiten beim Erstellen von Computersoftware und Sprachanalysen auszubauen, und ihr dann das Feld der forensischen Linguistik näher gebracht, einen im Wachsen begriffenen Bereich, der sich mit sämtlichen Aspekten von Sprache in der juristischen Praxis befasste.

Während sich Roz in der neuen Abteilung eingewöhnte, wurde ihr klar, dass Joanna bestrebt war, mit großer Sorgfalt ein Team aufzubauen. Roz hatte früher über den Subtext von Verhören geforscht, das heißt, die subtilen Nuancen untersucht, die in solch einer Situation in den Antworten der Betroffenen mitschwangen. Gemma Wishart, eine erst vor kurzem von Joanna eingestellte Forschungsassistentin, spezialisierte sich auf das Englisch, das von Personen osteuropäischer Herkunft gesprochen wurde.

Joanna hatte ihr Projekt mit Umsicht organisiert und sich für die beiden Zuschussanträge die Unterstützung des derzeitigen Seminar-Direktors, Peter Cauldwell, gesichert. Der eine Zuschuss war gedacht für die Analyse aufgezeichneter Polizeiverhöre, mit der Absicht, Lehrmaterial und Software zu erstellen, und der andere, um Systeme zur Feststellung der regionalen und nationalen Herkunft von Asylbewerbern zu entwickeln. Zugleich hatte sie das Ziel verfolgt, eine unabhängige Forschungsgruppe aufzubauen, die in den verschiedenen Gremien und Komitees innerhalb der Universität vertreten war. Dort waren damals alle dafür, dass Gruppen sich mit Drittmitteln selbst finanzieren sollten.

Als sie ihre Gelder zusammengetragen hatte, griff Joanna nach der Freiheit und etablierte die Law-and-Language-Gruppe als unabhängiges Forschungsteam. Ein Jahr hatte sie Zeit, zu beweisen, dass die Gruppe Gewinne erwirtschaften konnte. Der Zuschuss hielt sie über Wasser und daneben erledigten sie routinemäßig die juristischen Aufträge, die Joanna schon seit Jahren immer wieder bekam: Dokumentenanalyse, Untersuchung von Zeugenaussagen, Wiederauffinden gelöschter Computerdateien, Arbeiten mit Audio- und Videobändern.

Die heutige Konferenz war das erste einer ganzen Reihe von Treffen mit den Leuten, die dem Projekt jederzeit ein Ende machen konnten, indem sie ihm ihre Unterstützung entzogen. Alles musste so glatt, effizient und effektiv laufen wie ein gut geschriebenes Computerprogramm. Es ging um die Leute mit den finanziellen Mitteln. Die wollten nichts von der Theorie reiner Forschung oder von abstrakten Zielen wissen, die die Grundlagenforschung monate- und jahrelang beschäftigte. Sie wollten hören, was Joanna und ihr Team an Leistungen erbrachten.

In Joannas Terminplanung war eine unabwendbare Schwierigkeit aufgetreten. Am Tag zuvor hatte sie ein Meeting gehabt und verließ sich deshalb darauf, dass Roz alles organisierte. »Ich komme rechtzeitig, vor neun«, hatte sie gesagt, bevor sie ging. »Auf dem Weg hierher nehme ich Gemma mit. Sieh zu, dass alles vorbereitet ist.« Roz eilte durch die Pforte, und das Wissen um ihre Verantwortung ließ ihren Adrenalinspiegel steigen. Der Pförtner grüßte sie, während sich die Türen hinter ihr schlossen. »Morgen, Frau Dr. Bishop.«

Sie nickte etwas zerstreut. »Morgen, Dave«, sagte sie und nahm den vertrauten Geruch der Universität wahr. Meistens ging sie über die Treppe zu ihrer Abteilung hinauf, ihr einziges Zugeständnis an ihre Fitness, heute aber hatte sie sich für das Meeting in Schale geworfen, und ihre Schuhe waren nicht zum Treppensteigen geeignet. Sie ging am Aufzug vorbei und trat, von seinem regelmäßigen Klappern angezogen, auf die Plattform des Paternosters. Er fuhr an der kahlen Wand zwischen Erd- und Zwischengeschoss nach oben, und die Nummern der Stockwerke erschienen an der Wand über ihrem Kopf, glitten vorbei, und dann taten sich die Öffnungen zu den Fluren auf, die danach wieder unter ihren Füßen verschwanden.

An ihrem Korridor angekommen, verließ sie die Plattform so gewandt und routiniert, wie es nur jemand kann, der an einen Paternoster gewöhnt ist. In der Abteilung war nur das weit entfernte Summen einer Bohnermaschine zu hören, mit der die Putzfrauen ihre Morgenrunde beendeten. Die langen Flure lagen im Dunkeln, nur hier und da durch die Pendeltüren unterteilt. Sie schloss die Tür zu ihrem Büro auf, legte ihre Tasche ab und holte den Hefter mit den Unterlagen heraus, die sie und Joanna für das Meeting zusammengestellt hatten. Sie ordnete ihre Notizen für die Präsentation, prüfte nochmals jedes Detail des Vormittags und vergewisserte sich, dass alles vorbereitet war. Joanna betonte immer wieder, Erfolg erfordere nicht nur, dass man das Richtige tat und die richtigen Zahlen vorweisen, sondern auch, dass man sich selbst als erfolgreich darstellen konnte. Deshalb hatte Joanna das Kostüm von Mulberry gekauft, deshalb hatte sie die Porzellantassen und den guten Kaffee aus eigener Tasche beigesteuert.

Roz sah auf die Uhr. Fast acht. Sie musste den Konferenzraum überprüfen, sich vergewissern, dass Luke seinen Teil erledigt hatte, dass alle Geräte bereitstanden und funktionierten, und sie musste sicherstellen, dass der Kaffee zum richtigen Zeitpunkt bestellt war. Sie schloss ihre Bürotür hinter sich ab und rekapitulierte die Dinge, die zu tun waren. Der Flur, auf dem sich ihre Räume befanden, lief um den Aufzugsschacht und das Treppenhaus herum. Er war leer, die Beleuchtung schlecht, und die Bürotüren waren verschlossen. Als sie ihr eigenes Büro verließ, hielt sie inne und sah auf das Schild an der Tür. DR. ROSALIND BISHOP, FORSCHUNGSASSISTENTIN. Das nächste Büro war das von Joanna: DR. JOANNA GREY, INSTITUTSLEITUNG. Vor der Biegung kam dann die Doppeltür mit dem Ausgang zum Treppenhaus. Joanna hatte bei der Verteilung der Räumlichkeiten unmissverständlich angeordnet, dass ihr eigenes und das Büro von Roz nebeneinander am einen Ende des L-Flügels liegen und die so genannte Chefecke bilden sollten. Damit schien ihr der erforderliche Abstand zwischen ihnen und Gemma, der jungen, gerade promovierten Akademikerin, sowie Luke, dem Techniker, und den neuen Forschungsassistenten hergestellt, wer immer diese auch sein würden. Roz hatte es bedauert, dass ihre Loyalität Joanna gegenüber sie daran gehindert hatte, dies alles Luke zu erzählen. Es hätte ihn bestimmt amüsiert.

Jemand war vor ihr im Flur, lief jedoch in die andere Richtung. Ohne Licht war es zu dunkel, um Einzelheiten erkennen zu können. Die Gestalt war zu groß, um Gemma sein zu können. Wer immer es war, er verschwand um die Ecke und ging auf Gemmas Büro zu. Roz stieß die zweite Tür auf. Entweder täuschten sie ihre Augen und es war doch Joanna – oder möglicherweise auch Gemma – oder es war jemand, der zu dieser Zeit nichts in diesem Teil des Gebäudes zu suchen hatte.

Als sie um die Ecke bog, war der Korridor schon wieder leer. Wer immer es war, er musste um die nächste Ecke zu den Aufzügen zurückgegangen sein. Sie zuckte die Schultern und ließ die Sache auf sich beruhen. Sie stand vor Gemmas Büro und betrachtete den Zettel, der mit einem Reißnagel befestigt war. DR. GEMMA WISHART. Sie runzelte die Stirn. Gemmas Vertrag lief über ein volles Jahr. Was würde es wohl kosten, die Beschilderung zu aktualisieren? Aber bald würden die neuen Forschungsassistenten kommen, und Joanna plante, einen davon in Gemmas Büro unterzubringen. Vielleicht hatte sie vor, das Büro ohne Namen nur mit FORSCHUNGSASSISTENTEN beschildern zu lassen. Roz ging weiter den Korridor entlang.

Neben Gemmas Büro war der Konferenzraum. Roz schloss die Tür auf und sah hinein. Alles war vorbereitet. Die Lamellen der Jalousien waren schräg gestellt, damit die Morgensonne nicht auf den Bildschirm fiel, um die Tische stand die richtige Anzahl von Stühlen – nur ein kleines Detail, aber Joanna würde gerade auf diese Einzelheiten Wert legen, mit denen die Gruppe den Eindruck von Effizienz hervorrufen sollte –, und der Overheadprojektor stand neben Joannas Stuhl am Kopfende des Tisches. Roz drückte auf den Knopf, und ein beleuchtetes Quadrat erschien genau in der Mitte der Projektionsfläche. Luke musste gestern Abend länger geblieben sein und alles vorbereitet haben.

Sie sah wieder auf die Uhr. Es war fast zehn nach acht. Joanna hätte eigentlich inzwischen hier sein sollen. Sie hatten verabredet, dass sie vor dem Meeting noch einmal einige der Hauptpunkte durchsprechen würden. Roz ging zum Computerraum, der am Ende von Joannas Reich lag. Roz nannte den Computerraum immer »Lukes Zimmer«, weil das bereits sein Arbeitsplatz war, bevor er in Joannas neue Gruppe versetzt wurde, und weil man ihn meistens hier antraf. Eigentlich hatten sie nicht genug Platz für ein eigenes Techniker-Zimmer. Joanna missfiel der Besitzerstolz, mit dem Luke sein Büro betrachtete. Sie hatte mit Roz über ihre Pläne gesprochen, die neuen Forschungsassistenten eine Weile hier unterzubringen, um Lukes Exklusivanspruch zu durchbrechen. Luke war das einzige Mitglied der Gruppe, das Joanna nicht selbst ausgewählt hatte, und sie gab sich keine Mühe, zu verbergen, dass sie ihn nicht mochte und es ihr nicht Leid täte, wenn er ginge. »Ich will Menschen mit erstklassiger Intelligenz«, hatte sie einmal zu Roz gesagt. Luke mit seinem Notenschnitt von 2,1 passte offenbar nicht in diese Kategorie, obwohl er ein ausgezeichneter Softwarespezialist war. Joanna hatte ihre Macken.

Roz stieß die Tür auf und Kaffeeduft zog auf den Flur heraus. Luke saß an einem der Rechner, hatte seinen Stuhl zurückgeschoben, die Füße auf die Querstreben eines zweiten gestellt und hielt einen Becher in der Hand. Als sie eintrat, drückte er auf eine Taste, die alles auf dem Bildschirm verschwinden ließ. Dann drehte er sich auf seinem Drehstuhl herum. »Roz«, sagte er unverbindlich. Sie und Luke gingen dieser Tage behutsam miteinander um.

»Hi. Danke, dass du alles fertig gemacht hast.« Trotz seiner unkonventionellen Art leistete Luke effiziente Arbeit.

Er antwortete nicht, sondern sagte nur: »Willst du die Dias noch mal durchgehen?«

»Sind sie noch genau so geordnet wie gestern?« Er nickte und stellte den Becher auf seinen Schreibtisch. Er trug Jeans und

Turnschuhe. Das würde bei Joanna gar nicht gut ankommen. Sie fragte sich, ob er jemals daran dachte, vielleicht einen winzig kleinen Kompromiss einzugehen, um Joanna zufrieden zu stellen. »Zeig mir nur das erste, das wir geändert haben.«

Er tippte Befehle ein, und Roz sah das Dia mit den Einkommensprognosen der Gruppe für die ersten zwei Jahre. Sie waren beeindruckend, besonders, weil die EU-Mittel farblich markiert waren, die Joanna entgegen allen Erwartungen bekommen hatte. Es *war* eindrucksvoll. »Das ist prima«, sagte sie.

Luke sah immer noch auf den Monitor. »Wir brauchen ein Logo für die Gruppe«, sagte er.

Roz sah kurz zu ihm hinüber. Luke kümmerte sich sonst nicht um Ideen wie Corporate Identity, Formulierung von Visionen, Qualitätsabläufe – kurz, die Art von Managementphrasen, die Joanna so liebte. Sein Gesichtsausdruck verriet nichts. Sie passte sich seiner gelassenen Art an und sagte: »Ja, vielleicht könntest du eines entwerfen.«

Lukes Mundwinkel zuckte, als er sie ansah, und dann brachen beide in Gelächter aus. »Danke, Luke«, sagte sie noch einmal und meinte es ehrlich. Sie wusste jetzt, dass bei dem Meeting alles problemlos funktionieren würde. Er hatte dafür gesorgt. »Ich seh dich dann nachher.« Sie schaute auf die Uhr, als sie zu Joannas Büro zurückging, wo sie nachsehen wollte, ob Joanna inzwischen gekommen war.

Acht Uhr fünfundvierzig. Joanna sollte auf jeden Fall schon hier sein. Roz fing an, sich Sorgen zu machen. Es sah Joanna gar nicht ähnlich, sich zu verspäten, besonders nicht bei so etwas Wichtigem wie diesem Meeting. Sie fühlte eine Spannung im Magen und zwang sich, locker zu bleiben. Dann ging sie wieder den Korridor entlang und durch die Pendeltüren. Bei Gemmas Tür blieb sie stehen, schloss auf und sah hinein. Das Zimmer war leer, der Schreibtisch gewissenhaft aufgeräumt, die Ablagen für Eingänge und Ausgänge leer. Über den Monitor lief der

Bildschirmschoner. Der Computer war angeschaltet gewesen. Er sollte aus sein. Joanna würde durchdrehen, wenn sie das sähe. Wenn der Computer an und niemand im Zimmer war, hatte jedermann Zugang zu Gemmas Daten. Roz schaltete ihn ab und sah wieder auf die Uhr. Es war acht Uhr fünfzig. Sie und Joanna wollten sich eigentlich um neun treffen und die Tagesordnung durchgehen, um sich kurz vor Beginn noch einmal zu vergewissern, dass alles reibungslos klappen würde. Peter Cauldwell würde sich über jede Gelegenheit freuen, sie in die Pfanne zu hauen. Die Besprechung sollte um halb zehn beginnen. Plötzlich spürte Roz eine ungewohnte Panik aufsteigen.

Verdammt. Sie holte zweimal tief Luft, ignorierte ihre Nervosität und zwang sich, nicht weiter an alle möglichen Katastrophen zu denken. Es brachte nichts, sich Sorgen zu machen, dass etwas schief gehen könnte, denn alles würde gut laufen. Joanna würde da sein. Hätte es irgendwelche Probleme gegeben, hätte sie sich bei Roz gemeldet. Dies wiederholte Roz immer wieder wie ein Mantra und versuchte, sich zu entspannen.

Überall glitzerte der Raureif. Jenseits der Universität und der Weststadt erstreckte sich der Peak District in der Wintersonne. Hoch oben auf dem Stanage Edge, wo der graue Stein sich vom dunklen Torf und den vertrockneten Farnen abhob, glänzte der Reif und machte den Erdboden tückisch glatt. Marienkäferchen waren rotschwarz im Eis eingeschlossen, eine gefrorene Erinnerung an den Sommer. Die Straße führte über den Bergkamm und an den Staudämmen bei Ladybower und Derwent vorbei und stieg dann bis zum Pass hinauf an. Die hohen Lagen des Kinder Scout und Bleaklow sahen in diesem Licht fast harmlos aus, ihre trügerischen Gipfel verführten den Gelegenheitswanderer, ein bisschen zu weit zu gehen, ein bisschen zu hoch zu steigen.

Der Verkehr auf der Straße zum Snake Pass kam nur langsam voran. Es war eine ungünstige Mischung aus Berufsverkehr vom westlichen Sheffield her und den Urlaubern, die gemütlich fahren, die Landschaft genießen, vielleicht sogar das Auto abstellen und ein bisschen wandern wollten. Weiter oben lichtete sich der Verkehr, die Landschaft wurde monotoner und die Berge bedrohlicher. Wanderer, die von Doctor's Gate aus den Bleaklow ersteigen wollten, sahen einen Wagen, der an der Seite in den Graben gefahren war. Es war ein alter, roter, ziemlich mitgenommener Fiesta. Vielleicht gehörte er einem begeisterten Wanderer, der schon so früh in den Bergen war.

Hull, Freitag, 8 Uhr

Die dunklen Wolken hingen niedrig und drohten mit Regen oder Schnee. Die Straße war jetzt belebter, denn der Berufsverkehr wurde stärker. Das Blenheim Hotel, an der preiswerteren Seite des Marktplatzes, bestand aus einer Anzahl edwardianischer Reihenhäuser, deren Wohnungen vor Jahren umgebaut worden waren. Es war ein kleines Haus, das von außen eng und schmal wirkte, innen aber ein endloses Labyrinth war. Hinter jeder Tür lag noch eine weitere. Auf jedes Treppenhaus folgte das nächste. Die Korridore bekamen kein Tageslicht und waren nur schwach beleuchtet. Vielleicht war dies zufällig oder aus Gründen der Sparsamkeit so, aber es war günstig. Die düstere Beleuchtung verbarg bis zu einem gewissen Grad die abgewetzten und fleckigen Teppiche, die abgeplatzte Farbe, Schmutzflecken und die sich ablösenden Tapeten an den Wänden.

Die Putzfrau hatte schon mit ihrer Arbeit angefangen, als die letzten Gäste noch in dem Raum im Untergeschoss frühstückten, der auch als Bar genutzt wurde. Der Geruch von Bier und Zigaretten begrüßte die Gäste, wenn sie dem Schild »Dining Room« folgten und zum Frühstück die schmale Treppe in der Eingangshalle hinuntergingen. Die Stufen waren für eine normale Treppe zu schmal, wahrscheinlich war es eine alte Hintertreppe aus den Tagen, als das Hotel noch ein Privathaus und die Gegend ein Wohngebiet der wohlhabenden Mittelschicht war.

Einige Gäste hatten zweifellos am Abend zuvor in diesem Raum gesessen, an der Bar gestanden oder sich einen Weg durch die Menge gebahnt, und der Biergeruch rief sicher Erinnerungen wach.

Kleine Packungen Frühstücksflocken und Krüge mit Orangensaft standen aufgereiht auf der Bar. Die Bedienung nahm am Tisch die Bestellungen entgegen und brachte dann Teller mit hellrosa Speck, schlaff und leicht ranzig riechend, matschigem Rührei und Würstchen, aus denen beim Einschneiden das Fett herauslief. Der Geruch nach Gebackenem überdeckte vorübergehend den nach Bier und Tabak.

Marys Mann hatte angerufen. Sie hatte am Abend zuvor einen Unfall gehabt. »Hatte bestimmt getrunken, würde mich nicht wundern«, hatte Mrs. Fry zu Anna gesagt. »Du wirst heute Vormittag allein zurechtkommen müssen.« Sie klang ungeduldig. Anna schaffte es immer. Sie war jung, und wenn man Arbeit so nötig wie sie brauchte, dann schaffte man es eben. Mrs. Fry wusste das. Also arbeitete Anna jetzt allein, aber die alte Hexe war schon wieder hinter ihr her und behauptete, es gehe nicht schnell genug, die Zimmer würden nicht rechtzeitig fertig, und sie solle sich beeilen. Anna murmelte Mrs. Frys ewige Litanei vor sich hin, während sie den Flur sauber machte: »Bist du noch nicht weiter, Anna? Los, beeil dich, Anna!« Sie war auf der zweiten Hintertreppe. Auf dieser Seite des Hotels gab es drei Zimmer, es war ein anderer Teil als der mit der Bar und dem Restaurant. Dieser hintere Bereich des Gebäudes ging auf den Garten – eigentlich eher ein Hof – hinaus, wo die Mülleimer standen und ein paar Büsche den Müll aufzuhalten versuchten, der in die kleine Gasse hinter den Reihenhäusern geworfen wurde. Anna nahm den Wischeimer, trug ihn die schmale Treppe hinunter und stieß dabei an die Seitenwände. Hier unten roch es immer muffig und feucht, ein schwacher, aber unverwechselbarer Geruch.

Das erste Zimmer war ein totales Chaos. Anna verzog das Gesicht. Es roch ungelüftet und nach abgestandenem Alkohol, Zigarettenrauch, Schweiß und altem Parfüm. Eine leere Whiskyflasche stand beim Papierkorb auf dem Boden, und neben dem Bett war ein Glas mit einer Zigarettenkippe, die sich aufzulösen begann. Der Aschenbecher war voll. Auf dem Nachttisch lag ein benutztes Kondom. Sie zog neue Handschuhe aus der Tasche ihres Anzugs. Zur Zeit brachte sie ihre eigenen mit. Wenn Anna Mrs. Fry sagte, dass sie neue Handschuhe brauche, sagte sie immer »Ach ja«, aber irgendwie wurden sie nie rechtzeitig nachbestellt. Sie schaltete das Licht im Bad an. Es war besser, gleich über das Schlimmste Bescheid zu wissen.

Sie warf das schmutzige Bettzeug und die Handtücher auf den Boden im Flur. Den breiten Wäschekarren konnte sie nicht über die schmale Treppe hinunterbringen. Sie würde den Haufen aufsammeln und ihn hochtragen müssen. Sie sah sich die Handtücher an und verzog angeekelt das Gesicht. Das zweite Zimmer war nicht so schlimm. Der Mief wurde von Seifen- und Zahnpastageruch überlagert. Das Bett war zerwühlt, als sei der Schlafende hastig aus dem Bett aufgesprungen. Auf dem Teppich war Puder und der Abdruck von einem Fuß. Aber das Badezimmer war in Ordnung, die Toilette gespült, die Badematte feucht, die Handtücher ordentlich auf die Stange gehängt.

Sie sah auf die Uhr. Sie hatte Zeit aufgeholt. Die Zimmer sollten bis um zehn Uhr fertig sein, sonst würde Mrs. Fry einiges zu sagen haben. Aber sie würde Anna nicht wegschicken. Fünf Monate war es Anna schon gelungen, diese Arbeit zu behalten. Sie beklagte sich bei niemandem wegen der miserablen Bezahlung, war zuverlässig und hatte in der ganzen Zeit, die sie in dem Hotel arbeitete, nie einen Tag freigehabt. Niemals kam sie zu spät. Sie störte die Gäste nicht, machte ihre Arbeit immer ordentlich und wurde rechtzeitig fertig. Über die Zimmer, die Anna geputzt hatte, gab es keine Klagen.

Hier unten im Keller konnte sie rauchen und eine Pause machen. Der Ventilator des fensterlosen Badezimmers dröhnte. Sie holte ihre Zigaretten und das Feuerzeug aus der Tasche ihres Anzugs. Fünf Zigaretten pro Tag waren ihre Ration. Sie zündete eine an, lehnte sich an die Wand des Badezimmers und blies die Luft zum Ventilator hinauf. Sie hasste den Rauchgeruch.

Das letzte Zimmer im Keller war eng und ungemütlich. Sie drückte sich an der geschlossenen Badezimmertür vorbei, stolperte über etwas und warf einen Blick in das Zimmer. Der Schrank war klein und an die schmale hintere Wand neben die Glastüren gezwängt, die auf den Hof hinausgingen. Die Stores vor den Türen klebten an den feuchten, beschlagenen Glasscheiben. Die Frisierkommode stand an der langen Wand gegenüber dem Bett. Der Gang dazwischen war so schmal, dass Anna sich zur Seite drehen musste, um durchzukommen. Das Zimmer war … sie sah sich um. Das Bett schien nicht benutzt zu sein, aber Kleider waren darauf verstreut, Jacke und Rock einer Frau. Ein Schuh lag vor der Doppeltür, der andere im schmalen Eingangsbereich. Sie war darauf getreten, als sie hereinkam. Der Gast war noch nicht abgereist.

Anna zog das Bett ab und warf das saubere Bettzeug auf die Matratze. Die Betten mussten frisch bezogen werden, egal, ob sie benutzt waren oder nicht. Sie hob die Schuhe auf, stellte sie unten in den Kleiderschrank und hängte Rock und Jacke auf einen Bügel. Vielleicht gehörte die Frau, die hier übernachtet hatte, zu den wenigen Gästen, die länger als eine Nacht blieben. In diesem Zimmer war es kalt, ganz anders als in den anderen Zimmern im Kellergeschoss mit ihrer stickigen, feuchten Luft. Anna spürte einen Luftzug an den Knöcheln und knöpfte ihre Strickjacke bis zum Hals zu.

Der Staubsauger war in die Steckdose auf dem Flur draußen eingesteckt. Sie schaltete ihn an, merkte aber an dem schwachen Sog, dass der Beutel ausgewechselt werden musste. Schon wieder etwas, das extra Zeit kostete. Sie warf den vollen Beutel in ihren Putzkorb, setzte schnell und geübt einen neuen ein und saugte das kleine Stück Teppich gründlich ab. Mit ihrem Putztuch fuhr sie über die Tapetenleiste und die Oberflächen der Frisierkommode und des kleinen Nachttischs. Der Aschenbecher war leer und das Tablett mit den Sachen zum Teekochen unberührt. Mit ihrem Tuch wischte Anna über etwas Klebriges, Schmieriges, das einen braunen Fleck hinterlassen hatte. Sie wischte ihn weg, war aber mit dem Zimmer nicht recht zufrieden, als hätte sie etwas Wichtiges vergessen. Sie sah die Stores, die an den Scheiben klebten, und beschloss, das Kondenswasser abzuwischen. Vielleicht würde es dann weggehen, das… *das war's!* Dieser Geruch in der Luft! Der war schuld daran, dass einem das Zimmer unsauber vorkam. Einen Moment glaubte sie, etwas Verbranntes zu riechen – ein unbehagliches Gefühl erfasste sie, und ihr wurde leicht übel.

Der Türflügel bewegte sich, als sie ihn abwischte, weil er einen Spalt offen stand. Jemand hatte die Glastüren aufgemacht und nur angelehnt. Deshalb war es hier so kalt. Warum würde jemand das tun? Um sich hinauszustehlen, ohne die Rechnung zu begleichen? Und dann ein gutes Kostüm und ein paar Schuhe zurücklassen? Jemand, der frische Luft schnappen wollte? Und das Zimmer inzwischen völlig ungesichert ließ? Ratlos schüttelte sie den Kopf. Wenn sie als Reinigungskraft im Hotel etwas gelernt hatte, dann war es eines, nämlich dass das Benehmen von Menschen, die von zu Hause weg sind, unergründlich ist. Sie musste die Türen fest zuschlagen, um sie abriegeln zu können. Der Geruch kam wahrscheinlich aus einem der Mülleimer im Hof und würde sich bei geschlossener Tür verlieren.

Nur das Bad war noch zu machen. Sie sah auf die weiß gestrichene, fest geschlossene Tür neben der schmalen Diele. Die Gäste ließen die Badezimmertür meistens offen, und der Dampf zog zusammen mit dem Geruch nach Seife und Shampoo oder auch unangenehmeren Dingen ins Zimmer; die Handtücher lagen achtlos auf den Betten, dem Teppichboden und den Stühlen verstreut. Sie legte die Hand auf den Türgriff, scheute sich aber irgendwie, diese Tür zu öffnen. *Dumme Hirngespinste!* Sie drückte die Klinke nach unten und versuchte, die Tür aufzustoßen. Aber es ging nicht. Anna runzelte die Stirn. War sie abgeschlossen? Sie lauschte und hörte Wasser rieseln und durch die Rohre laufen. Sie klopfte. Stille. Wenn jemand im Bad wäre, dann wäre er oder sie doch bestimmt ins Zimmer gekommen und hätte ihr gesagt, sie solle mit dem Putzen warten, bis das Zimmer geräumt sei. Sie sah auf die Uhr und stellte fest, dass sie die ganze, zuvor gewonnene Zeit wieder verloren hatte. Sie war spät dran. Bald würde Mrs. Fry herunterkommen, um nachzusehen, was sie tat. Der Gedanke daran scheuchte sie auf, sie fasste den Griff fester und drückte gegen die Tür. Jetzt erinnerte sie sich, dass sie manchmal klemmte. Trotzdem hatte sie ein unbehagliches Gefühl im Magen. Etwas schien sie aufzufordern, sich einfach abzuwenden. *Sieh nicht nach! Vergiss es!*

Die Tür klemmte noch einen Moment und flog dann auf. Plötzlich stand sie in der heißen, feuchten Badezimmerluft in einem Geruch, der so durchdringend wie auf einem Fleischmarkt bei ihr zu Hause war. Scharf, widerlich und schmutzig.

Das Wasser tropft und tropft, als sie durch die Büsche kriecht. Der Gestank von Verbranntem liegt noch in der Luft, aber es ist ein abgestandener Geruch. Asche, die Reste eines Feuers. Feuer bedeuten doch sonst Wärme und Feste, Musik und Stimmen. Stimmen! Sie hält inne, horcht. Stille, nur das Tropfen des Wassers. Aber der Feuergeruch vermischt sich mit einem anderen, schweren, süßlichen Geruch von etwas Verdorbenem.

Jetzt kann sie das Haus sehen. Es steht außerhalb des Dorfes am Waldrand. Der Feuergeruch kommt natürlich vom Dorf, nicht von ihrem Haus. Sie späht durch die Blätter und horcht, ob sie nicht die Stimme der Mutter hört, die die Kinder ruft, oder ihren Vater, der mit den Männern zusammen eine Pause macht und mit ihnen lacht. Sie werden sich alle sorgen. Sie ist weg gewesen, wie lange, zwei Nächte? Drei? »Ich bin wieder da…«, flüstert sie und späht durch die Blätter auf die Überreste ihres Hauses und auf das kleine Bündel, das auf der Schwelle liegt und aus dem ein Schuh auf die Büsche zeigt, hinter denen sie sich versteckt. Der Regen muss das Feuer gelöscht haben. Sie sieht das Wasser von den Traufen und dem kaputten Dach tropfen.

Anna war auf etwas getreten und sah nach unten, wich unwillkürlich zurück und wischte automatisch den Fuß auf dem Teppich ab. Der Boden war nass. Etwas tropfte auf ihren Hals, sie zuckte zusammen und fuhr herum. Wassertropfen kamen von der Decke, und die Wände glänzten feucht. Ein stetiges Geräusch von rieselndem Wasser ertönte aus der Badewanne, wohl vom Duschkopf, aber nur schwach. Der rosafarbene, durchsichtige Duschvorhang war vorgezogen. Das Wasser lief, floss und rauschte in den Rohren und gurgelte im Abflussloch.

Jemand lag in der Wanne. Das war ihr erster Gedanke. Jemand ließ ganz langsam Wasser laufen und hörte nicht auf Geräusche, Bewegungen, den Staubsauger, den Lärm vom Putzen. Jemand…

… Sie ist jetzt an der eingeschlagenen Tür. Dahinter – Mutter, Vater, der Tisch, wo sie immer alle sitzen und reden, und die Kleinen rennen herum und der Geruch von… Scharf, verrottet.

Langsam streckte Anna die Hand aus und zog den Vorhang zurück.

Sie dachte, es wäre ihre Mutter.

Die Frau – es war eine Frau, das konnte sie erkennen – war in der Wanne zusammengesunken. Sie sah… wie zerbrochen aus, ein Spielzeug, das heruntergefallen und zersprungen ist. Ihr Gesicht – *Krischa…?* – das Gesicht *wie Krischas Puppe, sie waren auf das Gesicht von Krischas Puppe getreten, und es war verzerrt und zerschlagen, die Augen in den Augenhöhlen verdreht, der Mund zu einem grausigen Grinsen verzogen. Krischas Puppe!* Das Wasser aus dem Duschkopf tropfte vom Haar der Frau. *Bänder, es ist wie…* Ihr erster Gedanke war, dass sie eigentlich stärker bluten müsste. Dann versagten ihr die Knie, und ihr Körper wurde kalt. Ihr Mund füllte sich mit Speichel, und ihr schwindelte. Sie konnte nichts dagegen tun. Ihre Knie schlugen auf dem Boden auf. Sie spürte durch die Strümpfe die Feuchtigkeit an den Beinen. Ihre Hände rutschten am Badewannenrand entlang und versuchten, sich festzuhalten. *Ich will nicht, dass es mich berührt!*

Sie zog sich hoch, stand aufrecht, drehte das Wasser im Waschbecken voll auf und wusch sich Hände und Gesicht. Dann spülte sie immer wieder den Boden ab und versuchte, alles sauber zu machen, Ordnung zu schaffen, ihre Arbeit zu tun. Sie zog das Handtuch von der Stange, spürte seine Feuchtigkeit an ihren Händen und ließ es zu Boden fallen. Etwas schwamm in der Toilette. Sie drückte immer wieder auf die Spülung. Ihr Blick schoss hektisch von der Handtuchstange zum Waschbecken, zu den Wassergläsern und zur Badewanne… *Nein!* Sie starrte auf den Boden und konzentrierte sich auf die Fugen zwischen den Fliesen.

Zwischen der Kloschüssel und der Badewanne lag etwas auf dem Boden. Ein Stück Papier, nein, eine Karte, eine Visitenkarte, die auf dem nassen Boden klebte, etwas, das jemandem, der dort gesessen hatte, aus der Tasche gefallen sein musste, jemandem der neben der Badewanne saß und vielleicht mit der Person redete, die sich duschte und die… *das Geräusch des Wassers, als sie durch die Büsche kriecht…* Der Gestank von Verbranntem stieg ihr in die Nase. Sie fühlte Brechreiz. Abfall auf dem Boden. Sie bückte sich automatisch, hob die Karte auf und betrachtete sie, ließ sie wieder fallen.

Dann war sie wieder im Zimmer, ihre Beine zitterten, sie hielt sich an der Tür und den Wänden fest, nur damit sie aus dem Bad herauskam. Sie musste jemanden holen, musste Hilfe holen, sie musste ... sie musste ...

Sie musste nachdenken.

Sie machte den Staubsauger auf und nahm den Beutel heraus, den sie eingesetzt hatte, bevor sie anfing, das Zimmer zu putzen. Der alte Beutel war zum Bersten voll, aber sie schaffte es, ihn wieder hineinzuschieben, ohne dass er zerriss oder zu viel von dem Inhalt herausfiel. Sie faltete den neuen Beutel wieder zusammen und steckte ihn in die Tasche. Ihre Hände zitterten. Sie nahm das Bettzeug und die Handtücher und trug sie die Kellertreppe zum Wäschekorb hinauf. Sie horchte. Verkehrsgeräusch in der Ferne. Schritte im Flur des nächsten Stockwerks. Schnell. Sie musste sich beeilen.

Sie zog einige Teile des schmutzigen Bettzeugs aus dem Korb und stopfte ihre Ladung tief unten hinein. Die schmutzigen Laken legte sie obendrauf und behielt einen Satz Laken und Handtücher zurück. Wieder die Treppe hinunter, um die Laken auf den Fußboden zu werfen. *Die Tür schließen oder sie offen lassen?* Ihre Tasche und ihr Mantel waren hinten in der Küche. Sie zögerte einen Moment, dann trat sie wieder ins Zimmer und schloss die Tür hinter sich. Sie ging zu den Glastüren und öffnete die Verriegelung. Sie würde sie nicht hinter sich schließen können. Dann war sie im Hof, kam an den Mülleimern vorbei, ging die Straße entlang zum nächsten Hof, an weiteren Mülleimern entlang zur Hintertür, die sie aufstieß. Niemand weit und breit. Sie packte ihren Mantel und ihre Einkaufstasche, nahm sich nicht die Zeit, ihre Straßenschuhe anzuziehen, und eilte die Straße zur Bushaltestelle hinunter. Dem ersten Bus, der vorbeikam, winkte sie und atmete erst auf, als er um die Ecke bog und die Einkaufsstraße entlangfuhr.

Sie sah das Gesicht der Frau vor sich. Und Krischas Puppe,

die zertreten am Boden lag. *Soldatenspielzeug*. Es kam ihr so vor, als rieche die Luft nach einem verloschenen Feuer. *Ich muss laufen, laufen.*

3

Roz fand die Besprechung langweilig, obwohl sie entscheidend war. An ihrer Arbeit interessierte sie die Forschung, und obgleich die finanziellen Mittel sehr wichtig waren, teilte sie nicht Joannas Vorliebe für Überzeugungsarbeit und Verhandlungen, die für die Finanzierung erforderlich waren. Sie unterdrückte ein Gähnen und sah zu Luke hinüber, der sich auf seinem Stuhl zurücklehnte, den Blick gesenkt hielt und gelegentlich etwas auf seinen Notizblock kritzelte. Er wirkte ebenfalls unkonzentriert. Roz beobachtete Joanna bei ihrer Präsentation. Sie stellte die finanzielle Lage und die Forschungsarbeit des Teams dar, legte ihre Vorschläge für Neueinstellungen vor und vermied bewusst alle Bereiche, in denen es nicht ganz so gut aussah. Joanna machte ihre Sache gut. Sogar besser als gut. Niemand, der ihr zuhörte, hätte geglaubt, wie angespannt sie vor Beginn des Meetings gewesen war. Sie war erst fünf Minuten vor neun eingetroffen, weil sie Gemma abholen wollte. Offenbar hatten sie dies am Mittwoch vereinbart, damit Gemma ihr noch vor dieser wichtigen Besprechung einen Kurzbericht über das Ergebnis ihrer Fahrt nach Manchester geben könnte. Aber Gemma hatte nicht aufgemacht und Joanna hatte bei dem Versuch, sie zu wecken, Zeit verloren, bis ihr klar wurde, dass Gemma nicht da war.

Roz runzelte die Stirn. Unzuverlässigkeit war untypisch für Gemma. Und was noch schlimmer war, sie hatte nicht angerufen, sondern nur am Abend zuvor eine E-Mail geschickt. Joanna hatte sie gesehen, als sie vor der Konferenz ihre Post daraufhin überprüfte, ob es kurzfristige Änderungen gab oder jemand verhindert war.

Bitte entschuldige, dass ich morgen nicht zum Meeting kommen kann. Ich habe eine Panne und werde in Manchester übernachten. Ich melde mich, sobald ich wieder in Sheffield bin.

Gemma.

Joanna war ausgerastet. Dann hatte sie alles auf später verschoben und mit Roz schnell die Strategien für das Meeting durchgesprochen.

Roz betrachtete die anderen Konferenzteilnehmer eingehend, während der Vertreter des Universitätskomitees für Zuschüsse seine Ausführungen herunterleierte. Da war Peter Cauldwell, offiziell Joannas Vorgesetzter, der ihr skeptisch lächelnd zuhörte. Was immer Joanna vorschlagen mochte, Cauldwell würde dagegen sein. Er und Joanna waren in der Vergangenheit zu oft aneinander geraten, um ein gutes Team bilden zu können. Für Joanna hatte ein Vorhaben Priorität: Die Gruppe dem Einflussbereich Cauldwells zu entziehen, so schnell sie konnte. Dann war der Vertreter des Finanzierungskomitees da. Er hatte es in der Hand, Joanna jetzt sofort, noch heute, zu stoppen, wenn sie ihn nicht überzeugen konnte. Außerdem war noch der Vertreter des Academic Board anwesend, der Mittelbewilligung, dessen Unterstützung in dieser frühen Phase sehr wichtig war, und schließlich ein Vertreter des Vizekanzlers. Wie Luke neulich gesagt hatte: »Alle hohen Tiere der Uni sind da, um mitzuerleben, wie Grey dem Cauldwell das Fell über die Ohren zieht.« Ihre Blicke trafen sich über den Tisch hinweg, und sie fühlte den kindischen Impuls zu lachen.

Peter Cauldwell gab mit gedämpfter Stimme eine vernünftige

Erklärung dazu ab, wieso Joannas Plan, der die Selbständigkeit der Law-and-Language-Gruppe vorsah, Zeitverschwendung und eine Vergeudung wertvoller Mittel sei. »Es gibt überall im Land kleine Abteilungen, die sich gerichtsmedizinischer Aufträge annehmen«, sagte er. »Und es gibt einige Privatunternehmen. Wir sind eine akademische Institution. Wir müssen dieses Geld« – den Zuschuss, den Joanna für die Gruppe losgeeist hatte – »verwenden, um die Forschungsarbeit, die wir bisher betrieben haben, auszudehnen. Ich strebe nicht an, unsere forensische Arbeit einzustellen, aber ich glaube, wir können sie innerhalb der bestehenden Strukturen abwickeln.«

Joanna lächelte, und Roz fing wieder Lukes Blick auf. Er tat so, als setze er sich anders hin, und zog dabei den Finger quer über die Kehle. Joanna begann ihre Diapräsentation, sprach kurz über jedes Schaubild und legte dar, wie viel finanzielle und andere Unterstützung sie in den letzten sechs Monaten zusammenbekommen hatte. Ihre Tabellen waren so angelegt, dass sie wie nebenbei auch die Mittel zeigten, die Cauldwells komplette Gruppe bekam. Sie erschienen neben den Zahlen, die die Versammelten studieren sollten. Nach den Tabellen, die sie benutzte, hatte ihr kleines Team mehr Universitätsgelder und Drittmittel bezogen, als Cauldwells viel größeres Team in einem Jahr geschafft hatte. Roz wusste, dass diese Zahlen kein realistisches Bild gaben. Peter Cauldwells Gruppe hatte sich mit einem Langzeitprojekt befasst, das jetzt in die Endphase kam, und über die neuen Gelder, die hereinkamen, konnte man entweder noch nicht verfügen, oder sie wurden heimlich, still und leise in andere Kanäle geleitet, damit man sichergehen konnte, dass die Budgets für Personal und Ausstattung gesichert waren. Wie alle guten Abteilungsleiter war Cauldwell ein Genie im vollen Ausschöpfen der Mittel. Aber auf Papier sahen seine Zahlen schlecht aus, und Joanna wusste das.

Um ein Uhr war alles vorbei. Roz war auf dem Weg zurück

in ihr Büro und wurde von der offensichtlich erfreuten Joanna abgefangen. Sie hatte jedes Recht zur Freude, dachte Roz. Allerdings war jetzt vermutlich ein potenzieller Dolchstoß von hinten ihr Hauptproblem. Sie erinnerte sich an Cauldwells verdrießliches Gesicht. Er würde Joanna – oder ihnen allen – nicht so bald vergeben.

»Es ist gut gegangen. Mit Cauldwells Kritik hab ich kurzen Prozess gemacht«, sagte Joanna vergnügt. »Wir kriegen jetzt unsere zusätzlichen Kräfte, und wenn nicht, dann weiß ich auch, warum.« Sie schaute, zerstreut und schon mit weiteren Plänen beschäftigt, in die Ferne. »Wir werden mehr Platz brauchen. Das ist erst der Anfang.« Dann sah sie Roz scharf an und fragte: »Was ist mit Gemma?«

Roz war es gewöhnt, dass Joanna plötzlich das Thema wechselte, fragte sich aber, wieso sie erwartete, dass sie mehr über Gemmas Fernbleiben wusste als Joanna selbst. »Ich habe keine Ahnung«, sagte sie. »Vielleicht weiß Luke etwas.«

Joanna starrte sie weiter durchdringend an. Roz war an dieses seltsame Verhalten gewöhnt und wartete, bis Joanna auf ihre Antwort reagierte. »Luke?«

Roz seufzte. Bestimmt hatte Joanna bemerkt, dass zwischen Luke und Gemma *irgendetwas* lief. Gemma war eine ausgezeichnete Wissenschaftlerin. Sie saß viel vor ihrem Computer und vergrub sich in ihren Büchern, war ruhig und zurückhaltend. Nach einiger Zeit an einer russischen Universität, war sie nach Sheffield gekommen, und Roz hatte manchmal das Gefühl, dass Gemmas Ehrgeiz anderen Gebieten galt, obwohl sie sehr gute Arbeit leistete. Dann hatte sie sich mit Luke eingelassen.

Obwohl Roz versucht hatte, sich nichts daraus zu machen, hatte es sie doch gestört. Roz und Luke waren von der Zeit an, als sie ein Jahr zuvor nach Sheffield gekommen war, gute Freunde geworden. Sie waren allein stehend und wollten sich beide nicht auf eine ernste Beziehung einlassen. Sie hatten einen ähnlichen Geschmack, was Clubs, Tanzen und Musik anging. Luke konnte unbekümmert sein, mit wilden Trinkgelagen befriedigte er seine Neigung zur Ausgelassenheit, und sein gelegentlicher Trübsinn zog sie irgendwie an. Es war eine Freundschaft gewesen, die sie hoch schätzte. Und dann, vor ein paar Monaten, bei etwas zu viel Musik und nach etwas zu viel Wein hatten sie miteinander die Nacht verbracht, eine Vertraulichkeit, die sie vorher immer vermieden hatten, über die sie nie sprachen und vor der Roz seitdem zurückschreckte. Danach war ihr Umgang miteinander etwas unsicher. Als Roz zu Joannas Stellvertreterin befördert wurde, war das eine weitere Erschwernis für ihre Freundschaft, und als er die Sache mit Gemma anfing, war sie auf ein Mindestmaß reduziert.

Joanna sah sie immer noch starr an. Roz schüttelte den Kopf. »Ich will mal sehen, ob Luke mehr weiß«, sagte sie. Joanna dachte darüber nach, ohne es zu kommentieren, und begann dann über Aufträge zu reden, die erledigt werden mussten. Etwas schoss Roz durch den Kopf, und sie nahm sich vor, in Gemmas Terminplan nachzusehen. Da war doch etwas... Sie schob es auf und hörte Joanna zu, die schließlich zu Ende kam.

»...und dann ist da noch der Bericht für das Berufungsgericht, und das wär's dann.« Sie sah auf die Uhr. »Peter Cauldwell möchte mich sprechen.« Statt eines zusätzlichen Kommentars zog sie eine Augenbraue hoch. »Ich treffe ihn in einer halben Stunde.«

Berichte! Das war es, was Roz eingefallen war. Gemmas Analyse der Sprachaufnahme, die sie von der Polizei in Hull bekommen hatten. Gemma hatte gesagt, sie würde ihren Bericht heute per Telefon durchgeben, aber sie wolle vorher noch etwas mit Roz besprechen. Roz runzelte die Stirn. Sie konnte sich nicht vorstellen, was für ein Problem Gemma damit gehabt haben könnte. Es war ein ziemlich einfacher Auftrag gewesen, obwohl die Aufnahme selbst... merkwürdig war. Der Bericht würde wahrscheinlich auf Gemmas Schreibtisch liegen. Sie könnte nachsehen, ob es irgendwelche offensichtlichen Probleme gab, und ihn dann selbst telefonisch durchgeben. Gemma konnte dann die schriftliche Fassung fertig machen und sie übers Wochenende losschicken. Wenn der Bericht nicht da war ... Dann wusste bestimmt Joanna Bescheid.

Zuerst Luke oder Gemmas Bericht? Der Bericht war wichtiger. Sie ging wieder den Korridor entlang zu Gemmas Büro und schaltete den Computer ein. Das Passwort kannte sie – Gemma und sie brauchten öfter Zugriff auf ihre jeweiligen Dateien. Sie ließ die Liste der Dokumente durchlaufen: akustische Profile, grundlegende Frequenzanalyse von ... Hier war es: Entwurf, Bericht Hull. Roz öffnete die Datei, sah sich die Einzelheiten an und rief sich ins Gedächtnis, was genau Gemmas Aufgabe gewesen war. Die Aufnahme aus Hull war die polizeiliche Vernehmung einer Frau, die möglicherweise aus Osteuropa kam. Sie war Gemma mit dem Auftrag geschickt worden, die geographische Herkunft der Frau genauer festzustellen.

Roz blätterte den Schriftverkehr durch. Die Polizeibeamtin, die sich an Gemma gewandt hatte, war eine gewisse Lynne Jordan, Detective Inspector. Mit dem Tonband war eine klar formulierte Anfrage gekommen. DI Jordan wollte wissen, wo die Frau herkam, deren Muttersprache offensichtlich nicht Englisch war. Über das Band selbst gab es nur sehr wenig Information.

Roz hatte es mit Gemma zusammen angehört und fand den stockend gesprochenen Text, der nur schwer zu verstehen war, beklemmend. Sie fragte sich, was der Frau, die auf dem Band sprach, geschehen war und warum DI Jordan sie nicht direkt fragen konnte, woher sie kam. Gab sie vor, von woanders zu kommen, aus einem EU-Land, damit sie in Großbritannien bleiben durfte? War sie geflüchtet? War sie schon mal abgeschoben worden? Oder gestorben?

Er (sie) schlagen ... ich sage nein, er (sie) machen, er ...

Es ging Roz nichts an. Sie gab den Befehl <drucken> ein und überflog den Berichtsentwurf auf dem Bildschirm. Als er ausgedruckt war, las sie ihn genauer. Er war typisch für Gemma: Sehr gründlich und klar und, soweit Roz das beurteilen konnte, vollständig. Ob Gemma das Problem, was immer es gewesen war, gelöst hatte? Aber trotzdem fragte sie sich, was Gemma mit ihr hatte besprechen wollen. Sie saß nachdenklich da. Am späten Mittwochnachmittag war Gemma zu Roz ins Büro gekommen, um zu sagen, dass sie am nächsten Tag an Joannas Stelle nach Manchester fahren musste. »Joanna hat es mir gerade gesagt. Sie will mir später die Einzelheiten mitteilen.« Sie schien verärgert, hatte ihre Tasche abgestellt und darin nach ihren Notizen gesucht, dann war der Füller, dessen Kappe sie abnehmen wollte, quer durch den Raum geflogen.

Roz hatte ihr die Sachlage erklärt. »Ich glaube, Joanna möchte, dass du bei dem Meeting anwesend bist, weil es dein Fachgebiet ist«, sagte sie. Das Team in Manchester arbeitete mit ihnen zusammen und bewarb sich gemeinsam mit ihnen um Mittel für die Untersuchung des von Asylsuchenden gesprochenen Englisch.

»Ich hätte mir gewünscht, ein bisschen früher informiert zu werden«, sagte Gemma, und wie Roz fand, zu Recht. »Ich muss diesen Bericht noch erstellen und habe Detective Inspector Jordan gesagt, dass ich ihn morgen abschicken werde.«

»Gib doch deine Ergebnisse einfach telefonisch durch. Du kannst den Bericht nachschicken, sodass sie ihn am Montag bekommt. Sie wird die Information, die sie braucht, am Freitag haben, das ist die Hauptsache. Ist die Analyse fertig?«

»Ja. Ich habe alles gemacht, was sie verlangte. Es ist nur … Da war etwas, das ich besprechen wollte …« Sie sah auf die Uhr. »O Gott, sieh mal, wie spät. Ich muss gehen. Ich besprech's am Freitag mit dir. Es läuft nicht weg.« Gemma schien zufrieden und ging.

Was immer sie beunruhigt hatte, Roz konnte keine Spur davon finden. Gemma hatte die Frau als russischsprachig identifiziert, mit sprachlichen Merkmalen, die darauf hinwiesen, dass sie aus dem östlichen Sibirien kam. Mit ihrer über viele Seiten gehenden Analyse belegte sie ihre Ergebnisse. Roz blätterte sie durch. Alles schien problemlos. Sie druckte die Niederschrift der Aufnahme aus und sah sie sich an. Drei Zeilen waren mit Sternchen markiert: 25, 127 und 204. Das war das einzige Anzeichen, dass etwas nicht komplett war, aber daraus ging nicht hervor, warum Gemma diese Zeilen gekennzeichnet hatte.

Mit dem Gefühl, dass aus ihrer Überprüfung jetzt Neugier wurde, blätterte Roz in Gemmas Kalender, um zu sehen, ob sie sich anstehende Termine vorgemerkt hatte und sich so alles klären ließ. Nichts. Sie war sich bewusst, dass sie ihre Nase in Dinge steckte, die sie nichts angingen, deshalb ließ sie den Bericht auf ihrem Tisch liegen und ging zu Luke.

Die Tür zu seinem Büro war angelehnt, und Roz ging hinein. Ein Tonband mit knackenden und zischenden Hintergrundgeräuschen lief, und unter all dem hörte man auch Stimmen. Luke stand bei einem der Computer und schaute auf den Bildschirm, wo ein akustisches Profil zu sehen war. Luke markierte eine Stelle farblich. Er sah nicht auf, sagte aber: »In der Kanne ist Kaffee.« Er hatte immer Kaffee da, um seine Koffeinsucht zu befriedigen, und Roz – und Gemma – kamen oft in Lukes Büro, statt zur offiziellen Kaffeemaschine oder, noch schlimmer, zum Automaten zu gehen. Er führte schon lange einen Zermürbungskrieg gegen Joanna, die klare Trennungslinien liebte – Kaffee in Aufenthaltsräumen mit Kaffeemaschine, Bücher in Bibliotheken, Arbeit an Schreibtischen.

Roz sah Luke über die Schulter und auf den Bildschirm. »Was ist das?«, fragte sie. Er schien zerstreut.

»Es ist diese Überwachung aus Manchester. Wir sollen die Tonqualität des Bandes verbessern. Wenn sie 'ne gescheite Ausrüstung kaufen würden, könnten sie ein Vermögen sparen«, sagte er. Er nahm das Hintergrundgeräusch auf, um es von dem Band zu löschen; jetzt wo es Software gab, die den ganzen Prozess abwickelte, war das eine einfache Aufgabe. Er drückte eine Taste und spielte die Aufnahme ab. Diesmal legten sich nicht mehr die störenden Geräusche über die Stimmen, aber was gesprochen wurde, war verzerrt, hallte nach, und die Tonstärke schwankte. Er drückte eine weitere Taste, alles verschwand vom Bildschirm, und er drehte sich um und sah sie an.

»Hast du die Resultate von unserem letzten Durchlauf mit der Software bekommen?«, fragte Roz. Luke arbeitete mit ihr zusammen an der Analyse der Bandaufnahmen von polizeilichen Verhören.

»Ich hab sie am Mittwoch bekommen. Hörst du eigentlich nie zu?« Er schaute zu ihr hinüber. »Also Roz, kein Kaffee?«

»Ich nehme einen, wenn ich schon da bin.« Sie holte sich eine Tasse vom Regal und goss sich Kaffee ein. Er war stark und schwarz. »Und du?« Er schüttelte den Kopf, lehnte sich gegen seinen Schreibtisch zurück und wartete ab, was sie wollte. »Gemma«, sagte sie. »Joanna war wirklich sauer. Hast du etwas gehört?«

»Was, zum Beispiel?« Er schien leicht gereizt, wie er dieser Tage ihr gegenüber immer war. Einen Moment dachte sie, er würde nichts mehr sagen, aber er fügte hinzu: »Sie wollte gestern Abend nach ihrer Rückkehr noch bei mir vorbeikommen, wenn sie nicht zu müde wäre. Sie sagte, sie würde vielleicht anrufen, aber das hat sie nicht getan.« Er zuckte die Schultern.

»Ach.« Roz wusste nicht, was sie davon halten sollte. Sie erzählte ihm von der E-Mail.

»Das ist Quatsch«, sagte er.

Roz war genervt. Joanna schien zu glauben, dass sie für Gemmas Abwesenheit verantwortlich sei, und Luke blockte ab und gab sich schwierig. »Lass das, Luke«, sagte sie. »Die Mail liegt ja in der Post vor. Ich hab nur gefragt, ob sie mit dir gesprochen hat. Und du sagst nein. Das ist alles, was ich wissen wollte.«

Er beachtete sie nicht und starrte in die Ferne, die Hände in den Taschen seiner Jeans. »Das ist Quatsch«, wiederholte er, schien aber leicht besorgt. »Wann wurde die E-Mail abgeschickt?«

»Ich weiß nicht. Gestern Abend, glaub ich.«

»Warum sollte sie in Manchester übernachten? Es macht keinen Sinn.«

Roz war überrascht. Darüber hatte sie gar nicht nachgedacht. Sie hatte sich geärgert, dass Gemma nicht angerufen hatte, und dann war sie nicht einmal höflich genug gewesen, der E-Mail am Morgen einen Anruf folgen zu lassen. Aber Roz hatte angenommen, dass sie bei dem Chaos von Werkstätten, Reparatur und den anderen Aktivitäten, die bei einer Panne nötig werden, nicht dazu gekommen war. »Wie meinst du das?«, fragte sie.

»Warum ist sie nicht mit dem Zug zurückgekommen? Sie wusste doch, dass das Meeting wichtig ist.«

Roz dachte darüber nach. Es schien trotzdem kein Thema, auf das man viel Zeit verwenden sollte. Es war ein bisschen seltsam, aber Gemma würde alles klarstellen, wenn sie zurückkam. »Vielleicht hat sie es nicht zum Bahnhof geschafft«, sagte sie.

»Das meine ich ja. Wenn sie es nicht zum Bahnhof geschafft hat, dann muss sie schon auf dem Rückweg gewesen sein, als sie die Panne hatte. Dann hätte sie auch kein Hotel finden können. Aber sie ist doch im Automobilklub. Sie hätten sie zurückgebracht, wenn die Sache mit dem Auto zu schlimm war, um es gleich zu reparieren. Warum sollte sie Geld für ein Hotel ausgeben, wenn sie noch in Manchester war? Man nimmt einen Zug, kommt rechtzeitig zum Meeting an, fährt danach wieder hoch und holt das Auto. Ganz einfach.«

Wenn sie es so betrachtete, schien es schon merkwürdig. »Ich glaube...«, sagte sie, als die Tür aufflog und Joanna dastand. Sie sah sie an, und Roz konnte sich das Bild in ihrem Kopf vorstellen: Sie und Luke lehnten sich gemütlich Kaffee trinkend an die Schreibtische und unterhielten sich. Sie bekam ein schlechtes Gewissen und ärgerte sich zugleich über sich selbst, weswegen sie den Impuls unterdrückte, ihre Tasse abzustellen und alles zu erklären. »Gibt es ein Problem?«, fragte sie. Joanna runzelte die Stirn.

Aber als sie Roz ansah, entspannte sich ihr Gesicht. »Nein«, sagte sie. Dann wandte sie sich an Luke. »Die Barnsley-Analyse. Ich sagte, ich würde den Bericht heute brauchen.« *Und du stehst hier herum, verschwendest Zeit, trinkst Kaffee und tratschst.*

Luke hielt ihrem Blick eine Minute stand, und als die Stille peinlich wurde und Roz den Drang verspürte, das Schweigen zu brechen, sagte er endlich: »Er ist auf deinem Schreibtisch. Ich hab ihn gestern Abend hingelegt.« Er lächelte. »Nachdem du weg warst«, fügte er hinzu.

Kaum merklich zögert Joanna. »Wirf die Sachen nicht einfach auf meinen Tisch. Leg sie zu den Eingängen«, sagte sie und warf einen kritischen Blick auf die Kaffeekanne, die Tassen und das Durcheinander auf den Schreibtischen. Roz sah schnell zu Luke hin und war überrascht, Belustigung in seinen Augen zu erkennen.

Joanna hatte offensichtlich beschlossen, es so stehen zu lassen, solange sie vorn lag, und wandte sich an Roz: »Ich gehe jetzt zu Cauldwell.« Plötzlich schien sie erfreut. »In einer halben Stunde werde ich wahrscheinlich zurück sein. Wir müssen über die neuen Stellen reden. Ich würde gern dieses Wochenende mit der Planung anfangen.«

Roz sah auf ihre Uhr. »Ich habe in fünf Minuten Vorlesung«, sagte sie. »Danach komme ich in dein Büro. Um drei?« Dann würde sie genug Zeit haben, um essen zu gehen.

Joanna überlegte. »Halb drei«, sagte sie. »Wir haben allerhand durchzugehen.«

Ihr Mittagessen hatte sich also erledigt. Luke hatte sich wieder dem Computer zugewandt. Roz beachtete sein Grinsen nicht, sagte »Okay« und ging hinter Joanna aus dem Büro. Als sie ihre Notizen für die Vorlesung herauszog, fiel ihr ein, dass sie wegen Gemma zu keinem Ergebnis gekommen waren.

Die Vorlesungen, die Roz für die ersten Semester hielt, waren beliebt. Sie gehörten zu den obligatorischen Linguistikkursen für Studenten, die im ersten oder zweiten Jahr englische Literatur belegten. Alles, was das Wort *forensisch* enthielt, erregte die Wissbegier der Studenten, und Roz versuchte, ihnen viele Beispiele für die Anwendung der Theorie zu geben, mit deren Aneignung sie sich abmühten. Ihre Arbeit hatte viel mit der individuellen Beschaffenheit der menschlichen Stimme zu tun, jede charakteristisch, einzigartig. Aber sie konzentrierte sich auf die weniger technischen Aspekte der Arbeit der Law-and-Language-Gruppe, die sich auch mit Drohbriefen und mit Erklärungen und Bekenntnissen, die angefochten wurden, befasste. Bekannte Fälle, die eine gewisse Faszination ausübten.

Sie erzählte ihnen von einem aktuellen Fall, bei dem der Computer gespeichert hatte, welche Tasten beim Schreiben gedrückt wurden, wobei sich zeigte, dass der Abschiedsbrief einer Selbstmörderin sehr wahrscheinlich nicht von der Toten stammte, die mit Textverarbeitungsprogrammen Erfahrung hatte. »Wer immer den Brief schrieb, kannte sich nicht aus und hat die Eingabetaste für den Zeilenumbruch genommen. Und auch andere Informationen werden in einem Computer gespeichert, von denen man oft nichts weiß: Daten und Zeiten, die dann verraten können, ob ein Dokument echt ist. Andererseits kann man nicht feststellen, mit welchem Computer ein Dokument tatsächlich geschrieben wurde. Jede Schreibmaschine hat dagegen ihre besonderen Eigenheiten.«

Sie zeigte ihnen eine unterschriebene Zeugenaussage, in die

Zeilen eingefügt waren, durch die der Zeuge sich selbst belastet hatte, und erläuterte, mit welchen Methoden man anhand einer Analyse hatte zeigen können, dass der Text von zwei verschiedenen Verfassern stammte. Die Studenten hörten aufmerksam zu.

Aber während sie sprach, war sie mit den Gedanken nicht bei dem vertrauten Thema. Sie machte ihre üblichen Witze, ließ Beispiele auf der Projektionsfläche erscheinen, beantwortete Fragen. Alles lief automatisch, während sie über Gemma und über das, was Luke gesagt hatte, nachdachte. Er hatte Recht. Natürlich wäre Gemma zurückgekommen, außer wenn es so spät war, dass kein Zug mehr ging. Und das war lächerlich, weil diese Meetings nie länger als bis vier Uhr dauerten. Vielleicht war sie länger geblieben, um etwas zu essen, vielleicht hatte sie spazieren gehen und sich die Gegend an der Canal Street ansehen wollen… Aber das war nicht sehr wahrscheinlich. Gemma tat so etwas nicht. Das erinnerte Roz daran, dass sie DI Jordan drüben in Hull anrufen musste.

Sie dachte an die Stimme auf dem Tonband, an die Frau und deren gebrochenes, dürftiges Englisch, einzelne Wörter, ein paar Wendungen, undeutlich wegen des Rauschens auf dem Band und den Hintergrundgeräuschen eines Krankenhauses, Schritte, Metall, das an Metall stieß, und Stimmen, die unzusammenhängend stammelten. Die Stimme der Frau war leise und monoton, wodurch sich die Dinge, die sie sagte, schockierender und schrecklicher anhörten. *»Er«* – oder war es sie für mehrere Personen? – *»schlagen«*, sagte sie immer wieder und *»Er zusammenschlagen…«*, und ein Satz, den Gemma übersetzt hatte mit: *Ich weiß nicht, wie ich es sagen soll* und *nach Haus* und *er mich töten* und *gehen* und andere Wörter, *Männer jeden Tag* und *ich sage nein, er* (sie?) mir *machen* und *weh*. Und hier zitterte die unnatürlich ruhige Stimme, als unterdrücke die Frau die Tränen. Roz erinnerte sich an die nüchterne Sprache in

Gemmas Bericht, die aus den Worten Klangmuster und aus den Sätzen Konstruktionen ohne klare Bedeutung machte. Sie erinnerte sich, dass Gemmas Gesicht verwirrt und argwöhnisch ausgesehen hatte, als sie sich zusammen das Band anhörten, und sie fragte sich erneut, was Gemma Sorgen gemacht hatte.

Hull, Freitagnachmittag

Der Anruf war um halb zwölf gekommen. Mittags war der Tatort bereits abgesperrt, und das Ermittlerteam konnte an Ort und Stelle arbeiten. In einem der billigen Hotels an der Straße, die nach Osten aus der Stadt hinausführte, lag eine junge Frau tot im Badezimmer. Die erste und einfachste Vermutung war, dass die Frau eine Prostituierte war, die mit ihrem Freier aneinander geraten war. Das Blenheim war als Absteige für die Prostituierten der Stadt bekannt. Sie war schwer geschlagen worden – ihr Gesicht war so zugerichtet, dass es nicht zu erkennen war –, und es gab andere Körperverletzungen. John Gage, der Pathologe, war bis ein Uhr mit dem Teil seiner Arbeit, den er am Tatort verrichten musste, fertig. »Ihr könnt sie jetzt wegbringen, außer ihr habt irgendetwas Wichtiges zu tun, solange sie noch hier ist«, sagte er und zuckte zusammen, als er sich von der Stelle bei der Badewanne erhob, wo er sich hingekniet hatte.

Detective Chief Inspector Roy Farnham stand an der Tür, die Hände in die Taschen gesteckt. Der Fotograf war fertig, und die Spezialisten für die Spurensuche hatten das kleine Badezimmer durchsucht und die Beweisstücke eingetütet, die sie mitnehmen wollten. »Was hast du?«

Gage sah mit verzerrtem Gesicht auf, während er die steifen Beine lockerte. »Ich bin zu alt, um in Badezimmern auf dem Boden herumzukriechen«, sagte er. »Hallo, Roy. Hab dich gar nicht gesehen. Na ja, sie ist schon ein paar Stunden tot, aber ich muss sie mir auf dem Tisch ansehen, bevor ich etwas Genaueres sagen kann. Todesursache? Ich weiß noch nicht. Druckspuren am Hals. Sie hat Kopfverletzungen, die vielleicht tödlich waren, aber sie ist abscheulich zusammengeschlagen worden. Wer immer das war, ist ein widerlicher Zeitgenosse.«

Farnham widersprach ihm nicht. Aber Gage hatte die Frage nicht beantwortet, auf die er eine Antwort brauchte. »Ist das noch eine?«, fragte er.

Gage warf ihm einen schnellen Blick zu. »Ich spekuliere nicht, bevor die Obduktion gemacht ist, Roy. Bei den anderen hat es keine Druckstellen gegeben.« Er sah auf die Leiche hinunter. Einer der Spezialisten lehnte sich über die Badewanne und schnitt behutsam den Strick durch, mit dem die Handgelenke der Frau an die schwere Mischbatterie gebunden waren. »Ich nehme die Fingerabdrücke und liefere alles im Labor ab, so schnell ich kann. Vom Gesicht her ist keine Identifizierung möglich.«

Farnham sah hin und gleich wieder weg. »Kannst du es nicht ein bisschen herrichten?«

Gage zuckte die Schultern. »Nur notdürftig. Ihr seid besser beraten, sie nach den Fingerabdrücken zu identifizieren. Oder vielleicht hilft euch ihre Uhr weiter, darauf ist etwas eingraviert.«

Farnham sah sich in dem engen Zimmer um und klopfte mit der Hand gegen die Wand hinter dem Bett. Sie war dünn, nur eine Zwischenwand. »Die anderen Zimmer hier unten waren gestern Nacht belegt. Jemand muss etwas gehört haben.«

Gage war skeptisch. »Vielleicht ist sie gar nicht hier unten getötet worden. Zu wenig Blut. Möglicherweise hat das Wasser es weggespült, aber … ihr werdet im Abfluss nachsehen müssen.«

Die Vorstellung, einen anderen Tatort suchen zu müssen, deprimierte Roy Farnham. Einer der Männer von der Spurensicherung kam zu ihm herüber. »Sir?«

Farnham betrachtete das, was der Mann ihm zeigte. In einer durchsichtigen Plastiktüte für Beweisstücke lag eine Visitenkarte, die wohl auf den Boden gefallen war. In einer Ecke war die Silhouette einer knienden Frau, die die Hände hinter dem Kopf verschränkt hatte. In dünner Kursivschrift war *Angel Escorts* mit einer Telefonnummer aufgedruckt. Am unteren Rand der Karte stand *Internationale Begleitagentur. Wir freuen uns, wenn Sie sich wohl fühlen.* »Okay«, sagte er und notierte sich, dass er das Sittendezernat anrufen musste, ob man dort etwas über dieses Unternehmen *Angel Escorts* wusste.

Der Fotograf war fertig. Farnham nickte Gage zu. »Schön«, sagte der Pathologe zu seinen wartenden Assistenten. »Tragt sie raus.«

Farnham sah zu, wie sie die Leiche der Frau vorsichtig aus der Wanne hoben und Plastikbahnen unter sie legten, damit das mit Blut vermischte Wasser nicht auf den Boden tropfte. Nachdem sie sie herausgehoben hatten, sah er in die Badewanne. Gage hatte Recht. Es war nur sehr wenig Blut zu sehen, nur ein wässrig strudelndes Rinnsal, das hier und da über den dunklen Rand an der Seitenwand hochschwappte. Vielleicht hatte der Mörder alles sauber gemacht und Blut und sonstige, durch den Mord entstandene Spuren beseitigt. Im Bad war alles nass. Farnham musste die Gäste, die in dieser Donnerstagnacht in den anderen Zimmern waren, befragen, ob sie Geräusche von einem Streit, noch spät laufendes Wasser oder sonst irgendetwas gehört hatten, das helfen würde, aufzuklären, was geschehen war.

Als man die Leiche weggebracht hatte, fiel ihm die Arbeit leichter. Es war jetzt ein Auftrag, ein Problem, das es zu lösen galt. Als die Frau noch dalag, war es etwas Persönlicheres, das Zorn und Ekel in ihm auslöste über die Dinge, zu denen Menschen fähig waren. Er fragte sich, warum Frauen das taten – sich an Fremde verkaufen. Für die Frauen, die sich auf die Straße stellten oder mit den Männern in Hotelzimmer gingen, die sie sich wie eine Pizza kommen ließen, musste es mehr sein als nur das Geld. So viele von ihnen kamen dabei um – durch Drogen, Gewalt oder durch Verletzungen, die sie sich selbst zufügten. Dies war die Dritte innerhalb der letzten zwei Monate, und es gab beunruhigende Parallelen zwischen den Morden. Seine Vorgesetzten waren nicht überzeugt, dass es einen Zusammenhang gab, aber Farnham hatte ein ungutes Gefühl.

Er überlegte, welche Geschichte hinter dem Schicksal der Frau in der Badewanne stecken könnte. Sie hatte so klein und zerbrochen ausgesehen.

Der Priester war erst sechzig, aber er fühlte sich wie ein alter Mann. Er hatte sein Leben in innerstädtischen Pfarreien zugebracht, ein Leben, das, wie es sich gehört, Armut, Keuschheit und Gehorsam gewidmet war. Er hatte miterlebt, wie die Kirche, die von den frühesten Erinnerungen an sein Leben gewesen war, stetig an Macht und Einfluss verlor. Und jetzt war er müde.

Langsam ging er das Kirchenschiff entlang und dachte an die priesterlichen Pflichten, das Ritual der Gebete, die ihm fast automatisch von der Zunge rollten, die aber immer tief empfunden und voller Bedeutung waren, wenn er sie in die Stille, die schweigende, muffige Luft der Heiligkeit, in die Transzendenz Gottes hineinflüsterte.

Heilig, heilig, heilig, Herr Gott der Heerscharen… Manchmal kamen ihm die Worte in dem alten Kirchenlatein in den Sinn – das aus gutem Grund schon lange nicht mehr in Gebrauch war –, das alte Latein, an das er sich gut erinnern konnte und das ihm manchmal fehlte. *Sanctus, sanctus, sanctus…* Die Kirche war still und leer. Sie war aus dem Stein herausgehauen und erhob sich bis hoch hinauf zum gewölbten Dach, wo das diffuse Licht durch die Filigranmuster der bunten Fenster hereinfiel und Flecken auf die Steinsäulen malte. Die Steinplatten auf dem Boden waren von den Füßen der Betenden, von reuigen Sündern und Kommunikanten glatt geworden. Manchmal traten auch Touristen auf die in die Gedenksteine eingemeißelten Namen.

Während er weiterschritt, las er die vertrauten Inschriften. *Libera me!* Erlöse mich, o Herr. Die Bitte war noch leserlich, aber der Name war bereits vor Jahrzehnten von dem Stein verschwunden. *Requiescat in pace.* Er ruhe in Frieden. Die Heiligenfiguren auf den Säulen standen wartend in ihren Nischen, mit vielen Kerzenhaltern davor. Es waren Schachteln für Spenden und mit Kerzen aufgestellt, die man im Gedenken an eine verblichene Seele und als Bitte um Gnade und Vergebung für die Seelen der toten Sünder anzünden konnte. Die Halter waren leer, schon lange nicht mehr benutzt, und das Metall war fleckig geworden. Er konnte sich daran erinnern, dass früher jeder Heilige viele Reihen von Andachtskerzen vor sich hatte, die ruhig in der Dunkelheit brannten und die Luft mit dem Duft von brennendem Wachs erfüllten.

Er ließ sich von seiner Neugier leiten, die ihn zum äußersten Winkel der Kirche führte, wo das Seitenschiff auf das Querschiff traf. In einer dunklen Ecke stand eine Statue von irgendeinem vergessenen Heiligen in Mönchskutte und Tonsur. Vielleicht war die Figur früher einmal bemalt gewesen, aber jetzt war der Stein nur noch grau. Der Moment, wo der Mönch einen Schritt nach vorn tat und eine Hand segnend oder drohend erhoben hatte, war nachgebildet. Die Augen waren glatt und blind, schienen aber wachsam aus der Dunkelheit herauszuschauen.

Der Priester legte bei seinem Rundgang eine Pause ein. Hier gab es nicht so viele Plätze für Kerzen, aber er hatte vor einiger Zeit bemerkt, dass in einigen der Kerzenhalter, immer denselben, Kerzen steckten, die jetzt frisch heruntergebrannt waren. Er berührte leicht einen schwarzen Docht, der zerfiel. Aber er war noch warm, und das Metall von zwei Haltern war mit

Wachs bedeckt, das sich im Lauf von Wochen und Monaten angesammelt hatte. Unter der dritten Kerze war weniger Wachs, als hätte jemand den dritten Halter nicht so oft genutzt wie die beiden anderen. Niemand machte diese dunklen Ecken der Kirche sauber. Die Kerzenhalter wurden so selten benutzt, dass niemand daran dachte, nach ihnen zu sehen. Er seufzte beim Gedanken an die Tage, als bereits die Reinigung der Kirche einen Akt der Gottesverehrung darstellte. Aber jemand war hierher gekommen und hatte in der Dunkelheit eine Kerze aufgestellt. Ein Licht, mit dem er um Gnade oder Vergebung flehte, ein Licht, das auf den Weg der Toten scheinen und darum bitten sollte, dass ihre Seelen nicht vergessen wurden.

4

Hull, Freitag

Die Frau war vor drei Wochen im Schlamm der Humbermündung gefunden worden, als sich bei Ebbe das Wasser zurückzog. Die Todesursache war unklar. Es gab Anzeichen dafür, dass sie geschlagen worden war, Blutergüsse, die im Abklingen begriffen waren und die darauf hinwiesen, dass sie wiederholt misshandelt worden war. Zeugen hatten sie spätnachts in der Nähe der Brücke gesehen, ihr auffälliger Mantel hatte sich ihnen in der eisigen Dunkelheit eingeprägt. Menschen, die von einer Brücke springen wollen, stehen oft eine Weile da und überdenken diese Möglichkeit, ihr Leben auszulöschen. Detective Inspector Lynne Jordan fragte sich, was die Frau an den rastlosen, wild bewegten Humber getrieben hatte. Aber ihr Interesse galt nicht dem Tod dieser Frau, sondern ihrem Leben.

Lynne Jordan suchte Schmuggelware, nicht das Übliche wie Alkohol, Tabak und Drogen, die an den Barrieren vorbeigeschleust wurden, die ihren Import verhindern sollten. Sie spürte einer tragischeren und viel problematischeren Schmuggelware nach. Soziale und politische Umwälzungen haben ihren Preis. Der naive Optimismus des Westens mag das Ende des »Reichs des Bösen« feiern, aber der Osten hat einen nüchterneren Blick. Dort gibt es einen Fluch. *Mögest du in interessanten Zeiten leben.* Die Volksgemeinschaften Osteuropas wurden von den Kräften der Veränderung zerrissen, die Reichtum, Korruption, Armut, Krieg und Tod mit sich brachten. Die Schmuggelware, hinter der Lynne her war, gehörte zum Treibgut dieser Umwälzungen.

Lynnes Aufgabe war es, in ihrem Revier die Frauen im Auge zu behalten, die illegal ins Land gekommen waren, oder die länger blieben, als ihr Visum erlaubte, und als Prostituierte arbeiteten. In London und Manchester gab es das Problem genauso wie in Glasgow: Frauen, die ins Land gebracht und dann sechs, sieben Tage in der Woche gezwungen wurden, endlos vielen Männern zu Willen zu sein.

Das Gewerbe breitete sich aus. Begleitagenturen boten überall im Land »eine Auswahl internationaler Mädchen« an, die in Wirklichkeit wie Sklaven gehalten wurden. Wenn eine Frau einen Pass hatte, wurde er ihr abgenommen. Mit ihrem Verdienst, der nur aus einem Bruchteil dessen bestand, was ihr Zuhälter für ihre Dienste verlangte, musste sie die Kosten für die Einschleusung nach England tragen und teuer für Unterkunft und sonstige Auslagen zahlen. Meist wurden die Frauen in Wohnungen gesperrt, durften nie ohne Aufsicht ausgehen, Sklavinnen aufgrund von Schulden und Angst. Sie waren jung, manche sehr jung – die Polizei hatte in Nordengland in einem der Häuser, die sie durchsuchte, elfjährige Mädchen gefunden –, und die meisten hatten zu große Angst vor den britischen Behörden, um Hilfe zu suchen, wenn sie es denn schafften, zu entkommen. Hull stellte Lynne vor ein interessantes Problem. Es war eine große Stadt mit einem wichtigen Hafen, hatte aber keine richtige Einwanderer-Gemeinde, in der Frauen sich verstecken oder versteckt halten konnten. Jedenfalls nicht, bevor die staatlichen Programme zur Verteilung der Asylsuchenden anliefen, die diese aus den überfüllten Zentren im Südosten holten und in den nördlichen Städten mit ihren reduzierten öffentlichen Mitteln – Liverpool, Manchester, Sheffield, Newcastle und Hull – abluden.

Die Hilfsorganisationen, die man eilig eingesetzt hatte, reagierten auf Lynnes Fragen vorsichtig oder feindselig. Michael Balit, der Koordinator ehrenamtlicher Helfer, der mit dem Stadtrat und einigen der Flüchtlingsorganisationen zusammenarbeitete, hatte ihr gesagt: »Das liegt nicht in meiner Verantwortung. Ich habe keine Zeit, nach Striptänzerinnen oder Kindermädchen zu suchen, die ihr Einkommen aufbessern wollen.« Er fing Lynnes Blick auf. »Hören Sie, Prostituierte können schon für sich sorgen. Es ist eine Angelegenheit für die Polizei, es ist Ihre Sache. Halten Sie mich auf dem Laufenden, was da los ist. Informieren Sie mich. Ich lasse Sie wissen, wenn ich auf etwas stoße, das wichtig sein könnte. Wenn Sie mich jetzt bitte entschuldigen …«

Die Frau war sehr jung gewesen. Sie wurde im alten Hafenviertel in einem entsetzlichen Zustand gefunden und von einem der Mitarbeiter der Flüchtlingshilfe in die Unfallstation des Krankenhauses gebracht. Jemand vom Krankenhaus hatte die Polizei angerufen, aber die Frau sprach kaum Englisch und stand unter Schock, sodass nur sehr wenig von dem herauskam, was ihr passiert war. Lynne hatte sich das Band angehört, das ein umsichtiger Kollege aufgenommen hatte, als sie im Krankenhaus mit ihr sprachen. Obwohl sie durchaus willig und sogar darauf erpicht schien, mit ihnen zu reden, hatte etwas sie geängstigt, und sie war weggelaufen. Eine Polizistin, selbst eine junge

Frau, hatte zu Lynne gesagt: »Sie kam mit uns zurecht. Mit mir. Aber sie schien ein bisschen...« Sie zeigte auf ihren Kopf und machte eine Geste, die geistige Verwirrung andeutete. »Sie sprach immer wieder über Katzen. Der Arzt, der sie untersuchte, sagte, sie sei vielleicht vergewaltigt worden, deshalb gingen wir sehr behutsam mit ihr um. Aber sie hatte Schmerzen, also holte ich wieder die Schwester, und als ich zurückkam, war sie weg.« Die Beamtin sagte, die Frau habe ein leicht orientalisches Aussehen gehabt, rundes Gesicht und hohe Wangenknochen, die für den Fernen Osten typisch sind. Ihr Haar war tiefschwarz und ihre Haut unter der bläulichen Färbung nach Eintreten des Todes blass. Die Überwachungskameras hatten sie aufgenommen, als sie das Krankenhaus allein verließ. Sie war am Eingang stehen geblieben und hatte sich umgesehen, deshalb konnte die Kamera ihr Bild einfangen. Die Schultern hochgezogen, war sie in den Mantel gehüllt, den der Mitarbeiter der Flüchtlingshilfe ihr gegeben hatte, als er sie zum Krankenhaus fuhr. So wurde sie zum letzten Mal gesehen, bis dann ein Spaziergänger ihre Leiche im Schlamm der Flussmündung inmitten einer Schar gefräßiger Möwen fand.

Und die Möwen und die Wellen hatten ihre Arbeit getan. Das Gesicht der Frau war verwüstet. Nur ihr zerschlagener Körper war geblieben, das rabenschwarze Haar, der Mantel mit seinem Weihnachtsrot, der ein unheilvoller und unpassender Hinweis auf den letzten Ort war, die Brücke, auf der sie verlassen dagestanden hatte – und die Tonbandaufnahme. Roy Farnham, der die Ermittlung in dem Fall leitete, hatte das Band an Lynne geschickt mit der Bitte um jede hilfreiche Information, die sie herausfinden konnte. »Wir wissen noch nicht einmal, ob wir es mit einem Mord zu tun haben«, hatte er gesagt, als Lynne mit ihm sprach. Der Obduktionsbericht war nicht schlüssig, die Todesursache nicht festgestellt, aber die tote Frau war im Anfangsstadium schwanger gewesen.

Das Wenige, das Lynne über die Tote wusste, waren Vermutungen. Ihre Nationalität – sie sprach Russisch – und möglicherweise ihren Namen. Zweimal sagte sie auf der Bandaufnahme etwas, das wie »Katja« klang, aber die Tonqualität war schlecht. Die Aufnahme ließ vermuten, dass sie als Prostituierte gearbeitet hatte, aber bis jetzt hatte Lynne keine weiteren Informationen über die Frau herausgefunden.

Außer wenn ihre Anfrage zu dem Band ein Ergebnis zeitigte. Vor zwei Monaten hatte Lynne an einem Seminar über die Entwicklung neuer analytischer Methoden teilgenommen. Diese Seminare wurden regelmäßig abgehalten, und sie fand es von Nutzen, sich über die neuesten technischen Hilfsmittel auf dem Laufenden zu halten. Als sie das Katja-Band in die Hände bekam, hatte sie sich sofort an das Seminar erinnert, bei dem eine Frau von einer der Unis in South Yorkshire um Auftraggeber warb. Sie hatte über die Möglichkeiten gesprochen, wie man Tonbandaufnahmen, die unverständlich schienen, von Hintergrundgeräuschen befreien konnte, und – hier war Lynne besonders aufmerksam – wie die Nationalität eines Sprechers aufgrund seines Akzents festgestellt werden konnte. Die Frau hatte insbesondere hervorgehoben, dass die regionale und nationale Herkunft von Asylbewerbern ermittelt werden konnte, und Lynne hatte sofort begriffen, wie man das bei ihrer eigenen Arbeit verwenden könnte.

Zunächst war sie von der Frau nicht sehr beeindruckt gewesen. Sie schien etwas eingeschüchtert von der Skepsis der anwesenden Polizeibeamten, einer Skepsis, die sich bestätigt hatte durch eine lange Reihe von Pannen im Gerichtssaal und durch »Experten«, deren Untersuchungsergebnisse zum gleichen Material sich deutlich widersprachen. Aber Lynne interessierte sich für die Frau, als sie von dem Erfolg berichtete, den sie in dem Fall eines obszönen Anrufers hatten. Weil er unvorsichtig genug war, eine Nachricht auf einem Anrufbeantworter zu hinterlassen, konnte er verurteilt werden. »Und Sie haben ihn aufgrund der Nachricht gefunden?«, fragte einer aus der Gruppe.

»O nein«, hatte die Frau geantwortet. »Wir haben zwar dazu beigetragen, dass er verurteilt wurde. Aber ich glaube, er wurde aufgrund der Telefonnummer aufgespürt, die er hinterließ.« Als sie von ihren Notizen aufschaute, glänzten ihre Augen belustigt. Lynne hatte sich ihren Namen aufgeschrieben – Wishart, Gemma Wishart. Sie hatte ihr das Katja-Band geschickt, als sie es von Farnham bekommen hatte, und hoffte sehr, dass Gemma wenigstens herausfinden würde, woher die Frau kam.

Und das erinnerte sie daran, dass der Bericht heute eintreffen sollte. Sie sah bei den Posteingängen nach, aber keine Spur davon. Sie rief Wishart unter ihrer Durchwahl an, aber eine Sekretärin antwortete, Wishart sei nicht da. Lynne sagte ihr, wer sie war, und fragte nach dem Bericht. »Ich sehe mal nach, ob ich jemand anderen finde, der mit Ihnen sprechen kann«, sagte die Sekretärin unsicher und ließ Lynne mit ungeduldig trommelnden Fingern warten, bis endlich jemand ihren Anruf annahm.

»Hier ist Dr. Bishop«, sagte eine Stimme. »Tut mir Leid, dass Sie warten mussten. Ich bin eine Kollegin von Gemma Wishart.« Sie fing an, über eine Autopanne zu reden, und Lynne musste sie unterbrechen. »Tut mit Leid«, fing Bishop noch einmal an. »Wir sind durch Gemmas – Dr. Wisharts – Fehlen in Verzug. Aber ich kann Ihnen die Einzelheiten des Berichts jetzt durchgeben, wenn Sie möchten.« Lynne machte sich Notizen, während die andere Frau sprach. Katja stammte laut Wisharts Bericht aus Ostsibirien.

»Wie sicher ist sie?« Lynnes geografische Kenntnisse waren zwar nicht sehr exakt, aber sie hatte das Gefühl, dass »Ostsibirien« ein Gebiet umfasste, das beträchtlich größer war als die britischen Inseln. »Kann sie es genauer eingrenzen?« Wenn sich das Gebiet näher bestimmen ließ, konnte man Katja vielleicht identifizieren, vorausgesetzt, ihre Familie oder ihre Freunde hatten sie als vermisst gemeldet.

»Sie werden mit Gemma sprechen müssen, wenn Sie ins Detail gehende Fragen haben, aber« – Lynne hörte, wie Seiten umgeblättert wurden – »sie schreibt: ›Der Akzent passt zu Nordostsibirien.‹« Sie las einige technische Details über *Vokale* und *stimmlos* und *Intonation* vor. Lynne gab nur kurze Antworten, während sie darüber nachdachte. Es schien, dass man mit der Information nicht weiterkommen würde. Sie unterbrach die Frau, als sie gerade über akustische Profile sprach, bedankte sich, und das Gespräch ging mit dem Versprechen zu Ende, dass der vollständige Bericht an diesem Tag mit der Post rausgehen würde.

Sie legte die Katja-Akte zur Seite, über die sie weiter nachdenken konnte, sobald der Bericht eingetroffen war, also wahrscheinlich am Montag. Es war ärgerlich. Akademiker schienen nicht die gleichen Zeitmaßstäbe zu haben wie andere Leute.

Seit »Katjas« Tod war schon fast ein Monat vergangen, und es war eher unwahrscheinlich, dass sie über die wahre Identität der Frau noch Informationen erhalten würden. Wenn der endgültige Obduktionsbericht käme, würde ihr Tod vielleicht offiziell als Selbstmord eingestuft werden, und sie und ihr ungeborenes Kind würden in einem namenlosen Grab in einem fremden Land liegen. *Für alle Zeit in fremder Erde… wo?* Da sie keine klare Todesursache hatten und sie nicht identifiziert war, konnten die ermittelnden Beamten nur sehr wenig tun.

Sheffield, Freitagabend

Als Roz nach Hause kam, war es schon dunkel. Sie wohnte in der Oststadt, nicht in einem teuren Vorort. In Pitsmoor gab es Bäume und ruhige Straßen, Zeilen mit Reihenhäusern und große Häuser mit Gärten. Burngreave Cemetery, der Friedhof, der kleine Park und ein Naherholungsgebiet boten Platz und Grün zwischen den Geschäften, Häusern und Straßen. Aber es war eine heruntergekommene Gegend. Einige Schaufenster waren mit Brettern vernagelt. Wegen der niedrigen Grundstückspreise ließen die Hausbesitzer ihre Häuser verkommen. Als die Straßen ungepflegter wurden, erschienen nach und nach Graffiti an Häuserwänden und Bushaltstellen. Zeichen der Erneuerung, die sich in der Stadtmitte durchzusetzen versuchten, gab es hier nicht.

Pitsmoor mit seiner bunt gemischten und sich ständig verändernden Bevölkerung gefiel ihr. Und als sie das Haus besichtigt hatte, hatte sie sich sofort dafür begeistert. Sie mochte die viereckigen Erker des Doppelhauses, die hohe Ligusterhecke, die Brombeeren und ausladenden Rosenbüsche, die Steinlöwen, die als Wächter auf den Stufen saßen, die große Diele und die Holztreppe, die riesige Küche mit dem Steinplattenboden und dem alten Herd, das Labyrinth des Wintergartens und der Schuppen, die sich bis zur Doppelgarage hinzogen und sie daran erinnerten, dass Pitsmoor früher einmal ein Ort war, wo die Wohlhabenden oder mäßig Reichen der Stadt lebten. Sie sah sogar das Nachbarhaus als einen Vorteil an. Es war ein Haus wie das, in dem sie wohnte, das aber zu lange leer gestanden hatte, mutwillig zerstört worden war und jetzt zerfiel.

Alle hatten gesagt, Roz müsse verrückt sein, als sie das Haus kaufte. Sie war damals seit drei Monaten in Sheffield und wusste, dass sie eine Weile bleiben würde. »Aber doch nicht Pitsmoor!«, sagten sie, und: »Warte, bis du Zeit gehabt hast, dich umzusehen.« Aber das Haus hatte Roz an das Haus erinnert, wo sie mit Nathan gewohnt hatte, und Pitsmoor ähnelte wenigstens ein bisschen dem Ort, den sie verlassen hatte. Sie war zufrieden.

Sie stand an der Hintertür und sah auf das verlassene Haus hinüber. Ein Baum wuchs aus dem Erkerfenster heraus, und Efeu und altes Gras hingen wie Fransen über die Traufe. An

Sommerabenden konnte sie im Garten sitzen und die Tauben beobachten, die aus den Löchern im Dach, wo Ziegel fehlten, heraus- und hineinflogen, – das gemeinsame Werk von Unwettern, Abnutzung und Kindern der Gegend. Sie fröstelte. Es wurde kalt. Der Mond stand schon hoch am Himmel, sie hatte noch zu tun und ging hinein.

Sie legte Brot zum Toasten in den Grill und machte eine Dose Bohnen auf. Zum Kochen hatte sie keine Lust. Seitlich gegen den Herd gelehnt, aß sie einen Löffel kalte Bohnen aus der Dose, während sie wartete und ein Auge auf den Toast hatte, damit sie den richtigen Moment zwischen hellbraun und schwarz erwischte. Ob Gemma sie wohl anrufen würde, oder ob sie selbst versuchen sollte, sie zu erreichen? Sie erinnerte sich an die Bandaufnahme, an der Gemma gearbeitet hatte. Die Stimme hatte emotionslos geklungen, wahrscheinlich, weil die Frau sich darauf konzentriert hatte, die richtigen Worte zu finden. Aber sie wusste… *Mist!* Der Toast! Sie drehte das Gas ab. Er war gerade noch zu retten. Sie kippte die Bohnen in einen Topf, stellte ihn auf die Kochstelle und einen Teller auf den Tisch und ging mit dem Toast zur Spüle hinüber, um das Verbrannte abzukratzen.

Zum Essen setzte sie sich an den Küchentisch und starrte das Fenster an, das jetzt ein Viereck in der Dunkelheit war. Freitagabend – und sie saß hier allein in ihrem Haus, aß lauwarme Bohnen auf Toast, plante, was sie diesen Abend arbeiten wollte, und war glücklich und *zufrieden*. Ihre Studentenzeit schien erst kurz zurückzuliegen, als Freitagabend bedeutet hatte, in Clubs zu gehen, mit ihren Freunden die Stadt unsicher zu machen, Partys zu besuchen, Spaß zu haben. Vielleicht wollte sie mit Luke versuchen, diese Zeit wieder aufleben zu lassen.

Dann war das Leben mit Nathan gekommen. Freitagabend bedeutete Wochenende, eine besondere Zeit, die sie beide zusammen oder mit Freunden verbringen wollten… Und dann die

Einsamkeit, als er krank geworden war. Ihre Freunde hatten sich bemüht, aber viele hatten sich bald abgesetzt. Sie wurden nicht damit fertig, und am Ende ging es ihr genauso. Sie drehte ihren Ehering am Finger. »Man findet heraus, welche Freunde wirklich Freunde sind«, hatte ihre Mutter gleichmütig gesagt.

Und jetzt war sie eine erfolgreiche Wissenschaftlerin mit Forschungsaufträgen, auf dem Weg nach oben, und Freitagabend war einfach ein Abend wie jeder andere – ein Abend ohne die unmittelbare Beanspruchung durch den folgenden Arbeitstag, also einer, der genutzt werden konnte, um mit langfristigen Projekten weiterzukommen. Zum Beispiel mit ihrem Buch, das den phantasielosen Titel *Eine Einführung in die forensische Phonologie* trug. Sie sammelte zwei übrig gebliebene Bohnen vom Teller auf. Vielleicht könnte sie das fünfte Kapitel durchgehen. Sie leckte die Tomatensoße von den Fingern, wusch den Teller und den Topf ab und stellte sie zum Abtrocknen hin, dann holte sie ihre Aktentasche und ging in das Zimmer nach unten, wo sie normalerweise arbeitete.

Ligusterzweige pressten sich gegen das Erkerfenster und hielten das Licht ab. Das Zimmer war kühl und dunkel wie eine Höhle, ein riesiger Spiegel reflektierte das Licht bis in die Winkel. Der Spiegel stammte vom Vorbesitzer. Er war alt, der vergoldete Rand abgestoßen, das Glas fleckig. Das Spiegelbild ließ das Zimmer aussehen, als befände es sich unter Wasser, und das matte Licht gab allem weichere Umrisse. Roz stand an einem Ende des Tisches und sah ihr Gesicht weiß und verwischt im Halbdunkel. Ihre Goldrandbrille warf das Licht zurück, und ihre Augen dahinter waren nur undeutlich zu erkennen. Sie nahm sie ab. Eigentlich brauchte sie sie nicht. Dann löste sie ihr Haar und ließ es über die Schultern fallen. Die Schäden im Spiegelglas ließen das Licht zittern wie die Flamme einer Kerze, und ihr Spiegelbild sah aus, als schwämme sie mit blassem Gesicht und dem hellen Haar, das in den braunen Schatten trieb, durch tiefes Wasser. Rosalinde. *Trügt nicht der Schein, so bist du meine Rosalinde*. Das hatte Nathan immer zu ihr gesagt, sie konnten sich nur Mozart auf dem winzigen Kassettenrekorder leisten, und der Gasofen kämpfte gegen den Luftzug der undichten Fenster und der klappernden Türen ihrer Wohnung an. *Du bist meine Rosalinde*.

Arbeit, sie hatte Arbeit. Sie schaltete die Schreibtischlampe an, und ihr Lichtschein vertrieb die Schatten im Spiegel. Von der Uni hatte sie sich einen der Laptops mitgebracht, der leistungsfähiger war als ihr eigener. Sie wollte die neue Software ausprobieren, die Luke empfohlen hatte, und auch am Buch arbeiten. Sie schaltete den Laptop ein, und während er hochfuhr, schaute sie ihre Disketten durch. Als sie die abgespeicherten Dateien sah, merkte sie, dass es nicht der Laptop war, den sie sonst mit nach Haus nahm, sondern der neue, einer, den Gemma benutzte. Sie hatte geglaubt, Gemma hätte ihn nach Manchester mitgenommen, aber sie musste wohl den älteren haben. Vielleicht hatte sie die Verantwortung für das teurere Gerät nicht übernehmen wollen. Roz stellte sich vor, was Joanna sagen würde, wenn es gestohlen oder beschädigt würde, und fand, dass Gemma die richtige Entscheidung getroffen hatte. Besorgt dachte sie an die Sicherheit bei sich im Haus. Einbrüche waren keine Seltenheit in Pitsmoor. Allerdings war das heutzutage auch anderswo nichts Ungewöhnliches. Gemma hatte vor zwei Wochen ihre Stereoanlage eingebüßt, als in ihre Wohnung eingebrochen worden war. Roz beschloss, den Laptop im Verschlag unter der Kellertreppe einzuschließen, bevor sie zu Bett ging.

Gemma. Seit ihrer Unterhaltung mit Luke… Gemma hätte irgendwann im Lauf des Tages etwas hören lassen oder heute Abend anrufen sollen, um mitzuteilen, dass sie gut wieder zurückgekommen war. Joanna würde wissen wollen, wie das Meeting in Manchester gelaufen war. Vielleicht hatte sich Gemma mit Joanna in Verbindung gesetzt – mit dem Drachen in der Höhle, so nannte Luke sie manchmal. Roz überlegte, ob sie anrufen sollte. Aber Joanna hatte erwähnt, dass sie am Abend ausgehen wolle. »Ich muss mich beeilen. Ich gehe heute Abend ins Konzert.« Joanna wollte wahrscheinlich nicht gestört werden.

Luke. Luke hatte bestimmt etwas gehört. Sie wählte seine Nummer, aber der Anrufbeantworter war dran. Auch Luke schien ausgegangen zu sein. Sie hielt das Telefon ans Ohr und dachte nach. Dann wählte sie, ohne sich viel davon zu versprechen, Gemmas Nummer. Nichts. Aber sie würde ja Joanna morgen Abend sehen. Sie verdrängte das Problem und wandte sich wieder dem Laptop zu. Nach und nach nahm die Arbeit sie in Anspruch, und das Problem mit Gemma trat in den Hintergrund. Die Stunden vergingen unbemerkt, während sie in einem Fleck gelben Lichts im Dunkeln saß und die Zeilen über den Bildschirm scrollte.

Hull, Samstag, 9 Uhr

Lynne Jordan saß in Roy Farnhams Büro und fragte sich, ob sie sauer sein oder sich freuen sollte, dass man sie tatsächlich gerufen hatte. Schließlich entschied sie, dass sie erfreut war. Als sie ankam, hatte niemand sie richtig unfreundlich behandelt. Es war eher so, dass Dinge, über die man sie hätte unterrichten sollen oder die ganz klar oder auch eventuell zu ihrem Verantwortungsbereich gehörten, aus Mangel an Interesse einfach nicht an sie weitergegeben wurden. Aber Michael Balits Einstellung war nicht ungewöhnlich. Prostituierte waren eben (nur) Prostituierte, so schien man zu argumentieren, und manchmal kamen sie um. Illegale Einwanderer waren illegale Einwanderer, und einige von ihnen kamen eben auch um. Lynne erinnerte sich an ein Gespräch bei einem Abendessen, als die Frau eines Kollegen sich empört über einen jungen Mann geäußert hatte, der sich, auf dem Dach eines Eurostar versteckt, ins Land hereinschmuggeln wollte und dabei einen elektrischen Schlag erlitten hatte. »Er belegt jetzt ein Bett auf der Intensivstation«, hatte die Frau, eine Krankenschwester, gesagt. »Jemand anders hätte dieses Bett nutzen können. Das macht mich wütend.« Lynne hatte überlegt, was die Frau glaubte, wie man mit dem schwer verletzten Mann hätte verfahren sollen. Aber sie fragte nicht. Die Antwort wäre wahrscheinlich deprimierend gewesen.

Farnham fürchtete, dass sie einen Prostituiertenmörder in ihrem Gebiet hatten, einen, der die Straße säubern wollte, oder einen, der gern Frauen ermordete und fand, dass Prostituierte die leichteste Beute waren. Und wenn die beiden ersten Opfer illegal eingewandert waren, Frauen in der Situation, die Lynne gerade zu überwachen begann, wie viel leichter war es dann wohl vorher gewesen, sie zu schnappen und zu töten? »Wie viele Tote hat es schon gegeben?«, fragte sie.

»Das ist das Problem«, sagte Farnham. »Bis zu diesem Fall ist das unklar. Da wäre die Frau von der Humbermündung, die Sie gerade zu identifizieren versuchen …« *Katja*, ergänzte Lynne in Gedanken. »… und dann war da eine oben an der Küste bei Ravenscar.« Lynne hörte zu, als er über die Einzelheiten berichtete. Eine Frauenleiche war vor etwa zwei Monaten unter den steil abfallenden Klippen von Ravenscar gefunden worden, wo die Flut sie auf den Kiesstrand gespült hatte. Lynne überflog den Bericht und schaute die Fotos an. Die Frau war klein, ein Meter siebenundfünfzig, und dünn gewesen. Sie hatte eine Tätowierung auf der linken Hand, ein Spinnennetz, das sich wie ein Spitzenarmband um ihr Handgelenk schlang, das noch jung und dicklich aussah. An Armen und Oberschenkeln hatte sie Nadeleinstiche, die Tätowierungen der Heroinsüchtigen. Der Pathologe hatte ihr Alter auf siebzehn geschätzt. Ihr Körper war von der See rein gewaschen, im Haar und an den Beinen war

Seetang hängen geblieben, und die donnernde Brandung hatte sie zerschlagen. Sie hatte einen Schädelbruch, ihr Gesicht war verunstaltet, der Mund eingeschlagen. Man konnte sich die jungen Gesichtszüge der Leiche, die übrig war, noch vorstellen, was aber mehr verstörte, als wenn sie völlig zertrümmert gewesen wäre. Sie war eines Sonntagmorgens von einem Spaziergänger gefunden worden, der auf einem Pfad an der Steilküste entlangging, um auf das Meer hinunterzusehen.

Man konnte sie nicht identifizieren, aber aus den Zähnen ließ sich schließen, dass sie aus Russland war. »Russin, kein Beleg des Ankunftsdatums. Sie glauben, dass sie als Prostituierte arbeitete. Das sind zu viele Parallelen«, sagte Farnham. »Haben Sie etwas im Umfeld der Straße gehört?«

Lynne hatte nichts mitbekommen. »Ich werde mich umhören«, sagte sie.

»Die Frauen wissen meistens, was läuft«, sagte er. »Und Sie versuchen jetzt, die Frau von der Humbermündung zu identifizieren? Gibt es Fortschritte?«

»Ich versuche, ihren Herkunftsort näher zu bestimmen«, sagte Lynne. »Vielleicht ist sie als vermisst gemeldet worden.« Sie erklärte die Sache mit dem Band und Gemma Wisharts überfälligem Bericht.

»Okay«, sagte er. »Halten Sie mich auf dem Laufenden.« Er senkte einen Moment den Blick. »Eventuell haben wir noch eine.« Er erzählte ihr von der Frau, die am Vortag im Hotel gefunden worden war. Noch eine Frau ohne Gesicht. »Aber wir haben die Todesursache. Sie ist erwürgt worden. Wir sind Freitagmittag angerufen worden.«

»Wissen Sie, wann sie ermordet wurde?« *Sie*, nicht *wir*. Lynne achtete immer darauf, wie sie sich ausdrückte. Sie gehörte nicht zur Mordkommission und wollte vermeiden, dass irgendjemand denken könnte, sie wolle anderen ins Handwerk pfuschen.

»Irgendwann am Donnerstagabend.«

»Und man hat sie erst um die Mittagszeit gefunden? Wieso denn das?«

Farnham schüttelte den Kopf. »Es ist kompliziert«, gab er zu. »Die Leiterin des Hotels, eine gewisse Celia Fry, versuchte, ein Zimmermädchen aufzufinden, das verschwunden war. Laut Fry waren am Freitagvormittag eigentlich nicht genug Reinigungskräfte da. Das Mädchen fing also an, die Zimmer zu putzen. Später suchte Fry nach ihr, weil die Zimmer oben nicht geputzt waren, und sie fand Staubsauger und Wäschekorb mitten im Flur, aber von der Frau keine Spur. Darüber ärgerte sie sich und fing an, sich umzusehen, und da fand sie das Dornröschen in der Badewanne.«

»Und das Zimmermädchen?«

»Keine Spur von ihr. Ich dachte, dass Sie uns vielleicht dabei helfen könnten.« Er warf ihr einen Blick zu. »Sie erscheint nicht in der Buchführung des Hotels, und die Leiterin versucht, so zu tun, als gäbe es sie gar nicht. Aushilfe, Studentin, solche Ausreden. Ich glaube, sie wünscht, sie hätte einfach nichts von ihr gesagt.«

»Glauben Sie, dass die Frau ohne Arbeitsgenehmigung beschäftigt gewesen war?« Putzen war eine Arbeit, die meist nicht sehr geregelt ablief. »Ich werde mehr Informationen brauchen.«

»Ich habe ihr gesagt, dass sie innerhalb der nächsten Woche eine Überprüfung sämtlicher Arbeitsabläufe und der Buchführung zu erwarten hätte. Das hat ihrer Erinnerung ganz prima auf die Sprünge geholfen.« Farnham grinste und sah in der Akte nach. »Der Name ist Anna Krleza. Ungefähr zwanzig, etwa ein Meter fünfundfünfzig groß. Schulterlanges dunkles Haar. Laut Fry hat sie erst seit einer oder zwei Wochen im Hotel gearbeitet. Sie sollte ihre Unterlagen für Kranken- und Rentenversicherung innerhalb von ein paar Tagen bringen. Fry sagte, sie sei bereits misstrauisch geworden wegen der Verzögerung.« Er sah

Lynne mit skeptisch hochgezogener Augenbraue an. »Ich suche sie. Aber Sie haben die richtigen Kontakte.« Er zog noch einen Hefter auf dem Tisch zu sich herüber. »Wissen Sie irgendetwas über eine Firma, die sich Angel Escorts nennt?«

»Glauben Sie, dass sie von einem Kunden ermordet wurde?« Er gab keine Antwort, sondern wartete ab, bis sie seine Frage beantwortet hatte. »Ich kenne keinen Begleitservice, der sich Angel nennt, jedenfalls nicht in dieser Gegend. Aber viele dieser Agenturen arbeiten heutzutage übers Internet. Im Grunde behaupten sie, dass sie nur die Kontakte herstellen – die Mädchen geben ihnen die Informationen über sich, und die Agentur gibt sie an die Kunden weiter.« Sie zuckte die Schultern. Die Internetseiten mit verkäuflichem Sex boten offenkundig Prostituierte an, aber es war schwierig, sie zu finden. Alle vom Cyberspace oder einer konkreten irdischen Basis aus operierenden Anbieter hielten sich mit vorsichtigen Formulierungen gerade noch innerhalb der gesetzlichen Grenzen, damit sie nicht die Polizei auf sich aufmerksam machten.

»Hm«, antwortete Farnham unverbindlich.

Lynne fragte nach: »Warum glauben Sie, dass sie im Geschäft war?«

»Das tue ich gar nicht«, sagte er. »Aber ich denke, möglich wäre es gewesen. Das Blenheim deutet ja in diese Richtung. Und sie hat etwas Besonderes getragen, so eine Art Korsett mit Spitzen, wie sie bei diesen Fesselungspraktiken üblich sind. Und das Zimmer war nicht für eine Frau reserviert, sondern ein Mann buchte am Abend über Telefon für eine Person. Ein Handelsvertreter, anscheinend.« Er sah noch einmal in seinen Notizen nach. »Sein Name war Rafael. Mit ›f‹, nicht ›ph‹. Er sah Lynnes fragenden Blick. »Noch kein Glück gehabt. Er hat sich im Hotel eingetragen, nur Gekritzel. Wir lassen es überprüfen, aber ich glaube, es sagt überhaupt nichts aus. Die Telefonnummer gibt es nicht, und er hat keine Autonummer angegeben. Er hat sich ganz normal eingetragen, bezahlt – sie machen das so, wenn sie frühmorgens wegwollen – und ist von niemandem mehr gesehen worden.« Er rieb sich mit dem Zeigefinger die Nasenwurzel. »Jedenfalls, der Name, Angel Escorts, Rafael…« Er sah Lynne an. »Es gibt einen Erzengel, der Rafael heißt.« Lynne wusste das. Aber sie war überrascht, dass Farnham das wusste. »Der Witz eines Freiers, oder der eines Mörders? Oder läuft das aufs Gleiche hinaus?« Er runzelte die Stirn. »Wir haben diese Karte gefunden.« Er schob sie zu Lynne hinüber. Sie betrachtete sie. *Internationale Frauen*. Deshalb meinte Farnham, sie kenne vielleicht die Agentur. Sie hielt den Blick auf die Karte gesenkt und überdachte die Möglichkeiten, während sie ihm zuhörte. Weder Adresse noch URL. Nur eine Telefonnummer.

»Die Telefonnummer ist die eines Mobiltelefons«, kam Farnham ihrer Frage zuvor. »Wir warten noch darauf, dass wir Informationen zum Standort bekommen, damit wir wenigstens herausfinden können, von wo telefoniert wurde. Bis jetzt haben wir nichts. Wir müssen sie identifizieren.«

Sie wollte ihn gerade fragen, wie weit sie damit gekommen seien, als er ein Foto über den Tisch schob. Sie schaute es an, wandte den Blick ab und betrachtete es dann genauer. »Mein Gott.«

Farnham nickte. »Er hat sie furchtbar zusammengeschlagen.« Lynne sah das Foto und das verwüstete Gesicht der Frau an. Der Körper war klein und schlank. Das Haar, das von dem Gesicht zurückgekämmt war, war lockig. Lynne versuchte, sich die Gesichtszüge vorzustellen, die so völlig ausgelöscht waren, und die Gesichter toter Frauen aus der Vergangenheit tauchten in ihrer Erinnerung auf. Und die namenlosen, toten Frauen, die sie in letzter Zeit gesehen hatte. Die Frau in Ravenscar, Katja und jetzt… in Gedanken hörte sie Farnhams Stimme. *Dornröschen*.

Sheffield

Am Samstagabend stand Roz am Eingang des Wohnblocks, in dem Joanna wohnte. Das Gebäude war niedrig, drei Stockwerke, und lag nicht direkt an der Straße. Die Vorderseite zeigte auf den Park und die Rückseite auf einen bewaldeten Hügel. Eine Insel ländlicher Abgeschlossenheit mitten in der Stadt. Roz fragte sich manchmal, wie Joanna es sich leisten konnte, mit dem Gehalt einer Akademikerin hier zu wohnen. Sie klingelte, und als etwas Unverständliches aus der knackenden Sprechanlage ertönte, sagte sie ihren Namen. Dann straffte sie die Schultern und stieß die Tür auf. Warum sie zu dieser Party eingeladen worden war, wusste sie nicht, und sie fand, dass Joannas Partys sowieso eine Nervenprobe waren. Mit Luke hatte sie sich über die Gründe der Einladung unterhalten, als sie am Freitag von der Arbeit wegging. »Du wirst Unterhalterin sein«, sagte er, ohne von seinem Bildschirm aufzusehen. »Nimm deine schicksten Spitzenhöschen mit.«

Na vielen Dank auch, Luke! Sie stand vor der Wohnungstür, und Joanna begrüßte sie mit einem Küsschen, was sie zu anderen Zeiten nie tat. Nach einem kurzen Blick auf das Etikett nahm sie den Wein, den Roz mitgebracht hatte. Wein mitzubringen, war wahrscheinlich ein Fauxpas, überlegte Roz, während sie und Joanna nichts sagende höfliche Floskeln austauschten. Joanna trug ein schwarzes Kleid von untadeliger Eleganz und sah wunderschön aus. Roz sagte ihr dies, und einen Augenblick lag ein Ausdruck echter Freude auf Joannas Gesicht. »Wir sind hier drin«, sagte sie und führte Roz in das Wohnzimmer. Roz beneidete Joanna um diesen Raum mit den riesigen Fenstern, die die ganze hintere Wand einnahmen. An einem Nachmittag vor Weihnachten war sie einmal hier gewesen, als der Arts Tower geschlossen war, um einige Notizen für das Budget-

Meeting durchzugehen. Dabei hatte sie den winterlichen Sonnenuntergang beobachtet. Die Sonne, ein orangeroter Feuerball, schien durch die Bäume und färbte die Wolken grau und leuchtend rot.

Roz spürte den weichen Teppich unter ihren Füßen, als sie durch den Raum ging, nickte ein oder zwei bekannten Gesichtern zu und folgte Joanna zu einer kleinen Gruppe von Gästen, die eines der Bilder bewunderten. Joanna stellte sie schnell allen vor. Mark Bell war da, den Roz vom Sehen kannte. Er war ein einflussreiches Mitglied des Finanzierungskomitees, einer der neuen Sorte Akademiker mit guten Beziehungen zur Industrie. »Und das ist Petra, Marks Frau«, fuhr Joanna fort. »Ich glaube, du kennst Jim noch nicht, Jim Broadbent. Jim arbeitet bei Ashworth Lawrence.« Eine der größten Rechtsanwaltskanzleien in South Yorkshire. Roz kannte den Namen, ein weiterer Mann mit viel Einfluss sowohl in der juristischen als auch der akademischen Welt. Sie fragte sich, ob Joanna eigentlich Leute kannte, die weiter nichts waren als Freunde. Vermutlich war es heute Abend die Rolle von Roz, alle diese Gäste, deren Einfluss sich über die Universität hinaus erstreckte, von der Law-and-Language-Gruppe zu überzeugen.

»Und vielleicht kennst du Sean Lewis«, sagte Joanna. »Er hat seinen Doktor am MIT gemacht, und jetzt ist er in Martin Lomax' Team.« In der Informatik. »Sean, das ist Rosalind Bishop.«

Roz sah sich einem sehr jungen Mann gegenüber, der sie aufmerksam betrachtete. »Ich glaube, wir kennen uns nicht«, sagte sie.

Er lächelte. »Sicher nicht.«

Joanna gab ihr ein Glas Wein in die Hand, und als Roz die fast saure, kühle Herbheit des Weins schmeckte, erkannte sie, dass ihr Chardonnay aus dem Supermarkt sicher ein Fauxpas gewesen war. Sie sah Sean Lewis an und fragte sich, warum Joanna ihr ausgerechnet ihn vorgestellt hatte. »MIT«, sagte sie, »eine Alma

Mater, die Eindruck macht.« Das Massachusetts Institute of Technology. Sie überlegte, was jemand mit einem Doktor von *der* Universität wohl in Sheffield tat.

Er schien ihre unausgesprochene Frage zu erraten. »Dort ist einiges los«, sagte er. »Aber es ist ein bisschen einseitig. Es ist großartig, wenn man sich nur in die Arbeit stürzen will – alle sind dort gleich, sie kennen nichts als die Arbeit. Aber ich bin eher jemand, der ein bisschen was vom Leben mitkriegen will. Es gibt so viele Länder, in denen ich noch nicht war. Dort drüben versteht man das nicht.« Er zuckte die Schultern.

Roz nickte. Sie hatte sich in der Anfangszeit ihres Berufslebens voll darauf konzentriert, einen Platz für sich zu finden und dann die Karriereleiter zu erklimmen. Und die meisten Leute in ihrem Alter hatten das auch getan. Sie hatte damals geglaubt, andere Dinge einfach auf später verschieben zu können, und fand Seans Einstellung erfrischend.

Sie unterhielten sich noch eine Weile, dann machte sie ihre Pflichtrunde, sprach mit Jim Broadbent über die Politik der Krankenhausfinanzierung und mit jemandem, den sie kannte, dessen Namen sie aber nicht mehr wusste, über die Wichtigkeit von Public Relations. Nach einer Weile bildeten sich neue Grüppchen, sie entspannte sich einen Moment und hörte dem Gemurmel um sich herum zu. Satzfetzen über die Finanzierung der Krankenhäuser, die gegenwärtige Situation des Theaters in Sheffield, die Schwierigkeiten der Universitäten und die Rolle der Forschung in modernen technisierten Gesellschaften. Roz hörte die Gäste über die neuen Vorschriften des Innenministeriums und die engstirnige Verwaltung der Universität reden, dann führte Joanna sie zum Büfett.

Das Esszimmer mit den glänzenden Buchenholzböden und einem Tisch, auf dem Kristall im Kerzenlicht schimmerte, bildete den absoluten Kontrast zu dem weichen Komfort des Wohnzimmers. Roz sah das eindrucksvolle Büfett und fragte sich wieder einmal, wie Joanna die Zeit fand, all die Dinge zu tun, die sie tat.

Joanna kam mit dem jungen Mann, Sean Lewis, im Schlepptau auf sie zu, und Roz überlegte, was sie wohl vorhatte. Was auch immer, es war ja nur für einen Abend, und Sean war ein gut aussehender, angenehmer Gesellschafter. Sie unterhielten sich über Allgemeines und ihre Arbeit, aber Roz nahm sehr wohl wahr, wie er näher als nötig neben ihr stand, sie zu lange ansah, wenn ihre Blicke sich trafen, und sich so zwischen Roz und die Gäste im Raum stellte, als wolle er diese von ihr fern halten. *Du hast's geschafft*, *Bishop*, hörte sie in Gedanken Lukes Stimme. Fast hätte sie gelächelt, blieb aber ernst.

Sean zeigte echtes Interesse an ihren Überlegungen zur Law-and-Language-Gruppe und sprach recht kenntnisreich darüber. Er hatte Verständnis für ihr Interesse an der Forschungsarbeit der Gruppe. »Immer wieder die Technik und die Software«, sagte er. »Man lässt sich Forschungsgelder geben, entwickelt die Prototypen und geht dann selbst damit auf den Markt.« Er meinte, sie verschwendeten ihre Zeit mit den kriminaltechnischen Analysen. »Sich mit Bändern abquälen«, sagte er abschätzig.

Roz war plötzlich hellwach. Dieser junge Mann war offensichtlich ein Überflieger. Sein Arbeitsbereich waren Computer und Software. Er schien viel gereist zu sein, sprach über Amerika, den europäischen Kontinent, den Fernen Osten. Er würde sich wohl kaum eine von Joannas Partys als Abendbeschäftigung aussuchen. Er sah eher aus, als fühlte er sich in den stadtbekannten Pubs von Sheffield zu Hause. Sie fragte sich, was ihn hierher zog.

Sie sah Joanna nachdenklich und mit leuchtenden Augen zu ihnen herüberschauen, und sie verstand, warum Joanna so interessiert an Sean Lewis war und warum sie wollte, dass Roz und er sich verstanden. Wenn Joanna es schaffte, dann würde er der perfekte Ersatz für Luke sein. Joanna hatte davon gesprochen, dass die Stelle aufgewertet und dem Software-Spezialisten die Kontrolle über die Forschungsgelder von der EU gegeben werden sollte. Er wollte reisen. Und er konnte daneben noch seine eigenen Interessen verfolgen, ja, eine enge Verbindung zu einer erfolgreichen Forschungsgruppe würde ein großer Vorteil sein. Er lächelte ihr zu und nahm sich ein Stückchen Spargel von ihrem Teller. Bahnte sich da ein Pakt mit dem Teufel an? Sie fragte sich, ob sie nicht mit einem extralangen Löffel essen sollte.

5

Sheffield, Sonntag

Um sieben Uhr wachte Roz vom Klingeln des Telefons auf. Sie schimpfte und zog die Decke über den Kopf. Sollte doch der Anrufbeantworter die Sache erledigen. Sie hatte es verdient, mal auszuschlafen. Kurz nach zwei war sie von Joannas Party heimgekommen und in den frühen Morgenstunden schon von einer Gruppe Jugendlicher geweckt worden, die sich auf der Straße stritten und herumgrölten. Jetzt wollte sie einfach nur schlafen. Wer würde sie überhaupt zu dieser Zeit anrufen? Ihre Mutter? Nicht einmal Paula würde sonntags so früh anrufen. Dann drang die Stimme auf dem Gerät zu ihr durch, und sie setzte sich auf und griff nach dem Hörer. »Bishop, du faules Stück, steh auf...«

Das war der alte Luke von früher, der Freund, der sich nie gescheut hatte, sie wegen irgendeiner Unternehmung, für die er sich begeistert hatte, aus dem Bett zu jagen. »Es ist mitten in der

Nacht, Luke! Herrgott noch mal!« Dann fiel ihr Freitag wieder ein. »Was ist denn los?«

»Ich bin in Gemmas Wohnung«, sagte er. »Da ist…« Er klang plötzlich unsicher, der neue Luke, leicht argwöhnisch, etwas distanziert. »Ich bin nicht ganz sicher. Vielleicht hätte ich dich nicht anrufen sollen.«

»Ach komm, Luke. Meinst du wirklich, ich kann jetzt wieder einschlafen? Was ist denn los? Ist Gemma krank? Ist sie deshalb gestern nicht gekommen?«

»Gemma ist nicht zurück«, sagte er nach einer Pause.

»Luke…« Ein beklemmendes Gefühl überkam sie. »Hat sie sich gemeldet? Hast du irgendetwas gehört?«

»Nichts. Aber…« Wieder die Unsicherheit, die gar nicht zu Luke passte.

»Meinst du nicht, wir sollten jemanden anrufen – das Krankenhaus? Vielleicht hatte sie einen Unfall.« Oder regte sie sich jetzt übermäßig auf?

»Das hab ich schon gestern gemacht. Ich hab dir ja gesagt, der Mist mit dem Wagen, das machte doch keinen Sinn. Es war nichts. Aber es würde sowieso nichts sein.«

»Warum? Was haben sie gesagt?« Es musste doch etwas los sein, sonst hätte er nicht angerufen. »Ich komm vorbei, ja? Zu Gemmas Wohnung?«

»Ich weiß nicht…« Wieder diese Unsicherheit. Sie versuchte, sich zu erinnern, ob Luke sie einmal irgendwann in dem Jahr, seit sie ihn kannte, um Hilfe gebeten hatte.

»Ich komme hin«, sagte sie.

Einen Moment schwieg er. »Okay. Mal sehen, was du davon hältst.« Er legte auf.

Roz sah aus dem Fenster und versuchte abzuschätzen, wie das Wetter werden würde. Sie hatte keine Stores, ihr Schlafzimmerfenster führte auf das verlassene Haus hinaus, und von dort, wo sie lag, konnte sie das Erkerfenster sehen. Sie ließ sich aus dem Bett auf den Boden rollen. Es war eine Technik, die sie sich als Teenager angewöhnt hatte, als das Aufstehen eine unmöglich schwierige Aktion war. Ihre Müdigkeit war verflogen, aber sie wusste, dass sie sich später wieder melden würde. *Ich werde alt...* Die Dusche weckte sie vollends auf. Sie zog Jeans und einen warmen Pullover an, legte ein Croissant auf den Toaster und schaltete den Wasserkocher an. Fünfzehn Minuten später fuhr sie mit dem halben Croissant in der Hand rückwärts durch ihr Tor.

Gemma wohnte in einer Mietwohnung in Hillsborough. Roz hatte sie ein- oder zweimal dort abgeholt, war aber nie in der Wohnung gewesen. Das fiel ihr ein, als sie vor dem kleinen Reihenhaus hinter Lukes Motorrad anhielt, eine Vincent Black Shadow, der er mehr Zeit und Pflege widmete als sich selbst. »Das macht mich richtig arbeitsam«, hatte er Roz gegenüber einmal eingestanden. Er musste nach ihr Ausschau gehalten haben, denn er öffnete die Tür, als sie durchs Tor kam.

Sie folgte ihm ins Haus. Die Diele und das Treppenhaus wurden gemeinsam von allen Mietern genutzt und waren so dunkel und ungepflegt, wie das bei Durchgangsbereichen oft der Fall ist. Gemmas Wohnung lag im Erdgeschoss, die Tür links vom Eingang. Roz sah sich um, als sie hineinkam. Vermutlich ähnelte die Wohnung den zahlreichen möblierten Unterkünften, die in einer Gegend mit vielen, häufig wechselnden Mietern angeboten wurden. Gemma hatte die Sessel mit hellen Überwürfen bedeckt und die Wände in einem sanften, neutralen Farbton gestrichen, als hätte sie versucht, den Raum so unaufdringlich wie möglich zu gestalten, sodass er nur einen Hintergrund für sie abgab. Hier und da gab es Farbkleckse – das Grün einer Pflanze, eine Tischlampe mit pfauenblauem Schirm, ein Wandbehang in leuchtenden Farben, Kissen, die rot bestickt waren. Roz war von dem Wandbehang fasziniert. Er schien in dem nüchternen Zimmer von glühendem Leben erfüllt. Sie betrachtete ihn genauer und bewunderte die bunten Farben und die kunstvolle Webarbeit.

Luke stellte sich hinter sie. »Gemma hat ihn aus Dudinka mitgebracht«, sagte er. Gemma war drei Jahre in Russland gewesen, an der sibirischen Universität in Nowosibirsk, wo sie an ihrer Doktorarbeit schrieb. »Sie haben ihn ihr geschenkt, als sie ging. Sie kehrt dorthin zurück, wenn ihr Forschungsauftrag hier zu Ende ist.« Roz war überrascht. Sie hatte gedacht, dass Gemma eine Universitätskarriere in Großbritannien oder Amerika anstrebte.

Luke wandte sich von dem Wandteppich ab. »Hier entlang«, sagte er und führte sie durch eine kleine Küche, mehr eine Diele, ins Schlafzimmer, das im hinteren Teil des Hauses lag. Es war kleiner als das vordere Zimmer und nur mit einem Bett und einer kleinen Kommode möbliert, und am Kaminmantel war eine leere Kleiderstange befestigt. Unter dem Fenster stand Gemmas Schreibtisch mit ihrem Computer. Der Bildschirmschoner zeigte komplizierte Muster in immer neuen Farben. Luke ging hin und sagte: »Sieh mal.« Er öffnete mit einem Mausklick das Fenster <Dokument öffnen> und forderte Roz mit einer Kopfbewegung auf, herüberzukommen. Sie sah auf den Bildschirm. Das Fenster hatte sich geöffnet, aber nichts war zu sehen, keine Dateien oder Verzeichnisse, nur der leere Monitor.

Roz sah hin und schaute dann Luke an. Er zuckte die Schultern. »Als ich die Festplatte letztes Mal sah, am Dienstagabend muss das gewesen sein, hatte sie jede Menge Sachen da drauf«, sagte er.

»Vielleicht hat sie sie gelöscht, um Platz zu haben«, sagte Roz. »Vielleicht ist alles auf Disketten gespeichert.«

Luke öffnete die Schreibtischschublade. »Sie bewahrt ihre Sicherheitskopien hier auf«, sagte er. Die Schublade war leer. »Gem lässt sowieso alles auf der Festplatte. Sie sagt, man findet sich dann leichter durch. Und sie hat außerdem von allem Sicherheitskopien.« Er verschränkte die Arme, stand an den Schreibtisch gelehnt und sah sie abwartend an.

Roz fragte sich, was er von ihr erwartete, und überlegte, was sie tun sollte. Gemma war an einem Donnerstag nach Manchester gefahren, um an einem Meeting teilzunehmen. Sie war auf jeden Fall dort gewesen, Joanna hatte am Freitag nachgefragt. Am Donnerstagabend sollte sie zurück sein. Luke hatte gesagt, er hatte erwartet, dass sie ihn anrufen würde, oder jedenfalls dachte er, sie würde es tun. In der Abteilung wurde sie Freitag früh erwartet, das Meeting war den ganzen letzten Monat Joannas Hauptanliegen gewesen. Doch Gemma hatte nur eine E-Mail mit einer fadenscheinigen Ausrede geschickt. Sie war nicht zurückgekommen und hatte anscheinend alle ihre Dokumente von ihrer Festplatte gelöscht, bevor sie ging. Luke beobachtete sie immer noch vom Schreibtisch her, um zu sehen, zu welchem Schluss sie käme. »Polizei?«, sagte sie.

»Hab ich auch schon gemacht«, sagte er. »Gestern.«

»Und?« Man musste ihm alles aus der Nase ziehen.

»Sie zeigten kaum Interesse. Sie schrieben alles auf, fanden aber, es gebe keinen Grund zur Beunruhigung. Gemma fährt tatsächlich manchmal am Wochenende weg. Sie sagten, ich solle bis Montag warten. Sie meinten, meine Reaktion sei übertrieben und wir hätten wohl einen Streit gehabt. Die Kabbelei eines verliebten Pärchens.« Er sagte das ziemlich unbekümmert, und sie fragte sich, warum er sich solche Sorgen machte, wenn Gemma öfter ungeplante Fahrten unternahm. Aber es würde nicht viel bringen, ihn zu fragen. Er erzählte ihr in letzter Zeit ja nichts mehr. »Ich hab nur gedacht, da stimmt etwas nicht. Aber da war ich noch gar nicht hier gewesen.«

»Was meinst du damit?«

Er machte eine ungeduldige Kopfbewegung. »Sieh dich doch mal um, Roz.«

Sie schaute sich um und verstand die Bedeutung der leeren Kleiderstange. Dann ging sie zu der Kommode hinüber und öffnete die Schubladen. Sie waren leer. »Alle ihre Sachen sind weg«, sagte sie. Das hieß, dass Gemma die Abreise geplant hatte, wohin sie auch gefahren war. Aber das unbehagliche Gefühl blieb bestehen.

»Erster Preis für gute Beobachtungsgabe, Bishop.« Luke hatte sich wieder zum Computer umgedreht und ließ den Cursor über die Bildfläche wandern.

»Hör mal, *habt* ihr zwei denn irgendetwas miteinander ..., du weißt schon?«

»Was sollen wir miteinander gehabt haben, Roz?«

»Irgendeinen Streit oder eine Auseinandersetzung oder so etwas, das sie aufgeregt hätte. Du weißt schon, was ich meine, Luke.«

Sein Gesichtsausdruck veränderte sich nicht. »Wenn ich den Grund wüsste, warum sie weg ist, dann würde ich sie ja nicht suchen.«

Das heißt also: nein. »Wenn Gemma diese Dateien gelöscht hat, solltest du vielleicht versuchen, sie wiederherzustellen?«, sagte sie. Sie begriff langsam, dass Gemma persönliche Gründe für ihr Verschwinden haben musste und dass Luke mehr wusste, als er ihr sagte. Sie war nicht bereit, den Einfaltspinsel zu geben, welches knifflige Spiel er und Gemma auch spielen mochten. Er lächelte ihr zu und wartete. *Du hast es noch nicht durchdacht, Bishop.* »Du hast bestimmt schon nachgesehen«, sagte sie.

»Es ist kein Problem, gelöschte Dateien wiederherzustellen«, sagte er. »Aber ... jemand hat sich hier ziemliche Mühe gegeben – ich finde nur wirres Durcheinander.«

Gemma hatte also mehr getan, als nur einen Befehl zum Löschen einzugeben. »Kannst du sie überhaupt wiederherstellen?«

»Wenn ich ... ich weiß nicht. Wahrscheinlich nicht. Aus so

etwas hier nicht.« Er runzelte die Stirn und sah grübelnd in die Ferne. »Ich glaube nicht, dass Gemma das getan haben könnte. Sie hätte alles auf ihrer Festplatte löschen können, kein Problem. Sie weiß, wie man das macht...« Roz dachte daran, dass sie einmal genau das getan hatte, ohne dass sie es beabsichtigte oder auch nur wusste, was sie da angerichtet hatte. »Aber für diese Sache hier hätte sie besser Bescheid wissen müssen.«

Roz dachte darüber nach. Sie überlegte, wie sie das Problem angehen würde, wenn sie etwas von ihrer Festplatte so entfernen wollte, dass es für immer weg war. Man konnte in ihrem Arbeitsbereich nicht tätig sein, ohne zu wissen, wie leicht solche Dateien wiedergefunden werden konnten. Wenn sie etwas endgültig löschen wollte, würde sie wahrscheinlich Luke fragen. Aber wenn sie nicht wollte, dass Luke es erfuhr... Sie dachte, wahrscheinlich wäre sie doch in der Lage gewesen, irgendeine Lösung zu finden. Sie wäre nur nicht hundertprozentig sicher gewesen, dass die Dateien wirklich endgültig gelöscht waren. Aber das wäre vermutlich nicht allzu schwierig herauszufinden. »Gemma kann es getan haben«, sagte sie.

Luke zuckte die Schultern. Er dachte offenbar, dass sie sich irrte. Er fuhr den Rechner herunter und stand auf. »Ich gehe in die Abteilung«, sagte er. »Ich sehe auf ihrem PC dort nach.«

Sonntags war es im Arts Tower still. Die Studenten arbeiteten in der Bibliothek, und einige Leute fuhren im Paternoster hinauf oder herunter, eine Universität ist nie ganz geschlossen. Aber die Menge Menschen, die unter der Woche Vorlesungen und Seminare besuchte, war heute nicht da. Sie fuhren schweigend im Paternoster nach oben. Die Abteilung N war menschenleer, das Licht ausgeschaltet, die Gänge dämmrig und still. Luke ging zu Gemmas Büro voraus und schloss mit seinem Universalschlüssel auf. Roz sah sich um. Alles war so mustergültig ordentlich wie am Freitag. Sie erinnerte sich, dass sie hier gewesen war, weil sie Gemmas Bericht suchte. Als Luke jetzt den Computer anschaltete, wurde ihr klar, wie bedeutsam das war, und sie fühlte eine unbestimmte Erleichterung. »Es ist okay«, sagte sie. »Ich hatte das ganz vergessen. Am Freitag habe ich in eine von Gemmas Dateien reingesehen. Ein Bericht, den sie abliefern musste. Alles ist da. Oder jedenfalls die Dateien, die ich suchte, waren da. Ich…« Sie verstummte bei dem, was sie über Lukes Schulter hinwegsah. Der Computer brachte eine Nachricht, weiße Buchstaben auf schwarzem Bildschirm: *Fehler, Fehler, Fehler*.

Luke sah sie an. »Am Freitag mag es wohl noch da gewesen sein«, sagte er. »Aber jetzt nicht mehr. Es ist gelöscht.«

Roz strich sich das Haar aus dem Gesicht und schüttelte den Kopf. »Ich weiß nicht, wo ich noch suchen soll«, sagte sie. Wer immer Gemmas Dateien gelöscht hatte, hatte gründliche Arbeit geleistet. Die peinlich genaue Entfernung der Dateien in ihrem Computer zu Hause hatte wohl einige Zeit erfordert. Hier war sogar die Festplatte neu formatiert. Alles war weg.

Roz und Luke hatten ihren Schreibtisch und die Aktenschränke in Gemmas Büro durchsucht, hatten auf den Regalen nachgesehen, auf dem Fensterbrett und in den Taschen ihres Laborkittels, der an der Tür hing. Roz fragte sich, warum er überhaupt da hing. Sie hatte Gemma ihn nie tragen sehen. Sie suchten Gemmas Sicherheitskopien. Luke stand beim Aktenschrank, und einen Moment hatte er seinen Gesichtsausdruck nicht unter Kontrolle. Er sah ängstlich und verwirrt aus und hatte vor Anspannung Falten um Augen und Mund. Er bemerkte, dass sie ihn ansah, und versuchte ein Lächeln. »Was hätte es für einen Sinn, im Computer alles zu löschen und die Sicherheitskopien hier zu lassen?«, fragte er. »Sie sind nicht hier.«

»Wer immer es getan hat, hat vielleicht nicht gewusst…« Roz hoffte immer noch, dass die Disketten mit den Sicherheitskopien, die Gemma haben musste, doch noch auftauchen würden.

Vielleicht hatten sie etwas übersehen. Sie wandte sich wieder dem Schreibtisch zu.

»Sie sind nicht hier, Roz. Hör auf mit der Zeitverschwendung.« Er steckte die Hände in die Taschen seiner Jeans und sah sich mit zornigem Gesicht im Raum um. »Ich habe ihr gesagt, dass wir ein System zur automatischen Erstellung von Sicherheitskopien brauchen.«

»Wem?« Roz schob die Schreibtischschublade zu. Er hatte Recht. Es war nichts da. Sie hatten überall nachgesehen. Sie rückte ihre Brille zurecht und nahm sie dann irritiert ab.

»Grey. Ich hab es Grey gesagt.« Er fuhr sich durchs Haar und ging ruhelos in dem kleinen Zimmer umher. Roz öffnete die oberste Schublade des Aktenschranks. Sie wollte nicht zugeben, dass er Recht hatte.

»Meinst du, Gemma hat das getan? Kam gestern zurück und hat alles in ihrem Rechner gelöscht?«

Er griff an ihr vorbei zum Aktenschrank und knallte die Schublade zu. »Wie soll ich das wissen, verdammt noch mal?«

Seine Wut ließ sie erstarren. Sie wusste, dass Luke launenhaft sein konnte, aber sie hatte nie erlebt, dass er plötzlich so wütend wurde. Sie trat vom Aktenschrank weg, weil sie ein Stück von ihm entfernt sein wollte. Sie versuchte, noch eine Frage zu stellen, und strengte sich an, ihre Stimme normal klingen zu lassen. »Warum diese Zerstörungsaktion auf der Festplatte hier? Warum hat… wer immer… die ganze Festplatte gelöscht und auf dem anderen Computer nur die Dateien?«

Er sah sie nicht an und ließ seine Hand auf dem Aktenschrank ruhen. »Ich weiß es nicht, Roz.« Seine Stimme klang angespannt und beherrscht. »Versuch doch selbst, es herauszukriegen.«

Sie sah seine starre Haltung. Plötzlich war es, als werde sie zwei Jahre zurückversetzt und sehe Nathans Verwirrung sich in Wut verwandeln. Dann konnte sie immer nur eines tun: Ihm schnell aus dem Weg gehen. Bis zu dem Abend, an dem sie es nicht geschafft hatte. Sie war von seinem unsicheren Stolpern aufgewacht, weil er im Haus umherging, und war aufgestanden, wie sie es zuvor oft getan hatte. Und er hatte am oberen Ende der Treppe gestanden, das Gesicht vor Wut und blinder Angst verzerrt. Sie sah noch dieses Gesicht und seinen erhobenen Arm vor sich. Dann schlug er mit der Faust gegen ihre Schläfe, ihre Hand griff in dem Moment vor ihrem Sturz, in dem alles stillzustehen schien, nach dem Geländer, aber sie konnte sich nicht retten, und Schmerz und Angst ergriffen sie.

In diesem Zustand konnte sie nicht bei Luke bleiben. »Ich bin in meinem Büro«, sagte sie schließlich.

Er sah sie nicht an. »Okay.«

Sie ging den leeren Korridor entlang an der Treppe vorbei, und ihre Schritte hallten auf dem Linoleumboden. Ein rotes Sicherheitslicht glühte an der Decke, und in der Halle am Ende des Korridors schimmerte ein schwacher Lichtschein. Roz ging auf ihr Büro zu und versuchte, die Situation zu überdenken. Ihre Überlegungen gingen in zwei Richtungen: Der Hauptgedanke war die Sorge um Gemma. Das Gefühl beklemmender Ungewissheit überzeugte sie, dass etwas nicht stimmte. Luke sagte, er hätte mit der Polizei gesprochen, und dort sei man nicht besorgt gewesen, aber das war gewesen, bevor er entdeckt hatte, dass die Dateien gelöscht waren. Oder würde man bei der Polizei der Meinung sein, das zeige gerade, dass Gemma vorgehabt hatte, wegzugehen, und dass sie alle Dateien gelöscht hatte, weil … weil was? Weil sie etwas zu verbergen hatte?

Das war Roz' zweite sorgenvolle Überlegung: Wenn Gemma absichtlich gegangen war, konnte das ernste Konsequenzen für die Gruppe haben. Roz schloss die Tür ihres Büros und lehnte sich von innen dagegen. Stille umgab sie. Sie brauchte Zeit zum Denken, und ihr wurde klar, dass sie Joanna anrufen musste. Joanna musste es erfahren. Sie wählte ihre Nummer, aber der Anrufbeantworter war dran. Sie legte auf. Sie sollte sich überlegen, was sie sagen würde. Sie schob einen Papierstoß zur Seite und nahm ihren Notizblock und einen Kuli. Es war ein Stoß von Arbeiten, die sie am Montag zu erledigen hatte. Die verschiedenen Aufgaben, die sie erwarteten, lenkten sie ab, und sie blätterte in dem Stoß, während sie überlegte, was sie Joanna sagen wollte.

Das erinnerte sie an den Bericht für DI Jordan. Gemma musste ihn fertig machen und abschicken. Aber Gemma würde nicht hier sein. Plötzlich wusste sie das ganz sicher. Was immer geschehen war, Gemma würde nicht sobald zurückkommen, vielleicht überhaupt nie. Roz würde den Bericht durchsehen und die ziemlich kurz angebundene DI Jordan anrufen müssen, um zu erklären, warum er noch einen Tag später kommen würde. Sie erinnerte sich an Joannas überschwänglich gute Stimmung am Freitag. Ihr graute davor, es ihr zu sagen.

Eine Diskette hatte in dem Papierstoß gesteckt, rutschte heraus und fiel zu Boden. Mit gerunzelter Stirn hob sie sie auf. Sie vermied es immer sorgfältig, Disketten herumliegen zu lassen, beschriftete sie gewissenhaft und verstaute sie an der richtigen Stelle, damit man sie finden konnte, wenn sie gebraucht wurden. Am Freitag musste sie wohl zerstreut gewesen sein. Sie sah nach, was für eine Diskette es war. Kein Etikett. Das war eigenartig. Sie speicherte nie, wirklich *nie* etwas auf einer Diskette, ohne ein Etikett mit Beschriftung aufzukleben. Sie musste jemand anderem gehören, aber wer würde sie in ihrem Büro liegen lassen?

Dann erinnerte sie sich, dass Gemma am Mittwoch in ihrem Büro gewesen war, nervös in ihrer Tasche gewühlt und sie dann auf ihrem Schreibtisch abgestellt hatte. Die Diskette musste aus der Tasche gefallen sein, ohne dass Gemma es merkte. Sie nahm den Hörer ab, um Gemmas Durchwahl zu wählen und Luke zu sagen, was sie gefunden hatte, aber dann legte sie auf. Sie sollte erst mal nachsehen, was sie gefunden hatte. Gemma musste vorgehabt haben, diese Diskette mitzunehmen. Sie legte sie ein, ließ sie durch das Virenschutzprogramm laufen und öffnete die Datei.

Es waren drei Dateien, JPG-Dateien, also Bilder. Die Namen halfen nicht, AE1, AE2, AE3. Roz war enttäuscht. Sie wollte keine Bilder, sondern sie wollte Gemmas Dateien, die sich auf ihre Arbeit bezogen. Sie öffnete eine Datei mit einem Doppelklick und sah, wie sich das Bild auf dem Bildschirm aufbaute.

Zuerst wollte ihr Verstand das Bild nicht aufnehmen. Dann war sie... schockiert? Verlegen? Belustigt? Kein Wunder, dass Gemma diese Dateien in ihrer Tasche verbarg und sie nicht in der Abteilung herumliegen ließ. Es war ein Bild von einer Frau – Gemma – die nackt auf einer gemusterten Steppdecke saß. Sie hatte die Knie hochgezogen, die Arme darauf gelegt und sah direkt in die Kamera. Ihre Augen leuchteten, und sie schien ein Lachen zu unterdrücken. Die Unterschenkel hatte sie leicht gespreizt, so dass sie der Kamera die uneingeschränkte, freie Sicht bot.

Roz öffnete die nächste Datei, obwohl sie nicht sicher war, ob sie das tun sollte oder wollte. Diesmal stand Gemma aufrecht, die Handgelenke waren über ihr mit einem schmerzhaft straff gespannten Strick zusammengebunden, sodass sie auf den Zehenspitzen stehen musste. Ihre Augen sahen herausfordernd und lockend direkt den Betrachter an. Auf dem dritten Bild lag Gemma auf einem Bett, ihre Hände waren wieder gefesselt und über den Kopf hochgezogen. Die Knie waren angewinkelt und die Beine gespreizt. Sie trug ein Mieder mit Spitzen, das so knapp saß, dass es ins Fleisch schnitt. Der Hintergrund war dunkel und schummerig. Roz saß still da und wusste nicht, was sie tun sollte. Sie verstand nicht, warum die Bilder auf der Diskette waren. Warum Gemma sie in ihrer Tasche mit sich herumtrug. Wem wollte sie sie zeigen?

Hände legten sich auf ihre Schultern, und sie schrak zusammen. Sie fuhr herum, und Luke stand hinter ihr. Ihr Herz hämmerte bis in ihre Kehle, und einen Moment glaubte sie, ihr werde übel. »Luke! *Verdammt!* Du hast mich zu Tode erschreckt!« Sie versuchte, wieder zu Atem zu kommen.

»Was hast du da, Roz?« Er klang ruhig und gelassen und entschuldigte sich nicht für den Schreck, den er ihr eingejagt hatte.

»Es ist ...« Ihre Stimme klang unnatürlich, und bevor ihr etwas zu sagen einfiel, war seine Hand schon auf der Maus, und er klickte die anderen Bilder an. Keiner sagte etwas. Dann schloss er die Dateien und nahm die Diskette aus dem Laufwerk.

»Sie gehören, glaub ich, Gemma«, sagte er.

»Luke ...« Sie wusste nicht, was sie sagen sollte.

»Ist schon in Ordnung.« Er bemühte sich, in seiner Stimme keine Emotion hören zu lassen. »Die haben wir vor zwei Monaten aufgenommen. Es waren einfach Fotos.«

Das stimmte. Es waren nur Fotos. Aber Roz war wütend auf Luke. Sie wünschte, sie hätte sie nicht gesehen, oder dass wenigstens nicht er sie aufgenommen hätte. Gemma hatte sie auf einer Diskette gespeichert und wollte sie irgendwohin mitnehmen. Warum? Sie sah Luke an, der die Diskette zwischen Daumen und Zeigefinger hielt und mit schmalen Augen grüblerisch vor sich hinsah.

»Es geht mich nichts an«, sagte sie. Sie hörte selbst, dass ihre Stimme kalt klang. »Ich dachte ...« Was denn? Was hatte sie gedacht? Dass die Dateien eine Erklärung für Gemmas Verschwinden enthalten würden?

Er fing ihren Blick auf, war aber unkonzentriert, als denke er über etwas anderes nach. »Kein Problem.« Er klang zerstreut, seine plötzliche Wut war so schnell wieder verflogen, wie sie gekommen war. Er sah sie mit hochgezogenen Augenbrauen an. »Na ja, du weißt jetzt also etwas, das du vorher nicht wusstest.«

Jetzt war sie jedenfalls sicher, dass sie Luke nicht so gut kannte, wie sie geglaubt hatte. Es kam ihr vor, als kenne sie ihn überhaupt nicht.

Snake Pass, Sonntagmorgen

Der Sonntag, ein schöner Wintertag, dämmerte über den Pennines. Der Himmel war wolkenlos und blau und die Luft still. Die Temperatur war gesunken, und der Raureif auf dem Boden glitzerte. Es war ein Tag, der die Wanderer anlockte, und Keith Strong hatte beschlossen, der Menge vorauszueilen und früh loszugehen. Er kannte die Peak-Gegend gut, denn er arbeitete in Teilzeit als Forstaufseher und hatte ein Auge auf die Parkbesucher, bot ihnen Hilfe an, half Wanderern aus der Klemme, und wenn etwas drastisch schief ging, beteiligte er sich an der Rettungsaktion. War in der Gegend um den Peak herum eine Rettungsaktion nötig, dann hieß das gewöhnlich, dass jemand sich dumm angestellt hatte, mit hochhackigen Schuhen versucht hatte, den Mam Tor, den zitternden Berg, zu besteigen (wirklich, so etwas hatte er schon erlebt), bei schlechtem Wetter und ohne die richtige Ausrüstung auf die Gipfel wollte oder Felswände ohne Sicherheitsausrüstung hochgeklettert war. Aber heute war er nicht im Dienst, sondern wollte nur die Natur genießen. Sein Kumpel Tony fuhr gleich morgens nach Manchester hinüber, und Keith hatte ihn überredet, die Route über den Snake zu nehmen und ihn am Doctor's Gate abzusetzen. Er hatte vor, den Weg zum Devil's Dyke hinaufzugehen, dem Pennine Way zu folgen und dann zum Flouch Inn hinüberzugehen. Es war eine lange und schwierige Wanderung, aber das Wetter war genau richtig, und er brauchte einen Tag in der freien Natur. Außerdem würde es auch Candy gut tun.

Tony setzte ihn auf der geraden Strecke vor Doctor's Gate ab. »In der Kurve kann ich nicht halten«, sagte er. Als Tony weiterfuhr, hob Keith dankend die Hand, nahm seinen Rucksack auf und machte sich auf den Weg den Berg hinauf und auf das Abflussrohr des Bachs zu. Er führte Candy das Stück, das sie noch auf der Straße waren, an der Leine. Sie gehorchte ihm – alle seine Hunde waren gut erzogen, aber sie war jung und aufgeregt und voller Energie. Es war nicht gut, ein Risiko einzugehen. Sie zog an der Leine, und er verbot es ihr mit strenger Stimme, aber als die Steigung steiler wurde, ließ er sie wieder ziehen. Sobald sie den Durchlass erreichten und die Straße überquert hatten, ließ er Candy von der Leine, und sie rannte voraus den Damm hoch, schnupperte eifrig und tänzelte vor Freude. Keith dachte, und das nicht zum ersten Mal, dass es viel leichter war, einen Hund glücklich zu machen als eine Frau.

Er ließ Candy alles untersuchen. Es gab hier Schafe, und zu dieser Jahreszeit konnten sie trächtig sein, aber Candy wusste, dass sie sie nicht jagen durfte. Keith setzte sich auf einen Felsbrocken, um die Schnürsenkel seiner Stiefel fester zu binden und seine Gamaschen anzuziehen. Auch wenn noch Frost herrschte, konnte es auf den Gipfeln schlammig sein. Zerstreut und mit halber Aufmerksamkeit – da er seine Route plante – bemerkte er ein Auto, das ihn dann doch ärgerte. Die rote Karosserie wirkte aufdringlich in der Landschaft, und es hätte nicht da stehen sollen. Er war der Meinung, dass Leute, die es nicht schafften, hier ohne Auto herzukommen, woanders wandern sollten. Er wusste, dass das unlogisch war, und das reizte ihn noch mehr.

Er fand, dass der Wagen irgendwie merkwürdig geparkt war. Als er Candy zurückrief, kam sie mit einem Stück Heidekrautwurzel im Maul den Pfad heruntergesprungen, die sie ihm zu Füßen legte. Dann sah sie ihn erwartungsvoll an. »Geh da weg!«, sagte er, als er auf das Auto zuging. Es war ganz dicht an den Felsen herangefahren und musste dabei beschädigt worden sein – Keith konnte sich allerdings nicht vorstellen, dass es nur beim achtlosen Parken so weit zur Seite gefahren worden war. Er betrachtete es von vorn und hinten. Die Nummernschilder waren abgeschraubt. Aha. Wahrscheinlich also gestohlen. Jemand, der eine Spritztour gemacht hatte? Aber es war unwahrscheinlich, dass man sich die Mühe machen würde, den Wagen hier oben zu verstecken. Vielleicht war es bei einem Einbruch benutzt worden, ein Fluchtwagen oder so etwas. Die Idee fand er ganz gut.

Candy beschnupperte alles, die Wurzel war vergessen. Sie war jetzt auf der Beifahrerseite und beschnüffelte mit erhobenem Schwanz und achtsam aufgestellten Ohren das Rad. Dann wurde sie plötzlich ganz steif, legte die Ohren an, der Blick war starr und aufmerksam. Sie hatte den Schwanz gesenkt, legte sich wie auf der Pirsch vorsichtig auf den Boden, sah unter das Auto und winselte leise. Keith fasste sie am Halsband und zog sie zurück. »Dummer Hund. Da unten wirst du doch ganz voll Öl.« Candy sah zu ihm hoch und lief auf die andere Seite des Wagens, den Körper immer noch vorsichtig an den Boden gepresst. Keith folgte ihr interessiert. Candy schlich zur Fahrertür, schnupperte prüfend, und ihr Winseln wurde zu einem leisen Knurren. Dann drückte sie ihre Nase gegen die dunklen Spritzer auf der Türschwelle, kratzte an der Tür und winselte.

Auf der Fahrerseite war nur schwer an die Tür ranzukommen, weil der Wagen so eng an der Felswand geparkt war. Keith probierte den Griff, und die Tür ging einen Spalt auf. Ein Geruch wie … ihm fiel zuerst nichts Vergleichbares ein – wie im Hinterhof einer Großstadt … wie ein … Es war der Gestank von Schweiß und Pflegeheim, der Station, wo seine Mutter gestorben war. Der Geruch nach Ammoniak und Zerfall ließ ihn zurückweichen, und Candy sprang sofort hinein und fing an, auf dem Boden vor dem Sitz herumzuwühlen. Keith packte sie an den dichten Haaren der Flanken und zog sie heraus. Sie winselte laut. Um ihre Schnauze herum waren dunkle Flecken. Im Auto konnte man kaum etwas erkennen, aber sie schienen den dunklen Flecken auf dem Armaturenbrett und am Steuerrad zu ähneln, und auch der Sitz war beschmiert und, als er näher hinsah, die Fenster ebenfalls. Es erinnerte ihn an den dicken, schwarzen Schlamm der Sümpfe und Tümpel mit stehendem Wasser auf den Höhen des Coldharbour Moors. War jemand in den Sumpf gefallen und dann zum Auto zurückgekommen, um sich sauber zu machen und die Kleider zu wechseln?

Er ging zur Beifahrerseite zurück und probierte diese Tür. Sie ging auf. Er schnauzte Candy an, die versuchte, an ihm vorbei ins Auto zu springen, und sah sich im Inneren um. Das Handschuhfach stand offen und war leer. Auch sonst war nichts im Wagen. Er fuhr mit der Hand über den Fahrersitz, er war feucht. Als er im Kofferraum nachsehen wollte, war der abgeschlossen. Ratlos sich am Kopf kratzend, machte er die Tür zu. Er musste wohl jemanden anrufen und die Sache melden. Aber die Berge blockierten auf allen Seiten die Signale für sein Telefon. Er würde den Weg ganz hinaufsteigen müssen, bis er hoch genug über den Felswänden und den steilen Seiten des Damms war und das Signal wieder empfangen konnte. Er ging los und pfiff Candy, damit sie ihm folgte. Sie rannte an ihm vorbei, sprang über die Felsbrocken und blieb dann stehen, um mit offener Schnauze und hängender Zunge zu ihm zurückzublicken. Es dauerte eine halbe Stunde, bis er oben war, und nach dem steilen Anstieg keuchte er heftig. Seine Stiefel waren schwer von der dunklen, torfigen Erde, die an ihnen klebte. Candy trug einen Stock und hatte noch genausoviel Energie wie zuvor.

Er sah auf seiner Karte nach und überprüfte seine Position mit dem Kompass, eigentlich mehr, um nicht aus der Übung zu kommen, als dass es nötig gewesen wäre. Ein Turmfalke zog seine Kreise am Himmel über ihm. Dann machte er sich auf und ging weiter über die Höhen, und Candy sprang voraus, lief in die Heide, verschwand und wartete dann, bis er sie einholte. Es war ein wunderschöner Tag zum Wandern.

Hull, Montag

Anna stellte ihre Tasche vorsichtig zwischen ihren Füßen ab. Sie spürte, dass die Blicke der Klofrau auf ihr ruhten. Sollte sie etwas zu der Frau sagen, um ihr zerzaustes Aussehen zu erklären, oder sollte sie einfach so tun, als sei alles normal? Wenn sie mit ihrem starken Akzent Englisch sprach, gab es meistens feindselige Reaktionen. *Geh dorthin zurück, wo du hergekommen bist!* Sie ließ Wasser über ihre Hände laufen und drückte flüssige Seife auf ihr Taschentuch. Sie musste sich herrichten, brauchte einen Platz, wo sie sich zurückziehen konnte, eine Kabine. Eine lange Schlange stand an, und sie schlurfte schrittweise und mit gesenktem Kopf voran. Hier würde sie niemand suchen. Überhaupt würde sie niemand suchen. Es war ein Zufall, nur ein Unfall, nur…

Eine Toilette wurde gespült, sie zuckte zusammen, spürte, wie ihr kalt und übel würde. Wenn sie hier bewusstlos wurde, würde jemand die Polizei rufen und dann… Bevor irgendjemand eine Bewegung machen konnte, drängte sie nach vorn, ging in die frei werdende Toilette und rempelte dabei die Frau an, die herauskam. Hinter sich hörte sie Stimmen. »Entschuldigung! Wer ist…?« »Wir stehen doch hier an…!« Sie verriegelte die Tür und sank auf den Sitz, ihre Tasche zwischen den Füßen, und ließ den Kopf auf die Knie sinken, bis der Schwindel vorbei war. Sie war müde. So müde. Und sie hatte Hunger. *Fort, fort, fort.* Aber es war nicht so leicht. Sie wusste nicht, wohin sie gehen konnte. Ohne Geld, ohne Pass. Sie musste *unbedingt* die Sachen aus ihrem Zimmer holen. Sie konnte sie nicht dort lassen, jetzt nicht mehr, nach all der Arbeit und der Zeit und den Plänen.

Es kam ihr vor, als schwebe ihr Kopf frei über ihr, und alles, was sie hörte, schien aus großer Entfernung zu kommen. Sie war die letzten drei Nächte in der Stadt herumgelaufen – *immer in Bewegung bleiben, immer weitergehen* –, kauerte sich am Tag auf Parkbänken zusammen, nickte ein und glaubte, eine trügerische Wärme steige in ihr hoch, aber dann schreckte sie zusammen und wachte auf, weil sie von der Bank zu rutschen drohte. Als sie noch Geld hatte, war sie Bus gefahren, immer auf dem oberen Deck, weil sie von der Straße aus nicht gesehen werden wollte. Wenn dann richtige, wohlige Wärme ihrem Gesicht, den Füßen und Händen die Taubheit nahm, schlief sie ein, schrak plötzlich auf und merkte, dass sie allein war und Schritte die Treppe heraufkamen.

»... da drin? Ich habe gesagt, sind Sie ...« Sie sprang auf, und die Kälte war wieder da. Es wurde an der Tür gerüttelt. Zuerst verstand sie nicht, was die Stimme sagte. Sie zitterte, holte tief Luft. *Ruhig, ruhig.* »Alles in Ordnung«, sagte sie und war erleichtert, dass ihre Stimme nicht stockte. »Mir ist nur ein bisschen schlecht. Im Magen.«

Sie hörte Stimmen und Schritte, konnte nicht verstehen, was sie sagten. Mit dem feuchten, seifigen Tuch wischte sie sich übers Gesicht und rieb so lange, bis es sich sauber anfühlte. Dann nahm sie ihren Schal ab, strich ihr Haar streng nach hinten und band den Schal wieder fest. Es gab keinen Spiegel. Aber jetzt fühlte sie sich ein bisschen besser. Sie nahm ihre Tasche und öffnete die Tür der Kabine. Sie spürte die Blicke aller wartenden Frauen auf sich ruhen und bemerkte, dass auch die Klofrau sie wieder beobachtete. Sie brachte ein Lächeln zustande. »Danke«, sagte sie. »Nur ein bisschen schlecht ...«

Die Frau beachtete sie nicht. Als Anna die Tür hinter sich schloss, hörte sie die Stimmen: »... da hingehen, wo sie hergekommen sind ...« Anna ging durch eine Möbelabteilung, wo Spiegel an den Wänden hingen und auf Frisierkommoden und an Kleiderschränken angebracht waren. Sie sah eine Frau mit einer zerknitterten Jacke und fleckiger Hose, deren zerzauste

Haare unter einem Schal hervorsahen, und eine voll gestopfte Tasche hing an ihrem Arm. Sie blieb stehen und drehte sich um. Die Frau war dort, hinter ihr und vor ihr. Als sie immer schneller durch die Gänge lief, und die Frau sich umdrehte und abbog, folgte sie ihr, bis sie an ein Geländer stieß und nicht weiter konnte.

»Kann ich Ihnen helfen?«, fragte sie ein junger Mann im Anzug. Seine Mundwinkel waren nach unten gezogen, und die Nasenflügel blähten sich leicht. *Ja! Hilf mir*, hätte Anna gerne gesagt, dann merkte sie, dass er sie nicht einmal sah. Sie war nur Unrat, eine Belästigung, etwas, das man loswerden musste. Sie konnte ihre Kleider riechen, dumpf und ungewaschen. Plötzlich füllten sich ihre Augen mit Tränen, aber sie versuchte, sie zurückzuhalten. Er sah sie nicht an. Er hatte sich umgedreht und hielt Ausschau nach jemandem, der ihm helfen konnte.

»Ich wollte zum Ausgang.« Annas Stimme war nur ein Flüstern. Er streckte die Hand aus, um Anna in die richtige Richtung zu lenken, zog sie aber dann zurück. Stattdessen deutete er nur, und sie sah, dass sie sich gegenüber dem oberen Ende der Rolltreppe befand. Das Geländer war eine schützende Brüstung über der Treppe. Sie ging tastend an dem Geländer entlang und um die Ecke und hatte Angst zu fallen, denn sie traute ihren Augen nicht zu, dass sie den Weg für sie finden konnten. »Danke«, sagte sie leise.

Er folgte ihr und sah ihr nach, bis sie auf der Rolltreppe stand. Sie bemerkte, dass er zu einem Mann mit Schirmmütze und Achselschnur auf dem Hemd sprach, der sie hinunterbegleitete, ein, zwei, drei Stockwerke. Da lag der Ausgang vor ihr. Als sie weiterging, ließ der Anblick der Schirmmütze und der Achselschnüre ihre Beine zittern, bis sie die sichere Straße erreicht hatte.

Sie würde zu ihrem Zimmer zurückgehen müssen.

6

Hull, Montag

Der Fall *Dornröschen* faszinierte Lynne. Sie hatte nicht die Absicht, sich in Dinge einzumischen, die nicht ihre Aufgabe waren. Aber Roy Farnham hatte sie aufgefordert, ihre Meinung zu sagen und ihr Fachwissen beizutragen, und das würde er auch bekommen. Sie genoss die Herausforderung. Ihre Arbeit verlangte ihr eine Menge ab, war oft stressig und bedrückend, vor allem aber interessant, und egal, wie anstrengend die Fälle auch waren, sie schaffte es, zwischen ihrem privaten Leben und den Dingen, die sie sah und tun musste, einen gewissen Abstand zu halten. Manchmal dachte sie, dass diese Fähigkeit für sie als Polizistin am wichtigsten war.

Sie nahm die Akten aus ihrem Eingangskorb und breitete alles auf dem Schreibtisch aus. Zwei Frauen: Katja im Schlamm der Humber-Mündung und die namenlose Frau auf den Steinen bei Ravenscar. Hatte Farnham Recht, wenn er meinte, dass es eine Verbindung zwischen diesen beiden Toten und auch zwischen ihnen und Dornröschen geben könnte?

Langsam und aufmerksam las sie die Berichte und machte sich Notizen, wenn ihr etwas auffiel. Alles deutete darauf hin, dass Katja Selbstmord begangen hatte, aber … sie war ein paar Stunden, nachdem sie aus dem Krankenhaus weggelaufen war, auf dem Weg zur Humber-Brücke gesehen worden. Die Aussage eines Beobachters war nicht überzeugend: Ein Fahrer, der auf der A63 aus Hull kam, hatte »eine Frau in einem roten Mantel« gesehen, die die Straße entlangging. Aber der andere Zeuge hatte mehr Einzelheiten angegeben. Er hatte das dunkle Haar der Frau und die schweren Metallknöpfe an ihrem Mantel erwähnt.

Ihre Leiche wurde drei Tage später gefunden. Der Gerichtsmediziner hatte nicht genau feststellen können, wie lange sie schon tot war. Er meinte, wahrscheinlich nicht länger als achtundvierzig Stunden. »Wasser und Schlamm machen es schwierig, Inspector«, sagte er, als sie ihn fragte, ob er die ziemlich vagen Schlussfolgerungen in seinem Bericht nicht präzisieren könne. »Eine inoffizielle Vermutung – vielleicht?«, hatte Lynne gefragt, aber er hatte sich geweigert, sich festzulegen. Auch die Todesursache stand nicht einwandfrei fest. Nichts bewies, dass sie ertrunken war, und die entscheidende Frage, ob sie schon tot gewesen war, als sie ins Wasser fiel, blieb unbeantwortet.

»Wir wissen es nicht«, hatte der Pathologe müde gesagt. »Aus großer Höhe ins Wasser zu springen ist genau so, als spränge man auf Beton.« Die Kopfverletzungen waren wahrscheinlich erst nach dem Todeseintritt entstanden. »Bei Kopfverletzungen gibt es Blutungen nach dem Tod, wenn die Leiche im Wasser schwimmt«, sagte er. »Und die Möwen haben sich das weiche Gewebe geholt. Es war nicht viel da, woraus sich Schlüsse ziehen ließen. Ich kann in diesem Fall einfach keine eindeutig klare Aussage machen. Es tut mir Leid. Es ist möglich, dass wir es hier mit einer Schädigung des Vagusnervs zu tun haben und dass es im Wasser zum Herzstillstand kam. Ein Schock beim Sturz ins kalte Wasser kann sich so auswirken.« Er schüttelte wieder den Kopf. »Lassen Sie uns abwarten, was die Laboruntersuchungen zeigen.«

Lynne sah sich die Akte der unbekannten Frau an, die bei Ravenscar gefunden worden war und deren Todesursache man genauso wenig wie bei Katja kannte. Über sie gab es jedoch mehr Informationen. Als sie gefunden wurde, war sie wahrscheinlich nicht länger als fünfzehn Stunden tot, das heißt, sie war vermutlich in der Zeit zwischen dem frühen Abend und Mitternacht gestorben. Der Schlag, der ihren Schädelbruch verursacht hatte, wäre tödlich gewesen, aber er war erst nach ihrem Tod erfolgt. Die anderen Verletzungen wären nicht lebensgefährlich gewesen, die meisten waren nur oberflächliche Prellungen. Der Pathologe hatte überlegt, ob sie hier einen Unfalltod bei gewaltsamem Sex vor sich hatten, etwa bei einem Spiel mit Fesselungen, das außer Kontrolle geraten war.

Lynne nahm sich die Laborbefunde vor. Die Frau hatte Alkohol, aber keine Drogen im Blut gehabt. Sonst hatte sie offensichtlich harte Drogen genommen, wenn man von den Einstichen ausging, aber nicht in den letzten achtundvierzig Stunden. Kurz vor dem Tod hatte sie etwas gegessen, in ihrem Magen war Brot.

Lynne dachte nach. Drei Frauen. Möglicherweise Prostituierte, zwei mit unbekannter Todesursache, alle nicht namentlich bekannt und mit so schweren Gesichtsverletzungen, dass sie unkenntlich waren. Alle ins Wasser geworfen, eine gute Methode, um forensische Spuren zu verwischen, und alle nicht dort umgebracht, wo sie aufgefunden wurden. Sie verstand Farnhams Sorge und hatte für sein behutsames Vorgehen Verständnis. Zwei Jahre zuvor hatte sie mit einer Ermittlung zu tun gehabt, die viel Aufmerksamkeit erregt hatte und bei der ein Mann in South Yorkshire Frauen verfolgt, beobachtet und umgebracht hatte. Sie wusste, wie leicht auf Grund oberflächlicher Verbindungen gleich auf »Serienmörder« geschlossen wurde.

Farnham hatte ihr eine Fotokopie der Geschäftskarte gegeben, die auf dem Boden des Hotelzimmers gefunden worden war. Angel Escorts. Es war keine Agentur aus der näheren Umgebung, das hieß, es war keines der Etablissements, die sich als Massagepraxis oder Sauna tarnten. Aber viele Agenturen bedienten sich heutzutage des Internets. Wenn Dornröschen für eine dieser Agenturen gearbeitet hätte, dann wäre sie auf deren Internetseite abgebildet. Lynne war sich sicher, dass sie sofort gelöscht worden wäre, als hätte es sie nie gegeben, sobald man in der Agentur bemerkt hätte, was passiert war.

Vielleicht war es schon zu spät. Dornröschen war in der Nacht von Donnerstag auf Freitag oder Freitag früh gestorben. Es war bereits Montag – Zeit genug, um eine Website aufzuräumen oder ganz aus dem Netz zu nehmen. Sie loggte sich ein, überprüfte ihre E-Mails, alles überflüssiger Datenmüll, den sie, ohne zu lesen, löschte, und dann fing sie an zu suchen. Eine Vielzahl von Seiten bot Begleitdienste an. Manche verlangten eine Grundgebühr, die man zahlen musste, um die Seite zu öffnen. Sie ließ diese vorerst unbeachtet. Wenn Angel eine ganz normale Begleitagentur war, wollte man potenzielle Kunden wahrscheinlich nicht dadurch abschrecken, dass gleich Geld bezahlt werden musste. Man wollte, dass der Kunde sich erst einmal umsah.

»Angel« war ein geläufiger Name. Sie fand darunter mehrere Eintragungen, schrieb sich die Telefonnummern auf und suchte weiter. Sie hoffte, auf eine Seite mit Bildern zu stoßen, auf der man sich eine Frau online bestellen konnte, vermutlich eine Frau aus der Gegend. Bei keiner der Angel Escorts, die sie gefunden hatte, wurde die Ostküste erwähnt. Sie beschränkte ihre Suche auf die nähere Umgebung. Jetzt war die Anzahl der in Frage kommenden Seiten schon viel kleiner. Es gab drei, die sie bereits gesehen hatte, und eine, die sich einfach Escort Services Links nannte. Also würde sie es zunächst damit versuchen.

Der Bildschirm wurde plötzlich schwarz – wie bei Pornoseiten üblich. Dann kam eine Warnung, dass die Seite nur für Erwachsene sei. Lynne klickte auf »weiter«, und der Name Angel Escorts erschien in roten, pulsierenden Buchstaben. Bilder bauten sich auf, begleitet von geschickt angeordnetem Text, der den Betrachter weiterlockte. Ein winziges Bild von einer Frau, die einen Penis mit dem Mund stimulierte. *Sie ist jung, frei und willig!* Ein weiteres Bild mit einem jungen Gesicht, hellem Haar und Zöpfchen. Die Bluse des Mädchens stand offen und ließ ihre Brüste sehen. *Frische Teenager!* Lynne fragte sich, was das für Kunden waren, die sich mit einer Frau abgaben, die auf dieser Seite für sich werben ließ. *100% gratis: Analverkehr – live auf Video!* Lynne suchte nach dem Link für den Begleitservice. *Meet our girls*. Okay. Sie klickte ihn an.

Zehn kleine Fotos von Frauen erschienen – Lily, Jasmine, Rose, Jemima, Suzy… Bei den Bildern waren Links, die es dem Kunden erlaubten, weiterzublättern und die Vorteile der Ware zu begutachten. Vier der Frauen waren offenbar Asiatinnen. Vielleicht aus Korea?, fragte sich Lynne. Oder von den Philippinen? Sie blickten verführerisch und unterwürfig in die Kamera. Lynne klickte zwei der Bilder an, um zu sehen, wie die Seite aufgebaut war. Die Bildersequenz war bei jeder Frau ähnlich. Bilder, auf denen sie knapp bekleidet oder in Unterwäsche zu sehen waren, und normale Nacktfotos, außerdem die übliche Serie typischer Glamour-Girl-Fotos. Ein kurzer Text dazu, dass die Frau sich freue, für eine Stunde oder eine Nacht eine liebevolle und einfallsreiche Gefährtin zu sein. *Ich bin fit und flexibel. Verrate mir deine geheimsten Phantasien, und ich setze sie in die Wirklichkeit um.* Sie fühlte sich an Tittenblättchen erinnert, aber der Unterschied zwischen diesen Bildern und den verschämt unter dem Ladentisch versteckten Zeitschriften war der, dass man eine dieser Frauen tatsächlich für eine gewisse Zeit kaufen konnte, wenn man wollte. Ein Mann konnte sie sich holen und mit ihr spielen, allerdings musste er über ein gutes Einkommen verfügen, um es regelmäßig tun zu können. Lynne fragte sich, wie viel von dem Geld die Frauen tatsächlich behalten durften. Durch ihre Arbeit in der letzten Zeit wusste sie, dass die Männer, die sich diese Frauen kauften, die Neigung oder Sehnsucht nach undefinierbar exotischen Wesen hatten, einem Sexspielzeug ohne echte menschliche Züge. Sie betrachteten diese Frauen als Freiwild für ihre reichlich ausgefallenen Gelüste. Aber Lily, Suzy und Rose waren alle Pseudo-Exotinnen. Wie Fish and Chips in Spanien oder englische Pastete mit Erbsen auf Teneriffa.

Die Tote war Europäerin mit heller Haut. Vier Bilder passten in dieses Schema. Die ersten Fotos waren so klein, dass zu wenig Details zu sehen waren, deshalb überprüfte sie alle Bilder der Reihe nach. Sie erschienen und verschwanden auf dem Bildschirm, eine Prozession nackter Brüste, verführerischer Schenkel und Schmollmünder. Sie hielt bei dem von Jasmine, dann bei dem von Terri inne, die zunächst zu passen schienen, aber bei beiden stimmte der Körperbau nicht.

Sie ging zur Nächsten über. Jemima. Jemima hatte dunkelbraunes Haar und war zierlich wie Dornröschen. Auf dem ersten Bild hatte sie etwas anders ausgesehen, ziemlich alltäglich, eine Frau in Jeans und engem T-Shirt, die in die Kamera lächelte. Das Bild erinnerte Lynne an jemanden. Sie sah frisch, sportlich und unschuldig aus, aber das verstärkte nur noch den Kontrast zu den anderen Bildern. Die restlichen Fotos von Jemima waren ungewöhnlich und beeindruckend. Auf allen war sie nackt, aber aus den Standard-Posen hatte der Fotograf mit Licht und Schatten echte Studien einer im Halbdunkel fast dramatischen, düsteren Atmosphäre geschaffen. Es gab ein Foto, auf dem »Jemima« mit hochgezogenen Knien und aufgestütztem Kinn direkt in die Linse sah. Vielleicht war sie sich gar nicht bewusst gewesen, wie sehr sie sich damit der Kamera auslieferte – die Pose war fast lässig –, aber das mutwillige Lächeln in ihren Augen sprach eine andere Sprache. Es war ein bezauberndes Bild.

Wieder hatte Lynne das vage Gefühl, die Frau irgendwie zu kennen. Lynne runzelte die Stirn und versuchte, sich zu erinnern, aber sie kam nicht darauf. Sie brauchte eine genauere Ansicht vom Gesicht der Frau, um sie Leuten zeigen zu können, die sie vielleicht identifizieren konnten. Sie ging zur nächsten Aufnahme über. Hier lag Jemima im gleichen Bett auf dem Rücken. Ihre Beine waren angewinkelt und gespreizt. Ihre Hände mit gekreuzten Handgelenken waren hoch über den Kopf gestreckt. Lynne vergrößerte den oberen Teil des Bildes, aber es war zu dunkel. Sie konnte nicht sehen, ob die Handgelenke ans Kopfende gefesselt waren, oder ob die Frau sich daran festhielt, aber ihre Arme schienen sehr angespannt. Ihr Gesicht sah gelöst und verführerisch aus. Sie trug ein weißes Mieder und Strümpfe.

Lynne nahm die Fotos vom Tatort aus dem Hefter, den sie mitgebracht hatte. Der Körper der Frau lag mit über dem Kopf zusammengebundenen Händen, hochgezogenen Beinen und gespreizten Knien in der schmalen Badewanne. Bekleidet war sie mit einem verrutschten und fleckigen, weißen Mieder. Das Haar, auf dem Internetbild dicht und glänzend, hing auf diesem Foto wirr und feucht herab. Das Gesicht war nur eine konturenlose, blutige Fläche. Aber alles andere stimmte, die dünnen Arme, die kleinen Brüste und die schmale Taille.

Es klopfte an der Tür, und ohne auf Antwort zu warten, kam jemand herein. Es war einer von Farnhams Leuten, einer seiner Detective Constables, an dessen Namen sie sich nicht erinnern konnte.

»Kommen Sie nicht einfach so rein«, sagte sie knapp.

»Sorry, Ma'am.« Sie sah, dass er auf den Bildschirm blickte, und konnte förmlich seine Gedanken lesen. *Angenehme Arbeit, wenn man an so was rankommt.* »DCI Farnham schickt Ihnen die hier.« Die restlichen Fotos vom Tatort. Roy Farnham meinte es also tatsächlich ernst mit der Zusammenarbeit.

Sie wies mit einer Handbewegung auf ihre Ablage. Er legte den Hefter hinein und wollte gerade gehen, da rief sie ihn zurück und zeigte auf den Bildschirm. Dieses Gefühl der Vertrautheit … Sie wollte keine Energie mit dem Versuch verschwenden, sich zu erinnern, nur um dann Wochen oder Monate später festzustellen, dass eine Sängerin oder ein Star aus einer Seifenoper eine gewisse Ähnlichkeit mit »Jemima« hatte. »Erinnert Sie sie an jemand?«, fragte sie. Sie sah, dass er zwischen mehreren Möglichkeiten schwankte. Wahrscheinlich sollte man nicht gerade einem jungen Mann von etwa sechsundzwanzig Jahren eine solche

Frage stellen, jedenfalls nicht bei so einem Bild. Sie seufzte und klickte zu Jemima in Jeans und T-Shirt zurück.

Erst jetzt sah er genau hin, schüttelte den Kopf und sagte, auf ihre Antwort gespannt: »Nein, an niemand.«

»Okay. Danke…«

»Stanwell«, sagte er. »Des Stanwell, Ma'am.« Er blickte wieder auf das Bild. »Sieht wie 'ne piekfeine Studentin aus. Nicht wie… Sie wissen schon.«

Sie wusste es. »Danke, Des.« Sie wartete, bis er die Tür geschlossen hatte. Sie musste diese Bilder ausdrucken, aber sie war nicht mit dem Farbdrucker verkabelt. Deshalb fing sie an, die Seiten mit Jemima herunterzuladen und trommelte ungeduldig auf den Tisch, weil es so lange dauerte. Während sie wartete, erinnerte sie sich, dass sie ihre Post noch nicht gelesen hatte. Sie blätterte alles schnell durch und bemerkte ärgerlich, dass der versprochene Bericht über das Katja-Tonband immer noch nicht gekommen war. Als alles heruntergeladen war, griff sie zum Telefon.

Sheffield, Montag, 8 Uhr 30

Über der Stadt lag ein Tiefdruckgebiet, am undurchsichtig bleiernen Himmel regte sich nichts, und so begann für Roz der Montag freudlos und grau. Auf der Fahrt zur Arbeit im stockenden Berufsverkehr spürte sie, wie sich Apathie in ihr ausbreitete. Nathan hatte solche Tage immer gehasst. »Warum macht man sich eigentlich die Mühe, aufzustehen? Komm, Roz, ruf im Büro an. Sag ihnen, du seist krank. Komm wieder ins Bett.« Warum kam ihr jetzt Nathan in den Sinn? Als sie in der Autoschlange immer wieder halten und anfahren musste, versuchte sie, an andere Dinge zu denken. Der Tag, den sie vor sich hatte, würde eine ganze Reihe von Zerstreuungen bringen. *Gemma*. Gemma hatte Tutorenkurse zu geben, für die jemand einspringen oder die abgesagt werden mussten. Außerdem stand genug andere Arbeit an. Roz würde Gemmas unerledigte Arbeit durchgehen und nachsehen müssen, wo ... Aber das konnte sie ja nicht. Gemmas sämtliche Dateien und Sicherheitskopien waren verschwunden. Und dann war da noch Roz' eigene Arbeit. Bis Ende der Woche musste sie die nächste Phase ihrer Vorschläge für die Forschungsprojekte fertig haben. Um zwölf hatte sie ein Seminar, dann einen Termin mit ihrer Doktorandin, die ihre bevorzugte Kandidatin für eine der Assistentenstellen war, die Joanna zu besetzen plante... Und Gemma. Vor Frustration schlug sie mit der Faust gegen das Steuerrad und fuhr zusammen, als es hupte. Entschuldigend lächelte sie dem Fahrer vor ihr zu und zwang sich zur Konzentration. Am liebsten hätte sie umgedreht, um auf der entgegengesetzten, fast leeren Fahrbahn aus dem Stadtzentrum hinauszufahren. *Sehr aufbauend, Roz!* Solche Tage wie heute gab es nun mal. Sie musste einfach Prioritäten setzen.

Der Verkehr war so schlimm, dass sie sich verspätete und auf dem Parkplatz nichts mehr frei war. Sie verlor noch mehr Zeit bei der Suche nach einem Platz in den kleinen Seitenstraßen, wo sie das Auto abstellen konnte, ohne eine Verwarnung oder das Abschleppen zu riskieren. Als sie endlich von dem Parkplatz zurückkam, den sie gut fünf Minuten entfernt gefunden hatte, waren die Stufen zum Arts Tower voller Studenten und der Eingang von Warteschlangen vor den Aufzügen und dem Paternoster versperrt. Roz drängte sich durch die Menge, nickte im Vorbeigehen grüßend dem Pförtner in seiner Loge zu und ging zur Treppe. Zum dreizehnten Stock zu Fuß hochzugehen war für jemanden, der hauptsächlich im Sitzen arbeitete, ein gutes Fitnesstraining. Automatisch folgte sie ihrer Angewohnheit, die ersten fünf Stockwerke zu gehen, die nächsten fünf zu laufen, und die letzten drei wieder zu gehen, damit sie nicht verschwitzt und mit rotem Gesicht oben ankam.

Als die Türen zum Treppenhaus sich hinter ihr schlossen, war es sehr still. Die Treppen waren aus Beton und Leichtstein und die Stufen mit grau meliertem Linoleum belegt. Licht kam von den Leuchtstoffröhren, Tageslicht gab es nicht. Sie konzentrierte sich aufs Hinaufsteigen und spürte, wie nach anfänglicher Ermüdung die Energie wiederkam. Man konnte im Treppenhaus mit den hohen Steinwänden und den vielen Stufen Platzangst bekommen. Einen Moment war es fast, als wäre sie im ganzen Gebäude allein, dann hörte sie über sich eine Tür aufgehen, laut zufallen und dann schnelle Schritte. Das Hallen auf der Treppe war verwirrend, denn man konnte erst im letzten Moment hören, ob jemand nach oben ging oder von dort herunterkam.

Plötzlich schoss, drei Stufen auf einmal nehmend, ein junger Mann mit Schwung um die Ecke und an ihr vorbei und verschwand auf dem Treppenabsatz unter ihr. Sein »Sorry!« hing noch in der Luft, als er schon weg war. Studenten. Junge Leute. Roz amüsierte diese Energie und Unachtsamkeit; sie riss sie aus ihrer wetterbedingten depressiven Stimmung. Sie hatte sich beim Zählen der Stockwerke verheddert, sah auf dem Treppenabsatz nach der Nummer und fing an, die nächsten fünf Stockwerke hinaufzulaufen. Aber sie kam sich langsam und schwerfällig vor im Vergleich zu dem sportlichen jungen Mann.

Als sie im Geschoss N ankam, war sie nicht allzu sehr außer Atem und erlaubte sich einen Moment der Zufriedenheit, der aber nur so lange andauerte, bis sie durch die Tür ihres Büros kam und Joanna dort schon wartend vorfand. Roz warf noch einen Blick auf die Uhr, als Joanna schon sagte: »Ich hatte dich heute früher erwartet.«

Es war erst zehn nach neun, aber der ungünstigste Tag, um sich zu verspäten. »Parkprobleme«, erklärte sie. »Gibt es Neuigkeiten von Gemma?«

Joannas Gesicht war starr. »Der hier ist heute Früh angekommen. Am Samstag in Sheffield abgeschickt.« Sie hielt einen zusammengefalteten Brief in der Hand. »Du solltest ihn lesen.«

Roz sah Joanna an und nahm den Brief. Er war auf dem offiziellen Briefpapier der Universität geschrieben und trug das Datum vom Freitag:

Liebe Frau Dr. Grey,
persönliche Umstände machen es mir unmöglich, meine Arbeit mit der Law-and-Language-Gruppe fortzusetzen. Deshalb spreche ich meine Kündigung zum heutigen Datum aus. Ich bedaure, Ihnen meine Absicht nicht früher mitgeteilt zu haben.

Mit freundlichen Grüßen
Gemma Wishart

Roz war völlig verwirrt. Sie erinnerte sich an ihr Gespräch von letzter Woche und an Gemmas Sorge, dass sie mit dem Bericht für DI Jordan in Verzug sein könnte, an Gemmas Klausurpläne für die Studenten und ihre laufenden Forschungsaufgaben. Sie konnte nicht glauben, dass Gemma zu der Zeit geplant haben sollte, ihre Arbeit plötzlich und ohne Vorwarnung aufzugeben. Offensichtlich hatte sie es auch nicht mit Luke besprochen, sonst hätte er nicht mit der Polizei und den Krankenhäusern Kontakt aufgenommen. Sie erinnerte sich an seine Worte vom Sonntag: »Sie kehrt dorthin zurück, wenn die Forschungsmittel für ihr Projekt hier auslaufen.« Er und Gemma hatten über die Zukunft gesprochen, aber über diese Sache hatte er nichts gewusst. Was war geschehen? Was für Probleme hatte Gemma? *Persönliche Umstände...*

»Machst du dir keine Sorgen?«, fragte sie. »Wegen Gemma?« Gemma war Joannas Schützling. Joanna hatte Roz gegenüber oft geäußert, welch glänzende Karriere sie Gemma zutraute.

Joanna runzelte die Stirn und starrte in die Luft. »Gemma

plante schon seit längerer Zeit, eine Weile von hier fortzugehen«, sagte sie. Gemma hatte dies also mit Joanna und mit Luke besprochen. Nur Roz hatte sie nicht informiert. »Sie hat mehrmals finanzielle Unterstützung für die Rückkehr nach Nowosibirsk beantragt«, fuhr Joanna fort. »Ich will sie nicht verlieren, habe es aber befürwortet. Die Universität dort ist ausgezeichnet, und wenn das die Richtung ist, die Gemma einschlagen will, dann ist sie dort besser dran als hier.« Zwischen ihren Augenbrauen entstand eine kleine Falte, und sie sagte: »Ich hatte allerdings nicht erwartet, dass sie es auf diese Art und Weise tun würde.« Nach kurzem Schweigen fasste Joanna sich wieder. »Aber ich habe jetzt dafür keine Zeit. Wir müssen uns um die Situation hier kümmern. Diese Jordan hat vor einer Stunde angerufen und nach dem Bericht gefragt. Ich kann ihn nicht finden.«

Roz erinnerte sich. Sie hatte versprochen, ihn am Freitag abzuschicken, und es vergessen. »Ich erledige das«, sagte sie diplomatisch.

Joanna nickte. »Ich will mir Gemmas Schreibtisch ansehen und auch ihren Aktenschrank«, sagte sie. »Ich muss genau herausfinden, was fehlt.«

Hull, Montag

Lynne befasste sich mit dem Bericht, den Farnhams Arbeitsgruppe zusammengestellt hatte, nachdem Katjas Leiche gefunden worden war. Sie war von einem gewissen Matthew Pearse, einem ehrenamtlichen Helfer bei einer Beratungsstelle der Flüchtlingshilfe, in der Nähe des alten Hafens zur Notaufnahme gebracht worden. Lynne las seine Aussage durch. Sie hatte es vorher so verstanden, dass Katja auf der Straße gefunden wurde, aber als sie Pearses Aussage jetzt las, wurde ihr klar, dass Katja tatsächlich selbst zur Beratungsstelle gekommen war und um Hilfe gebeten hatte. Pearse hatte sie wegen ihres Zustands in die Klinik gebracht. Es war nahe liegend und vernünftig, aber aus heutiger Sicht war es die falsche Entscheidung gewesen.

Lynne musste mit Pearse sprechen. In seiner Aussage stand eine Adresse in der Gegend von Orchard Park in Hull, aber keine Telefonnummer. Sie wollte sich nicht quer durch die Stadt quälen, um ihn zu suchen. Vielleicht konnte sie ihn in dieser Beratungsstelle der Flüchtlingshilfe ausfindig machen. Der Koordinator der freiwilligen Helfer, Michael Balit, würde wohl in der Lage sein, ihr dabei zu helfen.

Aber Balit war wie immer wenig hilfreich. »Matthew Pearse?«, sagte er. »Was wollen Sie von ihm?« Es wäre ein Leichtes gewesen, ihm mit ihrer Autorität als Polizeibeamtin aufzufordern, ihr zu helfen, da sie mit einer Ermittlung befasst war. Aber sie wusste, dass Farnham die Sache zur Zeit nicht an die große Glocke hängen wollte. Die Michael Balits dieser Welt gaben ihr Gelegenheit, sich in Geduld zu üben. Sie erinnerte ihn an den Vorfall mit Katja und gab ihm zu verstehen, ihre Fragen beträfen die Beantwortung von ein paar unwichtigen bürokratischen Fragen. »Wir wollen nur die Akte zu diesem Fall schließen«, war ihre vage Begründung.

Dies akzeptierte er unbesehen und sagte ihr, die Stelle, wo Pearse arbeitete, nenne sich Welfare Advice Centre. »Wir benutzen das Wort ›Asylant‹ nicht gern«, erklärte er. »Aus offensichtlichen Gründen.« Es hatte eine Serie fremdenfeindlicher Übergriffe auf Flüchtlinge gegeben, seit infolge des Verteilungsplans einige Gruppen nach Hull gekommen waren, durch die die sozialen Dienste bis zur Schmerzgrenze belastet wurden. »Deshalb mussten ehrenamtliche Helfer in die Bresche springen«, sagte Balit. Das Beratungszentrum lag in dem alten Teil des Hafens, der noch nicht saniert worden war. »Wir haben eines der leeren Gebäude dort übernommen«, fuhr Balit fort. »Es war früher ein Geschäft. Wir nutzten es, um gespendete Möbel zu lagern. So ist es auch jetzt noch, aber wir haben Platz für ein Büro gemacht, haben eine Übersetzerin dort hingesetzt, und es ging los.« Offensichtlich konnte er also sehr wohl einiges in Bewegung setzen, wenn er musste. Vielleicht fand er einfach nur, Lynnes Arbeit gehe ihn nichts an.

»Und Matthew Pearse?«, fragte sie.

»Na ja, Matthew ist ein ehrenamtlicher Helfer in der Gemeinde hier. Er ist behindert und kann nicht ganztags arbeiten. Aber er hat viel Erfahrung in Gemeinden mit Einwanderern gesammelt, die wir bei uns in Hull nicht haben, deshalb hat er uns hier im Zentrum sehr geholfen.«

Und dann sah Lynne sich diese neueste Ergänzung des Hilfswerks für Flüchtlinge an. Der alte Laden befand sich in einer Seitenstraße neben einem leeren Lager, das bald niedergerissen oder saniert werden sollte. Die Vorderseite war vernagelt und wirkte mit den durchhängenden, undichten Dachrinnen verlassen. Aber die Tür war in Ordnung, die Schlösser funktionierten, und das Schild an der Tür, das in mehreren Sprachen und Schriften abgefasst war, sah relativ neu aus. *Beratungsstelle, Täglich 8.30 – 17.30. Außerhalb der Öffnungszeiten hier läuten.* Sie fragte sich, ob sie im Revier Informationen über diese Einrichtung hatten, und nahm ihr Mobiltelefon heraus. Aber das Signal war zu schwach, weil die Gegend tief lag und von hohen Gebäuden umgeben war. Sie konnte das später klären.

Das Zentrum erinnerte Lynne an den Tante-Emma-Laden, zu dem ihre Großmutter sie oft mitgenommen hatte, um ihr Bonbons zu kaufen, wenn Lynne bei ihr übernachtete. Einen kurzen Augenblick sah sie deutlich das Wohnzimmer ihrer Großmutter vor sich, die raue Strukturtapete mit dem gesprenkelten Muster, die Fliesen um den Kamin und das Bild darüber, ein goldgerahmtes religiöses Motiv mit Wolken, Heiligenschein und Engelsflügeln. Wie viele Jahre lag das zurück? Fünfundzwanzig oder mehr. Einen Moment fröstelte sie. Der Laden neben dem Haus ihrer Großmutter war das letzte Überbleibsel einer abgerissenen Ladenzeile gewesen. Sie erinnerte sich an das Schaufenster mit leuchtend gelben Plastikbananen, die verstaubt und verblasst aussahen, und an die Dosen und Päckchen, die ebenfalls ihren Glanz verloren hatten. An den Laden selbst konnte sich Lynne nur noch undeutlich erinnern, die Kunden waren alt wie ihre Großmutter gewesen. Der Laden hatte ihr mit seiner schäbigen, abgenutzten Einrichtung nie gefallen. Sie mochte lieber Supermärkte mit breiten Gängen und hellem Licht.

Die Beratungsstelle machte den Eindruck, allmählich zu verfallen. Als Lynne die Tür aufstieß und es leise klingelte, fühlte sie sich einen Moment in den dunklen Laden ihrer Kindheit zurückversetzt und glaubte, gleich Mrs. Rogers Stimme fragen zu hören: »Willst du deine Bonbons, Schätzchen?« Aber diese Tür führte in ein kleines Zimmer. Aus der Theke des alten Ladenraums hatte man einen behelfsmäßigen Empfangstisch gemacht, und an der Wand standen Stühle. Das Zimmer war leer, aber die Tür hinter dem Ladentisch ging auf, und eine Frau in einem Schalwar Kameez kam heraus und sah Lynne argwöhnisch an. Lynne zeigte ihren Ausweis und sagte: »Ich suche Matthew Pearse.«

Die Frau betrachtete den Ausweis genau und sagte abweisend: »Kommen Sie.« Mit einer Kopfbewegung wies sie auf die Tür hinter sich. Sie hatte einen ausgeprägten Akzent.

Lynne folgte ihr und gelangte in ein kleines Büro, das mit einem Schreibtisch, einem Aktenschrank, einem Regal und zwei Stühlen übervoll schien. Es war niemand da. Die Regale enthielten Bücher in einer fremden Schrift, die Lynne nicht lesen konnte. Arabisch? Es standen auch Schachteln mit Merkblättern da, die sie sich, ohne zu fragen, ansah. Die Themen betrafen hauptsächlich Sozialhilfe und Gesundheitswesen, vor allem in Bezug auf Kinder. *Impfungen, Wie Sie Ihr Baby ernähren, Wohngeld, Unterstützung für Alleinerziehende.* Fragen zu Wohlfahrt und Sozialhilfe, wie es an der Tür stand. An der Wand hinter dem Schreibtisch hing eine getippte Liste mit Adressen und Telefonnummern, die handschriftlich ergänzt worden war. Die Frau beobachtete Lynne schweigend, die ihr mit den Worten »Detective Inspector Jordan« die Hand hinhielt.

Die Frau zögerte zuerst, nahm dann aber die ausgestreckte Hand und sagte nach einer kleinen Pause: »Nasim Rafiq«, und fügte dann hinzu: »Matthew Pearse ist nicht hier. Aber bald.« Pearse würde also demnächst kommen. Okay, Lynne konnte warten. Sie lächelte der Frau zu, die ihr Lächeln zögernd erwiderte.

»Mrs. Rafiq.« Lynne fragte sich, wie gut die Frau Englisch sprach. Wahrscheinlich gut genug, um hier zu arbeiten. »Könnten Sie mir wohl etwas über dieses Zentrum erzählen, über die Arbeit, die Sie hier tun?«

Rafiq sah Lynne eine Weile schweigend an und zeigte dann auf die Merkblätter. »Beratung«, sagte sie.

Das war vermutlich nicht ironisch gemeint, sondern ein wirklicher Erklärungsversuch. »Und wem bieten Sie Beratung an, Mrs. Rafiq?«

»Flüchtlinge«, sagte die Frau nach einer Denkpause. »Sie kommen von… andere Länder. Von Regierung.«

Ein Zentrum, das Asylanten Hilfe anbot, die aufgrund des Verteilungssystems nach Norden gekommen waren. Dies passte zu der Beschreibung, die Michael Balit ihr gegeben hatte – ein Netz ehrenamtlicher Organisationen, oft von Mitgliedern der Asylantengruppen selbst geleitet, die häufig weder gut ausgebildet noch besonders befähigt waren und trotzdem einzuspringen versuchten. Dies hier war ein solcher Ort, der für sie interessant sein könnte. Sie sah sich in dem Raum um. Eine Tür führte vermutlich zum Rest des Gebäudes. »Darf ich mich mal umsehen?«, fragte sie.

Rafiq schien das nicht zu überraschen, sie stand auf. Sie schloss die vordere Tür ab, ging mit Lynne in den hinteren Raum und forderte sie mit einer Geste auf, alles anzuschauen, was sie sehen wollte. Dieses Zimmer war praktisch kaum möbliert. Eine Couch stand an einer Wand neben einem Sessel mit Holzlehnen und durchhängendem Polstersitz. Ein kleines Gasöfchen an der anderen Wand erfüllte die Luft mit einem schwachen, süßlichen Gasgeruch. Hinter dem Zimmer führte ein Gang zur Treppe und zu einer winzigen Kammer, der Küche. Eine andere Tür ging auf den nasskalten Garten hinaus, der von der hohen Mauer des Lagerhauses überschattet war.

Lynne betrachtete fragend die Treppe und dann Nasim Rafiq. »Wir lagern dort Sachen«, sagte Rafiq. »Gehen Sie ...«, forderte sie Lynne mit einer Geste auf, und diese nutzte die Gelegenheit, sich die oberen Räume anzusehen, die, wie Rafiq gesagt hatte, als Lagerraum genutzt zu werden schienen. Es gab Stöße staubiger Kartons, die offenbar schon längere Zeit hier standen. Lynne machte den Deckel einer Schachtel auf und stellte fest, dass sie voll Kleider und Wollsachen war. An den Wänden entlang waren ziemlich schäbige Möbel aufgestapelt. Lynne kam die Treppe herunter und wischte sich die schmutzigen Hände am Rock ab. Rafiq sah es und zeigte auf eine kleine Spüle in der Küche. Lynne wusch sich die Hände und trocknete sie an dem sauberen Handtuch ab, das die Frau ihr gab.

»Danke, Mrs. Rafiq«, sagte Lynne. »Ich interessiere mich für die Sozialdienste für Flüchtlinge. Es ist heute sehr ruhig hier.«

Rafiq machte eine abwägende Handbewegung. »Ist ruhig, ist viel los«, sagte sie, was Lynne als *mal so, mal so*, deutete. Die Frau schien nicht sehr gut Englisch zu sprechen, hatte aber kaum Probleme, Lynne zu verstehen.

Sie gingen in das kleine Büro zurück, und Lynne nahm eines

der Bilder von Katja heraus, das von der Überwachungskamera stammte und Katja beim Verlassen des Krankenhauses zeigte. Es war von hinten aufgenommen, sodass das Gesicht nur undeutlich im Profil zu sehen war. Aber es zeigte ihr dunkles Haar. Sie legte es auf den Tisch, und die Frau beugte sich interessiert vor.

Plötzlich ging die Ladentür auf, und ein Mann kam mit einem Stoß Schachteln herein. Lynne bemerkte, dass er sich unbeholfen bewegte. Als er sie sah, blieb er stehen. Lynne lächelte und gab ihm die Hand. »Mr. Pearse?«, fragte sie. Er stellte die Schachteln auf dem Schreibtisch ab, blickte Nasim fragend an und schüttelte Lynne die Hand. Es war schwer zu sagen, wie alt er war. Sein Haar war weiß, und er ging vornübergebeugt wie ein alter Mann, aber sein Gesicht sah jünger aus.

Sein Blick fiel auf das Foto, und er trat näher. »Haben Sie… Wissen Sie…?« Er stotterte leicht. Michael Balit hatte ihr gesagt, Matthew Pearse sei behindert.

»Ist Polizei«, sagte Nasim Rafiq schnell und hielt den Blick auf Pearse' Gesicht gerichtet.

»Mr. Pearse«, sagte Lynne. »Ich habe gehört, dass Sie diese Frau gefunden und ins Krankenhaus gebracht haben.«

Einen Augenblick schien er verwirrt. »Nein. Ich meine, ja… das heißt…« Lynne wartete, bis er seinen Satz zusammenbekam. »Ich habe sie ins Krankenhaus gebracht«, sagte er. »Aber sie hat zu uns gefunden.« Lynne merkte, wie Nasim Rafiq sich schützend an seine Seite gestellt hatte. »Ich habe eine Aussage gemacht«, fügte er hinzu.

»Können wir hier irgendwo miteinander reden?«, fragte Lynne. Nach kurzem Zögern nickte er und führte sie in das hintere Zimmer, das sie schon gesehen hatte. Lynne merkte, dass Nasim Rafiq ihr nachsah, als sie die Tür schloss. Sie setzte sich auf den Stuhl und gab sich entspannt und freundlich im Sinne von: *Sie können mir helfen*, als sie mit ihm seine Aussage durchsprach. Es half ihr immer, wenn sie sich die Stimme eines Zeugen anhören und sein Gesicht beobachten konnte. Pearse hatte dem, was sie schon wusste, nur sehr wenig hinzuzufügen. Er arbeite ehrenamtlich für das Beratungszentrum, erklärte er Lynne. »Im Moment sind wir nur zu zweit«, sagte er. »Wir sind noch nicht richtig eingerichtet. Aber es spricht sich herum, und es wird mehr zu tun geben. Es ist von Tag zu Tag unterschiedlich.« Er hatte etwas Mühe mit dem Sprechen und klang durch ein leichtes Stottern langsam und zögernd. »Wir haben das hier als Lager für Kleider und Möbel genutzt«, sagte er. »Aber jetzt bekommen wir hier oben Asylbewerber rein. Sie brauchen viel Unterstützung, solange…« Er mühte sich mit seinem Stottern ab.

»Solange noch nicht entschieden ist?«, half ihm Lynne. Er sah sie an. »Ob ihre Anträge rechtmäßig oder ob sie Scheinasylanten sind«, erklärte sie.

»Ich mache diese Unterscheidung nicht.« Seine dunklen Augen sahen sie direkt an. Durch seine Behinderung, eine leichte Rückgratverkrümmung, hatte er zaghaft und zurückhaltend gewirkt, was durch seinen Sprachfehler noch verstärkt wurde, aber er war ruhig und selbstsicher. »Armut kann genauso schlimm sein wie politische Unterdrückung. Ich würde genauso handeln, wenn ich jung wäre. Oder wenn ich Kinder hätte.«

Es war eine Bemerkung, die vom Thema wegführte, aber interessant war. Dieser Mann brachte den Flüchtlingen also Sympathie entgegen und hatte Kontakte. War Katja deshalb hierher gekommen? »Erzählen Sie mir von der Frau, die zur Beratungsstelle gekommen ist, Mr. Pearse.«

Er fing sich und bewegte ein- oder zweimal die Lippen, bis er die rechten Worte fand. »Sie kam am… ich kann mich nicht an das Datum erinnern. Aber ich kann nachsehen.« Er hielt inne und wartete auf eine Reaktion, aber Lynne schwieg. »Sie sprach nur sehr schlecht Englisch, aber sie war verletzt. Jemand hatte sie, glaube ich, ziemlich schlimm zusammengeschlagen.« Die Anstrengung, nicht zu stottern, ließ seine Stimme ruhig klingen, aber sein Gesicht war zornig.

»Warum ist sie zu Ihnen gekommen?« Lynne fragte sich, ob das Zentrum als ein Ort bekannt war, wo man Hilfe leistete, ohne Fragen zu stellen.

Pearse schüttelte den Kopf. »Ich weiß es nicht. Bevor ich daran dachte, sie zu fragen … brachte ich sie ins Krankenhaus.«

Lynne nickte ihm zu, fortzufahren. »Ich setzte sie am Eingang ab und sagte ihr, wohin sie gehen solle, und dass ich reinkommen würde, wenn ich den Wagen geparkt hätte. Ich weiß nicht, ob sie mich verstand. Ich sah, wie sie reinging, und lief dann los, um das Auto abzustellen.« Er lächelte Lynne zu. »Es dauerte eine Weile. Und ich rief Nasim an, um ihr zu sagen, was los war. Bis ich ein Telefon fand, verging etwas Zeit. Als ich wieder zurückkam, hatten sie sie schon ins Behandlungszimmer geholt. Ich wartete und ging dann spazieren. Mein Rücken schmerzte vom Sitzen in diesen Stühlen. Als ich zurückkam, sah ich sie. Sie kam aus der Klinik und ging zum Parkplatz. Dann winkte sie jemandem zu.« Er fing Lynnes Blick auf. »Von der Stelle, wo ich stand, sah ich niemanden. Und als ich näher kam, war sie weg.«

»Hatten Sie den Eindruck, dass sie jemanden gesehen hatte, den sie kannte?«, fragte Lynne.

Er zögerte. »Ich glaube schon, ja.«

»Was haben Sie dann getan, Mr. Pearse?« Wenn er doch jemanden … »Haben Sie irgendwo angerufen? Mit jemandem in der Klinik gesprochen?«

»Ich wusste, dass die Klinik die Polizei angerufen hatte«, sagte er. »Ich sah die Beamten reingehen. Ich dachte, sie sei deshalb weggelaufen.« Er sah auf seine Hände hinunter und hob dann wieder den Blick. »Ich dachte damals, dass sie als Prostituierte gearbeitet hatte«, sagte er. »Ich wollte sie nicht in Schwierigkeiten bringen, so wahr mir Gott helfe. Ich dachte, ich hätte sie überzeugt, nach der Behandlung in der Klinik wieder zur Beratungsstelle zurückzukommen.« Er sah niedergeschlagen aus.

Es war mehr oder weniger das, was er in seiner ursprünglichen Aussage erklärt hatte. Er war ins Zentrum zurückgekehrt, wo Nasim mit einem Ansturm von Besuchern fertig zu werden versuchte. »Wir hatten an dem Abend bis spät geöffnet«, erklärte er. »Neue Leute waren angekommen. Ich dachte noch, dass wir Glück hatten.« Sie arbeiteten lange, damit alle drankamen, dann hatte er Nasim nach Hause gefahren. »Es ist nachts im Bus zu gefährlich für sie«, erklärte Pearse.

Nasim Rafiq hatte kaum etwas hinzuzufügen. Sie hatte die Frau gesehen, als sie ins Zentrum kam, und hatte später Matthew gesehen, als er aus der Klinik zurückkam. Lynne ließ sich ihre frühere Aussage bestätigen und bemerkte dabei, dass Rafiq nervös an den Fransen ihres Schals herumzupfte. Ihre Nägel waren abgekaut. Lynne sprach ruhig die Einzelheiten der Aussage durch. Rafiq begleitete sie zur Tür der Beratungsstelle und lächelte ihr wieder zögernd zu.

Während Lynne, tief in Gedanken versunken, auf das Grün der Ampel wartete, trommelte sie auf das Steuerrad. Sie hatte alle Informationen erhalten, die sie wollte, anscheinend war in den früheren Aussagen nichts übersehen worden – aber sie musste doch noch einmal mit Nasim Rafiq reden. Sie wollte wissen, woher diese nervöse Wachsamkeit der Frau kam, warum sie versucht hatte, Matthew Pearse zu warnen, bevor er mit ihr sprach. Es würde der Mühe wert sein, Mrs. Rafiq noch einmal zu besuchen.

Sheffield, Montag

Als Roz später am Vormittag leicht an die Tür des Computerzimmers klopfte und sie zögernd aufstieß, war Luke in die Arbeit vertieft. Er saß vornübergebeugt und starrte die Bilder auf seinem Monitor an. »Kaffee?«, fragte sie und wurde sich bewusst, dass sie in dem typisch rücksichtsvollen Tonfall sprach, den man normalerweise gegenüber Verwundeten und Kranken anschlägt. Und nach einem Räuspern noch einmal: »Kaffee?«

Luke schlug mit der flachen Hand auf die Tastatur. »Scheiße!« Er klang angespannt und ärgerlich und schaltete den Monitor aus.

Roz hatte keine Lust, lange herumzustehen. »Heißt das ja oder nein?«, sagte sie mit fragendem Blick auf die Kanne. Lukes Schweigen deutete unterdrückten Ärger an. Sie beachtete das nicht und goss zwei Becher ein, spülte die Kanne aus und füllte frisches Kaffeepulver ein. Sie stellte ihm eine Tasse hin und setzte sich auf den Stuhl neben ihm.

»Danke«, kam die unwillige Reaktion, aber wenigstens sprach er mit ihr.

»Joanna sagte, dass du noch einmal mit dem Krankenhaus und der Polizei gesprochen hast.«

»Alles Zeitverschwendung, scheint mir.« Er drehte sich auf dem Drehstuhl zu ihr um. »Etwas stimmt nicht.« Er fuhr sich durchs Haar. »Pass auf, Roz, es ist …« Sie wartete, aber er schüttelte den Kopf. »Nichts … ich hab einfach kein gutes Gefühl. Grey macht sich nur Sorgen wegen der Arbeitsgruppe. Und du …« Er klang müde.

»Hör zu«, sagte sie. »Ich habe mit Joanna gesprochen. Sie weiß, dass Gemma sich um Stipendien beworben hat, um nach Russland zurückkehren zu können. Sie hat sie dabei unterstützt.« Sie sah seinem Gesicht nicht an, ob ihm das neu war oder nicht. »Joanna macht sich Sorgen. Es ist nur so, dass sie es zwar schafft, sich um die Finanzierung und alles zu kümmern, aber sie kann sich nicht auch noch um die Leute sorgen.«

Luke zuckte die Schultern. »Dann ist es ja gut«, sagte er.

»Ach …« Roz holte tief Luft. Wenn sie jetzt bei Luke die Nerven verlor, würde das gar nichts bringen. Sie wollte ihm sagen, sie sei sicher, dass alles wieder in Ordnung kommen werde, aber sie erinnerte sich daran, dass ihr Freunde nach Nathans Krankheit auch diese Art von gut gemeintem Trost zusprachen, alles werde schon wieder gut werden, Nathan werde wieder gesund. »Woher willst du das wissen?«, hatte sie eine Freundin ärgerlich gefragt. »Ich weiß es einfach«, hatte diese gesagt. »Ich fühle es.« Roz wollte keinen falschen Trost von Menschen, die behaupteten, eine Art direkte Verbindung zur Vorsehung zu haben, sie wollte, dass ihr die Fachleute Hoffnung machten, aber von denen kam keine mehr. Jeder Versuch, Luke auf solche Art zu unterstützen, wäre herablassend und naiv. Aber schließlich gab es noch das Thema Arbeit. »Hast du es geschafft, die Dateien wieder zu finden?«

Er zeigte auf den Monitor vor sich. »Nichts. Ein paar Bruchstücke. Ich verstehe nicht, wie …«

Sie sah ihn genauer an. Sein Gesicht war abgespannt und unrasiert, und die Unruhe und der Glanz in seinen Augen ließen sie vermuten, dass er vielleicht etwas genommen hatte, um wach zu bleiben. »Luke, wie lange hast du daran gearbeitet? Hast du überhaupt geschlafen letzte Nacht?«

»Ach, verdammt noch mal, Roz! Hör doch auf, mich zu bemuttern.« Aber seine Stimme war jetzt wieder normal wie die des Luke, den sie kannte. Er lächelte ihr zu, und wenn sie ihn nicht so gut gekannt hätte, wäre ihr sein Lächeln auch echt vorgekommen. »Geh und kümmere dich um deine Chefin. Sie muss sich um ihre Geldmittel Sorgen machen.«

Roz zog eine Grimasse. *Du machst mir nichts vor, Hagan.* Sie trank ihren Kaffee aus und stand auf. »Lass uns zusammen im Broomgrove essen«, sagte sie, bereute es aber gleich darauf. Sie hatten öfter im Pub zusammen zu Mittag gegessen, vor seiner Beziehung zu Gemma.

Aber er schien nichts dabei zu finden, nickte nur und sagte: »Okay. Gib mir Bescheid, wenn du so weit bist«, Dann wandte er sich wieder seinem Bildschirm zu.

Hull, Montagabend

Die Bar war fast leer. Am Ende des Tages saßen nur hier und da ein paar Gäste an den Tischen und tranken. Lynne Jordan nippte an ihrem Kaffee und schüttelte sich. Alt. Er hatte wohl den ganzen Nachmittag auf der Heizplatte gestanden. Sie überlegte, ob sie eine frische Tasse verlangen sollte, London und Leeds hatten sie verwöhnt. Dort hatte sie sich an guten, frischen Kaffee und gut besuchte, interessante Cafés und Imbissstuben gewöhnt. Hull war dabei, sich zu entwickeln, war aber eine Stadt, die die Hauptquelle ihres früheren Reichtums verloren und noch keinen Ersatz gefunden hatte.

Sie sah auf ihre Uhr. Eine ihrer Kontaktpersonen hatte sich hier mit ihr verabredet. Marie arbeitete als Prostituierte auf den Straßen um den alten Hafen herum. Früher hatte sie für Begleitagenturen gearbeitet, was sicherer war, aber wie viele Frauen, die das Wagnis der Prostitution auf sich nahmen, rutschte sie von Begleitdame über Callgirl und Straßenmädchen immer weiter nach unten. Lynne sah wieder auf die Uhr. Marie hätte schon vor ungefähr fünfzehn Minuten da sein sollen. Viel Verspätung war das bei ihrer Unpünktlichkeit nicht, die sie bei früheren Treffen an den Tag gelegt hatte, aber Lynne hatte erwartet, dass sie diesmal pünktlich kommen würde. Es war ihr gelungen, Marie eine Verwarnung wegen öffentlicher Prostitution zu ersparen, die ihr schon oft gedroht hatte und das letzte Mal tatsächlich zu einer Freiheitsstrafe geführt hätte. Also schuldete Marie ihr einen Gefallen, für den Lynne noch einmal von einer Anklage absehen würde.

Sie öffnete die kleine Mappe, die sie schon den ganzen Nachmittag mit sich herumtrug. Sie enthielt Fotos der Website des Angel-Escort-Service, Fotos von Dornröschen: das Bild in Jeans und T-Shirt, auf dem Des Stanwell sie für eine »piekfeine Studentin« gehalten hatte, und die Aufnahme ihres Gesichts auf dem Bett, bei der die Körperhaltung genau mit der Position der Leiche übereinstimmte. Den ganzen Nachmittag hatte sie nach Angel Escorts gefragt und jemanden gesucht, der »Jemima« auf den Fotos erkannte.

Aber niemand konnte ihr weiterhelfen, weder bei Dornröschen noch bei Angel Escorts. Sie war nicht überrascht, dass die Gruppen, die sich um die Flüchtlinge kümmerten, nicht informiert waren, aber sie hatte doch gehofft, durch die hiesigen Prostituierten etwas herausfinden zu können. Lynne hatte zu einigen von ihnen einen ganz guten Draht. Sie glaubten ihr, dass sie sie nicht vertreiben oder festnehmen wollte, und betrachteten sie als eine der kleineren Gefahren ihres Lebens, in dem es von Risiken nur so wimmelte. Aber heute hatten sie ausweichend und kurz angebunden reagiert. Lynne fragte sich, ob sie Angst hatten, und hoffte nun, von Marie in der relativ geschützten Umgebung des Cafés bereitwilligere Auskunft zu erhalten.

Zehn Minuten später kam Marie und sah sich ängstlich in der Bar um, bevor sie sich zu Lynne setzte. Obwohl sie selbst dieses Pub als Treffpunkt vorgeschlagen hatte, schien sie nervös und verunsichert. »Ich kann nicht lange bleiben«, sagte sie, sobald sie sich gesetzt hatte.

Lynne fragte, ob sie etwas trinken wolle, aber sie lehnte ab und zündete sich eine Zigarette an, ohne Lynne eine anzubieten.

»Nicht während der Arbeit«, sagte sie. Ihr hellblondes Haar war hochgesteckt, und sie war geschickt, wenn auch auffallend geschminkt. Lynne fragte sich, wie alt sie wohl sei. Marie selbst gab dreißig zu, sah aber mindestens zehn Jahre älter aus.

Sie betrachtete das erste Foto von Jemima. »Nie gesehen«, sagte sie abweisend. Aber das hieß nicht viel. Marie arbeitete auf der Straße. Alles auf den Straßen war bis zu einem gewissen Grad offen zugänglich und bekannt. Wenn Jemima eine der Frauen gewesen war, die illegal ins Land geschleust wurden, war es gut möglich, dass sie streng bewacht worden war, obwohl diese Überwachung irgendwann nicht mehr geklappt hatte.

Lynne wartete einen Moment, ob Marie noch etwas sagen wollte, aber sie blieb stumm. Also machte Lynne weiter. »Gehen von diesen Frauen, die ich suche«, sagte sie, »die eingeschleust worden sind, auch einige auf die Straße? Hast du welche bei der Arbeit gesehen?«

Marie zuckte die Schultern. »Ein paar«, sagte sie vorsichtig, sah Lynne kurz in die Augen und senkte dann den Blick. »Sie machen absolut alles«, sagte sie. »Wie die Junkies machen sie sich einen Dreck draus, sie wollen einfach nur die Kohle.« *Was kann ich machen?* Sie musste ihren Unterhalt verdienen.

»Kennst du einige von ihnen?«, fragte Lynne. »Weißt du, für wen sie arbeiten?«

Marie schüttelte den Kopf. »Ich halt mich von denen fern«, sagte sie. »Ich bin doch nicht blöd.«

Marie wusste wahrscheinlich mehr, als sie sagte, aber Lynne wollte sie momentan nicht zu sehr bedrängen. »Ich versuche eine von den Agenturen zu finden«, sagte sie. »Es ist eine im Internet.« Marie zog an ihrer Zigarette und hörte zu.

»Sie nennt sich Angel«, sagte Lynne. »Angel Escorts.«

Marie sah sich schnell im Raum um. Lynne nahm eine Kopie der Geschäftskarte heraus und schob sie ihr über den Tisch zu. Marie beachtete die Karte nicht, sondern sah auf die Uhr und dann über den Tisch zu Lynne. »Ich muss gehen«, sagte sie abrupt und stand auf. »Ich hab ja gesagt, dass ich nicht lange bleiben kann.«

»Marie«, sagte Lynne. »Was ist mit Angel Escorts?«

»Nie davon gehört«, sagte Marie und zog dabei ihren Mantel an.

»Marie...«, sagte Lynne.

»Ich hör mich mal um«, sagte Marie.

»Tu das«, sagte Lynne. Sie sah Marie mit einem Blick an, der ihr klar machte, dass ihr immer noch die Anklage drohte.

Marie zog nervös an dem Kragen. »Ja«, sagte sie und entfernte sich rückwärts gehend vom Tisch. »Ich rufe an.« Sie tat das ja normalerweise immer dann, wenn sie blank war. Lynne sah Marie hinausgehen und nippte noch einmal an ihrem Kaffee. Er war jetzt nicht nur bitter, sondern auch kalt. Sie brachte ihn an den Tresen zurück und bekam nach einem Wortwechsel mit der jungen Frau hinter der Theke eine Tasse frischen Kaffee. Sie wandte sich gerade vom Tresen ab, als sie fast mit einem Mann zusammenstieß, der mit einem Schwall eisiger Luft durch die Tür hereinkam. Es war Roy Farnham. Als er sie sah, hielt er inne. »Lynne... ich wusste nicht...«

»Ich habe gerade...«

Sie hörten gleichzeitig auf zu sprechen und lachten, als sie sich beide mit den für solche Situationen typischen höflichen Floskeln wie »Zuerst Sie«, »Nein, nach Ihnen« entschuldigten. Er kam an den Tisch, wo sie gesessen hatte. »Sind Sie allein?«, fragte er.

Sie sagte ihm, dass sie sich mit Marie getroffen hatte, und er schien sich dafür zu interessieren. »Ist was dabei rausgekommen?«

»Ich weiß noch nicht.« Lynne musste das Ganze erst überdenken.

»Sie hatten Recht mit der Angel-Internetseite«, sagte er. »Ich hab sie mir heute Früh angesehen. Die Seiten mit Jemima sind verschwunden.«

»Ich hab sie runtergeladen«, sagte Lynne. »Sind Sie mit dem Internet-Service-Provider weitergekommen? Oder mit der Telefonnummer?«

»Am ISP bin ich gerade dran«, sagte er. »Hatte bis jetzt noch kein Glück. Das Telefon ist nicht registriert. Wir können weder Namen noch Adresse herausbekommen. Ich habe jetzt Kontakt mit der Telefongesellschaft. Ich will die Unterlagen für diese Nummer, mal sehen, was da verzeichnet ist. Vielleicht kommen wir so an die Adresse ran.« Er dachte kurz nach. »Wie geht's bei Ihnen?«

Lynne erzählte von ihrem Nachmittag, und dabei wurde ihr klar, dass sie nur sehr spärliche Informationen für ihn hatte. »Niemand hat sie erkannt«, schloss sie, »aber ich habe ein paar Leute, mit denen ich noch reden muss.« Sie zog das Foto von Jemima aus ihrer Tasche. »Ich wollte, ich wüsste, an wen sie mich erinnert«, sagte sie.

Farnham warf einen Blick darauf. »Kommt mir nicht bekannt vor«, sagte er.

Lynne berichtete ihm von dem Gespräch mit Matthew Pearse und Nasim Rafiq. »Meinen Sie, sie könnte etwas wissen?«, fragte er.

Lynne war nicht sicher. »Vielleicht war sie auch nur nervös. Aber ich glaube, ich gehe noch mal hin.«

Er nahm die Speisekarte vom Tisch und schaute hinein. »Eigentlich bin ich hergekommen, um etwas zu essen. Hatte keine Zeit zum Lunch. Wollen Sie auch was?«

Es war eines der Berufsrisiken: verpasste oder eilig im Stehen eingenommene Mahlzeiten. Daraus wurde schnell eine Ernährung nur aus Fertiggerichten oder vom Lieferservice. Sie betrachtete die Speisekarte ohne große Begeisterung. Es war ein ganz normales Pub, das zu einer Kette gehörte. Es gab Pseudo-

Gerichte europäischer Länder, asiatische Varianten, Verschiedenes, das in schwimmendem Fett ausgebacken wurde, und Pommes. Und sie wusste schon, was für Salate hier zu erwarten waren. Ein fader Kopfsalat mit Dressing aus kleinen Plastiktütchen wie Shampoo oder Duschgel. Sie traf schnell eine Entscheidung. »Ich habe zwar Hunger, aber auf das Zeug hier habe ich keinen Appetit. Gehen wir doch zum Italiener ein Stück weiter unten.« Eine stinknormale Pizzeria, aber besser als das, was das Pub zu bieten hatte.

Er sah schnell zu ihr hinüber und betrachtete noch einmal die Speisekarte. »Hört sich gut an«, sagte er, leerte sein Glas, und sie gingen. Nach der Wärme im Pub fröstelte Lynne in der kalten Luft.

Im Restaurant saßen nur ein paar frühe Gäste, und die Musik spielte leise. Als der Kellner zu ihnen herübereilte und die Kerze auf ihrem Tisch anzündete, fragte sich Lynne, ob sie einen Fehler gemacht hatte. Sie lächelte Farnham entschuldigend zu und sagte: »Das Essen ist hier viel besser. Aber wahrscheinlich wird es länger dauern.«

»Macht nichts.« Er schien ganz entspannt. »Ich hab's nicht eilig.« Er betrachtete die Speisekarte. »Wenn wir es schon machen, dann machen wir's doch richtig. Möchten Sie ein Glas Wein?«

Lynne spürte beim ersten Glas, dass sie etwas unvorsichtig wurde. Sie war sich immer noch nicht sicher, ob sie nicht dabei war, einen Fehler zu begehen, aber er war ein guter Gesellschafter, mit dem man sich mühelos unterhalten konnte, und er war attraktiv, das musste sie zugeben. Nach einer Weile schweifte das Gespräch vom Thema Arbeit ab. Sie fingen an, über die Schwierigkeiten des Privatlebens zu sprechen, wenn man sich diesem Beruf mit Engagement widmete. Er sei geschieden, sagte er ihr. »Ich habe jung geheiratet, als ich im Beruf noch am Anfang stand«, fuhr er fort. »Sie konnte die Hektik nicht ertragen.

Wir sahen einander kaum. Unsere Beziehung ist einfach eingeschlafen.«

»Kinder?«, fragte Lynne.

»Eines, ein Junge.« Er schien aber nicht ins Detail gehen zu wollen, und sie verfolgte es nicht weiter. »Und Sie?«

Sie schüttelte den Kopf. »Nicht verheiratet, keine Kinder.« Mehr fiel ihr dazu nicht ein. Der Kellner brachte die Pizza, und Farnham steuerte während des Essens die Unterhaltung wieder auf das Thema Arbeit zurück. »Niemand hat sie erkannt?«, sagte er an das anknüpfend, worüber sie im Pub gesprochen hatten.

»Bis jetzt nicht«, erwiderte Lynne. »Mir sind mehr oder weniger die Leute ausgegangen, die ich fragen könnte.« Das Foto lag zwischen ihnen auf dem Tisch. Als Lynne Jemimas Gesicht betrachtete, kam ihr das Tonband mit Katja wieder in den Sinn. Eine piekfeine Studentin ... diese Augen ... Sie sah plötzlich das Bild einer Frau vor sich, die bei einer Seminarveranstaltung sprach und einen Witz über einen Mann machte, der nach obszönen Anrufen eine Nachricht auf dem Anrufbeantworter hinterlassen hatte. Sie sah kurz von ihren Notizen auf. Es war eine ziemlich schüchterne Frau gewesen, aber mit einem Sinn für Humor. Natürlich! Es war Gemma Wishart, die Spezialistin für forensische Linguistik, an die Jemima sie erinnerte. Wieder mal eine der merkwürdigen Verbindungen, auf die sie bei ihrer Arbeit immer wieder stieß. Sie war froh, dass sie endlich das Gefühl des Vertrautseins, das sie nicht mehr los wurde, aufgeklärt hatte, auch wenn es nichts half.

Die Ähnlichkeit war jetzt, wo sie genauer hinsah, sehr ausgeprägt ... Aber das war ja lächerlich! Gemma Wishart arbeitete in Sheffield an dem Katja-Tonband. Allerdings ... Sie erinnerte sich an den Anruf vom Freitag. Der von Gemma Wishart zugesagte Bericht war nicht gekommen, die Frau, mit der sie gesprochen hatte, klang aufgeregt und unsicher, und Wishart selbst war nicht zu sprechen gewesen, weder damals noch bei Lynnes zweitem Anruf. Sie versuchte, sich das Gesicht der jungen Frau vorzustellen, die sie bei dem Seminar kennen gelernt hatte, aber jetzt schob sich immer das Gesicht von »Jemima« dazwischen, und sie war unsicher, ob sie sich auf ihr Gedächtnis verlassen konnte oder ob sie etwas sah, das nicht wirklich existierte. Es *musste* ein Zufall sein.

Sie blinzelte und merkte, dass Farnham sie gespannt ansah. »Tut mir Leid. Mir ist gerade klar geworden, an wen Jemima mich erinnert.« Sie schaute wieder auf das Bild. »Ich hoffe, dass das alles ein Zufall ist«, sagte sie.

Anna wartete, bis es dunkel wurde. Es war den ganzen Tag bedeckt gewesen, und um vier Uhr legten sich schon die stumpfen Schatten des Abends über die Stadt und die Sicht auf Gebäude und Schaufenster fing im Dunst an, sich zu verwischen. Die Straßenlaternen standen drohend im feuchten Nebel, als Anna durch die immer leerer werdenden Straßen ging. Sie hatte den Tag damit verbringen wollen, in der Stadtmitte von einem Kaufhaus ins andere zu gehen, um sich dort gegen die Kälte einer weiteren Nacht im Freien zu wappnen. Sie hatte gehofft, einen ruhigen Ort zu finden, wo sie sich hinsetzen und vielleicht ein paar Minuten schlafen konnte, aber nach der Begegnung am Morgen wagte sie es nicht. Wenn die Geschäfte sich gegenseitig gewarnt oder die Polizei angerufen hatten? Sie war zu nervös, um stehen zu bleiben oder einfach nichts zu tun, und die Verwirrung durch Hunger und Erschöpfung fing an, sich bemerkbar zu machen.

Sie musste etwas tun, musste eine Entscheidung treffen, bevor sie zu schwach wurde, zu handeln oder sich für etwas entschließen zu können. Bis zum Mittag war der Hunger so quälend, dass ihr schwindelig wurde und sie ihre Umgebung ganz hell und fast unwirklich wahrnahm, während sie über das Kopfsteinpflaster zum Hafen zurückging. Sie musste sich etwas zu essen besorgen. Sie fühlte den kalten Schweiß im Rücken und wusste, wenn sie auf der Straße zusammenbrach, würde man sie in eine Klinik bringen, und dann... Ihre Augen prüften jeden Passanten, ob er freundlich und mitfühlend sein mochte, aber auch nicht zu freundlich, nicht zu mitfühlend. Ihr verwahrlostes Äußeres würde jedem deutlich klar machen, was sie wollte.

Sie hatte versucht, eine Frau anzusprechen, aber ihr »Bitte...« klang nur wie ein krächzendes Flüstern, das die Frau nicht hörte. Sie versuchte es noch einmal, ein bisschen lauter: »Bitte...« Aber die Frau ging vorbei und sah auf den Boden. Nach dem ersten Mal wurde es leichter, doch die Leute beachteten sie nicht, wichen ihr aus oder gingen auf die andere Straßenseite, wenn sie ihr entgegenkamen und sie von weitem sahen. Sie fiel auf. Gegen die Kälte hatte sie sich fester in den Mantel gewickelt. Eine Frau ging an ihr vorbei. Anna versuchte es noch einmal. »Bitte...?«

Die Frau sah sie an. »Tut mir Leid«, sagte sie. »Ich habe Sie nicht gesehen.« Sie suchte in ihrer Geldbörse, wich aber Annas Blick aus. Sie hielt Anna eine Münze hin, die einen Moment erstarrte, sie aber dann doch nahm.

»Danke...« Aber die Frau war schon weitergegangen. Sie sah nach, was sie ihr gegeben hatte. Eine Zwei-Pfund-Münze. Sie konnte sich davon etwas Warmes und Sättigendes kaufen. Sie musste etwas essen, damit sie wieder zu Kräften kam. Unten auf dem Markt gab es einen Imbiss-Stand. Sie hatte sich eine Tüte mit Pommes gekauft, schlich in eine Seitenstraße, um zuerst die Wärme zu genießen, bevor sie sie aß. Ein paar junge Kerle drängten sich an ihr vorbei und drückten sie gegen die Wand. »Pennerin!«, rief einer von ihnen. Sie erstarrte. Noch einmal: »Pennerin!« Sie verschwanden unter rauem Gelächter um die Ecke.

Nachdem sie gegessen hatte, fühlte sie sich besser und konnte wieder denken. Sie hatte den Rest des Geldes für eine Tüte Bruch-Kekse und für eine Tasse Tee ausgegeben. Sie musste planen, was zu tun war, musste zum Haus zurückgehen, wo ihr Zimmer war. Einen Busfahrschein konnte sie sich nicht leisten. Sie würde etwa eine halbe Stunde unterwegs sein, eine beängstigende Aussicht bei der Kälte und ihrem Zustand. Dann könnte sie warten, bis alles still war, und sich hineinschleichen. Sie würde all ihre Sachen holen, ihre Papiere, vielleicht die Kleider. Wenn es leise und niemand in der Nähe war, könnte sie sich vielleicht waschen. Da sie keine Münze einwerfen konnte, nur mit kaltem Wasser, aber wenigstens würde sie sich sauber fühlen. Wenn sie erst einmal ihre Papiere hatte, konnte sie fliehen.

Jetzt war es dunkel genug, und der Nebel, der alles undeutlich erscheinen ließ, würde ihr helfen. Vielleicht würde keiner auf sie warten, vielleicht wusste niemand, dass sie da war. Aber sie konnte nicht sicher sein. *Angel!* Vor achtzehn Monaten. »Ich kassiere immer ab«, hatte er gesagt. »Versuch nicht, mich zu betrügen.« Aber Anna hatte es doch getan. Sie war weggelaufen. Ihre Mutter hatte ihr geholfen, mit ihr gesprochen, und Anna hörte immer noch ihre Stimme: *Anna-kin, Anna, du musst gehen, bevor es zu spät ist*. Sie war wachsam gewesen und hatte auf eine Gelegenheit gewartet, war so still und folgsam gewesen, wie er nur wollte, hatte alles getan, was er von ihr verlangte. Und die ganze Zeit hatte sie gedacht: *Morgen. Morgen werde ich gehen. Oder übermorgen. Bald.*

Vor sechs Monaten. Das Zimmer war dunkel, nur die Tischlampe warf einen gelben Schein neben dem Bett. Angel hatte ihr den Mann persönlich vorgestellt. »Er ist ein ganz besonders guter Freund von mir, Anna«, hatte er lächelnd gesagt und ihr übers Gesicht gestrichen, eine halb zärtliche, halb drohende Geste. Anna hatte versucht, den Blick vom Gesicht des Mannes und von seinen Augen abzuwenden, die sie in ihren Seide- und Spitzendessous begutachteten. Er hatte nach Alkohol und nach irgendeinem süßlichen Wässerchen gerochen, was den Geruch von Schweiß und Erregung kaum überdeckte. Angel hatte ihr einen langen Blick zugeworfen, den sie nicht recht deuten konnte. Ihr Magen krampfte sich vor Beklemmung zusammen. Etwas stimmte nicht. Und dann ging er, und zum ersten Mal hatte sie das Gefühl, dass sie den Schutz verloren hatte, unter dem sie sonst stand.

Sie unterdrückte ihre Angst. Angel würde sie schützen. Sie war wertvoll. »Meine Investitionen lohnen sich immer. Vergiss das nicht. Bei mir bist du gut aufgehoben.« Sie lächelte ihr strahlendes, einladendes Lächeln und hörte dabei Angels Stimme, die sie lobte: »So ist es gut, Schätzchen.« Sie zog sich hinter ihre Maske zurück und ließ mit ihrem Körper alles geschehen, als sei er eine mechanische Puppe. Aber wegen des Alkohols klappte es bei dem Mann nicht, und das machte ihn wütend und grausam, oder vielleicht hatte er auch nur einen Vorwand für die Dinge gesucht, die er tun wollte, ohne zuzugeben, dass er sie sich wünschte. Anna wusste, wie stimulierend Grausamkeit war. Ihre Mutter, ihre Schwestern, sogar die kleine waren inmitten einer rasenden Ekstase gestorben, die mit Messer, Faust und Flamme wütete. Anna hatte die Leichen gesehen.

Der Mann kniff so fest in ihre Brustwarze, dass sie sich nicht zurückhalten konnte und aufschrie, und er biss tief in die zarte Haut an der Innenseite ihres Oberschenkels. Sie begriff nicht, warum nicht jemand hereinkam und ihn aufhielt. Sie wehrte sich und schrie. Er kniete auf ihr und presste ihre Beine mit seinem ganzen Gewicht auf den Boden. Er legte ihr die Hand um den Hals und drückte zu. Sie spürte, wie ihr die Luft ausging und der Druck im Kopf immer stärker wurde. »Angel schuldet mir einen Gefallen«, sagte er. »Also machst du, was ich sage, du Miststück.« Er lächelte ihr zu und lockerte den Griff um den Hals. Sie sah den glänzenden Schweiß auf seinem Gesicht. »Du magst das doch, oder etwa nicht, du dreckige Pennerfotze.« Er rammte seine Finger in sie hinein, und sie biss die Zähne zusammen, weil es so wehtat. »Oder?« Ihr wurde übel. »Ist doch so? Ist doch so?« Jedes Mal, wenn er fragte, stieß er die Finger brutaler in sie hinein.

»Ja!« Sie schloss die Augen und versuchte abzuschalten, alles der Puppe zu überlassen, damit sie nicht fühlte, was mit ihr geschah, damit sie nicht dabei war, wenn er tat, was immer er noch tun würde.

Sie dachte an ihre Mutter. *Anna... bevor es zu spät ist!* Ihre Mutter hatte um ihr Leben und für das Leben ihrer Kinder gekämpft. Ihre Mutter hatte sich nicht unterworfen und ihrem Bewusstsein erlaubt, sich an einem Ort zu verstecken, wo alles gleichgültig war. Der Mann murmelte jetzt zornig: »Dreckiges Weibsstück, dreckige...« Eine Litanei von Schimpfworten folgte, die ihn immer mehr erregten. Angel hatte gesagt, er würde ihr beistehen, aber sie hatte jetzt schon Wunden und Prellungen. Was konnte Angel da noch mit ihr anfangen? Angel ließ einfach zu, dass er ihr dies antat. Der Mann zog sie auf die Knie und legte ihr wieder die Hände um den Hals, aber jetzt hatte sie die Arme frei. Jetzt war es soweit. Wenn sie einen Fehler machte und ihn so wütend machte, dass er sie umbrachte, würde sie vielleicht beim ersten Schlag das Bewusstsein verlieren. Vielleicht wäre es sogar besser so. Sie holte aus und griff nach der Tischlampe, deren Kabel ziemlich lang war, und prüfte, ob es irgendwo festhing. *Jetzt!* Beim ersten Mal traf sie ihn kaum, der ungünstige Winkel zur Lampe machte es unmöglich, kraftvoll zuzuschlagen, aber er wich vor Schreck und Erstaunen zurück. Die Ungläubigkeit auf seinem Gesicht fing an, sich in Zorn zu verwandeln, da hob sie die Lampe noch einmal hoch und traf ihn an der Schläfe. Die Wirkung des Alkohols verlangsamte seine Reflexe, er verlor das Gleichgewicht und fiel zu Boden. Und jetzt war ihre Mutter ihr Schutzengel. Beim Fallen schlug er mit der Schläfe auf die Tischkante und blieb zusammengesunken auf dem Boden sitzen, hielt die Hände an den Kopf und stieß ein seltsames Stöhnen aus.

Blitzschnell verließ sie das Bett. Außer der Unterwäsche, die Angel ihr zu tragen befahl, wenn sie arbeitete, hatte sie keine Kleider. Die Sachen des Betrunkenen lagen auf einem Stuhl. Er hatte sie beim Ausziehen sorgfältig dorthin gelegt, und sie hatte ihm zugelächelt, wie Angel es sie geheißen hatte. Sie zog sein Sweatshirt an und ließ es herunterhängen wie ein Kleid. Das war genug. Die Sommernacht war warm. Sie hatte keine Zeit zu verlieren. Sie zögerte, griff dann in die Tasche der Jacke, die über dem Stuhl hing. Ihre Finger umfassten eine dicke Brieftasche, die sie in ihr Hemd steckte. Irgendjemand würde sich zusammenreimen, was geschehen war, irgendjemand würde kommen. Sie dachte an das Gesicht ihrer Mutter und schlug mit dem Fuß der Lampe das Fenster ein. Die Scheibe splitterte. Sie hörte eilige Schritte, als sie das Bein über den Fenstersims schwang. Es war drei Stockwerke hoch. *Mama, hilf mir jetzt!* Sie streckte sich seitwärts, ihre Finger tasteten nach der Regenrinne, da rutschte sie ab. Das Gewirr von Rohren an der Hinterwand des Hauses bremste ihren Sturz, bei dem sie irgendwo Halt zu finden suchte, und schließlich, mit nur ein paar Kratzern, auf dem Boden landete. Aus einem Überlauf platschte Wasser auf ihren Kopf, und sie kam schwankend auf die Füße und rannte … *tropf tropf des Wassers …* fort in die Nacht hinaus.

Sie war Angel davongelaufen. Sie hatte ihn betrogen. Sie hatte seinen Freund verletzt, vielleicht getötet, und sein Geld gestohlen.

Es gab niemanden, der ihr helfen würde. Sie war ganz allein.

7

Sheffield, Montagabend

Roz war froh über die friedliche Stimmung, als sie die Haustür hinter sich schloss. Der Tag war eine Mischung aus Frustration und Langeweile gewesen, aus Aufgaben, die sie in Angriff nahm, aber unmöglich bewältigen konnte, und aus unklaren Ängsten, die sie nicht losließen. Beim Lunch hatte Luke das Thema Gemma ausdrücklich vermieden und redete stattdessen über die Software, die sie entwickelten, um die Daten von Vernehmungen zu analysieren, und vom neuesten Tratsch in der Abteilung über die Fehde zwischen Joanna und Peter Cauldwell.

Dies führte zu einer Diskussion über die Weiterentwicklung der Gruppe – ein Gespräch unter Kollegen. Bei jeder anderen Gelegenheit wäre es eine angenehme, entspannende halbe Stunde gewesen, typisch für die Unterhaltungen, die sie und Luke in der ersten Zeit, nachdem sie nach Sheffield gekommen war und in der Forschungsarbeit Fuß zu fassen suchte, oft miteinander geführt hatten.

Aber es war nur eine kleine Oase der Ruhe inmitten eines zunehmend hektischen Tages gewesen. Sie machte sich Kaffee und ging ins Arbeitszimmer, wo sie vor dem Spiegel stehen blieb. Draußen war es dunkel, nur das Mondlicht erhellte das Zimmer. Es war ein schlechter Tag gewesen, an dem Joannas schlimmste Eigenschaften zum Vorschein gekommen waren. Ihre sonst reibungslos funktionierende Tüchtigkeit wurde zur Hektik, mit der sie alle tyrannisierte, während sie versuchte, mit einer Situation fertig zu werden, die sie nicht verstand.

Dann die Sache mit dem Bericht. Als Joanna sie mit der Nachricht von DI Jordans Anruf begrüßte, hatte Roz ihr zugesichert,

Gemmas Bericht könne sofort abgeschickt werden, was Joanna etwas besänftigt hatte. »Du hättest ihn am Freitag schicken sollen«, sagte sie. »Es war ja klar, dass Gemma nicht vorhatte, zu kommen und ihn fertig zu machen.« Es war überhaupt nicht klar gewesen, aber Roz hatte nichts gesagt, weil sie wusste, dass Joanna etwas brauchte, über das sie sich ärgern konnte, etwas relativ Unwichtiges, über das sie sich hinwegsetzen konnte. »Und am nächsten Montag ist wieder ein Treffen in Manchester«, fuhr Joanna fort. »Ich kann nicht gehen. Du wirst daran teilnehmen müssen. Du solltest jemanden anrufen, damit sie dir das Protokoll schicken.«

Roz hatte sich über das letzte Meeting in Manchester informiert, aber sie hatte es nicht geschafft, sich um den Bericht zu kümmern. Als sie vom Mittagessen zurückkam und ihn aus Gemmas Büro holen wollte, war er nicht da. Sie hatte im Aktenschrank nachgesehen, in den Schreibtischschubladen, auf den Fensterbänken, sogar auf dem Boden und ganz hinten im Aktenschrank. Er war nirgends. Und dann wurde ihr langsam unbehaglich. Sie erinnerte sich, dass sie ihn auf dem Bildschirm gelesen hatte, aber hatte sie ihn auch ausgedruckt? Sie war wegen der Konferenz und des Ärgers, dass Gemma nicht erschienen war, unkonzentriert gewesen und hatte außerdem an ihre Vorlesung gedacht.

Sie versuchte, sich ganz genau an den Freitagvormittag zu erinnern. Sie hatte die Datei in Gemmas Computer gefunden. Dann hatte sie den Bericht gelesen, ja … während er ausgedruckt wurde. Sie *hatte* ihn ausgedruckt. Dann war sie zu Luke gegangen, hatte aber den Bericht zusammen mit der Abschrift des Tonbands und Gemmas Notizen auf ihren Schreibtisch gelegt. Das war's. Auf ihrem Schreibtisch hatte ein Stoß Papiere gelegen, Arbeit, die sie heute erledigen wollte. Sie musste den Bericht falsch abgeheftet und ihn irgendwo mit in ihre eigenen Unterlagen gesteckt haben.

Sie hatte systematisch alle ihre Akten durchgesehen, denn sie wusste, wie leicht ein paar Blätter Papier verschwinden konnten, aber er war nicht da. Und sie hatte Joanna nicht darüber informiert, hatte sich gedrückt. Sie sagte sich, er könnte zwischen Papiere geraten sein, die sie mit nach Hause genommen hatte. Jetzt musste sie nicht nur Joanna beichten, dass der Bericht fehlte, sondern auch, dass sie ihr diese Tatsache einen ganzen Tag lang verschwiegen hatte. Wenn der Bericht nicht auffindbar war, hätte DI Jordan sofort informiert werden müssen. Dies war wieder etwas, das der Professionalität der Gruppe schaden würde.

Sie war versucht, Luke anzurufen und bei ihm ihre Sorgen abzuladen, aber das war nicht fair. Er musste mit Gemmas plötzlichem Verschwinden fertig werden, und in seiner Lage war es besser, wenn er mit Joannas Wut nichts zu tun bekam. Joanna hatte behauptet und versucht, es so darzustellen, dass es an Luke liege, dass sie keine Sicherungskopien hatten. Roz hatte dies sogleich aufgegriffen, und Joanna musste widerwillig zugeben, dass sie selbst die Verantwortung dafür trug. Aber Roz wusste, dass Joanna Luke immer als jemanden ansehen würde, der die Wichtigkeit eines Systems zur automatischen Erstellung von Sicherheitskopien nicht energisch genug vertreten hatte.

Roz überlegte, was sie tun könnte. Nach dem heutigen Tag fand sie es einfach nur deprimierend, an ihrem Buch zu arbeiten. Sie spielte mit dem Gedanken, jemanden anzurufen und auszugehen, aber auch das reizte sie nicht. Sie ging in die Küche und nahm die Zeitung, die sie auf den Küchentisch geworfen hatte. Nichts im Fernsehen heute Abend. Sie überlegte, ob sie ins Kino gehen sollte, und suchte halbherzig nach einem Veranstaltungskalender.

Dann beschloss sie, herumzutelefonieren, ob vielleicht irgendjemand Pläne für den Abend hatte und sie sich einklinken konnte. Lorna. Lorna war Lehrerin an der Gesamtschule des Ortes und würde Leidensgeschichten zu erzählen haben, die Roz' schlimmen Tag in die richtige Perspektive rücken könnten.

Sie würde Lorna anrufen. Aber als sie zum Telefon im Flur kam, sah sie, dass der Anrufbeantworter blinkte – drei Nachrichten. Die erste war von Joanna von neun Uhr heute Früh, die sie fragte, wo sie bliebe. Die zweite war von jemandem, der auflegte, ohne etwas zu sagen, und die dritte war von ihrer Mutter. Paulas fröhliche Telefonstimme hatte ihr eine lange Nachricht hinterlassen. »... und außerdem ist es eine Ewigkeit her, seit wir miteinander gesprochen haben, Roz. Ruf mich doch mal an.« Roz seufzte. Es stimmte, sie hatte seit mehreren Wochen nicht mit ihrer Mutter gesprochen. Sie zögerte einen Moment, dann nahm sie den Hörer und wählte die Nummer.

Paula Frost war entzückt. »Roz! Das ist aber nett. Also, jetzt entschuldige dich nicht, ich weiß ja, wie viel du zu tun hast.« Sie plauderte weiter und erzählte Roz von allerhand Dingen, die sie und Robert, Roz' Stiefvater, in letzter Zeit getan hatten, was verschiedene Bekannte, Leute, die in Roz' Leben keine Rolle mehr spielten, so machten, und berichtete von ihren eigenen Aktivitäten in der Lokalpolitik. Roz revanchierte sich mit zurechtgestutzten Neuigkeiten über die Arbeit, zukünftigen Karriereplänen und einem eventuellen Besuch. Sie entspannte sich bereits, weil sie hoffte, damit davonzukommen, aber dann hörte sie einen neuen Tonfall in der Stimme ihrer Mutter.

»Also Roz, es ist wunderschön, mit dir zu reden, aber ich habe dir etwas Wichtiges zu sagen.«

Roz erstarrte. »Ach ja?«

»Ach, Roz, wie du dich schon wieder anhörst!«, sagte ihre Mutter ungeduldig. »Wir haben uns seit Wochen nicht unterhalten, und wenn wir dann mal miteinander reden, dann plapperst du endlos über deine Arbeit. Und sobald du denkst, ich werde etwas zu einem anderen Thema sagen, wirst du defensiv.«

»Bin ich gar nicht.« Roz war nicht darauf vorbereitet.

»Doch, das bist du. Also hör mal zu. Letzte Woche habe ich Graham Highgrove gesehen.« Graham war der Anwalt ihrer

Mutter. »Er ist besorgt wegen deiner Situation. Wegen der rechtlichen Folgen.« Paula wandte neuerdings die Taktik an, dass sie ihre eigenen Sorgen anderen in den Mund legte, um Roz dazu zu bringen, dass sie auf sie hörte. »Er meint, du solltest dich scheiden lassen. Das würde der schrecklichen finanziellen Belastung ein Ende machen. Liebling, ich weiß, dass du …«

»Nein, das weißt du nicht. Tut mir Leid, Mum, aber ich will nicht darüber sprechen.« Roz presste die Stirn gegen die Wand. Warum, *warum* nur musste sie alle paar Monate dieses Thema über sich ergehen lassen? Warum konnte ihre Mutter ihre Entscheidungen nicht akzeptieren?

»Was nützt es Nathan, dass du nicht loslässt?« Paulas Stimme klang vernünftig. »Es ist ja nicht so, dass …«

Es ist ja nicht so, dass du ihn besuchst. »Ich habe gesagt, dass ich nicht darüber sprechen möchte.« Roz holte tief Luft. »Hör bitte zu. *Ich möchte nicht darüber sprechen.*«

Sie hörte ihre Mutter seufzen. »Wir machen uns große Sorgen, Robert und ich«, sagte sie. Roz glaubte kaum, dass ihr unbeschwerter, Golf spielender Stiefvater viel darüber nachdachte. Er schien zu glauben, dass sie selbst für sich sorgen konnte.

»Ich kann daran nichts ändern«, schloss Roz das Thema ab. »Gibt es sonst noch etwas?« Sie redeten noch ein paar Minuten und versöhnten sich wieder, dann beendete Paula das Gespräch und entließ Roz in ihren ruinierten Abend. Sie ging ins Arbeitszimmer zurück und schob auf dem Tisch, den sie als Schreibtisch benutzte, die Bücher und Papiere hin und her. Der Spiegel warf ihr dunkles Abbild zurück.

Sie wollte nicht daran denken, aber es ließ ihr keine Ruhe. Paula hatte Recht. Warum klammerte sie sich an eine Ehe, die gestorben war, die seit Jahren zerstört war? *In Freud und Leid, in Krankheit und Gesundheit, in guten wie in schlechten Zeiten.* Zum Teil war es ein Schutz für Nathan. Als seine Frau hatte sie noch ein Mitspracherecht. Aber hauptsächlich war es wegen eines Versprechens, das Roz als junge Frau dem jungen Nathan gegeben hatte. Hätte sie von ihm erwartet, sein Wort zu halten? Die einundzwanzigjährige Roz schon. Aber die dreißigjährige Roz tat das nicht.

Einundzwanzig. Sie war einundzwanzig und Nathan sechsundzwanzig, als sie heirateten. Sie waren zum Standesamt gegangen, sie und Nathan, mit zwei Freunden als Trauzeugen, und hatten sich das Ja-Wort so heimlich wie möglich gegeben. *Ich erkläre feierlich…* Sie sah noch Nathans Gesicht vor sich, bei dieser Gelegenheit einmal ernst, das helle Haar sorgfältig gekämmt, er sah ihr in die Augen… *dass ich keinen Grund kenne…*

Hull, Montagabend

Das Haus lag am Ende einer Seitenstraße und grenzte hinten an ein verlassenes Industriegelände. Die Häuser hier waren hoch, dreistöckig, mit eleganten Backsteinmustern, die nicht zu der abblätternden Farbe und den verrottenden Balken passten. Der Verkehr auf der Hauptstraße, die aus der Stadt heraus zur Ostküste führte, dröhnte ständig im Hintergrund. Zwei Tage nachdem Anna von Angel weggelaufen war, hatte sie die Adresse von der Beratungsstelle bekommen und den Weg hierher gefunden. »Es ist nicht schön dort«, hatte Matthew, einer der ehrenamtlichen Helfer, gestottert. »Aber niemand wird dir Fragen stellen, solange du bezahlen kannst.«

»Ich habe Geld«, sagte sie. An seinem Gesicht konnte sie ablesen, dass er wusste, wie sie es verdient hatte. Er hatte traurig ausgesehen, und diese Traurigkeit gab ihr das Gefühl, dass sie ihm vertrauen konnte. Sie hatte mit ihm sprechen wollen, um ihm zu erzählen, was passiert war. Aber das konnte sie natürlich nicht. Sie konnte es niemandem erzählen.

Das Zimmer war nichts Großartiges, aber es reichte. Sie hatte dem Vermieter, der nie wiederkam – er schickte nur jemanden, der jede Woche das Geld kassierte –, die Miete für die erste Woche gegeben. »Wenn Sie nicht pünktlich zahlen, sind Sie draußen«, hatte er zu ihr gesagt. Sie hatte gewusst, was sie mit dem Geld des Betrunkenen machen wollte. Es war nicht genug gewesen für die Papiere, die sie brauchte, aber sie hatte sparen können, weil Matthew ihr gesagt hatte, wo sie Aushilfsarbeit finden konnte, frühmorgens und spätabends. Sie hatte Orte ausgewählt, von denen sie nicht glaubte, dass Angel dorthinkommen würde, Orte, die sie für ungefährlich hielt.

Sie stand unsicher an der Ecke. Der gesunde Menschenverstand sagte ihr, dass niemand das Haus bewachen würde, jedenfalls nicht Tag und Nacht. Es war vier Tage her, seit sie zum letzten Mal dort gewesen war, es lohnte nicht, ihretwegen ununterbrochen Wache zu stehen. Aber man hatte vielleicht jemandem gesagt: »Wenn sie kommt ... hier, diese Nummer ... sofort ... zahlt sich aus für dich ...« Sie würde sich beeilen müssen, aber jetzt im Moment brauchte sie keine Angst zu haben.

Sie spürte ihr Herz bis zum Hals klopfen, als sie die Straße entlangging und sich dabei in die dunklen Ecken und Winkel zu drücken versuchte. Wenn er sie entdeckte, der Aufpasser, lass es bitte so spät wie möglich sein, damit sie es schaffen würde, hinein-, wieder heraus- und fortzukommen.

Sie sah das Haus, das letzte in der Straße. Unten war im vorderen Fenster Licht, es schien durch die Risse in dem Tuch, das vor dem Fenster hing. Ein junger Mann, der zu unregelmäßigen Zeiten zu Hause war, wohnte dort; er ging oft spätabends aus und kam in den frühen Morgenstunden zurück. Nirgendwo sonst brannte Licht.

Wenn der junge Mann in seinem Zimmer war, würde er Musik spielen. Das würde helfen, die Geräusche, wenn Anna die Tür öffnete und die Treppe hinaufging, zu übertönen. Sie streckte sich und spähte zum obersten Stockwerk des Hauses, dem Gaubenfenster, hoch, wo sie ihre Mansarde hatte. Sie erwartete fast, dort Licht zu sehen, ein flackerndes, sich bewegendes Licht … Aber das Fenster war ein dunkles Viereck, und das Geländer der alten Feuerleiter hob sich wie ein Skelett gegen den nächtlichen Himmel ab. Sie kam näher. Direkt vor dem Haus war eine Straßenlaterne, die sie nicht umgehen konnte. Sie hielt den Kopf gesenkt und trat in den Lichtschein. Etwas, das sich rechts von ihr plötzlich bewegte, ließ sie zusammenfahren und aufsehen. Eine Katze rannte an der Mauer entlang. Sie zog die Schultern hoch und eilte durchs Tor. Das Tuch am Fenster bewegte sich sachte, als sie leise die Stufen zur Haustür hinauflief.

Sie hatte ihren Schlüssel in der Hand, war schon drin und hatte die Tür hinter sich geschlossen, bevor sie denken konnte. Dann stand sie einen Moment still, um Atem zu schöpfen, und horchte. Stille. Nicht einmal die Musik des jungen Mannes war zu hören. Nur das weit entfernte Dröhnen des Verkehrs. Das Treppenhaus war dunkel. Sie wäre am liebsten weggelaufen, aber sie wusste, wenn sie das tat, würde sie nie mehr hierher zurückkommen. Sie drückte auf den Knopf an der Wand, und ein mattes Licht ging über ihr an. Sie schlich sich vorsichtig zum ersten Treppenabsatz hoch. Das Licht ging aus, und das Treppenhaus lag im Dunkeln. Sie horchte. Nichts. Ein Knarren. Ein zischendes Geräusch in den Rohren. Sie spähte angestrengt in die Finsternis, bis sie Formen und Muster unterscheiden konnte. Wieder drückte sie auf den Knopf, bereit, die Treppe hinunterzulaufen und zu fliehen. Der leere Flur lag vor ihr.

Auf der geschwungenen Treppe, die zu den Mansarden führte, ging sie langsam zum nächsten Absatz hinauf. Sie drückte die Schulter gegen die Wand, während sie die Stufen hinaufeilte und versuchte, nach oben und um die Ecke zu sehen. Das Licht ging aus. Sie atmete stoßweise, und sie stolperte, als sie oben ankam. Es war stockdunkel auf dem winzigen Treppenabsatz, und sie hatte die Orientierung verloren. Sie streckte die Hände nach dem Knopf aus, tastete sich an der Wand entlang, die Tapete gab ein bisschen nach. Etwas Kaltes, Hartes ließ sie zurückzucken. Die Rohre. Die Wand war nicht mehr da, sie taumelte nach vorn und ihre Hände schlugen fest und dumpf gegen eine Tür. Sie erstarrte.

Jetzt schien es, als lauere etwas in der Stille. Sie fand den Lichtschalter und ihre Tür nicht. *Lauf weg, lauf weg,* sagte eine Stimme in ihrem Kopf. Aber sie musste die Papiere holen. Sie hatte ihr ganzes Geld dafür ausgegeben. Mit den Papieren würde sie bleiben, Geld verdienen, arbeiten können. Ihre Hände stießen auf die zweite Tür, und plötzlich wusste sie, wo sie war. Ihre Hand fand den Schalter und drückte darauf, sie war auf ihrem vertrauten kleinen Treppenabsatz. Sie horchte wieder.

Unten waren Schritte zu hören. Eine Tür ging auf und wieder zu. Stille. Sie wartete und lauschte. Nichts. Die letzte Hürde. Sie steckte ihren Schlüssel ins Schloss, drückte gegen die Tür und schloss sie lautlos hinter sich. Der Mond warf ein Lichtviereck auf den Boden, und der Schatten der Holzkatze auf dem Sims glich der Katze, die Anna zu Hause gehabt hatte. Sie war das einzige nicht absolut Notwendige, das sie mit ihrem Lohn gekauft hatte. Sie wagte nicht, das Licht anzuschalten, deshalb wartete sie, bis ihre Augen sich an die Dunkelheit gewöhnt hatten.

Langsam sah sie die vertrauten Dinge des Zimmers. Das Bett im Mondlicht, der Stuhl an der Wand, der auf dem unebenen Boden etwas schief stehende Schrank, dessen Tür aufstand. Sie horchte wieder. Stille. Niemand konnte die Treppe zu den Mansarden heraufkommen, ohne dass sie – wachsam und angespannt – das vertraute Knarren hörte. Sie zog den Stuhl vor den Schrank, stieg darauf und griff hoch nach der Schachtel, in der sie die Papiere versteckt hatte. Ihre Hände suchten hinter dem geschnitzten Sockel und glitten über die staubige Oberfläche.

Nichts. Verzweifelt tastete sie in jede Ecke, befühlte die Wand hinter dem schweren Schrank. Sie hatte sich an die Dunkelheit gewöhnt und konnte jetzt recht gut sehen. Nichts. Die Schachtel war weg.

Sie sprang vom Stuhl und kniete nieder, tastete unter dem Schrank umher und sagte sich, dass die Schachtel heruntergefallen sein und auf dem Boden liegen musste. Aber sie war nicht da. Sie konnte nirgendwo mehr suchen. Sie hatte nichts außer Bett, Schrank und Stuhl. Sie sah in den Schrank hinein und bemerkte erst jetzt das Durcheinander. Ihre Sachen, Zahnbürste, Seife und alle persönlichen Dinge waren auf dem Boden des Schranks verstreut, und einige lagen draußen auf dem Fußboden. Ihre Kleider, die wenigen, die sie hatte, waren aufs Bett geworfen, jemand hatte sie aus dem Schrank herausgeholt.

Sie setzte sich aufs Bett, ein kalter Schock durchfuhr sie. Der Pass mit dem Visum, die Papiere, die ihr erlauben würden, weiterzuziehen, zu arbeiten, zu leben, die Papiere, für die sie den Rest des Geldes ausgegeben hatte, auf die sie sechs Monate gewartet hatte, waren weg. Sie schlug die Hände vors Gesicht. Sie konnte nichts tun. Gerne hätte sie einfach still dagesessen, aufgegeben, sich hingelegt und geschlafen. *Anna… Anna… bevor es zu spät ist…*

Sie beruhigte sich und sah sich um. Dann fand sie zwei Einkaufstüten und stopfte mit langsamen, unbeholfenen Bewegungen den Rest ihrer Sachen hinein. Einen Moment stand sie still und horchte, aber das Gefühl dringender Eile hatte sich verloren. Sie hörte unten eine Tür zuschlagen, die Haustür, glaubte sie.

Das Mondlicht war gewandert und schien jetzt aufs Bett und an die Wand. Sie sah das Muster des Fensters und die Schattengestalt der Holzkatze auf dem Sims. Sie würde die Katze mitnehmen, konnte sie nicht hier lassen. Die Luft schien jetzt schwer und stickig, in den Rohren klopfte und zischte es, und etwas atmete in der Dunkelheit hinter ihr.

Sie hörte ein metallisches Geräusch, etwas, das gegen Eisen schlug. Etwas bewegte sich vor den Schatten auf dem Bett und verdunkelte die Umrisse der Katze. Starr und unbeweglich vor Schreck sah sie den Schatten von jemandem, der draußen vor dem Fenster auf der Feuerleiter stand und die Hände an den Fensterrahmen legte.

Sheffield

Roz wusste, dass sie die Fotos nicht ansehen sollte. Sie waren nicht in ein Album eingeordnet oder gerahmt, sondern sie hob sie in einer Schachtel auf einem Regal auf. Nachdem sie Bristol verlassen hatte, hatte sie sie weggestellt und versucht, sie zu vergessen und in ihrem Leben weiterzukommen. Es hatte keinen Sinn, über Erinnerungen nachzugrübeln. Sie vermied Kameras, außer wenn es unumgänglich war und sie für den Pass und ihren Universitätsausweis ein Foto benötigte. Bei einer Feier der Abteilung hatte sie sich, als sie merkte, dass die Kamera auf sie gerichtet war, mit halb abgewandtem Gesicht und dann noch einmal bei der Hochzeit einer Freundin steif und unpersönlich lächelnd fotografieren lassen. Aber die Schachtel mit den Fotos war ihr ins Auge gefallen, und schließlich hatte sie der Versuchung nachgegeben. Jetzt lagen sie vor ihr auf dem Tisch ausgebreitet und erzählten eine Geschichte, an die sie kaum mehr dachte: Roz vor zwölf Jahren in einer Gruppe von Studenten, die vor einem Reihenhaus in Bath elegant wie in einem Jane-Austen-Roman posierten. Ein anderes Bild zeigte eine Gruppe bei einem Protestmarsch gegen Atomkraft – Roz sah sich in der Mitte entschlossen eine Fahne schwingen. Die Ereignisse in Tschernobyl, die nur zwei Jahre zurücklagen, hatten sie gegen Atomkraft aktiv werden lassen.

Und hier zwei Menschen, Roz und Nathan, an der Bar des

Studentencafés. Sie hatten sich umarmt und hielten vor der Kamera die Gläser hoch. Auf einem weiteren Bild war nur Nathan, es war immer eines ihrer Lieblingsfotos gewesen. Er lächelte in die Kamera, hatte schon feine Lachfältchen um die Augen und ließ seinen lässigen Charme spielen.

Sie erinnerte sich, wie sie ihn in ihrem ersten Unijahr oft an der Bar gesehen hatte, mit dem einen oder anderen Mädchen, nie mit der Gleichen, oder mit einer Gruppe. Einer der Menschen, die ganz natürlich die Aufmerksamkeit auf sich ziehen. Sie hatte ein- oder zweimal mit ihm gesprochen und fand ihn nett und amüsant. Er hatte bereits sein Examen gemacht, arbeitete an seiner Doktorarbeit, gab nebenbei Seminare. Sein Status schüchterte sie ein.

Sie konnte sich noch an die Party erinnern, als er sich ihr näherte und sie die ganze Nacht Hand in Hand durch Bristol spazierten, bis in die frühen Morgenstunden redeten, und erst als die Sonne aufging zu ihrem Zimmer zurückkamen. Er hatte einen Blütenzweig von einem Forsythienbusch gebrochen und ihr ins Haar gesteckt. Diesen Zweig hatte sie jahrelang aufgehoben.

Sie erinnerte sich an ihre erste gemeinsame Nacht. Am nächsten Morgen hatte er seine Studenten vergessen, und sie waren voller Panik zur Universität gerannt und wurden von einer erbosten Sekretärin empfangen. Sie hatte gesehen, wie er dieser Frau mit seinem Charme ein nachsichtiges Lächeln entlockte. »Sie schämen sich aber auch überhaupt nicht«, hatte sie gesagt, und sie gingen zur Bibliothek. Er hatte gegrinst und gesagt: »Aber es funktioniert«, und sein Lächeln und wie er Roz mit den Fingern leicht über den Arm strich, hatte sie an die vergangene Nacht erinnert. *Trügt nicht der Schein… Oh, Nathan.*

Der Augenblick sentimentalen Erinnerns rächte sich. Tränen liefen ihr übers Gesicht, und sie suchte nach einem Taschentuch, wischte sich die Augen und schnäuzte sich. Die Fotos gehörten der Vergangenheit an. Sie sollten fest verschlossen und vergessen in ihrer Schachtel liegen. Es gab Wichtigeres, über das sie nachdenken musste.

Es regnete. Sie hörte die Tropfen ans Fenster schlagen und auf den Boden trommeln, zog die Vorhänge zu und sah auf ihre Uhr. Es war fast neun. Vielleicht sollte sie diesen Abend einfach abschreiben. Sie konnte ein Glas Wein trinken – aber in einer solchen Stimmung wäre Alkohol gefährlich. Sie könnte ein Bad nehmen und früh zu Bett gehen, aber eigentlich war sie nicht müde. Als sie frustriert und unentschieden dastand, klopfte es.

Es war zu spät, niemand würde einfach so vorbeikommen. Sie ließ die Kette beim Öffnen vorgelegt. Auf der Schwelle stand Luke mit hochgezogenen Schultern, aufgestelltem Jackenkragen und triefnassen Haaren. Sie machte die Tür zu und löste die Kette. Er kam herein und schüttelte, so gut es ging, die Regentropfen ab. »Wen hast du erwartet, Bishop?«, fragte er gereizt. »Hannibal Lecter?« Sie sah entrüstet, dass er nur Jeans und eine leichte Jacke trug. Er sah aus, als sei er nass bis auf die Haut, und er zitterte.

»Mein Gott, Luke«, sagte sie. »Was ist denn mit dir los?« Sie führte ihn in die Küche und schob ihn vor den Herd. »Hier.« Sie gab ihm ein Handtuch und sah zu, wie er sein tropfendes Haar trockenrieb.

Er verzog das Gesicht, halb Lächeln, halb Grimasse, griff in seine Jackentasche und zog eine Flasche Wein heraus. »Die Idee kam mir vorhin ganz gut vor«, sagte er. »Ich hab das Motorrad hinters Haus gestellt. Ist das in Ordnung? Ich wollte mit dir über etwas reden. Und ich brauchte Gesellschaft.« Er runzelte leicht die Stirn, als er sie ansah. »Du siehst auch aus, als könntest du Gesellschaft vertragen.«

Ihre Nase und Augen waren wahrscheinlich noch rot vom Weinen, dachte sie bedrückt. Sie lächelte Luke zu und merkte, dass ihre Augen schon wieder feucht wurden. Sie schniefte und wühlte vergebens in ihrer Tasche nach einem Taschentuch.

»Hier«, sagte er hilfsbereit und bot ihr seinen Ärmel an. Sie mussten beide lachen und Roz fühlte sich besser, obwohl ihr Lachen etwas leicht Hysterisches hatte.

»Tut mir Leid«, sagte sie und nahm das Handtuch, um Nase und Augen abzuwischen. »Wein ist eine prima Idee. Komm rein, hier ist es bequemer.« Sie führte ihn ins Arbeitszimmer, legte die Bilder wieder in die Schachtel zurück und verstaute sie auf einem Regal. Sie sah sich nach einem Korkenzieher um.

Luke setzte sich an den Tisch. »Ich mache deine Sessel ganz nass«, erklärte er. Er nahm etwas in die Hand. »Ist das dein Mann?«, fragte er.

Sie drehte sich um. Er betrachtete ein Foto, das sie beim Aufräumen übersehen haben musste. Es war ein Schnappschuss, sie und Nathan auf den Clifton Downs in der Nähe der Avonschlucht, einer ihrer Lieblingsplätze zum Wandern. »Ja«, sagte sie und wandte sich ab. Der Spiegel schimmerte über dem Tisch.

»Du hast nie über ihn gesprochen, Roz.« Sie sah ihn nicht an. »Es hat mal eine Zeit gegeben, da hättest du mir von ihm erzählen sollen, das weißt du doch.« Sie konnte noch immer nichts sagen. »Du bist seit mehr als zwei Jahren von ihm getrennt. So was passiert, Roz. Menschen werden krank oder alt, sie sterben. Doch man muss weiterleben.«

Sie stand mitten im Zimmer und sah sich selbst im Spiegel wie ein Porträt aus früheren Jahrhunderten, das von seinem dunklen Platz her zusah, im Schatten verloren, während um sie herum geflüsterte Worte schwebten. *Trügt nicht der Schein... meine Rosalinde.* Sie dachte an den Erinnerungsfaden, nach dem man jeden Morgen greift, wenn man aus dem Schlaf erwacht. Sie dachte daran, wie es war, wenn dieser Faden riss und man losgelöst in der Gegenwart kreiste. *Es trügt der Schein, Nathan. Jetzt nicht mehr.*

Nathans Krankheit war plötzlich ausgebrochen und ernst, ja lebensbedrohlich gewesen. An dem einen Tag ging es ihm noch gut, am nächsten war er blass, untypisch reizbar und klagte über Müdigkeit und Kopfschmerzen. Sie hatten Witze gemacht über Katzenjammer und über Leute, die sich davor drücken wollten, in Urlaub zu fahren. Am Abend wurde er in die Klinik eingeliefert, denn er war ins Koma gefallen, aus dem er erst nach vier langen Tagen und Nächten wieder erwachte. »Es ist ein Virus«, hatte der Neurologe gesagt. »Er schädigt das Gehirn.« Dann hatte er etwas über »bilateral betroffen« gemurmelt und ließ sie mit dem Zischen des Beatmungsgeräts allein, während sie Nathans schlaffe Hand hielt. Sie dachten, er könnte, ja, er würde wahrscheinlich sterben.

Dann gab es Anzeichen der Besserung, eines Morgens erwiderte er den Druck ihrer Hand, die Augen reagierten auf Stimmen und Fragen. Es waren Zeichen wiederkehrenden Bewusstseins, die ihr sagten, dass sie und Nathan Glück gehabt hatten, dass sie herausgefordert wurden, es überlebt, es durchgestanden hatten. Zum ersten Mal seit fast zwei Wochen hatte sie in der folgenden Nacht geschlafen – bis die Mittagssonne sie weckte, sie spürte neue Kraft und fühlte sich wie neugeboren. Danach kamen einige Tage, in denen es frustrierend langsam vorwärts ging. Nathan, von Medikamenten und Krankheit verwirrt, trat den langen Weg der Genesung an.

Sie erinnerte sich an den Tag, an dem sie das Krankenhaus anrief und die Stationsschwester, die sie bei ihren Nachtwachen unterstützt hatte, ihr sagte, dass Nathan wach sei und spreche. Nathan war aufgewacht. Nathan war wieder da. Sie hatte wahllos irgendwelche Sachen angezogen, so eilig hatte sie es gehabt, hinzukommen, und dann blieb sie vor dem Spiegel stehen und kämmte sich, als träfen sie sich nach langer Trennung zum ersten Mal wieder.

Sie wusste noch, wie sie auf die Station kam und ihn sah, blass und müde in seinem Morgenmantel, aber auf einem Stuhl sitzend und wach, und wie erleichtert sie war, als sie merkte, dass sie glauben durfte, was man ihr gesagt hatte. »Er schafft es, Mrs. Bishop, ich glaube, wir werden gewinnen.« Und gerade zwölf Tage zuvor hatten sie einen Urlaub geplant, eine Reise nach Amsterdam, um Nathans neue Stelle und ihr Doktorexamen zu feiern. Als er sie sah, stand er bleich und zittrig auf, aber er war wach, klar, sein Gesicht strahlte vor Erleichterung und ihres ebenfalls. »Roz!« Er umarmte sie. »Mein Gott, es ist so lange her! Ich bin so froh...« Seine Stimme versagte. So lange. Sie waren allen wie eine Ewigkeit vorgekommen, diese vier Tage, als sein Leben in Gefahr gewesen war. Die Zeit hatte sich in die Länge gezogen, während er sich langsam der Genesung näherte. Über seine Schulter sah sie die Stationsschwester in der Tür stehen und sie anblicken. Man hatte sie noch nicht erwartet.

Nathan sprach weiter. »Ich war krank, ich war, ach Gott, es war schrecklich, aber jetzt fühle ich mich viel besser. Roz, du hast mir so gefehlt. Es ist so schön, dich wiederzusehen. Wo bist du gewesen?«

Etwas stimmte nicht, etwas, das sie nicht genau definieren konnte. Sie hörte die Stimme der Schwester hinter sich. »Hallo, Nathan, wer ist das?«

Und ihre Stimme klang – Roz kannte diesen Tonfall –, als spreche sie zu einem Kind, und sie sah Nathan verwirrt die Stirn runzeln. Es war eine dumme Frage. Die Schwester wusste genau, wer Roz war.

»Das ist meine Frau«, sagte er. »Roz.«

Die Krankenschwester lächelte Roz zu und sagte: »Möchten Sie etwas trinken? Ich habe Tee in...«

»Ich hole mir einen Kaffee«, sagte Roz schnell. Sie sah Nathan an. »Willst du auch welchen?« Er betrachtete sie, als mache ihn etwas ratlos, und sie ging mit dem Gefühl zum Automaten, vor einer Situation zu fliehen, die sie nicht verstand. Als sie mit der dünnen Plastiktasse zurückkam, über deren Rand der heiße Kaffee über ihre Fingerspitzen lief, sah sie die Schwester vor ihrem Büro warten. Roz wollte keine Plauderei mit der Krankenschwester, die Nathan ausschloss. Sie hatte die Situationen gehasst, wenn sie am Bett stand und die Ärzte mit ihr über ihn sprachen. Sie mochte es nicht, wenn Nathan »er« und »der Patient« und »Ihr Mann« genannt wurde, wo er doch mit offenen Augen, die aber blind und leer waren, da im Bett lag. Und eine Zeit lang atmete eine Maschine für ihn – heute noch konnte sie ihr regelmäßiges Zischen hören, das Nathans untätige Lunge in Gang hielt. Nathan war nicht »er« oder »der Patient« oder »Ihr Mann«. Er war »du« und »Nathan«, den sie liebte.

Sie machte einen Bogen um die Schwester, die sagte: »Oh, Mrs. Bishop, Roz …«, und ging mit ihrem Kaffee triumphierend zu Nathan. »Hier bin ich wieder«, sagte sie.

Er sah aus dem Fenster und drehte sich beim Klang ihrer Stimme um, und der Ausdruck der Verwirrung wich dem von Überraschung und Erleichterung. »Roz! Ich bin so froh … Mein Gott, es ist so lange her!« Er stand wieder auf, und an dem leichten Schwanken erkannte sie, wie schwach seine Beine waren. Er schaute ihr über die Schulter, und sie bemerkte denselben Ausdruck der Verwirrung auf seinem Gesicht. Sie wandte den Kopf und sah, wie die Schwester auf sie zueilte. Seine Augen wanderten wieder zum Fenster, und er sah stirnrunzelnd hinaus. Dann schaute er sich ratlos und verloren im Raum um. Als sein Blick auf Roz traf, breitete sich wieder die gleiche Überraschung und Erleichterung auf seinem Gesicht aus. »Roz! Du bist wieder da! Es ist eine Ewigkeit her …«

Die Kaffeetasse fiel ihr aus der Hand, und die heiße Flüssigkeit floss über ihr Kleid.

»Es ist das Korsakow-Syndrom«, erklärte Roz. »Gedächtnisverlust.« Luke setzte an, etwas zu sagen, und sie fuhr schnell fort: »Ich meine nicht, dass er sich nicht erinnern kann, wer er ist oder so etwas. Ich meine, *er hat sein Gedächtnis verloren*. Es ist, als hätte sein Leben in den letzten zwei Minuten angefangen und aufgehört. Die ganze Welt stürzt andauernd hinter ihm ins Nichts. Es ist wie…« Sie sah das Unverständnis auf Lukes Gesicht und versuchte, das zu erklären, was sie gesehen, aber selbst kaum hatte fassen können.

Sie erinnerte sich, wie sie zuerst nicht begriff, was man ihr sagte. Für kurze Zeit hatte sie Nathan mit nach Hause genommen und erlebt, wie er in abgrundtiefe Panik verfiel, ein Abgrund, der sich immer wieder neu auftat, wobei er wie eine Litanei wiederholte: »Ich bin krank gewesen, Roz, es ist so lange her…« Er hatte den Faden verloren, der ihn mit der Welt verband, hatte die Geschichte vergessen, die ihn, Nathan, ausmachte. In diesen Tagen hatte es noch Hoffnung gegeben. »Es gibt eine echte Chance, dass es sich bessern wird«, hatte ihr der Neurologe gesagt. Aber Nathan war einer derjenigen, die kein Glück hatten. Er hatte eine Serie von Anfällen, die einen immer größeren Teil seiner Vergangenheit aus seinem Gedächtnis auslöschten. Innerhalb weniger Wochen waren ihm ihre Ehe, ihre Beziehung, sogar ihre Freundschaft abhanden gekommen. Seine Erinnerung hörte etwa ein Jahr vor der Zeit auf, als sie sich kennen lernten.

Der Himmel hatte sich bewölkt, und der Spiegel warf kein Licht mehr zurück. Sie war nur eine Silhouette in der Dunkelheit. »Ich klammere mich an meine Ehe, weil es das einzig Hilfreiche ist, was ich tun kann. Aber eigentlich gibt es überhaupt nichts Hilfreiches. Ich tue einfach –«

Lukes Umriss verdeckte den Spiegel, als er aufstand – »Buße«, sagte er.

»Vielleicht.« Ihre Augen hatten sich an die Dunkelheit gewöhnt, und sie konnte ihn schemenhaft vor sich an den Tisch gelehnt sehen, die Hände in die Taschen gesteckt. »Vielleicht brauche ich das.«

Er legte einen Moment die Arme um sie und strich ihr über den Hinterkopf. »Komm mir nicht mit Buße, Bishop«, sagte er.

»Ich bin Ire und Katholik. Jedenfalls war ich früher katholisch«, verbesserte er sich. »Buße und Schuld. Damit kenne ich mich aus.« Er ließ sie los, griff in die Tasche seiner durchnässten Jacke und brachte eine Flasche Whisky zum Vorschein. »Hier ist noch ein gutes katholisches Heilmittel«, sagte er.

Hull, Montagabend

Es regnete. Ein feiner, dichter Nieselregen machte den Boden glatt und brachte zu der Kälte auch noch unangenehme Feuchtigkeit. Wind kam auf, der den Menschen den Regen ins Gesicht trieb und den Abend für alle, die im Freien waren, unbehaglich machte. Wenn man die Wahl hatte, kauerte man sich während des Wartens im Verkehr in seinem Auto zusammen und sah den hin- und herfegenden Scheibenwischern zu, oder man beeilte sich, die Haustür hinter sich zu schließen und sich vor der unwirtlichen Nacht zu schützen.

Anna war es egal, ob jemand sie sah, auch der Regen, der sie bis auf die Haut durchnässt hatte, war ihr gleichgültig. Sie wollte nur den einen Menschen finden, dem sie vertrauen konnte. Als sie aus dem Mansardenzimmer stürzte, war sie gefallen und weggelaufen, bevor sie den stechenden Schmerz im Rücken bemerkte. Sie war gerannt, hörte Tritte auf den Eisenstufen der Feuerleiter knirschen und dann auf dem Gehweg hinter ihr herkommen. Als sie das Ende der Straße erreichte, rief ihr eine Stimme etwas nach. Sie bog um die Ecke, und sofort kam ein Taxi vorbei, so als wache ihre Mutter immer noch über sie. Sie winkte es heran und ließ sich auf den Sitz fallen, nannte dem Fahrer ein Ziel in der Nähe des Hafens und kauerte sich auf dem Sitz zusammen, bis sie wieder zu Atem kam. Beim Luftholen stach es im Rücken, und im Knöchel spürte sie einen dumpfen Schmerz, der von dem unglücklichen Fall herrührte.

Sie war das Risiko eingegangen und hatte doch nichts vorzuzeigen. Ihre Papiere waren weg. Die Tüten, die sie gepackt hatte, waren bei der panischen Flucht zurückgeblieben. Sie brauchte einen sicheren Ort, wo sie schlafen konnte – auch wenn es nur für eine Nacht war – und wo sie wusste, dass sich jemand um sie kümmerte. Sie wollte ihn nicht in Gefahr bringen, sie wollte nicht, dass er ein Risiko einging, aber sie hatte jetzt keine andere Möglichkeit mehr. Nur die Beratungsstelle. Es war vor fünf Monaten gewesen, vielleicht länger, dass sie dort gewesen war, aber sie konnte sich noch an Matthews Güte und die Traurigkeit in seinem Blick erinnern.

Das Taxi bremste vor einer roten Ampel. Sie sah das Gesicht des Fahrers im Rückspiegel. Er schaute sie misstrauisch an. Sie waren noch ein ganzes Stück vom Zentrum entfernt, hatten aber ihren Verfolger abgeschüttelt. Sie rutschte auf dem Sitz zur Seite, und als der Fahrer langsamer fuhr, weil er an der Ampel halten musste, machte sie die Tür auf und war schon draußen, bevor er merkte, was sie vorhatte. Der Schmerz in ihrem Knöchel hätte sie fast davon abgehalten, aber sie zwang sich, in die erste dunkle Straße zu laufen, und war sicher, dass die kleine Summe, die sie ihm schuldete, eine Verfolgung nicht wert sei. In seinen Augen war sie nur eine Diebin, eine *Pennerin*, eine von denen, die aufs Schnorren aus sind. Sie fing an zu hinken, ihr Sprunggelenk war angeschwollen.

Es war schon nach zehn, als sie die Beratungsstelle erreichte. Die Bretter vor dem Fenster hatten Ritzen, und durch einen kleinen Spalt fiel Licht heraus, aber sonst sah der alte Laden verlassen aus. Das Blatt Papier hing immer noch an der Tür und steckte zum Schutz vor Feuchtigkeit in einer Plastikhülle. *Beratungsstelle, Täglich 8.30 – 17.30. Außerhalb der Öffnungszeiten hier läuten.*

Sie hatte gehofft, dass er da sein würde. Sie kannte die Frau nicht, die ihr öffnete und zu Anna etwas in einer Sprache sagte, die sie nicht verstand und die hart und aggressiv klang. Die Gesten, mit denen sie Anna durch die Tür in das kleine Büro führte, schienen ihr schroff und ungeduldig, aber die Frau hatte ein gütiges Gesicht und brachte Anna etwas Heißes zu trinken, süßen Tee mit heißer Milch.

Der Tee war stark und tröstlich. Die Frau deutete auf sich selbst und sagte: »Nasim.« Anna lächelte zaghaft und sagte ihren Namen. Die Hitze des Öfchens erwärmte sie, und ihre Augen wurden müde und schwer. Sie kroch durchs Gebüsch und hörte Wasser tropfen und tropfen. *In der Luft lag der Geruch von Verbranntem…*

Nasim machte eine missbilligende Bemerkung und griff nach der Tasse, die drohte, auf Annas Schoß umzukippen. Sie gab sie ihr wieder zurück und drückte sie einen Moment fest in ihre Hand. Dann machte sie Anna durch lebhafte Gesten klar, sie solle trinken. Anna lächelte schwach und setzte die Tasse von neuem an. Sie hörte Schritte, und die Tür hinter dem Tisch ging auf. Sie erstarrte, aber als sie den Mann sah, der langsam in den Raum kam, entspannte sie sich und wurde zum ersten Mal seit Freitagvormittag ganz ruhig. Er lächelte entschuldigend und blieb stehen, sah dann Anna genauer an, kam um den Tisch herum und begrüßte sie, wirkte aber besorgt. Einen Augenblick bewegte er tonlos die Lippen, dann sagte er: »Anna.« Sie hatte nicht zu hoffen gewagt, dass er noch hier sein würde. Sie merkte, dass Nasim gespannt zusah und etwas sagen wollte.

»Matthew.« Anna lächelte und sah, dass er Nasim winkte, sie solle gehen. Er setzte sich auf einen Stuhl neben sie, kam ihr aber nicht zu nah. Seine Bewegungen waren unbeholfen, durch eine leichte Rückgratverkrümmung stand eine Schulter höher als die andere. »Von Geburt an«, hatte er mit einem Schulterzucken gesagt, als Anna gefragt hatte. Sie dachte an Krischa und den speziell angefertigten Schuh, den sie an ihrem verkrümmten Fuß tragen musste. Auch Krischa war mit einem Makel auf die Welt gekommen. Ganz kurz sah sie das Bündel vor sich auf dem Boden liegen, und einen kleinen Schuh auf die Büsche zeigen. Sie zitterte, und er sah sie besorgt an.

Zuerst hatte er etwas Mühe, es herauszubringen, dann sagte er: »Was ist passiert?« Er sah älter aus. Seine Haare waren grauer, und seine Augen schienen müde. Sie streckte die Hand aus, und er nahm sie. Sie saßen zusammen in dem kalten, dunklen Raum, wo es nach Butangas roch. Sie wusste, dass er warten würde, bis sie zu sprechen bereit war. Die Augen fielen ihr fast zu.

»Zur Zeit ist niemand hinten«, sagte er. »Komm mit.«

Sie stand auf und folgte ihm durch die andere Tür. Hinter dem Büro war noch ein etwas größeres Zimmer mit einer kleinen Couch und einem Sessel. Das Zimmer war kalt. Doch es gab einen Gasofen, den er anzündete, aber er musste ein zweites Mal ungeduldig auf den Zündknopf drücken, weil er nicht gleich ansprang. Sie sank auf den Rand der Couch und schlang gegen die Kälte ihre Arme um ihren Oberkörper. »Es wird bald warm«, sagte er. »Heute Nacht ist niemand in diesem Zimmer.« Er nahm die Decke, die über die Lehne der Couch hing, und legte sie ihr um die Schultern. Wieder nahm sie den Geruch ihrer Kleider wahr, und dass auch sie selbst roch. Sie wollte mit ihm reden, fühlte aber das bisschen Wärme im Körper und wie ihre eisigen, tauben Füße zu prickeln begannen. Der Schlaf senkte sich wie ein Schleier über ihr Bewusstsein, sie schloss die Augen und ließ den Kopf nach vorn sinken. Nur schlafen.

Als sie spürte, dass er die Decke fester um sie wickelte, wachte sie kurz noch einmal auf, dann lächelte ihre Mutter auf sie herab. *Anna*. Zum ersten Mal seit ihrer Flucht aus dem Hotel am Freitagvormittag konnte sie wieder richtig schlafen.

Es war Abend, und vom Fluss stieg Dunst auf, der wie ein weißer Heiligenschein die Straßenlaternen umgab und sich mit dem milchigen Atem der Leute vermischte, die durch die Straßen eilten. Gruppen von Mädchen gingen an diesem Winterabend mit winzigen Röckchen, knappen Oberteilen, viel nackter Haut und sommerlichen Kleidern in der eisigen Luft auf und ab. Der Priester wartete im hinteren Teil der Kirche. Zwei Betende knieten in den Kirchenbänken und waren in den dunklen Schatten kaum zu erkennen. Es dämmerte bereits, und die Farben hoch oben in dem Gewölbe wurden grau, als die Nacht hereinbrach.

Morgen war heilige Messe. Seit seiner Ordination hatte er jeden Tag die Messe gelesen und seit seiner Kindheit jeden Tag daran teilgenommen. Er konnte sich an keine Zeit erinnern, in der sie nicht ein wichtiger Teil seines Lebens gewesen war, und die Worte seiner Kindheit kamen zurück, wie das eben so war, wenn Menschen älter wurden. Manchmal schienen sie leichter als die Worte, die er heute sprach. *Et introibo ad altare Dei. Ad Deum qui laetificat juventutem meam.* Die lateinische Messe: Dort darf ich zum Altare Gottes treten. Zu Gott, der mich erfreut von Jugend auf.

Die bunten Glasfenster waren dunkel und geheimnisvoll, die Steinwände und Säulen des Kirchenschiffs strebten hoch hinauf in den dämmrigen Schatten. Das ewige Licht glühte rot über dem Altar, und dahinter auf dem Tabernakel fiel ein schwacher Schimmer auf ein Kreuz, und das Kerzenlicht glänzte auf der Gestalt am Kreuz, den lang gestreckten Gliedern und dem geneigten Haupt. »Ich bin ausgeschüttet wie Wasser…«

Confiteor Deo omnipotenti, beatae Mariae semper Virgini… Ich bekenne Gott dem Allmächtigen und der heiligen, allzeit reinen Jungfrau Maria… Der Schatten des Lettners fiel auf den Mittelgang, das Kruzifix hing schwer am Querbalken, der Blick der beiden betenden Gestalten war voll demütiger Hingabe. Hinter dem Lettner erhob sich dunkel der Hochaltar. Als Kind hatte er dem Priester zugesehen, wie er, den Rücken zur Gemeinde gewandt, den Kelch mit dem heiligen Blut des Herrn hob, und dann dreimal die Altarglocke erklang. Die heilige Wandlung, die Umformung von Brot und Wein in Leib und Blut, der Augenblick des Opfers.

Er schaltete die Lichter aus und verließ die dunkle Kirche. Gerade wollte er die Türen hinter sich zuziehen, als er ein Licht im Dunkel sah. Er hielt inne und ging den Mittelgang hinunter auf die Stelle zu, wo der Seitengang auf das Querschiff traf. Wer immer diese Kerzen anzündete, war heute Abend hier gewesen. Sie waren erst halb heruntergebrannt, ein schwaches, aber stetes Leuchten in der leeren Kirche. Die blinden Augen des Heiligen starrten geradeaus. Der Priester sah sich um. Die Bankreihen verloren sich neben den Säulen, die Gänge waren dunkel und still. Er überlegte, welcher der Betenden, die heute Abend zur Kirche gekommen waren, wohl die Kerzen angezündet hatte. Und er fragte sich, welche Hilfe dieses kleine Licht in der Dunkelheit wohl bringen mochte.

8

Dienstagvormittag

Roz hatte Kopfschmerzen. Sie war abrupt aufgewacht und einen Augenblick verwirrt. Dann erinnerte sie sich an den Abend und dass sie Luke am Tisch gegenübergesessen und sich mit ihm unterhalten hatte, während der Spiegel an der Wand das matte Licht reflektierte. Es war wie früher gewesen. Sie erinnerte sich, dass sie Whisky nachgegossen und eine CD aufgelegt hatte und später im Zimmer herumgetanzt war und die Wände an ihr vorbeischwebten. Sie hatte haltlos über einen Versprecher gekichert, weil sie irgendetwas Albernes über Messer gesagt hatte, für das sie sich so begeisterte, dass sie in den Stuhl zurückfiel, so toll fand sie es. Kurzum, sie hatte sich betrunken. Und jetzt hatte sie Kopfweh.

In der Nacht hatte es aufgeklart, die erste Januarsonne schien durch einen Spalt im Vorhang herein und blendete sie. Sie lag auf ihrem Bett, die Steppdecke war weggerutscht. Sie war in ihren Morgenmantel eingewickelt und wusste noch vage, dass sie geduscht hatte. Und sie konnte sich dunkel erinnern, dass jemand sie auf dem Flur gestützt und sie sich wortreich mit der absoluten Ichbezogenheit der Betrunkenen in Überlegungen zu ihrer Situation und ihrer Zukunft ergangen hatte. Ihr war kalt. Sie versuchte, die Decke wieder hochzuziehen, aber etwas Schweres hielt sie fest. Sie machte die Augen auf und drehte sehr langsam den Kopf. Luke lag neben ihr auf der Steppdecke. Er sah seltsam verwundbar aus, wie er da so lag, mit dem Gesicht auf der Hand und die andere in ihren wirr auf dem Kissen ausgebreiteten Haaren.

Sie befreite sich vorsichtig, um ihn nicht zu stören. Seine Hand war eiskalt. Er trug immer noch die nasse Jeans und das T-Shirt vom Abend vorher. Seine Schuhe und die Jacke lagen auf dem Boden. Sie setzte sich auf und hielt sich mit schmerzverzerrtem Gesicht den Kopf.

Dann hörte sie es wieder und wusste, was sie aufgeweckt hatte. Ein Klopfen an der Tür. Ihr wurde klar, was sie schon beim Aufwachen gehört hatte. Es klang laut und dringend. »Schon gut, schon gut!« Luke bewegte sich, als sie sich aus dem Bett rollte, ihre Hausschuhe anzog und taumelnd aufstand. Sie fuhr sich mit den Fingern durchs Haar. Wahrscheinlich hatte sie jemanden zugeparkt. Am Abend zuvor hatte sie den Wagen auf der Straße abgestellt, denn jemand hatte ihre Einfahrt halb versperrt, und sie hatte keine Lust gehabt, um den Wagen herumzumanövrieren. »Komme schon«, rief sie.

Sie musste nach ihren Schlüsseln suchen, dann blieb der Riegel stecken, aber schließlich bekam sie die Tür auf. Ihr Haus stand etwas höher als die Straße. Die Stufen führten zum Weg hinunter, an beiden Seiten von einem Steinlöwen bewacht. Zuerst sah sie das Polizeiauto, dann erst verwundert blinzelnd die beiden Männer auf der Schwelle. Einer der Männer hielt ihr etwas entgegen. »DS Anderson«, sagte er. »Von der Polizei in Hull. Sind Sie Mrs. Rosalind Bishop?«

»Doktor Bishop«, sagte sie automatisch. Sie war benommen und begriff nichts. Hull?

»Mrs. Bishop, Dr. Bishop, ich suche Luke Hagan…«

»Luke…?« Sie merkte, dass er an ihr vorbeisah, und drehte sich um. Luke kam die Treppe herunter, machte seinen Gürtel zu und sah auch nur halb wach aus wie sie noch vor einem Augenblick.

»Roz«, begann er, »haben…« Dann sah er die Männer auf der Schwelle.

»Luke Hagan?« Der Mann stellte sich als Detective Sergeant Anderson vor und trat näher. Luke starrte ihn verdutzt an und nickte. Anderson sagte zu Roz: »Dürfen wir reinkommen?« Es war keine Frage. Roz trat zurück, und die beiden Männer betraten den Flur. »Mr. Hagan, DS Anderson, Polizei Hull.« Er zeigte Luke seinen Ausweis. Luke warf nur einen flüchtigen Blick darauf. »Ich fürchte, dass ich Ihnen eine schlechte Nachricht überbringen muss.« Er hielt einen Moment inne, um zu sehen, wie Luke reagierte.

Luke schaute ihn an; er war blass. »Gemma«, sagte er.

Anderson nickte. »Sie ist in Hull gefunden worden. Keine gute Nachricht«, wiederholte er. Roz ging auf Luke zu, ihr Atem stockte. Sie wollte nicht, dass der Mann weitersprach. »Es tut mir Leid, Ihnen sagen zu müssen, dass Gemma Wishart tot ist.« Seine Stimme war tonlos und offiziell. Er beobachtete Luke genau.

Roz konnte sich nur auf den Augenblick konzentrieren. Sie

sah, wie Luke das Geländer umklammerte und auf die Stufen hinuntersank, wo er sich mit gesenktem Kopf hinsetzte. Sie kauerte sich neben ihn und hielt seine immer noch eiskalte Hand. »Luke«, sagte sie. Als sie sich an ihr feuchtfröhliches Selbstmitleid vom Abend zuvor erinnerte, schämte sie sich. Luke musste dieses Ende vorausgesehen haben, er machte den Eindruck eines Menschen, der etwas hörte, was er wusste, aber nicht glauben wollte. Sie sah zu den beiden Beamten auf, die noch dastanden. »Was ist passiert?«, fragte sie. »War es ein Unfall …? Wann ist sie …«

Sie beachteten ihre Fragen nicht, und der Polizist, der bis jetzt geschwiegen hatte, sagte: »Wir müssen mit Ihnen sprechen, Mr. Hagan. Wir hätten gern, dass Sie uns begleiten.«

Langsam setzte sich Luke auf. Sein Gesicht war totenblass, aber er schien ruhig. »Ich hole meine Sachen«, sagte er. Als er die Treppe hinaufging, wollte Roz ihm folgen, aber er sagte scharf: »Lass, Roz.«

Ihr schwindelte, sie blickte zu den Beamten zurück. Sie waren in Zivil, und jetzt erst wurde ihr klar, was das bedeutete. Sie waren von der Kriminalpolizei und hatten einen Ermittlungsauftrag. Es war eine strafrechtliche Untersuchung. *Gemma!* In ihrem immer noch etwas umnebelten, trägen Hirn tauchten weitere Vermutungen auf. Sie wollten mit Luke sprechen. Sie waren gekommen, um ihn zu holen. Sie sah DS Anderson an. »Wieso wussten Sie, dass Luke hier ist?«

Einen Augenblick dachte sie, er würde nicht antworten, dann aber sagte er: »In dem Haus, wo Mr. Hagan wohnt, hat uns jemand darüber informiert, dass er gestern Abend hierher wollte.«

Roz versuchte trotz ihrer Kopfschmerzen, die nächste Frage zu formulieren, aber sie hörte Lukes Schritte auf der Treppe. Er kam angezogen herunter. Sie wollte ihn berühren und beruhigen, hatte aber wegen der beiden Polizisten Hemmungen, und außerdem schien Luke weit weg und unnahbar. Als er durch die

Tür ging, drehte er sich zu ihr um und sagte: »Das Motorrad hole ich später.«

Sprachlos vor Schock ging sie in die Küche, schaltete wie ein Roboter den Wasserkocher an und steckte Brot in den Toaster. Sie ging in ihr Arbeitszimmer, wo die stickige Luft nach Whisky roch, und sah die leere Flasche. Sie hatten gestern Abend viel getrunken. Und dann … plötzlich wurden ihre Gedanken klarer. Sie erinnerte sich, dass sie am Tisch gesessen, über Schuld und Buße gesprochen und die Diskussion mit Whisky angeheizt hatten. Später war sie, von Luke gestützt, taumelnd über den Flur zum Bett gegangen und hatte sich über ihren sentimentalen Wunsch ausgelassen, irgendwelche Not leidende Arme zu unterstützen und ihnen ihr Leben zu opfern. »Ich muss etwas zurückgeben«, hatte sie erklärt.

Luke hatte sie zugedeckt und sich auf der Bettkante neben sie gesetzt. »Meinst du etwa, die Dritte Welt braucht dringend eine forensische Sprachwissenschaftlerin?«, hatte er gesagt und ihr belustigt übers Haar gestrichen. »Halt den Mund und schlaf jetzt, Bishop. Du bist besoffen.«

Der Rauchalarm rief sie mit schrillem Piepsen, das sich wie ein Messer in ihren schmerzenden Kopf bohrte, in die Gegenwart zurück. Das Brot war im Toaster verkohlt. Sie nahm es heraus, stieß die Hintertür auf und versuchte, den Alarm abzuschalten. Gemma war tot. Sie fragte sich, wie sie Joanna beibringen sollte, was geschehen war.

Sie saß am Tisch, zerkrümelte den verbrannten Toast und starrte mit leerem Blick die Wand an. Es war nach neun. Gemma war tot. Sie stand mühsam auf und ging zum Telefon. Sie musste Joanna anrufen, wählte ihre Durchwahl, landete aber bei Alice Carr, der Sekretärin der Abteilung, Peter Cauldwells Vertraute und Verbündete. »Ich fürchte, niemand von Ihrer Gruppe ist erreichbar, Roz«, sagte Alice. »Dr. Grey spricht gerade mit der Polizei, ist es nicht entsetzlich?«

Sie hätte es wissen müssen. Gemma an ihrem Arbeitsplatz zu suchen, musste natürlich einer der ersten Schritte der Polizei gewesen sein. »Es war bestimmt ein Schock für Sie, Roz, die Polizei so frühmorgens im Haus zu haben.« Alices Stimme war mitfühlend, aber was sie meinte, war klar. *Ich weiß, dass du die Nacht mit Luke Hagan verbracht hast.* Roz fehlte die Kraft, sich darüber aufzuregen, dass diese Information bereits Teil der Gerüchteküche war. Vermutlich hatte die Polizei dieselben Schlüsse gezogen. Ihr fiel nichts ein, das sie Alice hätte sagen können, um den entstandenen Eindruck – Gemma tot und Luke bei ihr – zu zerstreuen.

Sie hinterließ bei Alice eine Nachricht, die zweifellos zuerst bei Peter Cauldwell landen würde, bevor Joanna sie bekam. Dann fuhr sie in die Stadt zum Polizeipräsidium, wo die beiden Beamten sie stundenlang, so kam es ihr jedenfalls vor, in die Zange nahmen. Sie wollten alles über Luke wissen. Sie fragten nach seiner Beziehung zu Gemma, nach Gemmas Ausgehgewohnheiten und nach Streit zwischen den beiden. Aber sie wusste nichts. Sie konnte ihnen nicht weiterhelfen.

Sie wollten auch alles über ihre eigene Beziehung zu Luke wissen. Sie sagte es ihnen so ehrlich wie möglich, wusste aber nicht, wie sie es einschätzen würden. Sie erzählte ihnen nicht, dass sie und Luke früher ein Paar gewesen waren. Es war ja nur ein Ausrutscher gewesen. Sie brauchten das nicht zu wissen. Sie berichtete ihnen von der Konferenz am Freitag, über Gemmas E-Mail und dass die Computerdaten gelöscht waren. Was sie erzählte, gab ein düsteres Bild ab, aber damals – versuchte sie ihnen zu erklären – schien es nur sonderbar und unerklärlich. »Ich dachte, Gemma hätte es getan«, sagte sie.

Sie wollten wissen, ob Luke die Daten in Gemmas Computer gelöscht haben könnte. Sie zuckte die Schultern. Natürlich. Alle möglichen Leute hätten es tun können. Sie erzählte ihnen von dem Bericht und der Niederschrift der Bandaufnahme und davon, dass die Ausdrucke, die sie gemacht hatte, verschwunden zu sein schienen. Über die Fotos sprach sie nicht. Wenn sie ihr Fragen stellten, die in diese Richtung führten, würde sie es ihnen erklären, aber sie fragten nicht. Es ging sie nichts an, sie hätte sie niemals sehen, niemals etwas darüber erfahren sollen. So rechtfertigte sie sich und fühlte sich wie ein Patient im Krankenhaus, dem man trotz einer schrecklichen Krankheit Entwarnung signalisiert hat, der aber nicht erleichtert ist, weil er ein Symptom verschwiegen hat, das bestimmt nicht zählte…

Erst nach der Arbeit, als sie an ihrem Schreibtisch saß, kam es ihr wieder zum Bewusstsein. Sie fror und legte die Hand auf den Heizkörper. Er war warm, die Kälte kam aus ihr selbst.

Die schlimmsten Folgen ihres Rauschs waren vorbei. Ihre Kopfschmerzen hatten sich nach einer starken Dosis Paracetamol verflüchtigt, und die Übelkeit war weg, obwohl ihr noch flau im Magen war. Sie bekam Hunger, aber es erschien ihr irgendwie unmoralisch, jetzt an Essen zu denken. Sie stellte sich Luke vor, der zum Verhör nach Hull unterwegs war, wo er sich feindseligen, zudringlichen Fragen würde stellen müssen. Würde er wütend werden? Sie erinnerte sich an ihre Empörung über die Fragen, die man ihr gestellt hatte.

Was für eine Beziehung haben Sie zu Luke, Roz?

Es ist besser, Sie sagen es uns, Roz.

Übernachtet er oft bei Ihnen?

Und Gemma war tot. Sie versuchte Trauer oder Bedauern zu empfinden, aber was sie fühlte, war nur eine Art fassungsloser Schock. Gemma, der die ganze Welt offen stand, wenn sie es nur wollte. Intelligent, talentiert und jung. Aber was bedeutete jung, wenn Gemma nur Tage, vielleicht Stunden von ihrem Tod entfernt gewesen war?

Sie hörte Schritte im Korridor. Seit sie zur Arbeit gekommen war, hatte sie noch nicht mit Joanna gesprochen. Vielleicht war sie jetzt in ihrem Büro und würde das bisschen, was Roz wusste, von ihr erfahren wollen. Sie ging und klopfte an ihre Tür, hörte Joanna sprechen, und sah, als sie eintrat, Peter Cauldwell ihr gegenübersitzen. »... vertrauliche Dinge, die ordnungsgemäß behandelt werden sollten«, sagte sie gerade.

Cauldwell sah Joanna ernst an. »Joanna, es geht hier um einen Mordfall. Es muss nicht nur nach außen hin wie Zusammenarbeit aussehen, sondern wir sollten den *Willen* haben, zusammenzuarbeiten. Die Polizei wird sich für alle Probleme interessieren, die Vertrauliches betreffen. Es ist sehr gut möglich, das muss ich leider sagen, dass es da eine Verbindung gibt. Der Verlust von Daten ...« Cauldwell schien sich insgeheim zu freuen. »Sie hätten mir dies wirklich mitteilen sollen, sobald Sie davon erfahren hatten.«

Roz war müde und dachte daran, wie Luke gesagt hatte: »Alle hohen Tiere der Uni sind da, um mitzuerleben, wie Grey dem Cauldwell das Fell über die Ohren zieht.« Jetzt würde Peter Cauldwell sich rächen. »Ich glaube nicht, dass noch vertrauliche Dokumente da sind«, sagte Joanna. Ihre Stimme klang selbst in Roz' Ohren tonlos. »Spielt es eine Rolle?«

Cauldwell sah sich um. »Roz«, sagte er, »was für eine schreckliche Geschichte.«

Joanna stand auf. »Ich spreche nachher noch mit Ihnen«, sagte sie zu Cauldwell. Er wollte etwas einwenden, aber Joanna sagte scharf: »Das ist jetzt nicht der richtige Zeitpunkt, und auch nicht der richtige Ort, Peter«, und Roz merkte, dass Joannas Blick kurz in ihre Richtung schweifte. Cauldwell nickte und verließ den Raum. Joanna seufzte und setzte sich. »Willst du es mir erzählen?«, fragte sie. »Möchtest du Kaffee?«

Roz ließ sich in den Stuhl fallen, der Joanna gegenüberstand. »Keinen Kaffee, danke«, sagte sie. Sie erzählte Joanna von dem morgendlichen Besuch und dass Luke *der Polizei bei ihrer Ermittlung helfe*. Während sie sprach, hörte sie, wie alles einen erschreckend logischen Zusammenhang bekam. Joanna hatte sich

Sorgen gemacht, eine Frau beschäftigt zu haben, die sich mit allen vertraulichen Unterlagen der Gruppe und mit Material über möglicherweise wertvolle, noch in der Entwicklung befindliche Software davongemacht hatte. Jetzt musste sie wohl auch noch befürchten, dass der Mann, der sie umgebracht hatte, bei ihr angestellt war.

Als Roz zu Ende gesprochen hatte, saß Joanna einen Moment schweigend da. »Ich kann nicht glauben, dass ich Gemma zum letzten Mal gesehen haben soll, als ich mit ihr über die Konferenz sprach. Es gab so viel … die ganze Welt.« Sie fuhr sich mit Daumen und Zeigefinger über den Nasenrücken und holte mehrmals tief Luft. Einen Augenblick sah sie verwirrt aus, dann fiel ihr Blick auf die Papiere auf dem Schreibtisch vor ihr. »Vielleicht sollten wir uns das hier ansehen«, sagte sie ungewöhnlich behutsam. »Die neue Runde der Bewerbungen für Zuschüsse …«

Roz erinnerte sich daran, was sie zu Luke gesagt hatte: »Sie schafft es, sich um die Finanzierung und alles andere zu kümmern, aber sie kann sich nicht auch noch um Menschen sorgen.«

»Luke ist nicht verhaftet worden«, sagte Roz.

Joanna stand auf. »Ich weiß«, erwiderte sie, »aber seit Freitag war irgendetwas mit Luke los – und sag bloß nicht, ich behauptete das jetzt hinterher«, fügte sie hinzu. Roz wollte etwas sagen, hielt aber inne. Joanna war eine gute Menschenkennerin und urteilte schnell und überlegt. Und sie hatte Recht. Etwas hatte mit Luke nicht gestimmt. Joannas Bürotür war nicht richtig zu und ging auf, als ein Mann vorbeikam, der Gemmas Computer wegtrug. Roz sah Joanna an und bemerkte, dass ihre Augen vor Ärger funkelten.

»Ich weiß, dass sie Luke mitgenommen haben, um ihn zu vernehmen, Joanna«, sagte sie. »Aber das war doch klar. Er ist Gemmas Freund.« Es fiel ihr schwer, das zu sagen. »Er war es doch selbst, der gemeldet hat, dass sie vermisst wird. Sie müssen ihn vernehmen.« Während sie sprach, merkte Roz, dass sie sich ein wenig entspannte. Natürlich mussten sie Luke befragen. Wie konnte es anders sein?

Joannas Gesichtsausdruck blieb noch einen Augenblick angespannt, dann beruhigte sie sich. »Ich weiß«, räumte sie ein und schloss die Augen. »Ich brauche … einfach etwas zu tun. Ich kann nicht darüber nachdenken, jedenfalls nicht jetzt. Hier ist keine gute Atmosphäre zum Arbeiten. Sie taugt zu überhaupt nichts. Ich arbeite heute zu Hause. Wenn ich du wäre, würde ich das auch tun, Roz.«

Roz brauchte nicht zu überlegen. »Nein, ich bleibe. Hier kann ich ein Auge auf alles haben.«

Joanna schien erleichtert. »Danke«, sagte sie, und der Ausdruck echter Dankbarkeit erinnerte Roz an die Frau, die ihr damals freundschaftliche Unterstützung angeboten hatte, als sie sich um die Versetzung nach Sheffield beworben hatte. Roz griff nach den Bewerbungsformularen und sagte: »Ich fange damit schon mal an.«

Aber als sie in ihr Büro zurückkam, setzte sie sich hin und starrte aus dem Fenster, auf den grauen Winterhimmel und den Regen, der ans Fenster spritzte. Die Polizei musste glauben, dass Luke Gemma umgebracht hatte. Oder dass diese Möglichkeit bestand. Sie wollte sich nicht damit befassen und musste sich doch zwingen, darüber nachzudenken. Sie erinnerte sich an den Luke, den sie gekannt hatte, bevor Gemma in ihr Leben trat. Seine treffsichere Ironie war ein guter Kontrast zu ihrer ernsten Art. Er hatte sie davor bewahrt, sich in den ersten Monaten als Forschungsassistentin völlig zu verausgaben, und brachte sie dazu, Prioritäten zu setzen und unvernünftige Ansprüche ihrer Studenten abzuweisen. »Sie wollen sehen, wie weit sie gehen können, Bishop. Sie wissen, dass du nur einen Zeitvertrag hast. Pass auf, diese Abteilung braucht eine Wissenschaftlerin, keine Lehrkraft. Konzentriere dich auf das Wichtige.«

Er hatte ihr beigebracht, wie sie wieder Spaß haben konnte.

Genauso wie sie neigte er zu Depressionen und Zeiten düsterer Grübelei. Sie konnten sich gegenseitig gut mit kämpferischen Squash-Spielen, mit Tanzabenden in anrüchigen Clubs und wilden Motorradfahrten auf der Autobahn aus diesen depressiven Phasen heraushelfen. Und er hatte sie nie über Nathan ausgefragt, hatte Roz' kurze Erklärung: »Mein Mann ist schwer krank«, als das Tabu respektiert, das es sein sollte.

Sie erinnerte sich an den Tag, als sie ihn kennen gelernt hatte. Sie war gerade nach Sheffield gekommen, um ihre Tätigkeit aufzunehmen, und sie war noch benommen von den plötzlichen, unerwarteten Veränderungen in ihrem Leben. Sie fühlte sich wie jemand, der sich auf einem ruhigen, sonnigen Segelturn flussabwärts befindet und um den herum plötzlich ein Sturm losbricht, während er das unheilvolle Tosen von Stromschnellen vernimmt. Damals war es ihr wirklich nicht besonders wichtig gewesen, ob sie die Lautsysteme der englischen Sprache erforschte oder an einer Supermarktkasse sitzen sollte.

Sie hatte sich mit einer bestimmten Software vertraut gemacht und versucht, ein Programm zu installieren, das sie bei ihren früheren Forschungsarbeiten benutzt hatte. Der Computer streikte, und das Programm lief nicht. Sie konzentrierte sich allerdings auch nicht darauf, sondern hatte nur aus dem Fenster gestarrt und sich gefragt, was sie tun sollte, nicht nur im Moment, sondern auch in den nächsten Monaten und Jahren.

»Tun Sie das mit Absicht?« Ein Mann stand hinter ihr und sah auf den Bildschirm. Sie zuckte zusammen, wandte sich auf dem Drehstuhl um und war wütend, dass jemand sie unterbrochen und ertappt hatte. »Ich frage nur«, sagte er, »weil ich für diese Geräte Verantwortung trage, und wenn ich gefragt werde, was mit diesem hier passiert ist, möchte ich in der Lage sein, Auskunft geben zu können.« Er erkundigte sich mit milde forschendem Unterton. »Ich schätze«, fuhr er fort, »dass das Programm, das Sie gerade laden, für ein anderes Betriebssystem gedacht ist und im Moment alles, was auf der Festplatte dieses Rechners ist, überschreibt.« Er lächelte sie vergnügt an. »Immer funktioniert das nicht, aber mit Sicherheit dann, wenn es nicht so laufen soll.«

Sie starrte ihn an. Einen Augenblick hatte sein sanftes, bescheidenes Lächeln sie sehr an Nathans Lächeln erinnert. Aber damit war die Ähnlichkeit auch schon zu Ende. Seine Stimme hatte einen leicht singenden Tonfall, der an irische Abstammung denken ließ. Sein Haar war dunkel, während Nathans blond war, und seine Haut hatte die fast durchsichtige Blässe der Kelten, während Nathans Teint auf einen Menschen schließen ließ, der viel Zeit im Freien zubringt – jedenfalls war das so gewesen. »Es tut mir Leid«, sagte sie, und ihre Stimme klang nervös. »Ich war zerstreut.«

»Das juckt mich nicht«, sagte er. »Sie werden sich aber vielleicht bei dem Typ entschuldigen müssen, der darauf seine Doktorarbeit geschrieben hat.« Er schien das Interesse an der Sache zu verlieren. »Sie sind also die neue Forschungsassistentin«, sagte er.

Und das war der Anfang ihrer Freundschaft gewesen. Bis… Sie waren abends zusammen in Leeds ausgegangen und hatten Jazz gehört. Sie waren mit Lukes Motorrad gefahren, und sie erinnerte sich noch genau an die Rückfahrt, wie die Straße unter den Rädern dahinglitt, an den hellen Mond, die Geschwindigkeit und die schweigende Vertrautheit, mit der sie durch ihre Bewegungen gemeinsam die Maschine steuerten, die erfrischende Kühle der Nachtluft auf ihrem Gesicht. Sie wusste noch, wie ein Wagen ohne Vorwarnung vor ihnen ausgeschert war und Luke gelacht hatte, als das Motorrad schleuderte, und dann lag die Straße wieder gerade vor ihnen, und er hatte beschleunigt, während weit hinter ihnen die Autohupen schrillten. Der Adrenalinstoß wirkte noch nach, als sie Roz' Wohnung erreichten, und sie hatten sich zum ersten Mal geliebt, waren zusammen auf den

Teppich vor dem Kamin getaumelt. Der Sex war in seiner Intensität fast gewaltsam, und sie fühlte ihr Blut durch die Adern brausen. »Ich will das schon, seit ich dich zum ersten Mal gesehen habe«, sagte er ihr in einem Moment der Stille, bevor sie Zeit hatten, darüber nachzudenken, was sie da getan hatten.

»Warum hast du sechs Monate gewartet?«, hatte sie gefragt, denn sie glaubte ihm nicht ganz. Sie hatten gelacht, und in diesem Moment schien alles möglich.

Aber jetzt drückte sie sich vor dem Problem. Glaubte sie, dass Luke Gemma getötet haben könnte? Sie erinnerte sich an seine plötzlich aufflammende Wut, als er den Aktenschrank zuschlug. Und an die Fotos mit der befremdlichen Atmosphäre von Brutalität. Luke hatte eine dunkle Seite. Es war eine persönliche Düsterkeit, die sie gut kannte, eine Tendenz zu Depressionen, seine Saufgelage und seine Wildheit. Aber was würde geschehen, wenn sich das nach außen wendete? Sie erinnerte sich, wie Nathan brutal gegen ihre Schläfe geschlagen und sie erschrocken und vergeblich nach dem Geländer gegriffen hatte, um nicht zu fallen. Sie glaubte nicht, dass Luke es getan hatte. Aber wie sollte ausgerechnet sie wissen, wozu jemand fähig war?

Hull, Dienstagabend

Vom Fluss stieg Nebel auf, als Lynne die Tür ihres Wohnblocks aufschloss. Das Wasser roch leicht faulig nach Seetang, was bedeutete, dass Ebbe bevorstand. Sie dachte an das dunkle, glitzernde Wasser weiter oben im Fluss, die Türme der Humber Bridge, das dünne Band der Straße, das sich in der Ferne verlor, an Katja, die von dem zurückfließenden Wasser auf die schlammige Sandbank geschwemmt worden war.

Sie legte ihre Tüten auf der Arbeitsplatte ab und sah schnell nach, ob sie alles hatte, was sie brauchte. Sie hatte Roy Farnham unter dem Vorwand eingeladen, die Fälle und den möglichen Zusammenhang mit Menschenschmuggel zu diskutieren. Am Abend zuvor hatte er kurz nach ihrem Vorschlag zu Jemimas Identifizierung das Restaurant verlassen und musste die ganze Nacht gearbeitet haben, denn er rief sie morgens an und sagte ihr, sie hätte Recht gehabt, Gemma Wishart sei bei der Polizei von South Yorkshire als vermisst gemeldet. Wisharts Mutter hatte die Uhr, die das Dornröschen trug, und einen kleinen, unregelmäßigen Leberfleck auf ihrem linken Schenkel erkannt. »Wir werden noch die Bestätigung auf Grund der zahnärztlichen Unterlagen brauchen«, hatte Farnham gesagt. »Aber ich glaube, es kann kein Zweifel bestehen.« Sie hatte den Fall noch weiter besprechen wollen, um nach Verbindungen mit Katjas Tod zu suchen, aber Farnham hatte den ganzen Tag zu tun. Dann hatte sie versuchsweise ein Treffen am Abend in ihrer Wohnung vorgeschlagen.

Er war nicht direkt ihr Vorgesetzter, jedenfalls nicht in der gleichen Ermittlungsgruppe, also sollten soziale Kontakte kein allzu großes Problem darstellen, aber Lynne war vorsichtig. Sie hatte schon einmal den Fehler gemacht, sich mit einem Arbeitskollegen einzulassen, und hatte das Gefühl, die Wunden von den paar Monaten mit dem strengen und dynamischen Steve McCarthy noch mit sich herumzutragen. Es war eine chaotische Beziehung gewesen, die mit bitteren Vorwürfen endete, und sie beschloss damals, es nie wieder zuzulassen, dass Arbeit und Privatleben sich vermischten.

Aber wenn sie sich daran hielt, mit wem konnte sie dann überhaupt eine Beziehung eingehen? Die meisten Männer, die sie traf, schreckten zurück, wenn sie von ihrem Beruf erfuhren. Nur Kollegen konnten die Eigenart dieses Berufs und die Ansprüche, die er stellte, verstehen. Aber ein Kollege, der auf der Karriereleiter wesentlich höher stand? Die Leute würden sagen, dass sie ihre Karriere in der Horizontalen vorantrieb. Auch ein auf der

Leiter weiter unten stehender Kollege war unmöglich. Jemand mit dem gleichen Dienstgrad? Da waren Ehrgeiz und Konkurrenzdenken zu befürchten, was sie – zu ihrem Nachteil – bei Steve herausgefunden hatte.

Sie sah nach, wie spät es war. Sie hatte noch fast eine Stunde Zeit, bevor er kommen würde. Fast erwartete sie seinen Anruf zwecks Absage. Sie wusste, dass Gemma Wisharts Freund heute zur Vernehmung aufs Revier gebracht worden war, und fragte sich, ob Farnham gegen ihn, außer seiner Beziehung zu Gemma und den damit verbundenen Problemen, noch etwas in der Hand hatte. Wenn er über ihre Arbeit als Begleitdame Bescheid gewusst hatte und irgendwie daran beteiligt war, gab es eine ganze Menge Motive für Wisharts Tod. Oder auch wenn er es nicht gewusst hatte … Aber es hatte keinen Sinn, zu spekulieren. Sie würde die Einzelheiten bald von Farnham erfahren.

Von dem Essen hatte sie nichts gesagt, aber er kam ja direkt von der Arbeit. Sie stellte Wasser für Pasta auf und überprüfte ihre Vorräte an Tomatensoße, die sie im letzten Sommer, gewürzt mit frischem Basilikum, eingefroren hatte. Auf dem Heimweg hatte sie Brot gekauft, und im Kühlschrank waren Salat, Käse und Obst. Sie war also für so ziemlich jede Eventualität gerüstet. Sie hatte Wein, falls es sich als ratsam erweisen sollte. Schnell ging sie unter die Dusche, und als sie gerade einen weichen Wollpullover überzog, klingelte es an der Gegensprechanlage. Es war Farnham. »Komm hoch«, sagte sie und drückte auf den Türöffner.

Sheffield, Dienstagabend

Roz hatte vor, diesen Abend an ihrem Buch zu arbeiten. Sie musste etwas tun, um ihren Kopf zu beschäftigen. Aber als sie vor dem Computer saß, wurde ihr klar, dass sie sich nicht konzentrieren konnte. Sie musste etwas tun, das sie forderte, und dachte an die Software, die sie vor kurzem mit nach Hause genommen hatte. Luke hatte sie empfohlen, und Joanna hatte sie gebeten, das Programm zu beurteilen. Das würde sie ablenken. Das Problem war nur, dass dieses Programm auf ihrem eigenen Computer nicht lief... aber plötzlich fiel es ihr wieder ein.

Sie stand auf und ging durch die Küche zu der verschlossenen Kellertür und öffnete sie. Ein Schwall kalter Kellerluft kam ihr entgegen. Sie sah auf dem obersten Regalbrett den bis gerade eben vergessenen Laptop stehen, den sie – wann war es doch gleich, am Freitagabend? – mit nach Hause gebracht hatte. Der Computer, den Gemma bis zum Donnerstag benutzt hatte, als sie den weniger leistungsstarken Laptop mit nach Manchester genommen hatte. Und niemand wusste, dass Roz diesen hier bei sich hatte. Wenn die Zerstörung von Gemmas Dateien etwas mit ihrem Tod zu tun hatte, dann war dieses Gerät Gold wert. Sie hätte gern Luke angerufen, um es ihm zu sagen.

Aber er war ja nicht zu Hause. Ihre Freude über ihren Fund legte sich. Sie musste erst sehen, was sie finden würde. Es gab keinen Grund, anzunehmen, dass Gemma etwas auf diesem Rechner zurückgelassen hatte. Sie öffnete die Tasche, und in einem der Fächer waren eine Diskette und ein paar Blätter Papier. Sie betrachtete die Papiere, ein paar getippte Seiten mit handschriftlichen Notizen, Symbolen, Gekritzel – die Original-Niederschrift! Gemmas vorläufiger Entwurf! Sie schaltete den Laptop ein und legte die Diskette ins Laufwerk, um zu sehen, was darauf war. *Ja!* Ein Ordner »Gemma«. Sie öffnete ihn und war enttäuscht, nur drei Dateien zu sehen: *tapehull* – vermutlich eine korrigierte Fassung der Niederschrift von DI Jordans Tonband. Die zweite Datei hieß *draftreport hull*. Roz strich sich mit den Fingern über die Stirn. Der Ausdruck dieser Datei und der Niederschrift waren von ihrem Schreibtisch verschwunden. Die dritte Datei war *mholbrook*. Sie öffnete sie.

Betr: Holbrook-Archiv
Lieber Professor Holbrook,
vor kurzem habe ich mich wegen der Nutzung Ihres Archivs an Ihren Assistenten gewandt, um bestimmte Bänder vergleichen zu können. Offenbar wird die Sammlung zur Zeit katalogisiert und kann nicht benutzt werden. Sie erinnern sich wohl an das Tonband …

Hier brach der Brief ab.

Roz runzelte die Stirn. Hatte dies etwas mit dem Band und der Niederschrift zu tun? Das Holbrook-Archiv? Sie überlegte, aber ihr fiel dazu nichts ein. Sie suchte auf ihren Bücherregalen das Vorlesungsverzeichnis, fand aber unter den aufgeführten Dozenten keinen Holbrook. Sie entdeckte ihn jedoch unter den Gastdozenten. Marcus Laurence Holbrook. Er hatte anscheinend eine Beratungstätigkeit am Seminar für Europäische Studien. Er war Spezialist für Sprachen der alten UdSSR. Darauf hätte sie selbst kommen können, denn das war Gemmas Arbeitsgebiet, oder war es gewesen. Das Holbrook-Archiv musste eine Sammlung sein, die sich auf diese Sprachen bezog. In Gemmas Brief wurden Tonbänder erwähnt.

Hatte Gemma ihre Analyse des Bandes von DI Jordan mit einem anderen Sprecher aus – sie sah in Gemmas Bericht nach – Nordostsibirien vergleichen wollen? Das schien logisch und erklärte vielleicht, wieso es bei Gemma noch Unsicherheiten in Bezug auf die Analyse gegeben hatte. Was hatte sie gesagt? »Es ist nur … Ich wollte etwas …« War es Gemma gelungen, Zugriff auf das Material zu bekommen, das sie suchte? Roz las den Bericht. Gemmas Schlussfolgerungen schienen klar, es gab nur sehr wenige Einschränkungen wie »eventuell« und »möglicherweise«. Der Bericht schien komplett, war es aber laut Gemma nicht. Roz runzelte die Stirn und versuchte, sich zu erinnern. Gemma war in ihr Büro gekommen, um sich darüber zu beklagen, dass man sie so kurzfristig über die Fahrt nach Manchester informiert hatte, oder vielleicht eher deswegen, weil sie sich wegen des Berichts Rat holen wollte. Sie hatte gesagt... *Es ist nur... ich wollte etwas...* Was?

Roz sah sich die Niederschrift an und bemerkte, dass Gemma etwas oben drüber geschrieben hatte. Zuerst in blauer Tinte das Wort »cats« unterstrichen und mit Fragezeichen versehen. Cats? Dieses Wort war von Gekritzel, Daten und Zeitangaben umgeben, so als hätte Gemma sich Notizen gemacht, während sie mit jemandem sprach. Und darunter stand mit einem anderen Stift geschrieben: *Überprüfen!* 25, 127, 204. Und dann mit Bleistift hingekritzelte Buchstaben: *JO!! Überprüfen?* Roz sah sich dies eine Weile an und dachte nach. Die Zahlen bezogen sich auf die Zeilen, die mit einem Sternchen markiert waren, das waren offensichtlich die problematischen Stellen. Aber um welches Problem es ging... Sie schüttelte den Kopf. Es sagte ihr nichts.

Sie machte mit ihrem Faxgerät eine Kopie der Niederschrift und zog eine Kopie auf eine Diskette, um sicherzugehen. Dann nahm sie das Telefon und rief die Nummer an, die DS Anderson ihr am Morgen gegeben hatte. Sie vermutete, dass man bei der Polizei inzwischen über das Fehlen der Dateien Bescheid wusste. Sie musste ihnen mitteilen, dass wenigstens ein Teil wieder aufgetaucht war.

Hull, Dienstagabend

Es war fast Mitternacht, und Roy Farnham war noch bei Lynne. Sie hatten gleich nach seiner Ankunft gegessen und sprachen, am Tisch sitzend, die Fälle und mögliche Zusammenhänge durch. Er suchte immer noch das Zimmermädchen des Hotels, die Frau, die anscheinend die Leiche gefunden hatte und dann verschwunden war. Er wollte wissen, ob Lynne Fortschritte gemacht hatte.

»Noch nicht«, sagte sie. »Ich suche. Aber diese Fälle – glaubst du immer noch, dass es da eine Verbindung gibt?«

Er runzelte die Stirn. »Ich weiß es nicht. Wer immer das mit Gemma Wishart war, der hat sie halb zu Tode geprügelt und dann erdrosselt. Eine schlimme Sache. John Gage«, er sah Lynnes fragenden Blick, »der Pathologe, der diesen Fall untersucht hat, sagt, dass auf ihren Hals mehrmals starker Druck ausgeübt und dann wieder reduziert wurde. Er muss sie halb erwürgt und dann wieder losgelassen haben, damit sie wieder zu sich kam. Wahrscheinlich mehr als ein Mal.« Sexueller Sadismus. Lynne dachte über die Psyche dieses Menschen nach, der einen langsamen Mord, ein solch verzögertes Sterben genießen konnte. Farnham war noch nicht fertig. »Eine Menge Verletzungen wurden ihr nach dem Tod beigebracht. Er hat weiter auf sie eingeschlagen, als sie bereits tot war. Ich finde, das sieht nach starker Emotion aus, nach exzessiver Wut. Also war es der Freund.«

Lynne goss mehr Wein nach. »Hat er Sex mit ihr gehabt?«

Er nickte. »Alle Proben sind positiv. Er ist Sekretor, bei dem sich aus den Körperflüssigkeiten die Blutgruppe erkennen lässt. Wir haben also seine Blutgruppe.«

»Vergewaltigung?« Wenn es das Treffen einer Prostituierten mit einem Freier war, hätte es vielleicht Sex vor der Gewalttätigkeit gegeben, aber wenn man bei der Obduktion Sperma in oralen, analen und vaginalen Proben gefunden hat …«

Farnham schien auszuweichen. »Gage meint, ja.«

»Aber?« Er hatte ihr also nicht alles gesagt. Sie hatte gehofft, dass er ihr nichts verheimlichen würde.

Er zuckte die Schultern, als wolle er sagen: Ich hab nicht davon angefangen. »Gage sagt, es sieht aus, als habe er Sex mit ihr gehabt, nachdem er sie umgebracht hat oder noch während er sie tötete. Etwas lief auch noch, nachdem sie schon tot war.«

Lynne hatte das Gefühl, dieser Wahnsinn sei ansteckend. Aber worum ging es? Um den Wahnsinn eines Menschen, der eine Frau tötete, während er Sex mit ihr hatte, und dabei vielleicht alle Angst, Panik und schließlich den Tod mit seinen Begleitumständen genießen konnte... Oder der Wahnsinn eines Mannes, der eine tote Frau vergewaltigen wollte. Sie musste es wissen, wollte aber nichts davon hören. Sie verzog das Gesicht zu einer Grimasse des Ekels. »Was hältst du von dem Freund?«

Farnham runzelte die Stirn. »Er ist schwer zu durchschauen. Sehr cool. Ich habe ihn über seine Rechte belehrt, und er nahm es ohne weiteres hin. Anderson sagte, dass er nicht überrascht schien, als er erfuhr, dass Wishart tot sei – eher resigniert. Er sagte, er hätte gemeldet, dass sie vermisst werde, weil er nicht glaubte, dass sie die E-Mail geschickt hatte – was stimmte –, aber dann, als der Brief ankam, hätte er gedacht, sie hätte wohl doch geplant, wegzugehen. Er sagte, sie hätte immer schon vorgehabt, nach... irgendeinem unaussprechlichen Ort in Russland zurückzukehren. Er behauptete, sie hätte da drüben einen Freund.«

»Und was ist mit ihrer Arbeit als Begleiterin?« Lynne fand Hagans Äußerungen zu diesem Punkt unglaubhaft, und sie sah Farnham an, dass auch er nicht besonders überzeugt war.

»Ich habe ihm die Fotos gezeigt. Das hat ihn aufgeregt.« Farnham hielt einen Moment inne und sammelte seine Gedanken. »Er mochte das nicht. Tom Anderson hat dann mit ihm geredet – mit Anspielungen wie: ›nicht schlecht, wenn man so was mag‹ –, und man konnte sehen, dass ihn das fertig machte. Dann hat er abgeschaltet, und ich habe ihn nach ihrer Arbeit als Begleiterin gefragt. Ich dachte, er würde mir eine runterhauen.« Er grinste. »Wirklich schade, dass er's nicht getan hat. Dann hätte ich einen Grund gehabt, ihn weiter festzuhalten. Er gab zu, dass er die Fotos gemacht hat.«

Da sie inzwischen so nahe nebeneinander auf der Couch saßen, war es klar, dass sie beide an mehr als dem Fall interessiert waren. Aber das Gespräch hatte unwiderruflich die Stimmung verändert. Lynne schob die Akten von sich, stand auf und streckte sich. Er sah auf die Uhr. »Wahrscheinlich Zeit, dass ich gehe.«

An der Wohnungstür blieb er stehen, lehnte sich mit der Schulter gegen den Rahmen und sah auf sie hinab. Sie mochte sein Gesicht, das unauffällig, aber wenn er lächelte, sehr anziehend war. Sie mochte seine Art, sich entspannt und zugleich kompetent zu geben. »Zu viel von der Arbeit geredet«, sagte er und küsste sie leicht auf den Mund. »Ein andermal?«

»Ein andermal«, sagte sie und meinte es ehrlich.

Es war spät, aber es ging ihr zu viel durch den Kopf, um schlafen zu können. Roy Farnham hielt es für wahrscheinlich, dass Hagan Gemma Wishart getötet hatte. Lynne glaubte, dass er vermutlich Recht hatte. Wenn man den Fall näher betrachtete, klärten sich die komplexen Zusammenhänge. Wisharts E-Mail und der Brief waren ungeschickte Fälschungen, die E-Mail war von einem Internet-Café in der Nähe der Universität aus geschickt worden, wo Hagan arbeitete. Die Daten auf beiden Computern, die sie benutzte, waren gelöscht worden. In einem Fall hieß das, dass nur die Dateien entfernt wurden, aber auf dem anderen Rechner war einfach alles komplett gelöscht worden. Dies konnte ein Hinweis darauf sein, dass ihr Tod etwas mit ihrer Arbeit zu tun hatte, aber auch Hagan konnte problemlos die Daten vernichtet haben. Er hatte für Donnerstagabend kein Alibi. Er sagte, er sei bis spät in die Nacht im Institut gewesen und habe sich darum gekümmert, alles für den nächsten Tag fertig zu bekommen. Er war kurz zu Hause gewesen, um zu sehen, ob Wishart ihm eine Nachricht hinterlassen hatte, dann aber auf seinem Motorrad weggefahren.

Allerdings ... Es war, als betrachte man eines dieser Bilder, die in einem Augenblick eine elegante Frau und im nächsten ein altes Weib darstellen konnten, aber nie beide zugleich. Gemma

Wishart hatte Material bearbeitet, das mit Katjas Tod zu tun hatte. Und dann war sie selbst auf ähnliche, aber nicht die gleiche Weise gestorben, sagte sich Lynne. In gewisser Hinsicht gab es oberflächliche Ähnlichkeiten. Wenn Hagan der Mörder war, hatte er auf sehr unbeholfene Art und Weise versucht, den Mord zu verschleiern. Er hatte eine E-Mail geschickt, um zu beschwichtigen oder die Sache hinauszuschieben. Er hatte einen Brief geschickt in der Hoffnung, dass danach nicht mehr nach Gemma gesucht würde. Und dabei war er Mitarbeiter einer Gruppe, die darauf spezialisiert war, Fälschungen und betrügerische Dokumente zu erkennen. Er hatte sie als vermisst gemeldet, um der Polizei zu zeigen, wie besorgt er war. Er hatte alle Daten von ihrem Computer gelöscht, damit die ganze Sache so aussah, als habe sie etwas mit ihrer Arbeit zu tun, und er war voller Panik gewesen. Das waren keine Kennzeichen eines geplanten Mordes.

Andererseits hatte der Mörder auf sehr clevere Weise Spuren gelegt, die alles durcheinander brachten. Er hatte Wisharts Ermordung mit den ungeklärten Fällen der beiden Frauen verknüpft, deren Tod offiziell nicht als Mord galt und vielleicht auch nie so eingestuft werden würde. Wie hatte er von diesen Todesfällen erfahren können? Die Erwähnungen in der Presse waren sehr sparsam gewesen. Er hatte die tote Gemma Wishart in ein Hotelzimmer in Hull gebracht und sie in die Badewanne gelegt. Und wenn dieser Mörder Hagan war, hätte er das verstümmelte Gesicht der Frau, mit der er geschlafen hatte und die er mochte, die ganze Zeit als stummen Vorwurf vor Augen gehabt. Es war die Tat eines Psychopathen.

9

Snake Pass, Mittwoch

Am Sonntag war gemeldet worden, jemand habe anscheinend das Auto stehen lassen. Ein Streifenwagen wurde hingeschickt, um kurz zu überprüfen, ob es schon irgendwo als gestohlen gemeldet war. Die fehlenden Nummernschilder ließen auf etwas Interessanteres schließen als einfach ein Fahrzeug, das jemand nach einer Spritztour stehen ließ. Und die Spritztour-Klientel fuhr sowieso lieber in der Stadt herum.

Police Constable Lee Taylor hielt am Straßenrand und besah sich das Fahrzeug. Es war tief in den Graben gefahren worden und konnte von der Straße aus kaum bemerkt werden. Auffällig war, dass sich jemand solche Mühe gegeben hatte, den Wagen so gut zu verstecken, dass er beim flüchtigen Hinsehen unbemerkt blieb. Auf der Liste von Fahrzeugen, die in letzter Zeit zu Verbrechen genutzt wurden, stand kein roter Fiesta, aber er zögerte, die Sache mit dieser Begründung auf sich beruhen zu lassen. Ein Wanderer hatte den Wagen am späten Sonntagabend gemeldet. Es sah nicht so aus, als sei jemand seit damals an oder in dem Fahrzeug gewesen. In der Nacht hatte es geregnet, aber der Boden unter dem Wagen war trocken. Er ging auf die andere Seite und bemerkte die Flecken und Spritzer an der Türschwelle, wo der Felsvorsprung den Regen abgehalten hatte.

Er ging in einem gewissen Abstand um das Auto herum und sah durch die Fenster hinein. Es stand an einer dunklen Stelle unter dem Felsen, und er leuchtete mit seiner Taschenlampe durch die Windschutzscheibe hinein, um den Innenraum besser zu sehen. Er war leer. Er tadelte sich selbst für die unnötige Aufregung und fragte sich, warum er trotzdem nicht zufrieden war.

Er betrachtete auf der anderen Seite noch einmal die Flecken an der Türschwelle. Ihm schien, dass der Fahrer nicht auf dieser Seite ausgestiegen sein konnte, denn die Tür war zu nah am Felsen. Und trotzdem sah es aus, als seien die Spritzer bei offener Tür auf die Türschwelle geraten. Er leuchtete noch einmal durch die Windschutzscheibe, und diesmal glaubte er, dunkle Flecken auf dem Sitz zu sehen.

Vielleicht war in diesem Auto jemand verletzt worden. Er sah sich in der einsamen Landschaft um, ein ungünstiger Ort für einen Verwundeten, der Hilfe brauchte. Die wenigen Autos, die auf der Straße vorbeikamen, waren kaum zu sehen. Hinter ihm stiegen die Berge an, massive Blöcke aus grobem Sandstein, deren Kanten von dem spärlichen, dünnen Gras auf den höheren dunklen Gipfeln nur leicht verdeckt wurden. Der Wind frischte auf und war so eisig, als käme er direkt aus Sibirien, und der Himmel war unheilvoll und dunkel. Er sah über das Tal zum Kinder Scout und zurück nach Bleaklow. Wer wusste, was die Torfmoore und das Heideland verbargen? Im Sommer kamen Tausende Touristen, um die Schönheit dieser Berge und der Moorlandschaft zu bewundern, zu wandern und mit Autos, Picknick-Ausrüstung und mobilen Eisständen die Zivilisation in diese wilde Landschaft zu tragen. Aber Taylor glaubte, dass die Berge jetzt, ohne ihr Publikum und den Sommerschmuck, ihr wahres, düsteres und drohendes Gesicht zeigten.

Sheffield, Mittwochvormittag

Roz ging den Flur entlang zu Joannas Büro und versuchte, so zu tun, als hätte sie den Morgen mit nützlicher Arbeit verbracht. Sie hatte zwei Stunden am Schreibtisch gesessen und sich bemüht, sich auf den nächsten Abschnitt des Forschungsprogramms, an dem sie arbeitete, zu konzentrieren. Aber sie musste die ganze Zeit an Luke denken. In den Nachrichten war am Morgen gemeldet worden, die Polizei habe einen Mann freigelassen, der »bei der Ermittlung geholfen habe«, aber Luke war nicht zur Arbeit gekommen und hatte auch sein Telefon nicht abgenommen. Sein Anrufbeantworter war eingeschaltet und Roz hatte eine kurze Nachricht hinterlassen, aber er hatte sich nicht gemeldet.

Sie konnte nicht konzentriert arbeiten, sondern saß einfach nur ihre Zeit ab, und als Joanna sie zu sich rief, war das eine willkommene Abwechslung. Joanna saß an ihrem Schreibtisch und hatte Kalkulationsunterlagen, Tabellen und Arbeitspläne vor sich. »Wir müssen diese Vorschläge für die Projekte auf den Weg bringen«, begrüßte sie Roz. »Ich weiß«, konterte sie Roz' eventuelle Einwände, »es kommt einem gefühllos vor. Aber diese Dinge müssen erledigt werden.«

Roz nickte, blätterte in den Formularen, die Joanna ihr zugeschoben hatte, und sagte: »Hast du irgendwas gehört? Gibt es …«

Joanna unterbrach sie sofort. »Die Polizei kümmert sich darum. Ich glaube nicht, dass wir noch etwas tun können. Ich habe einen Brief an Gemmas Mutter geschickt.«

»Ich mache mir Sorgen um Luke«, sagte Roz.

»Das würde ich nicht tun«, erwiderte Joanna eisig. »Heute Früh schien es ihm gut zu gehen.«

Heute Früh! »Hat er sich denn gemeldet?«

»Er war hier, als ich kam«, sagte Joanna. Roz war erleichtert und zugleich verwirrt. Er war wieder da und hatte nicht einmal mit ihr gesprochen. Joanna fuhr fort: »Ich fand es nicht gut … Er arbeitet im Moment von zu Hause aus.« So unterdrückte sie Roz' Versuch, Fragen zu stellen. »Nicht jetzt, wir müssen Entscheidungen treffen. Das weitere Bestehen der Gruppe hängt von uns ab, denn sonst unternimmt niemand etwas. Ich will jemanden mit Abschlussexamen finden, der Gemmas Seminare für den Rest des Semesters übernehmen kann. Kannst du ihre Vorlesungen halten?« Es war Joannas Art der Bewältigung, sich und alle anderen unter Bergen von Arbeit zu begraben, damit keine Zeit zum Nachdenken blieb.

Die beiden Frauen verbrachten eine Stunde mit der Planung der Forschungsarbeit für die neue Gruppe und ihrer Finanzierung bis Ende des nächsten Jahres. »Wir werden diese Anzeigen so schnell wie möglich aufgeben müssen«, sagte Joanna. Sie sah auf ihre Uhr. »Ich habe schon die Genehmigung für die Einstellung der neuen Forschungsassistenten. Ich werde sie verpflichten, bevor irgendeiner seine Meinung ändert.« Das bezog sich auf Peter Cauldwell. Roz fragte sich, ob der ehemalige Direktor des Seminars versuchen würde, die Gruppe aufzulösen, bevor Joanna sich seiner Verfügungsgewalt und Kontrolle entzog. »Wir werden uns überlegen müssen, wer die Software übernehmen könnte«, fuhr Joanna fort

Dies konnte und wollte Roz nicht unkommentiert lassen. Sie erinnerte sich an den netten, zweifellos talentierten jungen Mann auf Joannas Party. »Wir haben Luke für die Software«, sagte sie.

»Na ja…«, antwortete Joanna nach einer Pause. »Ich wollte das jetzt erst mal hintanstellen. Wir haben genug, worüber wir nachdenken müssen. Aber Luke ist seit heute Früh beurlaubt.«

Roz war so schockiert, dass sie schwieg. Luke hatte immer gesagt, Joanna würde keine Möglichkeit ungenutzt lassen, ihn loszuwerden, aber so etwas… »Warum?« Ihr Ton kam sogar ihr selbst scharf vor. »Luke ist nichts zur Last gelegt worden«, sagte sie und versuchte, ruhig zu klingen. Sie wollte nicht überlegen, ob Luke vielleicht etwas vorgeworfen wurde. »Er ist nicht verhaftet worden. Sie wollten nur mit ihm sprechen.«

Joanna zögerte und sah auf die Papiere auf ihrem Schreibtisch. »Ich weiß«, sagte sie. »Aber das ist nicht das Problem.« Sie sah Roz an. »Ich habe Luke heute Vormittag suspendiert, weil ich ihn dabei ertappt habe, als er pornografische Bilder aus dem Internet herunterlud. Es wird zu einem Disziplinarverfahren kommen. Es tut mir Leid.«

Roz war erschöpft. Irgendwie stellte der Gedanke, dass Luke Pornoseiten aus dem Netz sammelte, einen schrecklichen Zusammenhang zu den Fotos dar, die auf ihrem Bildschirm erschienen waren und durch die er ihr fremd geworden war. Aber würde er so etwas während der Arbeit herunterladen? Joanna musste etwas verwechselt haben. Luke hatte es jedoch nicht abgestritten und war, ohne ein Wort zu Roz und ohne Streit mit Joanna, gegangen.

Das Schweigen wurde peinlich. Roz fiel nichts ein. Sie war wütend – auf Joanna, weil sie Luke suspendiert hatte, auf Luke, weil er sich so angreifbar gemacht hatte, und auf den ganzen Zirkus mit der Universitätspolitik. Am liebsten hätte sie alles hingeschmissen und wäre nach Haus gegangen. Sie hatte keine Lust mehr. Es war ihr *scheißegal,* wie Luke es ausgedrückt hätte. Sie raffte die Papiere auf dem Schreibtisch zusammen. »Ich nehme die hier mit in mein Büro«, sagte sie. »Ich melde mich morgen bei dir.« Joanna zog die Augenbrauen hoch, sagte aber nichts, als Roz die Tür hinter sich schloss.

Ihr eigenes Büro kam ihr düster und ungemütlich vor, also ging Roz zum Computerraum, um an dem Programm zu arbeiten, das sie und Luke zusammen entwickelt hatten. Sie hatte Notizen, die sie ausarbeiten musste. Der Raum war leer und still. Kein Geruch nach frisch gekochtem Kaffee und keine Unterhaltung, weder Lukes Theorien und lange Gespräche über die Dinge, die er gerade las, von populären Thesen der Physik bis zu komplizierten mathematischen Problemen, weder spöttische Bemerkungen noch eine Unterhaltung über ihre gemeinsame Arbeit, wobei von Roz die Ideen kamen und Luke sie abzuschießen versuchte, während sie ihr Programm weiterentwickelten und verfeinerten. Dass Luke nicht da war, regte sie auf, und sie konnte nicht arbeiten. Sie wählte seine Nummer, aber wieder war nur der Anrufbeantworter dran. Sie wollte schon auflegen, sagte dann aber noch schnell: »Luke, hier ist Roz. Ruf mich bitte an. Ich habe einige von Gemmas Dateien gefunden, auf dem Laptop.«

Bei dem Gedanken an ihre Entdeckung fiel ihr etwas ein, das sie tun und auf das sie sich vielleicht doch konzentrieren konnte. Sie könnte sich noch einmal Gemmas Bericht für DI Jordan vornehmen und versuchen, die letzte Unsicherheit dieses Rätsels zu lösen, das ihr nicht mehr aus dem Kopf ging, seit sie die Niederschrift in Gemmas Laptop gefunden hatte.

Hull, Mittwochnachmittag

In der Ferne hörte man Schießen, ein immer wieder kurz aussetzendes Maschinengewehrfeuer. Dies war das Hintergrundgeräusch ihres täglichen Lebens geworden, es war weit weg, aber an den Blicken, die die Menschen sich zuwarfen, merkte man, dass es näher kam. In den Augen der Leute, die jahrelang als Nachbarn, ja, Freunde zusammengelebt hatten, standen plötzlich Misstrauen, Angst und Hass. Das Geschützfeuer ging wieder los, laut, nah, direkt draußen vor der Tür, und sie schreckte hoch, griff nach ihrem Mantel, sah sich nach Krischa und ihrer Mutter um, während ihr am ganzen Körper der Angstschweiß ausbrach.

Das matte Licht eines Winternachmittags fiel durch die vorgezogenen Vorhänge. Die Couch fühlte sich klumpig an, die Polster waren beim Schlafen verrutscht. Es war kalt, denn der Gasofen war abgeschaltet. Im Zimmer nebenan ging das Klappern der Schreibmaschine weiter. Anna schloss die Augen und wartete, bis das heftige Herzklopfen wieder in den natürlichen Rhythmus übergegangen war.

Sie saß auf der Couch und zog den Mantel fester um sich, und weil es so kalt war, nahm sie die Decke, die auf den Boden gefallen war, und hängte sie sich um die Schultern. Als sie die letzten paar Tage langsam an sich vorbeiziehen ließ, konnte sie zum ersten Mal daran denken, ohne von panischer Angst getrieben zu werden, als läge die einzige Hoffnung auf Sicherheit im Weglaufen. Sie verdrängte das Bild der Frau in der Badewanne. Sie hatte zu viele Bilder toter Menschen im Kopf. Sie hatte geglaubt, Angel hätte sie gefunden und die tote Frau dort hingelegt, um ihr zu zeigen, was ihr bevorstand, und er hätte die Karte dagelassen, damit sie es auch bestimmt verstand. Aber ... was ihr im Moment der Panik klar gewesen war, ergab jetzt keinen Sinn mehr. Für so etwas war sie nicht wichtig genug. Wenn Angel sie gefunden hätte, wäre sie schon tot. Er würde sich nicht die Mühe machen, sie zu warnen.

Angel war tatsächlich da gewesen und hatte seine Karte hinterlassen. Aber vielleicht wusste er nicht, dass Anna auch dort gewesen war. Wegzulaufen war richtig gewesen. Er hätte jederzeit wiederkommen können. Sie stellte sich vor, wie er in diesen schmalen, leeren Korridoren auf sie wartete, und ihr Magen rebellierte. Sie hatte auch Recht gehabt, sich von ihrem Zimmer fern zu halten. Jemand war eingebrochen und hatte ihren Pass und ihr Visum gestohlen, jemand, der auf sie gewartet hatte. Es musste Angel gewesen sein. Ob Mrs. Fry ihn kannte? Hatte sie ihm erzählt, dass Anna geflohen war, und war Angel gekommen, um sie zu suchen?

Sie hörte Schritte, und die Tür hinter ihr öffnete sich. Sie sprang auf, drehte sich um. Nasim stand da, runzelte missbilligend die Stirn und hielt eine dampfende Tasse in der Hand. »Tee«, sagte sie mit ihrem harten, abgehackten Akzent und drückte Anna die warme Tasse in die Hand. »Trink.«

Es war wieder eine Tasse mit starkem Milchtee, heiß und süß, und Anna spürte, wie er sie wärmte und wie beim Trinken ihre Kraft zurückkehrte. Sie sah die Frau an, die sie ohne zu lächeln beobachtete. Als sie ausgetrunken hatte, nickte Nasim Anna zu und gab ihr dann ein Bündel. Anna sah, dass es ein Handtuch und Bluejeans, Socken, ein T-Shirt und ein Pullover waren, alles gebraucht und verwaschen, aber sauber. Nasim sah sie einen Augenblick an, dann machte sie ihr ein Zeichen, sie solle ihr folgen. Sie führte Anna einen Gang entlang und durch die hintere Tür in einen Hof. Es war dunkel, und die hohen Wände des Nachbarhauses verdeckten den Himmel. Der bröckelige Asphalt war von weichem Moos überdeckt, und über ihr wuchs ein Farn aus der Wand heraus. Auf der anderen Seite des Hofs war ein kleiner Schuppen, und Nasim nahm einen Schlüssel, schloss auf und bedeutete Anna, sie solle hineingehen.

Drinnen war eine Toilette und ein kleines Waschbecken. Die Backsteinwände waren weiß gekalkt, und der Boden war aus Beton. Es roch leicht nach einem Desinfektionsmittel. Ohne Rücksicht auf die Kälte zog Anna sich aus und benutzte ihr T-Shirt als Schwamm. Für ihre Haare konnte sie nichts tun, aber sie zog die Kleider an, die Nasim ihr gegeben hatte, und fühlte sich seit Tagen zum ersten Mal wieder sauber. Der kurze Energiestoß nach dem süßen Tee klang bereits wieder ab, und Erschöpfung und Müdigkeit machten ihre Glieder schwer. Sie wollte wieder schlafen, immer nur schlafen und vielleicht nicht wieder aufwachen, sondern in der Welt der Träume verweilen, in denen sie bei ihrer Mutter, bei Krischa, ihren Freunden und auf dem Bauernhof sein konnte …

Das Wasser tropfte ins Becken, und Rauchgeruch lag in der Luft, *ein schwach durchsichtiger Duschvorhang mit etwas dahinter, und Krischas Puppe auf dem Boden, von einem achtlosen Fuß zertreten*. Eine Welle von Schwindel und Übelkeit überkam sie, und sie klammerte sich am Waschbecken fest und wartete, bis es vorbeiging. Der Geruch nach einem Desinfektionsmittel war jetzt stärker, und sie ging in den Hof zurück, lehnte sich an die Wand des Klohäuschens und atmete die kalte Luft ein, bis die

Übelkeit vorbei war. Als sie die Augen öffnete, sah sie Nasim, die ihr von der Tür her heftig winkte. Sie erkannte die ungeduldige Geste, die sie an ihre Mutter erinnerte. *Komm doch rein aus der Kälte! Geh doch aus dem Regen! Anna, du wirst noch krank!* Nasim sah sie an, runzelte die Stirn und berührte mit einer Hand ihr Gesicht. Die Hand fühlte sich kalt an. Missbilligend führte sie Anna in das Zimmer zurück, in dem sie die Nacht verbracht hatte. Das Öfchen war eingeschaltet, und ein Teller mit dreieckigem Gebäck stand auf der Armlehne der Couch.

Anna setzte sich und begann unter Nasims strengem Blick die kleinen, würzigen Stückchen zu essen. Ihr Magen hatte heißhungrig nach dem süßen Tee verlangt, aber jetzt schien ihr der Appetit vergangen zu sein, und die Übelkeit kam wieder. Sie aß zwei Gebäckstückchen und schlürfte Wasser dazu, um sie leichter schlucken zu können. Nasim schien zu verstehen, und ihre strenge Miene wurde freundlicher, als Anna das zweite Stückchen gegessen hatte. »Ruh dich aus«, sagte sie.

Anna wollte sowieso nichts tun, doch sie musste planen, wusste aber nicht, wohin sie gehen konnte und ob der Späher es geschafft hatte, ihr zur Beratungsstelle zu folgen, und ob Angel draußen auf den Straßen lauerte und nur auf die Dunkelheit wartete. »Matthew …?«, sagte sie zu Nasim. Vielleicht wusste Matthew Rat.

Nasim schüttelte den Kopf und zeigte auf ihre Uhr. »Später«, erwiderte sie. Die Glocke klingelte, und die Tür zur Straße ging auf. Nasim sah Anna an und legte den Finger an die Lippen. »Ausruhen«, sagte sie flüsternd und verschwand durch die Tür zum Büro. Anna konnte nichts anderes tun. Die Woge der Erschöpfung überwältigte sie. Sie wickelte sich in die Decke, da ihr trotz des Ofens kalt war, und legte sich auf die Couch.

Als Lynne die Tür der Beratungsstelle aufstieß, waren keine Hilfesuchenden da. Sie ging direkt um den Tisch herum und in das Büro, wo Nasim Rafiq, von der Glocke gerufen, mit einem Gesichtsausdruck, den Lynne nicht deuten konnte und der sich sofort zu unverbindlicher Höflichkeit wandelte, hinter dem Schreibtisch hervorkam. Die Tür, die hinten aus dem Zimmer in eine kleine Küche führte, war offen. Lynne sah eine Tasse und einen kleinen Topf auf der Arbeitsplatte. Im Büro stand die alte mechanische Schreibmaschine mit einem eingespannten Blatt Papier. Ein Buch lag aufgeschlagen, die Seiten nach unten, auf dem Schreibtisch. Da Lynne die Fähigkeit, aus praktisch jeder Position lesen zu können, bis zur Perfektion entwickelt hatte, entzifferte sie den Titel: *Intermediate Business English, BEC 2*. Sie warf Rafiq ein Lächeln zu und sagte: »Wieder ruhig heute.«

Rafiq ging zur anderen Tür und machte sie zu. »Zieht«, erklärte sie. Lynne nickte. Es war kalt im Büro. Aber sie glaubte nicht, dass es helfen würde, die Tür zu schließen. Rafiq setzte sich vor die Schreibmaschine. Lynne zog einen Stuhl an den Schreibtisch heran und nahm ihr gegenüber Platz. Nach einer Weile sagte Rafiq: »Ist meistens ruhig, aber manchmal viel los.«

Lynne wünschte sich, dass diese Frau mit ihr zusammenarbeitete. Sie hatte das Gefühl, dass die verwahrloste und anscheinend von niemandem überwachte Beratungsstelle ein nützlicher Treffpunkt für Einwanderer in Schwierigkeiten sein könnte – und für die Leute, die ihnen vielleicht halfen. Es würde sich herumsprechen. Katja war hierher gekommen. Vielleicht kamen auch die Frauen, die sie suchte, hierher. Wenn das der Fall war, wie viel wussten Pearse und Rafiq? Würden sie ihr helfen? Sie musste vorsichtig sein. Sie wollte das Eis brechen, die argwöhnische Wachsamkeit der Frau durchdringen, aber das unbewegliche Gesicht, das sie beobachtete, zeigte keine Anzeichen von Entspannung. Obwohl Rafiq nur gebrochen Englisch sprach, war Lynne ziemlich sicher, dass sie sie gut verstehen konnte. »Könnte ich mit Ihnen sprechen?«, sagte sie.

Rafiq runzelte leicht die Stirn. Ratlosigkeit. Sie zuckte flüchtig die Schultern. *Was meinst du, was du gerade tust?*

»Mrs. Rafiq«, fing Lynne noch einmal an, »ich muss nur ein paar Dinge klären.«

Rafiqs Gesicht blieb ausdruckslos. Sie wartete, bis Lynne ihr sagte, was sie wollte. Lynne nahm das Buch in die Hand. Es diente zur Prüfungsvorbereitung für Business English: Briefe, kurze Mitteilungen, Berichte. »Lernen Sie Englisch?«, fragte sie.

Rafiq nickte bei dieser nahe liegenden Frage. »Ich … für hier«, erklärte sie. »Und später, vielleicht Arbeit.«

Lynne war Rafiqs Status nicht klar. »Woher kommen Sie, Mrs. Rafiq?«, fragte sie. »Wie lange sind Sie schon hier?«

Als Antwort nahm die Frau ihre Handtasche aus der Schreibtischschublade und zog ihren Pass heraus. Dabei rutschte eine Karte heraus und fiel auf den Boden. Lynne hob sie auf und nahm den Pass, den ihr die Frau hinhielt. So hatte Lynne das nicht gemeint, aber trotzdem war sie froh, mehr Information über die Frau zu bekommen. Sie sah den Pass an und bemerkte, dass Rafiq ein Bleiberecht als Besucherin und Verwandte hatte. Sie reiste mit ihrem Sohn, und Lynne betrachtete das Foto des pausbäckigen Kindes. »Wie alt ist Ihr Kleiner?«, fragte sie, sah das Bild wieder an und sagte: »Er ist süß.«

Rafiqs ausdruckslose Miene entspannte sich einen Augenblick und wich einem aufrichtigen, warmherzigen Lächeln. »Javid«, sagte sie. »Er ist sechs. Er ist … jetzt Schule.«

»Wo arbeitet Ihr Mann, Mrs. Rafiq?«, fragte Lynne.

»An Universität«, sagte Rafiq. »Ist Ingenieur. Dozent.« In ihrem gebrochenen Englisch erklärte sie weiter, dass ihr Mann seit einem Jahr in diesem Land arbeite und einen Vertrag für drei weitere Jahre habe. Sie sei seit sechs Monaten hier, nachdem sie gewartet hatte, bis ihr Mann sich eingerichtet und sie alle nötigen Papiere hatte.

Lynne sah die Karte an, die aus Rafiqs Tasche gefallen war. Es war ein Terminzettel der Kinderklinik für Javid Rafiq. Lynne gab ihn ihr zurück und sagte: »Ist Ihr Sohn krank? Ich hoffe, es ist nichts Ernstes.«

Rafiq sah sie einen Moment schweigend an, als wäge sie ihre Antwort ab. Dann erklärte sie zögernd, ihr Sohn habe Probleme mit den Augen. Lynne war sich wegen Rafiqs mäßiger Englischkenntnisse nicht sicher, aber es klang, als sei der Sehnerv des Kindes angegriffen und als würde er ohne Behandlung erblinden. Deshalb war ihr Mann an eine englische Universität gegangen. »Therapie ist besser hier«, sagte Rafiq, fügte aber gleich hinzu: »Wir bezahlen.«

Lynne sagte: »Das tut mir Leid mit Ihrem Sohn. Ich hoffe, dass die Behandlung Erfolg haben wird.« Sie lächelte der Frau beruhigend zu. Nach kurzem Schweigen kam Lynne zum wirklichen Grund ihres Besuchs. Sie nahm das Foto von Katja aus ihrer Tasche und legte es auf den Tisch, sodass sie beide es sehen konnten.

Sie erklärte, mit welcher Art Frauen sie Kontakt suchte und dass sie befürchte, die Frauen könnten bei der Art von Geschäften, die in der Gegend liefen, Gefahren ausgesetzt sein, weil sie sogar von dem bisschen gesetzlichen Schutz abgeschnitten seien, den Prostituierte hatten. Rafiq hörte gelassen zu, und Lynne wusste nicht, wie viel sie verstand. Schließlich nahm sie das Foto in die Hand. »Diese Frau«, sagte sie, »sie kam hierher zu Ihnen. Vielleicht hat es auch schon andere gegeben. Ich kann ihnen helfen.«

Rafiq schaute einen Moment auf das Foto und strich mit den Fingern über das Papier, als berühre sie die Frau selbst. Sie seufzte und sagte: »Ist schlimm.« Dann warf sie Lynne einen langen Blick zu und sagte: »Sozialarbeit.« Sie griff hinter sich in das Regal und nahm eine Handvoll Merkblätter heraus. »Für Mutter, Baby.« Sie wies auf die Liste an der Wand hinter sich. »Wohnungen, Ärzte, Klinik, Sozialleistungen. Hilfe. Nicht…«

Sie machte kreisende Bewegungen über dem Foto. Lynne verstand. Rafiq wollte ihr sagen, dass dies ein Zentrum für Beratung und Hilfe sei, keine Anlaufstelle, zu der Prostituierte in Not kamen. Und wenn die Zukunft ihres Sohnes so sehr davon abhing, dass sie wenigstens eine Weile hier bleiben konnte, warum sollte sie dies dadurch aufs Spiel setzen, dass sie etwas Rechtswidriges tat, egal, wie sehr die Not der Flüchtlinge sie auch anrührte? Aber wenn es so war, wieso war Katja dann hierher gekommen?

Sie bemerkte, dass Rafiq an ihr vorbei nach hinten sah, und als sie sich umdrehte, sah sie Matthew Pearse dastehen. Sein plötzliches Erscheinen erschreckte sie. Er entschuldigte sich sofort, und seine Verwirrung ließ seinen Sprachfehler deutlicher hervortreten. »Es ist schon gut, Mr. Pearse«, sagte sie schließlich. »Ich war so damit beschäftigt, mit Mrs. Rafiq zu sprechen, dass ich Sie nicht hereinkommen hörte.«

»Es kommt von diesen Schuhen«, sagte er, und sein Stottern legte sich. »Mein Vermieter hat mich überredet, Turnschuhe zu kaufen. Er hat Recht. Sie sind sehr bequem, aber man hört mich nicht kommen.«

»Da Sie jetzt schon mal hier sind«, sagte Lynne, »kann ich Sie beide fragen. Ich suche eine Frau, die vor ein paar Tagen verschwunden ist. Möglicherweise ist sie Zeugin eines schweren Verbrechens.« Sie hielt inne und sah sie an. Nasims Gesicht war ausdruckslos. Zwischen Pearses Brauen zog sich eine leichte Falte zusammen. »Sie ist jung, etwa zwanzig, ein Meter dreiundfünfzig groß, mit dunklem Haar.« Sie sahen sie immer noch an. »Ihr Name ist Krleza. Anna Krleza.«

Rafiq nahm das Foto von Katja. »Warum?«, fragte sie. »Diese Frau, andere Frau. Warum?« *Warum fragen Sie uns?*

Es war schwer, in ihrem Gesicht etwas zu erkennen. Lynne konnte nicht sagen, ob sie auf den Namen reagiert hatte oder nicht. Pearse' leicht besorgte Miene hatte sich nicht geändert.

»Mr. Pearse?«, sagte Lynne. Er schüttelte den Kopf. Sie sagte ihm, was sie zuvor Rafiq erklärt hatte, und er hörte ihr schweigend zu. »Sie sind in einer doppelten Zwangslage, diese Frauen, nicht wahr?«, fragte er, als sie zu Ende gesprochen hatte. Sein Stottern ließ seine Sätze zaghaft und unsicher klingen, aber als er sie ansah, hielten seine dunklen Augen ihrem Blick stand. Er hatte vermutet, dass Katja vielleicht Prostituierte war, erinnerte sie sich. Sie wusste noch, dass er mit einem Ausdruck resignierter Traurigkeit gesagt hatte: »Ich dachte, ich hätte sie überredet, hierher zurückzukommen.«

»Wie meinen Sie das, Mr. Pearse?«

»Ich meine, dass sie Opfer eines Verbrechens sind, eines schweren Verbrechens, aber wenn sie zur Polizei gehen, werden sie selbst wie Kriminelle behandelt.« Seine Lippen bewegten sich einen Moment, ohne zu sprechen. »Ich meine«, brachte er schließlich heraus, als er sah, dass Lynne zum Sprechen ansetzte, »sie werden eingesperrt. Und abgeschoben. Letzten Endes.«

Es wirkte mehr wie eine Bitte um Auskunft als ein politisches Argument, und Lynne ging darauf ein. »Das liegt außerhalb meiner Zuständigkeit, Mr. Pearse«, sagte sie. »Aber man würde sie wohlwollend behandeln.« Sie merkte, dass Rafiq sie scharf beobachtete.

»Vielleicht ist das für einige von ihnen schlimmer als das, was jetzt mit ihnen passiert. Aber ich hörte, was Nasim zu Ihnen sagte…« Pearse rang nach Worten. Er schaute auf seine Hände, und sie erkannte seine Bemühungen, sich zu entspannen. Nach kurzer Zeit konnte er weitersprechen. »Wir sind das, was wir Ihnen gesagt haben. Eine Beratungsstelle. Die Leute, die zu uns kommen, jedenfalls die meisten… sind Einwanderer. Allen ist eines gemeinsam: Sie sind arm und verstehen nicht… wie unser Gesellschaftssystem funktioniert. Ich gebe zu… wir stellen das Recht der Leute, hier zu sein, nicht in Frage, …aber wenn sie unser Sozialsystem, die Krankenhäuser, die Ärzte, die Schulen nutzen, dann nehme ich an, dass es eine Kontrolle gibt. Wir haben dazu keine Zeit und auch nicht die Kenntnisse.« Angestrengt versuchte er, sein Stottern zu beherrschen.

»Warum ist sie dann also zu Ihnen gekommen? Die Frau, die Sie ins Krankenhaus gebracht haben? Was führte sie hierher?«

»Vielleicht hat ihr jemand gesagt … dass wir keine Fragen stellen«, sagte er. »Ich weiß es nicht.«

Lynne hielt es für unwahrscheinlich, dass es etwas bringen würde, aber sie zeigte ihm das Foto von Gemma Wishart. »Ich kenne sie nicht«, sagte Pearse. »Ist sie eines dieser Mädchen?«

»Sie ist ermordet worden, Mr. Pearse.«

Seine Hand verharrte einen Augenblick über dem Foto, dann hob er sie an die Stirn und sagte traurig: »Armes Kind.«

Sheffield, Mittwochnachmittag

Roz saß den ganzen Nachmittag über Gemmas Bericht und der Niederschrift, die sie in der Laptop-Tasche gefunden hatte. Gemma hatte den auf dem Band aufgenommenen Text abgeschrieben und die Stellen, die sie noch näher untersuchen wollte, unterstrichen oder mit Textmarker hervorgehoben. Neben diesen Zeilen gab es phonetische Zeichen für die Aussprache und hingekritzelte Notizen für die endgültige Fassung des Berichts. Roz las den Text durch und verglich die Notizen mit Gemmas Ergebnissen. Alles schien geklärt, bis auf die fraglichen Zeilen und den mysteriösen Hinweis auf den Begriff ›cats‹.

Alle fraglichen Stellen befanden sich in den Textpassagen, wo die Frau mit ihrem Englisch nicht weiterkam und Russisch sprach. Roz konnte nicht gut Russisch, aber Gemma hatte die Stellen übersetzt. Die Frau auf dem Band beantwortete Fragen, die Gemma nicht aufgeschrieben hatte, sodass Roz versuchen musste, diese Fragen zu rekonstruieren, um herauszubekommen, was die Frau meinte. Roz hatte Gemmas Tonkassette nicht gefunden; als sie und Luke ihr Büro durchsuchten, war es nicht da, und sie hatte keinen triftigen Grund, DI Jordan um eine zusätzliche Kopie zu bitten. Sie betrachtete Zeile 204 der Niederschrift: *Ich... Ba-yi-n-sal... ich bleibe... ich Freundin.* Bei dieser Stelle stand keine Übersetzung – vielleicht bedeutete es einfach: »Ich bleibe« oder »Ich werde bleiben«. Die Zeilen davor und danach klangen, als frage jemand die Frau, was sie zu tun vorhabe. *Ich habe Wohnung* und *Ich gehe.* Roz konnte keinen Grund dafür sehen, warum Gemma dies in Frage gestellt haben sollte. Zeile 127 hatte Gemma als unverständlich bezeichnet, aber dafür *jugun??* mitten in die Zeile hineingeschrieben. Auch Zeile 25 war als unleserlich markiert und das Wort *di* am Zeilenende mit Fragezeichen versehen.

Roz dachte nach und tippte mit dem Bleistift gegen ihre Zähne. Das hatte Luke immer rasend gemacht. »Mensch, Bishop!«, hatte er gesagt. »Du willst wohl, dass ich durchdrehe, oder was?« Sie dachte bereits in der Vergangenheitsform an Luke. Nachdem es ihr für eine Weile gelungen war, sich abzulenken, brachen erneut die Ereignisse des Vorabends über sie herein. Sie sah auf die Uhr. Es war drei. Vielleicht sollte sie versuchen, Marcus Holbrook zu finden und zu ergründen, was es mit diesem Archiv auf sich hatte und ob es Gemma gelungen war, dort zu arbeiten, und wenn ja, was sie gesucht hatte. Vielleicht konnte sie jemanden ausfindig machen, der die Teile der Niederschrift übersetzen könnte, die Gemma nicht klar gewesen waren. Sie schrieb die Zeilen sorgfältig ab und steckte die Notizen in ihre Aktentasche.

Das Seminargebäude, in das sie gehen musste, war zehn Minuten vom Arts Tower entfernt in einem der alten, für die Gegend typischen Häuser aus rotem Backstein untergebracht, die nach und nach von der Universität übernommen worden waren. Es lag in einer Straße, die früher einmal eine ruhige Sackgasse gewesen sein musste, aber jetzt von parkenden Autos verstopft war. Studenten schlenderten in Dreier- und Vierergruppen auf den Gehwegen und der Straße.

Das Seminar für Europäische Studien befand sich links auf halber Höhe der Straße. Eine Studentengruppe stand rauchend auf den Eingangsstufen. Trotz der Kälte trugen sie leichte Tops, T-Shirts, Sommerkleidung, all ihre Unterlagen steckten in Rucksäcken, sie waren entspannt und selbstbewusst. Roz erinnerte sich, wie unsicher sie als Teenager gewesen war, und fragte sich, ob es ihr als Studentin gelungen wäre, sich diesen Anschein der Selbstsicherheit zu geben. Als sie auf den Eingang zusteuerte, traten einige der Studenten zur Seite. Roz wurde plötzlich ärgerlich und ging zwischen ihnen hindurch, statt die schmale Gasse zu nutzen, die sie für sie gebildet hatten. »Entschuldigung«, sagte sie. Und als sich die Lücke schweigend hinter ihr schloss, nachsichtiger: »Danke.« Als sie durch die Tür gegangen war, hörte sie die Unterhaltung und das Lachen wieder aufleben.

In dem kleinen Eingangsbereich war links die Treppe und vor ihr ein schwarzes Brett. Sie sah sich um. An einer Tür rechts von ihr stand BÜRO und zur Linken, von der Treppe fast verdeckt, AUSKUNFT. Sie zögerte einen Augenblick und ging zum Büro, klopfte und trat ein. Der Raum war leer, nur ein junger Mann blätterte in Unterlagen auf einem der Schreibtische. Er sah auf und lächelte schuldbewusst. »Oh«, sagte er und kam hastig hinter dem Schreibtisch hervor. »Elizabeth ist mal kurz rausgegangen.« Dann sah er sie noch einmal an und sagte: »Rosalind.«

»Roz«, antwortete sie automatisch. Nur Nathan nannte sie Rosalind. Dann fiel ihr ein, wer er war: Der junge Mann von Joannas Party, der Aufsteiger, wie hieß er noch? Steve …? *Sean.* »Sean«, sagte sie.

Er schien erfreut, dass sie sich an ihn erinnerte. »Ich wusste nicht…«, setzte er an, als Roz ihrerseits sagte: »Ich dachte, Sie…«

Beide lachten, das Eis war gebrochen, und er gab Roz ein Zeichen, weiterzusprechen. »Ich dachte, Sie seien in Martin Lomax' Abteilung«, sagte Roz.

»Jaja, das stimmt. Ich helfe hier nur aus.« Er kam um den Schreibtisch herum auf sie zu. »Elizabeth ist zum Kopierer gegangen«, sagte er. »Ich habe hier nur die Noten von ein paar Studenten nachgesehen. Was ich eigentlich nicht tun sollte«, fügte er mit verschwörerischem Lächeln hinzu. Er hatte jene selbstverständliche Selbstsicherheit, die Roz immer mit Wohlstand und gehobener Bildung auf Privatschulen in Verbindung brachte, und er wirkte dadurch älter, als er wahrscheinlich war.

Roz erinnerte sich, dass er sich auf der Party für sie interessiert hatte, was ihr damals schmeichelte, aber sie wollte ihn jetzt nicht ermutigen. »Ich suche Professor Holbrook«, sagte sie knapp.

Er sah sie an. »Marcus… er ist zur Zeit hier, aber im Moment, glaube ich, nicht im Haus. Er ist eigentlich nicht…«

Holbrook hatte eine beratende Funktion, das war Roz bekannt. Sie wusste auch, dass er noch in der Forschung tätig war. Sie kannte mehrere solcher Leute, die sich nicht entschließen konnten, auf ihre akademische Tätigkeit zu verzichten, die sich ewig im Aufenthaltsraum der Dozenten aufhielten, Platz in den Bibliotheken beanspruchten und lautstark auf Büros in den Abteilungen bestanden, denen sie früher angehört hatten. »Wissen Sie, wo ich ihn finden kann?«

»Vielleicht kann ich Ihnen auch helfen.« Er konzentrierte sich jetzt ganz auf sie, saß halb auf dem Schreibtisch der Sekretärin und hatte die neben ihm liegenden Papiere vergessen. »Ich arbeite gerade an einer Sache mit Marcus. Was wollten Sie von ihm?«

Roz wollte nicht mit ihm darüber sprechen, fühlte sich in die Enge gedrängt, und ihre Antwort fiel deshalb schärfer aus als beabsichtigt. »Das würde ich lieber mit Professor Holbrook besprechen.«

Einen Augenblick sah er ärgerlich aus, schien sich dann aber an etwas zu erinnern. »Sie arbeiten doch mit Gemma… haben mit Gemma zusammengearbeitet.« Er fühlte sich offensichtlich unwohl.

»Ja.« Roz schaute ihn an. »Was wissen Sie über Gemma?«

Er sah ehrlich verlegen aus und lächelte nicht mehr. »Ich habe zuerst nicht geschaltet, als ich es hörte. Sie… war einfach Gemma vom Linguistischen Seminar. Dann« – er strich mit der Fußspitze über den Teppich – »wollte sie sich unser Archiv ansehen. Marcus' Archiv.« Er blickte auf, ob sie wusste, wovon er sprach. »Russisch. Wir erstellen ein Archiv mit Aufnahmen von gesprochenem Russisch. Es ist Marcus' Fachgebiet.«

Das Holbrook-Archiv. Das beantwortete die Frage, ob sie mit Holbrook Kontakt aufgenommen hatte oder nicht. Roz erinnerte sich an den angefangenen Brief auf dem Laptop, in dem gestanden hatte, das Archiv werde zur Zeit katalogisiert. »Sie entwickeln die Software?«, fragte sie.

Er nickte. »Er hat meine Abteilung um Hilfe gebeten. Ich war zufällig da und hatte ein paar Ideen, die Marcus cool fand, und da sagte ich: Warum eigentlich nicht?« Er zuckte die Schultern. »Man überanstrengt sich hier nicht, wissen Sie.« Der Tonfall lud dazu ein zu ergänzen: *In einem elenden Saftladen wie dem hier*. Roz' Miene blieb ernst. »Jetzt, wo ich mich eingearbeitet habe, finde ich das Thema *Computer und Sprache* gut, es ist etwas Besonderes.« Er lächelte ihr zu. »Ihre Chefin hat mit mir darüber gesprochen. Sie sagt, es gäbe vielleicht bei Ihnen eine Möglichkeit.« Er begegnete ihrem Blick. »Ich glaube fast, ich könnte mich überreden lassen.«

Er betrachtete sie mit kaum verhohlenem Interesse. Roz wurde auf Joanna ärgerlich, was sie auf Sean übertrug, was wahrscheinlich nicht fair war. Aber sie war sowieso nicht in der

Stimmung für Flirts mit jungen Männern und sagte: »Ich muss wirklich Professor Holbrook sprechen.«

Wieder schien er verärgert. Er sah jünger aus als auf Joannas Party. »Vielleicht ist er Kaffee trinken gegangen«, sagte er nach kurzem Nachdenken. Dann wurde er besserer Laune. »Ich weiß, wo er sein könnte. Ich gehe mit Ihnen rüber.«

»Ist schon gut«, sagte sie. »Sagen Sie mir nur...«

»Nein, es macht mir gar nichts aus. Ich muss sowieso mit ihm sprechen.« Er schien Elizabeth am Kopierer und die Noten seiner Studenten vergessen zu haben. Sie dachte, es wäre wahrscheinlich einfacher, seine Begleitung zu akzeptieren, als weiter mit ihm zu streiten.

Sean brachte sie zum Aufenthaltsraum der Dozenten, wo er fünf Minuten lang versuchte, sie zum Kaffeetrinken mit ihm zu überreden. »Bitte«, sagte er. »Ich würde Sie wirklich gern kennen lernen.« Roz entschuldigte sich damit, dass sie zu viel zu tun habe, und er zeigte ihr widerwillig Holbrook, der an einem Fenster beim Kaffee saß und die Zeitung las. Sean ging mit Roz zu ihm hin. »Marcus, dies hier ist Rosalind... Roz Bishop. Sie hat Sie gesucht. Und ich muss...«

Holbrook sah von der Zeitung auf und runzelte die Stirn. Er hatte eines dieser kleinen, schmalen Gesichter, die immer Unzufriedenheit auszudrücken. »Sean«, sagte er, »ich habe Sie heute früh *erwartet.*«

»Ich wurde aufgehalten«, erwiderte Sean ohne Bedauern. »Ich habe Roz herübergebracht. Sie kennt Gemma. Kannte Gemma.« Holbrook sah Sean fragend an und beachtete Roz nicht, die das Schweigen brach.

»Professor Holbrook«, sagte sie, »ich habe mit Gemma Wishart in der Law-and-Language-Group zusammengearbeitet. Könnte ich wohl kurz mit Ihnen sprechen?«

Er runzelte leicht die Stirn und sagte nicht sehr freundlich:

»Das scheinen Sie ja im Moment zu tun. Was genau wollen Sie?« Dabei sah er auf seine Uhr.

Sean wartete einen Moment, dann sagte er: »Ich muss mit Ihnen über das neue Material sprechen, Marcus.«

Holbrook nickte. »Ich sehe Sie in einer halben Stunde.«

»Okay, ich bin drüben im Seminar.« Sean sah Roz an und sagte: »Man sieht sich.« Er hielt einen Moment inne, als wolle er ihr noch etwas sagen, dann ging er und ließ sie bei Holbrook zurück.

»Ich kann auch später kommen, wenn Sie beschäftigt sind ...«, sagte Roz.

»Nein, nein«, erwiderte Holbrook ungeduldig. »Ich habe viel zu viel zu tun, um Termine machen zu können. Was kann ich für Sie tun?«

Roz unterdrückte ihren Ärger. Holbrook war auf seinem Spezialgebiet ein anerkannter Wissenschaftler. Er hatte wahrscheinlich wirklich viel zu tun, und diesmal hatte sie sich in der Warteschlange mit Erfolg nach vorn gedrängelt. »Danke, Herr Professor Holbrook.« Sie überdachte das Problem schnell noch einmal. »Meine Kollegin, Gemma Wishart ...« Sie sah ihn an, ob er den Zusammenhang erfasst hatte, aber er zeigte keine Reaktion, sondern betrachtete sie weiterhin nachsichtig. »Ich glaube, sie hat Sie um Rat zu einem Tonband gebeten, an dem sie arbeitete. Ich wollte nur wissen ...«

Er hob die Hand und unterbrach sie. »Sie brauchen nichts weiter zu sagen. Ich habe heute schon mit der Polizei darüber sprechen müssen. Dr. Wishart hat mich nicht um Rat gebeten. Sie wollte nur mein Archiv nutzen, und mein Assistent, den Sie ja kennen gelernt haben, sagte ihr in Übereinstimmung mit meiner Anweisung, dass es zur Zeit nicht zur Verfügung steht, weil es katalogisiert wird.« Er faltete seine Serviette und tupfte sich den Mund ab. »Sie hat dann an *mich* geschrieben, und ich habe ihr den Zugriff ermöglicht. Sie interessierte sich für Bänder aus

Ostsibirien. Ich hatte damals keine Kenntnis davon, was sie suchte, und weiß es auch jetzt nicht.«

»Ach.« Roz verschlug es für einen Augenblick die Sprache. Sie hatte angenommen, dass Gemma die Zweifel, die sie in Bezug auf die Bänder hatte, welcher Art auch immer sie gewesen sein mochten, mit diesem Mann besprochen hatte. »Sie hat Sie nicht um Übersetzungen oder so etwas gebeten?«

»Wie ich Ihnen schon sagte, Miss Bishop...«

»*Doktor* Bishop.« Roz war entschlossen, sich von dieser launischen Koryphäe nicht noch mehr bieten zu lassen.

Er senkte anerkennend den Kopf. »Also dann *Doktor* Bishop. Wie ich sagte, sie bat darum, mein Archiv benutzen zu dürfen. Ich habe im Lauf der Jahre viel Material gesammelt und werde mit Anfragen von Wissenschaftlern überhäuft, die...«

Roz hörte nur mit halbem Ohr zu, während sie überlegte, was er gesagt hatte. In Gemmas unfertigem Brief wurde ein Band erwähnt. Sie riskierte es, ihn noch mehr zu verärgern, indem sie ihn unterbrach. »Hat Gemma Ihnen Material für das Archiv gegeben?«, fragte sie.

Er hielt mitten im Satz inne und sah sie an. »Ob Dr. Wishart mir Material gegeben hat? Ich glaube, sie bot mir welches an. Sie war einige Zeit in...«

»Sibirien«, sagte Roz.

»Das stimmt. Ich erinnere mich nicht daran, dass sie etwas hatte, was wir fürs Archiv benötigten. Aber ich könnte mich irren. Sie können gerne nachsehen, wenn es Ihnen hilft. Wenn Sie mich jetzt entschuldigen würden...« Er erhob sich.

»Da ist noch etwas«, sagte Roz. Der Ausdruck übergroßer Geduld erschien erneut auf seinem Gesicht, und er setzte sich wieder hin. »Ich weiß, dass Russisch Ihr Spezialgebiet ist. Ob Sie wohl dies hier kurz ansehen und mir sagen könnten, was die Wörter bedeuten?« Sie zeigte ihm die Zeilen der Niederschrift, die sie abgeschrieben hatte.

Er betrachtete sie eine Weile schweigend. »Es ist schwierig, ohne Kontext eine genaue Aussage zu machen«, sagte er.

»Es tut mir Leid«, erwiderte Roz, »aber mehr war nicht da. Das sind die vollständigen Zeilen der Niederschrift.«

»Aha.« Er schob die Lippen vor. »Also. Das Erste hier ist ein Ausdruck aus der Umgangssprache, etwas, das man sagt, wenn man ärgerlich oder frustriert ist. Es gibt keine genaue Übersetzung dafür.« Roz notierte es sich. »Das hier, *jugun*, ist einfach ein Wort für Menschen. Es kommt in Sibirien vor und ist Dialekt. Und Ihr drittes Wort scheint eine zufällig herausgegriffene Silbe zu sein.«

Roz errötete. »Ja, es tut mir Leid, Gemma hat es als problematisch gekennzeichnet, und ich fragte mich, was es bedeutet.«

Er schüttelte den Kopf. »Kann ich Ihnen sonst noch irgendwie helfen, oder darf ich zu meiner eigenen Arbeit zurückkehren?«

»Sie sagten, dass Gemma Ihnen einen Brief geschickt hat. Was genau hat sie geschrieben?«

»Sie schrieb, was ich Ihnen schon erzählt habe. Ihren Brief habe ich der Polizei gegeben.«

»Ja, ich weiß, aber wenn Sie es mir genau sagen könnten, dann würde ich vielleicht herausbekommen, was Gemma suchte.«

»Sie suchte offensichtlich Bänder, die sie damit vergleichen konnte«, er zeigte auf das Stück Papier, das Roz ihm gegeben hatte, »was immer es ist.«

»Ja.« Eigentlich war es klar, dass er Recht hatte, und Roz fragte sich, warum sie so beharrlich war. »Ich möchte es nur genau wissen.«

Er seufzte. »Ich gehe sehr sorgfältig mit meiner Korrespondenz um. Ich habe Dr. Wisharts Brief der Polizei gegeben, habe aber eine Kopie für meine Akten behalten. Ich kann Ihnen eine Kopie schicken, wenn Sie möchten. Vielleicht wird Sie das zufrieden stellen?«

»Vielen Dank.« Roz lächelte ihm zu und versuchte, ihm zu zeigen, dass sie dies wirklich zu schätzen wisse, selbst wenn sie für den Mann keine Sympathie empfinden konnte. Sie dachte an die Papiere, die von ihrem Schreibtisch verschwunden waren. »Könnten Sie sie an meine Privatadresse schicken?« Sie schrieb ihre Adresse auf, und bevor er aufstehen und gehen konnte, fragte sie noch schnell: »Wie würde ein russisch sprechender Mensch ›cat‹ aussprechen?« Sie verstand den Hinweis auf »cats« am Anfang der Niederschrift nicht, und doch hatte das Wort für Gemma eine Bedeutung gehabt. *Cats??*

Holbrook seufzte. »Auf Russisch? So etwas wie *korschka*. Oder *kort*, für Kater. Es ist dem Englischen nicht ähnlich.«

»Ich meinte das englische Wort.«

»Wie das russische Wort.« Er sah auf seine Uhr. »Es müsste wie *kort* ausgesprochen werden. So ungefähr. Möglicherweise. Es gibt viele Varianten. Jetzt aber, bitte...« Er stand entschlossen auf und ließ Roz am Tisch sitzen.

Hull, Mittwochnachmittag

Die Auflistung der Gespräche des Mobiltelefons von Angel Escorts lag nach der Mittagspause bei Lynnes Posteingängen. Mit dem Gefühl, eine Unterbrechung verdient zu haben, ließ sie ihre Notizen für ein bevorstehendes Meeting liegen und sah sich an, was Farnham ihr geschickt hatte. Er hatte einen Zettel beigelegt: *Komm mal vorbei und besprich dies mit mir, wenn du es dir angesehen hast*. Sie lächelte über den Zusatz. *Rein geschäftlich. L.*

Das Mobiltelefon war neu. Es war etwa eine Woche vor Wisharts Tod in einem großen Geschäft am Stadtrand von Sheffield gekauft und bar bezahlt worden. Die Liste der Gespräche enthielt nur einen Anruf. An dem Abend, als Wishart starb, hatte jemand um neunzehn Uhr dreiundvierzig auf diesem Telefon eine Nummer in Sheffield angerufen. Ein Anruf von drei Minuten. Farnham hatte neben die Nummer *Hagan* geschrieben.

Sie fragte nach, wann Farnham Zeit hätte, stellte alles zusammen, was sie über Angel Escorts gesammelt hatte, und arbeitete dann am nächsten Abschnitt ihrer Präsentation weiter. Um sechzehn Uhr dreißig war sie in Farnhams Büro und begrüßte ihn förmlich-kollegial, was in seltsamem Gegensatz zu der Behutsamkeit stand, mit der sie am Abend zuvor ihre Beziehung ausgelotet hatten.

Als sie die Tür geschlossen hatte und sie allein waren, wurde sie lockerer. »Schlimme Besprechung heute Früh«, begann er. »Die Gerichtsmediziner sagen, sie sei nicht im Hotel getötet worden und außerdem seien dort alle Spuren so verwischt, dass wir sie nicht nutzen könnten, selbst wenn er seinen Namen mit seiner eigenen Scheiße an die Wand geschrieben und seine Visitenkarte dagelassen hätte.« Er rieb sich die Stirn. »Einer der Gäste, die Frau im Zimmer nebenan, hat etwas gehört.« Er schob Lynne die Aussage über den Tisch zu. Sie las die Stelle, auf die er sie hinwies:

> Ich wurde in der Nacht von etwas wach und hörte, dass sich jemand im Nachbarzimmer zu schaffen machte. Es klang, als stoße jemand an irgendetwas. Und man hörte Lachen. Immer wieder lachte jemand. Es war so, als hätte jemand einen wirklich guten Witz gehört und könnte einfach nicht aufhören.

Lynne stellte sich jemanden vor, der mit der toten Gemma im Hotelzimmer war, jemand, der Menschen umbrachte und Sex mit einer toten Frau hatte, die er dann in die Badewanne legte. Sie dachte über das Lachen nach. Jemand, der Frauen tötete und ihre Gesichter zerstörte … Sie fing Farnhams Blick auf. »Es gibt dir einen Anhaltspunkt zur Tatzeit«, sagte sie dann.

»Aber viel weiter hat es uns nicht gebracht. Und den Typ im zweiten Zimmer haben wir immer noch nicht gefunden.«

»In dem Zimmer mit der Whiskyflasche?«, fragte Lynne. Hatte der Gast in dem Zimmer die ganze Flasche geleert, dann hatte er wahrscheinlich gar nichts gehört.

»Wir sind nicht sicher, ob die Whiskyflasche aus dem Zimmer stammte«, sagte Farnham. »Diese Krleza hatte dort geputzt – und danach waren alle Sachen durcheinander. Ich lasse die Flasche von den Spezialisten für Fingerabdrücke mit denen im Zimmer abgleichen. Außerdem noch ein benutztes Kondom.« Er grinste. »Dafür sind sie mir besonders dankbar.«

»War also noch jemand da?«, fragte sie.

Er nickte. »Außer wenn er bei Safer-Sex ein ganzes Stück weiter ging als die meisten von uns. Aber natürlich hat keiner jemanden gesehen. Und für dieses Zimmer war nur eine Person eingetragen. Ich habe die Spurensicherung darauf angesetzt.«

»Und was ist mit dem Telefon? Bist du jetzt wieder hinter Hagan her?« Wenn Lynne zu entscheiden hätte, würde sie erst einmal abwarten. Sie wollte sehen, was er dazu zu sagen hatte.

»Es reicht nicht aus. Wir haben ihn rangenommen, aber seine Aussage ist glaubwürdig. Wir stoßen zwar immer wieder auf diesen Hagan, aber er taucht nur an Stellen auf, wo es für ihn einen legitimen Grund gibt. Er ist ihr Freund. Er ist in der Wohnung gewesen; bestimmt auch in ihrem Auto, sollten wir es jemals finden. Er ist Computerfachmann. Er hat kein Alibi. Und jetzt gibt es diesen Anruf, kurz bevor sie umgebracht wurde.« Er sah Lynne an. »Auf welche Weise würden von einer solchen Firma wie Angel Escorts die Telefone eingesetzt?«

»Das ist unterschiedlich. Bei den meisten Etablissements würde man eine Zentrale anrufen und dann die Frau entweder buchen und sie zu einem verabredeten Treffpunkt bestellen, oder sie könnte einen selbst anrufen und ihre eigenen Verabredungen treffen. Manchmal sind die Mädchen selbständiger und haben eine eigene Nummer, und die Kunden buchen sie direkt, allerdings lassen sie sich normalerweise vorher auch bei der

Agentur registrieren.« Sie nahm die Unterlagen, die Farnham ihr geschickt hatte. »Weißt du, von welchem Standpunkt aus dieser Anruf gemacht wurde?«

»Außerhalb von Glossop, östlich.« Auf der Straße zum Snake Pass, an der Route, die Wishart nehmen wollte.

Seit sie die Unterlagen gesehen hatte, grübelte Lynne über diese Frage nach. »Es hätte also Wisharts Telefon sein können. Das passt. Die Karte sah wie eine Visitenkarte aus. Die Nummer wäre demnach Wisharts Geschäftsnummer für ihre Arbeit bei der Begleitagentur. Wenn sie gerade neu eingestiegen war, würde das erklären, warum nur wenige Gespräche verzeichnet sind.«

Farnham nickte. Daran hatte er auch schon gedacht. »Hagan behauptet, dass er erst um acht nach Hause gekommen sei. So lange sei er im Institut gewesen. Einer der Hausmeister sagt, er hätte Hagan gegen halb acht weggehen sehen.« Farnham tippte mit seinem Kuli auf den Tisch. »Dieses ›gegen‹ macht es möglich. Hagan hat ein schnelles Motorrad. Es ist eine schlechte Straße, aber er könnte in fünf Minuten von der Universität nach Hause fahren, wenn die Straßen frei sind.«

»Okay. Aber er war nicht da. Wishart, oder wer immer es gewesen war, muss eine Nachricht hinterlassen oder mit einer anderen Person gesprochen haben. Ein Gespräch, das drei Minuten dauerte.«

»Hagan sagt, er hätte keine Nachricht erhalten.« Farnham zuckte die Schultern. »Ich kann beweisen, dass ihn jemand angerufen hat. Aber es gibt mindestens hundert gute Gründe dafür, dass keine Nachricht vorlag. Ich will ihn nicht festnehmen, solange er sich noch herauswinden kann. Ich muss mehr Indizien vorbringen können und etwas gegen ihn in der Hand haben, damit er uns nicht entkommt. Ich lasse dieses Handy überwachen. Wenn irgendjemand es benutzt, sind wir blitzschnell da. Aber so lange muss ich abwarten.«

10

Sheffield, Mittwochabend

Als Roz nach Hause kam, war es schon dunkel. Die Gehwege schimmerten nass im Licht der Straßenlaternen, und der Wind zerrte an den Zweigen der Bäume und kündigte Frost an. Morgen würde es eisig kalt werden. Sie ging vorsichtig den Weg zu den Steinlöwen hinauf, die blass im Mondlicht schimmerten. Sie suchte in ihren Manteltaschen nach dem Schlüssel und wühlte dann ungeduldig in ihrer Handtasche, wo er ganz unten in einem Knäuel alter Papiertaschentücher, Busfahrkarten, Stifte und Münzen gelandet war. Sie schloss auf und nahm den Stoß Briefe, der auf ihrer Matte lag. Schnell sah sie sie durch und warf die Reklamesendungen in den Papierkorb, bevor sie in Versuchung kam, sie anzuschauen. Der Rest sah langweilig aus: Rechnungen, ein Kontoauszug ohne Überraschungen, die Kreditkartenauszüge und ein Brief mit ihrer Adresse in einer vertrauten Handschrift, den sie unentschlossen ein paar Augenblicke in der Hand hielt.

Diesen Brief erwartete sie bereits seit einigen Tagen. Die Briefe kamen regelmäßig – je einer im Frühling zu Nathans, einer im Frühherbst zu ihrem eigenen Geburtstag und einer kurz nach Neujahr zu ihrem Hochzeitstag. Nathans Mutter hatte Roz nie Vorwürfe gemacht, dass sie Nathan verlassen hatte, und Roz' finanziellen Beitrag für seinen Aufenthalt in dem Heim, wo er die meiste Zeit verbrachte, nie als selbstverständlich betrachtet, und sie hatte auch ihren eigenen Schmerz nie in Roz' Leben hineingetragen. Nur die Briefe.

Sie stellte den Rest der Post in den Briefständer, ging in die Küche und hielt den Umschlag mit der charakteristischen

Schrift ihrer Schwiegermutter in der Hand. Sie kochte Kaffee, setzte sich an den Küchentisch und drehte den Brief immer wieder hin und her. Draußen war es dunkel, und hier an der Rückseite des Hauses, wo Mauern und hohe Bäume den Verkehrslärm fern hielten, herrschte Stille. Sie öffnete den Brief.

Er begann mit den üblichen Grüßen und guten Wünschen für Roz' Gesundheit. *Ich werde ein bisschen steif und schwerfällig*, schrieb Jenny Bishop, *aber ich nehme an, das ist in meinem Alter zu erwarten*. In ihrem Alter. Wie alt war Nathans Mutter? Erst sechzig, aber die Anstrengungen der letzten drei Jahre hatten ihren Tribut gefordert.

Jenny Bishop berichtete nicht, dass der Zustand ihres Sohnes sich verändert habe – es war keine Veränderung zu erwarten. *Er begreift nicht, warum ich so alt aussehe*, schrieb sie. *Er sagt mir, ich solle mich nicht anstrengen, sonst würde ich krank werden. Warum kommst du ihn nicht besuchen, Roz, nächstes Mal, wenn er nach Hause kommt? Ich hoffe, dass genau so etwas der Auslöser sein könnte, den er braucht.*

Immer wieder diese Bitte in den Briefen und die Hoffnung, dass Roz' Anwesenheit irgendwie das Wunder vollbringen könnte, für das Jenny immer noch lebte. Roz hatte die Hoffnung schon lange aufgegeben. Sie legte den Brief zur Seite – am Wochenende würde sie schreiben.

Sie wusste, was sie heute Abend tun wollte: Noch einmal die Dateien ansehen, die sie von Gemmas Laptop kopiert hatte. Ihr Gespräch mit Holbrook hatte ihr nicht weitergeholfen, aber vielleicht würde ihr irgendetwas auffallen, wenn sie noch einmal alles durchsah. Eigentlich war es jetzt ein rein theoretisches Problem. DI Jordan hatte den Bericht erhalten, der ihr Auskunft über die Dinge gab, die sie wissen musste. Aber das ungelöste Rätsel und das Gefühl, einen Auftrag nicht ganz erledigt zu haben, verfolgten Roz weiter.

Was hatte sie von Marcus Holbrook erfahren? Er schien nicht

viel mehr zu wissen als sie selbst. Gemma hatte offenbar sein Archiv benutzt. Morgen würde sie versuchen herauszufinden, welche Bänder Gemma abgehört hatte, aber im Moment hatte sie nur den Brief, den Bericht und die Niederschrift. Sie las den Bericht aufmerksam durch, fand aber nichts, das ihr helfen konnte. Nicht eine Stelle fiel ihr auf, an der Gemma vielleicht weitere Informationen hätte ergänzen können. Sie las, was Gemma zu der Sprache auf dem Band geschrieben hatte: *... Verwechslung der Phoneme /v/ und /w/ ... stimmlose Aussprache der auslautenden Konsonanten /b/, /d/ und /g/... Fehlen des Hilfsverbs »be« bei der Verlaufsform im Präsens...* Roz begriff nicht, wieso Gemma den Bericht ergänzen wollte. Es war ja kein Gutachten für ein Gerichtsverfahren, sie sollte lediglich ihre Meinung abgeben, und das hatte Gemma getan und ihre Meinung mittels einer seitenlangen akribischen Analyse erläutert.

Roz betrachtete den unvollständigen Brief an Marcus Holbrook. Alles stimmte mit dem überein, was Holbrook erklärt hatte. Sean hatte Gemma gesagt, das Archiv könne nicht genutzt werden. Gemma hatte sich direkt an Holbrook gewandt – aus welchem Grund? Warum sollte Gemma glauben, dass Holbrook ihr erlauben würde, ein Archiv zu nutzen, das gerade katalogisiert wurde? Roz sah sich Gemmas Brief an. *Sie erinnern sich wohl an das Tonband, das ich...* Das Band, das ich... was? Das ich Ihnen gab? Das Band, zu dem ich Ihnen Fragen stellte? Das ich Ihnen anbot? Was immer es war, Holbrook schien sich nicht daran zu erinnern.

Gemma war drei Jahre in Nowosibirsk gewesen, um für ihre Doktorarbeit Material zu sammeln. Sie musste stundenlange Bandaufnahmen zusammengetragen haben. Vielleicht hatte sie Holbrook die ganze Sammlung angeboten, obwohl es unwahrscheinlich war, dass er so ein Angebot hätte vergessen können. Außerdem waren Bänder mit russischen Sprechern keine Seltenheit. Gemma war während ihrer Forschungen über – sie versuchte krampfhaft, sich zu erinnern – ja, Nenzisch, eine Sprache, die im nördlichsten Gebiet von Russland gesprochen wird, von Archangelsk nach Dudinka gefahren. Etwa fünfundzwanzigtausend Menschen zwischen dem Weißen Meer und dem Jenissei-Fluss sprachen diese Sprache noch. Roz wusste nur sehr wenig über die Geographie Russlands, deshalb holte sie ihren Atlas, um die Orte zu suchen. Nowosibirsk lag fast tausendsechshundert Kilometer südlich von dem Gebiet, in dem Nenzisch gesprochen wurde. Sie betrachtete die Landkarte und fuhr mit dem Finger an der nördlichen Küste entlang. Gemma hatte die Zeit in Sibirien genossen und war viel gereist. Wo war der Ort, an dem man ihr den Wandteppich mit den glühenden Farben geschenkt hatte, der in ihrer Wohnung hing? Da war es: Dudinka an der Mündung des Jenissei.

Ihr Gefühl, etwas erreicht zu haben, verlor sich wieder, als ihr klar wurde, dass sie das nicht weiterbrachte. Sie zerbrach sich den Kopf. *Irgendetwas* während der Unterhaltung mit Holbrook hatte sie an etwas erinnert, und sie kam nicht darauf, was es war. Sie klopfte mit dem Bleistift gegen ihre Zähne, während sie nachdachte, und las noch einmal den Brief.

> Betr: Holbrook-Archiv
> Lieber Professor Holbrook,
> vor kurzem habe ich mich wegen der Nutzung Ihres Archivs an Ihren Assistenten gewandt, um bestimmte Bänder vergleichen zu können. Offenbar wird die Sammlung zur Zeit katalogisiert und kann nicht benutzt werden. Sie erinnern sich wohl an das Tonband …

Es klang, als hätte Gemma an jemanden geschrieben, den sie kannte und bei dem sie gemeinsame Erfahrung und Kenntnisse voraussetzte. *Sie erinnern sich wohl …* Und anscheinend nahm sie an, dass Holbrook ihr einen Gefallen tun werde. In dem Brief ging es offensichtlich um die Bitte, das Archiv oder einen Teil davon, vermutlich das Tonband, an das Holbrook sich »erinnern« würde, benutzen zu dürfen. Und doch erinnerte sich Holbrook nicht. Auch hatte er zu Roz nichts über Gemmas Tod gesagt. Es kam ihr merkwürdig vor, dass er kein Bedauern zum Ausdruck gebracht und nichts zu dem Geschehen gesagt hatte, außer einer ziemlich verdrießlich klingenden Bemerkung, dass die Polizei bei ihm gewesen sei. Sie hatte angenommen, dass er einfach so war: ein vollkommen egozentrischer Wissenschaftler. Aber wenn er zu Gemma freundlich gewesen war… Vielleicht wollte er seine Gefühle nicht zeigen. Der englische Mann, der stets Haltung bewahrt.

Hull, Mittwochabend

Der Obduktionsbericht war schon am frühen Nachmittag auf Lynnes Schreibtisch gelandet, aber sie hatte keine Zeit gehabt, ihn zu lesen. Es war bereits nach sechs Uhr, als sie dazu kam, die liegen gebliebenen Dinge auf ihrem Tisch aufzuarbeiten und sich den neu hinzugekommenen Aufgaben zu widmen. Sie zog den Bericht des Pathologen aus der Ablage und betrachtete ihn. Wenn sie wusste, wie die Frau, die sie für Katja hielt, gestorben war, würde sie besser verstehen können, ob es eine Verbindung zwischen ihrem Tod und Gemma Wisharts Ermordung gab.

Der Pathologe war zu dem Schluss gekommen, dass es sich um einen atypischen Fall von Ertrinken handelte. Es gab Hinweise darauf, dass die Frau angegriffen worden war, bevor sie starb, aber diese Verletzungen, alte und neuere Prellungen, waren in der Klinik bereits aufgenommen worden. Es gab zusätzliche Verletzungen an ihren Händen, die in der Klinik nicht aktenkundig waren. Ihre Hände wiesen Prellungen auf und einer der Fingernägel an der rechten Hand war abgebrochen.

Der Pathologe vermutete, dass die Frau sich diese Verletzungen zugezogen haben könnte, als sie bereits im Wasser war, aber es war unmöglich, definitiv festzustellen, ob es vor oder nach dem Tod passiert war. Die toxikologische Untersuchung brachte nichts Unerwartetes zu Tage. Der Alkoholspiegel im Blut entsprach einem Glas Wein oder einem doppelten Whisky, aber es gab keine Anzeichen für andere Drogen. Die Frau hatte einige Stunden vor ihrem Tod etwas gegessen, nur Brot, nichts Warmes oder Vielfältiges.

Es gab wenig Anzeichen, die auf Ertrinken hindeuteten, kein Wasser in der Lunge und kein Schaum in den Atemwegen, aber dem Bericht nach befanden sich auf der oberen Brust und am Hals Petechien, punktförmige Hautblutungen aus den Kapillaren. *Diese kommen normalerweise beim Ertrinken nicht vor,* stand im Bericht, *sondern entstehen, wenn sich der Kehlkopf verkrampft hat.* Der Pathologe erläuterte, dass er dies als eine Ursache für das Eintreten des Todes sehe, die auch das Fehlen anderer Anzeichen für Ertrinken erkläre. Das plötzliche Eintauchen in kaltes Wasser habe Hals und Brust extrem abgekühlt. Wenn dabei sofort Wasser eingeatmet wurde, hätte sich der Kehlkopf reflexartig verkrampft, und dies hätte zu einem schnellen Erstickungstod geführt. Der Bericht wies darauf hin, dass die Leiche zwei oder drei Tage im Wasser gelegen habe, aber die niedrige Temperatur mache eine genauere Angabe unmöglich.

Lynne runzelte die Stirn. Sie wünschte sich ein eindeutigeres Ergebnis. Noch einmal las sie ihre eigenen Notizen. Katja war an einem Mittwoch kurz nach sechs in der Beratungsstelle aufgetaucht. Nasim Rafiq und Matthew Pearse hatten mit ihr gesprochen. Pearse hatte sie ungefähr eine Stunde später zur Notaufnahme gebracht, und noch mal etwa eine Stunde später verschwand sie aus der Klinik. Pearse hatte sie in der Nähe des Parkplatzes jemandem zuwinken sehen. Gegen Mitternacht war sie zum letzten Mal bei der Humber Bridge gesehen worden. Drei

Tage später wurde sie im Schlamm der Humber-Mündung gefunden. Der Bericht des Pathologen passte zu den Zeitangaben, die sie ermittelt hatte. Wenn Katja, kurz nachdem sie zum letzten Mal gesehen wurde, von der Brücke gesprungen oder gefallen war, dann stimmten die zwei bis drei Tage im Wasser ungefähr.

Aber wo hatte sie gegessen? Und noch wichtiger, wo hatte sie Alkohol getrunken? In ihrem Magen waren noch Essensreste, sie musste also bis zu vier Stunden vor ihrem Tod gegessen haben. Vielleicht hatte man ihr in der Beratungsstelle etwas zu essen gegeben, aber bestimmt keinen Alkohol. Und das wäre sowieso zu früh gewesen. Um halb acht war sie in der Klinik angekommen. Dort hatte sie kein Essen bekommen, im Gegenteil, man hatte ihr dort ausdrücklich gesagt, sie solle vor der Untersuchung nichts essen. Sie musste also nach dem Verlassen der Klinik gegessen haben, aber wo? Lynne überlegte. Die Überwachungskameras hatten festgehalten, dass sie kurz nach zwanzig Uhr dreißig aus der Klinik wegging. Der Abend war zu kalt gewesen, um auf den Straßen herumzuschlendern. Aber der Versuch, ihre Spur zwischen der Klinik und der Humber Bridge ausfindig zu machen, hatte bisher nichts gebracht. Es gab keinen Hinweis, dass sie in einem Taxi gefahren war, niemand hatte sie in einem der Busse gesehen, die in Frage kamen, und niemand hatte sich bis jetzt gemeldet, der sie auf der Straße gesehen hatte.

Es würde eine gerichtliche Untersuchung zur Feststellung der Todesursache geben, und sehr wahrscheinlich würde Tod durch Unfall festgestellt werden. Aber Lynne war noch nicht bereit, die Sache auf sich beruhen zu lassen. Jetzt, wo sie Gemma Whisharts Bericht gelesen hatte, konnte sie Fingerabdrücke und zahnmedizinische Unterlagen an Interpol schicken. Katja war jung gewesen. Sie musste irgendwo eine Familie haben, die sie vielleicht suchte. Ostsibirien. Sie sah auf die Landkarte und stellte sich ein kaltes, unwirtliches Land mit weiten Ebenen und Tundra vor, wo der eisige sibirische Wind über eine düstere Industrielandschaft fegte. Sie las Katjas Personenbeschreibung: dunkle Haare, hohe Wangenknochen, orientalisch geschnittene Augen, und versuchte, sich vorzustellen, wie die junge Frau ihr Leben verbracht, gearbeitet, studiert oder die ersten verhängnisvollen Schritte in Richtung Sexindustrie gemacht hatte, die sie schließlich zu dem Außenposten des Kapitalismus an der Ostküste Englands geführt hatte, wo sie gestorben war.

Sheffield, Mittwochabend

Roz saß lesend in ihrem Arbeitszimmer. Sie hatte die Stehlampe hinter dem Sessel eingeschaltet, der alt und zerschlissen, aber so gemütlich war, dass sie sich nicht von ihm trennen konnte, und war in Charles Dickens' *Bleakhaus* vertieft. Der Regen fiel in Lincolnshire und auf Chesney Wold. Auf dem Geisterpfad waren Schritte zu hören. Eine schwarz gekleidete Frau ging auf das Eisentor zu, um in den dunklen Friedhof hineinzuspähen.

Roz hatte die Vorhänge nicht vorgezogen, die Hecke war hoch genug, um ihr Sichtschutz von der Straße her zu bieten, und sie schaute gern auf und betrachtete den Mond und die Zweige der Bäume, die sich im Wind bewegten. In der Ferne rauschte der Verkehr der Durchgangsstraße, aber hier in den Seitenstraßen war es still. Sie sollte das öfter tun, sich gemütlich hinsetzen und lesen, nicht für die Arbeit oder zu Forschungszwecken oder aus anderen praktischen Gründen, sondern einfach zum Vergnügen. Seit sie aus Bristol weggegangen war, hatte sie sich das Lesen abgewöhnt. Sie und Nathan hatten sich manchmal gegenseitig vorgelesen und versucht, den anderen für die Bücher zu begeistern, die sie besonders gern mochten. Nathan bevorzugte die düstere High-Tech-Science-fiction, die sie nicht mochte, aber sie hatte alle Gormenghast-Bücher gelesen, nachdem er ihr *Titus Groan* ans Herz gelegt hatte.

Bleakhaus war einer ihrer Versuche. Es war ihr absolutes Lieblingsbuch, aber Nathan reagierte darauf höflich-gelangweilt: »Dickens?« Sie erinnerte sich an seinen irritierten Blick. »Wo sind wir denn, Roz? In der Schule?« An *Bleakhaus*-Abenden waren sie schließlich oft im Pub gelandet, und irgendwann hatte sie es aufgegeben. Aber der Roman, sein dunkles Geflecht von Verdorbenheit, das sich vom Zentrum her ausbreitete und die Höchsten und die Niedrigsten erfasste, bewegte sie immer noch, und sie war überrascht, als sie aufblickte und sah, dass es fast neun Uhr war.

Sie legte ein Lesezeichen ins Buch und klappte es zu, saß eine Weile bewegungslos da und starrte auf das im Spiegel reflektierende Mondlicht. Ihr Leben hatte zu lange stillgestanden. Es gab so viele Dinge, mit denen sie sich früher beschäftigt hatte und die sie jetzt nicht mehr tat. Sie hatte den Kontakt mit ihren Studienfreunden verloren, die überall im Land verstreut lebten. In Sheffield hatte sie nur wenige neue Freunde gefunden; es war manchmal einfacher, sich von Menschen fern zu halten, keine Fragen und Erklärungen zu riskieren, und nicht über Dinge reden zu müssen, an die sie nicht denken wollte. Sie hatte sich ein Leben zusammengezimmert, das nur aus ihrem Beruf bestand, und so getan, als sei das genug.

Vielleicht sollte sie das tun, was Jenny Bishop wollte: nach Lincoln fahren und Nathan besuchen. Vielleicht würde sie ihn nach dieser langen Zeit so sehen, wie er war, und aufhören, nach dem Mann zu suchen, der er früher einmal gewesen war. Dann würde sie begreifen, dass es den Mann, den sie geheiratet hatte, nicht mehr gab, dass es vorbei war und sie ein Recht hatte, ihren Weg weiterzugehen. Sie könnte ihre Schwiegermutter anrufen, und damit wäre die Entscheidung getroffen. Sie ging zum Telefon, zögerte aber, die Nummer zu wählen. Wollte sie dies wirklich tun, oder war es eine jener impulsiven Entscheidungen, die sie schon morgen bereuen würde? Sie ...

Draußen war jemand. Sie hörte Schritte auf der Kieseinfahrt. Jemand ging an der Seite des Hauses entlang nach hinten. Sie legte den Hörer auf und horchte. Die Schritte wurden leiser. Wer immer es war, er war jetzt in ihrem Garten hinterm Haus.

Sie hatte im Flur kein Licht angemacht. Vielleicht hatte jemand, der vorbeigekommen war, gedacht, das Haus sei leer. Die meisten Einbrüche in der Gegend wurden von Gelegenheitsdieben verübt, die die Gelegenheit, wenn niemand zu Hause war, ausnützten. Der Gedanke, dass jemand hinter ihrem Haus umherschlich, gefiel ihr nicht. Niemand konnte den Garten einsehen, und das Nachbarhaus war leer und verlassen.

Sie wusste, dass die Tür abgeschlossen war, aber bei der Garage und dem Küchenfenster war sie nicht sicher. Die Polizei anrufen? Wie lange würde es dauern, bis jemand kam? Sie nahm ihr Handy, ging leise durch die Küche und versuchte hinauszuschauen, aber es war zu dunkel. Doch sie konnte immer noch die vorsichtigen Schritte im Garten hören.

Den Notruf zu wählen schien ihr zu dramatisch, aber sie gab die Nummer ein und hielt das Telefon in der Hand. Dann ging sie durch die Küche zur Hintertür, wo die Lichtschalter waren. Sie zögerte einen Moment, dann drückte sie auf den Schalter, und der Garten wurde hell beleuchtet.

Das Telefon fiel klappernd zu Boden. Sie blickte durch das Fenster und sah sich jemandem gegenüber … Die Gestalt, die draußen stand, entpuppte sich als Luke, der die Hand gehoben hatte und gerade an die Tür klopfen wollte. Sie starrten sich einen Augenblick erschrocken an, dann schloss Roz die Tür auf und schob den Riegel zurück. »Luke«, sagte sie und machte die Tür auf, »du hast mir eine Heidenangst eingejagt. *Luke.*« Sie nahm seine Hand, und nach kurzem Zögern kam er herein, und sie legte die Arme um ihn. Er fühlte sich steif und ungeschickt an, wurde lockerer, zog sie zu sich heran und vergrub sein Gesicht an ihrem Hals.

»Roz«, sagte er. »O Gott, ich... *Roz*!«

Ein paar Minuten standen sie in dieser unbeholfenen Umarmung da. Schließlich löste er sich von ihr und ließ sich auf einen Stuhl am Küchentisch fallen. Sie schloss die Tür hinter ihm und sah ihn an. Er war unrasiert und blass und sah aus, als hätte er nicht viel geschlafen, aber getrunken oder sonst irgendetwas genommen. Seine Augen glänzten eigenartig. »Ich sehne mich nicht gerade nach Gesellschaft«, sagte er und setzte sich. »Ich bin gekommen, um das Motorrad zu holen.«

Sie setzte sich ihm gegenüber. »Du siehst ja entsetzlich aus«, sagte sie. Er grinste schwach. »Danke, Roz«, sagte er zitternd.

»Joanna hat mir gesagt...«, begann sie.

»Ach, die Grey kann mich am Arsch lecken. Ich komm schon klar.« Er tat die Sache so entschieden ab, dass sie fast erleichtert war. Was immer gelaufen war, es klang, als hätte Joanna alles völlig falsch verstanden.

»Kaffee?« Sie wollte ihm keinen Alkohol anbieten. Er nickte. »Du frierst. Ich mach den Ofen an.«

Sie schaltete den Heizlüfter ein und öffnete eine Packung Kaffee. Als sie ein paar Löffel in die Kaffeemaschine gab, zog Kaffeeduft durch den Raum. »Ich hab den ganzen Tag versucht, dich anzurufen«, sagte sie.

»Ich weiß, ich hab deine Nachricht bekommen. Ich hab dir schon gesagt, mir ist nicht nach Geselligkeit.« Er saß zusammengesunken auf dem Stuhl, die Hände vor sich auf dem Tisch. Er nahm ein Platzdeckchen und fing an, die Webfäden herauszuziehen. Seine Augen wurden schmal vor Anspannung. Sie konzentrierte sich auf das, was sie gerade tat, und spürte förmlich das Schweigen im Raum. Von der Straße ertönten ein paar Takte leise Musik, dann hörte sie das Geräusch eines anfahrenden Autos und den nächtlichen Schrei einer Eule. Sie goss Milch in einen Topf. Als er anfing zu sprechen, zuckte sie zusammen. »Sie sagten, sie hätte für eine Begleitagentur gearbeitet.« Seine Stimme war tonlos. »Sie glauben, dass sie deshalb umgebracht wurde.«

Roz drehte sich um, die Milchflasche in der Hand. »Gemma?«, fragte sie. »Was meinst du mit Begleitagentur?«

»Sie war eine Prostituierte, Roz. Was glaubst du, was ich gemeint habe? Ein Callgirl, eine Nutte. Das hab ich gemeint.«

»Das ist ja...« Es war lächerlich. Unmöglich. Sie erinnerte sich an die Diskette, die aus Gemmas Tasche gefallen war und auf der die Fotos gespeichert waren. Bilder, auf denen sie gefesselt war. Porno im Netz.

»Sie glauben, dass ich ihr Zuhälter war. Oder dass ich nichts davon wusste und es entdeckt habe. So oder so, sie meinen, dass ich sie umgebracht habe.«

Roz schloss die Augen. »Aber sie haben dich gehen lassen«, sagte sie.

»Fürs Erste.« Er legte das ruinierte Platzdeckchen weg und hob einen Kuli auf, der unter dem Tisch lag. Er fing an, ihn herumzudrehen, und beobachtete, wie das Licht darauf glänzte. »Sie haben meine Wohnung durchsucht und mit allen Leuten gesprochen, die ich kenne...« Roz dachte an die Fragen, die ihr gestellt worden waren. »Sie glauben, dass ich es war.« Er zuckte die Schultern und sah sie an.

»Warum sagen sie, dass Gemma eine Prostituierte war? Wieso sind sie auf die Idee gekommen?« Er sagte nichts.

»*War* sie eine?«

»Ach, verdammt noch mal, Roz. Was meinst *du* denn?«

»Dass sie einen Grund gehabt haben müssen«, sagte sie. Schweigend saß er da und starrte den Kuli an, den er immer noch herumdrehte.

»Pass auf, Roz, es gibt da etwas...«

»Ich kannte sie nicht so gut...«

Sie hatten beide gleichzeitig angefangen zu sprechen, und er schüttelte den Kopf, als sie ihm ein Zeichen machte, er solle weitersprechen. »Ich sagte nur, ich kannte sie nicht so gut. Nicht so wie dich.«

Er starrte auf den Kuli hinunter. »Ich kannte sie nicht so gut.« Ihre Blicke trafen sich. »Sie war nur vorübergehend hier. Ich habe dir ja gesagt, sie plante, wieder nach Sibirien zu gehen, nach Nowosibirsk. Dort ist jemand, zu dem sie zurückgehen wollte. Wir haben nicht darüber gesprochen.«

Niemand spricht über die Dinge. Roz stand da, sah ihn an und überlegte, was sie sagen könnte. Sie schenkte zwei Tassen Kaffee ein und setzte sich. »Warum haben sie das über Gemma gesagt?«, fragte sie noch einmal.

Sie glaubte schon, er würde nicht antworten, da sagte er: »Diese Fotos. Sie haben sie mir gezeigt. Sie hatten sie von einer Internetseite – der Seite einer Begleitagentur.«

Das könnte der Grund sein, warum Gemma sie auf einer Diskette gespeichert hatte, damit jemand sie ins Netz stellen konnte. »Diese Diskette…«, fragte sie.

Er rieb sich das Gesicht. »Keine Ahnung. Es waren einfach Fotos, Himmel noch mal. Sie muss sie eingescannt haben… ich weiß nicht.« Seine Hände umklammerten die Tasse. »Ich weiß nicht, was ich machen soll«, sagte er.

Aber es waren nicht einfach Fotos. Sie sah die Bilder noch deutlich vor sich. Das helle Licht ließ die Küche kahl erscheinen, die roten Bodenfliesen, das schwarze Viereck des Fensters, die auf dem Abtropfbrett aufgereihten Teller. Sie wusste nicht, was sie sagen sollte. Genauso wenig wusste sie, was zu tun war. »Solltest du nicht mit einem Anwalt sprechen?« Das schien ein kühl analysierender Vorschlag. Gemma war tot, und sie redete über Anwälte. »Sie hätten gern, dass du es warst, weil ihr eine… Beziehung hattet. Das macht es ihnen leichter. Aber sie haben dich gehen lassen. Sie werden woanders suchen müssen.«

Plötzlich sah er erschöpft aus. »Nur eine Sache, das reicht schon, Roz. Ich habe kein Alibi. Wenn sie mir eine Kleinigkeit nachweisen... Wenn sie erst einmal überzeugt sind, dann machen sie eine Anklage daraus.« Er stützte seinen Kopf einen Moment auf die Hände. »Die Sache ist...« Er hielt inne. »Ich bin zu müde dafür, Bishop. Ich erzähl's dir morgen Früh. Kann ich auf deinem Sofa übernachten?«

»Natürlich. Das weiß du doch.« Sie hielt ihre Tasse mit beiden Händen und beobachtete, wie sich das Licht darin spiegelte. So spät sollte sie keinen Kaffee trinken. Dann fiel ihr etwas ein. »Sie wissen Bescheid, oder? Die bei der Polizei? Über die Fotos?«

Er sah sie ungeduldig an. »Das hab ich dir doch schon gesagt, Bishop. Sie haben sie mir gezeigt.«

»Nein, ich meine, wissen sie, dass du sie aufgenommen hast?«

Er sah sie an. »Natürlich. Ich habe es ihnen gesagt.«

Eine Spannung, von der sie nichts gewusst hatte, fiel von ihr ab. Dass sie der Polizei nichts von den Fotos und von Luke erzählt hatte, hatte sie seit der Befragung belastet. Wenn sie es herausfanden... aber Luke hatte es ihnen ja schon gesagt.

Er runzelte leicht die Stirn. »Du hast es ihnen nicht gesagt?« Sie schüttelte den Kopf. Er sah sie aufmerksam mit schmalen Augen an. »Warum nicht, Roz?« Seine Stimme war leise, aber seine Haltung aufmerksam, als sei alle Müdigkeit von ein paar Minuten zuvor verflogen.

»Ich weiß nicht.« Sie fand selbst, dass es wenig überzeugend klang. Sie wusste genau, warum sie es ihnen nicht gesagt hatte.

»Verdammt, Roz.« Er sprach langsam, aber seine Finger, mit denen er die Tasse umklammert hielt, waren weiß. Er sah sie an und schüttelte den Kopf. »Du hast gedacht, ich hätte es getan, stimmt's?« Sein Gesichtsausdruck war starr und kalt.

Sie hatte es nicht geglaubt, aber sie erinnerte sich an den Moment des Zweifelns und spürte, dass sie rot wurde. »Ich dachte... ich wusste nicht, was ich...« *Nathans Faust, die sie an der Schläfe traf, ihre Hände suchten nach dem Geländer und griffen ins Leere...*

»Na gut.« Er stand auf. »Also, Roz, vielleicht werde ich wütend auf dich und weiß Gott, wozu ich dann fähig wäre.« Seine Stimme war ruhig und nachdenklich, aber sein Gesicht unbewegt, blass und wütend. Sie wusste aus Erfahrung, dass es sinnlos war, mit ihm zu reden, wenn er in dieser Stimmung war.

»Warte«, sagte Roz. »Warte.« Aber sie wollte sich nicht entschuldigen. Luke blieb an der Tür stehen. Sie ging in ihr Arbeitszimmer und holte eine der Disketten mit den Kopien von Gemmas Dateien. Als sie zurückkam, stand er noch mit dem ausdruckslosen Gesicht da, die Hand auf der Türklinke. Sie hielt ihm die Diskette hin. »Gemmas Dateien«, sagte sie. »Aus dem Laptop.« Er sah sie verständnislos an, dann nickte er und steckte die Diskette in die Tasche.

Sie hätte ihn gern daran gehindert, wegzugehen, aber sie wusste nur allzu gut, dass es keinen Sinn hatte. Sie spürte den Schwall kalter Luft, als er die Tür öffnete, und hörte, wie sie sich leise hinter ihm schloss. Kurz danach wurde das Tor zugemacht, der Motor sprang an, und sie hörte den unregelmäßigen Takt des V-Motors im Leerlauf. Dann heulte der Motor auf, ein Wutschrei in der Stille. Sie blieb am Tisch stehen, starrte ihren Kaffee an, und hörte ihn in die Nacht davonfahren.

11

Hull, Donnerstagvormittag

Anna wachte auf, und die Sonne schien ihr in die Augen. Die Strahlen fielen durch das Oberlicht über ihrem Kopf auf ihr Gesicht. Hoch oben in der Luft konnte sie die Vögel sehen, die sich ins helle Morgenlicht hinaufschwangen und ihre Kreise drehten.

Der Himmel war so blau und klar, dass sie an Frost dachte. Die Couch, auf der sie lag, war klumpig, und die Decke roch staubig, aber die Mansarde war ein Zufluchtsort, ein Raum, der sich abschließen ließ, mit einem hohen Fenster, in das nur die Vögel hereinsehen konnten. Matthew hatte bedauernd gesagt: »Es ist nicht sehr bequem.« Aber es war ein sicheres Versteck, und er hatte ihr endlich neue Hoffnung gegeben.

Den ganzen Abend hatte sie in dem dunklen Hinterzimmer der Beratungsstelle auf der Couch gelegen, war ein paarmal eingeschlafen, war sich aber die ganze Zeit bewusst, dass hinter der Tür die Arbeit weiterging. Die Schreibmaschine klapperte, sie hörte Stimmen und die Schubladen des Aktenschranks, die aufgezogen und wieder zugeschoben wurden, und dies alles ließ sie nicht vergessen, dass jederzeit jemand durch die Tür kommen und sie finden könnte. Sie hatte Nasims angstvollen Blick gesehen, als sich an der Tür Besuch ankündigte. Eigentlich sollte sie nicht hier sein, das wusste sie. Sie brachte Matthew und Nasim in Gefahr. Sie würde gehen müssen, und dieser Gedanke erfüllte sie mit Schrecken.

Als es dämmerte und wieder zu regnen anfing, die Tropfen gegen das Fenster trommelten und das Wasser aus einer schadhaften Regenrinne herunterplatschte, war Matthew zurückgekommen. Anna hatte benommen in der Dunkelheit gesessen, und ihre Gedanken waren zu Bildern aus ihrer Kindheit geschweift, in die sie sich immer mehr zurückzog. Vor dem Haus stand ein Baum, eine Buche wie die Bäume, die hoch oben in den Bergwäldern wuchsen. Als sie klein war, hatte ihr Vater ein Seil über einen der Äste geschlungen und ihr eine Schaukel gemacht. Später saß sie mit Krischa auf dem Sitz und schaukelte mit ihr, wobei das kleine Mädchen spitze Schreie ausstieß und lachte. Wenn Krischa ihre speziell angefertigten Schuhe für ihren verkrüppelten Fuß nicht anziehen wollte, warf sie sich schreiend auf den Boden und schlug um sich und … *das Bündel lag auf der*

Schwelle, halb drinnen und halb draußen, ganz klein lag es auf dem Boden, und ein Schuh zeigte auf die Büsche, wo…

Sie hatte die Augen aufgerissen. Sie lag auf der Couch im Hinterzimmer der Beratungsstelle, und Matthew stand an der Tür und sah sie an. »Anna«, sagte er, »es tut mir Leid. Ich habe dich aufgeweckt.«

Sie schüttelte den Kopf. Sie hatte nicht geschlafen und war froh, dass sie aus ihrem Wachtraum gerissen wurde. Matthew sah ernst aus, und sie spürte, wie angespannt und besorgt er war. Sie wusste, dass sie nicht ewig hier bleiben konnte, aber ihr graute vor der Entscheidung.

»Ich habe heute Spätschicht. Nasim ist fort«, hatte er gesagt. »Hör zu, Anna…« Er schien es sich anders zu überlegen, hatte wohl etwas anderes sagen wollen. »Hast du Hunger?« Er hatte eine Tüte dabei. »Ich habe Brote gemacht. Käse. Und ich habe Äpfel. Wir können gleich Tee trinken.«

Anna war auf der Couch ein Stück zur Seite gerutscht, damit er sich setzen konnte. »Danke«, sagte sie. Die Schnitten waren aus dem komischen weichen Brot, das die Leute hier aßen. Sie hatte gedacht, sie hätte Hunger, aber die Brote schmeckten nach nichts, und als sie eines gegessen hatte, verlor sich ihr Hunger. Sie fand, es war ein merkwürdig unbefriedigendes Essen für jemanden, der die ganze Nacht arbeitete. »Sonst isst du nichts?«

Er lächelte und schüttelte den Kopf. »Ich habe richtig zu Abend gegessen, als ich zu Hause war. Das hier ist extra.« Er hatte die Brote für sie gemacht.

»Wo ist dein Zuhause?« Sie wusste nichts über ihn, außer dass er hier arbeitete, ihr geholfen hatte, als sie in Not war, sie ohne weitere Erklärung verstanden hatte, und er war gütig gewesen. »Und deine Frau? Deine Kinder?«

Er hatte zu Boden geblickt. »Ich bin nicht verheiratet, Anna.« Er schwieg ein paar Minuten und sagte dann: »Ich lebe allein.

Ich versorge mich selbst und arbeite hier.« Er hatte gelächelt und sie mit seinen gütigen Augen angesehen. »Das genügt mir.«

Sie dachte an seinen krummen Rücken und wie unbeholfen er ging. Natürlich. Er war wie Krischa. War so auf die Welt gekommen. Frauen hatten ihn nicht haben wollen. »Arbeitest du hier?«

Er nickte. »Ehrenamtlich. Ich bekomme eine kleine Rente wegen …« Er zeigte auf seinen Rücken. »Ich habe immer irgendeine ehrenamtliche Arbeit gemacht. Um etwas zurückzugeben.«

Er hatte wieder zu Boden geblickt und sie dann angesehen. »Ich wollte mit dir über etwas sprechen.« Nach kurzem Schweigen sagte er langsam, als wähle er seine Worte mit Bedacht: »Anna. Deine Eltern sind umgekommen. Du bist illegal hierher gekommen, aber du warst sehr jung. Vielleicht kannst du bleiben. Hast du etwas dagegen, wenn ich mich erkundige?«

Sie starrte auf ihre Hände. *Vielleicht kannst du bleiben …* Nachdem sie von Angel weggelaufen war, wusste sie genau, dass er sie angelogen hatte. Aber jetzt war es bestimmt zu spät. Sie war eine Prostituierte, eine Diebin. Sie sah Matthew an. »Ich habe …« Sie wusste nicht, wie sie es sagen sollte.

»Ich weiß, Anna.« Er wusste es wirklich. Sie erinnerte sich an sein trauriges Gesicht, als sie damals zum ersten Mal mit ihm gesprochen hatte. Sie fand es schrecklich, dass er es wusste. Sie hätte diesen ganzen Teil ihres Lebens am liebsten ausgelöscht, so wie ihr Vater die Worte an der Wand übermalt hatte. »Anna«, hatte er gesagt, »du hast keine Schuld an dem, was dir passiert ist. Lass mich machen, ich erkundige mich.« Er hatte die Unsicherheit in ihrem Gesicht gesehen und schnell gesagt: »Es dauert ein paar Tage, aber du kannst hier bleiben. Es gibt einen Dachboden – es ist nicht schön dort, aber trocken, und eine Couch steht auch dort oben. Du kannst dich einfach ausruhen und wieder zu Kräften kommen.«

Bleiben. Arbeiten, ohne sich ständig umzusehen, ob jemand

hinter ihr her war. Weit weggehen von hier und von Angel. Papiere und einen Pass haben, die ihr gehörten, die sie behalten konnte. Sie spürte, wie sich eine leise Hoffnung in ihr regte. Wenn Matthew sagte, dass er es tun konnte… Vielleicht war es doch nicht zu spät. »Ja«, sagte sie. »Danke.«

Sheffield, Donnerstagmorgen

Roz saß um halb neun an ihrem Schreibtisch. Sie hatte vor, den Tag mit der Analyse von Verhören zu verbringen. Die Anpassung an die Software, die sie am Tag zuvor getestet hatte, schien zu funktionieren. Sie konnte auf eigene Faust weiterarbeiten und dann mit Luke sprechen, damit er die Software überprüfte.

Luke. Sie fragte sich, ob sie ihn anrufen sollte, aber was konnte sie ihm sagen? Sie glaubte nicht, dass er Gemma umgebracht hatte, aber einen Moment hatte sie gezweifelt, und das würde er ihr vielleicht nie verzeihen. Ob sie ihn dazu bringen konnte, sie zu verstehen? Diese Bilder… sie hatten etwas von Luke gezeigt, das sie nie zuvor erlebt und auch nie vermutet hatte. Aber andererseits hatte sie trotz der Warnungen der Ärzte auch nie geglaubt, dass Nathan gewalttätig werden könnte. An dieser Überzeugung hatte sie festgehalten wie an einem Glaubensbekenntnis, und das hatte ihr eine Gehirnerschütterung, ein gebrochenes Fußgelenk und die Erkenntnis eingebracht, dass sie ihrem eigenen Urteil nicht mehr trauen konnte. Und es hatte sie ihren Glauben an sich selbst gekostet – wünschte sie in der Zeit unmittelbar danach nicht oft genug, Nathan wäre tot, weil sie mit seiner Wut und Verzweiflung nicht fertig wurde? Es schien fast, als wäre der Tod besser als das, was ihm geschah. Und ihre eigene Panik und ihre Angst, als er sich schließlich tatsächlich gegen sie wandte… Wenn sie stark genug gewesen wäre, hätte sie in diesem Moment alles Mögliche tun können.

Ihre Hand wollte schon nach dem Hörer greifen, dann zog sie sie zurück. Sie musste Luke Zeit geben.

Sie schaltete ihren Computer ein, wartete, bis er hochgefahren war, und sah dabei aus dem Fenster. Es war ein schöner Wintertag, der Himmel wolkenlos, und die Sonne warf scharfe Schatten an die Wände ihres Zimmers.

Etwas auf dem Monitor fiel ihr auf. Der Bildschirm war tiefblau, ein Blau, das Probleme bedeutete. Der Computer meldete ihr, sie hätte das Programm nicht richtig geschlossen und dass er nun verschiedene Tests durchführen werde, um zu prüfen, ob ein Schaden eingetreten sei. Als sie das sah, runzelte Roz die Stirn. Sie fuhr den Computer immer richtig herunter. Das machte sie so automatisch wie atmen. Sie beobachtete, wie der Rechner den Kontrollprozess durchlief, sie wegen ihres Leichtsinns tadelte und dann erneut hochfuhr. Jedenfalls war nichts verloren gegangen.

Sie ließ es als eines der Rätsel, die einfach zu den neuen Technologien zu gehören schienen, auf sich beruhen und fing an zu arbeiten. Heute konnte sie sich konzentrieren. Ihre Gedanken schweiften nicht zu Themen ab, an die sie jetzt nicht denken wollte. Aber sie wurde bei ihrem Versuch, eine schwierige Textstelle in sinnvolle Kategorien zu unterteilen, durch das Geräusch der Tür und von Joannas Stimme unterbrochen. »Roz!« Joanna in ihrem eleganten Aufzug für Meetings schloss die Tür hinter sich. Sie schien sich zu freuen. »Gute Nachrichten! Gestern habe ich vom Vizekanzler gehört, dass die Law-and-Language-Group als unabhängige Gruppe bestehen bleibt und dass wir alle unsere Gelder behalten. Und« – ihre Augen funkelten – »ich bekomme Mittel für eine zusätzliche Stelle *und* für zwei Neue mit Abschlussexamen. Wir brauchen einen Forscher für die Software-Entwicklung.«

Roz versuchte, sich zu freuen. Sie freute sich *tatsächlich*. Es waren gute Nachrichten sowohl für sie als auch für Joanna.

»Das ist großartig.« Joanna schien von ihrer Reaktion enttäuscht, deshalb zwang sich Roz zu einem Lächeln und wiederholte: »Das ist großartig, wirklich.«

Joanna sah sie einen Moment an. »Ich habe das mit Gemma nicht vergessen, Roz. Aber ich muss mich weiterhin um diese Dinge kümmern. Wenn wir jetzt lockerlassen, ist alles weg. Es geht ja nicht nur um uns, weißt du.«

Joanna hatte Recht. Es gab unerledigte Aufträge und Forschungsverträge, die sie einhalten mussten, all dies hatte sich nicht geändert. »Ohne Luke werden wir nicht sehr weit kommen«, sagte Roz.

»Wir können jetzt eine Forschungsstelle neu besetzen«, sagte Joanna. »Ich denke da an jemand Bestimmten. Und ich habe heute Morgen kurz mit Luke gesprochen.«

»Wie ging's ihm?«

Joanna hatte offenbar die Anteilnahme in ihrer Stimme gehört, denn sie sah Roz scharf an.

»Er war außergewöhnlich schweigsam«, sagte sie knapp. Roz betrachtete den Bildschirm, sie wollte nicht, dass Joanna sie grinsen sah, aber sie konnte sich genau vorstellen, wie Luke sich gegenüber Joanna verhalten hatte. Wenigstens hatte er mit ihr gesprochen. »Aber er hat sowieso vor, zu kündigen.«

»Was?« Lukes unerbittlicher Gesichtsausdruck ging ihr durch den Sinn. Das war typisch für seine impulsiven Wutausbrüche.

»Wann?«

»Ich glaube, es ist das Beste so«, schloss Joanna das Thema ab. »Du hast gestern deine Tür nicht abgeschlossen, Roz. Sie war offen, als ich kam, um Akten zu holen.«

»Ich hab doch ...«, fing Roz an, dann wurde ihr klar, dass sie sich nicht erinnern konnte. Offenbar hatte sie auch den Computer nicht richtig heruntergefahren. Sie seufzte. »Ich bin wohl ziemlich zerstreut in letzter Zeit. Tut mir Leid.« Sie musste Luke anrufen und ihn davon abhalten, seine Arbeit wegen seiner Impulsivität wegzuwerfen.

Joanna sah sie an. »Ich glaube, das ist bei uns allen so. Aber du kannst nichts tun, Roz. Wir werden einfach weitermachen müssen.«

»Das tue ich ja«, sagte Roz. »Und ich habe versucht, Gemmas Bericht aufzuspüren.«

»Ach, der«, seufzte Joanna. »Gemmas Bericht war komplett, Roz. Ich habe mit der Frau in Hull telefoniert und habe alles überprüft, und ich finde nicht, dass etwas fehlt, was drinstehen sollte. Wenn Gemma sich Gedanken darüber gemacht hat, dann ist sie über ihren Auftrag hinausgegangen, bei dem es nur um eines ging: Woher kommt diese Frau? Gemma hat ihnen eine genauere Ortsangabe gegeben, als sie erwartet hatten.« Sie sah Roz an, ob sie begriff, was sie ihr klar machen wollte. »Man muss in solchen Dingen wirtschaftlich denken. Wir wurden mit der Stellungnahme zu einer Sache beauftragt, und danach wurde die Leistung berechnet. Es gibt immer noch zusätzliche Details, die man auf Grund einer Tonaufnahme herausbekommen kann. Das weißt du ja. Man könnte jahrelang weiteranalysieren. Aber es ist nicht kosteneffektiv. Gemma war noch dabei, dies zu lernen. Aber du solltest es inzwischen wissen. Besonders wenn wir uns als Privatunternehmen etablieren.«

»Du hast Recht.« Roz fuhr sich mit den Fingern durch die Haare. Es war wichtig, Forschung und Wirtschaftlichkeit auseinander zu halten. In der Forschung verfolgte man Möglichkeiten, die sich unerwartet auftaten, man konnte vielleicht Antworten auf Fragen finden, an die man noch nicht einmal gedacht hatte. Bei der Arbeit für den Markt tat man, was verlangt wurde. Man leistete gute Arbeit, aber mehr nicht. »Ich glaube, das ist eben eines der Dinge, zu denen man sich verpflichtet fühlt. So wie man Blumen zu einer Beerdigung schickt.«

Joannas Maske der Effizienz verschwand, und ein Zug

menschlichen Bedauerns trat an ihre Stelle. »Ich weiß. Und es bedeutet eigentlich gar nichts. Wenn man sich überlegt, was passiert ist... Ein paar Blumen, ein Zeitungsbericht. Leere Gesten.«

Roz erlebte Joanna selten in einer so nachdenklichen Stimmung. »Was ist eigentlich passiert? Niemand hat es mir gesagt.« Die Presseberichte waren nicht sehr ausführlich gewesen.

»Ich habe einen Bekannten, der wieder jemanden kennt«, sagte Joanna, »aber er hat mir nicht alle Einzelheiten erzählt. Ich wollte sie gar nicht hören. Wer immer es war, er hat sie zusammengeschlagen und erwürgt.« Roz schloss die Augen. Sie hatte nicht mit einem regelrechten Überfall gerechnet. Sie hatte sich einen spontanen Schlag vorgestellt. »Und dann legte er sie in einer obszönen Stellung in einem Hotel in die Badewanne. Die Polizei musste sie anhand zahnmedizinischer Unterlagen identifizieren, habe ich gehört.« Einen Augenblick war die Anspannung auf Joannas Gesicht zu sehen. »Die Polizei kümmert sich um die Fragen zu Gemmas Bericht«, fügte sie hinzu. »Wir können das aus offensichtlichen Gründen nicht machen. Das Band wurde an Bill Greenhough in York weitergeschickt.« Nach kurzem Schweigen fuhr Joanna mit plötzlich veränderter Stimme fort: »Wir haben Arbeit. Ich habe die Anzeigen aufgesetzt und hätte gerne, dass du sie dir ansiehst, bevor ich sie losschicke.«

Roz nickte und sah auf den Bildschirm, bis Joanna gegangen war. Ihre Hände zitterten. *Gemma!* Kein Wunder, dass Luke so wütend gewesen war. Kein Wunder, dass er nicht mehr mit ihr zusammenarbeiten wollte. Er hatte bestimmt gedacht, dass sie glaubte... Sie sah Dinge vor sich, die sie nicht sehen wollte. Joannas beschönigender Ausdruck »in einer obszönen Stellung« ließ sie an die Bilder denken, die auf ihrem Monitor erschienen waren, Fotos, die über das Netz in die Welt hinausgeschickt wurden, damit jeder sie betrachten konnte... Aber Luke hätte doch nicht... er *konnte* das doch nicht getan haben.

Sie nahm den Hörer und wählte seine Nummer. Wieder war der Anrufbeantworter dran. Sie zögerte, dann sagte sie: »Luke? Hier Roz. Bist du da?« Stille, nur ein Rauschen des Bands. »Hör zu, ich habe gerade erfahren... was Emma passiert ist. Ich wusste das nicht. Als wir miteinander gesprochen haben, wusste ich es nicht. Es tut mir Leid.« Sie wartete, um zu sehen, ob er abnehmen würde, aber nichts geschah. Nach dem, was Joanna gesagt hatte, war er vor nicht sehr langer Zeit zu Hause gewesen. Er musste ausgegangen sein. Sie legte auf.

Sie wurde unruhig. Das Bedürfnis, die Sache mit Luke zu klären, ließ sie nicht los. Die Arbeit war ihr so gut von der Hand gegangen, aber auf ihrem Bildschirm sah sie plötzlich nur noch eine Reihe von unbedeutenden Symbolen. Sie speicherte alles ab und schloss das Programm. Vielleicht sollte sie Kaffee trinken gehen, in einer anderen Umgebung.

Schließlich ging sie ins Unicafé, wo man anständigen Espresso und Cappuccino bekam. Sie setzte sich auf einen der Barhocker, und während sie den Zucker umrührte, schirmte sie sich mit ihrer Zeitung ab. Die Nachrichten waren deprimierend. Die Krankenhäuser steckten in der Krise wegen der Grippeepidemie, die Oppositionsparteien waren entzückt. Roz dachte an den anarchistischen Spruch – *Geh nicht wählen, die Regierung kommt sowieso ans Ruder*. Sie blätterte zur Wissenschaftsbeilage um. Als sie gerade in einen Artikel über aussterbende Sprachen vertieft war, sagte jemand: »Normalerweise treffe ich Sie hier nicht.«

Roz sah auf. Sean Lewis lächelte sie an und hielt eine Tasse Kaffee in der Hand. Roz hatte keine Lust auf Gesellschaft und wollte sich schon gar nicht mit dem Individuum unterhalten, das vielleicht Lukes Stelle bekommen würde. Aber ihr fiel keine gute Ausrede ein. »Oh, hallo«, begrüßte sie ihn nicht gerade begeistert.

Aber mehr Ermutigung brauchte er nicht. Er zog einen Hocker heran und setzte sich neben sie. »Was lesen Sie?«

»Eine Zeitung«, sagte Roz ablehnend, aber dann fand sie, dass sie sich doch ein wenig zu sehr wie Luke verhielt, und fügte hinzu: »Es ist ein Artikel über aussterbende Sprachen.« Sie war froh, dass es ein so spezielles Thema war, schließlich wollte sie kein Gespräch mit ihm führen. Aber zu ihrer Überraschung schien es ihn zu interessieren.

»Das war doch eines von Gemmas Gebieten, oder?«, fragte er. »Tut mir Leid. Sie wollen bestimmt nicht darüber sprechen.«

»Ist schon gut.« Roz wurde klar, dass sie sich mehr oder weniger auf eine Unterhaltung eingelassen hatte. »Ja. Sie hat über eine der russischen Sprachen geforscht.«

»Sie hat mir von ihrem Aufenthalt in Russland erzählt«, sagte er. Er blickte in die Ferne, die Tasse mit beiden Händen haltend. »Sie hat mir ziemlich viel über eure Abteilung erzählt, über eure Arbeitsgebiete«, fuhr er fort und schien etwas zu überlegen. »Kann ich mit Ihnen reden?« Roz zuckte die Schultern, um anzudeuten, dass er das ja schon tue. »Joanna Grey sagte mir, dass in eurer Abteilung eine Stelle für Forschungsaufgaben frei wird – aber ich weiß nicht... Die Sachen, die Gemma gemacht hat, gefielen mir eigentlich... Und ich muss mich neu orientieren«, sagte er. »Ich meine, MIT war etwas anderes...«

»Aber auch ganz schön hart?«, fragte Roz.

»Ach nein! Ich beherrsche das, das ist nicht das Problem. Es war zu einfach.«

Kluges Köpfchen, verzettelt sich aber, diagnostizierte Roz. Sehr klug, wenn ihm seine Doktorarbeit so leicht gefallen war, wie er sagte. Sie hatte dieses Problem schon öfter bei besonders begabten Studenten gesehen, die kein ausgeprägtes Interesse entwickelt hatten und hin- und hergerissen waren zwischen lukrativen, aber einschränkenden Jobs in der Wirtschaft und der Arbeit als Wissenschaftler, die einen mehr ausfüllte, aber verarmen ließ. Sie dachte über etwas anderes nach, das er gesagt hatte. Gemma hatte ihm von ihrer Arbeit erzählt. Vielleicht hatten sie über das Band gesprochen, über die Fragen, die Gemma mit Hilfe des Holbrook-Archivs zu klären versuchte. »Was hat Gemma Ihnen über ihre Arbeit erzählt?«, fragte sie.

»Sie hat von Stimmprofilen gesprochen«, sagte er. »Dass ihr an etwas arbeitet, mit dem man biometrische Merkmale der Stimme darstellen kann, wie bei Fingerabdrücken.«

»Na ja…« Roz war skeptisch. Hier ging es um den heiligen Gral der forensischen Linguistik – die Möglichkeit, ein akustisches Profil einer Stimme aufzuzeichnen, das aussagte: Diese Person, und *nur* diese Person, kann diese Worte gesprochen haben. Aber bis jetzt hatte die Verschiedenartigkeit der individuellen Stimmen solche Versuche vereitelt. Gemma und Luke hatten ein Interesse daran gehabt, Mittel aufzutreiben, um diese Forschungsrichtung weiterhin verfolgen zu können. Aber Roz meinte, dass die Möglichkeit, etwas zu erstellen, das der Verlässlichkeit von Fingerabdrücken oder DNS-Profilen gleichkam, noch in weiter Ferne lag, wenn es überhaupt machbar war. »Es war eines ihrer Interessen«, sagte sie. Einen Moment trat Stille ein. »Hören Sie zu, Sean«, fuhr Roz fort. »Vielleicht können Sie mir helfen. Ich muss unbedingt wissen, wonach Gemma in Professor Holbrooks Archiv suchte. Hat sie irgendetwas darüber gesagt?«

Er dachte einen Augenblick nach. »Sie wollte nur Zugriff. Sonst sagte sie nichts.«

Roz überlegte. Wenn Gemma nichts darüber gesagt hatte, dann musste sie es selbst herausbekommen. Sie sah Sean an. »Erzählen Sie mir von dem Archiv.«

»Wieso wollen Sie darüber sprechen?« Zunächst schien er verstimmt. Er wünschte sich, dass sie sich für ihn persönlich interessierte. Dann entspannte sich sein Gesichtsausdruck. »Hören Sie, darf ich Sie zum Mittagessen einladen? Dann erzähle ich Ihnen alles.«

»Ich habe leider keine Zeit«, sagte Roz schnell, merkte aber, dass dies ein Fehler war. Sie hätte es einfach rundweg ablehnen sollen.

»Morgen?«, fragte er.

»Nein danke, ich habe im Moment zu viel zu tun. Ich muss jetzt in die Abteilung zurück. Es würde mir aber wirklich helfen, wenn Sie mir etwas mehr über das Holbrook-Archiv erzählen könnten. Wenn es nicht möglich ist, kann ich auch mit Professor Holbrook selbst sprechen.«

»Aber lieber würden Sie mit mir sprechen.« Er sah wieder froh aus. »Okay. Aber danach müssen Sie mir erlauben, Sie etwas zu fragen. Abgemacht?« Er lächelte sie an, lehnte sich zu ihr hinüber und berührte dabei fast ihren Arm.

»Abgemacht«, sagte Roz und rückte ein wenig ab. Obwohl sie nichts dagegen hatte, dass er seinen Charme spielen ließ, wollte sie keine falschen Signale aussenden. Sie hörte zu, als er die Sammlung beschrieb, an der Marcus Holbrook seit einigen Jahren arbeitete. Das Holbrook-Archiv war eigentlich eine Datenbank. Holbrook war dabei, es zu einem elektronischen Sammelwerk umzuwandeln, das es Forschern erlauben würde, in wenigen Minuten Fragen zu gesprochenem Russisch abzuklären, deren Bearbeitung mit traditionellen Methoden Jahre in Anspruch nehmen würde. »Aber er hatte nicht das Programmierwissen«, sagte Sean. »Die Datenbank hat funktioniert, aber sie war langsam, schwerfällig und voller Fehler. Sie war sozusagen seine ureigene Sache. Er wollte niemand anderen dranlassen, verstehen Sie? Aber ich organisiere das jetzt für ihn.« Während er über seine Arbeit sprach, vergaß er seine Irritation und erklärte begeistert, welche Pläne er für die Weiterentwicklung hatte.

Das war für sie der Augenblick, um ihr Thema wieder einzubringen. »Aber Gemma hat nie gesagt, wonach sie suchte?«

Er schien enttäuscht, sagte aber: »Zu mir nicht. Ich kann nachsehen, ob sie irgendwelche Unterlagen dagelassen hat.«

»Danke.« Roz trank ihren Kaffee aus. »Ich wüsste es wirklich gern. Also, ich glaube, ich sollte in die Abteilung zurückgehen.« Sie ließ sich vom Hocker gleiten und klemmte die Zeitung unter den Arm. Sich mit dem eifrigen jungen Mann zu unterhalten, war eine angenehme Unterbrechung gewesen, aber die unerledigte Arbeit, die sich während der vergangenen Woche angesammelt hatte, drängte.

»Warten Sie.« Er hielt ihre Hand fest. »Unsere Abmachung, Sie erinnern sich?«

Roz lachte. »Okay. Schießen Sie los.«

Er stand auf. Roz war nicht bewusst gewesen, wie groß er war. »Ich habe Karten für das Jazz Festival im Studio am Samstagabend. Würden Sie gern mitkommen?«

Roz wusste, dass das Festival seit Wochen ausverkauft war. Sofort nachdem es angekündigt worden war, hatte sie versucht, Karten zu bekommen, aber ohne Erfolg. Trotzdem war sie sich sicher, dass sie die Grenzen nicht verwischen wollte, indem sie mit Sean zu einer öffentlichen Veranstaltung ging. »Sie haben Glück, überhaupt Karten zu haben«, sagte sie. »Ganz zu schweigen, dass Sie noch welche übrig haben.«

Er schien sich zu freuen. »Ich habe Beziehungen«, sagte er. »Kommen Sie also mit?«

Roz schüttelte den Kopf. »Es ist sehr nett, eingeladen zu werden, vielen Dank, aber ich habe zu tun …«

»Sagen Sie die Termine doch ab«, meinte er.

»Ich habe zu tun«, wiederholte sie. »Und überhaupt, ich bin verheiratet, es wäre also wirklich keine gute Idee.«

Seine Miene verdüsterte sich. »Ich bin nicht in Sie verknallt oder so etwas«, sagte er.

Das war so offenkundig kindisch, dass Roz fast gelacht hätte. »Dann macht es Ihnen ja nichts aus, oder?«, fragte sie.

Er sah etwas beschämt aus. »Es macht mir trotzdem etwas aus«, sagte er. »Bitte, kommen Sie doch mit.«

Sie war selbst überrascht, dass sie einen Moment überlegte,

aber sie wusste, es war eine schlechte Idee. »Tut mir Leid, ich kann nicht.« Sie nahm ihren Mantel und hielt inne, als ihr etwas einfiel. »Komme ich von der Law-and-Language-Group aus in Holbrooks Archiv? Oder von der Zentralbibliothek?«

Er schien über ihre Ablehnung immer noch verärgert zu sein, schaffte es aber, ihr eine höfliche Antwort zu geben. »Nein, es ist noch nicht im Intranet. Marcus will es als kommerzielle Software herausbringen. Er wird vielleicht eine gekürzte Fassung für die Studenten hier zur Verfügung stellen. Aber wir richten eine Pilotversion zum Testen ein. Das werden Sie sich mal ansehen müssen. Es wird im Rundbrief angekündigt.«

»Gut. Ich werde die Augen offen halten.« Sie lächelte ihm zu, als sie sich zum Gehen wandte. »Danke, Sean. Das hat mir weitergeholfen.«

»Mir hat's nichts gebracht«, murmelte er, aber es klang eigentlich nicht böse.

12

Sheffield, Donnerstagvormittag

Als Roz an ihren Schreibtisch zurückkam, hörte sie ihre Voicemail ab. Keine Nachricht von Luke, vielleicht hatte er sie zu Hause angerufen. Der Gedanke ließ ihr keine Ruhe. Wenn er mit ihr hätte Kontakt aufnehmen wollen, warum hatte er sie nicht im Institut angerufen? Vielleicht befürchtete er, dass Joanna abnehmen könnte. Vielleicht war er immer noch wütend – Luke konnte nachtragend sein – und wollte nicht mit ihr sprechen. Noch nicht.

Sie versuchte, sich auf die Arbeit zu konzentrieren, mit der sie heute früh so gut vorangekommen war, aber ihre Gedanken schweiften ab. Sie grübelte über Lukes Schweigen nach, dann wieder sorgte sie sich wegen der ungelösten Detailfragen in Gemmas Bericht. Sie zwang sich zur Konzentration, bis sie ihre Arbeit beendet hatte und die Daten durch das Programm laufen lassen konnte, um zu sehen, ob es die Kennzeichen erkannte, die sie zur Markierung verschiedener Eigenheiten des Verhörs verwendet hatte. Als sie sich in das Problem vertiefte, gelang es ihr, die Sorge um Luke und die Irritation über Gemmas unfertigen Bericht zu verdrängen. Sie gab den Befehl ein und wartete, um zu sehen, was passieren würde.

Das Programm stürzte ab. *Mist!* Das kam davon, wenn sie allein mit einem System arbeitete, das noch nicht ausgereift war. Sie brauchte Lukes Unterstützung. Ohne ihn kam sie nicht weiter. Joanna würde ihre lächerliche Suspendierung aufheben müssen, oder sie, Roz, würde die nächsten paar Wochen untätig verbringen und... Wenn aus Joannas Plänen etwas wurde, müsste sie vielleicht mit Sean zusammenarbeiten. Sie fragte sich, warum sie das so deprimierend fand. Sean war intelligent, interessant... aber er war nicht Luke. Das war das Problem.

Sie brauchte etwas, das sie ablenkte. Gemmas Bericht. Für Joanna war es einfach, den Bericht für vollständig zu erklären und von Wirtschaftlichkeit zu reden, aber Roz wollte der Sache auf den Grund gehen. Sie war sicher, dass sie alles herausbekommen konnte, wenn sie sich nur Zeit ließ. Und jetzt hatte sie Zeit. Aber was konnte sie noch tun, das sie nicht schon getan hatte? Sean hatte versprochen, noch einmal nachzusehen, was Gemma sich im Archiv vorgenommen hatte, aber sie war ziemlich sicher, dass er nichts tun würde. Sollte sie es noch einmal mit Holbrook versuchen? Sie tippte mit dem Stift gegen ihre Zähne und hörte innerlich Lukes Stimme sagen: *Herrgott, Bishop, willst du, dass ich durchdrehe?* Sie legte den Stift hin.

Joanna hatte gesagt, dass noch jemand das Band untersuche.

Bill Greenhough in York. Roz kannte ihn nicht besonders gut, aber sie hatte ihn bei Tagungen gesehen. Er schien ein recht angenehmer, zugänglicher Mensch zu sein. Nach einigem Nachforschen in verschiedenen Telefonbüchern hatte sie die Nummer, und zwanzig Minuten später telefonierte sie mit ihm.

Sie erklärte, wer sie war, und sagte dann: »Ich habe gehört, dass Sie sich mit einem Tonband der Humberside Police befassen.«

»Ja«, sagte er vorsichtig.

»Meine Kollegin, Gemma Wishart, hat an diesem Band gearbeitet«, erklärte Roz. »Sie …«

»Sie ist umgekommen, nicht wahr? Das tut mir Leid.« Ein knapper Ausdruck des Bedauerns unter Kollegen. Dann klang seine Stimme anders. »Ach Gott, es hatte doch nichts hiermit zu tun, oder?«

»Nein«, versicherte Roz sofort. »Nein, überhaupt nichts.« Sie dachte an die Polizei, die gesagt hatte, Gemma hätte als Prostituierte gearbeitet. »Es war nur – Gemma hat mich gebeten, den Bericht fertig zu machen, und dann, also … ist es passiert. Es ist mir einfach nicht recht, dass ihre Arbeit unfertig liegen bleibt.«

»Darüber kann ich nicht mit Ihnen sprechen«, sagte er, klang aber unsicher.

»Ich wollte nur wissen, was Sie von den Zeilen halten, die Gemma noch klären wollte. Hat man Ihnen das gesagt? Es war …« Sie blätterte in den Seiten, die vor ihr lagen.

»Ja, ich habe sie.« Sie hörte Papier rascheln. Er musste die Abschrift vor sich liegen haben.

»Was ist an diesen Stellen Besonderes? Ich habe die Übersetzungen, aber das hilft nicht weiter.«

»Sie haben die Übersetzungen?« Er schien interessiert. »Ich habe die Stellen nicht einordnen können. Was bedeuten sie?« Überrascht gab ihm Roz die Übersetzungen durch, die sie von Marcus Holbrook bekommen hatte. Greenhough sollte doch in der Lage sein, sie selbst zu übersetzen. »Woher haben Sie die?«, fragte er. »Was ist das überhaupt? Ich erkenne es nicht.«

»Es ist Russisch«, sagte sie. »Jemand hier bei uns hat mir die Übersetzungen gegeben. Er sagte, dass Ba-yi-n-sal« – sie buchstabierte es, weil sie nicht wusste, wie es ausgesprochen wurde – »ein umgangssprachlicher Ausdruck des Ärgers sei, so etwas Ähnliches.« Holbrook hatte auch nicht versucht, das Wort auszusprechen.

»Ist Russisch Ihr Arbeitsgebiet?« Er klang verwirrt.

»Nein, überhaupt nicht. Ich versuchte nur die letzten Fragen abzuklären, die Gemma noch hatte. Deshalb habe ich jemand anderen hinzugezogen.« Sie wollte nicht, dass er den Eindruck bekäme, sie wolle sein Fachwissen in Frage stellen.

»Okay«, sagte er. »Also, was immer man Ihnen gesagt hat, dieser Ausdruck ist *nicht* russisch, weder ist *jugun* ein Wort für Leute, noch ist es überhaupt Russisch. An dem ›j‹ hätten Sie das erkennen können. Ich versuche herauszufinden, woher es kommt, aber bis jetzt habe ich noch kein Glück gehabt.«

Roz schwieg. Marcus Holbrook war sicher gewesen. Sie erinnerte sich, wie er einen Blick auf den Ausdruck geworfen hatte und ihn sofort erkannte. »Sind Sie sicher?«, fragte sie nach kurzer Pause.

»Natürlich«, antwortete er kühl.

»Es tut mir Leid«, sagte sie schnell. »Klar sind Sie sicher. Es ist nur so, dass die Person, die es mir übersetzte, ... er war völlig überzeugt.«

»Wer war es?«

Roz zögerte einen Moment. Sie wollte keinen Klatsch über einen Kollegen verbreiten. Andererseits war Holbrook ein anerkannter Experte. Wenn Greenhough wusste, woher die Information kam, würde er vielleicht zu dem Schluss kommen, dass er selbst einen Fehler gemacht hatte. »Marcus Holbrook«, sagte sie.

Am anderen Ende war es still, dann sagte Greenhough: »Ich glaube, Sie haben da etwas durcheinander gebracht.«

Roz ärgerte sich und wollte gerade antworten, dachte dann aber, dass es vielleicht tatsächlich so sein könnte. Möglicherweise. Sie hatte ein paar Notizen auf ihre Niederschrift gekritzelt, hatte sich aber nicht vergewissert, dass sie den gleichen Text vor sich hatten. Jedenfalls konnte sie sich jetzt nicht mehr genau erinnern. »Ich werde noch mal nachsehen«, sagte sie.

»Tun Sie das. Ich wusste nicht, dass Marcus diese Sachen gesehen hat. Ich werde ihn anrufen.«

Sein Tonfall deutete an, dass er das Gespräch beenden wollte. Einem spontanen Einfall folgend, sagte Roz schnell: »Da ist noch etwas, Dr. Greenhough…«

»Ja?«

»Wie würde ein russischer Sprecher das englische Wort ›cat‹ aussprechen?«

»›Cat‹?« Er dachte einen Moment nach. »Man würde so etwas wie einen ›e‹-Laut bekommen, so etwas wie ›ket‹.«

Holbrook hatte etwas anderes gesagt. Sie begriff das nicht. »Danke für Ihre Zeit. Wenn Sie herausfinden, worum es auf dem Band geht, würden Sie es mich dann wissen lassen?«

»Ja, nachdem ich mein Ergebnis der Polizei vorgelegt habe«, sagte er. So kamen sie zu einem relativ freundlichen Ende des Telefonats.

Als Roz nach Hause fuhr, war sie gereizt und schlechter Laune. Alles schien darauf angelegt, sie zu ärgern. Sie stand die meiste Zeit im Stau und kam nur langsam voran. Als sie auf Wicker Arches zukroch, fuhr der Wagen vor ihr gemütlich und langsam, auch wenn sich eine Lücke öffnete. Roz hatte große Lust, Gas zu geben und jede Lücke mit einem schnellen Überholmanöver zu schließen. Ihr Rücken kribbelte vor Anspannung und Ärger, und sie spürte, dass sie Kopfschmerzen bekam.

Endlich ließ sie die großen Straßen hinter sich, bog ab und

fuhr auf den kleinen Park zu, der ihrem Haus gegenüberlag. Mit einem Ruck schaltete sie unüberlegt heftig, um ihrer Wut Luft zu machen. Beim Einbiegen in die Einfahrt verursachte sie einen Kratzer, was ihr noch nie passiert war, obwohl sie scharf einbiegen musste. Sie schloss die Haustür auf und stellte ihre Taschen ab. Das Licht am Anrufbeantworter blinkte. Erleichtert drückte sie auf den Knopf, aber es war nur jemand von der Buchhandlung, der ihr mitteilte, dass ihr Buch zum Abholen bereitliege.

Verdammt, Luke! Er hatte Zeit genug gehabt, über ihre Nachricht nachzudenken. Bestimmt wusste er genau, wie sie sich fühlte. Er hätte sie anrufen sollen. Sie stieß ihre Tasche mit einem wütenden Tritt zur Seite, was zur Folge hatte, dass ihr Fuß schmerzte, sie noch wütender wurde und sich außerdem ziemlich idiotisch vorkam. Sie kochte eine Kanne Tee, setzte sich an den Tisch und ließ die Stille im Haus auf sich wirken.

Sie würde Luke Zeit geben müssen, sich zu besinnen. Den ersten Schritt hatte sie getan. Vielleicht wollte er mit niemandem reden. Sie durfte einfach nicht mehr daran denken. Sie holte ihre Aktentasche und suchte die Notizen, die sie bei dem Gespräch mit Marcus Holbrook gemacht hatte. Es war nicht viel – nur die Zeilen, die sie von der Niederschrift abgeschrieben hatte, und die Übersetzungen dazu, die er ihr gegeben hatte. Aber es konnte einfach nicht sein, dass sie einen Fehler gemacht hatte, dass sie »da etwas durcheinander gebracht« hatte. Sie erinnerte sich. Sie hatte Holbrook nicht die komplette Niederschrift gezeigt, sondern nur die Zeilen abgeschrieben, mit denen Gemma Schwierigkeiten gehabt hatte. Sie verglich sie mit dem Original: Sie hatte sie richtig abgeschrieben. Marcus Holbrook hatte ihr die Stellen falsch übersetzt. Warum?

Sie tippte mit dem Stift gegen die Zähne, während sie überlegte. Holbrook war sehr empfindlich. Vielleicht wollte er einfach verhindern, dass sie den Eindruck hatte, er habe auf dem Band etwas nicht verstanden. Aber sie fand das nicht überzeugend. Sie überlegte, ob sie zu ihm gehen und noch einmal mit ihm sprechen solle. Sie war sich klar, dass sie nicht viel über Holbrooks Arbeitsgebiete wusste – nur dass er irgendwie ein Experte für Russisch war. Sie ging zu ihrem Computer und loggte sich ins Intranet der Universität ein. Abends war nicht so viel los, und die Computer arbeiteten schnell. Sie suchte im Bibliothekskatalog nach Holbrooks Namen. Die Suche erbrachte eine ziemlich lange Liste von Büchern und Aufsätzen sowie einige neuere Zeitschriftenartikel. Die Bücher hatten recht vage Titel, und bei den Zeitschriftenartikeln schien es sich hauptsächlich um detaillierte Analysen von Veränderungen im modernen Russisch zu handeln. Ein kürzlich erschienener Titel fiel ihr auf. *Der Einfluss des Bilingualismus auf nenzisch sprechende Kinder: eine Fallstudie*. Nenzisch – die Sprache, die Gemma für ihre Doktorarbeit untersucht hatte. Der Artikel war von Holbrook selbst, von einem Stefan Nowicki und – von Gemma Wishart verfasst! Die Zeitschrift war letzten Sommer herausgekommen, was hieß, dass der Artikel einige Zeit früher geschrieben worden war, als Gemma noch in Sibirien gewesen war. Holbrook und Gemma hatten zusammen an einem Zeitschriftenartikel gearbeitet, und doch hatte Holbrook so getan, als kenne er sie kaum.

Dann fiel ihr der andere Name ins Auge. Nowicki war der russische Gelehrte, der geholfen hatte, Gemmas Forschungsarbeiten zu betreuen. Das mochte eine Erklärung sein. Wahrscheinlich hatten Holbrook und dieser Mann zusammengearbeitet. Sie hatten Teile von Gemmas Arbeit und ihre Ideen genutzt, deshalb stand ihr Name dabei – vielleicht hatte sie sogar einiges davon geschrieben –, aber Holbrook hätte sich wahrscheinlich nicht selbst um diese junge Nachwuchswissenschaftlerin gekümmert. Allerdings erklärte das immer noch nicht, warum er sie in Bezug auf das Tonband in die Irre geführt hatte.

Mit dem frustrierenden Gefühl, das sie immer befiel, wenn sie ein ungelöstes Rätsel auf sich beruhen lassen musste, steckte sie alles in ihre Aktentasche zurück. Sie hatte die Sache so weit verfolgt, wie sie konnte. Sie machte sich etwas zu essen und verbrachte dann eine Stunde mit Aufräumen, was dringend nötig war, stellte die Bücher und Zeitschriften, die überall herumlagen, an ihren Platz auf den Regalen, saugte an den schlimmsten Stellen den Teppich und wusch ab. Als sie den Küchentisch aufräumte, fand sie den Brief ihrer Schwiegermutter, den sie dort hatte liegen lassen, damit er sie an die bevorstehende Entscheidung erinnerte. Fast hätte sie ihn dort abgeheftet, wo sie alle Briefe von Jenny aufhob, aber dann nahm sie ihn und las ihn noch einmal. Jennys Vorschlag war in der Wortwahl fast zaghaft: *Warum besuchst du ihn nicht, Roz, nächstes Mal, wenn er nach Hause kommt? Ich hoffe, dass genau so etwas der Auslöser sein könnte, den er braucht.* Roz wusste, dass Jenny vergebens hoffte. Nathans Zustand würde sich nicht mehr bessern, oder jedenfalls nicht so weit, dass er sein früheres Leben wieder aufnehmen konnte. Sie spürte, wie sie innerlich zu der Entscheidung kam, die sie vor sich hergeschoben hatte, weil sie sie nicht treffen wollte. Aber sie musste es tun. Sie musste Nathan besuchen, weil sie jegliche Entscheidungen bezüglich ihres Lebens schon zu lange aufgeschoben hatte.

Und wenn sie ihn besuchen wollte, dann durfte sie es nicht mehr hinauszögern. Sie würde am Wochenende hinfahren, am Samstag.

Hull, Donnerstagabend

Lynne hatte einen langen Tag hinter sich, der nicht viel gebracht hatte. Sie mühte sich lustlos, ihre Büroarbeit nachzuholen, die in den letzten Tagen vernachlässigt worden war, als ihr Telefon klingelte und sie unterbrach. Es war Roy Farnham, vergnügt und freundlich, der sie im Fall Dornröschen aufs Laufende bringen wollte. »Wann bist du fertig?«, fragte er. »Ich habe ein paar Dinge, die dich vielleicht interessieren.«

Lynne sah den Stoß Arbeit vor sich an. »Ungefähr in einer Stunde.«

»Okay. Es bringt nichts, sich jetzt damit aufzuhalten. Gehen wir doch zusammen etwas essen. Dann kann ich es dir erzählen. Geschäftlich«, fügte er hinzu. Sie lachte und kehrte zu ihrem Computer zurück, war aber jetzt besserer Laune.

Es war zwei Stunden später, als sie und Roy an einem Tisch in dem kleinen italienischen Restaurant saßen, wo sie schon einmal gewesen waren.

»Bis jetzt wissen wir nur, dass sie aus Sibirien kommt.« Roy Farnham goss Wein in Lynnes Glas nach. »Und dann liegt sie tot im Humber. Noch etwas?«

»Noch nicht viel.« Lynne fasste die Informationen zusammen, die sie hatte sammeln können. »Aber jetzt habe ich eine klarere Vorstellung, woher sie kommt, und es ist leichter möglich, einen Namen zu finden.«

»Und was dann?«, fragte Roy.

Der Kellner stellte einen Korb mit Brot auf den Tisch. »Möchten Sie bestellen?«, fragte er. Sie waren später als beabsichtigt ins Restaurant gekommen. Zuerst wurde Lynne durch eine Anfrage aufgehalten, dann musste Roy sich einem Problem seiner Ermittlungsgruppe widmen. Wenigstens hatten sie beide Verständnis für den anderen, wenn so etwas passierte.

Lynne betrachtete die Speisekarte. Sie hatte den Tag damit zugebracht, Entscheidungen zu treffen. Jetzt wollte sie nichts mehr entscheiden. »Ich nehme einfach Pizza«, sagte sie. Roy nickte zustimmend, und der Kellner ging. Lynne bestrich heißhungrig ein Stück Brot mit Butter. »Ich weiß nicht«, sagte sie mit gedämpfter Stimme, »dann könnte es jemand ihrer Familie mitteilen. Sie war jung – neunzehn, zwanzig? Ich weiß, wo sie an dem letzten Tag bis zu der Zeit war, als sie das Krankenhaus verließ.« Sie erwähnte die Beratungsstelle, Nasim Rafiq und Matthew Pearse.

»Was ist mit ihnen?«, fragte er.

Sie berichtete kurz, wie Pearse Katja zum Krankenhaus gebracht hatte. »Er sah nicht, mit wem sie wegging, aber er hatte den Eindruck, dass sie nicht allein war«, sagte sie. »Dann ging er zurück zur Beratungsstelle. Aber mit dieser Rafiq ist irgendetwas. Vielleicht mag sie nur die Polizei nicht, das könnte sein. Es ist ihr jedenfalls nicht recht, wenn ich dort bin.«

Roy runzelte die Stirn. »Was tun sie dort in dieser Beratungsstelle?«

Lynne zuckte die Schultern. »Es scheint eine ziemlich unorganisierte Gruppe freiwilliger Helfer zu sein. Michael Balit – er koordiniert die Ehrenamtlichen – hat angedeutet, dass man die Stelle eilig eingerichtet hat, als es mit der Verteilung der Flüchtlinge losging. In den Räumen war früher ein Möbellager, und ehrlich gesagt, es sieht eigentlich immer noch so aus. Ich will mehr herausfinden. Etwas hat Katja dorthin getrieben. Es könnte die Art von Anlaufstelle sein, nach der ich suche. Aber im Moment sind sie mir gegenüber sehr abweisend.«

Roy sah sie an. »Wenn sie krumme Dinger drehen, ist das etwas für den Sicherheitsdienst.«

Das irritierte Lynne. Hier ging es um ihr Arbeitsgebiet. »Ich glaube nicht«, sagte sie. »Aber ich meine, sie könnten ein nützliches Zentrum für Kontakte sein. Für eine so vage Sache hole ich nicht den Sicherheitsdienst zu Hilfe.« Sie würde ihn überhaupt nicht holen, bevor sie nicht genau wusste, was da lief.

»Hast du nachgesehen, ob es im Strafregister etwas über sie gibt?« Roy füllte noch einmal Lynnes Glas. Aber er selbst trank nicht viel.

»Ich habe nichts finden können. Für Pearse gibt es keine Akte, und Rafiq ist rechtmäßig hier. Ihr Mann ist an der Uni. Er ist Ingenieur, und sie haben eine unbefristete Aufenthaltserlaubnis beantragt. Es gibt keinen Grund, weshalb sie sie nicht bekommen sollten. Aber eigenartig ist es schon.« Sie erzählte ihm von Rafiqs kleinem Sohn, der der Hauptgrund ihres Aufenthalts hier war, dass er zu erblinden drohte und behandelt wurde. »Aber ich glaube nicht, dass sie ihren Sohn gefährden würde. Oder die Arbeit ihres Mannes. Und die Konsequenzen, wenn sie bei unsauberen Unternehmungen mitmachen würde, müssen ihr bekannt sein.« Als sie darüber sprach, wurde ihr klar, wie viel Zeit sie schon darauf verwendet hatte, etwas über Katjas letzte Stunden zu erfahren. »Irgendwas Neues über Angel Escorts?«

Er schüttelte den Kopf. »Die Website ist verschwunden. Sie wurde mit einem anonymen Link ins Netz gestellt. Das lässt sich leicht machen, wenn man sich auskennt. Wir können sie nicht mehr aufspüren.«

»Luke Hagan kennt sich aus.« Die Seite war jetzt bestimmt woanders und unter einem anderen Namen platziert. Bei den vielen Seiten von Begleitdiensten war es unwahrscheinlich, dass man sie finden würde. Ihre Pizzas wurden serviert, und während der Kellner mit Pfeffermühle und Salatdressing hantierte, unterbrachen sie ihr Gespräch. Als sie wieder allein waren, informierte Lynne ihn über ihre neuesten Erkenntnisse. »Der Pathologe meint, die Frau aus Sibirien – Katja – sei ertrunken. Wahrscheinlich hat er Recht. Ich wäre nur froh, wenn es etwas schlüssiger wäre. Es ist ein zu großer Zufall, dass Gemma Wishart mit dieser Sache beschäftigt war und dann ermordet wird.«

Roy überzeugte das nicht. »Ich weiß nicht«, sagte er. »Wir haben einige Ähnlichkeiten – aber ich sehe auch die Unterschiede. Das Problem ist, über die ersten beiden Leichen wissen wir einfach nicht genug – wurden die Frauen wie Wishart vergewaltigt? Alle Spuren sind verschwunden. Und Wishart wurde erwürgt.« Wogegen bis jetzt noch niemand genau wusste, wie Katja und die Frau bei Ravenscar umgekommen waren. »Ist

Wisharts Mörder ein Nachahmungstäter? Gab es etwas Bedrohliches in dem Bericht, das zu ihrer Ermordung führte? Welchen Sinn hätte das gehabt? Man hätte doch leicht jemand anderen damit beauftragen können.«

Er hatte Recht. Gemma Wishart hatte ihnen nur eine genauere Einschätzung von Katjas Herkunftsort ermöglicht. Wenn man das mit den anderen Dingen kombinierte, die sie schon wussten, hätte es eventuell zu einer Identifizierung führen können. Aber Wisharts Ermordung konnte das nicht verhindern. Doch jemand hatte ihre Dateien gelöscht. »Die Frau, mit der ich gesprochen habe, Roz Bishop, sagt, dass Wishart noch weiter an dem Bericht arbeiten wollte.«

Roy Farnham nickte. »Ich habe mit den Leuten da drüben gesprochen. Ein paar von Wisharts Dateien sind aufgetaucht. Sie hat nach etwas gesucht, aber niemand scheint zu wissen, was es war. Ich lasse das Band von jemand anderem untersuchen, aber die Chance ist recht gering, dass er noch etwas findet. Sein Name ist Greenhough, er sitzt in York.« Lynne wurde bewusst, welch nebensächliche Rolle sie spielte, weil sie nicht zu der Ermittlungsgruppe gehörte, die sich mit dem Fall befasste. »Ich habe ihm gesagt, er soll dich mit einbeziehen«, fügte er hinzu, und sie fragte sich, ob er ihr etwas angesehen hatte. »Im Augenblick können wir uns nur auf sehr wenige Dinge stützen«, sagte er. »Der Freund hatte ein Motiv, er hatte die Gelegenheit – er hat kein Alibi –, aber wir haben nichts gefunden, das ihn definitiv belastet. Trotzdem«, fügte er hinzu, »haben wir jetzt einen Tatort und einen Zeugen. Das wollte ich dir sagen.«

Er beschrieb das Auto, das halb versteckt unter den Felsen im Peak District in Derbyshire gestanden hatte.

»Und dort ist sie getötet worden?« Lynne stellte sich die schmale, kurvenreiche Straße über die Pennines vor, die sie selbst oft gefahren war, als sie noch in Sheffield wohnte.

Er zuckte die Schultern. »Sieht so aus. Es ist Wisharts Blut.

Sie wurde mit großer Wahrscheinlichkeit in dem Auto oder in der Nähe ermordet, sie blutete bereits im Wagen und blutete immer noch, als sie herausgezogen wurde. Und der Motor springt nicht an. Etwas scheint einen Kurzschluss im Anlasser verursacht zu haben, und so konnte es nicht weit wegbewegt werden.«

Lynne sah ihn an. »Und der Zeuge?«

»Wir haben jemanden, der Wisharts Auto in Glossop sah, oder ein Auto, das genau wie ihres aussah. Er sagt, er hätte es etwa gegen halb acht am Marktplatz stehen sehen. Er hätte vermutet, dass der Fahrer von der Zelle aus telefonierte.«

Lynne überlegte. »Sie hat in Glossop angehalten, um zu telefonieren? Und dann ein bisschen später, zehn Minuten außerhalb von Glossop, telefonierte sie noch einmal mit ihrem Handy.«

Farnham schüttelte den Kopf. »Ich weiß nicht. Der Typ sagte, er hätte vermutet, dass sie in der Zelle telefonierte, aber er war nicht sicher. Interessant ist, dass die Gesprächsaufzeichnungen der Telefonzellen zeigen, dass jemand um neunzehn Uhr einunddreißig Luke Hagans Nummer angerufen hat.«

»Wishart hat also Luke Hagan ein Mal aus einer Zelle in Glossop und ein Mal oben vom Snake Pass aus angerufen?« Lynne grübelte.

»Wenn wir annehmen, dass beide Anrufe von Wishart gemacht wurden«, sagte Farnham.

»Wie war das Wetter?« Lynne suchte nach einem Grund, von einer Zelle aus zu telefonieren, statt im sicheren Auto zu bleiben und ein Mobiltelefon zu benutzen.

»Es hat geschüttet.« Farnham wartete einen Moment darauf, ob sie noch etwas zu sagen hatte, dann fuhr er fort: »Wir fragten uns, ob vielleicht der Akku im Handy fast leer war, und sie deshalb die Idee hatte, von der Telefonzelle aus anzurufen. Vielleicht nur, um Hagan die ungefähre Zeit ihrer Ankunft durchzugeben, oder um ihn wissen zu lassen, dass sie an diesem

Abend nicht mehr käme. Dann hat sie eine Panne – wir wissen, dass etwas mit der Zündung nicht stimmte, und sie ruft Hagan zu Hilfe.«

»Allerdings war keine Nachricht auf seinem Anrufbeantworter. Jedenfalls sagt er das.« Es war einfach nicht logisch. »Wenn in meinem Handy der Akku fast leer wäre, und ich hätte im Winter auf der Passstraße eine Panne, würde ich eher den Automobilclub anrufen, als meinen Freund zu benachrichtigen. Besonders wenn der nicht zu Hause ist.«

Farnham hatte daran offensichtlich auch schon gedacht, denn er nickte und fuhr fort: »Irgendjemand hat diesen Anruf gemacht. Entweder Wishart oder auch jemand anderes.«

Jemand anderes – das könnte fast mit Sicherheit der Mörder gewesen sein. »Warum Hagan anrufen?« Um sich nach einer erledigten Aufgabe zurückzumelden?, fragte sich Lynne. Gemma Wishart – von ihrem eifersüchtigen Freund oder ihrem rachsüchtigen Zuhälter umgebracht.

Farnham erriet ihre Gedanken. »Drei tote Prostituierte. Hatten sie den gleichen Zuhälter? Ich brauche Angel Escorts, Lynne.« Das dick belegte Stück Pizza in seiner Hand drohte durchzubrechen, und er beschloss, es sich schnell in den Mund zu stopfen. »Sorry«, sagte er mit gedämpfter Stimme. Nach einem Moment sprach er weiter. »Und dann ist da das Zimmermädchen des Hotels, das immer noch verschwunden ist.«

»Ich bin auf der Suche«, sagte Lynne. »Aber es dauert einfach.« Sie fuhr sich über die Stirn, sie war müde.

»Schon gut«, sagte er und nahm die Weinflasche.

Lynne legte ihre Hand über das Glas. »Ich bin dir sowieso schon voraus«, sagte sie.

»Ich muss fahren«, erinnerte er sie. Lynne hatte ihren Wagen vorher nach Hause gebracht, und sie waren gemeinsam in seinem gekommen. Er lächelte ihr herzlich zu. »Ich will dich nicht betrunken machen«, sagte er, »höchstens vielleicht ein bisschen unbekümmert.« Er stellte die Flasche hin und schlug wieder einen sachlichen Ton an. »Vielleicht würde es sich lohnen, es noch einmal mit dem Hotel zu versuchen, mit der Chefin. Sie heißt Fry.«

13

Hull, Freitagvormittag

Lynne Jordan hatte das Gefühl, dass sich Teile des Falls zusammenfügten, aber sie ergaben immer noch kein Muster, in dem sie ein Bild erkennen konnte. Sie war sicher, dass Nasim Rafiq mehr wusste, als sie zugab. Angel Escorts. Frauen wurden im Internet zum Verkauf angeboten. War es denkbar, dass es ein Bindeglied zwischen der schäbigen Beratungsstelle und der Begleitagentur gab? Allerdings nahmen sich Pearse und Rafiq als Menschenhändler-Team denkbar unglaubwürdig aus. Sie erinnerte sich an Farnhams Bemerkung vom Abend zuvor und fühlte sich unwohl.

Sie hatte den Eindruck, ganz am Anfang der Ermittlung einen dummen Fehler gemacht und wichtige Informationen übersehen zu haben, die jetzt verloren waren. Sie hatte die Angel-Website gefunden, hatte dort die tote Frau entdeckt und sie identifiziert. Aber sie hatte sich von Farnhams Ermittlung ablenken lassen, und als ihr einfiel, dass sie zu der Website zurückkehren sollte, war sie bereits verschwunden. Sie hatte nur die Bilder von »Jemima«, Gemma Wishart. Aber der Rest der Internetseite hätte wertvolle Hinweise enthalten können. Wishart war Engländerin, aber einige der anderen Frauen auf der Seite nicht, und dies waren die Frauen, die Lynne finden musste. Sie hatte sich von dem Fall Wishart ablenken lassen und ihre eigene Arbeit vernachlässigt.

Sie überdachte noch einmal, was sie übersehen haben könnte. Eine Fährte zu der Person, die die Internetseite ins Netz gestellt hatte? Wahrscheinlich nicht. Wenn eine Website anonym ins Internet gestellt wurde, war es schwer, dem Anbieter auf die Spur zu kommen. Aber der Zweck der Seite war die Kontaktaufnahme. Eine Pornoseite, das war eine Sache, aber die Internetseite eines Begleitservices war sinnlos, wenn Männer keinen Kontakt aufnehmen und sich eine der Frauen bestellen konnten. Die Telefonnummern? Hätten die etwas gebracht? Oder hatten sie alle Nummern geändert, als sie merkten, was mit Jemima geschehen war? Hätte sie die Nummern gehabt, dann hätte sie damit die ungefähren Telefonstandorte ausfindig machen können, und wenn sie noch benutzt wurden… Auf dem Mobiltelefon, dessen Nummer auf der Angel-Escorts-Karte gestanden hatte und mit dem bei Luke Hagan angerufen worden war, herrschte laut Farnham hartnäckige Funkstille.

Sie hatte lediglich die Bilder von Jemima, die Farnham mehr nützten als ihr. Sie öffnete die Datei, in der die Bilder abgespeichert waren, und betrachtete sie noch einmal. Das Bild einer unschuldigen, jungen Frau in Jeans und T-Shirt mit windzerzaustem Haar, die in die Kamera lächelte. Dann die anderen – das mit dem mutwilligen Lächeln über hochgezogenen Knien, ein verräterisches Bild, das aber einen unerwarteten Charme hatte. Und die Fotos mit den Fesseln, auf denen Gemma Wishart stand und die zusammengebundenen Handgelenke hoch über den Kopf streckte, und der ganze Körper so straff in die Höhe gereckt war, dass ihre Zehen gerade noch den Boden berührten. Ihre Augen blickten herausfordernd und einladend direkt aus dem Bildschirm heraus. Und das letzte Foto. Lynne fand es sehr düster und im Halbdunkel mehr verdeckend als enthüllend, es war eher unheimlich als verlockend. Oder kam ihr das nur so vor, weil sie das andere Bild von Gemma Wishart gesehen hatte, auf dem sie wie eine obszöne Parodie dieses Fotos wirkte und tot in der Badewanne lag? Frustriert betrachtete sie die Bilder, die ihr, hätte sie nur etwas mehr Informationen, so viel sagen könnten. Luke Hagan hatte die Bilder aufgenommen, aber Farnham glaubte nicht, dass er etwas mit Angel Escorts zu tun hatte. Sein Lebensstil und seine Tätigkeit passten nicht zu dem Profil eines Mannes, der Geschäfte mit Prostituierten machte. Sie suchte auf den Bildern nach eventuell übersehenen Details, ein Blatt Papier, ein Notizbuch, ein Brief, möglicherweise mit dem Hinweis von Wishart: *Luke Hagan hat mich umgebracht*. Während sie nachdachte, fuhr sie mit der Maus die Linien und Kurven der Gestalt auf den Bildern nach.

Es war ein geschmackloser Scherz. Als der Cursor über das Schamhaar der zurückgelehnten Gestalt glitt, erschienen auf dem dunklen Schatten eine Hand und die Worte *Komm näher und lerne mich besser kennen* auf dem Bildschirm. Es war ein Hyperlink, der an eine andere Stelle weiterführte. Auf eine andere Internetseite oder einen anderen Teil dieser Website? Hatte sie diese andere Seite vielleicht damals mit den Bildern heruntergeladen? Sie hielt die Luft an, als sie auf die Stelle klickte, und atmete erst wieder aus, als sie sah, dass sich neue Fotos auf dem Bildschirm aufbauten.

Es war eine Reihe kleiner Bilder, auf denen nach dem gängigen Schema auf jedem Foto immer ein bisschen mehr gezeigt wurde, bis daraus plumpe anatomische Details wurden. Hier war Wishart in greller Beleuchtung im Stehen oder auf einem Stuhl sitzend aufgenommen. Aber diesen Fotos fehlte die Raffinesse der anderen Aufnahmen, und sie schienen mehr auf Enthüllung des Körpers angelegt. Lynne fragte sich, ob Luke Hagan sie gemacht hatte. Sie vermittelten nicht den Eindruck einer persönlichen Beziehung zwischen dem Modell und dem Fotografen, die sie in den früheren Bildern erkannt hatte.

Sie würde Farnham später am Abend in ihrer Wohnung sehen, aber diese Sache konnte nicht so lange warten. Sie nahm den Hörer, und fünf Minuten später war er in ihrem Büro und betrachtete sich die Bilder auf dem Monitor. Er zog die Augenbrauen hoch und führte selbst den Cursor über das Foto. *Komm näher und lerne mich besser kennen.*

»Ein bisschen morbid«, sagte er, runzelte die Stirn und sah sich die Bilder genauer an, die bei Aktivierung des Links erschienen. Er zoomte das Gesicht und dann den Oberkörper nahe heran, und seine Augen wurden schmal und nachdenklich. »Ich bin mir nicht sicher ...«, sagte er und vergrößerte eines der Bilder auf Monitorgröße. Es war ein plumpes Foto mit geschmacklosen anatomischen Einzelheiten. »Jemima« lag auf einem Teppich, strich sich über die Schamhaare und lächelte entrückt in die Kamera. »Sieh mal«, sagte er. Er rief wieder die Hell-Dunkel-Studie, das Bild mit dem Hyperlink, auf, ein von Luke Hagan aufgenommenes Foto. Lynne beobachtete, wie er zwischen diesem und dem anderen Bild hin- und herwechselte.

Jetzt sah sie es auch. »Es ist nicht die gleiche Frau«, sagte sie. Auf beiden Bildern lehnte sich die Frau zurück. Auf dem ersten sanken trotz der über den Kopf erhobenen Hände ihre Brüste durch ihr eigenes Gewicht zur Seite. Obwohl auf dem kleineren Foto bei den veränderten Schwerkraftbedingungen ihre Körperhaltung kaum anders aussah, ragten ihre Brüste so steil nach oben wie auf der Zeichnung eines Jugendlichen, als gehörten sie nicht an ihren Körper. Implantate. Gemma Wishart hatte keine Brustimplantate gehabt. Das Gesicht auf den kleineren Fotos gehörte Gemma Wishart, aber nicht der Körper.

Sie sahen sich an. »Das ist ja widersinnig«, sagte Farnham.

»Vielleicht wollte sie ihre Bilder schnell im Netz haben?«, schlug Lynne vor. »Und sie nahm welche, die gerade zur Verfügung standen, und hat sie frisieren lassen?«

»Es wäre schneller und einfacher gewesen, die eigenen Bilder zu verwenden«, sagte er. »Und warum sind sie überhaupt da? Und wenn sie zu sehen sind, warum sie dann verschwinden lassen?« Das war Lynne auch ein Rätsel gewesen. Die primitiven, überdeutlichen Fotos waren nicht untypisch für viele Pornoseiten, von denen es im Web immer mehr gab, aber sie passten nicht zu den Bildern, an die sie sich von der Angel-Website her erinnerte. Das waren Bilder von Glamourgirls, jede Menge Po und Busen, zugegeben, aber darauf angelegt, dem Internet-Surfer Appetit zu machen. *Du siehst nur das hier. Manche Leute können alles sehen, alles tun. Ruf uns einfach an…* Und sie hatte zugelassen, dass diese Website verschwand.

»Was meinst du?«, fragte sie.

»Anderson hält die Website für eine Fälschung«, sagte er. »Oder diese Bilder. Fast glaube ich das auch schon. Wir haben uns Gemma Wisharts Vergangenheit angesehen, und es gibt nichts, *absolut nichts*, das diese Sache mit der Begleitagentur bestätigt. Niemand weiß etwas davon, nirgendwo gibt es verstecktes Geld, keine Zeiten in ihrem Leben, für die es keine Erklärung gibt – oder jedenfalls nicht viel Zeit. Nur das hier.«

Lynne erinnerte sich, dass ihr die Bilder von Jemima von Anfang an ungewöhnlich vorgekommen waren. Das erste Bild war kein Foto im Stil eines Glamourgirls. Sie erinnerte sich, dass Des Stanwell sie »piekfeine Studentin« genannt hatte. Die anderen Jemima-Bilder waren düsterer als die erotische Verlockung, die ihr von den restlichen Fotos in Erinnerung geblieben war. Sie fragte sich, wie leicht es wohl wäre, an einer schon existierenden Website etwas zu verändern. »Ich glaube, die Seite war echt«, sagte sie. »Eine meiner Kontakte, eine der Prostituierten, hat den Namen erkannt. Und der Rest der Seite war anders als die Jemima-Seiten. Ich glaube, Angel Escorts gibt es wirklich.«

Er sah nachdenklich aus. »Vielleicht«, sagte er. »Es gibt eine oder zwei Richtungen, in die wir noch ermitteln müssen.«

Sie waren zu der Adresse gefahren, die Celia Fry ihnen als die von Anna Krleza gegeben hatte. »Natürlich niemand zu Hause«, sagte er. »Aber jemand muss dagewesen sein – ihre Sachen waren gepackt. Es sah aus, als hätte sie es beim Weggehen sehr eilig gehabt. Aber wir haben das hier mitgenommen.« Er zeigte ihr ein Foto. Lynne betrachtete es. Es war das Brustbild einer dunkelhaarigen jungen Frau mit blassem Gesicht und dunklen Augen.

»Es sieht aus wie ein Passfoto«, sagte sie.

Farnham lächelte, blieb aber ernst dabei. »Ist es auch«, sagte er. »Ein junger Mann war in einem der Zimmer im Erdgeschoss. Er sagte, er hätte sich um ihre Sachen gekümmert, da sie eine Weile schon nicht mehr da gewesen sei. Am Montagabend sei jemand ins Zimmer eingedrungen. Er sei auf der Feuerleiter hinaufgestiegen, um nachzusehen, und hätte den Störenfried, wer immer es war, weggejagt.«

Aber er hatte nicht die Polizei angerufen. »Anna Krleza hat einen Pass?«

»Ausgestellt auf den Namen Sheila Lovell. Die Fälschung wäre sofort beim ersten Vorzeigen aufgefallen; wer immer ihn gefälscht hat, hatte einen gestohlenen Pass benutzt.« Farnham zuckte die Schultern. Jemand half also den Menschen, sich falsche Pässe zu verschaffen, jemand half ihnen, Arbeit zu finden. »Okay« – er warf ihr ein kurzes Lächeln zu – »bis später.«

Sheffield, Freitagvormittag

Als Roz zur Arbeit fuhr, regnete es. Dichter, anhaltender Regen fiel von einem gleichmäßig grauen Himmel. Die Luft war kalt, und der Wind, der um das Arts-Tower-Gebäude wehte, drehte die Schirme nach oben und peitschte ihr den Regen ins Gesicht und auf den Kopf. Als sie im Schutz des Eingangs stand, schüttelte sie sich. Dave, der Portier, grüßte sie mit einem Grinsen. »Schöner Tag heute, was?«

Der Paternoster war voller Studenten, die sich angestellt hatten, um in ihre Tutorenkurse und Seminare zu gelangen. Roz schob sich durch die Menge zum Treppenhaus, und sobald die Tür zugefallen war, wurde ihr die Stille ringsum bewusst. Sie ging langsam die Treppe hinauf, aber ihre Beine wollten nicht so recht. Ihr gewohnter Schwung und die erwartungsvolle Spannung waren weg, und während sie hinaufstieg, versuchte sie herauszufinden, warum sie sich schlecht fühlte. Wegen Gemmas Tod? Er war in ihr ruhiges Arbeitsleben eingebrochen, und hatte es vergiftet. Aber die Arbeit war geblieben, schien aber nicht mehr auszureichen.

Dieses Problem beschäftigte sie immer noch, als sie in ihr Büro trat. Sie sah rasch in ihrer Ablage nach, aber da waren nur Hausmitteilungen in einem schäbigen, immer wieder verwendeten Umschlag. Sie rief das Institut für Europäische Studien an, wo die Sekretärin am Apparat war. Marcus Holbrook war nicht da. »Wann könnte ich ihn denn am besten erreichen?«, fragte Roz.

»Ich glaube, er kommt heute nicht«, sagte die Frau. »Lassen Sie mich kurz nachsehen.« Sie hörte Papier rascheln. »Nein, er hat heute keine Veranstaltungen, sieht so aus, als ob er heute nicht kommt.«

»Okay.« Roz war genauso frustriert wie zuvor. »Sollte er doch kommen, würden Sie ihn dann bitten, Roz Bishop anzurufen?« Sie gab der Frau ihre Durchwahlnummer.

Da hörte sie ein Klopfen an ihrer Tür, draußen räusperte sich jemand. Ein junger Mann stand im Flur. Sie sah helles Haar und ein gewinnendes Lächeln, bevor sie Sean erkannte. Sein Haar war feucht, sein Mantel durchnässt, aber er wirkte vergnügt und zufrieden. Auf sie allerdings wirkte er eher deprimierend, denn sie war wirklich nicht in der Stimmung für Sean.

»Sean«, sagte sie und klang kühl. »Kann ich etwas für Sie tun?«

»Ich kann etwas für *Sie* tun«, sagte er mit einem fröhlichen Grinsen.

Roz hatte keine Lust für irgendwelche Spielchen. »Wollten Sie etwas von mir?«

Er schwieg und schien über etwas nachzugrübeln. Dann sagte er: »Sie haben mich doch gebeten, etwas für Sie nachzusehen.«

Gemmas Fragen! Er hatte gesagt, er würde nachsehen, was genau sie gesucht hatte. Roz hatte angenommen, er würde es vergessen. Sie spürte, dass sie rot wurde. »Tut mir Leid«, sagte sie, »ich hatte es vergessen.«

Er reagierte leicht gereizt. »Das heißt, Sie brauchen es nicht mehr?«

»Doch, doch, natürlich brauche ich es. Ich hatte nur vergessen, dass Sie gesagt hatten…« Das war wahrscheinlich noch schlimmer, denn sie teilte ihm indirekt mit, dass sie ihn komplett vergessen hatte. »Ich hatte nicht erwartet, dass Sie etwas finden würden«, verbesserte sie sich.

»Also eigentlich…« Er sah zerknirscht aus. »Eigentlich habe ich auch nichts gefunden. Ich weiß nur, dass sie sich die Dateien angesehen hat, aber wenn sie das gefunden hat, was sie suchte, gibt es dafür keinen Beleg.«

»Und Sie sind in diesem Wetter hier herübergekommen, um mir das zu sagen?« Roz fand das amüsant und war gerührt. »Das ist eine Tasse Kaffee wert.«

»In Broomhill gibt es ein neues Lokal«, sagte er sofort. »Wir könnten…«

Sie schüttelte den Kopf. »Nein, wir haben Kaffee hier. Ich hole welchen. Milch? Zucker?« Luke machte es nie etwas aus, wenn Roz seinen Kaffee an Besucher ausschenkte. Sie ging in sein Zimmer und merkte, dass Sean sich an ihre Fersen geheftet hatte. Sie erschrak, als sie die Tür öffnete. Als sei Platz frei geworden, standen auf Lukes Schreibtisch verpackte neue Geräte. Alles war umgeräumt, und Roz vermutete, dass zwei Computerplätze für die neuen Mitarbeiter entstanden waren, die Joanna erwähnt hatte.

Während Roz die Kaffeemaschine in Gang setzte, sah sich Sean im Zimmer um. »Ihr seid gut ausgerüstet«, sagte er, schlenderte umher, betrachtete die Geräte, spielte an den Knöpfen herum und sah sich die Handbücher an. Er wirkte wie ein Kind, das neue, interessante Spielsachen betrachtet.

»Es ist alles ziemlich normaler Standard«, sagte sie. »Wir könnten uns in unserer Einkommensgruppe nicht den allerneuesten Stand der Technik leisten.« Sie goss zwei Tassen Kaffee ein.

»Arbeitet Luke Hagan hier?« Er sah sich um, als erwarte er, dass Luke jeden Moment aus einem Schrank herauskäme.

»Ja.« Roz überlegte, woher er Luke wohl kannte.

»Gemma ging mit ihm, oder?« Er nahm die Tasse, die sie ihm hinhielt. »Danke. Hey, das ist richtig guter Kaffee.«

»Ich habe keine Ahnung.« Roz wollte nichts Persönliches mit ihm besprechen.

»Oh, Gemma hat über ihn gesprochen«, sagte er und sah sich immer noch um. »Sie sagte, er hätte ein echt cooles Motorrad.«

Roz sagte unverbindlich: »Hm.«

»Eine Vincent Black Shadow. Von denen gibt es nicht allzu viele. Gemma sagte, er hätte sie frisieren lassen. Sie würde losschießen wie eine Rakete.« Wenn Luke hier wäre, hätten sich zwei Motorradfreaks gefunden, dachte Roz. »Die Maschine würde ich gerne sehen«, fuhr Sean fort. »Ich interessiere mich für Motorräder«, fügte er überflüssigerweise hinzu. »Ist er hier?«

»Nein, er ist nicht da.« Wirklich schade. Eine Unterhaltung zwischen Sean und Luke über Motorräder hätte Roz entlastet. »Also, haben Sie sich schon entschlossen, was Sie als Nächstes tun wollen?« Sie versuchte, wieder gutzumachen, dass sie so barsch gewesen war, und wollte außerdem über Joannas Pläne herausfinden, ob sie wirklich vorhatte, Sean eine Stelle als Forscher in der Law-and-Language-Gruppe zu geben.

»Nein«, sagte er nach kurzer Pause. »Ich überlege noch. Warum?« Er lächelte, und seine Augen hatten wieder diesen verführerischen Glanz.

Roz wechselte schnell zu einem neutralen Thema. »Sehen Sie heute Professor Holbrook? Ich habe versucht ihn telefonisch zu erreichen, aber er war nicht da.«

Er schüttelte den Kopf. »Freitags ist er nicht da. Soll ich ihm etwas ausrichten?«

»Nein, so eilig ist es nicht.« Roz wusste noch nicht, wie sie ihre Frage formulieren sollte, wenn sie Holbrook treffen würde. *Warum haben Sie mich angelogen?*, klang ein bisschen ... direkt.

Er schaute auf seine Tasse hinunter und sagte mit einem bedeutungsvollen Blick: »Ich habe diese Karten noch. Falls Sie sich's anders überlegt haben.«

»Nein«, sagte Roz bestimmt. »Ich habe es Ihnen ja gesagt. Ich habe zu viel zu tun.«

Das war ein Fehler. »Wir könnten mal zusammen etwas trinken gehen«, sagte er sofort. »Irgendwann, wenn Sie nicht zu beschäftigt sind.«

»Sean«, sagte sie, »ich habe Ihnen doch gesagt, dass ich verheiratet bin.«

Er schien wieder verärgert. »Mit Luke Hagan gehen Sie etwas trinken.«

»*Was* haben Sie gesagt?« Jetzt wurde sie wirklich ärgerlich.

»Es tut mir Leid«, sagte er, aber es klang nicht nach Reue. »Gemma hat es mir erzählt. Sie sagte, dass er Sie sehr mag. Na ja, ich mag Sie auch. Ich hab Ihnen ein Geschenk mitgebracht.«

Roz schloss die Augen. Sie musste dies alles gleich jetzt im Keim ersticken. »Sean, ich will keine Geschenke, und mein Privatleben geht Sie nichts an.«

»Sie würden es bestimmt haben wollen«, sagte er. »Es ist eigentlich kein Geschenk. Es hat mit der Arbeit zu tun. Ich dachte nur, es würde Sie freuen.« Er wühlte in seinen Taschen und zog eine CD-Hülle heraus. »Es ist die Pilotversion des Archivs. Es wird noch ewig lange nicht öffentlich zugänglich sein. Deshalb hab ich Ihnen eine Kopie davon gebracht.«

Sie fuhr sich über die Stirn. »Wird Professor Holbrook nichts dagegen haben?«

Er lächelte. »Das wird er nicht, weil er es nicht weiß.« Er fügte schnell hinzu: »Geht schon in Ordnung. Es ist nur, weil er weiter daran arbeiten will. Hier.«

Sie nahm die CD-ROM, obwohl sie kein gutes Gefühl dabei hatte, und sagte: »Danke«, wobei sie sich nicht sicher war, was er nun erwartete.

»Also, wenn Sie nicht mit mir reden wollen, dann gehe ich wohl besser.« Er wartete einen Moment, um zu sehen, ob sie darauf reagierte.

Roz beachtete seinen Wink mit dem Zaunpfahl nicht und sagte: »Vielen Dank für die CD hier.«

Er wartete noch kurz und sagte dann: »Okay. Wir sehen uns wieder mal«, und ging. Sie ließ ein paar Minuten verstreichen, bis er weg war, dann kehrte sie in ihr Büro zurück.

Das Archiv. Sie drehte die CD-ROM mehrmals um. Sie würde sie später ansehen. Sie überlegte, ob Greenhough wohl eine Kopie davon hatte und ob er etwas ausfindig gemacht hatte. Vielleicht sollte sie ihn noch einmal anrufen. Doch dann dachte sie, es gebe keinen Grund dafür. Eigentlich konnte sie es nicht verantworten, so viel Zeit auf diese Sache zu verwenden. Wenn sie eine Stunde freihatte, würde sie das Archiv durchsehen, ob ihr etwas auffiel. Sonst konnte sie nichts mehr tun, und würde es einfach vergessen müssen.

Sie sah auf die Uhr. Um zwölf hatte sie eine Vorlesung. Also verdrängte sie die bedrückenden Gedanken und beschloss, den Rest des Vormittags, die wenige Zeit, die davon noch blieb, auf das Programm zu verwenden, das sie zusammen mit Luke ausgeheckt hatte. Aber sie kam nicht voran. Sie ging nur noch einmal die Teile durch, die sie schon getestet hatten, und hätte Luke beinah angerufen, entschied sich aber dann, es nicht zu tun. Sie konnte sich nicht konzentrieren. Luke und Joannas Pläne und ihr bevorstehender Besuch bei Nathan – all das bedrängte sie. Am Abend zuvor hatte sie ihre Schwiegermutter angerufen und von ihrem Plan erzählt, bevor sie es sich anders überlegen konnte. »Ich bin so froh, Roz«, hatte Jenny gesagt.

»Jenny, ich glaube nicht, dass es etwas ändern wird.« Roz konnte es nicht ertragen, dass sie sich falschen Hoffnungen hingab, und konnte es auch nicht verkraften, erneut ihre Enttäuschung und ihren Schmerz mit ansehen zu müssen. »Ich glaube nicht, dass er sich an mich erinnern wird.«

»Das weiß ich.« Aber dass Jenny so schnell auf Roz' Zweifel einging, war bestimmt nur eine Ausflucht. »Pass auf, Roz, lass es uns versuchen. Und bring Fotos mit. Wir probieren es.«

Während Roz daran dachte, schloss sie die Augen. Vielleicht konnte sie welche finden. Sie könnte die Fotos von Clifton Down mitnehmen, die sie an dem Tag aufgenommen hatten, als sie den verrückten jungen Neufundländer eines Freundes ausgeliehen hatten und mit ihm herumrannten, Frisbee spielten und auf dem Rasen wilde Scheinkämpfe ausfochten, bis sie erschöpft waren. Sie erinnerte sich, dass der Hund – wie hieß er noch mal – Nathans Fuß ins Maul genommen, ihn über das Gras geschleppt und dabei mit gespielter Wildheit geknurrt hatte. Roz hatte so lachen müssen, dass sie den Fotoapparat fast nicht halten konnte.

Sie war erleichtert, als sie in den Hörsaal gehen konnte, wo ihr größtes Problem wahrscheinlich nur unaufmerksame Studenten sein würden. Sie hatte ihre Notizen zur Vorlesung nicht mehr durchgelesen, was sie sonst fast immer tat, aber sie hatte das Thema im Kopf. Sie wollte darüber reden, wie man aus der Art, wie jemand sprach, auf den Herkunftsort der Person schließen konnte. Diesen Teil der Vorlesung leitete sie immer mit dem Fall des Yorkshire Ripper und mit dem Tonband ein, auf dem die

Stimme sagte – oder vielleicht vorlas, wie Roz immer dachte: »I'm Jack …« Sie sprach über den Akzent auf diesem Band und die feinen Nuancen, mit deren Hilfe man bestimmen konnte, ob der Sprecher aus der Gegend nördlich oder südlich des Tyne kam. Sie sah, dass sich eine Hand hob, und nickte dem Fragenden zu. Es war ermutigend, wenn Studenten sich während der Vorlesungen zu Wort meldeten, es zeigte, dass sie zuhörten und sich für das Thema interessierten. »Stimmt es«, sagte der junge Mann, »dass es gelang, ihn auf ein Gebiet innerhalb von ein paar Straßen einzugrenzen?«

»Das ist behauptet worden«, sagte Roz vorsichtig. »Aber dafür würde ich lieber erst Beweise sehen – wie zum Beispiel die Person, die diese Bänder tatsächlich herstellte. Ich bin nicht überzeugt, dass man heutzutage jemanden so genau einer Gegend zuordnen kann.«

»Aber ich dachte, sie hätten ihn gefangen?«, fragte eine Studentin, die vorn saß.

»Nicht die Person, die die Bänder besprach«, sagte Roz. »Und das sollte man sich merken. Man kann bis ins Detail Recht haben, und es wird eventuell doch nichts helfen. Diese Bänder haben tatsächlich die Ermittlungen verlangsamt, und derjenige, der sie besprochen hat, wurde nie gefunden.«

Als sie ins Büro zurückkam, klingelte das Telefon. Sie legte schnell die Notizen weg und nahm ab. Es war Marcus Holbrook. »Elizabeth hat mir ausgerichtet, dass Sie versucht haben, mich zu erreichen«, sagte er. Er klang verdrossen, und sie sah sein unzufriedenes Gesicht direkt vor sich.

Roz überlegte schnell. Sie wollte lieber ein Gespräch unter vier Augen führen, wo es schwieriger für ihn wäre, abzublocken. »Es ist wegen Gemma Wisharts Fragen«, sagte sie. »Danke für den Brief, übrigens.«

»Der nichts enthielt, das Sie nicht schon wussten, wie ich Ihnen ja gesagt hatte.«

»Ja. Professor Holbrook, ich muss mit Ihnen sprechen. Es ist etwas kompliziert. Ob Sie wohl kurz herüberkommen könnten?«

»Ich bin nur wegen einer Besprechung hergekommen«, sagte er. »Sie wurde in letzter Minute verschoben, sehr ineffizient. Heute Nachmittag habe ich keine Zeit.«

»Ich habe eine Kopie Ihres Archivs«, sagte Roz. »Und ich würde es mir wirklich gern zusammen mit Ihnen ansehen. Hätten Sie nach dem Meeting Zeit?«

Einen Moment war es still, dann hörte sie ihn seufzen. »Ich habe wirklich Besseres zu tun als... Na gut. Ich weiß nicht, wann es zu Ende sein wird, aber die Abteilung hier ist dann sicher schon geschlossen. Ich habe sowieso im Arts Tower zu tun, dann komme ich in Ihr Büro. Aber es wird wohl kaum vor halb sieben sein.« Damit beendete er das Gespräch und ließ Roz mit der Aussicht auf extra Überstunden zurück.

Hull, Freitagnachmittag

Es war nicht schwierig für Lynne, vor Celia Fry die nette Polizistin zu spielen. Sie hatte sich bei der Rezeption gemeldet und als *Inspector Jordan vom Präsidium* anmelden lassen, und Mrs. Fry kam nervös und verunsichert aus ihrem Büro gehuscht. Als sie Lynne sah, wurde sie ein bisschen lockerer. Wahrscheinlich hatte sie Farnham erwartet, der sie, wenn Lynne die Anzeichen richtig deutete, in die Mangel genommen hatte. Fry war eine kleine Frau, untersetzt, mit dick aufgetragenem Make-up. Offensichtlich dachte sie, sie werde es mit Lynne leichter haben als mit Farnham. Sie musterte Lynne und sagte: »Kann ich Ihnen helfen, Inspector...?«

»Jordan.« Lynne streckte ihr lächelnd die Hand hin.

»Inspector Jordan. Ich habe ziemlich viel zu tun, und ich

glaube, es gibt nichts zu sagen, das ich Ihrem Kollegen nicht schon gesagt hätte.« Sie sah Lynne ungerührt in die Augen.

Lynne lächelte verständnisvoll. »Das glaube ich Ihnen«, sagte sie, »aber es gibt Probleme wegen dieses Zimmermädchens, dieser Anna Krleza.«

Frys Miene wurde angespannt und ärgerlich. »Ich kann Ihnen wirklich nicht weiterhelfen, Inspector. Anna war weniger als zwei Wochen hier. Wir haben zu wenig Leute in der Küche. Ich habe wirklich keine Zeit...«

Lynne wartete, bis die Frau fertig war, und lächelte weiterhin verständnisvoll. Fry schwieg schließlich, und Lynne sagte: »Ich verstehe gut, wie solche Dinge passieren können. Wir müssen uns nur vergewissern, dass in unseren Akten alles stimmt. Können wir irgendwo miteinander sprechen?«

Celia Fry führte sie in ein kleines Büro hinter dem Schreibtisch der Rezeption. Sie stieß die Tür zu, wies auf einen Stuhl, auf den Lynne sich setzen sollte, und zündete sich eine Zigarette an. Lynne bot sie keine an, sondern sah stattdessen auf ihre Uhr und sagte: »Ich kann Ihnen nur fünf Minuten geben. Ich bin sicher, dieser ganze Papierkram lässt sich irgendwann zu einer anderen Zeit erledigen.«

Lynne hatte die Aufforderung, sich zu setzen, ignoriert. Sie nahm ihr Notizbuch heraus und sagte: »Können Sie mir sagen, an welchem Datum genau Anna Krleza anfing, in diesem Hotel zu arbeiten?«

Das Telefon auf dem Schreibtisch klingelte, und Fry nahm ab. »Was ist denn *jetzt* schon wieder?«, schimpfte sie. Intern, nahm Lynne an. »Na ja, er muss es eben irgendwie schaffen.« Sie legte auf. »Zu wenig Leute«, sagte sie übellaunig.

Lynne lächelte höflich. »Das Datum für Anna Krleza?«, fragte sie.

»Ich muss in der Buchhaltung nachsehen.« Fry fügte plötzlich aggressiv hinzu: »Ich kann mir ja nicht alles merken!«

»Lassen Sie mal sehen«, sagte Lynne hilfsbereit. »Sie hatte für Sie… wie lange gearbeitet, zwei Wochen? Und Sie haben die Leiche« – sie sah in ihrem Notizbuch nach – »am Freitag gefunden. Und das war der letzte Tag, an dem Anna Krleza hier arbeitete. Wir können also zwei Wochen zurückgehen. Hat sie an einem Montag angefangen?«

Celia Fry nahm einen langen Zug aus der Zigarette. »Ich erinnere mich nicht«, sagte sie wieder. »Ich werde in der Buchhaltung nachsehen müssen. Ich hab's Ihnen ja gesagt.«

Lynne seufzte. »Es gibt ein Problem, Mrs. Fry, denn ich habe die Information, dass Anna Krleza schon seit einigen Monaten in diesem Hotel gearbeitet hat.«

Celia Fry zupfte ein Stückchen Zigarettenpapier von ihrer Lippe. »Ich kann mir nicht vorstellen, wer Ihnen das erzählt hat«, sagte sie. Sie schielte zum Telefon und schien sehr zerstreut.

»Vielleicht erinnert sich Ihre Empfangsdame«, sagte Lynne.

»Sie hat nichts mit dem Reinigungspersonal zu tun.« Fry schien nervös zu werden.

Lynnes Stimme wurde energisch. »Bei drei verschiedenen Gelegenheiten war Anna Krleza nach Zeugenaussagen in diesem Hotel, und zwar am…« Sie blätterte in ihrem Notizbuch nach vorn und sagte: »Wissen Sie, Mrs. Fry, es gibt zwei Ermittlungen, in die Ms. Krleza verwickelt ist. Die Ermittlung im Mordfall, natürlich, aber es gibt auch eine Untersuchung der Ausländerbehörde, angesichts…«

»Normalerweise stelle ich das Reinigungspersonal nicht selbst ein«, sagte Celia Fry, und ihre vorgetäuschte Gleichgültigkeit wurde zu Abwehr.

»Das glaube ich durchaus.« Lynne wartete ab, wohin sie jetzt steuerte.

»Wir arbeiten mit einer Agentur zusammen, aber die Leute, die man uns schickt, sind nicht sehr zuverlässig. Jedenfalls kam

Anna hierher, als man mich gerade ziemlich schlimm im Stich gelassen hatte, und ich habe einfach vergessen, nach allen Einzelheiten zu fragen.« Celia Fry sah Lynnes Gesichtsausdruck und verbesserte sich. »Es kam mir vor wie zwei Wochen. Wir haben schrecklich viel zu tun. Es hat sich einfach schon länger hingezogen, als ich dachte, und dann ist plötzlich dies alles passiert.«

Und Sie haben bei der Ermittlung eines Mordfalls gelogen. Und auch jetzt log die Frau. »Und es kam mir praktischer vor, einfach zu sagen, Anna sei noch nicht sehr lange hier.« Lynne brauchte das nächste Stückchen Information, also lächelte sie entgegenkommend. »Ich weiß, wie so etwas geht, aber gegen besseres Wissen eine Person zu beschäftigen, die illegal ins Land gekommen ist, das ist strafbar. Also – ich bin sicher, dass Sie nicht mit böser Absicht gehandelt haben, und ich kann zur Ausländerbehörde gehen und dort sagen, dass Sie, sobald wir Sie auf dieses Problem hinwiesen, bei der Befragung gut mitgearbeitet haben, und dann wird man die Sache, glaube ich, nicht weiterverfolgen.«

Celia Fry beobachtete sie genau und wartete darauf, zu erfahren, was sie eigentlich wollte. »Woher wusste Anna, dass sie ein Zimmermädchen brauchten?«, fragte Lynne. »Wie wusste sie, dass sie hierher kommen sollte?«

Die Frau zuckte die Schultern. »Ich weiß es nicht«, antwortete sie. »Jemand muss es ihr gesagt haben. Ich habe ja schon erwähnt, dass ich sie nicht gefragt habe. Sie kennen sich aus, diese Leute.« Das Telefon klingelte. Fry nahm ab. »Jetzt nicht«, schnauzte sie und legte auf. Sie schien eine Entscheidung getroffen zu haben, denn sie nahm einen Terminkalender aus dem Schreibtisch und blätterte darin herum. »Hier«, sagte sie und zeigte ihn Lynne. »Anna Krleza. Sie hat im August angefangen. In der zweiten Augustwoche.«

Lynne machte sich eine Notiz. »Danke, Mrs. Fry.«

»Ist das alles?« Celia Fry stand auf. »Ich muss in der Küche nach dem Rechten sehen. Diese Sache wird also nicht weiterverfolgt?«

»Wahrscheinlich nicht.« Lynne folgte der Frau aus dem Büro. Bei aller Sorge, was in der Küche los war, brachte Fry sie trotzdem zur Tür. Sie wollte sie aus dem Haus haben. Lynne wartete, bis die Frau auf die Kellertreppe zulief und verschwand, dann ging sie wieder hinein und klingelte an der Rezeption. Nach kurzer Zeit kam eine Frau in einem Arbeitskittel den Flur entlang.

Lynne zeigte ihr ihren Ausweis, und die Frau reagierte sofort argwöhnisch. »Ich hole die Chefin«, sagte sie.

Lynne schüttelte den Kopf. »Ich möchte mit Ihnen sprechen«, erklärte sie. »Es sind nur zwei Sachen.« Sie lächelte beruhigend.

»Ich war nicht hier«, sagte die Frau. »Ich habe es ihnen doch schon gesagt. Ich hatte an dem Tag frei.«

»Das macht nichts«, erwiderte Lynne. »Da ist etwas, was ich Sie fragen wollte.« Sie ließ sich von der Frau die Einzelheiten der Buchung für Mr. Rafael bestätigen, machte eine zusätzliche Notiz in ihrem Buch und dankte ihr. Dann fügte sie wie nebenbei hinzu: »Sie scheinen ja heute ein bisschen unterbesetzt zu sein.«

Die Frau hob den Blick zum Himmel. »Und wie sie uns das unter die Nase reibt«, sagte sie und meinte wohl Mrs. Fry. »Ich hab ihr gesagt, ich mach keine Küchenarbeit. Sie ist selber schuld.«

»Wieso?« Lynne knöpfte ihren Mantel zu.

»Na, sie selbst hat sie doch rausgeschmissen, oder? Der Koch dreht durch, aber sie wollte ja nichts hören.«

Lynne nahm ihre Tasche und fragte: »Vielleicht wollte sie Leute, die Englisch sprechen?«

Die Frau nickte nachdrücklich. »Ist auch Zeit«, sagte sie. »Gequassel und Geplapper. Kein Wort hat man verstanden. Wie diese Anna.«

Lynne verließ das Hotel zum zweiten Mal. Sie dachte nach. Es sah also so aus, als hätte Celia Fry mehr als eine illegale Immigrantin beschäftigt. Farnhams Androhung, sich die Einstellungspraxis des Hotels genauer anzusehen, hatte Fry in Panik versetzt, und sie hatte die Mitarbeiter, die nicht in der Buchhaltung auftauchten, entlassen. Lynne verstand, wie attraktiv es für ein Billighotel wie das Blenheim war, Immigranten zu beschäftigen. Sie waren billige, arbeitswillige Kräfte. Und es hatte sich herumgesprochen, dass es hier Arbeit gab.

Lynne dachte über die Beratungsstelle nach. Kannte man dort das Blenheim? Matthew Pearse schien über die Lage der illegalen Immigranten recht gut informiert zu sein. Jemand hatte Anna Krleza zu dem Hotel geschickt. Lynne dachte an ihren letzten Besuch dort, als sie Pearse und Rafiq gefragt hatte, ob sie Krleza kannten. Nasim Rafiq war zum Angriff übergegangen: »Diese Frau, andere Frau. Warum?« Und Pearse hatte ihre Frage nicht beantwortet. Er war abgeschweift und hatte eine Diskussion über die Situation solcher Frauen angefangen – Opfer eines Verbrechens, die sich nicht an die Behörden wenden konnten, weil sie als Straftäter behandelt wurden. Leichte Beute für Zuhälter und Menschenhändler.

Lynne hatte während ihrer Jahre bei der Polizei genug Menschen verhört, um zu wissen, wie sie sich verhalten, wenn sie die Wahrheit sagen und wenn sie lügen. Sie wichen meist aus oder drückten sich um die Antwort, statt direkt die Unwahrheit zu sagen. Weder Nasim Rafiq noch Matthew Pearse hatten abgestritten, Anna zu kennen. Die Frage war, wussten sie, wo sie sich zur Zeit aufhielt? Lynne war sich des Konflikts zwischen ihrer eigenen Arbeit und der Aufgabe, die sie für Farnham erledigte, bewusst. Farnham wollte jede Information von Pearse, und zwar bald. Lynne brauchte dagegen einen Zugang zu der Welt der illegalen Einwanderer, sie suchte eine Möglichkeit, die Frauen zu erreichen und ihnen klar zu machen, dass sie ihnen helfen konnte. Das würde Zeit und Geduld erfordern. Sie würde sich mit Nasim Rafiq befassen und Farnhams Untersuchung nutzen, um die Frau unter Druck zu setzen, damit sie mit ihr sprach. Sie sah auf die Uhr. Es war Zeit, der Beratungsstelle einen weiteren Besuch abzustatten.

Sheffield, Freitagabend

Roz war allein in der Abteilung. Sie hatte sich so in die verschiedenen Probleme des Systems vertieft, an dem sie mit Luke gearbeitet hatte, dass es sechs Uhr war, bevor sie es merkte. Die Putzfrauen waren um sechs fertig, die letzten Mitarbeiter hatten ihre Büros verlassen, und Stille hatte sich auf Stockwerk N gesenkt. Sie sah auf die Uhr. Viertel nach sechs. Sie konnte etwas Zeit damit verbringen, sich Holbrooks Archiv anzusehen. Vielleicht konnte sie dem alten Brummbär ein bisschen Honig um den Bart schmieren, indem sie ihm zu seiner Errungenschaft gratulierte. Nachdem sie eine Weile im Archiv geschmökert hatte, wusste sie zwar nicht mehr über Gemma, war aber beeindruckt, wie gut und leicht die Daten zu finden waren. Sean Lewis kannte sich offenbar aus. Sie hätte es gerne Luke gezeigt, um zu sehen, ob es ihn auf Ideen für ihre Datenbank der Verhöre brachte, obwohl das, was sie zu tun versuchten, viel schwieriger war als alles, was Holbrook und Lewis erstellt hatten. Sie schaltete den Computer aus, steckte die CD weg und sah wieder auf die Uhr. Viertel vor sieben. Die Zeit war schnell verflogen. Was hatte Holbrook gesagt? »Aber es wird wohl kaum vor halb sieben sein.«

Sie war müde. Es war ein harter Tag gewesen, und sie wollte nach Hause gehen. Sie würde am nächsten Morgen zu ihrer Schwiegermutter fahren, und es würde ein weiterer schwieriger Tag werden. Bevor sie nach Hause ging, musste sie ihre Post im

Büro hinterlegen. Sie würde das jetzt tun, und wenn sie zurückkam, würde Holbrook da sein. Wenn er bis sieben Uhr nicht gekommen war, würde sie nicht länger warten.

Im Flur war es dunkel. Nur die Notbeleuchtung war noch eingeschaltet. Die Hausmeister hatten gedacht, dass niemand mehr in der Abteilung war. Sie ging an der Treppe vorbei auf die Aufzüge zu. Das Büro lag auf der anderen Seite. Sie hörte den Paternoster, schloss die Bürotür auf und legte den kleinen Stapel Post für den Hausmeister hin, der sie mitnehmen und über die Hauspost verteilen würde. Sie kontrollierte die Ablage, ob etwas hereingekommen war, nachdem die Sekretärinnen gegangen waren, aber es war nichts da.

Sie sah in ihrer Tasche nach, ob sie die Autoschlüssel hatte, und ging zu ihrem eigenen Büro zurück. In dem matten Licht sah sie auf den glänzenden Fliesen undeutlich und schwankend die Bewegungen ihres Schattens. Sie schaute den Korridor entlang, an den Aufzügen vorbei und zurück zu ihrer eigenen Abteilung. Irgendetwas hatte sie aufmerksam gemacht. Sie runzelte die Stirn und schaute noch einmal. War das Holbrook? Jenseits der Doppeltür bewegte sich etwas, jemand ging von ihr weg den Flur entlang, eine große Gestalt, die etwas Helles trug, einen Mantel oder Regenmantel. Irgendwie hatte sie das Gefühl, diese Silhouette schon einmal gesehen zu haben. Was war es? Sie konnte sich nicht erinnern. Wer immer es war, er sah jedenfalls nicht wie Holbrook aus, der klein war.

Aber niemand sonst sollte abends um diese Zeit hier herumlaufen. Sie zögerte einen Moment, dann ging sie auf die Pendeltür zu, um die Gestalt deutlicher sehen zu können, die war aber schon durch die zweite Tür verschwunden. In den Büros und in Lukes Raum standen viele wertvolle Geräte. Ihr Zimmer lag direkt hinter der Pendeltür, in der Richtung, in die der Unbekannte gegangen war. Sie ging leise zum Büro zurück und rief von dort den Sicherheitsdienst der Uni an.

Eine gut gelaunte Stimme grüßte sie, und der Mann hörte sich an, was sie zu sagen hatte. »Es ist vielleicht gar nichts«, sagte Roz unsicher. Sie wollte nicht unnötig Alarm schlagen. »Aber wir haben schließlich teuere Anlagen hier.«

»Es wird gleich jemand dort sein«, sagte die freundliche Stimme. »Machen Sie sich keine Sorgen.«

»Das tu ich ja nicht…«, sagte sie, merkte aber dann, dass er aufgelegt hatte. Sie holte tief Luft, ging wieder auf den Flur hinaus und schloss die Tür hinter sich ab. Sie schätzte die Gefahr für die Geräte ab. Alle Räume sollten abgeschlossen sein. Joanna ließ ihr Büro nie offen. Niemand war in Lukes Zimmer gewesen außer sie selbst. Das sollte also auch abgeschlossen sein. Die Polizei hatte Gemmas Büro zugesperrt, das jetzt sowieso leer war. Hatte sie ihre eigene Tür verschlossen? Sie war ziemlich sicher, aber ein Zweifel meldete sich.

Der Flur lag dunkel und still vor ihr. Sie versuchte, sich einzureden, dass niemand da war, dass sie sich alles eingebildet hatte. Es war nur eine Bewegung im Dunkeln gewesen, und ihre Phantasie hatte den Rest erfunden. Sie ging am Aufzug vorbei und zu der Pendeltür, die in ihre Abteilung zurückführte. Der Korridor lag still und leer im matten Schimmer der Notbeleuchtung. Sie zögerte einen Augenblick, dann stieß sie die Tür auf und horchte. Nichts. Sie sah die geschlossenen Türen im Korridor – Joannas und ihr Büro –, das war Joannas Chefbereich. Und um die Ecke herum Gemmas Büro, Lukes Zimmer und das Besprechungszimmer. Mit einem Quietschen der Feder schloss sich die Pendeltür leise zischend hinter ihr. Sie horchte wieder. Nichts als Stille und das schwache Summen des Lichts. Die Tür zum Treppenhaus war rechts von ihr. Unentschlossen blieb sie stehen. Vor ihr war die Ecke – dunkel, still und unwiderstehlich.

Sie *wusste*, dass niemand da war, aber zwischen ihren Schultern prickelte es, und die Härchen auf ihrem Arm sträubten sich.

Sie machte einen Schritt, dann noch einen, war fast an der Ecke und hielt die Schlüssel in der Hand. Etwas klapperte, als der Aufzug losfuhr. Sie zuckte zusammen, die Schlüssel fielen ihr aus der Hand und landeten klirrend auf dem Boden. Ihr Herz fing vor Schreck an zu hämmern, und sie musste stehen bleiben, um wieder zu Atem zu kommen. *Idiot!*

Dann glaubte sie, etwas zu hören, etwas, das sich im Korridor von ihr wegbewegte, auf die Aufzüge zu – oder bildete sie sich das nur ein? Sie ging um die Ecke, und der leere Korridor lag vor ihr. Automatisch drückte sie die Türklinken. Joannas Tür. Abgeschlossen. Ihre Tür …

Sie ging auf. Roz sah sich um. Der Raum war leer, das Stand-by-Licht des Computers leuchtete im Dunkel. Sie drückte auf den Lichtknopf. Der Schreibtisch war genauso, wie sie ihn verlassen hatte, die Arbeit für morgen ordentlich aufgestapelt. Der Aktenschrank war – sie probierte – abgeschlossen. Sie überlegte. Vielleicht hatte sie die Tür doch nicht abgeschlossen. Es war eine dieser automatischen Handlungen, die man sich nicht merkte. Sie musste sie wohl offen gelassen haben, weil sie wusste, dass sie in ein paar Minuten zurückkommen würde.

Sie hörte das Zischen der Pendeltür und Schritte hinter sich im Flur. Sie fuhr herum, und die freundliche Stimme des Hausmeisters sagte: »Hat sich hier einer reingeschlichen, Dr. Bishop?«

Roz atmete erleichtert auf, sie hatte gar nicht bemerkt, dass sie den Atem angehalten hatte. »Ich weiß nicht«, sagte sie. »Wahrscheinlich nicht, aber ich möchte Sie bitten, diese Räume zu überprüfen.« Sie schilderte ihm, was sie gesehen hatte.

»Hört sich an, als sei jemand auf dem Weg zur Treppe«, sagte er. »Ich kümmere mich darum. Machen Sie sich keine Sorgen.«

Roz stand einen Augenblick unentschlossen da, dann nahm sie ihre Tasche. »Ich gehe dann. Danke. Lassen Sie es mich oder Dr. Grey wissen, wenn Sie etwas finden.«

»Wird gemacht«, sagte er.

»Gute Nacht.« Roz ging auf den Paternoster zu. Falls der Fremde über die Treppe gegangen war, dann wollte sie die Aufzüge nehmen. Sie trat auf die fahrende Plattform und glitt nach unten, weg von Stockwerk N. Plötzlich hörte sie einen dumpfen Laut über sich, als sei jemand in das nächste Abteil gesprungen. Noch jemand kam von Stockwerk N herunter. Aber sie hatte niemanden gesehen. Wenn man nach unten fuhr, konnte man Wartende sehen, die in das nächste Abteil steigen wollten. Außer wenn die Person sich hinter der Ecke versteckte und dann, wenn die Plattform unterhalb der Fußbodenhöhe war, plötzlich hineinsprang.

Es war niemand auf Stockwerk N gewesen. Sie, dann der Hausmeister und dann … noch jemand. Jemand, der in dem Abteil über ihr fuhr und ihr unerbittlich nach unten zu der leeren Eingangshalle folgte – und auch zum verlassen daliegenden Parkplatz? Fast wäre sie im nächsten Stockwerk ausgestiegen, aber ihr Verfolger würde sie sehen, bevor sie außer Sichtweite sein konnte. Sie wollte nicht hoch oben im Arts Tower mit jemandem allein sein, der leise, schnell und verstohlen den Flur entlangschlich, mit jemandem, dessen Absichten sie nicht kannte.

Sie hoffte auf jedem Stockwerk, dass dort jemand wartete, der hinunterfahren wollte, aber sie glitt nur an verlassenen Etagen vorbei … Stockwerk G, leer … Stockwerk F, leer … Stockwerk E … Freitagabend gingen alle früh nach Hause, die Abendkurse fanden nicht statt, das Gebäude war völlig menschenleer. Sie holte tief Luft und sagte sich, sie müsse sich beruhigen. Wer immer es gewesen war, war ebenfalls dabei, das Gebäude zu verlassen, genau wie sie. Wenn sie im Erdgeschoss ankam, würde sie direkt zur Pförtnerloge gehen. Einer der Hausmeister war vielleicht da, und wenn nicht, würde, wer immer Dienst hatte, nicht weit weg sein.

Aber sie wollte das Gesicht der Person sehen, die ihr nach unten folgte. Sie wollte nicht allein nach Hause gehen, mit der Erinnerung an diese große, anonyme Gestalt. Sie wollte ein vertrautes Gesicht sehen und sicher sein, dass ihre Phantasie mit ihr durchgegangen war. Sie befand sich im Zwischengeschoss, und das Erdgeschoss kam näher. Sie trat aus dem Paternoster und sah sich um. Kein Anzeichen vom Hausmeister. Unentschlossenheit ließ sie erstarren, und das nächste Abteil kam herunter.

Es war leer.

14

Hull, Freitagabend

Die Küche roch nach Wein und warmem Brot. Lynne sah sich noch einmal um, ob alles in Ordnung war, und strich sich das Haar zurück, als es an der Tür klingelte. Sie ging zur Gegensprechanlage und warf dabei einen Blick in den Spiegel, und als sie hörte, dass es Roy war, der lobenswert pünktlich kam, drückte sie auf den Türöffner. Sie hörte seine Schritte auf der Treppe und machte die Tür auf, als er die letzten Stufen heraufstieg. Mit ihm wehte der Geruch nach Winter in die Wohnung. Er sagte nichts, nahm sie in die Arme, hob sie vom Boden hoch, küsste sie und presste sich in seiner dicken Jacke fest gegen sie. »Daran hab ich den ganzen Tag gedacht«, sagte er, als er sie losließ. »Nichts von der Arbeit heute Abend«, fügte er hinzu.

Lynne war etwas atemlos und schwindelig. »Es gibt Dinge, über die wir reden müssen«, sagte sie. Er sah auf sie hinunter, und eine Falte erschien zwischen seinen Augen. »Aber wir haben jede Menge Zeit.« Sie lächelte und trat zurück, sodass sie im Licht stand, das aus der Küchentür fiel. Sie sah seine Augen sich weiten, als sie die Arme über den Kopf hob, um ihm lächelnd zu zeigen, was er im Überschwang seiner Umarmung nicht bemerkt hatte. Ihr Kleid lag so eng an, dass der leicht durchsichtige Stoff im Licht der offenen Küchentür nicht verbarg, dass sie nichts darunter trug. »›Den ganzen Tag daran gedacht‹, sagt er«, neckte sie, »und er merkt noch nicht einmal …«

Er sah sie an, errötete leicht, und seine Pupillen wurden größer, dann warf er die Jacke auf einen Stuhl und kam auf sie zu. Er legte die Arme um ihre Taille und drückte sie gegen die Wand, um sie zu küssen. Was auch geschehen mochte, sie hatte sich festgelegt. Sie hielt die Hände weiterhin über den Kopf erhoben und genoss seine Berührung. Es war eine symbolische Unterwerfung, und sie genoss die Erotik dieser angedeuteten Dominanz. Er kannte sich aus. Er verstand ihre Signale, hörte ihren schneller werdenden Atem und ihre geflüsterten Worte, und als er sie hochhob und in ihr Schlafzimmer trug, lag ihr Kleid schnell am Boden, und sie ließ den Tag hinter sich und war genauso auf diesen Moment konzentriert wie er. Die nächste Stunde dachte keiner von beiden an etwas anderes.

Es war schon nach neun, als Lynne wieder auf die Uhr sah. In dem Augenblick absoluter Entspannung nach gutem Sex war sie in einen leichten Schlaf gefallen. Den Kopf auf Roys Schulter, lag sie noch eine Weile da und genoss die Nähe seines festen, muskulösen Körpers. Sie streckte sich, und er bewegte sich ebenfalls und lächelte ihr unbeschwert zu. »Dafür hat sich das Warten gelohnt«, sagte er.

Sie fing seinen Blick auf und lächelte zustimmend. »Willst du etwas essen?«, fragte sie und nahm ihren Morgenmantel, der über einer Stuhllehne hing.

Er grinste. »Für etwas anderes habe ich, glaub ich, kaum noch Energie.«

Lynne lachte und ging sich duschen. Eine halbe Stunde später saßen sie eng nebeneinander am Tisch, aßen gegrillten Thunfisch und tranken Wein. »Schmeckt gut«, sagte er und füllte ihr Glas.

Er schien ihre unkomplizierte Hingabe an die guten Dinge des Lebens zu teilen. Lynne hatte nie begreifen können, warum das Essen, das man gerade aß, nicht das beste sein sollte, warum die Wohnung, in der man wohnte, nicht einladend und bequem sein sollte, und warum die Leute, mit denen man seine kostbare Freizeit verbrachte, nicht genau die Menschen sein sollten, deren Gesellschaft man genoss. Sie dachte an Steve McCarthy, der gutes Essen, gute Gesellschaft und guten Wein – selbst guten Sex – nicht für die wesentlichen Dinge hielt, die sie waren, sondern für etwas, das ihn vom Wesentlichen ablenkte, von wichtigen Dingen wie Arbeit. Und das erinnerte sie an ihre Jagd nach Angel Escorts und Anna Krleza und daran, wie sie bei ihren Nachforschungen über Frauenhandel und wie Roy bei seiner Mordermittlung immer wieder über die gleichen Fäden stolperten.

Wie auf Kommando trank Roy seinen Wein aus und sagte: »Also, okay. Worüber wolltest du sprechen?«

»Ich mache Kaffee«, sagte sie. Zehn Minuten danach saßen sie auf der Couch. Lynne wollte herausfinden, was Farnham für sich behalten hatte. »Du sagtest, du kämst langsam zu der Ansicht, dass die Website eine Fälschung war, stimmt's?« Er nickte, wartete aber ab, was sie vorhatte. »Wie lange denkst du das schon?«

»Es kam in den Diskussionen mit den Kollegen zur Sprache. Weil es keinerlei Beweise dafür gibt, dass Gemma Wishart als Begleiterin gearbeitet hat, oder sich auch nur mit dem Gedanken trug.« Er schien sich nicht klar zu sein, dass er sie darüber nicht auf dem Laufenden gehalten hatte.

»Als wir den Fall besprochen haben, hast du das nie erwähnt«, sagte sie.

Er zuckte die Schultern. »Bei einer Besprechung der Ermittlungsgruppe kommen eine Menge Ideen auf, Lynne. Das weißt du doch. Aber ich war nicht überzeugt, bis du mir diesen Hyperlink gezeigt hast.«

»Und dann wäre die Geschäftskarte eine absichtlich gelegte, falsche Spur.«

Er nickte wieder. »Kombiniert mit dem unbrauchbarsten Tatort, mit dem ich je zu tun hatte. Ja. So sehen wir das. Jemand treibt ein Spiel mit uns. Angel Escorts. Mr. Rafael. Geschäftskarten auf dem Boden. Jemand sagt uns etwas und zielt darauf ab, dass wir es beachten.«

»Was ist mit den Anrufen?«

»Schwer zu sagen. Ich lasse die Nummer überwachen. Wenn jemand mit diesem Mobiltelefon telefoniert, dann wissen wir es sofort.« Er gab immer noch nicht viel preis.

Jemand hatte am Tatort eingegriffen. Jemand hatte wie mit einem großen Pfeil auf Angel Escorts gezeigt – den Namen, die Karte. Sie waren dem Pfeil gefolgt und hatten die tote Frau, das Callgirl Jemima, gefunden. Jeder würde wissen, dass sie, wenn sie erst einmal so weit waren, auch herausfinden würden, wer »Jemima« wirklich war, allerdings vielleicht nicht so schnell, wie es ihnen tatsächlich gelungen war. Außer wenn … Lynne spürte das gleiche Kribbeln wie bei einer Überwachungsaktion, dieses Gefühl um zwei Uhr morgens, von unsichtbaren, bösartigen Augen verfolgt zu werden. Es sei denn, die Person, die so hilfreich den Weg gezeigt hatte, wusste, dass sie Gemma Wishart gesehen hatte und Schlüsse daraus ziehen würde.

Frauen mit zerstörten Gesichtern, die als Prostituierte arbeiteten, zeigten sich in dem Muster eines Bildes, das sie beide nicht sehen wollten. »Warum die Gesichter?«, fragte sie.

»Es könnte die Handschrift des Mörders sein, oder vielleicht will er ihre Identifizierung erschweren.« Er dachte nach. »War es ein Nachahmer oder derselbe Täter? Wir wissen nicht einmal, ob die ersten beiden Frauen überhaupt ermordet wurden.« Offene Fragen.

»Bist du dem Blenheim noch weiter nachgegangen?« Sie hatte ihn angerufen und ihn über das informiert, was sie von Celia Fry erfahren hatte. Wenn er es ihr nicht sagte, musste sie ihn fragen.

»Da sind wir dran«, sagte er. »Irgendwas Neues über die Beratungsstelle?«

Lynne zögerte ganz bewusst, bevor sie ihm ihre Zweifel an Nasim Rafiq anvertraute. Sie dachte an den kaltblütigen Rat, die Information an den Sicherheitsdienst weiterzugeben. »Ich glaube nicht, dass sie ihren Sohn gefährden würde«, sagte sie schließlich. »Sie fängt an, auf mich zu hören, glaube ich.«

»Du bist keine Sozialarbeiterin, Lynne.« Er hatte leicht die Stirn gerunzelt, während er ihr zuhörte.

»Ich benehme mich auch nicht wie eine Sozialarbeiterin.« Sie hörte selbst, wie gereizt sie klang, und sah, dass auch er es bemerkt hatte. »Aber sie kann mir helfen – und ich ihr. Es ist eine gegenseitige Hilfeleistung.«

Aus seinem Gesichtsausdruck konnte sie nicht entnehmen, was er dachte. Sein Arm lag auf der Rückenlehne der Couch, seine Finger ruhten leicht auf ihrer Schulter. »Wann gehst du wieder hin?«

»Morgen«, sagte sie.

Dann schwiegen sie, sahen sich an, und jeder sah im Gesicht des anderen, dass die Stimmung leichter, entspannter Heiterkeit vorbei war und sie beide das Bedürfnis hatten, allein zu sein. Sie sah auf die Uhr, und er reagierte sofort darauf. »Ich muss gehen«, sagte er. »Morgen fangen wir früh an.« Er sah auf sie hinunter und schien unentschlossener, als sie ihn je gesehen hatte.

»Es war schön heute Abend«, sagte er schließlich. »Ich sehe dich bald wieder, okay?«

»Ja.« Lynne wartete, bis seine Schritte am Fuß der ersten Treppe verklungen waren, dann machte sie die Tür zu, schloss zweimal ab und legte die Sicherheitskette vor. Danach überprüfte sie, ob alle Fenster verriegelt waren. Paranoikerin, beschimpfte sie sich selbst. Aber manchmal war übergroße Vorsicht ganz gut.

15

Sheffield, Samstagmorgen

Der Wetterbericht hatte einen wolkenlosen Tag versprochen, heiter, aber kalt und in höheren Lagen Schnee. Um neun waren jedoch die ersten Wolken aufgezogen, und die strahlende Morgensonne verschwand bald hinter einer düsteren, eisgrauen Wolkenwand.

Es fing nicht gut an mit Roz' Fahrt. Sie hatte am Abend zuvor den Wagen draußen auf der Straße geparkt, hatte nur schnell ihre Tasche genommen und ihn abgeschlossen stehen lassen. Und jetzt hatte sie eine Panne, ein Reifen war platt und ihr Reservereifen auch. Ein paar Wochen zuvor hatte sie den Reifen gewechselt und ihn flicken lassen wollen, es dann aber versäumt. *Idiot!* Sie betrachtete sich das Rad genau. Es sah aus, als hätte jemand einen Nagel hineingebohrt. Wahrscheinlich die Jungs drei Häuser weiter – eigentlich ganz nette, aber flegelhafte Burschen, die einen solchen kleinen Streich unheimlich witzig finden würden.

Sie sah auf ihre Uhr. Es würde viel zu lange dauern, jemanden zum Reparieren kommen zu lassen. Sie musste den Reservereifen mitnehmen, ihn reparieren lassen, zurückbringen und den Reifen wechseln... So hatte sie eine perfekte Ausrede, nicht fahren zu müssen, und brauchte nur anzurufen. Jenny würde enttäuscht sein, aber Verständnis haben. Sie sah das Gesicht ihrer

Schwiegermutter vor sich, als sie Nathan während seiner Krankheit damals zum ersten Mal gesehen hatte. Sie und Nathans Vater waren in Urlaub gewesen, als er ins Krankenhaus kam. Roz hatte eine Woche lang gebraucht, bis sie herausgefunden hatte, wo sie sich aufhielten, und dann hatten Jenny und Ed drei Tage lang verzweifelt versucht, einen Flug nach Hause zu bekommen. Als sie zurückkamen, war Nathan nicht mehr in Lebensgefahr, aber der Sohn, den sie geliebt und auf den sie so stolz gewesen waren, hatte sich verändert. Roz dachte manchmal, dass Jenny sich die Schuld daran gab, und glaubte, wenn sie in diesen entscheidenden Tagen hier gewesen wäre, hätte sie vielleicht verhindern können, dass sich Nathans Bewusstsein so verwirrte und auflöste.

Und dann war Nathans Vater, ein gesunder Mann von zweiundsechzig Jahren, im darauf folgenden Jahr gestorben. Er hatte unverhofft einen schweren Herzanfall erlitten. Danach hatte Jenny Bishop sich verändert. Roz hatte sie bei ihrem ersten, etwas aufgeregten Besuch als intelligente, witzige Frau kennen gelernt, aber jetzt wurde sie alt. Wenn ihr Sohn seine Vergangenheit verloren hatte, dann hatte Jenny ihre Zukunft verloren. Sie hatte die schwache Hoffnung – weil ja nichts unmöglich ist –, dass Nathan eines Tages als der nach Hause zurückkommen würde, der er früher gewesen war. Diese unerschütterliche Hoffnung war es, die Roz erschreckt hatte.

Roz hielt beim Griff zum Hörer inne. Sie *musste* fahren. Es ging nicht nur darum, auf Jennys Appell zu reagieren. Sie musste endlich für sich selbst eine Entscheidung treffen, sich endlich von ihrer Ehe lösen, um ihr Leben wieder in die Hand zu nehmen. Sie erinnerte sich an Lukes Stimme in der Abenddämmerung: »Menschen werden krank oder alt, sie sterben. Doch man muss weitergehen.«

Sie sah die Abfahrtszeiten der Züge nach. Es gab einen, den sie erreichen und vor Mittag dort sein konnte. Der Gedanke an die Fahrt bedrückte sie, und ihr graute vor dem Tag, der ihr bevorstand. So eilte sie zur Bushaltestelle, um zu sehen, ob es vielleicht einen Streik der Busse oder Bahnen oder sonst *irgend*einen anderen Ausweg für sie gab.

Als sie zum Bahnhof kam, hatte sie nur noch ein paar Minuten Zeit, entschuldigte sich bei den Wartenden, drängelte sich vor und kaufte ihre Karte. Sie hatte wenig Bargeld dabei, bezahlte mit ihrer Kreditkarte und war dankbar, dass der Zug vom nächstliegenden Gleis abfuhr und sie nicht über den Steg laufen musste. Der Zug stand schon da, zwei klapprige Wagen mit harten Bänken. Er war voll besetzt, und Roz musste sich ans Ende einer Sitzbank neben drei andere Fahrgäste quetschen. Sie saß unbequem gegen eine Metallstange an der Rückseite des Sitzes gepresst. Immer mehr Leute stiegen ein, und es gab nur noch Stehplätze.

Der Zug setzte sich mit einem Ruck in Bewegung, und Roz versuchte abzuschalten. Sie würde über eine Stunde in diesem Wagen festsitzen und wollte nicht an den vor ihr liegenden Tag denken. Der gestrige Abend kam ihr in den Sinn, die Gestalt, die sie kurz durch die Glastür gesehen hatte, und wie überzeugt sie gewesen war, dass ihr jemand im Paternoster nach unten gefolgt war. Marcus Holbrook. In ihrer Panik hatte sie ihn völlig vergessen. Warum war er nicht gekommen?

Während der Zug rüttelnd und klappernd durch die ländliche Gegend fuhr und an allen kleinen Orten zwischen Sheffield und Lincoln anhielt, schloss sie die Augen. Als sie an ihrer Haltestelle ankamen, nahm sie ihren Mantel und dachte, sie sei eigentlich für dieses Wetter nicht warm genug angezogen. Sie hatte mit dem Auto fahren wollen und ihre leichten Schuhe und die dünne Regenjacke nur der Bequemlichkeit halber, nicht zum Schutz vor dem Wetter mitgenommen.

Sie sah auf die Uhr. Gerade zwölf vorbei. Der Zug war pünktlich. Ihr Widerwille, weiterzugehen, war so stark wie die Versuchung, umzukehren und mit dem nächsten Zug zurückzufahren. In den letzten beiden Jahren hatte sie die Situation ohne jeden Kontakt zu Nathan gut bewältigt. Zwar hatte sie Schuldgefühle, konnte aber damit zurechtkommen. Warum also sollte sie sich jetzt der denkbar schlimmsten Tortur unterziehen?

Weil ihre immer noch bestehende Bindung zu Nathan das zerstört hatte, was sie vielleicht mit Luke hätte haben können. Es spielte keine Rolle, dass es eine Freundschaft war, die beste, die sie je erlebt hatte, oder ob es mehr hätte sein können. Wegen Nathan und der Angst davor, sich wieder auf jemanden einzulassen, hatte sie sich zurückgezogen, hatte Luke aus Gründen, die er damals nicht hatte verstehen können, von sich gestoßen. Und jetzt waren sie nur noch Kollegen, oder nicht einmal mehr das. Er fehlte ihr.

Sie kannte Lincoln. In der Zeit, als sie sich noch kein Auto leisten konnten, war sie oft mit Nathan hierher gekommen. Am Ende der Hauptstraße konnte sie einen Bus nehmen, mit dem sie in zwanzig Minuten bei Jenny Bishop war. Das würde ihr genug Zeit geben, darüber nachzudenken, was sie tun wollte und welchen Ausgang des heutigen Besuchs sie sich wünschte.

Als der Bus sich durch die Stadt schlängelte, bemerkte sie wieder, wie schön sie war. Still und alt, ohne Sheffields hektische Geschäftigkeit. An der Ecke der Garden Road, der Straße, in der Nathan zur Welt gekommen und aufgewachsen war, stieg sie aus. »Ich bin so dankbar, dass Ed und ich das Haus nicht verkauft haben, als Nathan auszog«, hatte Jenny in der Zeit, als sie noch glaubte, Roz werde vielleicht zurückkommen, mehr als einmal gesagt, wenn sie mit ihr telefonierte. »Es ist ein Ort, den Nathan wiedererkennen kann.«

Sie konnte das Haus sehen und erinnerte sich an ihren ersten Besuch in der gepflegten Doppelhaushälfte mit ihrem kleinen Vorgarten und einem von schmalen Beeten umgebenen Rasen. Die Gartenmauer war niedrig und hatte ein schmiedeeisernes

Tor. Es war Frühling gewesen, als Nathan sie zum ersten Mal hierher gebracht hatte. »Sei doch nicht so nervös«, hatte er gesagt, als sie zusammen die Straße entlanggegangen waren.

»Und was ist, wenn sie mich nicht mögen?« Diese gepflegte Straße hatte Roz an die Elternhäuser einiger Schulkameradinnen erinnert, deren Mütter mit sanfter Stimme, schmalen Augen und kritischen Blicken Roz beobachteten, ob sie Anzeichen schlechter Erziehung zeigte.

»Na und, was macht es, wenn es so wäre?«, hatte Nathan fröhlich gesagt und ihre Ängste abgetan.

Das Haus sah kleiner aus, als sie es in Erinnerung hatte, und schäbiger, als sei es zu lange nicht mehr gestrichen und die Regenrinnen nicht erneuert worden, und als fehle die ständige Arbeit, Sorgfalt und Wartung, die ein Haus braucht. Jemand stand an der Tür, genau wie auf dem Bild, das sie noch im Kopf hatte, er stand da, sah aber nicht auf die Straße, sondern auf irgendetwas im Garten. Sie beobachtete ihn, während sie die Straße entlangging, fasziniert von seiner vollkommenen Konzentration. Er war groß und schwer. Sein Gesicht aufgedunsen, das Haar am Scheitel etwas schütter. Er bemerkte sie nicht, bis sie am Tor war. Das Quietschen der Scharniere ließ ihn aufblicken.

Da lächelte er ihr zu, und als die Lachfältchen um seine Augen erschienen, verschmolzen Vergangenheit und Gegenwart und dieser ziemlich untersetzte, unfrisierte Fremde verwandelte sich in Nathan. Es war, als hätte sie einen Schlag in die Magengegend bekommen. Sie blieb stehen und sah ihn an, wartete einen Augenblick, ob die Erinnerung an sie sein Gesicht erhellen würde.

»Nathan«, sagte sie.

Er schien ratlos. »Suchen Sie Mum? Sie ist hier irgendwo.«

»Wie geht's dir, Nathan?« Er sah verlegen aus, ein junger Mann, der überlegte, wie er einer der Freundinnen seiner Mutter auf höfliche Art und Weise sagen könnte, dass er keine Ahnung habe, wer sie sei. Roz sagte schnell: »Mach dir keine

Gedanken. Wir waren... du kennst mich nicht.« Und das stimmte. In seinem Bewusstsein war er etwa achtzehn. Er hatte Roz nie kennen gelernt und würde sie jetzt auch nie mehr treffen. Die Zukunft war endgültig vorbei. Körperlich sah er älter aus, denn seit seiner Krankheit waren seine Bewegungen von einer gewissen Schwere und Unbeholfenheit. Aber das Gesicht war trotz der schütteren Haare und der tieferen Falten um Mund und Augen merkwürdig jung.

Seine Miene erhellte sich. »Ich rufe Mum«, sagte er. »Kommen Sie rein.« Er drehte sich um und ging zum Haus, aber sein Blick blieb an dem haften, was er vorher betrachtet hatte. Roz sah ihm über die Schulter. Eine Spinne zog die Fäden ihres Netzes zwischen einem Busch und der Wand, und er schaute gespannt und aufmerksam zu.

Schweigend beobachteten beide eine Weile die Spinne. »Sie ist schön«, sagte Roz.

Er sah sich um. »Tut mir Leid«, sagte er freundlich lächelnd. »Ich habe Sie nicht gesehen. Suchen Sie Mum? Sie ist hier irgendwo.«

Roz kam ihr Lächeln wie festgefroren vor. »Ist schon gut«, sagte sie. »Sie erwartet mich. Ich finde sie schon. Lass dich nicht stören.«

Er lächelte ihr fröhlich zu, und einen Augenblick sah ihr Mann sie mit den Augen eines Fremden an. »Es macht mir nichts aus«, sagte er.

Als sie durch die Tür gingen, hörte sie Schritte auf der Treppe, und Jenny Bishop kam eilends herunter. Ihr Gesicht war angespannt und voller Hoffnung. »Roz! Ich hatte es fast aufgegeben!«

»Es tut mir Leid«, sagte Roz. »Ich hatte eine Panne. Ich bin mit dem Zug gekommen.«

Nathan blickte seine Mutter erstaunt an. »Mum, ist alles in Ordnung? Du siehst...«

Sie zwang sich zu einem Lächeln. »Alles in Ordnung, Nathan.« Ihr Blick suchte den von Roz, die leicht den Kopf schüttelte. Jenny Bishops Gesicht wurde schlaff und ausdruckslos. »Komm rein und setz dich. Ich mache uns Tee«, sagte sie mit tonloser Stimme.

Plötzlich war Roz allein mit Nathan. Sie wusste nicht, was sie zu ihm sagen sollte. Als sie sich im Zimmer umsah, bemerkte sie etwas, das ihr bereits im Flur aufgefallen war: Es gab keine Spiegel. Sie erinnerte sich an den Spiegel über dem Kamin, aber er war durch ein Bild ersetzt worden. Sie hatte das Gefühl, einem Fremdem gegenüberzusitzen, dem heranwachsenden Sohn einer Freundin, und sagte heiter und aufmunternd: »Was machst du denn jetzt so, Nathan?« Sie wollte diesen sinnlosen Versuch einer Unterhaltung unterdrücken, aber die Worte brachen, ein Ausdruck ihrer Nervosität, aus ihr heraus.

Er war hilflos. »Ich weiß nicht«, sagte er. »Ich weiß nicht.« Und einen Augenblick sah sein Gesicht traurig aus.

Hull, Samstag

Zum ersten Mal waren in der Beratungsstelle Menschen, die Hilfe suchten. Zwei Männer und eine Frau standen am Schalter. Nasim Rafiq sprach schnell in einer Sprache, die Lynne nicht kannte, und notierte sich, was einer der Männer ihr sagte. Lynne fing ihren Blick auf, als sie den Raum betrat. Rafiq sah schnell zur Tür und wies nickend auf einen der Stühle. *Warten Sie.*

Lynne war sich der Blicke bewusst, die auf ihr ruhten, aber sobald sie aufsah, schauten alle zu Boden. Die Unterhaltung am Schalter, die in Lynnes Ohren schnell und abgehackt klang, ging weiter. Dann verließ die Gruppe, ohne zu lächeln, die Beratungsstelle, Broschüren und Zettel in der Hand, auf die Rafiq etwas geschrieben hatte. Sie sahen Lynne nicht an, sondern hielten, als sie an ihr vorbeikamen, den Blick gesenkt. Lynne war allein mit Nasim Rafiq. »Heute Nachmittag sind Sie beschäftigt, Mrs. Rafiq«, sagte sie.

»Nicht viel Arbeit.« Rafiq machte eine wegwerfende Geste und winkte Lynne, mit ihr in das andere Zimmer zu gehen. Lynne folgte ihr, und Rafiq zog sich hinter ihren voll beladenen Schreibtisch zurück.

Lynne hatte sich die Fragen, die sie stellen wollte, gründlich überlegt und war zu der Ansicht gelangt, dass Rafiq wahrscheinlich eher auf ein direktes Vorgehen reagieren würde. Sie lächelte und sagte: »Mrs. Rafiq, ich hoffe, ich werde Sie nicht lange aufhalten, aber ich brauche noch mehr Informationen.« Die andere Frau sagte nichts, wartete ab. »Als ich vor kurzem hier war, fragte ich Sie nach einer jungen Frau, Anna Krleza. Ich wollte wissen, ob Sie sie gesehen haben. Sie haben mir die Frage nie beantwortet.«

Rafiq saß still da, eine kleine Falte zwischen den Augenbrauen. »Viele Leute«, sagte sie, nachdem sie kurz nachgedacht hatte. »Manchmal, sie kommen einmal, zweimal? Namen …?« Sie breitete die Hände aus, Hilflosigkeit andeutend. *Wie soll ich mich an alle erinnern?* Aber sie hatte die Frage noch immer nicht beantwortet.

»Mrs. Rafiq, erinnern Sie sich an Anna Krleza?«

»Ich erinnere mich nicht.« Sie sprach die Worte mit bleischwerer Gewissheit aus.

Lynne hatte das sichere Gefühl gehabt, dass die Frau vielleicht Ausflüchte machen, aber auf keinen Fall lügen würde. Diese entschiedene Antwort überraschte sie. Vielleicht kannte Rafiq Krleza wirklich nicht. Es war möglich, dass nur Pearse mit ihr zu tun gehabt hatte. Pearse nutzte seine Kontakte zu den Hotels, die Obdachlose beherbergten, um Arbeit für Leute ohne gültige Papiere zu finden. Während sie darüber nachdachte, betrachtete sie noch einmal den ganzen Raum, den

Schreibtisch, die Regale mit Schachteln voller Merkblätter, das Telefon, die Adressenliste mit Telefonnummern an der Wand.

Sie stand auf und ging näher an die Liste heran. Sie war in Rubriken nach Ärzten, Krankenhäusern, Vermietern, Hilfeleistungen und Wohlfahrtsverbänden aufgegliedert. Aber außerdem waren auch Telefonnummern neben den Rubriken an den Rand gekritzelt. Und es gab eine Nummer, die sie wiedererkannte und die in einer anderen Handschrift als in Nasim Rafiqs sauberer, sorgfältiger Schrift notiert war. Als sie in ihrem Notizbuch nachsah, fand sie bestätigt, dass es die Nummer des Blenheim Hotels war.

Sie wandte sich an Rafiq, die sie ratlos und ohne etwas zu begreifen beobachtete. Lynne überlegte, dass Rafiq die Nummer auch deshalb nicht aufgeschrieben hatte, weil sie wahrscheinlich wenige Anrufe erledigte, da ihr Englisch zu schlecht war. »Wer hat das geschrieben?«, fragte sie.

Rafiq schien besorgt. »Matthew Pearse«, antwortete sie nach kurzem Zögern. »Er manchmal schreibt Nummern.«

Pearse. Je eher sie noch einmal mit Matthew Pearse sprachen, desto besser. »Wann kommt er wieder, Mrs. Rafiq?«, fragte sie.

Rafiq wickelte die Fransen ihres Schals um ihre Hand. »Heute Abend«, sagte sie. »Spät.«

»Und wo ist er jetzt?« Lynne überlegte, ob es sich für Farnham lohnen würde, ihn suchen zu lassen.

Rafiq schüttelte den Kopf, sie wisse es nicht. Lynne beschloss, etwas mehr Druck auszuüben. »Mrs. Rafiq, ich verstehe, dass Sie hier wichtige Arbeit machen.« Sie wies auf die Tür, um anzudeuten, dass sie die Wartenden und die Zeichen von Armut und Bedürftigkeit gesehen hatte. »Aber Sie müssen sich an die Gesetze halten.« Rafiq antwortete nicht. »Ich glaube, dass Anna Krleza zu dieser Beratungsstelle hier gekommen ist, Mrs. Rafiq, und zwar vor etwa sechs Monaten. Ich möchte wissen, ob sie seitdem hier gewesen ist und ob sie in letzter Zeit hier war.« Die

Frau schwieg weiter, hörte sich aber an, was Lynne zu sagen hatte. »Mrs. Rafiq« – Lynne sah ihr direkt in die Augen, um sicher zu gehen, dass sie ihr mit ungeteilter Aufmerksamkeit zuhörte – »ich untersuche einen Mordfall.« Sie ließ die Worte in der Stille wirken. »Ich weiß nicht, was hier los ist. Aber wenn Sie mir etwas verschweigen, könnten Sie in ernsthafte Schwierigkeiten geraten.« Sie bemerkte die Anspannung der Frau und zog die Schraube noch etwas fester an. »Es könnte auch Ihren Sohn betreffen, Mrs. Rafiq.«

»Es ...«, fing Rafiq an zu sprechen, dann hielt sie inne. Lynne glaubte, Angst in ihren Augen zu sehen.

»Ich kann Ihnen helfen«, sagte Lynne. »Wenn Sie mir helfen, kann ich Ihnen auch helfen.« Sie sah die Unsicherheit auf dem Gesicht der Frau, während sie Lynnes Worte abwägte.

»Sechs Monate ...«, deutete Rafiq an. »Ich nicht hier.« Sie war vor sechs Monaten noch nicht hier. Lynne überlegte schnell. Rafiq wusste etwas, da war sie ganz sicher. Lynne konnte sie richtig unter Druck setzen, sie mit aufs Revier nehmen und einem offiziellen Verhör unterziehen, aber wenn Rafiq in irgendwelche dubiosen Sachen verwickelt war, dann würde das katastrophale Folgen für sie haben. Wenn Lynne die Frau überzeugen konnte, ihr zu vertrauen, könnte sie die Informationen bekommen, die sie brauchte, und Rafiq vor den Folgen schützen. Und Rafiq wäre eine brauchbare Kontaktperson. Sie riskierte es. »Überlegen Sie es sich gut, Mrs. Rafiq. Wenn Sie mir sagen, was Sie wissen – vielleicht ist es ja sehr wenig –, wenn Sie es mir erzählen, werde ich Ihnen helfen, ich verspreche es. Denken Sie darüber nach.« Sie schaute Rafiq in die Augen und ließ das Schweigen wirken. »Sie können mich hier erreichen.« Sie gab Rafiq ihre Karte und stand auf. »Wenn ich nichts von Ihnen höre, werde ich wiederkommen. Ich muss mit Anna Krleza sprechen.«

Sie rief auf dem Weg zum Auto Farnham an. Er musste über Pearse informiert werden.

Lincoln, Samstagnachmittag

Roz verbrachte den Nachmittag mit Nathan und seiner Mutter. Nathan schlenderte ruhelos umher, alles, was er anfing, war fast schon vergessen, bevor er sich seiner Absicht bewusst wurde. Jedes Mal, wenn er ins Zimmer zurückkam, fragte er, wer Roz sei und was sie hier tue. Jedes Mal, wenn sein Blick auf seine Mutter fiel, brachte er seine Sorge über ihr Aussehen zum Ausdruck. Jenny Bishop war in seinen Augen über Nacht um zehn Jahre oder mehr gealtert. Einmal versuchte Jenny, ihm die Fotos zu zeigen, die Roz gebracht hatte. Er erkannte sich selbst – diese Bilder stellten ihn so dar, wie er glaubte, jetzt immer noch auszusehen –, aber sie machten ihn traurig und ängstigten ihn. »Ich erinnere mich nicht«, sagte er. »Ich habe das nicht getan.« Trügt nicht der Schein... Und er wirkte einen Augenblick verloren und ängstlich, bis der Gedächtnisfaden wieder abriss.

Dann legte Jenny ein Band in den Kassettenrekorder, Beethovens Violinkonzert. Die Musik erfüllte den Raum, und Roz beobachtete, dass etwas mit ihm geschah. Nathans zielloses Umhergehen fand ein Ende. Seine Aufmerksamkeit richtete sich auf die Musik. Als die Violine sich vom Orchester löste, sich aufschwang und dann wieder in einer zarten Melodie verebbte, fing er Roz' Blick auf und lächelte ihr in der gemeinsamen Freude an der Musik zu. Einen Augenblick glaubte sie, bei ihm ein Erkennen wahrzunehmen. Er war von der Musik gefangen, dem Augenblick und den sich entwickelnden Passagen. Genauso versunken und hingegeben hatte er die Spinne beobachtet. Sie sah Jenny an. Das Gesicht ihrer Schwiegermutter wurde immer angespannter.

Jenny hoffte, dass Nathan unter dem Einfluss der Musik, ganz gleich, wie sich diese Anregung auf sein beschädigtes Gehirn auswirken mochte, sein Gedächtnis wiederfinden möge.

Roz saß still da, als sich die komplizierten, vielschichtigen Muster der Musik ausbreiteten, die sie nur zum Teil verfolgen konnte. Als sie ausklangen, beobachtete sie Nathan. Seine Augen waren ruhig, er war auf den Klang konzentriert. Er schien mit den beiden Frauen im Raum in Kontakt zu sein, sah sie gelegentlich an und war sich ihrer Anwesenheit bewusst. Als die Musik zu Ende war, schien er sich zurückzuziehen, aber sein Ausdruck stiller Versunkenheit änderte sich nicht. Und sie erkannte, dass Nathan noch da war, dass es den Mann, den sie geliebt und geheiratet hatte, noch gab, obwohl er sie nicht mehr erreichte und sie ihn auch nicht mehr erreichen konnte.

Nach einer Weile begann er wieder, rastlos hin und her zu gehen, runzelte verwirrt die Stirn, wenn er Roz ansah. Es wiederholte sich die ständige Fragerei, die in einer bestimmten Absicht begonnenen Handlungen, die aber vor ihrer Durchführung wieder abgebrochen wurden. Jenny saß regungslos in ihrem Sessel. Dann nahm sie Nathans Hand und zog ihn mit sich aus dem Zimmer. »Geh und sieh im Garten nach dem Rechten, Nathan«, sagte sie. Sie betrachtete Roz. »Im Garten ist er ruhiger.« Roz sah die stille Gestalt vor sich, die der Spinne beim Weben ihres Netzes zugesehen hatte. Sie konnte nichts sagen.

Jenny sah Roz an. »Morgen muss ich ihn ins Heim zurückbringen. Mir graut davor. Er weiß nicht, warum ich ihn dorthin bringe – er erkennt es nicht wieder. Für ihn ist es so, als brächte ich ihn an einen Ort, wo er noch nie war, und als ließe ich ihn bei Menschen zurück, die er nie gesehen hat. Nächstes Wochenende hole ich ihn nach Hause, und er wird vergessen haben, dass er je weg war.«

»Ich wünschte …« Roz wusste nicht, was sie wünschte.

»Du kannst nicht mehr tun«, sagte Jenny, »als das, was du schon getan hast. Selbst wenn du manchmal auf ihn aufpassen würdest, wäre es nicht besser. Er kennt dich nicht und wird dich auch in Zukunft nicht erkennen.«

»Ich könnte manchmal herkommen und mich um ihn kümmern.« Roz war sich nicht sicher, ob sie das ernst meinte.

Jenny schüttelte den Kopf. »Es ist leichter für ihn in der vertrauten Umgebung, aber er würde immer wieder eine Fremde im Haus treffen. Es könnte gefährlich werden. Er scheint jetzt ruhig, aber manchmal bekommt er Panik. Du weißt ja, was damals passiert ist.« *Die Faust schlug nach ihr, sie klammerte sich verzweifelt an das Geländer, taumelte auf der Treppe…* »Danke, dass du gekommen bist, Roz«, sagte Jenny. »Wir haben es versucht. Ich musste es probieren. Das verstehst du doch?« Roz nickte schweigend, ihrer Stimme vertraute sie nicht. »Du brauchst nicht wieder herzukommen«, fuhr Jenny ruhig fort. »Du kannst gerne kommen, natürlich, aber es ist wahrscheinlich besser, wenn du es nicht tust.«

Roz holte tief Luft. »Du weißt ja, dass ich immer die Verantwortung übernehmen werde, wenn…«

»Wenn ich sterbe?« Jenny verzog das Gesicht. »Die Leute im Heim verstehen Nathan. Solange er dort bleiben kann…«

Es war letzten Endes so wenig, was Jenny Bishop von ihr verlangte, um das Versprechen einzulösen, das sie Nathan gegeben hatte. *In guten wie in schlechten Zeiten, in Krankheit und Gesundheit…* Ich werde die Kosten für dein Leben im Heim tragen. *Es tut mir Leid*, sagte sie zu sich selbst bei dem Gedanken an den Nathan von damals, an dem Tag, als sie heirateten. *So habe ich es damals nicht gemeint, damals nicht.*

Als sie wegging, war es schon spät, fast neun Uhr. Sie lehnte Jennys Angebot ab, sie zum Bahnhof zu fahren. Es hätte bedeutet, dass Nathan der verwirrenden Situation im Auto ausgesetzt würde. Als sie zum Bahnhof kam, stellte sie fest, dass sie gerade einen Zug verpasst hatte und fünfundvierzig Minuten warten musste. Sie holte sich einen Kaffee vom Automaten und erinnerte sich, dass sie nur wenig Bargeld hatte. Sie überlegte, ob sie in die Stadt zurückgehen und einen Bankautomaten suchen sollte, aber es begann, stärker zu regnen, und ihre Fahrkarte hatte sie ja schon gekauft. Sie konnte Geld von einem der Automaten am Bahnhof in Sheffield abheben. Und wenn sie den Bus nahm, würde es sowieso reichen, um nach Hause zu kommen.

Sie ging auf dem leeren Bahnsteig auf und ab, die Minuten zogen sich in die Länge, fast war sie für die unbehagliche Kälte dankbar. Ihre Gedanken waren losgelöst, in einer Art Schwebezustand, und sie wollte, dass es so blieb. Über den vergangenen Tag wollte sie nicht nachdenken und fragte sich, was sie tun könnte, wenn sie nach Hause kam. Den Gedanken, in ihre Wohnung, in die leere Stille zurückzukehren, konnte sie kaum ertragen. Bis sie ankam, würde es zu spät sein, um Freunde zu besuchen, die ihr Gesellschaft leisten könnten, und es gab sowieso nur einen Menschen auf der Welt, mit dem sie reden wollte. Das war Luke.

Hull, Samstagabend

Anna saß in der Dunkelheit. Sie hatte vor sich hin geträumt, und jetzt holten die Stimmen sie in die Wirklichkeit zurück. Einen Moment war sie verwirrt, dann erinnerte sie der Staubgeruch der Decke, dass sie auf dem Dachboden der Beratungsstelle war. Automatisch sah sie auf ihr Handgelenk, aber während der letzten paar Tage hatte sie irgendwo ihre Uhr verloren. Sie konnte sich nicht erinnern, welcher Tag es war, und die hinter ihr liegenden Tage trudelten in wirren Bildern an ihr vorbei.

Sie fror. Ihre Gedanken schienen scharf und klar, aber seltsam losgelöst, als schwebe ihr Kopf irgendwo über ihr. Unten auf dem Treppenabsatz hörte sie undeutlich Stimmen. Sie horchte. Eine sprach laut und abgehackt, die andere leiser, ein Murmeln, das auf das dringliche Stakkato antwortete.

»... muss fort.«

»Wir können … auf die Straße setzen.«

»Polizei … Ärger … Fragen …«

»… eine Unterkunft. Morgen … noch einen Tag …«

Sie verstand nur hier und da ein paar Wortfetzen. Nasim und Matthew sprachen über sie. Die Polizei. Ärger. Sie dachte an die dunklen Straßen und die Blicke, die auf ihr ruhten, und … Angel, der irgendwo wartete, irgendwo da draußen in der Nacht. Panische Angst erfasste sie.

»Ein paar Tage«, hatte Matthew versprochen. *Ein paar Tage*. Aber Nasim sprach von der Polizei. Die Polizei. Die Polizei hatte weggesehen, als die Männer kamen. Sie hatten Annas Vater gesagt, er solle weggehen, aber er wollte nicht. Seine Freunde, seine Nachbarn, sagte er. Es waren doch nur Stammtischreden und Politik. Die Probleme würden nicht bis zu ihnen kommen. Es würde vorbeigehen, so wie es auch in der Vergangenheit gewesen war. Dann hatten die Männer ihn mitgenommen, und die Polizei sah weg.

»Sie werden dich nicht einfach zurückschicken, Anna«, hatte Angel ihr gesagt. »Du weißt schon, was sie mit einem jungen Mädchen wie dir tun werden. Dann werden sie dich einsperren – du darfst nicht hier bleiben und das tun, was du tust. Du hast Glück, dass du mich hast, Schätzchen. Ich sorge für dich.«

Aber das hatte er nicht getan. Und sie hatte Angels Freund verletzt, vielleicht umgebracht. Matthew hatte sie nichts davon erzählt. Angel war auf der Suche nach ihr. Sie war hierher gekommen, und sie hatten ihr geholfen. Sie hatten keine Fragen gestellt, hatten ihr zu essen gegeben und Kleider und eine Unterkunft.

Und jetzt war jemand auf der Suche nach ihr. Auch die Polizei suchte sie. Sie sah den Schatten eines leicht gewölbten Duschvorhangs vor sich, spürte, wie Panik sie erfasste, und zwang sich zur Ruhe. Die merkwürdige Losgelöstheit half ihr. Ihr Bewusstsein schien davonzutreiben. Sie brauchte Geld.

Wenn sie schnell Geld bekommen könnte, dann würde sie fliehen. Sie konnte nach … Sie überlegte, von welchen Orten sie die Leute hatte reden hören. Sie könnte nach London gehen – dort könnte sie leicht Arbeit finden. All die vielen Hotels, Pubs, Bars, Cafés würden Leute brauchen. Sie konnte dort Arbeit suchen, wo keine Fragen gestellt wurden. Oder sie könnte in eine der anderen Städte gehen – Manchester, Edinburgh, Glasgow. Alles Orte, wo man untertauchen und sein Leben fristen konnte. Aber Matthew hatte gesagt: »Ein paar Tage … Du könntest bleiben …«

Sie schaltete das Licht an, die dicht verhängte Lampe warf einen matten Schein in den Raum. Sie hörte Schritte auf der Treppe und Klopfen an der Tür. »Ja?«, sagte sie.

Matthew steckte den Kopf in die Tür. »Anna?«, flüsterte er leise. »Kann ich reinkommen?«

»Ja.« Sie blickte ihm über die Schulter, es war niemand da.

»Haben wir dich aufgeweckt? Das tut mir Leid. Nasim ist nach Hause gegangen. Sie macht sich Sorgen. Jemand hat uns besucht.«

»Die Polizei?«, fragte sie.

Er seufzte und nickte. »Du hast uns gehört. Ja. Sie suchen jemanden.« Ihre Kehle war trocken, sie stieß einen fragenden Laut aus. »Ein schweres Verbrechen ist verübt worden. Ein Mord, ich weiß nicht genau …« Er beobachtete ihr Gesicht, während er sprach.

Kalt. Ihr war kalt. »Jetzt?«, sagte sie. »Heute ein Mord?«

Er schüttelte den Kopf. »Vor einiger Zeit. Ich weiß nicht.« Ein Mord. Diese Frau in der Badewanne. Jetzt wurde der Duschvorhang zurückgezogen, und sie sah das zerschlagene Gesicht und die Flecken auf der grauen Haut. Sie zitterte. »Bist du in Ordnung?« Er sorgte sich. »Ich hole dir noch eine Decke.«

Er wartete auf eine Antwort, dann sagte er. »Du musst mit jemandem sprechen, Anna. Ich kenne Leute, auf die du dich verlassen kannst. Ich habe mir deinen Fall genau überlegt. Ich kenne jemanden, der dir vielleicht helfen kann, aber du musst mit ihm sprechen.«

Hier bleiben, mit einer Arbeit und Papieren und einem Zimmer, wo sie wohnen konnte. Es war ein schöner Traum gewesen, aber es war zu spät. Mord. Es war egal, ob es Angels Freund oder die Frau im Hotelzimmer war. Die Polizei glaubte, dass sie es getan hatte. Sie war eine Prostituierte, eine Diebin und eine Mörderin. Es war zu spät. »Ja«, flüsterte sie. »Danke.«

Unten klingelte das Telefon. »Ich muss drangehen«, sagte er. »Es könnte dringend sein. Ruh dich aus. Wir reden morgen Früh.«

Sie legte sich wieder hin. Er hatte die Tür nicht richtig zugemacht, und sie ging von allein wieder auf. Sie konnte ihn am Telefon sprechen hören. Die Worte konnte sie nicht verstehen, aber seine Stimme klang gelassen, als rede er mitten in der Nacht beruhigend auf jemanden ein, der sich Sorgen machte. Nach dem Anruf kam er nicht wieder herauf. Sie wartete, bis alles still war, dann glitt sie von der Couch. Ihre Sachen, das Wenige, das sie hatte, waren in einer Plastiktüte, die an der Tür stand. Sie zog die Kleider an, die Nasim ihr gegeben hatte, die Jeans, das T-Shirt, die Socken und Schuhe. Ihre Jacke war noch feucht und schmutzig von ihren Nächten auf der Straße, aber sie war besser als nichts. Sie klemmte sie unter den Arm und horchte an der Tür. Stille.

Sie schlich die Treppe hinunter, blieb stehen und horchte. Als sie die unterste Stufe erreichte, knarrte das Holz, und sie erstarrte vor Schreck, aber niemand kam. Die Tür zum Hinterzimmer unten war angelehnt. Sie näherte sich vorsichtig und spähte hinein. Es war leer, aber auf dem Tisch lag eine Tüte. Sie schlüpfte ins Zimmer und sah in die Tüte. Belegte Brote, Käsebrote. Sie steckte sie ein. Es würde nur einen Tag dauern. Sie brauchte nur eine Busfahrkarte nach London, aber sie musste realistisch bleiben, denn sie würde etwas Geld für Essen und eine Unterkunft brauchen. Wenn sie erst einmal woanders war, konnte sie überleben. Niemand würde sie finden.

Sie glitt durch die Tür, die in den Hof führte, und erinnerte sich an Nasims Gesicht, während sie Anna vom Fenster aus beobachtet hatte. *Komm aus der Kälte herein!* Sie würde die beiden enttäuschen, Nasim und Matthew, sie würden es nicht verstehen, wenn sie herausfanden, dass sie gegangen war, und sie konnte es ihnen nicht erklären. Der Hof war stockdunkel, der Boden aufgeweicht. Vorsichtig suchte sie den Weg zum Holztor an der Mauer, das sie sich erinnerte, gesehen zu haben. Ihre Hände tasteten an den feuchten Backsteinen des Schuppens entlang bis zur Mauer und zum Tor. Oben und unten waren Riegel. Als sie sie berührte, zuckte sie vor den Spinnweben und den alten Farbresten zurück, die an ihren Fingern hängen blieben. Die Riegel selbst waren gut geölt und ließen sich leicht öffnen. Sie schloss das Tor fest hinter sich.

Die Nacht war kalt, aber als sie den Weg entlang und dann weiter in die nächtliche Stadt lief, brach ihr der Schweiß aus.

Sheffield, Samstagabend

Roz' Rückfahrt war trostlos, kalt und unbequem. Der Zug ratterte und rumpelte, die Heizung funktionierte nicht, und es wurde immer kälter. Es kam kein Wagen mit Erfrischungen, deshalb konnte sie sich nicht mit einem heißen Getränk wärmen oder mit einem Bier trösten. Der Tag lief vor ihrem inneren Auge ab und vermischte sich mit Erinnerungen an die Vergangenheit, die nur schmerzlich sein konnten. Wenn Nathan gestorben wäre, hätte sie vielleicht jetzt auf diese Erinnerungen zurückblicken und sich an dem Glück freuen können, das sie zusammen gehabt hatten. Aber jetzt, wo Nathan wie eine Fliege im Bernstein in seiner ewig währenden Gegenwart gefangen war, gab es nur bittere Erinnerungen.

Sie wollte nur eines: Luke sehen und ihm erzählen, was sie heute erlebt hatte. Und sie wünschte sich, dass er seine Arme um sie legen und unbeschwert über Schuld und Buße, über Astronomie und Mathematik und über Zeit und Ewigkeit reden möge. Er würde ihr sagen, dass sie keine Schuldgefühle zu haben brauchte, und es ehrlich meinen. Er würde Dinge sagen wie: »Was hast du als Nächstes vor, Bishop? Auf dem Wasser wandeln?« Sie hatte eigentlich nicht geplant, den ganzen Weg zu ihm hinauszufahren, sobald sie zurück war, es war mehr eine Art Wachtraum, um die quälende Fahrt zu überstehen. Aber als sie nach Sheffield kam und sich nach einem Taxi umsah, fiel ihr an der Haltestelle vor dem Bahnhof der Bus ins Auge, der zu Luke hinausfuhr. Ein Vorzeichen. Sie lief im strömenden Regen durch die Pfützen und schaffte es gerade noch zum Bus, bevor der Fahrer abfahren wollte. Betont geduldig saß er da, während sie in ihrer Tasche die Geldbörse suchte und dann die Münzen für den Fahrschein hinzählte.

Luke wohnte in einem der Vororte am Rande des Moors, einer hoch gelegenen, düsteren Gegend, wo es im Winter Schneeverwehungen gab und die Busse manchmal stehen bleiben mussten, bevor sie die letzte Höhe erklommen. Als der Bus durch den Regen pflügte, drückte Roz ihr Gesicht gegen die Scheibe, um zu erkennen, wann sie aussteigen musste. Sie waren fast an der Endstation angekommen, und sie erkannte im Vorbeifahren Lukes gebogene Straße mit älteren Häusern und Vorgärten.

Es hatte aufgehört zu regnen, und sie eilte von der Bushaltestelle den Hügel hinunter, an den Steinmauern vorbei, von denen immergrüne Pflanzen herabhingen, deren nasse Blätter ihr Gesicht streiften. Sie erreichte die Kreuzung zu Lukes Straße und wurde sich mit einem flauen Gefühl bewusst, dass sie unüberlegt gehandelt hatte. Es war Samstagabend. Luke war vielleicht ausgegangen, oder er könnte jemanden bei sich haben. Oder … Aber es brachte nichts, sich diese Fragen zu stellen. Sie war nun mal hier. Das Haus, das zu vier Einzimmerwohnungen umgebaut war, lag auf der anderen Straßenseite. Lukes Wohnung befand sich im Erdgeschoss, links neben der Haustür.

Sein Fenster war dunkel, aber der Schuppen, wo er sein Motorrad abstellte, war mit einem Vorhängeschloss gesichert, also war er vielleicht zu Hause. Sie klingelte, dachte aber dann daran, dass die Klingel wahrscheinlich nicht funktionierte, und klopfte ans Fenster. Sie wusste nicht, was sie tun würde, wenn er nicht da war. Sie hatte nichts geplant. Sie klopfte noch einmal an die Tür.

»Okay, schon gut.« Licht ging auf der anderen Seite der Tür an, und Erleichterung trat an die Stelle ihrer Nervosität, als sie seine Stimme hörte. »Verdammt, es ist nach …« Er riss ungeduldig die Tür auf. Einen Moment war es still. »Roz.«

»Hallo, Luke.« Sie sahen einander an. »Kann ich reinkommen?«, fragte sie. »Ich weiß, es ist spät. Tut mir Leid.«

Er trat zurück, und sie ging in den Flur. Nach der Kälte draußen fühlte sie die angenehme Wärme des Hauses. Er stieß die Tür zu seiner Wohnung auf und schloss die Haustür hinter sich. Er trug Jeans und einen schwarzen Pullover, war aber barfuß. Sie dachte, sie hätte ihn vielleicht aufgeweckt, aber es lief leise Musik, ein charakteristischer süßlicher Geruch in der Luft verriet, dass er Gras geraucht hatte, und sein Computer war eingeschaltet. Der Bildschirm war zur Seite gedreht, aber sie konnte einen dunklen Hintergrund und flimmernde Buchstaben sehen. Schwere Vorhänge waren vor das Fenster gezogen, sodass kein Licht nach draußen drang.

Er ging zum Rechner und fuhr ihn herunter, der Bildschirm wurde dunkel. Dann lehnte er sich an die Wand und sah sie an. »Also, Roz. Was kann ich für dich tun?« Er sprach so unverbindlich-höflich wie sonst zu Joanna.

Sie wusste nicht, was sie ihm sagen sollte, sie hatte sich nichts überlegt. Sie hatte ihn einfach nur sehen wollen, brauchte den leichten Umgangston, an den sie gewöhnt war, und die Art und Weise, wie sie sonst immer auf die Stimmung des anderen eingingen. »Ich wollte nur …« Sie wusste nichts zu sagen, ihr Kopf war einfach leer. Schließlich sagte sie: »Ich … wollte gern wissen, ob du diese Dateien angeschaut hast, Gemmas Dateien. Ob du etwas gefunden hast.«

Er sah auf seine Uhr. »Deine Begeisterung ist ja sehr löblich, Roz, so spät mit Fragen zur Arbeit hier vorbeizukommen. *Nein*, ist die Antwort. Ich habe nichts gefunden. Und der Grund, warum ich nichts gefunden habe? Es gab nichts zu finden.«

Sie hatte nach den Ereignissen des Tages vergessen, wie aufgebracht er gewesen war. Sie wollte erklären, aber bei seiner Frage, mit der er sich höflich erkundigte, was sie wolle, war Reden, wirkliches Reden, schwierig. Verzweifelt suchte sie nach einem Thema. Sie musste das Eis brechen. »Joanna …«, fing sie an.

»Hör mal zu, Roz. Mir steht's bis hier oben mit der Grey. Einer der großen Vorteile meines jetzigen Lebens ist, dass ich nichts mit ihr zu tun habe. Diese Wohnung ist eine absolut Grey-freie Zone, okay? Also, was immer es ist, erzähl es einem anderen, ja?«

»Okay. Ich dachte, dass du vielleicht wissen wolltest, was sich in der Arbeit tut. Wenn nicht, na gut …« Ihre Stimme verlor sich in seinem Schweigen. »Was machst du da?« Sie wies mit einer Kopfbewegung auf den Computer, den er ausgeschaltet hatte.

Er sah sie lange an. »Tja, Roz, bin noch am Überlegen. Ich dachte, ich könnte einen Callgirl-Ring einrichten. Oder auch eine Frau totschlagen, sie wie einen Truthahn vom Schützenfest zusammenbinden und irgendwo in eine Badewanne legen. Was hältst du davon?«

»Ach, mein Gott, Luke, hör doch auf!« Sie hatte ihn oft genug erlebt, wenn jemand bei ihm Wut oder Verachtung ausgelöst und er aus der Gelassenheit plötzlich feindselig geworden war. Er tobte gewöhnlich herum und erzählte von der Person, die ihn beleidigt hatte. »Mein Gott, Roz, was hast du denn mit der blöden Zicke?« Er sah sie an, seine Feindseligkeit war unverkennbar. Sie dachte an die höfliche Maske des Nichtverstehens bei Nathan, an die Tränen in Jennys Augen, als sie darüber sprach, dass sie ihn ins Heim zurückbringen würde. Sie hörte Nathan sagen: »Ich weiß nicht…«, sah den plötzlichen Schrecken in seinen Augen, bevor sie jeden Ausdruck verloren. *Ich bin zu müde, für solche Spielchen, Luke!*

»Ich wollte nur sagen, dass es mir Leid tut.« Sie sah ihn an und versuchte, seine Reaktion abzuschätzen. Er schwieg, blieb einfach da stehen, wo er war, und beobachtete sie mit höflicher Erwartung. »Ich habe dir ja gesagt, ich wusste nicht… was mit Gemma passiert war. Ich habe nie wirklich geglaubt… Aber wenn ich es gewusst hätte, dann wäre ich sicher gewesen, dass du es nicht getan haben konntest… Das ist alles. Wenn du darüber nachgedacht hättest, wäre es dir klar geworden.« Sie war jetzt wütend auf ihn, und die Wut machte es leichter, mit seiner Feindseligkeit klarzukommen.

Er zuckte die Schultern. »Okay. Du hast deine Frage nach den Dateien gestellt und gesagt, dass es dir Leid tut. Sonst noch was?«

»Luke…« Sie wollte es nicht dabei bewenden lassen.

Er ging zur Tür und machte sie auf. »Hat es sich angehört, als ob ich mit dir reden will, Roz?«

Also gut, wenn er das wollte. »Ich gehe ja schon.«

Sie konnte der Versuchung nicht widerstehen, die Tür hinter sich zuzuschlagen. Halb war sie schon den Weg hinunter, als sie merkte, dass es wieder regnete. Ihre Jacke war nicht wasserdicht, und sie hatte keinen Schirm dabei. Na ja, das machte nichts. Dann würde sie eben nass werden. Sie lief auf der Straße zur Bushaltestelle zurück und spürte, wie der Regen an ihrem Nacken hinunterrann. *Scheißkerl!* Luke mit seinem hartnäckigen Stolz, seiner Arroganz und seinen Launen, *sollte er ihr doch einfach gestohlen bleiben!*

16

Hull, Samstagabend

Anna musste immer weiterlaufen. Die Straßen der Stadt zogen an ihr vorbei, Autos und Lichter auf den großen Hauptverkehrsstraßen, leere Gehwege und dunkle Winkel in den Seitenstraßen. Anna, die nicht wusste, wohin, die keinen Plan, keinen Unterschlupf, keine Freunde hatte. Sie hielt den Blick auf den Boden gesenkt. Ihr Kopf war leer, er verweigerte das Denken. *Nur weiter.* Sie war schon einmal hier entlanggekommen, vielleicht vor einer Stunde, und befand sich jetzt auf der Straße zwischen Stadtmitte und Hafen. Irgendwo würde sie eine ruhige Stelle finden, wo sie sich hinsetzen und nachdenken konnte.

Dann gelangte sie in ruhigere Straßen. So weit hier unten war sie noch nie gewesen. Hier waren Leute. Eine Frau in kurzem Rock und abgeschnittenem Top ging langsam ganz am Rand des Gehwegs entlang. Ihre Schuhe hatten sehr hohe Absätze und sahen schwer und unpassend zu ihren langen, dünnen Beinen aus. Ihr Haar schimmerte hell im Straßenlicht. Einen Moment stand sie an der Ecke, drehte sich dann um und schlenderte langsam zurück. Die schneidende Kälte, die Anna durch ihre Jacke spürte, schien sie nicht zu bemerken. Anna stellte sich in einen Eingang. Sie wusste, was die Frau tat.

Wie auf einer Kinderzeichnung leuchtete die Frau in der Dunkelheit. Eine Frau hinter einem Bild – wie die mechanische Puppe, die mit Angels … *Freunden? Kunden?* auf dem Bett gelegen hatte. Man konnte mit dieser Puppe tun, was man wollte. Sie würde alles machen, was man von ihr verlangte, es war egal, weil die Puppe nicht lebendig war. *Krischas Puppe, ihr zerschlagenes Gesicht auf dem Boden hinter dem durchsichtigen Duschvorhang, lächelnd, lächelnd …* Die Frau, die mit ihrem hellen Haar und ihrem leuchtenden Gesicht einem Bild ähnelte, dessen Konturen in grellen Farben nachgezogen waren, drehte wieder um, schlenderte zurück, und ein Auto fuhr langsam vorbei, nur die Reifen machten ein leises Geräusch, als klebten sie an der Straße. Die Frau blieb stehen und sah zu ihm hin, aber der Wagen fuhr vorbei und verschwand weiter vorn auf der Straße. Anna wich in den Eingang zurück. Aber der Fahrer war nur ein über das Steuer gebeugter Mann gewesen, zaghaft und unauffällig.

Angel würde sie nicht auf den Straßen suchen, nicht hier und nicht zu dieser Zeit. Das Auto kam zurück. Die angemalte Frau hatte das erwartet und Ausschau danach gehalten. Sie wusste, wie es lief. Anna beobachtete, wie sie Blickkontakt aufnahm, sich leicht vorbeugte und lächelte. Als das Auto langsamer fuhr und anhielt, ging sie hin und lehnte sich ins offene Fenster, um über den Preis zu verhandeln. Dann wurde die Tür aufgemacht, und sie stieg ein. Das Auto fuhr weg.

Anna trat aus dem Eingang und eilte die Straße entlang, einige der Straßenlaternen funktionierten nicht, und sie stolperte auf dem unebenen Gehweg. Ein Auto fuhr an ihr vorbei und bog weiter vorn links ab. Sie hörte ein anderes Auto hinter sich und schaute über die Schulter zurück. Es fuhr langsam, war schnittig und schwarz. Sie zog den Kopf ein. *Geh weg, geh weg.*

Der Wagen glitt ganz langsam an ihr vorbei. Die Scheiben waren getönt, das Wageninnere nicht zu sehen. Sie zögerte. Sollte sie umkehren oder weitergehen? Sie konnte jetzt nicht stehen bleiben. Sie beschleunigte ihre Schritte, rannte zwar nicht richtig, ging aber schnell und zielbewusst, und versuchte, nicht auf das Auto zu blicken. Aber als sie auf gleicher Höhe waren, schielte sie doch zur Seite. Ein leises Brummen, der Wagen hielt an, und das Fenster glitt langsam nach unten.

»Anna!« Eine Hand ergriff ihr Handgelenk, als sie mit klopfendem Herzen und stockendem Atem zurücksprang. Ihre Beine wurden weich, als der Wagen mit quietschenden Reifen davonfuhr und Anna keuchend am Straßenrand zurückließ. Ihr wurde schwarz vor Augen. »Anna!« Hände hielten sie an den Armen. Als die Dunkelheit wieder weg war und ihr Atem langsamer ging, war Matthew da, sein Gesicht bestürzt und besorgt. »Ich wollte dir doch keine Angst machen, Anna. Ich habe dich gesucht. Warum bist du weggelaufen? Was machst du hier?«

Sie wusste, was er dachte, und versuchte, es ihm zu erklären. »Ich muss … weg.« Ihre Stimme brach, ihre Kehle war trocken und rau. Matthew sah sie an, legte ihr die Hand auf die Stirn und schüttelte den Kopf, stellte ihr keine weiteren Fragen. Immer wieder schaute sie, ob sein Gesicht vorwurfsvoll oder angeekelt aussah, aber er runzelte nur besorgt die Stirn, während er sie stützte.

»Komm zurück, Anna«, sagte er. »Was auch immer los ist, wir können es klären.«

Sie ließ zu, dass er sie durch die Straßen zurückführte. »Ich habe mein Auto dabei, sagte er. »Deshalb hab ich dich gesehen.« Sie erinnerte sich an das Auto, das ein paar Minuten zuvor vorbeigefahren war. »Ich merkte zuerst nicht, dass du es warst.«

Sie schüttelte den Kopf. »Die Polizei«, sagte sie. »Der Ärger.«

»Ich weiß«, erwiderte er. Er schien besorgt. »Ich kann dich woanders hinbringen. Hör zu, Anna, ich werde morgen jemanden treffen. Ich hab es dir doch gesagt.« Sie hatten sein Auto erreicht, und er hielt ihr die hintere Tür auf und sah sich nervös um. Sie dachte an Angel, wie er sie angesehen hatte, und daran, wie klein und schwach Matthew war, und sie hatte Angst um ihn.

Sie kauerte sich auf dem Rücksitz zusammen und beugte den Kopf nach vorn. »Lass dich nicht sehen«, warnte er sie. »Falls die Polizei dich sucht.« Sonst sagte er nichts und fuhr weiter. Sie hörte das Motorengeräusch, wie er den Gang wechselte, rutschte nach rechts oder links, wenn er in die Kurven fuhr, und sah, wie die Straßenlaternen sich über ihrem Kopf drehten und vorbeizogen. Er schien durch kleine Nebenstraßen zu fahren und die größeren zu meiden. Dann machte der Wagen einen Satz und holperte wie auf einem ausgefahrenen Weg. »Das ist schon in Ordnung«, sagte er leise. »Ich bringe dich zur Beratungsstelle zurück, aber wir fahren von hinten heran.«

Sie erinnerte sich an den unebenen Weg, über den sie bei ihrer Flucht gerannt war. Sie hatte nichts erreicht, hätte bleiben und ihm alles erzählen und seine Hilfe annehmen sollen, wenn er ihr helfen konnte. Anna hatte es satt, immer wegzulaufen. »Es tut mir Leid«, sagte sie.

»Anna…« Seine Stimme klang müde. »Du bist nicht schuld an dem, was dir passiert ist.« Er bremste und hielt an. Es gab kein Licht, und im Auto war es stockdunkel. Er sprach leise. »Ich konnte vorn niemanden sehen, als ich vorbeifuhr. Es ist niemand hier. Pass auf, Anna, ich will es nicht riskieren, dich wieder dahin zu bringen, wo du gewesen bist. Es gibt daneben einen Raum, er ist nicht schön – es tut mir Leid, aber ich habe ihn schon öfter benutzt.«

Er parkte das Auto dicht an der Wand hinter der Beratungsstelle und half ihr heraus. Das Mondlicht ließ die Wand schwach schimmern, aber das Auto stand im Schatten. Er stieß das Hoftor auf und führte sie zu der hohen Wand des leer stehenden Lagergebäudes. Sie konnte sich an die vernagelten Fenster und zerbrochenen Scheiben erinnern. Dann hörte sie gedämpfte Geräusche, etwas wurde hochgehoben, ein leises angestrengtes Stöhnen, er atmete schwerer. »Matthew«, flüsterte sie.

»Ist schon gut«, sagte er und keuchte. »Es ist nur ein bisschen schwer. Die Bretter vor der Tür hier – man kann sie abnehmen.« Er schwieg einen Moment, und sie hörte, wie er tief durchatmete.

Sie dachte an seinen krummen Rücken und seinen schwerfälligen Gang. »Lass mich helfen«, sagte sie.

»Es ist schon fertig, Anna.« Sein Atem ging wieder regelmäßig. »Komm.«

Sie spürte kalte Luft im Gesicht, als er mit ihr durch das schwarze Loch ging, das den Eingang darstellte. Stufen führten nach unten. Er hielt sie am Arm. Sie hörte, dass eine Tür auf- und wieder zuging, das Geräusch, wie ein Streichholz angezündet wurde, und als es aufflammte, roch es scharf nach Schwefel. Sie sah, dass er das Gesicht von ihr abgewendet hatte, schmale Fliesen, dann erlosch das Streichholz. »So«, sagte er. Und dann ging ein helleres Licht an. Er sah sie im Schein der Sturmlaterne lächelnd an.

Sie war in einem kleinen Raum – fast nur ein Schrank unter der Treppe. An den Wänden waren schmale weiße Fliesen und der Boden war mit Steinplatten ausgelegt. An einer Wand stand eine Bank mit einer Matratze. Daran grenzte ein winziger Raum, in dem tief unten an der Wand ein Waschbecken mit einem Wasserhahn und einem Eimer war. Der Korridor führte an dem Raum vorbei und lief auf eine Tür zu. Er legte seine Hand über die Laterne, um das Licht zu dämpfen, und zog die Tür auf, die in die Dunkelheit führte. Sie hatte das Gefühl, ein weiter Raum läge vor ihr. »Wo …«

»Es ist der Keller unter dem Lagerhaus«, sagte er. »Aber sei vorsichtig, wenn du hier durchgehst. Hinten führt der Weg vorbei. Jemand könnte dich hören, wenn du ein Geräusch machst. Es ist sicherer, hier drinzubleiben.«

Sie saßen zusammen in dem kleinen Raum, und er warf ihr ein besorgtes Lächeln zu. »Erzähl mir, was passiert ist, Anna«, bat er.

Und dann erzählte sie ihm alles. Sie saßen sie in der Dunkelheit, und er hörte ihre Geschichte über Angels Freund, wie sie nach ihm geschlagen hatte, und von dem gestohlenen Geld. Sie erzählte ihm von der Frau in der Badewanne und dass sie fliehen musste. Sie hörte, wie er kurz die Luft anhielt. »Du hast gesagt – Polizei. Sucht mich«, sagte sie. »Ein Mord. Ich …« *Ich musste fliehen!*

Als sie zu Ende gesprochen hatte, saß er schweigend da, die Hände zwischen den Knien und den Kopf gesenkt. »Ich wollte, du hättest mir das gleich am Anfang gesagt, Anna«, sagte er. Sie nickte. Das hätte sie tun sollen. Wieder hatte sie sich von ihm helfen lassen, bevor er wusste, was sie getan hatte. Aber seine Stimme war sanft. »Du hast getan, was du tun musstest, Anna«, sagte er. »Hör zu, bei dem Mord – ging es nicht um den Mann …« Ekel schlich sich in seine Stimme. »Dieser – Mann, der dir wehgetan hat. Du bist nur Zeugin, Anna, das ist alles. Weil du die Frau im Hotel gefunden hast.« Sie war erleichtert.

Er nahm ihre Hand. »Pass auf, Anna, du wirst zur Polizei gehen müssen. Nein, hab keine Angst. Du hast nichts Schlimmes getan. Aber deine Papiere … ich werde die Person aufsuchen, die dir helfen kann. Er wird Rat wissen.« Er sah wieder besorgt aus, und sie spürte, wie die Angst sie überfiel. »Es ist jetzt Wochenende. Ich muss nach … Es wird eine Weile dauern. Und zuerst muss ich ihn finden. Anna, vielleicht musst du lange warten. Es kann sein, dass ich über Nacht weg bin. Hier« – er zeigte auf eine Plastiktüte, die er auf das provisorische Bett gelegt hatte – »ist etwas zu essen drin: Schokolade, Erdnüsse. Und am Wasserhahn kannst du Wasser holen. Es ist hier leider ein bisschen …« Sie sah, dass er verlegen war. »Es gibt kein … nur einen …«

Sie verstand, was er sagen wollte, und eine Welle der Zuneigung erfasste sie, weil er, nach allem, was geschehen war, ihretwegen in Verlegenheit war. Sie lächelte ihm zu. »Da ist Eimer«, sagte sie.

Er errötete und nickte. »Es wird schon gehen, Anna«, sagte er. »Ich hab auch schon hier übernachtet.« Und dann verließ er sie.

Roz kämpfte sich durch den Sturm zur Bushaltestelle, die an der windigsten Stelle oben auf dem Hügel war. Der schneidende Wind fuhr durch ihre Kleider, und die Feuchtigkeit ließ sie zittern. Sie hatte bei dem abrupten Aufbruch aus Lukes Wohnung ihre Handschuhe liegen lassen, und ihre Finger begannen vor Kälte zu schmerzen. Sie steckte sie tief in die Taschen. Der Regen wurde stärker, und sie musste sich entscheiden, ob sie in dem miserablen Unterstand an der Haltestelle stehen bleiben und durch die matten Scheiben spähen oder eine klare Sicht auf einen eventuell herankommenden Bus haben, dabei aber völlig durchnässt werden wollte.

Sie tastete nach den Münzen in ihrer Tasche, nahm sie heraus und zählte sie schnell durch. Es war genug, um in die Stadt zurückzukommen. Dort könnte sie zum Bankautomaten gehen und Geld für ein Taxi holen. Oder vielleicht ein Telefon suchen, um von hier aus ein Taxi zu nehmen. Sie könnten unterwegs an einem Bankautomaten anhalten. Es würde sie ein Vermögen kosten, aber wenn sie aus dieser Kälte wegkäme, wäre es das wert. Sie sah sich um, ob irgendwo eine Telefonzelle war. Nirgendwo war eine zu sehen, aber weiter unten am Hügel an der Ecke, wo eine Zypresse stand, deren Zweige regenschwer auf die Straße hingen, stand jemand. Sie sah einen hellen Mantel schimmern. Wartete noch jemand auf den Bus? Das könnte bedeuten, dass er bald kommen würde. Sie sah auf die Uhr und erschrak. Ihr war nicht klar gewesen, wie spät es schon war. Nach Mitternacht. Um diese Zeit würde kein Bus mehr kommen. Sie war am Bahnhof, einem plötzlichen Einfall folgend, einfach in den Bus gestiegen, ohne zu überlegen, was sie tat. Und jetzt saß sie durchnässt in diesem gottverlassenen Teil von Sheffield in der Kälte fest und hatte keine Ahnung, wie sie nach Hause kommen würde.

Die Lichter der Straßenlaternen tanzten im Regen. Er spritzte von der Straße hoch, die undeutlich in dem gebrochenen Licht vor ihr lag. In der Ferne erschienen Scheinwerfer. Ein Bus? Nein, ein Transporter rauschte vorbei, spritzte einen Schwall Wasser vom Rinnstein in das Wartehäuschen und durchnässte ihre Füße.

Tränen des Selbstmitleids traten ihr in die Augen. Sie richtete ihre ganze Wut auf Luke, dabei verflüchtigten sich die Tränen, aber das unangenehme Gefühl innerer Leere blieb. Sie musste eine Entscheidung treffen, sie konnte die Nacht nicht an der Bushaltestelle verbringen. Sie sah sich um, an der Ecke, wo der Mann gewartet hatte, schien jetzt niemand mehr zu sein. Oder doch? Die Büsche neben dem Baum schwankten im Wind und ließen etwas entstehen, das wie ein an den Baumstamm gelehnter Mann aussah… nein, es war nur der Baum… sie konnte es nicht genau erkennen. Sie zog die feuchte Jacke fester um sich, um es etwas wärmer zu haben, und begann die Straße hinunterzugehen. Es musste doch irgendwo eine Telefonzelle geben. Aber wenn es keine gab? Dann würde sie eben zu Fuß in die Stadt zurücklaufen. Das war immer noch besser, als frierend an der Haltestelle zu stehen.

Ihre Schuhe waren nicht wasserdicht und vom Regen durchgeweicht. Sie spürte den nassen Stoff ihrer Hose an den Beinen kleben. *Du hättest dir das vorher überlegen sollen, Bishop.* Es hörte sich fast wie Lukes Stimme an, wenn sie sich über die Lösung eines Problems stritten. *Wieso glaubst du, dass du alles besser weißt, Hagan?* Sie war so erschöpft und durchgefroren, dass es schwer war, sich zu konzentrieren. Es gab keine Spiegel an den Wänden. Nathan sah sie an und sagte: *Ich habe nicht viel zu tun.* Sie war kurz davor, einfach einzuschlafen.

Der Wind ließ kurz nach, und in der Stille glaubte sie, jemanden hinter sich gehen zu hören. Sie erinnerte sich an die Gestalt, die unter dem Baum gewartet hatte, und sah schnell über die Schulter zurück. Die Straße war leer. Sie ermahnte sich, damit aufzuhören, sich solche Dinge einzubilden, aber sie war allein, und es war dunkel und kein Mensch weit und breit. Die Häuser standen ein Stück von der Straße zurückgesetzt, und es kam nur hin und wieder ein Auto.

Sie zitterte. Ein Auto brauste vorbei und verschwand in der Dunkelheit. Da war jemand auf der Straße vor ihr, er lief schnell den Hügel hinunter, die Schultern im hellen Regenmantel hochgezogen. Sie hatte Gegenwind, der ihr die Graupeln ins Gesicht und in die Jacke blies und sie bis auf die Knochen durchnässte. Ihr Gesicht fühlte sich bereits starr und taub an, sie senkte den Kopf und zog den nassen Kragen der Jacke hoch.

Als sie aufsah, war die Straße leer. Wer immer vor ihr gegangen war, musste in eine der Seitenstraßen abgebogen sein. Sie hatte das Ende von Lukes Straße erreicht. Sie konnte zu ihm zurückgehen und fragen, ob sie telefonieren könnte, aber sie war nicht sicher, ob sie es noch einmal schaffen würde, seine Gehässigkeit über sich ergehen zu lassen. Ein Auto kam weiter unten am Hügel aus einer Seitenstraße heraus. Es fuhr langsam auf sie zu, als kenne sich der Fahrer nicht genau aus. Unter der Straßenlaterne fiel kurz das Licht auf den dunklen, teuer aussehenden Wagen, und sie beneidete die Person, die sicher hinter dem Steuer saß. Sie fragte sich, warum der Fahrer so langsam fuhr. Suchte er eine Adresse?

Dann überlegte sie, ob seine Aufmerksamkeit vielleicht ihr gelten könnte. Eine Frau allein nach Mitternacht – vielleicht war es jemand, der die Lage ausnutzen wollte, jemand, der vorher hier entlanggefahren war und sie allein auf einen Bus warten sah. Die leere Straße und das stille Haus machten ihr klar, dass hier draußen niemand war, der ihr helfen konnte. Ohne zu überlegen, bog sie um die Ecke lief schnell auf Lukes Haus zu, das auf der anderen Straßenseite lag. Durch den Graupelregen hörte sie, dass der Wagen beschleunigte, und fing an zu laufen. Die Scheinwerfer erleuchteten die Straße, und sie hörte den Motor aufheulen. Die Schatten vor den näher kommenden Scheinwerfern ließen sie einen Moment die Orientierung verlieren. Sie stolperte und spürte den schneidenden Schmerz spitzer Steine an ihrem Knie, die Scheinwerfer holten sie ein, sie kam wieder auf die Beine und taumelte durch das Tor. Ohne es an der Haustür zu versuchen, hämmerte sie an sein Fenster. »Luke!«, rief sie. »Luke!« Stille und das Zischen der Autoreifen auf der Straße. Sie schlug an die Tür. Wo war er?

Dann ging das Licht an, und die Tür wurde geöffnet. Das Auto rauschte vorbei und verschwand in der Dunkelheit. Sie drängte sich an Luke vorbei und schlug die Tür hinter sich zu, lehnte sich schwer atmend dagegen und spürte, wie ihre Beine anfingen zu zittern, als der Schock sie überwältigte. »Roz?« Luke starrte sie verwirrt an. »Was …? Verdammt, wie siehst du denn aus! Was hast du gemacht?«

Sie sah an sich hinunter. Ihre Jacke war nass, die Hose triefte. Ein Hosenbein war zerrissen und das Knie blutete. Wasser tropfte aus ihren Haaren und von ihren Kleidern auf den Boden. Ihr Gesicht war gefühllos vor Kälte. »Ich habe den Bus verpasst«, sagte sie. »Ich muss nur schnell telefonieren.« Sie hörte selbst, dass ihre Stimme nüchtern und alltäglich klang, worüber sie lachen musste, dann zitterte sie so heftig, dass sie nicht mehr aufrecht stehen konnte.

Er packte sie am Handgelenk und zog sie in die Wohnung. »Wo ist dein Auto? Was soll das, dass du so spät auf der Straße rumläufst? Mensch, Roz, manchmal sollte man dich einfach zu Hause einsperren.« Sein Gesicht war vor Entrüstung und Sorge angespannt.

»Ich bin vom Bahnhof aus mit dem Bus gekommen.« Er half ihr, die Jacke auszuziehen, und hängte sie über den Heizkörper.

Ihre völlig durchnässten Schuhe, die sie abstreifte, hinterließen Spuren auf dem Teppich. Ihre Socken waren patschnass, und sie zog sie unbeholfen mit vor Kälte steifen Fingern aus. »Ich habe Nathan besucht. Ich wollte nur ...« Was hatte sie tun wollen? Sie biss sich auf die Lippe, und das Zittern wurde immer stärker.

Bedauern zeigte sich auf seinem Gesicht. »Natürlich«, sagte er, »komm her.« Er legte die Arme um sie und drückte sie fest an sich, ihr Gesicht wurde gegen den rauen Pullover gepresst. »Es tut mir Leid, ich war ein Mistkerl. O Gott, wie siehst du nur aus. Komm, wir trocknen dich.« Sie erinnerte sich, dass er vor fünf Tagen nach einem plötzlichen Regen durchnässt bei ihr angekommen war, an dem Abend, bevor die Polizei ihn abholte und mitnahm.

»Ich bin ja nicht die Einzige, die so clever ist, im Regen rumzulaufen«, sagte sie mit klappernden Zähnen.

Sie spürte, dass er lachte, als er sie durchs Zimmer führte. Er nahm ein Handtuch vom Bett, hielt sie fest und rieb ihre Haare. »Die Kleider musst du ausziehen«, sagte er. Und er hatte Recht. Die nassen Klamotten ließen sie nur noch mehr frieren. Sie nestelte an der Kordel ihres Hosenbunds herum, aber der Knoten war feucht, sie schaffte es nicht, ihn zu lösen. Ihre Finger waren zu klamm, um die Knöpfe an ihrer Strickjacke aufzukriegen.

Er sah sie einen Moment an. »Komm«, sagte er. Er knotete die nasse Kordel ihrer Hose auf, dann öffnete er ihre Jacke. Ihre Beine trugen sie nicht mehr. Er stützte sie mit einem Arm, als er ihr die Jacke und die nasse Hose auszog. Sie lehnte sich an ihn und ließ sich ausziehen, bewegte sich nur ein bisschen, um ihm zu helfen. Er zog ihr die Bluse über den Kopf, löste ihren BH. Als er ihn über ihre Arme zog, spürte sie ihre nackten Brüste.

Dann griff er nach der Steppdecke auf dem Bett und sagte: »Leg dich hin.« Er wickelte sie in die Decke. Sie war bis auf die Knochen durchgefroren. »Ich hab in letzter Zeit viel damit zu tun, dich dauernd ins Bett zu bringen, Bishop«, sagte er. »Jetzt musst du erst mal warm werden.« Seine Stimme war unbeschwert, aber sein Gesicht ernst und konzentriert. Er zog seinen Pullover über den Kopf, knöpfte seine Jeans auf und zog sie aus. Darunter trug er nichts. Er legte sich neben sie und zog sie zu sich heran. Seine Haut war heiß im Vergleich zu ihrer. »Eisprinzessin«, sagte er, legte ihre Hände unter seine Arme und schlang seine Beine um ihre. Dann hielt er sie einfach fest, streichelte sanft ihren Rücken und redete Unsinn, über die Merkwürdigkeiten des Universums, die Geheimnisse der Zahlen, typisches Luke-Geschwafel – tröstlich und sicher.

Langsam wurde sie wärmer und hörte auf zu zittern. Die Matratze unter ihr fühlte sich wie eine Wolke aus Watte an und sie war ganz von seiner Wärme umfangen. Er strich ihr über das feuchte Haar. »Ist es besser?«, flüsterte er.

Sie sah zu ihm auf. »Luke, es tut mir Leid, ich …«

Er berührte ihr Gesicht. »Scht, jetzt nicht.« Er küsste sie, und sie legte die Arme um ihn und schmeckte Cannabis in seinem Mund, atmete seine Nähe, die sich so vertraut anfühlte, richtig und doch neu. Er strich über ihren Rücken, legte die Hände um ihr Gesäß, rieb ihre Oberschenkel und berührte und stimulierte sie mit der Hand. Er küsste ihren Hals, ihre Brüste, und sie bog sich ihm entgegen und presste sich an ihn. Er nahm ihr Gesicht in seine Hände und sah sie an. »Willst du?«, fragte er. »Willst du es wirklich?«

»Ja«, sagte sie, »Luke, ja.« Und so war es. Er flüsterte ihren Namen, *Roz*, und sie fühlte seine Erektion an ihrem Bauch. Er schob ihre Schenkel auseinander, und sie half ihm, in sie einzudringen, er bewegte sich langsam, sanft und tief, und seine Wärme war überall um sie herum.

Sie hörte, wie der Wind den Regen ans Fenster peitschte, und sah immer noch die leere Straße und einen dunklen Wagen vor sich, der auf sie zufuhr. Sie hielt ihn fester, und er sagte wieder *Roz*, als er sich bewegte, wie eine immer wiederholte Frage,

Roz? Roz? Und die Nacht und die Angst vergingen in ihrer Antwort und der immer stärker werdenden Erregung. Sie hatte Luke als sorglos und leichtsinnig gekannt, als guten Freund und aufregenden Liebhaber, hatte seine Launen, seine manchmal grausamen Sprüche und seinen ungeduldigen Ärger gekannt. Auch seine Gutmütigkeit, aber sie hatte nie zuvor seine Fähigkeit zu einer solchen Zärtlichkeit erlebt. Hätte sie das gewusst, hätte sie sich nie von ihm getrennt und auch nie zugelassen, dass er sie verließ.

17

Sheffield, Sonntagvormittag

Zwischen der Universität und dem Krankenhaus stehen Steinhäuser mit schweren Torpfosten und großen Gärten. Die alten Bäume zwischen den Häusern spenden mit ihrem dichten Laub im Sommer Schatten und strecken im Winter ihre nackten Zweige wie Arme eines Skeletts in den Himmel. Die Straßen sind eine Mischung aus Geraden, Bögen und Sackgassen, typisch für eine Wohngegend, deren Häuser große, hohe Räume und Gärten haben. Am Wochenende sind die Seitenstraßen so ruhig, dass Kinder dort spielen, von Haus zu Haus laufen und mit ihren Fahrrädern oder Skateboards fahren oder Fußball spielen können.

Während der Woche wimmelt es hier von Studenten, die ihre Autos entlang den Gartenmauern parken und es schwierig machen, den Gehweg zu benutzen. In fast jedem Haus ist ein Büro oder ein Seminar der Universität mit einem unauffälligen Schild an der Wand untergebracht: University of Sheffield, Department of Cultural Studies, University of Sheffield, European Studies. Eine Sackgasse mit Kopfsteinpflaster verläuft zwischen der alten Kirche, die als Studiotheater genutzt wird, und einem Platz mit reizlosen Reihenhäusern. Während der Woche ist es für Autofahrer auf der Suche nach einem Parkplatz schwierig, in diese Straße hineinzufahren. Denn die Autos sind oft in doppelter Reihe geparkt, und es gibt keinen Platz zum Wenden, sodass dem Fahrer nichts anderes übrig bleibt, als auf die dicht befahrene Durchgangsstraße zurückzustoßen. Aber an Wochenenden, besonders an Sonntagen, sind diese Straßen verlassen und öde, die Häuser verschlossen und gegen Eindringlinge abgesichert und die Gehwege menschenleer.

Durch die alten Gärten führen Pfade und Gänge, die den Weg von einem Institut zum anderen verkürzen. Dazu gehört auch ein Weg mit hohen Mauern an beiden Seiten, der an einem roten Backsteingebäude hinter der Straße entlangläuft, wobei die Mündung der Sackgasse in die Straße einen rechten Winkel bildet.

Das Unwetter der vergangenen Nacht war noch nicht ganz vorbei. Ein scharfer Wind schlug jedem entgegen, der an diesem Morgen auf die Straße musste, und immer wieder prasselten Regenschauer auf die Gehwege und an die Fenster. Es war ein Tag, an dem man einen Blick aus dem Fenster warf und sich dann am liebsten wieder ins Bett legen würde. Die Frau, die die Sackgasse entlangging, hatte sich fest in ihren Mantel gewickelt und dachte an ihr warmes Bett, das sie eine halbe Stunde zuvor verlassen hatte. Nicht einmal im Traum hätte sie daran gedacht, nachts den Durchgang zu benutzen, aber am Tag war er eine praktische Abkürzung von ihrer Wohnung zu ihrem Institut. Sie war Wissenschaftlerin, arbeitete in einem der alten Steinhäuser, und der Sonntag war für sie nur ein weiterer nützlicher Arbeitstag. Es schien eine Sünde, für eine so kurze Strecke das Auto zu nehmen, nur zehn Minuten zu Fuß, wenn man die Abkürzung nahm, aber als ein weiterer Regenschauer ihr ins Gesicht schlug, überlegte sie doch, ob sie nicht ein Mal gegen ihre Prinzipien hätte verstoßen sollen.

Der Boden war durchgeweicht, und der Regen hatte den Weg in eine gefährliche Mischung aus Schlamm und heruntergefallenen Blättern verwandelt. Die Sackgasse, ein Flickenteppich aus reparierten Teilstücken und altem Kopfsteinpflaster, war nicht gekehrt worden und sehr glatt. Als sie die Gasse betrat, roch die Luft zwischen den hohen Mauern modrig, und das graue Licht des Wintermorgens schien hier noch düsterer. Sie wickelte den Schal fester um ihren Hals und ging vorsichtig die schmale Gasse entlang.

Hier im grauen Dämmerlicht war es still. Die Wände hielten den Lärm der Stadt ab, das ferne Dröhnen des Verkehrs, das Brummen der Flugzeuge, die Kirchenglocken – alles Geräusche, die man erst wahrnahm, wenn sie schon fast vorüber waren. Die plötzliche Stille machte ihr bewusst, wie allein sie war. Sie sah zum Anfang der Gasse zurück und zum helleren Licht an ihrem Ende und beschleunigte ihre Schritte.

Ein undefinierbarer Haufen versperrte den halben Weg. Es sah wie ein Stoß Blätter und Abfall aus, sie machte einen Bogen darum und versuchte zu verhindern, dass ihr Mantel an der abbröckelnden Wand entlangstreifte. Ihr Fuß glitt durch die Blätter und stieß in den Haufen, der sich bewegte, und sie spürte etwas Klebriges, Feuchtes ihr Schienbein berühren. Sie zog den Fuß zurück, um ihn von den Blättern zu befreien, und verzog angeekelt das Gesicht. Etwas Kaltes hatte sie am Fußgelenk gepackt.

Sie sprang instinktiv zurück, rutschte auf dem nassen Boden aus und stürzte, denn die Hand, die unter den heruntergefallenen Blättern zum Vorschein kam, hielt sie weiterhin fest. Der Schrei blieb ihr in der Kehle stecken, als sie die Hand sah, eine blaue Klaue, die sie packte und nicht losließ. Sie versuchte, nach hinten wegzukriechen, sie atmete stoßweise und flach und versuchte verzweifelt, sich zu befreien. Als sie sich losriss, begann sich der ganze Laubhaufen zu bewegen.

Plötzlich war sie frei und krallte sich im Boden fest, versuchte, sich an die Wand zu drücken und wieder auf die Beine zu kommen, bevor das Ding unter den Blättern sie verfolgen und in die Dunkelheit zerren konnte. Regungslos vor Schreck stieß sie kurze spitze Schreie aus … Aber die Hand war erstarrt. Ihr Bein war frei, und die Hand bewegte sich nicht mehr. Fast weinend vor Entsetzen kam sie taumelnd auf die Beine. Sie konnte die Gestalt unter den Blättern erkennen, die steife Klaue ragte heraus, und als sie genauer hinsah, formten sich im Schatten des Laubhaufens Gesichtszüge, ein offen stehender Mund und Augen, die starr nach oben blickten.

Der Geruch nach Kaffee weckte Roz. Als sie aus dem Schlaf erwachte, nahm sie ein mattes Licht auf ihren geschlossenen Augen wahr, die Wärme einer um sie gewickelten Decke und den Geruch von Kaffee und Toast. Sie streckte sich, drehte sich um und öffnete die Augen. Die Vorhänge waren ein Stück zurückgezogen, um das Tageslicht hereinzulassen. Der Himmel sah grau und kalt aus. Auf der Uhr neben dem Bett war es halb neun. Sie hörte Windstöße und das Prasseln von Regen an der Scheibe, kuschelte sich wieder unter die Decke und genoss fast wie ein Kind diesen Augenblick tröstlicher Wärme. Sie lag mit geschlossenen Augen da und horchte auf die Geräusche. Eine Tür wurde ganz in der Nähe zugemacht, das Geräusch von Wasser und Klirren von Kochtöpfen. Luke setzte sich auf die Bettkante und stellte ein Tablett mit Kaffee, Toast und Orangensaft zwischen ihnen ab. Seine Haare waren noch nass von der Dusche. Er war unrasiert und hatte verquollene Augen, aber sein Lächeln war warm und freundlich. »Frühstück«, sagte er und beugte sich hinüber, um sie zu küssen.

Zu ihrer Überraschung hatte sie Hunger. Sie erinnerte sich, dass sie am Tag davor nur sehr wenig gegessen hatte, und der heiße Toast mit Butter, der starke Kaffee und der süße Orangensaft kamen ihr vor, als hätte sie nie etwas Köstlicheres gegessen. Luke nahm nicht viel zu sich, trank nur etwas Kaffee, während er ihr zusah. »Du hast großen Hunger«, sagte er nach einer Weile. »Ich bin ein miserabler Gastgeber. Da kommst du um Mitternacht in der Kälte hierher, und ich jage dich in den Regen hinaus. Und als du dann richtig gründlich durchnässt bist, hole ich dich rein und treibe es bis zur Besinnungslosigkeit mit dir.«

Roz steckte den letzten Bissen Toast in den Mund und sah ihn an. »Der zweite Teil war in Ordnung«, sagte sie und leckte die Butter von den Fingern. »*Der* Teil war gut, auf den Regen hätte ich allerdings verzichten können.« Sie stellte ihre Tasse ab und streckte sich. »Das Bett ist voller Krümel.«

Er goss sich noch eine Tasse Kaffee ein. »Geh duschen. Ich bring's in Ordnung.«

Bei dem Gedanken an die Kälte der Nacht war das heiße Wasser der Dusche ein herrlicher Luxus. Sie fand es in Ordnung, sich Lukes Zahnbürste zu borgen, wickelte sich in ein Handtuch und ging zum Bett, wo er in die Kissen zurückgelehnt lag und das Winterwetter beobachtete. Sie kuschelte sich neben ihn, und er legte den Arm um sie. Sie lehnte den Kopf an seine Schulter und schaute auf die trostlose Winterlandschaft hinaus. Ihr war warm, und sie fühlte sich entspannt. »Ich habe keine Kleider«, sagte sie. »Meine sind nass geworden.«

»Du brauchst keine.« Er lächelte sie an und drückte sie sanft aufs Bett zurück. »Hast du heute was Besseres zu tun, Bishop?«

Sie verbrachten den Vormittag im Bett, schliefen miteinander, redeten und sahen dem Regen zu, der mit unerbittlicher Beharrlichkeit fiel. Dichter, sintflutartiger Regen, wenn der Wind nachließ, und wilder Sprühregen, wenn die Windstöße wieder heftiger wurden. Sie sprachen über alle möglichen Dinge, holten alles während der Monate ihrer Distanzierung Versäumte nach, redeten über Dinge, die zuvor tabu waren. Sie erzählte ihm von ihrem Besuch bei ihrer Schwiegermutter und Nathan und von den achtzehn Monaten nach Nathans Krankheit, als sie versucht hatte, für ihn zu sorgen, die achtzehn Monate, in denen das Chaos immer mehr zunahm und darin gipfelte, dass er sie angriff und sie die steile Treppe hinunterstürzte. »Danach habe ich aufgegeben«, sagte sie. »Ich wusste, dass ich nichts mehr tun konnte. Er musste in ein Heim. Ich schaffte es nicht. Ich glaube, Jenny wird mir nie vergeben.«

»Hast du in deinem angeblich so klugen Kopf mal die Idee gehabt, dass sie vielleicht Verständnis haben könnte? Wenn er dich überhaupt nicht kennt, wenn er solche Angst vor dir bekommt, dass er dich angreift, was kannst du dann machen?« Seine entrüstete Stimme erinnerte sie an den alten, ihr vertrauten Luke.

»Warum hast du mich nicht angerufen?«, fragte sie. »Als ich dir die Nachrichten hinterlassen habe? Ich habe die ganze Zeit auf deinen Anruf gewartet, aber es kam keiner.«

Er sah auf sie hinunter. »Welche Nachrichten?«

»Die ich auf den Anrufbeantworter gesprochen habe. Ich habe nur gesagt, dass ich nicht glaubte … du weißt ja.«

Er schüttelte den Kopf. »Ich habe keine Nachrichten bekommen. Deshalb war ich ja so wütend auf dich. Zuerst sagst du, dass du glaubst, ich hätte jemanden umgebracht …«

»Das hab ich nicht gesagt«, widersprach sie. »Nie hab ich das gesagt.«

»Sei still und hör zu. Zuerst sagst du mir, ich sei ein Mörder, und das Nächste ist, dass du um Mitternacht an meine Tür schlägst und von Dateien und von Grey faselst und dass es dir Leid tut. Ich habe nie Nachrichten bekommen.« Darüber zu reden brachte sie in die Wirklichkeit zurück, und er runzelte die Stirn, verlegen und an etwas erinnert, woran er nicht denken wollte. »Roz, wieso hast du – auch nur eine Sekunde lang – gedacht, dass ich Gemma verletzt haben könnte? Seit meiner Kindheit habe ich nie gegen irgendjemanden die Hand erhoben.«

»Nathan hat auch nie gegen jemanden die Hand erhoben«, sagte sie. »Und dann hat er mich bewusstlos geschlagen, und ich brach mir das Fußgelenk. Ich dachte nie … Und plötzlich warst auch du anders. Und dann die Bilder. Ich hatte das Gefühl, dich nicht mehr zu kennen.«

»Die Fotos.« Er lachte leise, klang aber zugleich verärgert. »Ich wollte es dir an dem Abend damals sagen, aber dann ist mir der Geduldsfaden gerissen.«

Sie erinnerte sich an den Abend in der Küche, als er von dem Verhör bei der Polizei in Hull zurückgekommen war. »Was wolltest du mir sagen?«

»Ich weiß nicht, wo ich anfangen soll«, sagte er. »Ich glaube, ich hab mich wie ein Vollidiot benommen, und ich weiß nicht, was ich machen soll.« Er legte sich aufs Kissen zurück. »Ach, Mist. Ist das ein Schlamassel. Ich habe ihnen einen Teil erzählt, aber sie glaubten mir nicht. Ich habe jedenfalls das Gefühl, dass sie mir nicht glaubten.«

»Was hast du ihnen erzählt?« Roz schüttelte ihn. »Luke, was ist los?«

»Okay.« Er stützte sich auf den Ellbogen, sah auf sie hinunter und strich an ihrem Arm auf und ab. Dann blickte er aus dem Fenster. »Es war nie eine intensive Sache zwischen mir und Gemma. Ich war so wütend auf dich, Roz. Was, zum Teufel, wolltest du von mir? Ich verstand es nicht. Und sie vermisste ihren Freund in Nowosibirsk. Sie würde ihn ewig lang nicht sehen, außer wenn sie von irgendwoher ein zusätzliches Stipendium bekam.« Er verzog das Gesicht. »Ich bin ein solches Arschloch. Ich wollte dir zeigen, dass ich nicht auf Abruf zur Verfügung stand, wann immer du mich wolltest. Und ihr Typ war dabei, sich scheiden zu lassen. Es war ein komplettes Durcheinander.«

»Stefan Nowicki«, sagte Roz.

Er schien überrascht. »Woher wusstest du das? Hat Gemma es dir erzählt?«

Roz schüttelte den Kopf. »Ich hab's erraten. Er war ihr Chef.«

Luke grinste. »Guter Gott, bin ich froh, dass ich nicht mit meiner Chefin schlafen musste. Okay, ja, er war es. Wir haben uns also zusammen besoffen, Pillen geschluckt, unseren Kummer ertränkt...«

»Du meinst, du warst gar nicht... Du hast nicht... Es war nichts mit Sex?« Während sie sprach, spürte sie den scharfen Stich der Eifersucht. Sie hätte gern geglaubt, dass er und Gemma kein Verhältnis gehabt hatten.

»Ach, sei doch nicht so naiv, Roz. Natürlich war etwas. Es ist die beste Methode, die ich kenne, um seinen Kummer zu verdrängen. Aber sie wollte ja nach ein paar Monaten gehen, oder schon früher, sobald sie die Möglichkeit bekäme.« Er schloss die Augen. »Ich mochte sie sehr. Versteh mich nicht falsch. Gemma war schon in Ordnung.«

Roz ärgerte sich über sich selbst. Sie fragte sich, warum sie damals nicht verstanden hatte, was Luke empfand. Nichts von alledem hätte geschehen müssen. Aber da musste noch mehr dahinter stecken. Was Luke ihr gesagt hatte, erklärte nicht sein tiefes Unbehagen, das sie spürte.

Nach ein paar Minuten sprach er weiter. »Diese Fotos.«

Roz wurde nervös. Sie fand die Bilder immer noch beunruhigend – nicht nur die Tatsache, dass Luke sie aufgenommen hatte, sondern die düstere Gewalttätigkeit, die in den Bildern mitschwang. »Ich hasse diese Fotos«, sagte sie.

»Ich habe sie nicht gemacht. Was verstehe ich schon vom Fotografieren? Es war ihr russischer Freund, dieser Stefan. Sie zeigte sie mir – und so fing es an... Okay? Aber dann wurde eingebrochen, und die Fotos waren mit all dem anderen Zeug verschwunden.« Er seufzte. »Dann fing es an, richtig stressig zu werden. Gemma machte sich Sorgen, dass die Fotos wieder auftauchen und Nowicki in Schwierigkeiten bringen könnten. Seine Frau wusste nichts von Gemma, klar, und die Scheidung war in vollem Gang, also hat sie mich gebeten, ich solle sagen, ich hätte sie aufgenommen, wenn sie jemals irgendwo auftauchen und sich als Problem erweisen sollten.«

»Du hast mich also in dem Glauben gelassen ...« Das tat weh. Er hatte ihr nicht genug vertraut, um ihr die Wahrheit über die Fotos zu sagen.

»Ja. Es tut mir Leid, Roz. Aber du hast ja nur noch die Chefetagen-Slogans gebracht – Grey hier und Grey dort. Du warst praktisch nicht mehr du selbst.« Er sah sie an. »Ich dachte, du wolltest dich damit an mir rächen. Ich hab's dir ja gesagt, ich war ein Vollidiot.« Er starrte an die Decke. »Und noch etwas. An dem Morgen, als das Meeting war, tauchten die Bilder wieder auf.« Sein Gesicht war blass und angespannt. »Ich hatte Gemma geholfen, sich eine Homepage einzurichten – private Jobs –, sie wollte sich Geld zusammensparen. Wir waren früher ins Büro gekommen und arbeiteten daran. Sie hatte bei sich zu Hause keinen Internetanschluss.« Er sah sie an. »Okay, ich weiß. Private Nutzung des Eigentums der Universität.« Das war Roz egal. »Es war alles auf Gemmas Computer. Als sie nicht zur Arbeit kam und du mir von der E-Mail erzählt hattest, habe ich es überprüft. Ich dachte, sie hätte vielleicht eine Nachricht hinterlassen. Ich klickte die Seite an, und da waren sie, die Bilder.«

»Auf der Homepage?«

Er nickte. »Ich dachte, sie musste sie wohl gefunden und vielleicht selbst da reingestellt haben, eine Art Scherz, um es mich wissen zu lassen. Ich entfernte sie – verstehst du, als Zeichen für: ›Okay, ich hab sie gesehen‹. Und dann kam sie nicht zurück.« Er holte tief Luft. »Aber was ich der Polizei gesagt habe, das war wirklich das Allerdümmste. Man hat mir dort die Bilder gezeigt, und sie legten los – Gemma sei eine Prostituierte. Ich dachte, dass sie sie bestimmt von der Internetseite hatten – abartige Bilder und irgendwas über diskrete Überprüfung von Dokumenten. Ich dachte, dass ich einen dummen Fehler gemacht hatte, als ich sie löschte und dass es vielleicht irgendwie nicht geklappt hatte. Also sagte ich ihnen, ich hätte die Fotos gemacht, ich wüsste, dass sie keine Prostituierte war und dass die Bilder nicht bedeuteten, dass ... Und dass ich es ihr versprochen hatte. Ich dachte, das könnte ich wenigstens für sie tun. Die Polizei sagte, Gemma hätte meine Nummer hier angerufen. Wenn ich hier gewesen wäre – vielleicht war sie in Not. Daran denke ich immer wieder. Wenn ich hier gewesen wäre, dann hätte ich vielleicht etwas tun können.« Er runzelte die Stirn, als sei ihm noch etwas eingefallen. »Hätte sie angerufen, hätte sie eine Nachricht hinterlassen. Ich glaube, mein Anrufbeantworter muss kaputt sein. Aber vorher hat er noch funktioniert.« Roz erinnerte sich, dass er ihre Nachricht über Gemmas Laptop bekommen hatte. »Ich habe das also der Polizei gesagt, und dann habe ich später herausgefunden, dass die Bilder auf einer Pornoseite aufgetaucht waren. Und jetzt hatte ich diese Aussage am Hals.«

»Und du hast nicht ... Luke, du musst es ihnen jetzt sagen. Diese Fotos waren auf einer Diskette in meinem Büro. Wie hat Gemma sie bekommen, wenn sie gestohlen worden waren?« Und sie selbst hatte es der Polizei auch verschwiegen.

»Ich weiß nicht. Überleg mal, Roz. Sie werden sich keine große Mühe bei der Ermittlung geben. Ich bin der perfekte Tatverdächtige, der ihnen gut in den Kram passt. Und die Fotos machen es nur noch schlimmer. Ich habe sie angelogen. Es gibt keinen Beweis dafür, dass die Fotos gestohlen wurden. *Das* hat Gemma nie gemeldet.«

Roz schloss die Augen. Luke hatte Recht. Es war eine Katastrophe. »Ich verstehe das mit der Diskette immer noch nicht«, sagte sie. »Die mit den Fotos. Warum hat Gemma die Bilder eingescannt und auf die Diskette gespeichert?«

»Ich glaube, sie hat das gar nicht getan«, sagte er. »Ich glaubte, das waren die einzigen Negative, die sie hatte, die gestohlen wurden.« Luke löste sich von ihr, stand auf und zog seine Jeans an, die er am Abend zuvor auf den Boden geworfen hatte. Als ob die Dinge, die er ihr sagte, wieder eine Distanz zwischen ihnen geschaffen hätten, entfernte er sich von ihr.

»Und du hast es nicht ...«

»Ich habe es bis jetzt niemandem erzählt.« Er sah sie an und ahnte, was sie sagen würde. »Ich kann es nicht der Polizei sagen, Roz. Jetzt nicht. Alles auf Gemmas Computer ist doch gelöscht. Es ist nichts mehr da.« Er fuhr sich mit den Fingern durchs Haar.

»Woher hatte denn die Polizei die Bilder?« Roz versuchte, sich über das klar zu werden, was er ihr erzählt hatte.

»Das hab ich ja herauszufinden versucht. Sie sagten, sie hätten sie von der Internetseite einer Begleitagentur – so eine Seite, weißt du, wo man sich Frauen bestellen kann. Ich habe versucht, sie zu finden, habe ein Programm für eine Bildersuche nach einem bestimmten Bildertyp im Netz geschrieben.« Er schüttelte den Kopf, bevor sie etwas sagen konnte. »Bis jetzt habe ich nur ein paar ziemlich erstaunliche Pornoseiten gefunden.« Er sah sie an, seine Augen blitzten belustigt.

»Hast du das gerade gemacht, als ...« Sie war plötzlich sehr erleichtert.

»Ach ja, Grey.« Er ging darüber hinweg, sah aber niedergeschlagen aus. »Ich habe es mehr oder weniger aufgegeben. Jemand hat sich an der Website zu schaffen gemacht, aber was wäre damit bewiesen, wenn ich die Bilder fände? Ich weiß nicht, ob es sich lohnt.«

Roz überlegte, was er ihr gesagt hatte. Sie dachte an den Freitagabend, als sie wegen des Treffens mit Marcus Holbrook länger geblieben war. Sie erinnerte sich an die große Gestalt, die sich entfernt hatte und durch die Pendeltür gegangen war. *Wer immer das gewesen war, er hat sie zusammengeschlagen und dann erwürgt. Und dann hat er sie in dieser obszönen Stellung im Badezimmer eines Hotels abgelegt.* Sie nahm Lukes Hand, bevor die Kälte der gestrigen Nacht sie einholen konnte.

Bei der Messe waren genauso wenige Kirchgänger wie immer anwesend. Der Priester ging den mittleren Gang des Kirchenschiffs hinunter und neigte den Kopf vor dem Altar. Das ewige Licht brannte in der Dunkelheit, das Gold des Altars schimmerte schwach im Dämmerlicht. Er ging langsam zum Seitengang hinüber, plötzlich war ihm unbehaglich, und er wollte nicht hinsehen. Er las die Inschrift am Fuß der Statue. Requiem aeternam dona eis, Domine: et lux perpetua luceat eis. »Gib ihnen ewigen Frieden, o Herr. Und möge das ewige Licht auf sie scheinen.«

Er war nicht überrascht, als er sah, dass wieder Kerzen brannten. Er hatte angefangen, darauf zu achten, und wusste nicht, ob dies ein Zeichen der Hoffnung war, ob die Kerzen für den Glauben standen, dass die Seele nach dem Tod weiterleben würde, oder ob es ein Aufschrei der Verzweiflung war, eine Bitte, dass der Besucher eines Tages mit einem geliebten Menschen, den er verloren hatte, vereint werden möge. Heute war Septuagesima, der Tag, an dem die Folgen der Sünde, körperlicher und geistiger Tod, zu bedenken sind. Vielleicht hatte der geheimnisvolle Besucher, die Person, die die Kerzen angezündet hatte, Trost aus den Worten der Messe geschöpft.

Dann bemerkte er, dass eine zusätzliche Kerze angezündet worden war. Es waren vier, nicht drei, und eine der Karten mit Bitten um Gebete war beschrieben in die Schachtel gesteckt worden. Mit wachsendem Unbehagen betrachtete er sie, konnte sich aber keinen Reim darauf machen.

Lamm Gottes, das du trägst die Sünden der Welt, gib ihr Frieden.

Hull, Sonntagvormittag

Das kalte Wetter war vorbei und hatte die klare, frostkalte Helligkeit mitgenommen, und jetzt war alles nass und grau. Nebel und die Abgase von Autos und Chemiefabriken legten sich über die Stadt, sodass die kalte Luft auf der Haut brannte.

Lynne Jordan saß beim Frühstück, das aus Obst, Joghurt, Kaffee und Toast bestand. Sie stand lieber eine Stunde früher auf, um den Tag gemütlich zu beginnen. Sie saß am Fenster und sah die Flussmündung im Dunst verschwinden und wieder auftauchen. Im Sommer würde sie auf dem kleinen Balkon sitzen, die Seevögel beobachten und das Salzwasser riechen können; selbst bei dem verschmutzten Wasser des Humber und einem verunreinigten Meer wie der Nordsee lohnte es sich, so nah am Wasser zu wohnen. Sie dachte an den Freitagabend mit Roy, lächelte und streckte sich. Sie fühlte sich gut.

Die ganze Fahrt zur Arbeit über war sie in Gedanken am Meer, und das machte auch ihren routinemäßigen Papierkram erträglicher, den sie um halb neun aus ihrer Ablage nahm. »Herrgott«, murmelte sie ihrer Assistentin zu, »wer denkt sich nur all das Zeug aus?« Farnham hatte einen Karton mit Unterlagen herübergeschickt, die aus Gemma Wisharts Wohnung stammten. Er hatte eine Notiz beigelegt, dass seine Ermittlungsgruppe nichts Relevantes gefunden habe, aber ob sie sich die Sachen vielleicht ansehen wolle. Auch der Bericht des Experten aus York war dabei, den Farnham gebeten hatte, das Katja-Tonband noch einmal zu analysieren. Sie öffnete den Bericht, denn sie war neugierig, wie Gemma Wisharts Kollege ihre Vorbehalte sah. Aber er ergab nichts Neues. Seine Erkenntnisse bestätigten nur die ursprünglichen Ergebnisse: Katja sei russische Muttersprachlerin, wahrscheinlich aus Ostsibirien. Es gab Einzelheiten auf dem Band, die er nicht erklären, kurze Abschnitte, Worte und Sätze, die er nicht einordnen konnte. Er nahm an, dass die Sprecherin zweisprachig aufgewachsen war und eine der vielen regionalen Sprachen kannte, die in diesem riesigen Gebiet neben Russisch gesprochen wurden, aber er war nicht in der Lage, zu sagen, welche es war.

Sie betrachtete den Stoß Unterlagen vor sich: Briefe, Terminkalender, Notizbücher mit Notizen zur Forschungsarbeit, Artikel – eine Ansammlung von Papieren, die eine Wissenschaftlerin gesammelt hatte, weil sie sie für wichtig gehalten hatte.

Also gut, die Terminkalender aus der Zeit vor Wisharts Reise nach Russland konnte sie weglegen. Die Briefe waren nach Datum und Absender geordnet. Lynne legte alle Briefe aus den Jahren '97, '98 und '99 zur Seite. Die Forschungsnotizen bezogen sich auf Wisharts Reisen in Russland und waren sorgfältig beschriftet: April 1998, Nowosibirsk; Juli 1999, Dudinka. Es waren vier Hefte. Vielleicht würden die Terminkalender oder die Briefe helfen, die Suche einzugrenzen.

Die Terminkalender bestanden nur aus einer Auflistung beruflicher Termine und Besprechungen ohne persönliche Notizen oder Kommentare. Sie erinnerten Lynne an ihre eigenen Terminkalender, die mehr aussagten, aber nur dem etwas bedeuteten, der den Stellenwert der Namen und Orte kannte. Lynne breitete die Landkarte aus und vertiefte sich in die Gebiete, wo Gemma Wishart gearbeitet hatte. Sie überprüfte die an den Rand geschriebenen Notizen auf der Niederschrift. JO. Konnte das ein Ort sein? Es gab eine Stadt östlich von Gorki, die Joschkar-Ola hieß, aber sie war Hunderte von Kilometern von dem Gebiet entfernt, das Gemma bereist hatte. Sie machte sich eine Notiz, dem weiter nachzugehen, und widmete sich wieder der Landkarte. Gemma hatte einige Zeit in Nowosibirsk und in Dudinka verbracht. Dudinka lag am Jenissei – aber das ergab nicht »JO«.

Ob es sich wohl lohnte, die Hefte mit den wissenschaftlichen

Notizen durchzugehen? Lynne sah sich allerdings im Moment dazu nicht in der Lage. Sie betrachtete die Inhaltsübersicht. Gemma Wishart hatte zu jedem Heft den ungefähren Inhalt angegeben. In den Heften selbst fanden sich detailliertere Notizen über die Herkunft der Leute, mit denen sie gesprochen hatte, und in manchen Fällen die Abschrift der Tonbandaufnahmen. Sie sah sich die Inhaltsübersicht des Hefts an, auf dem *Dudinka* stand:

1. *Männlich, 63, Fischer, Russisch, Nenzisch*
2. *Weiblich, 19, Fabrikarbeiterin, Russisch, Nenzisch, Englisch (Grundkenntnisse)*
3. *Weiblich, 31, Landvermesserin, Russisch, Englisch*
4. *Männlich, 16, Schüler, Russisch, Ostyakisch, Deutsch (Grundkenntnisse)*
5. *Weiblich, 18, Studentin, Russisch, Ketisch, Englisch (Grundkenntnisse)*
6. *Weiblich, 25, Lehrerin, Russisch, Selkupisch*

Es gab zwei Hefte für Nowosibirsk, eines für Dudinka und eines für Igarka. Sie fotokopierte die Seiten mit der Inhaltsübersicht. Vielleicht sollte sie Greenhough diese Hefte durchsehen lassen, ob er herausfinden konnte, was Gemma Wishart gesucht hatte. Um einen Anfang zu machen, schickte sie ihm die Inhaltsübersichten.

Dann kehrte sie zu Gemma Wisharts Bericht und ihrer Abschrift von Katjas Tonband zurück. Irgendetwas passte da nicht zusammen, aber sie wusste nicht, wo sie suchen sollte. Greenhough hatte festgestellt, dass Katja wahrscheinlich zweisprachig war – was offenbar in diesem Teil von Russland nicht ungewöhnlich war. Gemma Wishart hatte es für wichtig gehalten, eine Übersetzung dieser Wörter zu finden, sie hatte danach gesucht und sich Rat holen wollen. Aber was konnten ihr vier

Wörter schon sagen? Wisharts Nachforschungen hatten sie zu jemandem geführt, der Marcus Holbrook hieß und ein Fachmann für die russische Sprache war. Farnhams Leute hatten mit ihm gesprochen, aber er hatte nicht aufklären können, wonach sie gesucht hatte. Lynne wurde ganz wirr im Kopf – sie fand sich da nicht mehr durch.

Sie hatte Greenhoughs Privatnummer. Zuerst reagierte er ablehnend, weil er wohl dachte, sie wolle sein Gutachten kritisieren, aber als ihm klar wurde, dass sie Informationen suchte, wurde er zugänglicher. *Akademiker,* dachte sie. »Ich bin kein Experte für die Sprachen Russlands«, sagte er. »Es ist überhaupt nicht mein Gebiet.«

»Wen würden Sie denn vorschlagen?«, fragte Lynne. Guter Gott, er war doch Experte für Russisch, oder? So schwer konnte das doch nicht sein!

Er lachte. »Gute Frage. Sehen Sie, Inspector Jordan, ich weiß nicht einmal, um wie viele Sprachen es geht. Mir fallen spontan sechs ein – Ossetisch, Jiddisch, Mordwinisch, Tatarisch, Tschetschenisch, Georgisch. Es könnten fünfzig, sechzig oder mehr sein. Ich bin nicht sicher, ob Ihnen jemand eine genaue Anzahl angeben kann. Und darüber wird hier nicht viel geforscht. Sie müssten zu einer russischen Universität gehen, und sogar dort bekämen Sie Probleme.« Lynne schwieg, als sie begriff, was das bedeutete. »Inspector Jordan?«, sagte er.

»Sorry. Ich überlegte gerade. Man hat mir zu verstehen gegeben, Dr. Wishart hätte die Sprache erkannt.«

»Na ja« – er klang skeptisch –, »ich habe mit einer ihrer Kolleginnen gesprochen, mit Rosalind Bishop. Ihr war gesagt worden, dass die problematischen Stellen umgangssprachliches Russisch seien – und das war ein Irrtum. Das sind sie keinesfalls.«

Lynne hatte das Gefühl, dass sie plötzlich ein Ziel vor sich zu sehen begann. »Wer hat ihr das gesagt?«

Greenhough schwieg einen Augenblick. Als er antwortete, schien er zu zögern. »Ich glaube, sie hat etwas missverstanden, das ihr jemand gesagt hatte.«

»Von wem wurde ihr das gesagt, Dr. Greenhough?« Lynne bemühte sich, nicht zu scharf zu klingen.

»Er ist ein angesehener Experte der russischen Sprache. Hier in unserem Land. Er hat also bestimmt keinen Fehler gemacht.« Lynne wartete. »Er arbeitet jetzt in Sheffield, aber er ist emeritiert. Marcus Holbrook, Professor Holbrook.«

Holbrook. »Er hat sich aus gesundheitlichen Gründen zurückgezogen«, sagte Greenhough. »Vor ein paar Jahren hatte er einen Herzinfarkt.«

»Was tut er jetzt?« Lynne wusste nicht genau, warum sie das verfolgen wollte, aber jemand, möglicherweise dieser Holbrook, schien Roz Bishop wegen dieses Tonbands getäuscht zu haben, und sie wollte wissen, warum.

»Wissenschaftler hören nie mit ihrer Forschungsarbeit auf«, sagte Greenhough nachsichtig. »Und er hat mit einem Studentenaustausch-Programm zu tun. Russische Studenten und Schüler kommen in unser Land, und wir schicken unsere dorthin, dadurch entstehen freundschaftliche Beziehungen. Marcus hat viele Kontakte da drüben, also hat er sich privat damit befasst, nachdem er in Pension ging.«

Das glaube ich gerne, dachte Lynne, als sie den Hörer auflegte. *Das glaube ich allerdings gerne.*

Als sie zu Roy Farnhams Büro ging, fand sie ihn über einen Atlas gebeugt, und die Unterlagen aus einer Akte waren vor ihm auf dem Schreibtisch ausgebreitet. Er runzelte die Stirn, als er sie sah, lächelte dann aber schnell und sagte: »Ich bin ein bisschen in Zeitnot, Lynne. Kann es warten?«

»Ich glaube nicht.« Sie erzählte ihm von dem Gespräch mit Greenhough und von Holbrooks beruflichen Interessen.

Er brauchte einen Moment, um zu begreifen, was sie meinte,

aber dann verschwand seine leichte Ungeduld. »Wie, zum Teufel, konnten wir das übersehen?«, sagte er.

Wie, zum Teufel, konnte ich es übersehen, dachte Lynne. Sie war dankbar, dass er »wir« gesagt hatte, aber sie war diejenige, die versucht hatte, Katja zu identifizieren. Sie hätte es bemerken sollen. »Gut«, fuhr er fort. »Das gibt uns ein weiteres Bindeglied. Dieser Typ, Holbrook, bringt also Studenten aus Russland herüber, Wishart analysiert das Tonband einer russischen Frau ... Okay. Wir haben es noch nicht ganz. Wir brauchen die Verbindung. Ich will, dass wir die Tätigkeit dieses Holbrook unter die Lupe nehmen. Mal sehen, ob da irgendetwas Verdächtiges zu finden ist. Ich will, dass wir ihn befragen und dass jeder Zusammenhang zwischen ihm und Hagan herausgearbeitet wird.« Er runzelte die Stirn. »Verflixt, ich hätte diese neuen Leute schon gestern gebraucht.«

Er hatte sich zu seinem Schreibtisch umgedreht, tippte auf den Atlas und kniff in Gedanken versunken die Augen zusammen. »Was ist?«, fragte sie.

»Sieh mal.« Sie beugte sich neben ihm über die Karte. »Wishart war drei Jahre in Russland. In Sibirien. Deine Katja war Russin – aus Sibirien. Und jetzt haben wir diesen Typ Holbrook. Gemma Wishart kam in dieses Land zurück und nach Sheffield – wo Holbrook seine Geschäfte betreibt. Es gibt zu viele Verbindungen. Diese Zusammenhänge gefallen mir gar nicht.« Er fuhr mit dem Finger über die Seite. »Sie reiste überall in diesem Bereich – vom Jenissei, hier, nach Dudinka, stimmt's?« Lynne sah hin. Dudinka war eine Hafenstadt an der Mündung des Flusses. »Hier herüber zum Beloje More, dem Weißen Meer. Das sind über zweitausend Kilometer.«

»Wann hat sie das getan?« Lynne versuchte, die Farben des Atlas mit der Realität zusammenzubringen, die Farnham beschrieb.

»Achtundneunzig, sagt ihre Mutter. Sie zeigte mir einige

Briefe, die Gemma geschickt hat.« Lynne sah weiterhin auf die Karte, schielte aber auf sein Gesicht und war überrascht von der Anspannung um seinen Mund und die nach unten gezogenen Mundwinkel – Ausdruck von Traurigkeit und Anteilnahme.

Gemma Wishart musste damals dreiundzwanzig Jahre alt gewesen sein, als sie in dem riesigen Gebiet, vom eisumklammerten Hafen Archangelsks bis zum Karasee, umherzog. Sie war in einem Land gereist, das sich in Aufruhr und im Umbruch befand. Eine Frau mit Sinn für Abenteuer. Lynne erinnerte sich an die Belustigung in ihren Augen, als sie bei der Veranstaltung gesprochen hatte, wo sie sie kennen gelernt hatte. Sie erinnerte sich an dieselbe Belustigung in den Augen der Frau auf den Fotos. Eine Frau, die sich mit diesem herausfordernden Lächeln im Gesicht gefesselt fotografieren ließ. Eine Frau mit Sinn für Risiko? Eine Frau, die eines gewaltsamen Todes gestorben war.

Aber Farnham lenkte ihre Aufmerksamkeit wieder auf die Landkarte zurück. »Zufälle«, sagte er. Er wartete, um zu sehen, ob Lynne den Zusammenhang auch sah, den er gesehen hatte.

»Archangelsk«, sagte Lynne. »Archangel – Erzengel. Angel Escorts. Mr. Rafael.« Sie sah ihn an. »Wenn jemand Frauen aus Russland ins Land bringt ... Hatte Wishart etwas damit zu tun?«

»Sie hätte jedenfalls die Kontakte gehabt«, sagte Farnham. »Aber – ich habe das Gefühl, so stimmt es nicht. Sie war erst dreiundzwanzig, als sie da drüben war. Und wir haben ihre persönlichen Sachen schon durchsucht. Ich habe dir gesagt, sie hat kein Geld nebenher verdient – zumindest haben wir nichts herausfinden können. Wenn der Begleitservice lukrativ gewesen wäre, wie viel würde erst Menschenschmuggel bringen?«

»Aber sie hätte die richtigen Kontakte gehabt. Hat jemand sie für seine Zwecke eingespannt?«

Er nickte. »In der Richtung möchte ich weitersuchen. Ich hatte mir Hagan vorgenommen. Jetzt gibt es diesen Marcus Holbrook. Das muss an die Einwanderungsbehörde gemeldet werden. Ich werde den Sicherheitsdienst anrufen. Holbrooks Aktivitäten müssen genauer untersucht werden.«

Es klopfte an der Tür, und DS Anderson kam herein. »Mrs. Rafiq ist im Vernehmungszimmer drei, Sir«, sagte er.

Farnham warf Lynne einen schnellen Blick zu und sagte: »Okay, ich bin gleich da. In fünf Minuten, Tom.« Die Tür schloss sich, er sah sie einen Augenblick schweigend an und sagte dann: »Sie ist meine beste Möglichkeit, etwas über Anna Krleza zu erfahren.«

Lynne war verdutzt. Dies hatte sie nicht erwartet, jedenfalls nicht, ohne dass sie informiert oder um ihre Meinung gebeten wurde. »Ich dachte, wir hätten uns über Rafiq geeinigt«, wandte sie ein.

»Wir haben darüber gesprochen«, sagte er. »Aber ich brauche Anhaltspunkte. Und zwar schnell. Ich weiß, du möchtest, dass Rafiq dir hilft, das Thema Menschenhandel aufzuklären. Aber Lynne, hier geht es um Mord. Das hat Priorität.«

Nasim Rafiq würde genau wissen, woher Farnhams Kenntnisse stammten. Das zerbrechliche Vertrauen, das Lynne aufgebaut hatte, würde zerstört werden, wenn Farnham sie bei der Befragung wegen Gemma Wisharts Mörder unter Druck setzte. Und die Munition, die er benutzen würde, stammte von Lynne. Ihre sorgfältige Vorarbeit würde zerstört werden, und Nasim Rafiq auf der Strecke bleiben. Sie unterdrückte energisch ihren Ärger, der nicht weiterhelfen würde, und überlegte rasch. »Wenn ich gewusst hätte, dass du so schnell vorgehst, hätte ich darauf gedrungen, Garantien für sie auszuhandeln.«

»Ich weiß. Das hast du mir gesagt.« Er sah auf sie hinunter, seine Stimme klang bedächtig und sachlich.

Lynne kam blitzartig der Freitagabend in den Sinn, und sie errötete. Genau deshalb war sie davor auf der Hut gewesen, ihre Arbeit und das Privatleben zu vermischen. Aber es war ihre Entscheidung gewesen, und sie musste die Konsequenzen tragen. »Ich will bei dem Verhör dabei sein«, sagte sie. Rafiq war ihre Zeugin.

»Ich hätte dich sowieso darum gebeten«, sagte er. »Aber ich will die Sache schnell und sicher abwickeln. Matthew Pearse scheint verschwunden zu sein.«

Lynne wurde unruhig, und ihr Magen verkrampfte sich bei dem Gedanken an den Mann mit der sanften Stimme und den eindrucksvollen Augen. »Seit wann?«

»Erst seit gestern Abend«, sagte Farnham. »Er sollte eigentlich in der Beratungsstelle sein, aber als wir nach ihm suchten, war er nicht da. Zu Hause ist er auch nicht gewesen. Niemand hat ihn gesehen.« Er sprach in nüchternem Ton, aber es war klar, was dies bedeutete.

Sie begriff, warum er die Sache so dringend fand, und konnte nichts mehr dagegen sagen. Er sah sie ungeduldig an, wollte weitermachen. »Und die Beratungsstelle?«, fragte sie.

»Ich habe Durchsuchungsbefehle.«

Na, vielen Dank, Farnham! Sie schwieg einen Moment und versuchte, ihren Ärger unter Kontrolle zu bekommen. »Ich dachte, du würdest mich auf dem Laufenden halten«, sagte sie.

»Ich informiere dich jetzt, Lynne, deshalb führen wir dieses Gespräch. Wir durchsuchen Pearse' Wohnung und die Beratungsstelle. Schließt du dich uns an?«

Sie holte tief Luft. »Ich bin dafür, natürlich.« Was immer in der Beratungsstelle passierte, würde jetzt aufhören. Sie war zu vorsichtig gewesen, hatte auf etwas gewartet, das ihr klarere Hinweise geben würde, und hatte jetzt nichts mehr in der Hand, um ihn zu stoppen.

Als sie Farnham den Korridor entlang folgte, ging ihr Matthew Pearse' Gesicht nicht aus dem Sinn. Sie erinnerte sich an seine unterdrückte Wut und an das Mitgefühl in seiner Stimme, als er von der Not der ins Land geschmuggelten Frauen gesprochen hatte, die unter den Verbrechen litten und zugleich mit dem Gesetz in Konflikt gerieten. Aber wenn er ihnen bei der Flucht geholfen und andere illegale Einwanderer dabei unterstützt hatte, ihren Schulden bei den Schleppern zu entkommen, dann hatte er sich gefährliche Feinde geschaffen. Sie dachte an Katja und ihren einsamen Tod. Es war gleichgültig, wie der Obduktionsbericht ausfiel, Katja war ermordet worden. Ihre ganze bisherige Erfahrung sagte ihr das. Katja, eine unbekannte Prostituierte, war entbehrlich, Matthew Pearse hatte als Einziger nicht so gedacht. Sie fragte sich, ob der sanfte Mann mit dem gekrümmten Rücken und dem entschlossenen Blick eine Ahnung hatte, wie gefährlich die Leute werden konnten, denen er sich entgegenstellte.

Aber bei dem Gespräch mit ihr hatte er sich benommen, als sehe er eher sie als gefährlich an.

Sheffield, Sonntag

Das Stockwerk N war leer, der Korridor nur schwach erleuchtet. Als Roz aus dem Aufzug stieg, war ihr nicht ganz wohl, sie dachte an den Freitagabend zurück. Luke sah sich stirnrunzelnd um, als kehre er an einen Ort zurück, der irgendwie nicht in seine Erinnerung passte. Roz ging in ihr Büro. Die CD-ROM mit dem Archiv, die Sean ihr vor zwei Tagen gegeben hatte, war in ihrer Schreibtischschublade. »Gehen wir in den Computerraum«, sagte Luke.

Er zeigte kaum eine Reaktion auf die umgeräumten Möbel und die Kartons, die hier in Erwartung von Joannas neuen Mitarbeitern herumstanden. »Sie hat's eilig«, sagte er nur. Er lud das Archiv auf seinen Computer und fing an, mit dem Programm herumzuexperimentieren. »Nicht schlecht«, sagte er nach ein paar Minuten, was das höchste Lob war, das er jemals einem Programm aussprach, das er nicht selbst entwickelt hatte.

Roz zog einen Stuhl heran, setzte sich neben ihn und sah auf den Bildschirm. »Gemma suchte etwas, und ich glaube, Holbrook wollte verhindern, dass sie es fand.« Sie hatte ihm von Holbrook und seiner plötzlichen Unfreundlichkeit erzählt, und wie er versucht hatte, sie irrezuführen. »Er sollte mich hier treffen«, sagte sie. »Er hat den späten Zeitpunkt für das Treffen selbst festgelegt, und dann ist er nicht erschienen. Aber jemand war hier, in der Abteilung. Es war seltsam …«

»Vielleicht hast du dir das nur eingebildet.« Aber er nahm ihre Hand. »Ich bleibe bei dir, Bishop. Wenn hier irgendetwas Verdächtiges ist, dann klären wir das. Keine Bange.« Er küsste die Handfläche und schloss ihre Hand darüber. Dann wandte er sich wieder dem Bildschirm zu. »Also – wonach sollen wir suchen?«

Sie durchsuchten das Archiv zuerst nach den Wörtern und Ausdrücken, die Gemma in der Niederschrift mit Fragezeichen versehen hatte. *Jugun*, das Wort, das Holbrook als russisches Wort bezeichnet hatte, was Greenhough abstritt. Dazu war nichts zu finden. Dann versuchten sie es mit dem seltsamen Ausdruck *Ba-yi-n-sal*. Laut Holbrook ein russischer Ausdruck aus der Umgangssprache, aber nach Greenhoughs Meinung nichts dergleichen. Auch dazu fanden sie nichts. Genervt versuchte es Roz mit *cat* und *cats*. Nichts. »Wenn er nicht wollte, dass sie es fand, hat er es wahrscheinlich gelöscht«, sagte Luke.

»Kannst du nachsehen? Mit deinem Trick für gelöschte Daten?« Roz hatte nicht erwartet, dass sie das, was sie suchten, wirklich schnell finden würden, aber trotzdem war sie frustriert.

Luke bewegte sich jetzt innerhalb des Systems und bekam ein Gefühl dafür, wie das Archiv funktionierte. »Es sieht eigentlich ganz einfach aus«, sagte er. »Es ist nicht so leistungsfähig wie das, welches wir entwickeln.« Er dachte über ihre Frage nach. »Hat der Typ – wie hieß er noch mal –, hat er dir nicht gesagt, es sei eine neue Version, oder so was?«

»Sean. Na ja, er nannte es eine Pilotversion. Holbrook sei noch dabei, sie zu überarbeiten.« Sie versuchte, sich zu erinnern, ob Sean noch etwas gesagt hatte.

»Okay«, sagte Luke. »Aber das heißt, wenn etwas gelöscht ist, wurde es vielleicht herausgenommen, bevor dies hier zusammengestellt wurde. Es gibt keinen Hinweis darauf, dass hier größere Veränderungen vorgenommen wurden.«

»Könntest du dir nicht die Programmierung ansehen?«, fragte sie.

»Nicht ohne den Quellentext. Und das würde auch… Lass uns mal sehen, was das Programm kann und was nicht. Vielleicht finden wir auf diese Art etwas.«

Sie arbeiteten eine Stunde lang. Holbrooks Programm war so angelegt, dass der Forschende so viel Information wie möglich darüber bekam, wie russische Muttersprachler ihre Sprache benutzten. Man konnte Fragen nach verschiedenen Aussprachevarianten stellen, nach russischen Dialekten, nach der Zunahme von Amerikanismen. Aber es gab keine Hinweise auf das, was Gemma gesucht hatte. Nach einer Stunde hielten sie inne. Sie hatten versucht, die unklaren Stellen der Tonbandabschrift zu klären. Ohne Ergebnis. Sie hatten nach Hinweisen gesucht, dass vor kurzem Einträge gelöscht worden waren. Nichts. Sie hatten nach Besonderheiten in der Arbeitsweise des Programms gesucht. Nichts.

Luke rieb sich das Gesicht. Sie waren beide müde. »Was willst du jetzt tun?«, fragte er.

Roz schüttelte den Kopf. Sie waren besorgt und abgespannt. Sie hatte das Gefühl, die Zeit laufe ihr davon. Wie lange könnte es dauern, bis die Polizei *irgendetwas* finden würde, das ausreichte, um Luke mit Gemmas Tod in Verbindung zu bringen? Sie wusste ebenso gut wie jeder andere, dass das Justizsystem nicht unfehlbar und es sehr schwierig war, gegen einen Justizirrtum vorzugehen. Plötzlich sah sie ihre Zukunft vor sich: Ihr

Mann im Käfig seiner Krankheit gefangen, ihr Freund hinter Gittern. Sie merkte, dass Luke etwas gesagt hatte. »Bitte?«

»Kaffee«, wiederholte er. »Ich mach uns mal Kaffee. Wir werden ihn schwarz trinken müssen, okay?« Sie nickte zerstreut und starrte den Monitor an. Was immer Gemma gesucht hatte, war da drin.

Es musste eine Möglichkeit geben, es zu finden. Sie schloss die Augen und ließ ihre Gedanken schweifen. *Jugun. Ba-yi-n-sal.* Was war das, und was bedeutete es? Was sagte die Frau so Wichtiges? Eines der Probleme war, dass das Programm sich nach der Phonetik richtete. Aber sie wussten nicht, wie die Wörter oder Ausdrücke ausgesprochen wurden. Sie musste sich auf Gemmas Niederschrift verlassen. Wenn sie nicht wussten, um welche Sprache es sich handelte, konnten sie die Aussprache nicht herausbekommen. Und wenn sie die Wörter nicht korrekt aussprechen konnten, würden sie nicht im Archiv zu finden sein.

Ihre Gedanken fingen an, sich zu ordnen. Gemma musste gewusst haben, welche Sprache es war, wenn sie es so niedergeschrieben hatte. *Jugun* – das hatte sie vielleicht geraten –, ein Versuch, die Aussprache zu treffen. Allerdings schrieb Gemma Wörter, die sie nicht erkannte, normalerweise in Lautschrift. Das taten alle. Aber *Ba-yi-n-sal.* Sie *musste* gewusst haben, welche Sprache das war, was sie im Holbrook-Archiv suchte. Eine Übersetzung hatte sie dort nicht finden können. Etwas ließ Roz jetzt nicht mehr los. Etwas, das sich klären würde, das …

»Gemma hat nicht nach der Übersetzung gesucht«, sagte sie. »Und sie wusste, welche Sprache es war.«

Luke hielt inne und kam zu ihr herüber. »Okay«, sagte er langsam. »Wie hast du das rausgekriegt?«

Sie erklärte, wie sie darauf gekommen war. »Und pass auf, Holbrook sagte, dass Gemma ihm nichts fürs Archiv gegeben hätte, aber alles andere, was er sagte, war gelogen. Wahrscheinlich ist auch das eine Lüge. Was wäre, wenn Gemma…« Dann erkannte sie ihren Irrtum. »Nein, das würde nicht gehen.«

»Na komm, Roz, ich kann doch nicht Gedanken lesen. Was würde nicht gehen?« Luke zog einen Stuhl heran, setzte sich ihr gegenüber und hörte zu.

»Ich dachte, vielleicht suchte sie das Band, das sie ihm für das Archiv überlassen hatte, aber sie hätte ja einfach ihre eigenen Originale nehmen können. Da wäre es sowieso leichter zu finden.« Aber sie hatte immer noch das Gefühl, dass das, wonach sie suchten, praktisch vor ihnen lag.

Luke schüttelte den Kopf. »Du hast nicht genau mitbekommen, was bei Gemma los war«, sagte er. »Der Einbruch, erinnerst du dich? Jemand hat den Kassettenrekorder und alle ihre Musikkassetten mitgehen lassen. Er hat einfach das Regal mit allen Bändern mitgenommen – inklusive ihrer alten Bänder, ihrer Forschungsunterlagen.«

»Es gab keine Sicherheitskopien?«, fragte Roz.

Er schüttelte den Kopf. »Erst danach hat sie angefangen, von allem Sicherheitskopien zu machen. Deshalb war ich so sicher, dass die Abteilung Sicherheitskopien haben würde, als ihre Festplatte gelöscht wurde. Und deshalb war ich hinter Grey wegen eines richtigen Sicherungssystems her. Nein, sie hat alle ihre Bänder verloren. Das Blöde war, die Diebe waren doch bestimmt nicht an einem Haufen Bänder mit russischen Aufnahmen interessiert gewesen.« Luke sah sie nachdenklich an. »Oder doch?«

»So muss es gewesen sein. Sie wollte etwas auf einem ihrer eigenen Bänder nachsehen.« Roz war begeistert, aber als ihr dann klar wurde, dass sie dies ohne Gemmas Originale kaum weiterbrachte, enttäuscht. Sie tippte sich mit dem Kuli gegen die Zähne, während sie nachdachte.

»Mensch, Bishop«, Luke nahm ihr den Kuli aus der Hand. »Willst du, dass ich durchdrehe?« Er warf den Kuli auf den Schreibtisch. »Also, was bringt uns das?«

»Wenn wir herausfinden können, was es war«, sagte Roz, »dann können wir vielleicht auch herauskriegen, warum Gemma es für wichtig hielt.« Sie rieb sich die Augen. »Ich wünschte, ich könnte besser Russisch. Aber es ist wie Auto fahren mit verbundenen Augen.«

Sie zermarterte sich das Hirn. Dann griff sie an Luke vorbei und gab »Kat« ein. Das Programm meldete sofort: *Das gesuchte Element konnte nicht gefunden werden.* »Verdammt.« Luke sah sie überrascht an. Roz fluchte fast nie. »Ich dachte, es läge vielleicht an der Schreibweise«, sagte sie. »Was immer Gemma wohl gemeint hat, als sie *Cats??* auf die Niederschrift notierte. Ich weiß nicht, wie die anderen Wörter ausgesprochen werden, aber…« Sie erinnerte sich an das Gespräch mit Holbrook:

»Wie würde ein russischer Sprecher ›cat‹« sagen?«

»Auf Russisch? So etwas wie korschka. Oder kort, für Kater. Es klingt nicht sehr ähnlich wie im Englischen.«

»Ich meinte das englische Wort.«

»Es würde wie kort ausgesprochen werden, so etwa…

Aber Holbrook hatte gelogen. Greenhough hatte etwas anderes gesagt: »Sie würden etwas wie einen ›e‹-Laut bekommen, so etwas wie ›ket‹.«

Jetzt war es klar. »Wir hatten es die ganze Zeit hier direkt vor der Nase«, sagte sie. »Es steht auf der Niederschrift.« Sie griff wieder an ihm vorbei und gab *Ket* ein. Dann drückte sie auf »Suchen«. Das Programm reagierte sofort und sprang auf eine Seite mit Informationen über die Sprachen von Randgruppen in Russland. Es war ein Abschnitt im mittleren Teil einer Seite:

Ketisch oder Jenissei-Ostyak ist eine der zwei noch erhaltenen Sprachen der Jenissei-Sprachenfamilie, die von den Keten, einer einheimischen Volksgruppe Zentralsibiriens, gesprochen wird. Im zwanzigsten Jahrhundert gerieten die Keten wie andere Volksgruppen auch unter russischen Einfluss. Heute sprechen die meisten Keten Russisch…

Das Wort »Ket« hatte einen Link, Luke klickte ihn an und danach »play«. Eine junge, leise Frauenstimme begann zu sprechen. Und dazwischen hörte man eine zweite, Gemmas Stimme, die in schnellem, fließendem Russisch Fragen stellte, viel zu schnell für Roz' geringe Kenntnisse. Sie berührte Lukes Hand. Sie war kalt. Die Befragung wurde zu einer Unterhaltung, und die beiden Stimmen überschnitten sich und wechselten von ernster, nachdenklicher Diskussion zu schnellen, von Kichern unterbrochenen Dialogen. Zwei Freundinnen, die miteinander plauderten. Sie wechselten zwischen Russisch und Englisch hin und her und wetteiferten darin, ihre Sprachkenntnisse zu trainieren. Sie sprachen eine Zeit lang über Ketisch, und der Akzent und die Intonation der zweiten Sprecherin änderte sich, als sie in diese dritte Sprache wechselte. Das Englisch, das die russische Frau sprach, war lückenhaft und stockend, und der größte Teil des Gesprächs verlief auf Russisch. Es war keine professionelle Aufnahme und gehörte auch nicht zu Gemmas Forschungsmaterial, sondern es war eine Kuriosität, der Holbrook wohl nicht hatte widerstehen können. Eine Sprache, die im Aussterben begriffen war, und Gemma hatte eine junge Frau gefunden, die diese Sprache beherrschte, und hatte sie aufgenommen.

»Ketisch«, sagte Roz. »Das hat Gemma Holbrook gegeben. Ein Band mit einer zweisprachig aufgewachsenen Sprecherin von Russisch und Ketisch. Ich verstehe immer noch nicht, was das zu bedeuten hat, aber wir müssen es der Polizei mitteilen.« Luke sah sie einen Moment an, dann nickte er zögernd.

Hull, Sonntag

Matthew Pearse wohnte in einer Einzimmerwohnung in der Oststadt, nicht weit vom Hafen entfernt. Das kleine Reihenhaus aus gelbem Backstein stand neben einer Reihe von Läden, einem

Fish-and-Chips-Imbiss, einer Reinigung und einem Pub. Der Vermieter sagte, Pearse habe die Wohnung seit mehreren Jahren. »Er ist ein guter Mieter«, stellte er fest. »Zahlt seine Miete pünktlich, hält die Wohnung sauber, macht keine Probleme.« Über Pearse' Privatleben wusste er nichts.

Die Wohnung wies nur minimale Spuren auf, dass jemand hier wohnte. Sie war sparsam möbliert, ein schmales Bett stand an der Wand, ein Stück vom Fenster entfernt, daneben ein kleiner Tisch mit einer aus einer leeren Flasche gebastelten Tischlampe. Unter dem Fenster stand ein Klapptisch und neben der Tür ein Kunststoffschrank. Ein Regalschränkchen neben diesem Kleiderschrank sah aus, als gehörte es zu einer Einbauküche. Alles war sauber und ordentlich. Das Bett war mit billiger Bettwäsche bezogen, eine graue Decke lag darauf. Es gab keine Bilder, keinen Schmuck, nichts Persönliches, außer einem Buch auf dem Tisch am Bett.

Pearse schien sehr wenig zu besitzen. Der Kleiderschrank enthielt ein sauberes Hemd und eine gebügelte Hose auf einem Kleiderbügel. In einer Schublade lagen ein Paar Socken und eine Unterhose. Die Socken waren gestopft. Auch ein Unterhemd fand Lynne. *Eines zum Tragen und eines in der Wäsche*, dachte sie. In der Küche waren eine Tasse, ein Teller, eine Schale und in einer Schublade ein Satz Besteck und ein Dosenöffner. Auch ein paar Dosen waren da – Bohnen, Spaghetti, Reispudding und ein kleiner, aufgeschnittener Laib Brot, dessen Verpackung sorgfältig wieder verschlossen war, um den Rest Brot frisch zu halten. Farnham roch an einer halb vollen Packung Milch, verzog das Gesicht und sagte: »Sie ist sauer.«

Das Buch, in dem ein Lesezeichen steckte, war Teilhard de Chardins *Der Mensch im Kosmos*. Zwischen den Seiten des Buches steckte irgendwo ein etwas vergilbtes Foto, das an der Ecke geknickt war, als halte es jemand oft in der Hand. Darauf war ein weiß gekleidetes Mädchen mit einem weißen Schleier. Sie hielt der Kamera einen Korb mit Blumen entgegen und lächelte. Ein Hochzeitsfoto? Nein, sie war zu jung – vierzehn, fünfzehn?

Lynne ging in die Diele hinunter, die zur Haustür führte. Auf einem Tisch stapelte sich Post für die Hausbewohner, die dort abgelegt wurde. Sie schaute die Briefe durch. Es kamen mehr Namen vor, als Wohnungen im Haus waren, und einige der Kuverts sahen aus, als lägen sie schon eine ganze Weile da. In dem Stoß waren zwei ungeöffnete, ungelesene Briefe an Pearse, erst kürzlich angekommen.

Es hätte als Beweis eines freudlosen Lebens gelten können, dieses Zimmer, in dem kaum etwas Persönliches war, aber Lynne sah es mehr als den Raum eines Menschen an, dessen Leben sich anderswo abspielte, für den Essen und Schlafen nur lästige Notwendigkeiten waren, die von den wichtigen Dingen ablenkten. Aber unter dem Gesichtspunkt der Ermittlung sagte es ihnen nichts. Farnham ordnete die Durchsuchung an, alles sollte auseinander genommen werden, und machte sich zur Beratungsstelle auf den Weg, wo, so hofften sie alle, sich mehr Hinweise ergeben würden.

Als sie ankamen, war die Beratungsstelle zu, abgeschlossen, und alles war still. Lynne hatte sie von ihrer ersten kurzen Erkundung her in Erinnerung. Die Schachteln mit Merkblättern standen in dem kleinen Büro auf den Regalen. In der Schreibmaschine steckte ein Blatt Papier. Lynne zog es heraus und betrachtete es. Es war unbeschrieben. Die Schubladen waren leer, bis auf Nasims Buch: *Intermediate Business English, BEC2.* Lynne blätterte darin herum, fand überall Nasims Anmerkungen in kunstvoller arabischer Schrift, aber sie entdeckte nichts Relevantes. Sie ging auf den Hof hinaus, der nasskalt und halbdunkel neben dem hohen, verlassenen Lagerhaus mit seinen vernagelten Türen und Fenstern lag. Bei ihrem früheren Besuch hatte sie den Eingang zum Dachboden übersehen, der von einem Stoß Kartons halb verdeckt war. Zwar hatte Lynne keine

Durchsuchung durchgeführt, aber sie war sich auch bewusst, dass Nasim Rafiqs gespielte Bereitwilligkeit, sie könne sich überall umsehen, ihre Beobachtungsgabe geschwächt und sie nachlässig gemacht hatte.

Der Dachboden enthielt ein kleines Bett unter einem Oberlicht, von dessen Rahmen die Farbe abblätterte. Das Bett war gemacht, sah aber aus, als sei es vor kurzem benutzt worden. Ein dunkles, welliges Haar lag auf dem Kissen, auf dem eine Kuhle zu erkennen war, wo ein Kopf gelegen hatte. Lynne konnte erraten, wer hier unlängst gelegen hatte. Sie schloss die Augen und versuchte, sich Anna Krleza vorzustellen. Aber nichts war zu finden, nur der trockene Geruch der alten Tapete, der Ruf der Meeresvögel, die sie auch von ihrem eigenen Fenster aus hörte, und der ferne Lärm des Stadtverkehrs umgaben sie.

Hull, Sonntagvormittag

Nasim Rafiq saß da wie der Inbegriff des Schweigens, ihre dunklen Augen beobachteten Farnham, der den Ablauf des Verhörs erläuterte, dann richtete sich ihr Blick auf Lynne, deren Anwesenheit er erklärte. Lynne hatte versucht, ihren Gesichtsausdruck zu deuten und ihr die Nachricht zu übermitteln: *Genug von der Wahrheit, um uns zu helfen, aber nicht so viel, dass Sie sich selbst belasten!* Rafiq schien Farnham gut zu verstehen und wehrte mit einer selbstsicheren Geste ab, als er auf die Dolmetscherin hinwies. »Ist nicht nötig«, sagte sie.

Zuerst stellte ihr Farnham Routinefragen, deren Antworten er bereits kannte. Wie lange sie schon im Land lebte, welchen Beruf ihr Mann hatte, wie lange die Familie zu bleiben vorhatte. Sie war Lehrerin, erzählte sie und wurde plötzlich gesprächig. Sie wolle die nötigen ergänzenden Prüfungen ablegen, um an einer englischen Schule unterrichten zu können, aber ihr Englisch sei nicht so gut, wie es sein sollte. Sie ließ diese Sätze zum Teil von der Dolmetscherin erklären. Dann schwieg sie. Lynne fiel das Lehrbuch ein, das bei ihrem Gespräch mit Rafiq in der Beratungsstelle auf dem Schreibtisch gelegen hatte, als fast mit Sicherheit Anna Krleza irgendwo versteckt gewesen war. Sie dachte an Rafiqs Büro und die angelehnte Tür nach hinten, die sie wegen des angeblichen Luftzugs geschlossen hatte. Sie fragte sich, warum die Frau solche Risiken einging.

»Erzählen Sie mir von der Beratungsstelle«, sagte Farnham. »Wie lange arbeiten Sie schon dort?«

Sie erklärte, wieder mit Hilfe der Dolmetscherin, dass sie seit etwa fünf Monaten ehrenamtlich dort tätig sei. »Es hilft mein Englisch«, fügte sie hinzu. »Und ...«, sie hielt inne und sprach mit der Dolmetscherin.

»Man plante, ein Beratungs- und Schulungszentrum für die Asylbewerber aufzubauen, die hierher kommen«, sagte die Dolmetscherin. »Sie kann Paschtu – das wird in Afghanistan gesprochen. Deshalb wurde sie gebeten, hier mitzuarbeiten.«

Sprachen, dachte Lynne. Katjas gebrochenes Englisch, Gemma Wisharts Spezialwissen, die Unklarheiten auf Katjas Band. Und Nasim Rafiq, die durch ihre Muttersprache in das komplexe Netz dieses Falls hineingezogen worden war. Aber war es so einfach? Farnham schob Anna Krlezas Foto über den Tisch. Rafiq wandte den Blick ab. Er hielt eine Hand über das Foto und schaute nicht darauf, sondern blickte Rafiq schweigend an, so als überdenke er gerade etwas. »Matthew Pearse«, sagte er nach einer Weile. Sie reagierte nicht, sondern wartete auf seine Frage. »Sie arbeiten seit fünf Monaten mit ihm zusammen?« Sie nickte. »Wissen Sie, wo er ist?«, fragte er schnell.

»Er ...«, fing sie vertrauensvoll an zu sprechen, dann runzelte sie die Stirn. »In Beratungsstelle?« Farnham schüttelte den Kopf. »Ich weiß nicht«, sagte sie. Farnham wartete einen Moment in der angespannten Stille, bevor er weitersprach. »Matthew Pearse – ist er in Ordnung?« Sie sah ihn verständnislos an. »Macht er gute Arbeit?«

Sie blinzelte überrascht. »Er ist sehr gute Mann«, sagte sie. »Er…« Sie breitete ratlos die Hände aus. Ihr Englisch war nicht gut genug, dass sie erklären konnte, was sie meinte.

Farnham wandte sich nicht an die Dolmetscherin. Er schob Rafiq über den Tisch das Bild hin. Sie sah es nicht an, sondern beobachtete ihn. »Gute Menschen«, sagte Farnham. »Es ist leicht, gut zu sein, zu seinen Prinzipien zu stehen…« Er sah die Dolmetscherin an und wartete, während sie rasch mit Rafiq sprach. Dann fuhr er fort: »… zu seinen Prinzipien zu stehen, wenn man nichts zu verlieren hat.« Farnham schob das Foto zerstreut auf dem Tisch herum. »Haben Sie Kinder, Mrs. Rafiq?«

Der plötzliche Themawechsel brachte sie aus der Fassung. Sie sah ihn an, dann Lynne, die sich nichts anmerken ließ, dann wieder Farnham. Sie wirkte unsicher. »Eins, Junge.«

»Wie alt ist Ihr Junge?« Farnhams Stimme klang unbeteiligt.

Rafiq sah ihn und dann Lynne an. Ihre Ruhe schien jetzt der Resignation zu weichen. »Sechs Jahre«, sagte sie.

Er nickte, um ihr zu zeigen, dass er das schon wusste. »Es ist wichtig für Ihren Sohn, Mrs. Rafiq, nicht wahr, dass Sie hier bleiben können? Sie und Ihre Familie?« Sie sah ihn schweigend an. »Es ist doch so?« Sie zuckte zusammen, weil seine Frage so plötzlich kam und so scharf klang.

»Ja. Ist sehr wichtig.« Ihre Stimme zitterte leicht.

Er schob das Foto zu ihr hin, sie sah ihm aufmerksam zu. »Mrs. Rafiq«, sagte er, »ich werde Ihnen diese Frage nur ein Mal stellen, überlegen Sie sich also die Antwort gut.« Sein Tonfall war nüchtern, ohne Mitgefühl. »Kennen Sie diese Frau?« Rafiq sah ihn an, dann wieder Lynne. Schließlich blickte sie auf das Foto hinunter, schloss die Augen, schluckte. Sie fing an, den Kopf zu schütteln. »Mrs. Rafiq«, sagte Farnham.

Ihre Blicke trafen sich. »Ich kenne sie«, sagte sie.

Nasim Rafiq kam aus dem Nordwesten Pakistans. Sie hatte angefangen, ehrenamtlich zu arbeiten, aus dem Grund, den sie angab: Um besser Englisch zu lernen, denn sie musste besser werden, wenn sie unterrichten wollte. Asiaten waren in Hull in einer schwierigen Situation, erklärte sie. Es gab hier keine Gemeinschaft wie in anderen vergleichbaren großen Städten, wo die Menschen einander helfen konnten. Die Asiaten in Hull waren meistens Menschen wie sie, isoliert und noch nicht lange hier, aus beruflichen oder familiären Gründen hergekommen.

Im Rahmen des Programms, das die Asylsuchenden im Land verteilte, plante man, afghanische Flüchtlinge nach Hull zu schicken, also war sie mit ihren Kenntnissen des Paschtu sehr willkommen. Die Beratungsstelle war noch im Aufbau, man erwartete keine Neuankömmlinge, bevor das Gebäude notdürftig wieder hergerichtet war, und sie war überrascht, dass bereits ein paar Menschen kamen. Matthew Pearse, der offenbar das Möbellager verwaltet hatte, erklärte ihr, dass die Menschen in Not seien und er sie nicht wegschicken wolle. Sie machte sich an die Arbeit und übersetzte die städtischen Merkblätter des Sozialamts in Paschtu und hatte unter Matthews unaufdringlicher Aufsicht kaum auf das Kommen und Gehen in der Beratungsstelle geachtet. Sie machte die Arbeit gern und freute sich darauf, dass das Zentrum bald seine eigentliche Arbeit aufnehmen würde. Wenn sie allein zu Hause saß, während ihr Mann bei der Arbeit und ihr Sohn in der Schule war, fühlte sie sich einsam, und wenn sie vor die Tür trat, war sie eine Kuriosität.

Aber dann … bemerkte sie andere, geheime Aktivitäten, hier und da trafen verzweifelte Menschen ein. Sie kamen nach Einbruch der Dunkelheit, nachdem die Beratungsstelle geschlossen war, in den Zeiten, wenn sie normalerweise schon weg und Matthew allein da war. Sie hatte Leute gesehen, die sich vor Hunger, Krankheit und Gewalt retteten, Menschen, die tief in eine schreckliche Schuldenlast verstrickt waren. Sie hatte Familien gesehen, die auseinander gerissen worden waren, die Eltern von den Kindern getrennt, Brüder von den Schwestern, Frauen von ihren Männern. Sie wusste, was im Gesetz stand, aber sie richtete sich nach Matthew, der sagte: »Wenn du nicht fragst, dann weißt du auch nichts. Geh einfach nach Hause und lass mich machen. Mach dir keine Sorgen.« Hohläugige junge Männer und junge, gehetzte Frauen schienen immer in der Nacht zu kommen. Dann war ein oder zwei Tage jemand irgendwo im Haus, ohne Geräusche zu machen, und dann waren sie wieder weg. Matthew lächelte sanft, wenn sie ihm Fragen stellte.

Dann war die Frau gekommen. Hier sah Rafiq Lynne an. »Die Frau, Sie sagen, die… tot«, sagte sie. *Katja.* Sie war eines Abends gekommen, verletzt und verwirrt. Nasim hatte die Polizei und einen Arzt holen wollen. Aber Matthew hatte gesagt: »Du weißt nicht, was du da anrichtest!« Zum ersten und einzigen Mal war er böse geworden. Er hatte die Frau ins Krankenhaus gebracht und dann eindringlich und lange mit Nasim gesprochen. »Sie brauchen alle unsere Hilfe. Wir können nicht die Polizei zu ihr hierher kommen lassen. Es wird schon in Ordnung gehen. Ich werde dich nicht wieder mit reinziehen.« Das hatte er versprochen, aber dann war Anna Krleza gekommen, allein und verängstigt.

»Sehr jung…«, sagte Rafiq und berichtete mit tonloser und trauriger Stimme weiter über Krlezas kurzen Aufenthalt im Zentrum und ihr plötzliches Verschwinden. Pearse hatte sie am Samstag spätabends angerufen, um ihr zu sagen, dass Anna weggegangen sei. »Er sagt, er sie suchen«, sagte Rafiq. Sie war seitdem nicht mehr in der Beratungsstelle gewesen.

»Was nun?«, sagte Lynne zu Farnham, als sie in sein Büro zurückkamen.

»Was sie betrifft, wird das Ausländeramt entscheiden«, sagte er. Er nahm das Telefon und fing an, die Nummer zu wählen.

Lynne hielt ihn davon ab. »Sie hat mir vertraut«, sagte sie. »Sie hat mir von ihrem Sohn erzählt.«

Er schaute sie ernst an. »Ich habe keine Abmachungen getroffen«, sagte er und nahm wieder den Hörer. »Sie wurde vielleicht zu Anfang unbeabsichtigt Zeugin dieser Aktivitäten, Lynne, aber sie hat nichts unternommen. Sie hat Informationen verheimlicht. Ich kann das nicht einfach übersehen.«

»Ich habe sie in dem Glauben gelassen, dass ein Deal möglich wäre«, sagte Lynne. »Ich war mit dir zusammen hier. Sie muss gedacht haben, dass das die Grundlage war.«

Er sah sie an. »Warum glaubst du, dass ich dich dabeihaben wollte?«, fragte er.

18

Sheffield, Sonntagnachmittag

Roz hatte vergeblich Inspector Jordans Nummer angerufen. Sie sah Luke an, der im Computerraum auf und ab ging und seine Nervosität mit schwarzem Kaffee noch steigerte. »Sie ist nicht da«, sagte Roz.

»Ach, um Himmels willen, Roz«, sagte er ärgerlich. »Was macht das für einen Unterschied? Wir haben gefunden, wonach Gemma suchte, eine ihrer Lieblingssprachen. Und?«

»Und nichts. Wir wissen nichts. Vielleicht weiß die Polizei etwas.« Aus dem Telefon ertönten kurze Piepstöne, und sie legte den Hörer wieder auf. »Irgendetwas muss dahinter stecken. Warum sollte Holbrook versuchen, mich davon abzuhalten, dass ich es finde?«

»Du *glaubst*, dass er das getan hat, Roz. Du weißt es nicht.«

Er fuhr sich mit den Fingern durchs Haar. »Schau, er hat dir eine falsche Information gegeben, als du seine Mittagspause unterbrochen hast. Weißt du, wie oft ich das tue, wenn irgendein Student vorbeikommt und loslegt?«

»Seit wann stellen dir Studenten Fragen zu Mordermittlungen?«

»Ach komm, Roz, er hat Gemma das verdammte Ding benutzen lassen, als sie ihn darum bat. Und er hat es dir gegeben. Das heißt doch nicht, dass er es versteckt.« Sie waren wieder in das vertraute Muster verfallen, an das sie sich immer während der Arbeit bei einem schwer zu lösenden Problem hielten. Luke der ungeduldige Skeptiker, Roz die Stimme der Vernunft, so wurden die Argumente logisch sortiert, bis sie den Durchblick bekamen.

»Das hat er nicht«, sagte sie. »Er hat es mir nicht gegeben. Es war sein Assistent. Ein Student von ihm, Sean.«

»Okay, warum gibt dir dieser Sean Holbrooks Archiv, wenn sein Chef die ganze Zeit verhindern will, dass du es in die Hände bekommst? Das ist ja wirklich einleuchtend.«

»Er versuchte, sich an mich heranzumachen«, sagte Roz. »Er wusste, dass mich das Archiv interessiert. Ich glaube nicht, dass er wusste, dass Holbrook mich hinhielt. Ich glaube, er brachte das Archiv vorbei, um noch einmal zu versuchen, bei mir zu landen, sonst nichts.«

Luke sah sie lange an. »Okay«, sagte er dann. »Du hast also das Archiv, und Holbrook weiß nicht...«

»Doch, er weiß es«, sagte Roz. »Ich habe es ihm gesagt. Und daraufhin hat er das abendliche Treffen mit mir hier vereinbart.«

»Und du dachtest, du hättest jemanden gesehen, der in die Abteilung eingedrungen war, und hast den Wachdienst angerufen, aber Holbrook ist nicht gekommen...« Er sah immer noch gedankenvoll zu Boden. »Roz, wenn Gemma etwas gefunden hat, dann muss es mehr sein als diese Sprache, dieses ›Ketisch‹.«

»Ich muss ihnen das mitteilen.«

Er nickte, ihr widerwillig zustimmend. »Eine Inspector Jordan gab es dort nicht. Da war ein Typ, der Farnham heißt. Vor dem haben sie alle gekuscht. Aber hör zu, Roz. Ich verstehe immer noch nicht, was uns das bringen soll.«

Sie schüttelte den Kopf, sie wusste es genauso wenig. »Ich hatte mit DI Jordan zu tun. Ich werde sie anrufen«, sagte sie. »Wenn ich sie diesmal nicht erreiche, hinterlasse ich eine Nachricht.«

Hull, Sonntagabend

Lynne setzte sich an ihren Schreibtisch und rieb sich die Augen. Sie war furchtbar müde. Sie hätte schon vor zwei Stunden gehen sollen, aber die Arbeit, die sich aufgrund von Nasim Rafiqs Verhaftung angesammelt hatte, hielt sie an ihrem Schreibtisch fest. Sie wollte nicht nach Hause gehen und die losen Fäden der Ermittlung, die sich vielleicht verlieren würden, in der Luft hängen lassen.

Sie schrieb ihren Bericht über Rafiqs Befragung vom Tag zuvor zu Ende, las ihn durch, war aber nicht zufrieden. Er enthielt nichts, das Rafiq Rückendeckung bot. Der Bericht stellte fest, dass sie nicht versucht hatte, Lynne zu unterstützen. Die Fakten waren erfasst, aber nicht die Umstände, denn das Berichtsformat ließ nur sehr wenig Spielraum für die Schilderung der Zusammenhänge, es gab keinen Raum für Dinge, die bei der kritischen Prüfung durch die Einwanderungsbehörde für sie sprechen konnten.

Sie fuhr sich durchs Haar und seufzte. Sie hatte getan, was sie tun konnte. Rafiq war ein Risiko eingegangen, nun würde sie die Konsequenzen tragen müssen. Aber Lynne konnte den Bericht fürs Erste liegen lassen. Farnham brauchte ihn, aber er würde ihn nicht schon heute Abend haben wollen. Sie konnte ihn bis morgen Früh liegen lassen. Sie verzog das Gesicht. *Das Unvermeidliche aufschieben.*

Morgen war ihr freier Tag. Das würde ihr etwas Zeit zum Überlegen geben. Wenn es irgendetwas gab, was sie tun konnte, um Rafiq zu helfen, würde sie es herauskriegen. Sie speicherte den Bericht, druckte ihn aber nicht aus. Sie war müde, und wenn sie müde war, konnte sie keine Entscheidungen treffen, machte nur Fehler. Als sie aufstand, bemerkte sie, dass das Licht ihrer Mailbox blinkte. Sie nahm ab, hielt dann aber inne. Was immer es war, es würde warten müssen. Sie musste jetzt nach Hause.

Hull, Sonntag

Der Raum roch widerlich muffig und schimmelig. Einen Moment lag Anna verwirrt da und versuchte, anhand der Ereignisse der letzten paar Tage und Nächte, die wirr in ihrem Kopf herumschwirrten, festzustellen, wo sie war. Dann erinnerte sie sich an die Sturmlaterne und streckte die Hand aus, um sie anzuzünden. Sie fand die Tüte, die Matthew dagelassen hatte, und aß etwas Schokolade. Ihr Kopf tat weh, und ihre Kehle war trocken und rau. Schubartig wurde ihr heiß, und dann zitterte sie wieder vor Kälte. Es war schwierig, das Husten zu unterdrücken. Sie musste sich mehr von dem lauwarmen, abgestandenen Wasser holen. Matthew war nicht sicher gewesen, wann er zurückkommen würde. »Sobald ich kann«, hatte er gesagt. »Sobald ich kann.«

Sie hatte sich im Lauf des Tages zwischen Schlaf und Wachen hin und her treiben lassen. Einmal wachte sie schweißgebadet und keuchend vor Angst aus einem Traum auf, aber er war schon aus ihrem Gedächtnis verschwunden, bevor sie richtig wach wurde, und nur ein Gefühl des Grauens war zurückgeblieben. Ihr Hals tat so weh, dass sie kaum schlucken konnte. Sie zwang sich, Wasser zu trinken. Ihre Arme und Beine schmerzten, und sie streckte sie aus. Sie rollte von der Matratze herunter und stand auf. Vielleicht würden die Schmerzen nachlassen, wenn sie herumging.

Sie stieß die Tür am Ende des Korridors auf und trat in den größeren Raum, den sie am Abend zuvor mehr erahnt als gesehen hatte. Die Steinplatten waren kalt und sandig. Das Rascheln ihrer Fußsohlen machte ein Geräusch auf dem Stein, das in der Stille widerhallte. Ihre Augen gewöhnten sich jetzt an die Dunkelheit, sie hatte das Gefühl, sich in einem großen Raum zu befinden, in dem alles höher und weitläufiger war, als sie zuerst gedacht hatte. Der Raum hatte einen Steinboden, die Wände waren krumm und aus bröckelndem Backstein, die Steinplatten des Fußbodens verloren sich in der Dunkelheit, und die Decke wurde von Säulen aus Backsteinen gestützt. Oben an den Wänden liefen Fenster entlang, schmale, senkrechte, dreckverkrustete Schlitze, die von außen vergittert waren. In dem Licht, das durch die Fenster hereinfiel, glänzte die Wand wie von herabsickerndem Wasser.

Ihre Phantasie erschuf Töne und Bewegungen um sie herum. Sie glaubte, etwas weiter weg in dem Keller in der kalten Schwärze etwas atmen zu hören. Etwas stand in der Dunkelheit am anderen Ende des Gangs, der zwischen den Säulen verlief. Sie ging näher heran, vorsichtig, damit sie im Dunkeln nicht an verborgene Gegenstände stieß.

Es war ein Steintisch, wie sie als kalte Lagerfläche für verderbliche Lebensmittel benutzt werden. Sie erinnerte sich an solche Tische in den Schuppen ihres Elternhauses. Über dem Tisch war ein Holzrahmen in die Decke eingelassen. An einem solchen Rahmen hatte ihre Mutter die geräucherten Schinken aufgehängt. Es war merkwürdig, diese vertrauten Gegenstände in dieser kalten, stillen Umgebung zu sehen. Hinter dem Tisch war eine Tür, die leicht aus der Wand herausragte, sie war schmal und aus schwerem, von Rost zerfressenem Eisen, von dem die Farbe abblätterte. Sie sah aus wie die Tür zu einem alten Kühlhaus, einem begehbaren Kühlschrank. Der Keller musste früher einmal als Lagerraum für Lebensmittel genutzt worden sein. Sie zog an dem Griff, und die Tür öffnete sich quietschend, ließ sich aber unerwartet leise und leicht bewegen, sodass sie ins Schwanken geriet. Dann roch sie Fäulnis, etwas hatte angefangen, sich in dem abgeschlossenen Raum zu zersetzen. Sie erhaschte einen Blick, während die Tür zufiel, und sah, dass die massiv verkleideten Wände einen sargähnlichen, dreckverkrusteten Innenraum bildeten. Sie fragte sich, was hier wohl gelagert worden sein mochte.

Über ihrem Kopf bewegte sich etwas an den Fenstern entlang und warf dunkle Schatten auf den Mittelgang. Sie wurde starr, als die Schatten stehen blieben, aber sie gingen weiter. Sie beobachtete aufmerksam die Fenster, sah aber kein weiteres Zeichen von Bewegung. Selbst wenn jemand vorbeiging – wer konnte wissen, dass sie hier war? Solange sie sich ruhig verhielt, war sie in Sicherheit. Nur noch ein paar Stunden, bis Matthew zurückkam. Ihr Hals war wieder trocken und tat weh, und auch die Schmerzen in Armen und Beinen wurden schlimmer. Sie ging in den kleinen Raum zurück, legte sich hin und ließ die Stunden langsam vergehen. Er würde bald zurückkommen. Er hatte es gesagt.

Er hatte es versprochen.

Sheffield, Sonntagabend

Es war nach Sonnenuntergang, die Straßenlaternen schienen auf die nassen Straßen, und die Gehwege glänzten noch vom Regen, als Luke und Roz nach Pitsmoor zurückfuhren. Der Regen hielt die Menschen in den Häusern, die Straßen um ihr Haus herum waren praktisch leer. Ein paar Jugendliche hielten sich in dem kleinen Park auf, eine Frau schob einen Kinderwagen, ein Nachbar arbeitete unter der Motorhaube an seinem zerbeulten Auto. Luke stellte sein Motorrad an der Seite des Hauses ab. Während sie in ihrer Tasche nach dem Schlüssel kramte, sah sie zu den Fenstern des leer stehenden Nachbarhauses hinauf. Sie waren schwarz und leer.

Als sie die Haustür aufmachte, kam ihr das Haus merkwürdig vor, so als wäre sie länger als anderthalb Tage weg gewesen. Das Durcheinander, das sie bei ihrem eiligen Aufbruch hinterlassen hatte, war noch da: Die Tasche, deren Inhalt sie auf der Treppe ausgekippt hatte, als sie versuchte, ihren Reserveschlüssel zu finden, die Gelben Seiten lagen geöffnet beim Telefon, und die Post vom Samstag war auf dem Küchentisch neben ihrem Frühstücksteller verstreut, als sei das Leben plötzlich zum Stillstand gekommen.

Luke ging in die Küche, um Kaffee zu machen, während sie die Sachen auf der Treppe aufhob. Sie beobachtete, wie er die Post zusammenräumte, das Geschirr in die Spüle stellte und wartete, bis das Wasser kochte. »So sieht es ein bisschen zivilisierter aus«, sagte er, schwieg einen Moment und sah sie dann an. »Willst du, dass ich bleibe?«

Sie war überrascht, dass er fragte. Sie hatte einfach angenommen, dass er bleiben würde, und überlegte, ob er vielleicht nach Hause fahren wollte. Sie hatten die gestrige Nacht und den ganzen Tag zusammen verbracht. Aber im Lauf des Nachmittags war er launisch und reizbar geworden. Er brauchte viel Freiraum. Sie war erstaunt, dass es ihr nicht so ging. Sie war daran gewöhnt, allein zu sein, sodass sie die Gegenwart anderer Menschen nach kurzer Zeit lästig fand. »Willst du bleiben?«, fragte sie.

»Ach du lieber Gott, Bishop, lass uns doch nicht in Höflichkeitsfloskeln verfallen. ›Nach Ihnen‹ – ›Nein, nach Ihnen‹.« Schmeiß mich raus, wenn du willst, und ich komme morgen wieder.«

»Ich will, dass du bleibst, aber nur, wenn du möchtest.«

»Natürlich will ich, verdammt noch mal!« Sie starrten sich an, und dann fing er an zu lachen. »Okay«, sagte er. »Ich bleibe.« Er musterte sie. »Du siehst schrecklich aus, Bishop. Als hättest du letzte Nacht durchgesumpft.«

»Hab ich ja auch«, sagte sie. Aber er hatte Recht. Ihre Kleider waren zwar in Lukes Wohnung über dem Boiler getrocknet, aber zerknittert und dreckbespritzt, und sie wollte sie ausziehen. »Ich geh mich umziehen und duschen.«

»Ich würde ja mitkommen«, sagte er, »aber ich habe etwas vor… ich mache uns etwas zu essen, okay?«

Sie nickte. »Ich muss früh schlafen gehen«, sagte sie. »Ich…«

Er lächelte. »Du bist mir um einiges voraus. Aber das passt zum Plan.«

Sie lächelte unwillkürlich zurück, konnte es nicht unterdrücken. Alles ging schief und war chaotisch, aber sie war trotzdem glücklich. »Ich muss früh aufstehen und das Auto reparieren lassen. Morgen muss ich nach Manchester, das weißt du ja.«

Er runzelte die Stirn. »Das hast du mir nicht gesagt. Kannst du Grey nicht sagen, sie soll es vergessen?«

»Nein, es ist wichtig. Ich muss erst um zwölf Uhr dort sein, es ist also Zeit genug. Es ist nur wegen des Autos.«

»Ich lass deinen Reifen morgen Früh flicken«, sagte er. Er schien über etwas nachzudenken. »Wie lange wirst du da drüben sein?«

»Es ist nur eine Besprechung. Ich bin gegen sieben zurück.«

Er sah immer noch ein wenig nachdenklich aus. Dann zwang er sich, in die Gegenwart zurückzukehren. »Ich mach uns was zu essen. Zieh das Zeug aus. In ’ner halben Stunde, okay?«

Als sie herunterkam, hatte er Risotto gemacht und richtete es gerade auf den Tellern an. Irgendwo im Kühlschrank hatte er Salat ausgegraben und auch eine Flasche Wein aufgemacht. »Das Essen ist knapp, Wein gibt's genug – meine Art von Küche«, sagte er. Sie hatte vergessen, dass Luke gut kochte, wenn er sich Mühe gab. Bevor sie sich entfremdet hatten, hatte er das manchmal getan, bevor sie taten, was immer sie für den Abend geplant hatten. Es war nach neun, als sie mit dem Essen fertig waren, und Luke nahm die halb volle Flasche Wein und die Gläser. »Die trinken wir im Bett«, sagte er.

Obwohl Roz vorgehabt hatte, sich richtig auszuschlafen und für die Besprechung am nächsten Tag gut vorbereitet zu sein, war sie um ein Uhr noch immer wach. Luke war eingeschlafen, sein Kopf lehnte schwer gegen ihre Schulter, die Arme hatte er um ihre Taille geschlungen. Im Radio spielte leise Musik. Sie machte sich nicht die Mühe, es abzuschalten. Sie lag eine Weile da und beobachtete das dunkle Fenster des leeren Hauses, sah, wie das Mondlicht blasser wurde, als der Wind die Wolken darüber jagte, und betrachtete die Muster von Hell und Dunkel auf seinem Gesicht.

Detective Inspector Jordan rief nicht an.

Hull, Montagvormittag

Lynne hatte am Sonntagabend versucht, ihren Ärger zu unterdrücken, den sinnlosen Ärger über Farnham und die Wut auf sich selbst, weil sie die Kontrolle über einen wichtigen Aspekt ihrer Arbeit verloren hatte. Sie war so sicher gewesen, dass Farnham bereit war, die Sache in ihrem Sinn zu handhaben. Er hatte sein Vorgehen mit ihr besprochen, soweit es sie betraf, und hatte sie als Expertin ihres Gebiets mit dem nötigen Respekt behandelt. So hatte sie es jedenfalls empfunden. Aber tatsächlich hatte er sie die ganze Zeit hingehalten. Nachdem sie ihm Einblick in ihre Arbeit gewährt und ihn in ihr Bett eingeladen hatte, hatte er sie ausgenutzt. *Schöne Bescherung, Lynne.*

Sie hatte frei, konnte sich aber nicht entspannen. Freie Tage waren zum Einkaufen da, um zu lesen und Freunde zu treffen, für Spaziergänge an den niedrigen Klippen der Ostküste. Aber ihr fiel nichts ein, worauf sie Lust hatte. Sie war zu unruhig, und ihre Gedanken kreisten immer wieder um die Probleme Nasim Rafiq, Katja und Anna Krleza. Schließlich schaltete sie den Computer an und suchte erneut nach der verlorenen Internetseite, ein aussichtsloses Unterfangen, aber eines, das ihr die Illusion gab, etwas zu tun. Doch die Gesichter der Frauen, die sie anschauten, verschmolzen alle zu einem einzigen – dem zerschlagenen Gesicht von Gemma Wishart. Die Körper wurden alle zu Katjas schlanker Gestalt, die das Krankenhaus verließ, eine kleine anonyme Person, die in die Nacht hinaus und ihrem Mörder in die Arme lief. Nasims dunkle Augen sahen sie anklagend an, und hinter Nasim blickte ihr ein kleiner Junge entgegen, der unbekannte Javid.

Sie sah Roy Farnhams Gesicht vor sich, der ihr zuhörte und ruhig und konzentriert nickte, immer nahm er nur und gab nichts zurück. *Farnham, du Scheißkerl, so hättest du das nicht machen dürfen!* Eine weitere Website erschien auf dem Bildschirm, schwarzer Hintergrund mit roter Schrift, wieder ein nackter Körper und die Warnung, es gehe um Material für Benutzer über achtzehn Jahre. Sie konnte es nicht mehr sehen. Sie musste etwas tun. Sie presste ihre Fäuste gegen die Augen und versuchte, ihre Gedanken zu zwingen, den rastlosen Teufelskreis zu verlassen und einen produktiveren Weg einzuschlagen.

Es brachte nichts, wütend zu sein. Farnham hatte richtig gehandelt. Es gab eine Zeugin, die verschwunden war, es gab jemanden, der vielleicht wusste, wo diese Zeugin war, der sie vielleicht versteckt hatte, es gab Beweise für ein Verbrechen. Sie selbst war diejenige, die Schuld hatte. Sie hätte Nasim unter

Druck setzen müssen, bis sie erzählte, was sie wusste. Farnham hatte sie gewarnt: »Du bist doch keine Sozialarbeiterin.« Sie hatte sich darüber geärgert, weil sie es herablassend fand. Aber er hatte Recht gehabt. Sie hatte Nasim als Informantin haben wollen, dabei aber die Situation der Frau mit allzu viel Mitgefühl betrachtet. Dann hatte sie sie schutzlos zurückgelassen, und Farnham hatte sie sich geschnappt.

Aber Nasim war immer noch ihre Zeugin für das, was Katja zuletzt getan hatte. Nasim und Matthew Pearse. Matthew Pearse. Er hatte sich vor vierundzwanzig Stunden auf die Suche nach Anna Krleza gemacht und war immer noch nicht zurück. Er hatte sich auf ein Spiel mit sehr gefährlichen Leuten eingelassen, und Krleza ebenso. Vielleicht waren sie untergetaucht. Sie könnten einen Ort kennen, wo sie sich verstecken konnten.

Und Nasim würde mit ihr zusammenarbeiten. Sie konnte im Rahmen ihrer Vernehmung mit ihr sprechen und ihr zu verstehen geben, dass Anna Krleza aus Unwissenheit oder Angst versteckt wurde. Und dass sie, Lynne, diese Sicht der Dinge unterstützen würde, wenn Nasim ihr noch etwas sagen konnte. Wenn Nasim ihnen den Weg zu Pearse und Krleza zeigte, würde Farnham vielleicht bereit sein, sie nur als Zeugin zu behandeln und nicht als jemanden, der die Ermittlung behinderte.

Also gut, sie musste schnell handeln. Farnham hielt Rafiq noch in Haft, weil sie eine illegale Asylantin versteckt hatte. Lynne war ziemlich sicher, dass Nasim nicht wusste, wo sich Matthew Pearse aufhielt, aber sie hatte vielleicht nebenbei etwas aufgeschnappt, denn sie arbeitete mit dem Mann zusammen. Lynne musste mit ihr sprechen.

19

Sheffield, Montagvormittag

Es war kurz nach acht, als Roz aufwachte. Luke lag noch schlafend neben ihr. Trotz der zwei chaotischen Tage, die sie hinter sich hatte, fühlte sie sich entspannt und ausgeruht. Das Radio spielte leise. Sie streckte sich, Luke begann sich zu regen und zog sie zu sich heran, als sei der Schlaf nur eine kurze Unterbrechung ihrer Begegnung in der Nacht.

Später stand sie gähnend beim Wasserkocher und sah aus dem Küchenfenster. Ein Tiefdruckgebiet lag über der Stadt, und der Himmel war stumpf und bleiern. Sie machte Kaffee, legte Brot in den Toaster und schaute auf die graue Decke hinaus, die den Himmel zu verhüllen schien. In den Bergen würden die Wolken niedrig hängen. Sie sah der Fahrt nicht gerade mit Vergnügen entgegen. Luke kam herein, stellte sich hinter sie und legte ihr die Arme um die Taille, während er in den tristen Tag hinaussah. »Wer will denn da raus?«, fragte er und flüsterte in ihr Haar: »Wir könnten wieder ins Bett gehen.« Sie standen einen Augenblick beisammen, dann sagte er: »Ich bringe den Wagen in die Werkstatt und hol dir einen neuen Reifen.«

»Er hat einen Platten«, sagte sie.

»Er lässt sich so weit aufpumpen, dass es bis zur Werkstatt reicht«, sagte er leichthin. »Wann musst du los?«

Sie überlegte. Die Besprechung fing um zwölf an. Es war eine informelle Angelegenheit, es würde also kein großes Problem sein, wenn sie etwas später kam. »Gegen halb elf«, sagte sie. »Ich muss noch einiges vorbereiten. Eigentlich wollte ich es gestern Abend noch durchlesen.«

»Okay.« Er goss Kaffee ein. »Ich gehe dann besser.«

»Willst du nichts essen?«, fragte sie.

»Um diese Zeit? Du machst wohl Witze, Bishop.« Er nahm ihre Autoschlüssel, ging zur Tür und sagte: »Ich bin gleich wieder da.«

Alles für die Besprechung vorzubereiten, dauerte länger, als sie gedacht hatte, trotzdem wurde sie nervös, weil Luke relativ lange nicht zurückkam. »Der Verkehr«, sagte er lakonisch und musterte sie anerkennend. »Du wirst dich doch noch in die Grey verwandeln«, fügte er mit Blick auf ihr Kostüm hinzu, das sie tatsächlich deshalb gekauft hatte, weil sie Joannas maßgeschneiderte Eleganz bewunderte. »Hör zu«, sagte er, »melde dich vor der Rückfahrt, okay? Ruf mich von Glossop aus an und sag mir, wann du ungefähr ankommst.«

Er betrachtete sie anscheinend unbekümmert, aber sie spürte die innere Anspannung. »Gut«, stimmte sie zu. »Ich habe einiges mit den Leuten zu besprechen und nachzuarbeiten – es wird bestimmt nicht vor sieben sein. Es könnte auch später werden.«

»Alles klar«, sagte er. »Und fahr direkt zu mir rüber. Komm gar nicht erst hierher.« Seine Sorge war nicht rational begründbar, aber sie hatte Verständnis dafür. Sie fing selbst an, unruhig zu werden.

»Es wird alles gut gehen, Luke.«

Er lächelte. »Ich weiß«, sagte er. »Ich weiß.«

Er hatte den Reifen wechseln, ihr ein neues Reserverad reinlegen lassen und noch voll getankt. Sie fuhr über den Woodhead Pass, die direkte, schnellere Route über die Pennines, die vom Stadtteil Pitsmoor aus leichter zu erreichen war. Aber wenn sie auf dem Rückweg direkt zu Luke wollte, dann würde sie über den Snake Pass fahren und auf seiner Seite nach Sheffield hineinkommen. Er ging mit ihr zum Wagen. »Melde dich«, sagte er noch einmal, »wenn du dich auf den Rückweg machst.«

»Mach ich«, sagte sie. »Ich rufe dich an.« Er sah ihr nach, als sie losfuhr, und sie dachte, wie schön es war, jemanden zu haben, zu dem man nach Hause kommen konnte.

Hull, Montagvormittag

Farnham wartete schon auf Lynne, als sie in ihr Büro kam. »Ich lasse Holbrook herbringen«, sagte er. »Ich will nicht, dass er sich verkrümelt. Willst du bei der Vernehmung dabei sein?«

Die Einwanderungsbehörde hatte Lynne über Holbrooks Studentenaustausch informiert. Alles lief offenbar ganz offiziell. Die Einwanderungsbehörde wusste Bescheid, und der Status der wenigen Studenten, die über den Austausch gekommen waren, war geklärt. Es hatte nie irgendwelche Probleme mit der Organisation gegeben. »Hast du genug Information über ihn in der Hand?«

Farnham sah gedankenvoll in die Ferne. »Es wäre mir recht, wenn ich etwas mehr hätte. Lassen wir ihn herholen und nehmen wir ihn uns vor.«

»Ich muss mit Roz Bishop sprechen«, sagte Lynne. »Gemma Wisharts Kollegin«, fügte sie auf Farnhams fragenden Blick hinzu. »Sie hat eine Nachricht auf meinem Anrufbeantworter hinterlassen, es muss am Sonntag gewesen sein. Sie klang etwas unklar, aber das Wichtigste ist, dass sie und Hagan herausgefunden haben, was die geheimnisvollen Wörter auf dem Band bedeuten.«

»Bringt das etwas?« Farnham war skeptisch.

Lynne schüttelte den Kopf. »Ich weiß nicht. Laut Greenhough ist es eine der anderen Sprachen, die man in Russland spricht. Es könnte uns bei der Identifikation helfen. Ich weiß nicht. Da ist etwas … Aber Bishop ist heute sowieso nicht da. Sie ist in Manchester. Und bei Hagan hat niemand abgenommen.«

»Okay«, sagte er. »Halte mich auf dem Laufenden.«

»Und ich möchte mit Nasim Rafiq reden«, sagte sie und sah ihn fest an.

Er dachte nach und wich ihrem Blick aus. »Okay, aber später. Die Leute von der Einwanderungsbehörde kommen heute Vormittag.« Er ging ins Einsatzzentrum zurück und murmelte im Weggehen: »Bishops, Angels – es ist nicht zum Aushalten.«

Damit musste sich Lynne zufrieden geben. Wenigstens würde Nasim wegen der laufenden Ermittlung fürs Erste hier behalten werden. Die Einwanderungsbehörde würde sie nicht in Gewahrsam nehmen und in eine ihrer Anstalten stecken können. Und sie musste sowieso noch etwas erledigen. Als sie Roz Bishops Nachricht abhörte, hatte sich etwas in ihrer Erinnerung geregt, etwas, das sie gesehen, aber nicht bewusst wahrgenommen hatte. Sie sah noch einmal die Post durch, aber es gab nichts, das zu ihrem Gefühl passte, *etwas übersehen* zu haben.

Sie musste sich mit einem Experten über diese Sache unterhalten. Roz Bishop war nicht da, aber es gab jemand anderen, der vielleicht verfügbar war. Sie hatte Glück mit Bill Greenhough. Er zeigte sofort Interesse. »›Ket‹? Das erklärt, wieso ich es nicht erkannte. *Ketisch!* Und Gemma Wishart hat es herausgefunden? Ich bin beeindruckt.« Lynne hörte Papier rascheln, Seiten wurden umgeblättert. »Ja. Ich hab's. Es nennt sich auch Jenissei-Ostyak. Der Name wird aber jetzt nicht mehr oft verwendet.« Jenissei-Ostyak. *JO*. Die Notizen auf der Niederschrift wurden verständlich. Aber warum war Gemma Wishart so aufgeregt gewesen? Nur weil es eine linguistische Rarität war? Sie hatte an den Rand geschrieben *überprüfen!* und war dann in Holbrooks Archiv gegangen. *Sie werden sich an das Band erinnern, das ich…* Wollte sie die Bruchstücke dieser Sprache mit einem anderen Sprecher vergleichen…? Lynne erinnerte sich an die wissenschaftlichen Notizen in den Heften.

»Haben Sie die Sachen bekommen, die ich Ihnen geschickt habe, aus Gemmas Material?«, fragte sie.

»Ja, ich sehe sie mir gerade an. Genau. Hier ist es. In Dudinka hat sie aufgeschrieben… lassen Sie mich sehen…« Er las vor: »›Weiblich, achtzehn, Russisch, Ketisch, Englisch (Grundkenntnisse)‹. Sie kannte eine Achtzehnjährige, die Russisch und Ketisch sprach und etwas Englisch.«

»Ist das ungewöhnlich?«, fragte Lynne.

»Die meisten ketisch sprechenden Leute sind wohl zweisprachig. Aber die Sache ist, dass es nur noch wenige gibt, fünfhundert bis höchstens zweitausend. Ketisch ist wirklich eine Rarität. Eine isolierte Sprache, die mit keiner anderen Sprache verwandt ist, außer möglicherweise mit einem der Idiome der amerikanischen Ureinwohner. Eine Sprecherin von Ketisch. Und jemanden zu finden, der auch Englisch spricht… Das ist einzigartig, würde ich denken.«

Einzigartig. Und Katja sprach anscheinend Russisch, Ketisch und etwas Englisch. Genug, um sich verständlich zu machen. Der Pathologe hatte Katja auf achtzehn, neunzehn oder Anfang zwanzig geschätzt. Gemma Wishart sagte, Katja käme aus Nordost-Sibirien. Das Heft mit wissenschaftlichen Aufzeichnungen bezog sich auf Gemmas Arbeit in Dudinka, der Hafenstadt an der Mündung des Jenissei in die Karasee. »Danke, Dr. Greenhough«, sagte Lynne. »Ich melde mich wieder bei Ihnen, wenn ich noch etwas brauche.«

Lynne hatte bereits aufgelegt, als er sagte: »Ich würde wirklich gern…« Sie ging ins Einsatzzentrum zurück, wo Gemma Wisharts Hefte aufbewahrt wurden, und suchte, bis sie das fand, in dem es um Dudinka ging. Dann blätterte sie darin. *Hier!* Im Juli 1999 hatte Gemma Wishart ein Gespräch mit Oksana Ilbekow, einer achtzehnjährigen Studentin vom Pädagogischen Institut in Nowosibirsk, geführt. Sie studierte Linguistik. Gemmas Notizen waren exakt und hielten jedes Detail fest. Oksanas Herkunft war interessant. Ihre Mutter war Ketin und stammte aus dem Jenissei-Tal in Zentralsibirien. Ihr Vater war ein russischer Fischer aus Dudinka. Ihre Mutter starb, als sie noch ein Kind war. Als sie dreizehn oder vierzehn war, kam ihr Vater bei einem Unfall auf See um, und sie lebte dann bei der Familie ihrer Mutter. Während ihres Studiums lernte sie Englisch und plante, eine gewisse Zeit in England zu verbringen, um ihre Sprachkenntnisse zu verbessern.

Angenommen… Lynne wusste, wie gefährlich Vermutungen sein konnten, aber ihre Informationsquelle war versiegt, und sie sollte heute Nachmittag Holbrook holen lassen. Sie musste genug wissen, um ihn festzunehmen oder ihn nach der Vernehmung aus dem Kreis der Verdächtigen auszuschließen. Gemma Wishart hatte Marcus Holbrook gekannt. Holbrook brachte Studenten ins Land. Nehmen wir an, sie hätte die Daten über Oksana an ihn weitergegeben… Eine Empfehlung einer Freundin an jemanden, dem sie vertrauen konnte.

Und dann war Katjas Leiche in der Humber-Mündung gefunden worden, eine junge Frau, die der Prostitution entkommen war und mit der Polizei sprechen wollte, und die in panischer Angst und Verwirrung nicht wusste, wem sie vertrauen konnte und wem nicht. Und das Band mit ihrer Stimme war bei der Expertin des forensisch-linguistischen Spezialdienstes, an den die Polizei in Hull sich gewöhnlich wandte, und auf dem Schreibtisch der einen Person gelandet, die – vielleicht – die Stimme erkennen würde. Und Gemma hatte sie erkannt. Oder hatte zumindest Wörter aus der Sprache erkannt, die sie bei dem Gespräch mit Oksana gehört hätte. Und sie hatte das Unmögliche durch einen Vergleich mit der Originalaufnahme bestätigen wollen, welche nach Roz Bishops Aussage gestohlen worden war. Kein Wunder, dass Marcus Holbrook sie sein Archiv nicht benutzen lassen wollte. Er hatte es nicht über sich gebracht, das Band zu vernichten, und es in die Sammlung integriert. Bestimmt hatte er angenommen, dass die Aufnahme nie von jemandem gehört würde, der sie mit dieser Sache in Verbindung bringen könnte. Und dann war Gemma ermordet worden. Lynne hatte jetzt möglicherweise einen Namen für Katja.

Hull, Montagnachmittag

Nasim Rafiq sah erschöpft und gestresst aus. Sie hörte zu, was Lynne zu sagen hatte. »Ich weiß nicht«, sagte sie müde.

Lynne unterdrückte ihren Ärger. »Ich versuche, Ihnen zu helfen, Nasim«, sagte sie. Konnte Rafiq das nicht verstehen? »Wenn Sie mir gesagt hätten, was Sie DCI Farnham gesagt haben, hätte ich etwas für Sie tun können. Ich kann Ihnen auch jetzt noch helfen, aber Sie müssen mitarbeiten.«

Rafiq sah auf ihre Hände hinunter, dann wieder zu Lynne. »Sie versprochen!«, sagte sie. *Sie haben es mir versprochen!*

»Sie haben mir nichts in die Hand gegeben, das ich nutzen konnte«, sagte Lynne.

Sie sah die Verzweiflung in den Augen der Frau. »Sie *versprochen!*«, wiederholte sie.

»Ich sagte, ich könnte Ihnen helfen, wenn Sie mir helfen. Aber das haben Sie nicht getan.« Es brachte nichts, jetzt aufzugeben. Sie beobachtete Rafiq, die ihre Befürchtungen bestätigt sah. »Ich kann jetzt nichts versprechen«, sagte sie. »Ich werde versuchen, Ihnen zu helfen, aber Sie müssen mir etwas anvertrauen, mit dem ich arbeiten kann.«

Rafiq schwieg lange. Lynne sah, dass sie mit sich kämpfte. Wahrscheinlich hatte sie schon einiges erlebt, das sie den Vertretern der Behörden gegenüber misstrauisch sein ließ. Aber sie hatte keine Wahl. »Ich will …«, sagte sie schließlich. »Wenn ich weiß, sage ich Ihnen.«

Dies war es, was Lynne befürchtet hatte. Nasim wusste nichts, das sie verraten konnte. Sie hatte nur am Rande mitgewirkt, wie sie Farnham schon gesagt hatte. Genug, um sie zu belasten, aber nicht genug, um Lynne zu helfen. »Denken Sie nach«, sagte Lynne. »Irgendetwas. Sie sagten uns, dass Matthew Pearse in der Zeit, als sie dort waren, verschiedenen Leuten geholfen hat. Woher kamen sie, wer schickte sie, wohin sind sie gegangen, wer waren sie – Sie müssen doch etwas wissen.«

Ihr Gesicht war angespannt und konzentriert. »Zuerst«, sagte sie, »war es, glaube ich, ... wegen Arbeit und Rat. Ich versuche zu lernen. Aber er sagt ›nein‹.« Ihre Hände fummelten an ihrem Schal herum, der ihr vom Haar geglitten war. »Also gut, ich arbeite mit Englisch, ich arbeite an Broschüre, ich ...« Sie gab mit einer hilflosen Geste zu verstehen, dass ihr die Worte fehlten. Lynne wartete und gab ihr Zeit zum Überlegen. In Nasim Rafiqs dunklen Augen sah Lynne, dass sie ungeduldig war und auch ärgerlich auf Matthew Pearse, der sie in diese gefährliche Lage gebracht hatte. »Viele Wochen schon«, sagte Nasim. »Ich nicht erinnern.« Lynne war sich ihrer eigenen Verantwortung bewusst. Wenn sie sie härter angefasst hätte, bevor Farnham ins Spiel kam, hätte sie für diese Frau einen Deal herausschlagen können, damit das, was sie getan hatte, mehr nach ihrer guten Absicht als nach dem tatsächlichen Handeln beurteilt worden wäre.

»Warum sind Sie nicht weggegangen«, fragte sie, »als Sie merkten, was hier lief?«

»Matthew«, sagte Rafiq, »er sagt ...« Nach der Sache mit Katja hatte er ihr das gesagt, was sie von da an nicht mehr schlafen ließ. »Du bist jetzt mit dabei. Wenn sie es merken, wirst du auch Ärger bekommen.« Aufgrund der Schwierigkeiten würde man ihr ihre Aufenthaltserlaubnis wegnehmen. Oder vielleicht ihrer Familie das Recht, hier zu bleiben, entziehen. Es würde ihren Sohn das Augenlicht und ihren Mann seine Arbeit kosten, mit der sie die Behandlung ihres Sohnes bezahlten. Sie hatte damals *tatsächlich* aus der Beratungsstelle weggehen wollen, aber dann hatte Matthew gesagt, er brauche sie dort. »Nur noch für ein paar Wochen.« Er hatte versprochen, dass er jemand anderen suchen würde, der kein so großes Risiko einging.

Aber jetzt hatte Rafiq ihr noch etwas anderes zu sagen. »Tote Frau …«, begann sie.

Lynne sah sie an. »Die Frau, die zur Beratungsstelle kam?«

»Matthew sagt, wir wollen nicht Polizei. Ich ihm sagen, er von Krankenhaus gekommen und mich nach Haus bringt. Aber später.« Sie betrachtete Lynne ängstlich.

Lynne saß einen Moment regungslos da. Hatte sie Rafiq richtig verstanden? »Er kam später noch einmal zurück?«, sagte sie. Rafiq nickte. »Um wie viel Uhr?«

»Spät«, sagte Rafiq. »Er mich bringt nach Hause, aber Auto … es fährt nicht. Es …« Sie machte eine Handbewegung, die »anlassen« bedeutete. Das Auto hatte eine Panne gehabt. »Ich komme nach Hause – vielleicht zwölf Uhr?« Lynne schloss die Augen. Matthew Pearse war in jener Nacht, als Katja verschwand, später vom Krankenhaus zurückgekommen, als er ausgesagt hatte. Wenn das so war, hatte er kein Alibi, und sie hatten nur seine Aussage, dass er sie mit dem Auto vom Krankenhaus abholen wollte. Diese Information hatte Rafiq für sich behalten. Lynne hatte gewusst, dass sie etwas verschwieg, und war schonend mit ihr umgegangen, und jetzt war Anna Krleza verschwunden. Schwer lastete die Verantwortung auf Lynnes Schultern.

»Sie können helfen?« Rafiqs Stimme klang ängstlich. Sie hatte Lynne diese Information gegeben, in der Hoffnung, ihr damit etwas an die Hand zu geben, das sie einsetzen konnte, und war sich nicht der Bedeutung dessen bewusst, was sie verschwiegen hatte.

»Ich werde tun, was ich kann«, sagte Lynne mit tonloser Stimme, den Ärger verbergend, den sie über sich selbst wie auch über Rafiq empfand.

Nasim presste die Lippen zusammen und versuchte, ihre Gefühle zu beherrschen. Dann sah sie Lynne an, und in ihren

Augen blitzte etwas auf. »Ich schreibe auf«, sagte sie. »Ich will lernen. Ich schreibe auf, bisschen.«

»Sie haben etwas aufgeschrieben?« Lynne beugte sich vor. »Was? Was haben Sie geschrieben?«

Nasim brachte stotternd ihre Erklärung vor. Als sie anfing, in der Beratungsstelle zu arbeiten, hatte sie sich Notizen gemacht zu dem, was sie tun sollte, wenn Leute kamen. »Er sagt mir, nicht schreiben, dann ich heimlich gemacht, später. Sonst ich vergesse.«

»Was haben Sie geschrieben?«, fragte Lynne wieder. Es konnte etwas Wichtiges sein oder auch nicht.

Rafiq schüttelte den Kopf. »Ich nicht …« Sie konnte sich nicht erinnern.

»Wo?« Notizen auf Papier. Wenn Pearse nicht wollte, dass etwas festgehalten wurde, dann hatte er die Notizen bestimmt weggeworfen. »Haben Sie sie mit nach Hause genommen?«

»In Beratungsstelle«, sagte Rafiq. Lynne war enttäuscht. Sie hatten im Zentrum keine Notizen gefunden. Sie hatten überhaupt sehr wenig gefunden. Rafiq sprach jetzt mit Nachdruck. »In Buch«, sagte sie. »Wenn er sagen nein, ich in Buch schreiben.«

Das Lehrbuch. Das Buch, mit dem Rafiq versucht hatte, ihr Englisch zu verbessern. Lynne erinnerte sich, dass es in der Schreibtischschublade gelegen hatte und dass Notizen an den Rand geschrieben waren. Es war bei der Durchsuchung da gewesen. Lynne atmete auf, ihre Anspannung löste sich ein wenig. Hatten Farnhams Leute es mitgenommen? »Okay«, sagte sie. »Ich werde es suchen, und dann sehen wir weiter.«

Hull, Montagabend

Plötzlich wachte Anna auf. Sie spürte, wie ihr der Schweiß den Rücken hinunterlief und ihr eiskalt wurde. Sie konnte nicht klar denken. Sie musste etwas tun, wusste aber nicht mehr, was es war. Sie musste aufstehen und sich bewegen, aber es erschien ihr zu anstrengend. Sie erhob sich mühsam, ihr Kopf fühlte sich leicht an, und sie wollte etwas trinken. Das war's. Sie musste aufstehen, damit sie trinken konnte. Aber die Bäume waren im Weg, und sie kroch durch die Büsche, und es lag ein Geruch in der Luft, süß und faulig. Und sie wachte wieder auf und merkte, dass sie immer noch auf der Matratze lag, zitternd vor Kälte und mit schweißnassem Körper.

Sie setzte sich auf und wickelte sich die Decke wie einen Schal um die Schultern. Sie konnte sich nicht genau erinnern, wann er gegangen war. Ihr Kopf schmerzte, und ihre Gedanken waren wirr. Sie kam mühsam auf die Beine. Der Raum schien schrecklich eng. Wie spät war es? War Matthew zurück? Ihre Beine waren schwach und zitterten, und sie wusste, dass das Fieber wiederkommen würde. Sie ging den kurzen Gang entlang und machte vorsichtig und leise die Tür auf. Eigentlich müsste es dunkel sein. Das wenige Tageslicht war verschwunden, aber eine blasse, flackernde Helligkeit herrschte in dem kirchenähnlichen Raum und erleuchtete den Gang zwischen den Säulen. Sie ging diesen Mittelgang hinunter auf den Steintisch zu, der in der Dunkelheit schwach glänzte. Und jetzt waren mehr Lichter da, flackernde Punkte, den Gang entlang und in den Nischen zu beiden Seiten der Tür. Aber jenseits der Lichter behielt das Dunkel seine Geheimnisse für sich.

Langsam ging sie auf den Tisch zu. Ihre Füße bewegten sich merkwürdig schleppend und schwer, als halte die Finsternis sie zurück. Die steinerne Oberfläche glänzte, der Holzrahmen darüber warf einen Schatten auf den Boden, der wie ein Kreuz unter ihren Füßen lag. Aber auf dem Tisch zwischen den Schatten stand ein langstieliger Becher im tanzenden Licht und davor ein silberner Teller.

Anna ging näher hin. Ihre Füße schlurften über die Steinplatten. Der Becher war voll bis zum Rand. Die Lichter spiegelten sich darin. Noch ein Schritt, dann stand sie vor dem Tisch. Sie streckte die Hand aus und strich mit den Fingern darüber. Brot. Sie hatte seit dem Abend zuvor nichts mehr gegessen, spürte aber einen merkwürdigen Widerwillen, das Brot zu berühren, das auf dem Tisch lag. Sie hob den Becher, und der Duft stieg ihr in die Nase. Wein. Er hatte ihr Wein gebracht.

»Wo bist du?« Ihre Stimme war ein Flüstern in dem leeren Raum. Sie drehte sich um, sah aber hinter sich nur dunkle Schatten. Und die Stille schien zu atmen wie das Seufzen aus einem übel riechenden Mund, wie ein Hauch von Verwesung. Sie kroch durch den Wald und horchte auf das Tropfen des Wassers, atmete im kalten Rauch den Geruch nach Schlachthaus ein, inmitten der Blumen und Bäume im Frühling und unter der Sonne, die durch die Zweige blitzte.

»Matthew«, das Wort blieb ihr fast in der trockenen Kehle stecken. Und wie die Antwort auf ein Gebet war er da und sprach, und sie wusste, dass sie gegen einen Fiebertraum ankämpfte, denn die Worte, die er sprach, waren unverständlich.

Introibo ad altare Dei …

Es war schon fast sechs, als Lynne Nasim Rafiqs Befragung beendete. Sie versuchte, Farnham zu erreichen und ihm die Information über Pearses Alibi zu geben, aber er war nicht in seinem Büro und ging auch beim Mobiltelefon nicht dran. Schließlich hinterließ sie eine Nachricht und wollte dann Rafiqs Buch suchen. Sie musste es finden. Die Sachen, die aus dem Zentrum mitgenommen worden waren, lagen bei der Einwanderungsbehörde, aber Farnham hatte eine Liste. Sie las sie sorgfältig durch. Das Buch, das sie in der Schreibtischschublade gefunden hatte, wurde nicht erwähnt. Es musste noch in der Beratungsstelle sein. Sie sah nach, wie spät es war. Sie konnte jetzt hinfahren, es holen und in Sicherheit bringen.

Sie kehrte in ihr Büro zurück und bemerkte den Stoß von Papierkram, der sich schon wieder in ihrer Ablage angesammelt hatte. Das Telefon klingelte. Nach kurzem Zögern nahm sie ab. Es war Michael Balit von der Gruppe der Ehrenamtlichen. »Inspector Jordan«, sagte er gut gelaunt, »ich dachte mir, Sie säßen wahrscheinlich pflichtbewusst bei der Arbeit, als ich zu Hause nur Ihren Anrufbeantworter erreichte.«

»Mr. Balit«, sagte sie kühl. »Was kann ich für Sie tun?«

»Na ja, ich habe ziemlich beunruhigende Neuigkeiten gehört«, sagte er. Aber er klang nicht besonders beunruhigt. Sie antwortete nicht und wartete, bis er zur Sache kam. »Eine meiner Helferinnen, Mrs. Rafiq, ist offenbar verhaftet worden, und ihre Familie ist über mich hergefallen.«

»Es ist nicht meine Ermittlung«, sagte Lynne. Sollte sich doch Farnham darum kümmern. »Aber Mrs. Rafiq hilft uns bei einer Untersuchung, ja.« Sie ließ ihn das verdauen und sagte dann: »Da wir schon miteinander reden, vielleicht können Sie mir bei einer Frage weiterhelfen.«

Am anderen Ende war es still. Er kapierte offensichtlich schnell. »Also gut, Inspector Jordan. Was möchten Sie wissen?«

»Wer hat Matthew Pearse als Leiter der Beratungsstelle eingesetzt?« Sie brauchte jetzt so viele Informationen wie möglich.

»Ja, also, so war das nicht«, sagte Balit. »Er ist zu mir gekommen. Er hatte die Räume gefunden und wusste, dass sie nicht genutzt wurden. Er schlug vor, einen Möbelladen darin einzurichten.« Lynne wartete, ob er etwas hinzufügen würde. »Er wusste, dass sie zu wenig Lagerraum hatten.«

»Wer?« Lynne wollte wissen, wer sich darum bemüht hatte, die Räumlichkeiten zu bekommen.

»Oh, die Kirchen hier am Ort. Sie arbeiten oft zusammen, wenn sie sich nicht gerade um die Seelen streiten«, sagte Balit. »Pearse dachte, dass man gespendete Möbel dort lagern könnte.«

»Er arbeitet für die Kirchen hier?«, sagte Lynne.

Balit lachte wieder. »Ich weiß nicht, ob man es so nennen

sollte«, sagte er. »Er ist Priester. Römisch katholisch. Man hat ihn – wie nennt man das – gefeuert, hat ihm das Priesteramt entzogen. Er hat sich mit einem Gemeindemitglied eingelassen, glaube ich.«

Matthew Pearse war Priester.

»Herr, ich bin nicht würdig, dass du eingehest unter mein Dach … Aber sprich nur ein Wort, so wird meine Seele gesund.«

Domine non sum dignus, ut intres sub tectum meum… Ihr Fieber musste schlimmer geworden sein. Er stand dort, und in der offenen Tür hinter ihm war wie in einem Rahmen etwas Dunkles in dem lichten Gang, und in der tiefen Finsternis glühte stetig und rot eine Flamme. Er trug die Soutane eines Priesters, die matt schimmerte, die Kerzen tropften, und schwarze Rauchfäden stiegen von ihnen auf. Als er den Becher hochhob, sah sie, wie er im flackernden Licht glänzte. Er stand vor dem Tisch, und sie nahm das Brot aus seiner Hand, und als er ihr den Becher an den Mund hielt, trank sie den Wein. Er war da, und es *war* Matthew, aber der Gestank stieg ihr in die Nase, und um ihn war Finsternis. »Matthew«, sagte sie. Sein Blick richtete sich in die Dunkelheit hinter ihr.

»Möge der Allmächtige Gnade über dir walten lassen, dir deine Sünden vergeben und dir das ewige Leben schenken.«

Misereatur vestri omnipotens Deus… Er ging zur Tür, die Wände waren geschwärzt, das Dach eingefallen, der kleine Fuß lag still auf der Schwelle. Der Duschvorhang wölbte sich, er war rosa und durchsichtig, zeigte und verhüllte zugleich die Form dahinter. Sie wollte nicht hinter diesen Vorhang sehen, nicht über diese Schwelle treten, aber das Fieber riss sie mit sich an einen hohen, fernen Ort, und der Wein machte sie schwindelig.

Seine Hände auf ihren Armen waren unerbittlich, sie stolperte auf der kleinen Stufe, und er ließ sie los und in den schmalen Raum hineinfallen. Und der Gestank war überall um sie herum und die Angst würgte sie. Es war ein Gestank von Verwesung und menschlichen Exkrementen, und ihre Hände trafen auf eine glatte, fugenlose Wand. Sie drehte sich zur Seite, um zu fliehen, aber etwas Weiches drückte sich gegen sie. Draußen erklang wieder ein Seufzen, die dumpfe Luft lastete schwer auf ihrer Brust, und das Kerzenlicht erlosch, als die Tür zufiel.

Der Mond ging auf, als Lynne bei der Beratungsstelle ankam. Der Tag hatte sie an einen Albtraum erinnert, in dem sie einen dringenden Termin hatte, aber immer wieder durch Nebensächlichkeiten aufgehalten und abgelenkt wurde, die sie von Orten, an denen sie sein sollte, oder von Dingen, die sie tun sollte, fern hielten.

Das Gefühl der Dringlichkeit war wohl auf die bevorstehende Entscheidung der Einwanderungsbehörde über Nasim Rafiq zurückzuführen. Aber das konnte bis morgen warten. Wenn das Buch die Art von Informationen enthielt, die Rafiq genannt hatte, würde das vielleicht genügen, um die Behörden in Schach zu halten. Warum hatte sie aber das Gefühl, dass die Zeit ablief, und dass sie bei aller Betriebsamkeit das Wichtigste versäumte?

Sie schloss die Tür auf und ging in den nun schon vertrauten Raum, den alten Laden mit dem ehemaligen Ladentisch und weiter zum Büro. Nasims Schreibtisch stand zwischen Regalen und Aktenschränken. Sie zog eine Schublade heraus und war erleichtert, als sie das Buch vor sich sah. Sie nahm es in die Hand und blätterte darin. Es war so, wie sie es in Erinnerung hatte, mit Notizen in einer ihr unbekannten Schrift versehen, aber auch mit Zahlen und hier und da Hinweisen in lateinischen Buchstaben, die wie Namen und Adressen aussahen. *Ja!* Das könnte Gold wert sein. Sie legte es in einen Hefter und klemmte diesen unter den Arm.

Dann sah sie in den anderen Schubladen nach, ob sie noch

etwas übersehen hatte, aber sie waren leer. Sie setzte sich an Nasims Schreibtisch und dachte nach. Zweimal schon hatte sie hier etwas übersehen. Das Zimmer auf dem Dachboden hatte sie nicht gefunden, als sie sich beim ersten Mal hier umgesehen hatte, obwohl es unwahrscheinlich schien, dass Anna Krleza zu der Zeit dort gewesen war. Denn Nasim wäre während ihres Besuchs bestimmt nicht so gelassen gewesen. Und sie hatte nicht erkannt, wie wichtig die Notizen in dem Buch waren, das sie jetzt in der Hand hielt. Was hatte sie sonst noch übersehen?

Sie dachte daran, wie sie mit Matthew Pearse gesprochen hatte, an seine verhaltene Stimme, aber auch den ruhigen und ernsten Blick seiner Augen. Ein Priester, hatte Michael Balit gesagt. Ein Priester, der einen Fleck auf seiner weißen Weste hatte. Das erklärte vielleicht, warum er seine Zeit der Gemeindearbeit widmete. Die Bedürftigen waren für ihn an die Stelle seiner Gemeindemitglieder getreten. Das erklärte vielleicht auch, dass seine Überzeugung ihn dazu trieb, sogar gegen das Gesetz zu verstoßen, wenn er Menschen in Not sah, eine Kombination aus Glauben und Außenseitertum.

Sie stand auf und ging durch das Hinterzimmer, denn sie erinnerte sich, wie Nasim sie beobachtet hatte, als sie von oben kam. Sie ging zu dem kleinen Winkel mit dem Waschbecken und dem Kamineinsatz mit zwei Ringen. Immer noch hatte sie das Gefühl, etwas übersehen zu haben.

Das Fenster des schmalen Nebenraums führte auf den Hof hinaus. Der aufsteigende Mond stand groß am Himmel, schien in den Hof und warf ein schwaches Licht auf den moosbedeckten Boden. Sie betrachtete die Backsteinwand des Lagerhauses, die außer den dunklen vergitterten Öffnungen, die in Bodenhöhe entlangliefen, kahl war. Sie wusste nicht, warum sie immer noch hier war. Sie hatte die unbezahlten Überstunden nicht gezählt, die sie bereits geleistet hatte. Sie müsste nach Hause gehen. *Etwas hast du übersehen, etwas hast du übersehen…*

Sie ließ ihren Gedanken freien Lauf. *Katja.* Katja kam in die Beratungsstelle. Eine Prostituierte. »Ich dachte damals, dass sie als Prostituierte gearbeitet hatte…« Matthew Pearses Stimme. Begleitagenturen. Gemma Wishart. Angel Escorts. Mr. Rafael. *Jetzt ging es um Engel und Erzengel…*

Plötzlich stellte sich ihr der Zusammenhang dar, und sie war am Ziel, bevor es ihr richtig zu Bewusstsein kam. *Religion. Priester. Die heilige Kommunion, der Leib und das Blut…* Sie erinnerte sich an die Obduktionsberichte, den von Katja und den zu dem Mord bei Ravenscar: geringe Alkoholmenge im Blut… kurz vorher etwas gegessen… Brot… Brot. Alkohol. Der Leib und das Blut. Brot und Wein.

Der Raum hatte sich mit einem Zischen, als werde er luftdicht versiegelt, immer enger um Anna geschlossen. Sie wurde nach hinten gedrückt, und die Tür presste sich so eng an sie wie eine zweite Haut. Sie drehte den Kopf zur Seite und versuchte, den Mund zum Atmen freizubekommen. Ihre Finger wollten sich in den immer enger werdenden Spalt drängen, aber dann hörte sie das Schloss einrasten. Sie versuchte, irgendetwas zu packen, an dem sie ziehen, Halt finden konnte, um die Tür aufzudrücken, aber die glatten Wände des Innenraums pressten ihre Arme fest an ihren Leib. Sie konnte die Hände nicht ans Gesicht heben, um ihren Mund freizubekommen und Luft zu holen. Sie versuchte, sich zu wehren, aber der Raum hielt sie fest umschlossen. Sie bog den Kopf nach hinten und sog keuchend die Luft aus dem kleinen Loch über ihrem Kopf ein. Jetzt sah sie ein rotes Licht über sich aufglimmen. Es war eine Kerze, so nah, dass sie die Wärme der Flamme fühlen konnte, aber so unerreichbar, als wäre sie fünfzig Meter weit weg. Unter der Kerze war ein Text, den sie beim Schein des roten Lichts lesen konnte. *Aus der Tiefe rufe ich, Herr, zu dir, Herr, höre auf meine Stimme.* Sie war in einem engen Raum mit einer luftdichten Tür. Matthew hatte sie in diesem Gehäuse eingesperrt, und sie konnte sich weder bewegen noch atmen. Das Verlangen, sich frei zu bewegen, war so stark, dass sie sich verzweifelt wehrte und versuchte, einen Weg durch die undurchdringliche Tür und die Wände zu finden. In der gedämpften Stille erschien alles wie ein Traum, in dem nichts von dem, was hier geschah, in die Welt nach draußen dringen würde, und sie nur hilflos schreien konnte. *Lass mich raus! Lass mich raus! Lass mich raus!*

Die Luft vor ihrem Gesicht war heiß und dumpf, und obwohl sie atmen konnte, verlangte ihre Lunge nach mehr Sauerstoff. Das rote Licht fing an zu flackern und drohte, auszugehen und sie in dem dunklen Gehäuse zurückzulassen. Es war die Flamme einer Kerze in einem roten Glas. Eine Flamme verbrauchte zwar Sauerstoff, aber Anna wollte nicht, dass sie ausging und sie allein in der erdrückenden Dunkelheit zurückließ.

Lynne musste dringend mit Roy Farnham sprechen, aber der Empfang des Mobiltelefons war zwischen den hohen Gebäuden gestört und extrem undeutlich. »Pearse?«, sagte er. »... Matthew Pearse ist ...« Seine Stimme war weg, dann aber plötzlich wieder klar zu hören. »Wo bist du, Lynne?« Der Empfang wurde von Rauschen unterbrochen. Sie ging weiter in den kleinen schmalen Raum und konnte wieder klar hören. »... Lynne?«

»Ich bin in der Beratungsstelle.«

»Was? Wo? Lynne, hör zu ...« Seine Stimme wurde leiser.

»In der Beratungsstelle«, sagte sie und ging näher zum Fenster, um das Signal wieder zu bekommen.

»... in ...«

»Was? Es ist hoffnungslos. Ich komme rüber.« Sie blieb an den unebenen Brettern hängen. Es war gefährlich, sich hier in der Dunkelheit zu bewegen. Der Empfang war wieder deutlich. »Ich sagte, ich bin ...«

Sie hielt inne. Da war etwas, da draußen, auf der anderen Seite des Hofs. Ein Licht, ein schwacher Schimmer fiel auf das schwarze Viereck des Hofs, tief unten, nahe am Boden. Ein Licht im Schatten der Lagerhauswand? Etwas Metallisches glänzte in … in was? Die Wolken bedeckten den Mond. Sie ging vorsichtig weiter und versuchte, das Licht zu lokalisieren, aber der Hof lag im Dunkeln. Es war nur ein schwacher Schimmer, nein … *doch*, da war es wieder. »Roy«, sagte sie. »Roy?«

»… Lynne?«

Das Handy, das verdammte Handy! Sie hatte eigentlich keinen Dienst und hatte deshalb das Funkgerät nicht mitgenommen. Sie behielt den Lichtschein im Auge. Immer wieder verlor sie das schwache Flackern und entdeckte es dann erneut. Sie sprach weiter ins Telefon und sagte immer wieder das Gleiche, damit Roy sich aus den wirren Bruchstücken die Nachricht zusammenreimen konnte. »Jemand oder etwas ist hier im Hof. Bei der Beratungsstelle. Im Hof. Jemand ist da. Im Hof. In der Beratungsstelle.«

»… höre dich, Lynne. In …«

Sie war nicht sicher, wie groß der Bereich war, in dem die Empfangsstörung auftrat. Sie musste eine Entscheidung treffen. Sie konnte zu ihrem Auto zurückgehen und so weit wegfahren, dass sie sich besser verständlich machen konnte, dann aber gab sie ihm – wer oder was auch immer es war – die Chance, zu entkommen. Und wenn sie Recht hatte, wenn Matthew Pearse Gemma Wishart, Katja und die Frau in Ravenscar ermordet hatte, dann war Anna Krlezas Leben in Gefahr. Wenn sie nicht schon tot war. »Lynne … mich?«

Das Licht verschwand. Sie traf ihre Entscheidung. »Ich gehe da rüber«, sagte sie. »Im Hof. In der Beratungsstelle. Der Hof. Die Beratungsstelle.«

»… nicht … Weg.« Sie konnte nicht sagen, ob er sie verstanden hatte oder nicht. Aber sie schaltete ihr Handy aus, denn sie wollte nicht, dass sein Klingeln irgendjemanden vorwarnte, wer immer es war. Sie schickte ein Dankgebet zum Himmel, dass die Laternen hinter dem Zentrum nicht funktionierten, drehte langsam und vorsichtig den Knopf an der Hintertür und öffnete sie so leise wie möglich. Die Tür klemmte und machte dann ein leises Geräusch, als sie sich von der gestrichenen Wand löste und aufging. Lynne stellte ihre Tasche auf den Boden, zog eine winzige Taschenlampe in Form eines Bleistifts heraus, die sie immer bei sich trug, und schlüpfte in den Hof. Ihren Blick hielt sie fest auf die Stelle gerichtet, wo der Lichtschimmer gewesen war. Vorsichtig tastete sie sich mit den Füßen über den unebenen Boden vorwärts. Durch die hohen Mauern des Lagerhauses fiel das Straßenlicht nicht in den Hof, und die Wolken waren dick und schwer. Sie sah die Mauer kaum, spürte sie eher, erahnte etwas Festes, denn die Luft vor ihr fühlte sich anders an. Ihre Hände glitten über eine Wand.

Hier. Hier war es, was immer schon da gewesen war. Sie tastete unten an der Wand mit der Lichtquelle entlang, und ihre Hände berührten Gitter und klebrige Spinnennetze. Die Wolken zogen weiter, und der Mond schien in den leeren Hof. Was auch immer es in dem verlassenen Lager zu beleuchten gab, das Licht, das sie gesehen hatte, musste durch einen Riss in den Brettern oder durch die verdreckten Fenster gedrungen sein. Als der Mond verschwand, wurde die Nacht wieder dunkler und schließlich vollkommen schwarz. Lynne ging an der Wand entlang und versuchte, den gleichen Blickwinkel wieder zu finden, von dem aus sie erkennen konnte, ob das Licht noch da war, aber sie sah nichts. Sie musste es schaffen, in das Lagerhaus hineinzukommen.

Sie steckte die Taschenlampe in die Tasche, nahm ihr Mobiltelefon heraus und horchte in die Nacht hinaus, ob jemand näher kam oder im Lagerhaus, in der Beratungsstelle oder im Hof war. In ihrer Phantasie hörte sie ringsum Geräusche. Atmen in der Nacht, verstohlene Schritte, das unmerkliche Öffnen einer

Tür. Sie rief sich zur Ordnung und zwang sich, konzentriert zu lauschen. Im Hof war es still. Sie schaltete das Telefon ein und deckte ihren Mantel darüber, um das Freizeichen abzuschwächen. Gerade wollte sie die Nummer eingeben, als sie das Geräusch hörte.

Ein leises Kratzen in der Dunkelheit vor ihr, wo die beiden Gebäude im rechten Winkel aufeinander stießen. Sie drückte auf die SOS-Taste am Telefon und tastete nach ihrer Taschenlampe. Plötzlich schoss ein Lichtstrahl durch die Nacht, schien ihr direkt in die Augen und blendete sie. Sie sah nur Licht, Helligkeit und Schwärze und fiel zur Seite, als etwas pfeifend aus dem Dunkel auf sie zuflog und auf ihre Schulter krachte. Eine Sekunde früher wäre ihr Kopf getroffen worden. Sie hörte ein Murmeln und eine Stimme merkwürdig sanft »Anna« sagen. Sie rollte sich seitlich in den Schatten, griff nach ihrer Taschenlampe, ihrer einzigen Waffe, aber als sie sich auf die verletzte Schulter rollte, konnte sie den stechenden Schmerz nicht unterdrücken. Der Lichtstrahl fuhr herum, und sie rollte sich wieder weg, denn sie wusste, dass sie ihn nicht lange aufhalten konnte, besonders jetzt, da sie verletzt und in der Dunkelheit von seinem Licht geblendet war. Ihre Hand tastete auf dem Boden nach dem Telefon, das ihr aus der Hand gefallen war, als sie von dem Schlag getroffen worden war. Wieder hörte sie seine Stimme: »Anna!« Sie warf sich ihm entgegen, fühlte den Aufprall, als sie ihn zu Fall brachte. Die Lampe fiel krachend zu Boden, Glas splitterte, und dann war alles dunkel.

Sie kam auf die Beine, der eine Arm hing schlaff herunter, und sie versuchte, sich zu orientieren und zur Beratungsstelle zurückzufinden, die der einzige Weg zur sicheren Straße war. Dann kam der Mond heraus. Jemand kniete wie erstarrt auf dem Boden, und seine Hände betasteten eine Tüte, die bei seinem Sturz aufgeplatzt war. Als der matte Lichtschein den Hof beleuchtete, sah er nicht auf, sondern seine Hände glitten über die zerbrochene Flasche und den langstieligen Kelch, berührten sie aber nicht. Der Kelch rollte weiter, blieb schließlich liegen, und sie sah, wie sich ein dunkler Fleck auf dem Boden ausbreitete, und hörte ihn flüstern: »Nein!« Aber dann übertönten die Sirenen alles andere und Autos hielten mit quietschenden Bremsen auf dem Weg. Aus der Tür der Beratungsstelle kamen Leute gerannt, und sie wusste, dass Farnham sie gehört und verstanden hatte.

20

Hull, Montagabend

Matthew Pearse sah die Polizisten nicht an, die ihn von allen Seiten umringten. Er kauerte schützend über der zerbrochenen Flasche, aus der sich die dunkle Flüssigkeit ins Moos ergoss, und dem langstieligen Metallbecher, der im Licht der Taschenlampe glänzte. Einer der Beamten, der versuchte, ihm auf die Beine zu helfen, stieß mit dem Fuß dagegen, und Pearse schrie auf, als sei er getreten worden. »Geweiht!« Farnham zog Lynne fort von dem Tumult zu dem relativ stillen kleinen Raum mit dem Waschbecken. »Bist du verletzt? Ist alles okay?« Als er dann sah, dass sie außer den Flecken auf ihren Jeans, die von ihrem Sturz stammten, keinen Schaden davongetragen zu haben schien, sagte er: »Was machst du denn hier, verdammt noch mal?«

Sie spreizte die Finger und spürte das Gefühl in ihren lädierten Arm zurückkommen. »Alles in Ordnung. Aber da war etwas im Keller«, sagte sie. »Anna Krleza …« Sie würden zu spät kommen, weil sie nicht die richtigen Fragen gestellt hatte, und durch zwei andere Ermittlungen beansprucht und abgelenkt worden war.

»Die anderen gehen schon rein, Lynne. Was hast *du* hier gemacht?« Nie zuvor hatte sie ihn so wütend gesehen.

»Das hier«, sagte sie und zeigte ihm Nasims Buch, das noch neben dem Waschbecken lag. »Nasim Rafiq hat vieles davon aufgeschrieben – Namen, Adressen… Ich weiß nicht. Ich kam, um es zu holen.«

Er wollte etwas sagen, aber ein Ruf von der anderen Seite des Hofs hielt ihn davon ab. Lynne folgte ihm. Die Bretter, die offenbar den Durchgang von der Straße zum Hof verdeckt hatten, wurden abgerissen. Lynne dachte an das Kratzen, das sie gehört hatte, bevor Pearse sie angriff. »Er ist hier durchgekommen«, sagte sie.

Es war kein Durchgang, sondern der Eingang ins Lagerhaus, Stufen führten in die Dunkelheit hinunter. Unten ging es im rechten Winkel um die Ecke, und ein kurzer Gang endete an einer Tür. Rechts davon war noch eine Tür, die zu dem Raum unter der Treppe führte. Farnham richtete das Licht seiner Taschenlampe darauf. Der winzige, geflieste Raum war vor kurzem benutzt worden, jemand hatte auf der Matratze geschlafen, eine Jacke lag darauf. In einem Winkel des Raums gab es einen Wasserhahn, einen Abfluss und einen Eimer. Aber es war niemand da. Farnham stieß die Tür am Ende des kurzen Gangs auf, und der Keller lag vor ihnen.

Wie eine Kirche, dachte Lynne, und sah die aufgereihten Kerzen, die bei ihrem Eintritt flackerten. Eine Kerzenreihe führte zwischen den Backsteinsäulen auf einen Steintisch zu, auf dem die Kerzen eines dreiarmigen Leuchters weit heruntergebrannt waren. Zwei Männer von Farnhams Gruppe machten ihre Taschenlampen an, das Kerzenlicht schien blasser, die Schatten verschwanden, und der Raum war nur noch ein staubiger Backsteinkeller. Lynne wandte sich um und erwartete, Anna Krlezas zusammengekauerten Körper zu sehen, ihr blutiges Gesicht mit den zertrümmerten Knochen, das nicht mehr zu erkennen sein würde. Sie hatte das Gewicht des schweren Hammers und die Kraft seines Arms gespürt. In ihrer Schulter pochte ein stumpfer Schmerz, aber sie konnte sie wieder bewegen. Vielleicht war nichts gebrochen.

Man hörte von der anderen Seite des Raums Rufe. Lynne entdeckte eine schwere Eisentür. Einer von Farnhams Leuten versuchte, sie zu öffnen. Er zog am Griff und sah Farnham an. »Abgeschlossen.« Sie erkannte den jungen Polizisten, Des Stanwell, und kurz fiel ihr Gemma Wishart ein. *'ne piekfeine Studentin...* Plötzlich sah sie alles mit kalter Klarheit und so distanziert, als beobachte sie es aus der Ferne. Farnhams Stimme drängte: »Brecht die Tür auf!« Jemand riss eine Stange aus einem der Fenstergitter und bog sie zu einem behelfsmäßigen Stemmeisen zurecht.

Die Tür gab zuerst nicht nach, ging dann aber doch auf. Instinktiv wichen alle vor dem Schwall übel riechender Luft, dem Gestank abgestandener Fäulnis und frischeren Gerüchen nach Urin und Erbrochenem zurück. Einen Augenblick standen sie wie erstarrt um die Gestalt herum, die nach vorn herausgefallen war, als sich die Tür öffnete. Sie musste sich gegen die Tür gepresst haben, als ihr die Luft ausging. Anna Krleza. Sie war sehr klein. Lynne bemerkte die blutigen Hände und abgebrochenen Nägel und wusste, dies war der Ort, wo Katja gestorben war. Hier hatte auch Katja um ihr Leben gekämpft, als sie keine Luft mehr bekam und ihre Rufe und Schreie die luftdichte Tür nicht durchdringen konnten.

Aber Anna Krleza war noch am Leben.

Matthew Pearse saß am Tisch und hatte das Gesicht mit den Händen bedeckt. Er hatte nichts gesagt, seit Farnham ihn über seine Rechte belehrt hatte, aber jetzt sah er zu Lynne auf und sagte: »Anna?«

Lynne sah zu Farnham hinüber. Er nickte. »Anna ist am Leben«, sagte Lynne. »Mehr weiß ich nicht.«

»Zu spät«, sagte Pearse, »ich kam zu spät. Ich hätte … gestern. Aber ich war schwach. Sie hatte sich so bemüht.«

»Was meinen Sie damit, Mr. Pearse?«, sagte Lynne. »Dass Sie ›zu spät‹ kamen.«

»Sie zu retten«, sagte er. »Sie zu retten.« Seine Hände waren in ständiger nervöser Bewegung. »Es ist schwer für sie«, sagte er. »Sie wissen nichts, sie verstehen nichts. *Richten Sie nicht,* Inspector, *auf dass Sie nicht gerichtet werden.* Wenn Menschen sich ihrer Sünde nicht voll bewusst sind, wie können sie da verdammt werden?« Er seufzte. »Aber manchmal gibt es neben diesem Bewusstsein trotzdem die Absicht, fortzufahren. Wenn man bereut hat und doch bewusst weiterhin sündigt, kann es dann echte Reue gewesen sein? Oder wird man für ewig in den Abgrund der Hölle verdammt? Anna hat sich so bemüht, aber sie war wieder auf dem Weg zu ihren alten Fehlern. Ich musste sie retten.«

Farnham beugte sich vor. »Und die drei anderen?«, fragte er. Pearse sah ihn an. »Die Frau, die wir bei Ravenscar gefunden haben?« Pearse nickte zustimmend. »Wer war sie?«, fragte Farnham.

»Ich kannte ihren Namen nicht.« Pearse rieb rastlos eine Hand an der anderen, als hätte sie einen Krampf oder wäre steif.

»Die Frau, die sich Hilfe suchend an Sie wandte?«, fuhr Farnham fort. »Die Sie ins Krankenhaus gebracht haben?«

»Oksana«, sagte er. »So heißt sie. Sie hat es mir gesagt.«

»Und war sie auch wieder ihren alten Lastern verfallen?«, fragte Farnham. »Mussten Sie sie auch retten?«

»Sie wollte eine Abtreibung«, sagte Pearse. »Sie sagte es mir, als wir ins Krankenhaus kamen. Dann weinte sie. Sie wusste, dass es nicht richtig war. Vorher hatte sie nicht geweint.«

Lynnes Atem stockte. Sie dachte an Katja/Oksana, die jung und voller Angst war und vor Erleichterung weinte, dass sie endlich einen sicheren Ort gefunden hatte. Wie hatte Pearse sie dazu gebracht, wieder wegzugehen?

Er schien die Frage von ihrem Gesicht abzulesen. »Ich sagte ihr, dass die Männer nach ihr suchten und dass sie nicht in Sicherheit sei. Sie hatte große Angst vor ihnen, besonders vor einem. Ich sagte ihr, dass ich sie an einen sicheren Ort bringen könnte.« Er hatte sie am Eingang zum Parkplatz getroffen. »Sie wusste, dass sie mir vertrauen konnte«, fuhr er fort.

Lynne hätte am liebsten die Augen geschlossen. Sie merkte, dass Farnham sich neben ihr auf seinem Stuhl bewegte. »Und die andere?«, fragte er. »Gemma Wishart?« Lynne ahnte seine unausgesprochene Antwort. *Du hast sie vergewaltigt und gequält. Willst du uns jetzt erzählen, dass du sie gerettet hast?*

»Ich kannte ihren Namen nicht«, sagte Pearse. »Ich habe es Ihnen doch gesagt. *Gemma.*« Seine Stimme war leise. »Das ist ein hübscher Name. Sie hat mir den Weg gezeigt. Ich wollte nicht, dass sie starb, aber ich habe sie verlassen, und als ich zurückkam, war sie tot.« Bei der Erinnerung daran verzog er leicht das Gesicht. »Sie muss sich sehr gewehrt haben, um zu entkommen... Sie war... Ihr Gesicht war... Aber dann habe ich begriffen. Da war mir klar, was ich tun musste. Es war eine stürmische Nacht«, sagte er, »als ich sie der See übergab. Es war Springflut.« Er lächelte sie an. »Vor fast einem Jahr. Ich bin froh, dass ich sie gefunden habe«, sagte er.

Im Vernehmungszimmer herrschte Stille. Vor fast einem Jahr. Pearse hatte vor fast einem Jahr angefangen zu töten. Das Ticken der elektronischen Wanduhr erschien Lynne plötzlich sehr laut. In ihrem Kopf wiederholten sich die Worte: *Wie viele? Wie viele? Wie viele?* Sie sah Farnham an, dessen Gesicht bei dieser Erkenntnis erstarrt war. Er beugte sich zu Pearse hinüber und zwang den Mann, ihn anzusehen. »Und die Frau im Hotel? Im Blenheim?« Pearse' verständnisloser Blick war überzeugender als jedes Leugnen.

Dann klopfte es an der Tür, es war Anderson. »Etwas ist reingekommen, Sir«, sagte er. Farnham unterbrach das Verhör und gab Lynne ein Zeichen, sie solle mitkommen. Sobald die Tür geschlossen war, begann Anderson zu reden. Lynne brauchte einen Moment, bis sie begriff, wovon er sprach. »Die Telefonüberwachung«, sagte er. »Sie haben uns gerade angerufen. Das Handy, das Angel Escorts Handy. Jemand hat es heute Nachmittag benutzt. Ich kenne den Standort. Es ist drüben in Sheffield. Ein Ort, der sich Lodge Moor nennt.«

Farnham sah Lynne an. »Das ist da, wo Luke Hagan wohnt.«

Glossop, Montagabend

Es fing schon an zu dämmern, und als die Besprechung zu Ende war und Roz Manchester verließ, war es dunkel. Sie musste in der Hauptverkehrszeit durch die Stadtmitte und war gereizt und ungeduldig wegen der Autofahrer, die anzunehmen schienen, alle Fahrer seien telepathisch begabt oder hätten das zweite Gesicht. Mussten sie sich denn nie durch das Verkehrsgewühl von Innenstädten kämpfen, die sie nicht kannten? Ein Geländewagen nutzte eine leichte Verzögerung dazu, vor ihr einzuscheren, und zwang sie auf die falsche Fahrbahn. Sie fuhr langsamer und war den anderen Fahrern im Weg, als sie ohne Rücksicht auf das wütende Hupen hinter sich vorsichtig nach links zog und die anderen Fahrzeuge zwang, ihr Platz zu machen. Sie dachte an Lukes Motorrad und wie er sich immer zwischen den Reihen schneller Wagen hindurchschlängeln konnte, die aufgebrachten Autofahrer hinter sich ließ und in die Ferne entschwand.

Es war halb sieben, als Roz die Außenbezirke von Manchester hinter sich hatte und es auf den Straßen ruhiger wurde. Der Berufsverkehr war vorbei, und als sie nach Glossop abbog, blieb der dichte Verkehr zurück. Sie war später dran, als sie zu Luke gesagt hatte. Vielleicht hätte sie ihn schon früher anrufen und ihm sagen sollen, dass sie länger gebraucht hatte. Sie kam an die

Überführung, die hohe Eisenbahnbrücke, die sich über die Straße spannte. Sie fuhr durch den kleinen Flecken freier Landschaft, der noch nicht von den sich immer weiter ausdehnenden Städten geschluckt worden war.

Glossop war eine schöne Stadt aus dunklem Stein, im Norden und Osten von hohen Bergen und dem Moor begrenzt. Aber für sie war Glossop heute Abend nur eine einzige lange Hauptstraße. Jedes Mal auf der monotonen Fahrt, vorbei an Reparaturwerkstätten, Supermärkten und einer alten Kirche, die in ein Lagerhaus umgewandelt worden war, erschien sie ihr länger, als sie sie im Gedächtnis hatte. Sie kam zum Marktplatz, wo sie anhalten und ihren versprochenen Anruf erledigen konnte. Es war spät, und Luke würde sich sorgen. Eigentlich hätte sie schon früher anrufen sollen. Sie sah eine Parklücke und fuhr ziemlich abrupt hinein, was ein gereiztes Hupen von dem Fahrer hinter ihr auslöste, der sie bereits bedrängte, seit sie auf die Straße nach Glossop abgebogen war.

Sie wählte und überlegte dabei, wie lange der Rest der Fahrt dauern würde. In einer halben Stunde dürfte sie dort sein. Als es klingelte, sah sie die Wolken, die regenschwer und niedrig über den Bergen hingen. Fünfundvierzig Minuten, um sicherzugehen. Wenn die Wolken sich öffneten, würde sie langsamer fahren müssen. Das Telefon klingelte, dann klickte es und Lukes Stimme sagte: »Hinterlassen Sie eine Nachricht, ich melde mich.« Sie war enttäuscht. »Ich bin's«, sagte sie. Die perfekte Nachricht. *Ich bin's, bist du's? Triff mich hier in fünf Minuten.* »Hier ist Roz. Es ist Viertel nach sieben, und ich fahre jetzt gerade aus Glossop raus. Über den Bergen hängen Wolken. Sagen wir, eine Dreiviertelstunde.« Sie hoffte immer noch, dass er abnehmen würde. Aber er reagierte oft nicht auf das Klingeln und überließ die Anrufe dem Anrufbeantworter. Er meldete sich nicht. *Du kannst mich mal, Hagan.*

Sie war müde und fragte sich, ob sie in Glossop wohl schnell einen Kaffee bekommen konnte. Dann hatte sie aber keine Lust, auszusteigen und sich auf die Suche nach einem Café zu machen. Luke würde ihr eine seiner Koffeininfusionen verpassen, sobald sie zurückkam. Es dauerte nicht mehr lange. Sie erinnerte sich, dass er heute der Polizei von den Fotos berichten wollte. Sie dachte daran, wie er halb im Spaß gesagt hatte: »Wenn du zurückkommst, wirst du mich vielleicht in Polizeigewahrsam finden«, und eine leichte Unruhe ergriff sie.

Sie fuhr weiter, die Lichter von Glossop wurden spärlicher, und dann tauchten einzeln stehende Häuser auf. Sie fuhr in der Dunkelheit die ansteigende Straße hinauf, rechts von ihr lag eine freie Fläche. Ein Stück weiter vorn stand das letzte Haus vor einer Rechtskurve. Die Fenster des Hauses waren dunkel. Die Felsen ragten mittlerweile höher auf, und das dünne Gras der Torfmoore raschelte im Wind. Die ersten Wolkenfetzen trieben vor ihr her, sie fuhr langsamer und bremste noch einmal, als der Nebel dichter wurde und nur den Blick auf ein paar Meter Straße im Licht ihrer Scheinwerfer freigab.

Ihr Telefon klingelte, und sie tastete auf dem Sitz danach. Bestimmt war es Luke, der auf ihre Nachricht antwortete. Sie wagte nicht, den Blick von der Straße zu wenden, nahm aber das Telefon und drückte die Taste. »Hallo? Luke?« Es summte und krachte an ihrem Ohr, und sie glaubte, jemanden lachen zu hören, war sich aber nicht sicher, und dann brach die Verbindung ab.

21

Snake Pass

Als sie höher hinaufkam, wurde der Nebel noch dichter. Roz fuhr jetzt sehr langsam, spähte durch die Windschutzscheibe und starrte angestrengt auf die Straße. Einmal tauchte bedrohlich und gefährlich nah ein Auto aus dem Nebel auf, schlingerte und verschwand. Sie hatte das Gefühl völliger Isolation wie auf einem leeren Weg, der vor ihr aus der hell erleuchteten Nebelwand auftauchte und hinter ihr wieder im Dunkel der Nacht verschwand. Die Straße stieg immer noch an, sie war noch nicht auf der Kuppe. Vor ihr war irgendetwas auf der Straße. Sie kniff die Augen zusammen, um es zu erkennen, aber was sich da bewegte, war nur ein Schaf, das sich beeilte, aus dem Scheinwerferlicht zu verschwinden.

Dann ließ sie die Nebelbank hinter sich. Die Straße machte eine Kurve und wand sich um Felskanten dem Gipfel entgegen. Sie gab Gas und versuchte, so weit wie möglich zu kommen, bevor der Nebel sich wieder herabsenkte. Als sie den Gipfel erreichte, blies der kräftige Wind die letzten Wolken weg und rüttelte am Wagen. Die Straße lief gerade und schmal vor ihren Scheinwerfern über das öde Moor mit seinen dunklen Torflachen, die im Scheinwerferlicht glänzten.

Wenn sie erst einmal diese Strecke hinter sich hatte, würde sie von der Höhe herunter auf Doctor's Gate zukommen. Dann verlief die Straße am Vorgebirge der Pennines durch den Nadelwald und an den Stauseen vorbei. Schließlich würde sie zu Kaffee, Behaglichkeit und Luke zurückkehren. Eine Welle der Zuversicht erfüllte sie, aber dann kam die Furcht wieder, die sie in Glossop gespürt hatte. *Sieh doch nicht schon jetzt Schwierigkei-*

ten voraus. Er hätte dich doch angerufen. Sie war fast an den Steinen angelangt, die den Anfang des langen, gewundenen Abstiegs markierten. Im Rückspiegel sah sie hinter sich ein Licht.

Da versagte ihr Motor. Einfach so, ohne Vorwarnung, ging er aus, der Wagen rollte noch ein Stück und kam schließlich zum Stehen. Der Wind peitschte über das Moor, und das Auto schwankte. Sie nahm den Gang heraus und drehte immer wieder den Zündschlüssel im Schloss. Nichts. Was...? Luke hatte am Morgen getankt. Das Auto war tadellos gelaufen. Die kalte Angst, die sie überkam, hatte nichts mit der Kälte draußen oder dem wütenden Wind zu tun. *Gemma war verschwunden. Sie war über den Snake Pass zurückgefahren... schlug sie zusammen und erwürgte sie... und legte sie dann in einer obszönen Stellung in ein Hotelbad... und was noch? Was noch? Was noch?* Sie griff nach ihrem Telefon, als sie ein Motorengeräusch hörte. Es war der unregelmäßige Takt eines V-Motors, und Erleichterung überkam sie, als sie den unverwechselbaren Umriss von Lukes Black Shadow sah, die vor ihr an den Straßenrand fuhr.

»Luke!« Sie öffnete die Tür und stieg aus, während er vom Motorrad sprang und auf sie zurannte. Er war gekommen, um sie abzuholen. Er hatte sich so um sie gesorgt, dass er hergekommen war, um sie hier zu treffen. Aber irgendetwas in ihrem Kopf sagte *Nein!*, und sie zögerte. Dann war er schon da und packte sie am Arm, zog sie zu sich heran und schlug ihr mit der Faust gegen die Schläfe.

Sie fiel rückwärts an das Auto, ihr Kopf knallte gegen die Tür, die zuflog. Sie konnte sich nicht bewegen. Ihre Hände und Füße gehorchten den Befehlen ihres Kopfes nicht mehr. Sie sank auf den nassen Boden und sah seine Füße, seine Stiefel, als er auf sie zukam.

Hull, 19:30 Uhr

Lynne war wie gelähmt von der Untätigkeit, zu der sie verdammt war. Farnham hatte innerhalb von Sekunden, nachdem sie die Information von Anderson bekommen hatten, in Sheffield angerufen, und eine Einsatzgruppe war sofort zu Luke Hagans Wohnung gefahren. Und das Handy blieb stumm. Lynne versuchte, sich den Ort vorzustellen. Sie kannte Lodge Moor, die hoch gelegene Straße und die Häuser, die dem Wind vom öden, flachen Redmire Moor her ausgesetzt waren. Sie hörte das Klicken eines Feuerzeugs hinter sich, und als der würzige Rauch an ihrem Gesicht vorbeizog, hatte sie zum ersten Mal seit sehr langer Zeit das intensive Bedürfnis nach Nikotin.

Ein Telefon klingelte, und sie fuhr zusammen. Farnham fluchte leise. Es war nicht der Apparat, den sie für das Team in Sheffield freihielten. Sie hörte irgendwo hinter sich undeutlich ein Gespräch, und jemand kam herüber und sprach schnell und kurz mit Farnham. Er sah auf die wartende Einsatzgruppe. »Das war Sheffield«, sagte er. Ein verwundertes Murmeln erhob sich. »Noch ein Fall. Gerade jetzt haben sie ihn mit unserer Ermittlung in Verbindung gebracht. Am Sonntagmorgen wurde ein toter Mann in der Nähe der Universität gefunden. Er war mit einer Binde erdrosselt worden.« Er schaute Lynne an und sagte: »Es ist Marcus Holbrook.«

Holbrook. Fieberhaft versuchte Lynne, alle Faktoren dieses Falls in einen logischen Zusammenhang zu bringen. Holbrook, der Studenten ins Land brachte und anscheinend Roz Bishop in Bezug auf Gemmas Nachforschungen hatte täuschen wollen, hatte auf irgendeine Weise mit Oksanas Aufenthalt in England, wenn nicht gar mit ihrem Tod zu tun, da war sie ganz sicher. Sie hörte noch Matthew Pearses monotone Stimme: *Sie hatte große Angst vor ihnen. Vor einem der Männer*. Sie erinnerte sich, dass

Pearse kurzfristig am Wochenende verschwunden war, und an den Zorn in seiner Stimme, als er über die Not der eingeschleusten Frauen sprach.

Der Apparat auf Farnhams Schreibtisch klingelte, und er nahm ab. Einen Moment hörte er zu und stellte dann auf Außenlautsprecher um. »Sie sind drin«, sagte er.

Lynne hörte die Stimme am anderen Ende reden, undeutlich und leicht verzerrt. Die Wohnung war leer. Keine Spur von Hagan und kein Hinweis, wohin er gegangen sein könnte. »Sein Computer läuft noch«, sagte die Stimme.

»Was ist drauf? Womit war er beschäftigt?«, fragte Farnham.

»Nur ein… ein Bild, eine Frau…« Lynne wünschte, sie könnte dort sein, um die Dateien zu überprüfen, die Hagan geöffnet hatte, und um dies alles selbst zu sehen. Sie betrachtete den Computer auf Farnhams Schreibtisch und sah nach, welche Programme darauf liefen. Farnham beobachtete sie, während er zuhörte, und nickte, als ihm klar wurde, was sie vorhatte.

»Frag ihn, ob Hagan NetMeeting auf seinem Rechner installiert hat«, sagte sie. Ein Programm, mit dem mehrere Computer gemeinsam Dateien benutzen konnten, und das häufig in Programmpaketen enthalten war. Nach einem kurzen Austausch von Anweisungen erschien vor ihnen auf dem Monitor das gleiche Bild wie auf Luke Hagans Rechner wie ein Fenster in die dunkle Ferne, oder, wie Lynne dachte, ein Fenster in eine kranke Seele. Es war das Bild von Gemma Wishart, die auf dem Bett ausgestreckt lag, die Vorlage für die Parodie, bei der ihre Leiche in die Badewanne gelegt wurde.

In Erwartung des Unvermeidlichen fuhr sie mit dem Cursor über die Schamhaare und löste die Botschaft aus: *Komm näher und lerne mich besser kennen*. Lynne klickte auf den Link, und das Bild baute sich auf. Aber statt auf die erwartete pornografische Bilderreihe starrte sie plötzlich auf die Leiche in der Badewanne mit den über den Kopf hochgezogenen und zusammengebundenen Händen, den gespreizten Knien und den blutigen Überresten von Gemma Wisharts Gesicht. Lynne spürte die makabre Nähe des Wahnsinns und erinnerte sich an die Aussage des Hotelgasts: *Und ich hörte Lachen. Jemand lachte immerzu.*

Das Telefon meldete sich rauschend wieder. »Wartet. Da ist ein Anruf... nein, doch nicht. Das ist komisch. Wirklich komisch. Es hat nicht geklingelt. Kein Ton, aber der Anrufbeantworter läuft. Das Band bewegt sich.«

Lynne sah Farnham an. »Fernabfrage«, sagte er. »Mit meinem Apparat kann man das auch machen. Man gibt den Code ein und ruft seine Nachrichten ab.« Die Anrufe bei Luke Hagans Nummer! Der erste musste von Gemma gewesen sein, die von der Telefonzelle in Glossop anrief und eine Nachricht hinterließ, weil Hagan nicht da war. Er war nicht da, weil er losgefahren war, um sie auf der dunklen Straße in den Bergen zu treffen. Und der zweite Anruf war der von Hagan, der die Anrufe abhören und die belastende Aufnahme löschen wollte, die vielleicht auf dem Gerät war.

Plötzlich empfand sie ein schreckliches Gefühl der Vertrautheit. Gemma Wishart hatte Zweifel an nicht näher angegebenen Einzelheiten auf dem Katja-Band geäußert und war auf dem Rückweg von Manchester verschwunden. Und nun hatte Roz Bishop etwas herausgefunden und eine ungewollt rätselhafte Nachricht für Lynne hinterlassen. Jetzt war sie auf dem Rückweg von Manchester, und sie war spät dran. Sie sah Farnham an. »Roz Bishop«, sagte sie.

»Schon gut«, sagte er. »Sie haben einen Wagen hinübergeschickt, um sie zu treffen – sobald wir sie anriefen.«

»Weißt du, auf welcher Route sie zurückfährt?«

Farnham sprach schnell in den Hörer. »Sie haben nachgefragt«, sagte er. »Sie fährt die Woodhead-Strecke.«

Man konnte also nur warten. Sie wollte dort sein, sie wollte etwas tun. Sie sah die gleiche Frustration in Farnhams Blick. Er wollte auflegen, zögerte aber, sich, wenn auch nur kurz, von dem abzukoppeln, was sich so plötzlich außerhalb seiner Einflusssphäre ereignete, als die Stimme wieder zu sprechen anfing. Im Hintergrund hörte man Reden, zuschlagende Türen, Rufe – alles war nur aus der Ferne und verzerrt zu hören. »Es ist…«, die Stimme war kaum noch zu verstehen. »Im Schuppen, er ist…«, man konnte wieder nichts verstehen, und Farnham war zornig und aufgebracht, als er mit knappen Worten Aufklärung verlangte. »Tut mir Leid, Sir.« Die Stimme war jetzt ruhiger. »Wir haben in dem Schuppen, in dem Hagan sein Motorrad abstellt, jemanden gefunden. Das Motorrad ist fort, aber…« Lynne lauschte, als er ihnen sagte, was sie in dem Durcheinander von Werkzeugen, Gerümpel und Zubehör entdeckt hatten: Dunkle Schmierspuren auf dem Boden, die vermuten ließen, dass etwas in die Ecke geschoben oder gerollt worden war. Ein Mann lag auf dem Boden, sein Kopf war voller Blut, sein Gesicht geschwollen und übel zugerichtet. Aber er war zu erkennen, konnte identifiziert werden, sagte der Beamte. Luke Hagan lag auf dem Boden des Schuppens, und sein Kopf war eine einzige blutige Wunde.

Und dann schrie plötzlich jemand aufgeregt hinter ihr: »Das Handy ist aktiv, es ist an einem anderen Standort. Das letzte Mal war es in Glossop.«

Der Snake Pass.

Snake Pass

Bei dem Stoßen und Rütteln fiel ihr Kopf von einer Seite zur anderen. Ihre Arme waren über den Kopf hochgezogen, sodass sie unmöglich den Nacken aufstützen konnte. Sie wusste nicht, wo sie war. Als sie die Arme zu bewegen versuchte, waren sie irgendwie festgebunden, und sie spürte das Zerren und Reiben eines Stricks. Ihr war schlecht, und ihr Kopf tat weh.

Langsam fiel ihr alles wieder ein. Ihr Auto war stehen geblieben, und Luke war gekommen. Luke? Jemand hatte ihr einen Schlag versetzt, und sie erinnerte sich dunkel, dass sie mit dem Gesicht am Erdboden entlanggeschleift und dann hochgerissen wurde. Sie konnte zwar stehen, aber ihre Bewegungen nicht beherrschen, und sie hörte eine Stimme sagen: »Na, nutz doch deine Beine, du Luder. Weißt du nicht, wozu sie gut sind?« Und ihr Verstand sagte ihr *Lauf weg*, aber ihre Beine waren wie aus Gummi, das nachgab und willenlos durchhing, und die ganze Zeit flüsterte seine Stimme und beschimpfte sie, als er sie in den Wagen schaffte. »So, du Miststück, auf den Rücken.« Sie lag auf dem zurückgeklappten Beifahrersitz, die Hände hoch über dem Kopf an etwas festgebunden – an der Kopfstütze? Seine Stimme klang selbstbewusster und sein Kichern schadenfroh. »Du liegst schon zu lange auf dem Rücken.« Er strich mit der Hand an ihren Beinen auf und ab. »Aber die Beine breitmachen – das wirst du doch wohl können, oder?«

Und das Auto fuhr wieder. Er musste es angeschoben haben, um es in Gang zu bringen, denn er lenkte es von der Straße weg und holperte über den unebenen und ausgefahrenen Erdboden, sodass ihr Nacken, der nirgendwo auflag, gestaucht wurde. Sie drehte den Kopf und sah aus dem Fenster. Dunkle Schatten ragten drohend in der Dunkelheit über ihr auf. Er steuerte das Auto in die alten Steinbrüche oder die vom Wasser ausgewaschenen Felsspalten abseits von der Straße, wo nicht die geringste Chance bestand, dass jemand vorbeikommen und merken könnte, was da passierte.

Ihr Kopf wurde zusehends klarer. Das Gefühl verlor sich, dass ihr Körper nicht auf die Signale reagierte, die ihr Kopf ihm zusandte. Jetzt, wo es zu spät war, konnte sie sich wieder bewegen. Er hatte ihre Beine nicht zusammengebunden. Sie war nicht völlig hilflos und versuchte, sich nur darauf zu konzentrieren und das Entsetzen zu unterdrücken, das sie wieder zu überwältigen drohte. Er hatte seinen Helm abgenommen, aber es war zu dunkel, um den Mann sehen zu können. Sollte sie versuchen, nicht hinzusehen? Wenn sie nicht wusste, wer er war, würde er sie dann vielleicht gehen lassen?

Sie wusste, dass es nicht Luke war. Aber dies zu wissen, war nur ein schwacher Trost. Sie hatte es von dem Moment an gewusst, als er so schnell auf sie zugelaufen kam, weil das nach Bedrohung und nicht nach Hilfe aussah. Ihr Unterbewusstsein hatte versucht, sie zu warnen, aber sie hatte zu langsam reagiert und war wie betäubt von der Verwirrung und dem entsetzlichen Gefühl, dass dies alles schon einmal geschehen war.

Das Auto machte einen Ruck und hielt an. »So geht's«, sagte er, wandte sich um und sah sie an. Sein Gesicht lag im Dunkeln. Sie sah seine Hand zum Licht hochgreifen und schloss die Augen. Dann spürte sie seine Hand an ihrem Hals, er drückte nur leicht zu, aber das ließ den Druck in ihrem Kopf ansteigen. »Mach die Augen auf«, sagte er, und sein Atem hatte den scharfen Geruch der Erregung. Dann kicherte er. Sie öffnete die Augen. Er lehnte sich zu ihr hinüber, bis sein Gesicht nah über dem ihren war. Er wartete auf ihre Reaktion, lächelte dann und sagte: »Überraschung!«

Ein junges Gesicht mit hellem Haar und einem leicht gereizten Gesichtsausdruck. Sie sah ihn noch vor sich, wie er mit schüchterner, schuldbewusster Miene vor ihrem Schreibtisch saß und sie gekränkt ansah, weil sie seine Einladung abgelehnt hatte: Sean Lewis.

»Sean...«, sagte sie. Und dann gab es nichts mehr zu sagen. Ihr Bewusstsein schien sie wieder im Stich zu lassen.

»Das ist wirklich cool«, sagte er. »Du wolltest nicht mit mir ausgehen. Du hättest Spaß mit mir haben können. Aber jetzt bist du mir in die Quere gekommen und musst weg. Wie die

Wishart.« Er kicherte wieder. »Es war so cool.« Sein Ge-sicht kam immer näher heran. »Sie hat mich auch abblitzen lassen.«

Er drückte ihren Hals fester zu. Sie versuchte zu schlucken. Als er lockerließ, hustete und würgte sie. Sie wusste, dass sie ihn dazu bringen musste, weiterzureden, dass sie ihn ablenken musste, um Zeit zu gewinnen, aber ihre Stimme zitterte. »Es war nicht deshalb, weil ich dich nicht mochte«, sagte sie.

»Du glaubst doch nicht, dass ich das alles hier tue, weil du mir einen Korb gegeben hast?«, sagte er. »Bilde dir das nur nicht ein. Es geht hier ums Geschäft. Du bist uns dazwischengekommen.« Er legte seine Hand auf ihre Brust und drückte fest zu. »›O, Sean, es tut mir Leid, ich bin doch verheiratet‹«, imitierte er sie in grausamer Parodie. »›O Sean, sprich doch nicht so mit mir!‹ Du hast die Beine breit gemacht für Luke Hagan, nicht wahr? Du und die Wishart-Schlampe. Seid ihr zu dritt ins Bett gegangen? Jedenfalls bist du mir dazwischengekommen, und jetzt hast du ein Problem.«

Er riss ihre Jacke auf, dass die Knöpfe absprangen, und schob ihre Bluse hoch. Der Gedanke an seine Hände drehte ihr den Magen um. *Ihn zum Reden bringen!* »Ich verstehe das nicht. Wieso bin ich dazwischengekommen?« Sie versuchte, ihren Ekel zu verbergen. »Ich habe das nicht beabsichtigt.«

Seine Augen wurden schmal. »Du hast dich unbedingt auf dieses Scheißarchiv stürzen müssen!«

»Du hast es mir gegeben!«, sagte sie, bevor sie nachdenken konnte, und das machte ihn wütend.

Er kniff so fest in ihre Brustwarze, dass sie leise stöhnte. »Gefällt dir das? Das gefällt dir, was?«

»Ich verstehe nicht, wieso ich gestört habe.« Er tat ihr weh, und der Schmerz ließ sie beinahe laut aufschreien. Sie hätte ihn gern gebeten, damit aufzuhören, aber sie wusste, das würde ihn nur noch ermutigen. Sie könnte ihn um eine Erklärung bitten und ihm damit das Gefühl geben, Macht über sie zu haben.

Er rutschte auf den Beifahrersitz, setzte sich rittlings auf sie und hielt ihre Beine mit seinen Knien nach unten gedrückt. »Ich muss dich umbringen. Aber vorher tun wir's. Ich ficke dich. Es wird dir Spaß machen. Ich weiß, was du magst. Ich habe dir und Hagan zugesehen. Das wusstest du nicht, was? Es gefiel dir, wenn er…« Und er schilderte ihr, was sie und Luke getan hatten, und sie wusste, dass er sie beobachtet und belauscht hatte. Seine obszöne Litanei erregte ihn und machte ihn wütend. Sie versuchte, seine Stimme auszublenden. Hinter der Angst spürte sie ihre Wut, an der sie festhalten wollte. Ihre Beine wurden von seinem Gewicht nach unten gedrückt. Wenn sie sich zu bewegen versuchte, würde er spüren, dass sie sich wehrte, und noch mehr in Erregung geraten und immer sadistischer und gewalttätiger werden. »Du bist eine Drecksschlampe, weißt du das?«

»Sean«, sagte sie und musste sich anstrengen, damit ihre Stimme ruhig klang, »du hast es mir immer noch nicht gesagt. Du hast mir immer noch nicht gesagt, wie ich dich gestört habe.«

»Weißt du das nicht?« Seine Stimme war höhnisch. »Das wüsstest du wohl gern!« Er hatte ein Stück Schnur in der Hand und schlang es um ihren Nacken. »Soll ich es dir sagen? Ich geb dir einen Tipp. Es war ein Spiel, ein Gesellschaftsspiel. Gem hat die Stimme erkannt, nur wusste sie nicht, dass sie sie erkannt hatte. Deshalb musste sie weg. Jetzt bist du an der Reihe. Rate mal, warum.«

Die Schnur lag um ihren Hals. »Man zieht sie durch die Schlinge hier, siehst du?« Er zog an der Schnur, und sie schnitt in ihren Hals. Die Luft wurde ihr abgeschnitten und der Druck immer unerträglicher. In ihrem Kopf pochte es, und ihr Mund stand weit offen, sie schnappte nach Luft und fing an, sich zu winden. Er kicherte und lockerte die Schnur. »Nicht zu fest«, sagte er. »Es könnte sonst ein bisschen unerquicklich werden. Wir wollen uns doch den Spaß nicht verderben. Niemand kann uns hier von der Straße aus sehen, und niemand wird dich suchen.«

Sie keuchte und würgte. *Luke.* Luke würde durchschauen, dass sie zu lange unterwegs war, Luke wusste, welche Route sie nehmen würde. Er hatte ihre Nachricht. Sie musste es nur schaffen, dass er weiterredete.

Er schien ihr die Gedanken vom Gesicht abzulesen. »Hagan kommt nicht«, sagte er und kicherte. »Jetzt nicht mehr.« Er sah, wie ihre Spannung zunahm, und genoss lächelnd ihre Angst. »Ich dachte, ich sollte wohl besser nicht das Auto nehmen. Ich befürchtete, du würdest es wiedererkennen. Ich habe Hagan damals an dem Abend beobachtet. Ich wusste, dass er nach Dingen suchte, die ich ihn nicht finden lassen wollte. Ich wollte ein Auge auf ihn haben. Und dann bist du auf der Bildfläche erschienen.« Er kicherte wieder. »Du warst recht scharf drauf, oder? Aber er hat dich rausgeschmissen. Ich bin dir die Straße hoch gefolgt und sah dich an der Bushaltestelle. Da hab ich gedacht, ich könnte dich im Auto mitnehmen, könnte irgendwo hinfahren und dir geben, was du wolltest. Aber dann bist du zu Hagan zurückgelaufen, nicht? Er packte sie an den Haaren und zog ihren Kopf nach hinten. »So war's doch?«

Sie erinnerte sich an das Auto, das dunkle Auto, das in der Nähe von Lukes Wohnung aus einer Seitenstraße herausgekommen war. »Ich wusste nicht, dass du das warst«, sagte sie, und ihre Stimme versagte fast, so weh tat ihr das Sprechen. »Ich habe nicht …«

Er ließ sie los. »Aber das macht nichts. Hagans Motorrad stand da, fahrbereit.« Er sah gereizt aus. »Ich habe ihn geschlagen, aber er ging nicht zu Boden. Er hat sich gewehrt. Blöder irischer Dickkopf. Mit 'nem steinharten Schädel. Aber am Ende ging er doch zu Boden. Tschüs, Hagan.« Beim Sprechen zog er, von der Erinnerung erregt, die Schlinge wieder fester zu. Er lächelte und strich zärtlich über ihren Körper. »Es ist also alles bestens ausgegangen.« Er lockerte die Schlaufe ein wenig und sagte: »Ich werde das Motorrad zurückbringen. Ich hab's nur ausgeliehen. Und sie werden Hagans Blut unter deinen Fingernägeln entdecken, wenn sie dich finden, und auch auf das Motorrad stoßen – das kaputtgefahren hinten im Schuppen liegt. Allzu genau werden sie nicht hinsehen.«

Luke. Sie spürte Tränen über ihr Gesicht laufen und wusste, dass Weinen das Schlimmste war, was sie tun konnte, aber es gelang ihr nicht, es zu unterdrücken. Zur Angst kam die Sorge um Luke, und der Wille sich zu wehren, schwand. Er zerrte fester an der Schnur, und Sterne tanzten ihr vor den Augen, während der Druck wieder anstieg. Er würde zuziehen und lockern, zuziehen und lockern, wie er es bereits früher gemacht hatte. Er würde mit ihr spielen, sie mehrmals in Todesangst versetzen, um sich daran zu ergötzen. So musste er es mit Gemma gemacht haben. Sie versuchte, sich der Spannung der Schnur zu widersetzen, damit der Druck sich mehr verstärkte als ihm klar war, und er sie schnell erdrosselte. Sollte er doch seinen Spaß allein weitertreiben.

Dunkelheit kam auf sie zu, und ihre Lunge brannte. Sie konnte es nicht vermeiden, dass sie sich zu wehren begann, da der Druck im Kopf und in ihrer Brust nicht mehr auszuhalten war. Plötzlich spürte sie Wärme, als ihre Blase sich entleerte, und hörte von weither sein schallendes Lachen. Dann war das Licht heller, es blitzte und pulsierte blau, und der Druck auf ihrem Hals war erst einmal weg, sie würgte, hustete und erbrach sich. Ihr Körper verkrampfte sich, die Autotür ging auf, und er verschwand in die Dunkelheit. Sie hörte Stimmen und Rufe, aber alles schien sehr weit weg zu sein, und das einzig Wichtige war, dass sie zu atmen versuchte. Um sich nicht an ihrem eigenen Erbrochenen zu verschlucken und Hals und Lunge freizubekommen, drehte sie sich um und hustete.

Und jemand sagte: »Roz. Es ist schon gut, es ist alles in Ordnung, wir sind von der Polizei. Sie sind in Sicherheit.« Ihre Hände waren frei, und sie fiel aus dem Auto in die Arme der Frau, die gesprochen hatte. Das Licht blitzte immer noch blau, und zwischen all den Geräuschen, mitten im Chaos tauchte Seans Gesicht einen Augenblick drohend aus der Dunkelheit auf, und sie glaubte, sie würde wieder im Auto aufwachen und seine Stimme hören, aber das Gesicht verschwand, und die Frau stützte sie und zog sich mit einer Hand ihre Jacke aus, um sie Roz umzulegen, und sagte: »Sie sind in Sicherheit, wir haben ihn, es ist okay, er kann Ihnen nichts mehr tun.«

Und dann dachte sie: *Luke*. Und alles wurde wieder dunkel.

22

Der Mann, den sie aus Roz Bishops Wagen herauszogen, wehrte sich kurz, und gab dann den Kampf auf. Nach den obszönen Flüchen, die er den Polizisten bei der Verhaftung entgegenschrie, sagte er nichts mehr, aber seine Brieftasche enthielt Kreditkarten und einen Führerschein auf den Namen Sean Lewis. Er gab mit einem einzigen Kopfnicken zu, dass dies sein Name sei. Er schwieg weiter, bis Farnham ihm zwei Stunden später im Vernehmungsbüro versuchte Vergewaltigung und versuchten Mord an Roz Bishop vorwarf. Er behauptete, es sei Sex mit ihrer Zustimmung gewesen. »Es war ihre Idee, Vergewaltigungsspiele zu treiben«, sagte er. »Sie mag das.« Dann verlangte er einen Anwalt.

Lynne Jordan hielt Kontakt mit dem Krankenhaus in Sheffield, wo Roz Bishop wegen eines Schocks und leichter Verletzungen behandelt wurde. »Sie behalten sie über Nacht da«, berichtete der für den Fall zuständige Beamte.

»Hat sie irgendetwas gesagt?«, fragte Lynne.

»Sie hat immer wieder nach Luke Hagan gefragt. Hörte sich

an, als hätte Lewis ihr gesagt, was er mit Hagan gemacht hat. Aber sie sagte – warte mal, ich hab mir's aufgeschrieben: Sie sagte über Lewis …« Er begann vorzulesen: »›Lewis sagte, Gemma hätte die Stimme erkannt, aber sie hätte das selbst nicht gewusst. Deshalb brauchte sie das Archiv. Er sagte, es sei ein Spiel gewesen.‹ Dann regte sie sich furchtbar auf, und der Sanitäter befahl mir, nicht weiter zu fragen.«

Gemma hatte die Stimme wiedererkannt. Es war nicht Oksanas Identität, die verborgen gehalten werden musste, sondern es ging darum, dass Gemma vermutlich Oksana mit Holbrook in Verbindung bringen konnte. Dadurch war Gemma für Lewis sehr gefährlich geworden. »Was gibt es Neues von Luke Hagan?«

»Noch nichts. Er ist noch im OP.«

»Wird er es schaffen?« Lynne fragte sich, wie viele Todesfälle letztendlich auf Lewis' Konto gehen würden.

»Es steht auf der Kippe«, sagte der Beamte, und Lynne ließ es dabei bewenden.

Sheffield, Montagnacht, Dienstagmorgen

Roz wachte in einem kleinen, kahlen Raum auf, dessen Fenster hoch oben war. Das Bett, auf dem sie lag, war sauber, aber unbequem. Ein Krankenhausbett. Eine Birne an der Decke verbreitete ein blasses Licht. *Ich will nicht im Dunkeln aufwachen!* Sie erinnerte sich, das zu der Schwester gesagt zu haben, die ihr eine Spritze gab. »Damit Sie sich besser ausruhen können«, antwortete sie auf Roz' Fragen. Sie war merkwürdig klar im Kopf, fühlte sich aber ziemlich abgekoppelt von ihrer Umgebung. Das matte Licht erinnerte sie an die Beleuchtung im Auto, und sie glaubte, wieder die Stimme zu hören und den Schmerz am Hals zu spüren.

Aber da war noch etwas anderes. Sie hatte immer wieder gefragt, bevor sie sich behandeln ließ, und alle weggestoßen, bis sie eine Antwort bekam. Luke sei »verletzt«, hatten sie gesagt, sie wüssten noch nichts und könnten ihr nichts sagen. Aber schließlich hatte die Polizeibeamtin, die sie aufgefangen hatte, als sie aus dem Auto fiel, ihr gesagt: »Roz, hören Sie. Luke lebt, aber er ist schwer verletzt. Er ist im Operationssaal, und es wird ein paar Stunden dauern, bevor man Ihnen etwas sagen kann. Es ist wirklich so.« *Und jetzt wehren Sie sich nicht weiter gegen die Behandlung*, war ihre unausgesprochene Aufforderung, und Roz hatte nachgegeben.

Ein paar Stunden. Das hieß also genau jetzt. Niemand war gekommen, um ihr etwas zu sagen. Der Klingelknopf war neben ihrer Hand ans Kissen geklemmt. Sie brauchte ihn nicht, sie war ja nicht ernstlich verletzt. Sie setzte sich auf und nahm den Morgenmantel, der auf dem Bett lag. Er war aus weichem weißem Frottee, und ihr Nachthemd aus weißer Seide. Diese Sachen gehörten ihr nicht. Roz hatte keine teure Nachtwäsche. Normalerweise trug sie gar nichts oder ein T-Shirt, wenn es kühl war. Und sie besaß einen alten, verblichenen Morgenmantel, der mindestens zwei Wochen für die Wäsche überfällig war. Also Joanna. Sie musste die Sachen gebracht haben.

Roz ging zum Schwesternzimmer. In ihrem Magen saß eine dumpfe Angst, während die Vernunft ihr sagte, sie solle besser um eine Schlaftablette bitten und noch etwas schlafen. Bis sie diese Frage stellte, war Luke für sie noch am Leben. Verletzt – aber er lebte noch. Nach dieser Frage würde sie vielleicht akzeptieren und sich langsam damit abfinden müssen, dass sie ihn nie wiedersehen, mit ihm sprechen, ihn berühren und nie wieder in der Nacht neben ihm liegen würde. Der Schmerz in ihrer Kehle war so schlimm, dass sie kaum sprechen und ihre Frage herausbekommen konnte, als die Schwester, von Roz' plötzlichem Erscheinen mitten in der Nacht beunruhigt, vor ihr stand. »Luke?«, sagte Roz nur. »Luke Hagan?«

Sie hatte erwartet, dass man hin und her telefonieren und sie warten lassen würde. Wenn die Nachricht gut war, wären sie doch gekommen, um es ihr zu sagen. Wenn die Nachricht schlecht war, hätten sie sie schlafen lassen und ihr ein paar zusätzliche Stunden ohne Trauer gegönnt. Die Schwester musste das, was sie sagte, wiederholen, bevor Roz es begriff. »Er ist aus dem Operationssaal zurück«, sagte die Schwester. »Sein Zustand ist stabil.«

Luke war in seinem ganzen Leben noch nie »stabil« gewesen. »Wo ist er?«, fragte sie. Auf die Frage nach seinen weiteren Aussichten würde ihr ja sowieso niemand Antwort geben können. »Wo ist er?«, wiederholte sie. Die Schwester sagte, auf der Intensivstation und er müsse bis morgen Früh dort bleiben. »Ich will ihn sehen«, sagte Roz.

Die Schwester hatte Bedenken, rief aber schließlich dort an, und Roz wurde durch die Korridore zum Aufzug gefahren.

»Ich kann selbst gehen«, sagte sie.

»Fahren zweiter Klasse ist besser als erste Klasse zu Fuß«, sagte der Pförtner vergnügt. »Schlagen Sie es nicht aus.« Die Korridore waren lang und dunkel, die Wände und der Boden von den vielen Menschen abgenutzt, die jetzt – mitten in der Nacht –, wenn Kinder auf die Welt kamen und Kranke starben, nicht zu sehen waren.

Das Licht auf der Intensivstation war gedämpft. In jedem Bett lag eine regungslose Gestalt, von Apparaten, Lampen und Infusionsständern umgeben, die an der vordersten Front des Krankenhauses im Einsatz waren. Sie hörte das Zischen von Beatmungsgeräten und fühlte sich einen Augenblick an Nathans Bett zurückversetzt. Sie horchte auf den Apparat, der für jemanden atmete, und wäre am liebsten weggelaufen. Luke lag in seinem Bett und atmete ohne Hilfsmittel. »Das ist gut«, sagte die Schwester. Auf dem Monitor lief die grüne Linie regelmäßig quer über den Bildschirm. Er hatte einen Kopfverband, aber sie hatten ihm nicht alle Haare abrasiert. Neben dem Verband sah sie seine dunklen Locken, die von Blut und Schmutz verklebt waren. Ein Auge war zugeschwollen, und die eine Gesichtshälfte war vor Quetschungen fast nicht mehr erkennbar, dunkle Blutergüsse zogen sich bis zum Mund und entstellten sein Gesicht.

»Er sieht schlimm aus«, fuhr die Schwester fort, »aber das meiste ist oberflächlich, Schwellungen und Blutergüsse.« Sie hatte sich als Liz vorgestellt und sorgte offenbar heute Nacht für Luke. Sie kam Roz sehr jung, aber auch sehr besonnen und effizient vor. »Es geht ihm so gut, wie zu erwarten ist«, sagte sie auf Roz' Frage. Aus ihrem Mund klang es nicht wie ein Klischee, sondern wie eine kompetente Beurteilung der Situation.

»Luke«, sagte sie. Ihre Kehle schnürte sich zusammen, und sie musste schlucken.

»Er kann Sie wahrscheinlich hören«, sagte Liz. »Aber er kann nicht antworten. Sprechen Sie mit ihm. Das hilft.« Sie zog einen gepolsterten Stuhl ans Bett. »Nehmen Sie den«, sagte sie. »Ich glaube, Luke wird ihn heute Nacht nicht brauchen.«

Roz nahm seine Hand, beugte sich übers Bett und legte die Arme auf das Kissen neben seinem Kopf. Sie fing an zu reden. Sie sagte sehr wenig über den Abend, nur: »Ich bin in Sicherheit. Er hat mich nicht verletzt.« Und das stimmte so ungefähr. Sie erzählte ihm von Joannas Nachthemd und Morgenmantel. »Mit Etiketten von sündhaft teuren Marken«, sagte sie. »Ich trage einen Designer-Morgenmantel.« Sie sprach zu ihm über ihre Urlaubspläne in einem Haus in den Pyrenäen, von dem ihr Freunde erzählt hatten. Und dass sie sich eine Extra-Belohnung versprochen hatte, wenn die nächste Phase des Projekts beendet war. »Wir könnten zusammen hinfahren«, sagte sie. »Wenn du zwei Wochen Einsamkeit ertragen kannst. Guter Wein, gutes Essen, wunderschöne Wanderwege …« Falls er jemals wieder in der Lage sein würde, zu wandern. Sie berichtete ihm von Joannas Chefecke, der scherzhaften Bezeichnung, von der sie ihm noch nie zuvor erzählt hatte. Das Piepsen des Monitors war das einzige Zeichen, dass er noch am Leben war.

Liz beugte sich über ihn und leuchtete ihm mit der Taschenlampe in die Augen, um die Reflexe zu prüfen. Wieder ein Déjà-vu-Erlebnis. Roz erinnerte sich daran, wie das Gleiche mit Nathan gemacht wurde und wie alle sagten: »Er wacht aus dem Koma auf, er kommt zu sich«, und erst die plötzliche Erleichterung in ihren Stimmen ließ sie damals begreifen, wie gefährlich seine lange Bewusstlosigkeit gewesen war. Aber Nathan war nie wieder aus der Dunkelheit herausgekommen, jedenfalls nicht der Nathan, den sie kannte. *Luke!*

Von der verbrauchten Luft bekam sie Kopfschmerzen, und ihre Kehle war ganz trocken und wund. Sie war müde, fror und fühlte sich durch den Schock unruhig und einsam. In ihrem Kopf rotierte immer wieder der Ablauf des schrecklichen Geschehens wie eine Endlosschleife: Wie die Straße unter den Rädern verschwand, die wachsende Angst auf der Straße nach Sheffield, als das Auto unerbittlich weiter durch den Nebel fuhr, der Motor ausging, das Motorrad anhielt, ihre Erleichterung, dass Luke gekommen war, und dann der Schlag im Dunkeln und diese Hände und diese Stimme. Sie schauderte noch, als Luke sich leise bewegte und einen Laut von sich gab.

Sie fuhr zusammen und wachte auf, als die Schwester wieder zum Nachsehen kam. Sie lächelte Roz beruhigend zu und musterte sie dann genauer. »Sie sollten in Ihr Bett zurückgehen«, sagte sie.

»Ich gehe nicht von ihm weg«, sagte Roz. »Noch nicht.« Sie trank etwas Wasser und erzählte ihm dann von Dingen, die sie oft zusammen getan hatten – und die sie wieder tun würden. »Weißt du noch«, sagte sie, »die Fahrten nach Leeds? Als wir zum Jazzfestival gegangen sind?« Es war eine schmerzliche Erinnerung, weil dieser gemeinsame Abend, den sie nicht vergessen wollte, auch der Anfang ihrer Entfremdung war. »Ich habe es damals nicht verstanden«, sagte sie. Er lag still auf dem Bett, sein Gesicht war um die Quetschungen herum weiß, und die Augen waren eingesunken. Sie glaubte, eine bläuliche Färbung um seine Lippen zu sehen, und ihr wurde tief im Inneren kalt, wo die Wärme im Krankenhaus nicht hinreichte. Sie erzählte ihm von den Plänen für ihr nächstes Buch. »Es ist so langweilig«, sagte sie. »Vielleicht wachst du auf, nur um mir zu sagen, ich soll still sein.« Sie strich ihm leicht über die Haare, ihn kaum berührend, weil sie Angst hatte, ihm wehzutun, dann sagte sie ihm, dass sie ihn liebte, denn jetzt war sie sich sicher. Sie musste eingeschlafen sein, denn plötzlich wurde sie wach, draußen war es hell, und Luke sah sie aus seinem halb offenen, gesunden Auge an. »Was hab ich gestern Abend bloß getrunken, verdammt noch mal?«, murmelte er und schloss es wieder.

Hull, Dienstagmorgen

Die von den verschiedenen Universitäten durchgefaxten Unterlagen gaben nähere Auskunft über Sean Lewis. Er war fünfundzwanzig Jahre alt und hatte im Fach Informatik promoviert. Er hatte einen befristeten Vertrag, und sein derzeitiger Professor äußerte sich verwundert darüber, dass er eine so schlechte Stelle in der Forschung angenommen hatte. Bis jetzt hatte er sich nicht besonders profiliert, er war ein fähiger, talentierter junger Mann, hatte aber kein festes Ziel vor Augen. Weitere Nachforschungen ergaben jedoch ein anderes Bild. Er hatte eine kleine Wohnung in einem teuren Hochhaus, die die Möglichkeiten eines Forschungsassistenten bei weitem überstieg, und sein Bankkonto und andere Unterlagen über seine Finanzen zeigten, dass er bis vor einigen Monaten schwer verschuldet gewesen war.

Obwohl er als Student erfolgreich war und in Oxford als Bester seines Jahrgangs abgeschlossen hatte, schreckte seine Vorgeschichte jeden ab, der das ganze Bild zu Gesicht bekam. In der ersten Zeit als Student war eine Beschwerde wegen Notzucht gegen ihn eingegangen. Die Anklage wurde fallen gelassen, als die Frau, die ohne Bleibe umherzog und bereits mehrfach wegen Prostitution vorbestraft war, nicht zur Verhandlung erschien. Aus Gründen, die aus den Unterlagen nicht hervorgingen, war ihm nach der Promotion kein Forschungsauftrag an der Universität angeboten worden, obwohl er mit hervorragenden Referenzen zum Massachusetts Institute of Technology gekommen war.

Eine ähnliche Sache überschattete seinen Abgang vom MIT. Ein Kommilitone hatte ihn beschuldigt, bei einem Rendezvous ein Mädchen vergewaltigt zu haben, und obwohl die Anklage abgewiesen wurde, bot ihm das MIT keine weitere Tätigkeit an, als er seinen Doktor gemacht hatte.

Eine Untersuchung von Roz Bishops Auto zeigte, dass die Zündung auf einfache, aber geschickte Weise lahm gelegt worden war. Ein elektronischer Schaltkreis aus einem Timer und einem Schalter war an die Zündung angeschlossen. Wurde die Zündung betätigt, setzte sich der Timer in Gang. Nach einer gewissen Zeit wurde durch den Timer der Schalter angeknipst, wodurch in der Zündung ein Kurzschluss entstand und der Motor ausging. »Sehen Sie«, erklärte der Ingenieur Farnham. »Man befestigt ihn einfach an dem Draht. Beim nächsten Anlassen fängt der Timer an zu laufen, und nach der eingestellten Zeit, batsch, fällt der Motor aus. Wenn Sie den ganzen Kram danach wieder herausnehmen, wird niemand etwas bemerken. Bei diesen Kabeln müssen Sie nicht einmal die Isolierung abmachen.«

»Wie lange ist sie denn mit diesem Zeug unter der Haube herumgefahren?«

»Es muss heute montiert worden sein, vor der Rückfahrt.

Man sollte es nicht lange drin lassen. Es ist sehr einfach, und wenn der Timer anläuft, stellt er sich nicht automatisch zurück«, sagte der Ingenieur. »Das Auto bleibt irgendwo unterwegs stehen. Wenn man es richtig plant, wird es an einer Stelle passieren, wo wenig Verkehr ist.«

Und bei der Fahrt über den Snake Pass waren die Chancen gut, dass es so klappen würde, überlegte Farnham. Lewis war kein hohes Risiko eingegangen. Er hatte sie von Manchester ab verfolgt und die Nachricht gelöscht, die sie für Luke Hagan auf den Anrufbeantworter gesprochen hatte, für den Fall, dass irgendjemand Hagan eher fand, als er erwartet hatte. Farnham fragte sich, was sie gedacht hätten, wenn im Schuppen Hagans Motorrad mit Beweisen für Roz Bishops Tod behaftet und daneben der tote Hagan gefunden worden wären. Nur mal angenommen. Er schrieb sich auf, dass er die Spurensicherung bitten wollte, Gemma Wisharts Auto noch einmal zu untersuchen, ob an den Drähten zum Anlasser manipuliert worden war.

Interpol hatte Lynnes Anfrage zu Oksana Ilbekow beantwortet. Sie hatte ihren Freunden erzählt, sie hätte an der Universität Manchester einen Studienplatz angeboten bekommen, und hatte Nowosibirsk im Dezember verlassen. Sie nahm den Zug für die vierundzwanzigstündige Reise nach Jekaterinburg und war am darauf folgenden Abend im Zug nach Moskau gefahren, um ihr Flugzeug nach London zu erreichen. Aber sie hatte es nie bestiegen, und es gab auch keinen Beleg, dass sie in Moskau angekommen war.

In der Universität Manchester gab es keinen Hinweis auf sie. Sie hatte sich offenbar nie dort beworben und auch nie einen Platz angeboten bekommen, obwohl Manchester, wie alle anderen englischen Universitäten auch, Austauschstudenten aufnahm. Die Suche nach Oksana hatte sich auf Moskau konzentriert, aber alle zuständigen Behörden hatten angenommen, dass sie freiwillig nicht erschienen war.

Wie weit Marcus Holbrook in die Sache verwickelt war, ließ sich nicht leicht in Erfahrung bringen. Lynne war am Dienstag in Sheffield und recherchierte Holbrooks Bekanntenkreis. Er hatte in einem kleinen Haus in der Nähe von Mayfield Valley in der Weststadt von Sheffield gewohnt. Es war eine teure Wohngegend, überstieg aber nicht die Verhältnisse eines emeritierten Professors, und Holbrook hatte das Haus schon einige Jahre früher gekauft. Es sah etwas schäbig aus – wie ein Objekt, in dem Holbrook zwar lebte, dem er aber wenig Beachtung schenkte, als ob sein wahres Leben sich woanders abspielte. Eine Überprüfung seiner finanziellen Situation wies Guthaben auf mehreren britischen Konten und auch Unterlagen für ausländische Konten auf.

Lynne besah sich einige der Kontoauszüge. Während der letzten fünf Jahre waren regelmäßig bestimmte Beträge eingegangen, die wie ein Gehalt oder eine Pension aussahen, und zusätzlich gab es Einzahlungen in unregelmäßigen Abständen – nichts, das verdächtig wirkte. Aber vor etwas weniger als einem Jahr, kurz nachdem Sean Lewis an die Universität gekommen war, hatte er angefangen, größere Summen einzuzahlen. Es gab Reiseunterlagen, Briefe, Briefpapier, alles Dinge, die zwar von jemandem in Holbrooks Position zu erwarten waren, die aber auch nützlich, sogar sehr nützlich für jemanden sein konnten, der Personen illegal ins Land schmuggeln wollte.

In seinem Schreibtisch fanden sich Listen mit Kontaktadressen von Universitäten in England und dem europäischen Ausland. Eine betraf Stefan Nowicki in Nowosibirsk, aber es war bekannt, dass die beiden Akademiker beruflich Kontakt hatten. Die Liste von Holbrooks Anrufen zeigte jedoch, dass er in der Zeit um Oksanas Tod herum mehrmals eine Privatnummer in Nowosibirsk angerufen hatte, die sich, als Lynne der Sache nachging, als Nowickis Nummer erwies.

Matthew Pearse hatte den Dienstag in Gewahrsam verbracht, aber als Lynne und Farnham ihm wieder im Vernehmungsbüro gegenübersaßen, schien er ruhig und gelassen. Lynne dachte an die trostlose Einzimmerwohnung, die sie durchsucht hatten, und fragte sich, ob ihm eine Zelle viel schlimmer vorkommen würde.

Im Keller des Lagerhauses waren mehr nützliche Dinge gefunden worden, und die Experten für Spurensicherung waren noch an der Arbeit. Die Kammer, in der er Anna Krleza eingesperrt hatte, war eine alte, in die Wand eingebaute Kühlanlage. Sie war durch Auskleidung mit dickem Isoliermaterial und Polsterung verändert und auf die Größe eines Sargs verkleinert worden, eine luftdichte Falle für jeden, der darin festgehalten wurde. Anna Krleza war nicht die erste Person, die darin eingeschlossen worden war.

Der Pathologe hatte diese Schlussfolgerung bestätigt, als Farnham noch einmal wegen »Katjas« Tod mit ihm sprach. »Es ist nicht einfach, dies mit letzter Sicherheit festzustellen«, sagte er. »Ein Erstickungstod ohne äußerliche Verletzungen ist als besonders schwierig bekannt – und die Umstände beim Auffinden der Leiche sind ein wichtiges Indiz für die Diagnose.«

Die Aussage, die Pearse machte, wich leicht von der ab, die Lynne von Michael Balit gehört hatte. Als Jugendlicher hatte er ein Verhältnis mit einem jungen Mädchen gehabt, das in der Nähe wohnte und schwanger wurde. »Ich wollte, dass sie mich heiratet«, sagte er, »aber sie... ich verstand es nicht. Auch damals schon war ich...« Er wies auf sein Äußeres. »Sie ließ ihre Tochter, unsere Tochter, bei ihren Eltern zurück. Sie wussten nicht, dass ich der Vater war, aber ich hielt den Kontakt die ganze Zeit während meiner Ausbildung und danach aufrecht, so gut ich konnte.«

Jahre später hatte Pearse die Möglichkeit, als Priester in die Gegend zurückzukommen. Seine Tochter war jetzt sechzehn.

»Ein Mitglied meiner Gemeinde. Ich war für sie verantwortlich, und sie hatte keine Ahnung, wer ich war. Lisa.« Er sah traurig aus, als er ihren Namen sagte. Er war erschrocken über das, was er damals vorfand. Das Zuhause, in dem seine Tochter mit ihren Großeltern wohnte, war streng und lieblos, und sie geriet in schlechte Gesellschaft, hatte mit Drogen und wahllosen sexuellen Abenteuern zu tun, also all die Probleme einer schwierigen Jugend. »Ich versuchte ihr zu helfen«, sagte er. Und sie fühlte sich zu dem Mann hingezogen, der sich mit ihr anfreundete. »Ihre Großeltern gaben ihr ein Zuhause«, sagte er, »aber Liebe gaben sie ihr eigentlich nie. Ich liebte sie.« Es wurde ihm damals klar, wie sehr sie ihm gefehlt hatte und wie sehr er ihr dadurch geschadet hatte, dass er weggegangen war. »Es war unverzeihlich«, sagte er. »Ich habe mir selbst nie verziehen.« Lynne erinnerte sich an das Foto in seinem Zimmer, das junge Mädchen in Weiß.

»Sie haben ein Bild von ihr«, sagte sie, und er lächelte, aber sein Gesicht war traurig.

»Ihre Firmung«, sagte er. »Das war, bevor…« Lisa hatte sich umgebracht. Sie war kurz zuvor schwanger geworden. Der Vater war unbekannt. »Der Arzt sagte, es sei eine versehentliche Überdosis gewesen«, sagte Pearse. »Sie sagen das ja immer, um die Familien zu schonen. Aber ich wusste es.« Sein Gesicht war weiß. »Die Sünde der Verzweiflung. Eine unverzeihliche Sünde. Sie ist in Verzweiflung gestorben, und ich habe in den Schriften und meinen Büchern kein einziges Wort gefunden, das mir den Trost gönnte, dass sie Vergebung gefunden hat. Sie wird in alle Ewigkeit diese Verzweiflung erleiden.« Er seufzte. »Damals habe ich das Priesteramt aufgegeben. Ich wusste, dass ich meine geistliche Aufgabe von da an auf den Straßen zu verrichten hatte.«

»Und dann… Ich habe sie unten am alten Hafen getroffen. Vor einem Jahr. Sie kann nicht älter als siebzehn gewesen sein«, sagte er. Sie war Straßenprostituierte gewesen. »Ich sah sie öfter. Manchmal redete ich mit ihr. Sie sprach nicht gut Englisch. Sie hatte geglaubt, sie käme hierher, um als Tänzerin zu arbeiten, erzählte sie mir.« Er schüttelte den Kopf. »Die Leute, die sie hierher gebracht haben, warfen sie hinaus, als das Heroin sie in seinen Klauen hatte. Es ist schwer für diese Mädchen, wenn sie süchtig geworden sind. Sie können nicht zur Therapie in eine Klinik gehen. Und sie hatte schreckliche Angst vor einem Rückfall. Sie sagte mir, sie wolle sich ändern, wolle von der Straße und von den Drogen weg. Aber sie ist rückfällig geworden. Sie war nicht stark genug.« Er sah Lynne an und schien Farnham kaum wahrzunehmen. »Ich habe sie eingesperrt. Ich dachte, ich könnte sie vor den Drogen retten. Sie war tot, als ich zurückkam. Und dann wusste ich, dass ich sie *tatsächlich* gerettet hatte.« Er sagte leise: »*Gemma*.«

»Sie hieß nicht Gemma«, sagte Lynne. »Wir kennen ihren Namen nicht.« *Wir kennen sie überhaupt nicht*. Sie dachte an das Mädchen, jung und allein auf den Straßen eines fremden Landes, dann ermordet, ihre Leiche weggeworfen, unbekannt und vergessen, wie Treibgut weggespült. Und für das Mädchen, das am Strand bei Ravenscar gefunden wurde, gab es als einzigen Beweis ihrer Existenz eine Leiche im Schauhaus, ohne Namen und ohne Gesicht, nur eine Nummer. Und seit Pearse sein Geständnis begonnen hatte, beschäftigte Lynne die Frage: Gab es noch andere, die irgendwo verschwunden waren? Und dann war da noch Oksana.

»Oksana«, sagte sie. Pearse nickte. »Sie wurde damals in der Nacht in der Nähe der Brücke gesehen.«

»Ich kam da vorbei, als ich Nasim nach Hause brachte«, sagte er. »Ich tat so, als hätte das Auto eine Panne. Es war eine kalte Nacht. Sie ging zur Telefonzelle, um den Automobilclub anzurufen.« Er verzog das Gesicht. »Ich sagte ihr, dass mein Rücken zu sehr wehtäte, um so weit zu laufen. Ich hatte den Mantel, den ich Oksana geliehen hatte, im Auto. Nasim wusste nichts davon. Ich gab ihr also den Mantel, den sie zur Telefonzelle und wieder zurück tragen konnte.« Lynne erinnerte sich an die Zeugenaussagen: Eine Frau in einem roten Mantel, die am Straßenrand ging. Und als zusätzliches Detail zu der anderen Aussage: Die dunklen Haare der Frau und die schweren Metallknöpfe an dem Mantel. Natürlich. Einer hatte Nasim zur Telefonzelle gehen sehen, der andere hatte sie auf dem Rückweg bemerkt.

Pearse sprach weiter. »Ich konnte es nicht riskieren, dass jemand kam und in der Beratungsstelle alles untersuchte. Zu viele Leute verlassen sich auf uns. Nachdem ich Nasim abgesetzt hatte, ging ich zur Brücke und ließ den Mantel dort. Dachten Sie an Gespenster, Inspector? Die Gespenster der unglücklichen Verstorbenen? Das ist alles Aberglaube, fürchte ich.«

»Warum die Gesichter?«, fragte Lynne plötzlich. »Warum haben Sie ihre Gesichter zerstört?«

Er sah überrascht aus. »Wegen ihrer Familien«, erwiderte er. »Ihre Familien würden es nicht wissen wollen. Es ist am besten, wenn ihre Familien es nie erfahren.«

Gemma Wisharts Tod wurde Sean Lewis angelastet – einerseits, weil er es Roz Bishop gegenüber zugegeben hatte, und zum anderen wegen der Umstände bei seiner Verhaftung und der erdrückenden, sich gegen ihn häufenden Indizien. Seine Fingerabdrücke deckten sich mit denen, die in Gemma Wisharts Wohnung nach dem Einbruch genommen worden waren. Er war Sekretor, und seine Blutgruppe passte nachweislich zu der des Mannes, der sie vergewaltigt hatte. Der DNS-Test würde seine Tatbeteiligung endgültig bestätigen oder ausschließen. Farnham gab ihm keine Chance. Eine Durchsuchung seiner Wohnung förderte Zeitungsausschnitte zu Tage, einen über die Frau bei Ravenscar, einen über »Katja«, kleine, unwichtige Meldungen aus der Lokalpresse über unbekannte, tot aufgefundene

Frauen, und eine Pornografie-Sammlung, bevorzugt Fotos von Fesselungen und Sado-Masochismus.

Lewis ließ sie wissen, dass er bereit sei, mit ihnen zu sprechen. Er bestand darauf, dass er auf Roz Bishops Aufforderung hin in ihrem Auto gewesen sei, dass sie das Verhältnis mit ihm angefangen und ihn mit brutalen Sex-und-Bondage-Spielen bekannt gemacht habe. »Es war das Szenario ›Vergewaltigung im Auto‹«, sagte er. Sie hätten sich ausgedacht, dass er sie treffen solle und sie vor ihrer Rückkehr nach Sheffield das Spiel gemeinsam durchspielen würden. »Sie wollte es so«, sagte er immer wieder. »Sie genoss es bis zu dem Moment, als Sie kamen.« Die Sache sei vielleicht ein bisschen heftig geraten, gab er schließlich zu. Er kenne sich mit so etwas nicht aus. Er hätte versucht, sich an ihre Anleitung zu halten. Deshalb hätte er das Pornomaterial besorgt, fügte er hinzu, um dieser älteren Frau mit einem Sinn fürs Exotische zu gefallen.

Er gab zu, dass er mit Gemma Wishart in der Nacht, als sie verschwand, Sex gehabt hatte. Es sei im beiderseitigen Einverständnis geschehen. Vielleicht sei es ein bisschen hart zugegangen, aber sie mochte es so. Diese Fotos bewiesen es ja. Sie hatten sich in Manchester verabredet, und dann war sie losgefahren, so viel er wusste, zurück nach Sheffield. Über ihren Tod wusste er nichts. Er hatte Gerüchte gehört, dass sie als Prostituierte gearbeitet hätte, und angenommen, sie sei auf diese Weise umgekommen. Er hätte nichts damit zu tun.

Als ihm Farnham die Beweise vorlegte, begann er zum ersten Mal Anzeichen von Nervosität zu zeigen. »Sie sind dazu da, dass Sie dem hier ein Ende setzen!«, schnauzte er seinen Anwalt an.

Müde bat der Anwalt um eine Pause, aber Lewis fiel ihm ins Wort: »Ich will keine Scheißpause!«, schrie er. »Ich will nach Hause!« Er sah Farnham an. »Sie behandeln mich wie ein perverses Schwein, wie einen Vergewaltiger!«

Er behauptete, nichts über Menschenhandel zu wissen. Holbrook hätte vielleicht einiges beim Austausch nicht so genau genommen. »Das Gesetz schafft einen Markt«, sagte Lewis. »Es ist genauso wie mit Drogen. Wenn man einen Markt schafft, wird ihn jemand nutzen.« Er bestätigte, dass Gemma sich wegen Oksana Ilbekow an Holbrook gewandt hatte. »Sie hat ihm das Band gegeben und ihn gebeten, dieser Frau zu helfen, wenn er könnte, mit einem seiner Austauschprogramme herüberzukommen. Ihre Eltern waren tot, sie war eine Art Eskimo oder so was, und sie steckte bis zum Hals in Rentiermist. Wenn Marcus sich an irgendetwas Unsauberem hätte beteiligen wollen, dann wäre sie dafür das perfekte Objekt gewesen.«

Er blickte Farnham an. »Wenn sie als Prostituierte arbeiten wollte, hatte es jedenfalls nichts mit mir zu tun! Gemma Wishart hat ihm von ihr erzählt und gab ihm das Band. Der alberne Kerl drehte fast durch. Und er hob das Band auf. Blöder Hohlkopf.« Als Farnham ihm den Zeitungsausschnitt über Katjas Tod zeigte, der in seiner Wohnung gefunden worden war, schien er einen Moment unsicher, dann zuckte er die Schultern. »Sie ist abgehauen. Holbrook hatte Sorge, dass die Leute denken könnten… Sie wissen schon.« Als sie tot in der Humber-Mündung gefunden wurde, war er erleichtert. Bis Gemma kam und Fragen stellte. »Ich habe Holbrook geraten, das Band zu vernichten«, erzählte Lewis. »Sonst könnte Gemma mit ihrer linguistischen Analyse die Stimmen zuordnen. Ich dachte, er hätte es weggeworfen. Holbrook sagte, er hätte alles unter Kontrolle. Aber er brauchte Hilfe.«

Lewis war in Gemmas Wohnung eingebrochen und hatte die Bänder samt ihrer Stereoanlage gestohlen, damit es so aussah, als sei der Diebstahl der Bänder nur ein Nebeneffekt. Er war auch in Luke Hagans Wohnung eingebrochen. Das konnte er nicht ganz so einfach erklären. »Es kam mir damals vertretbar vor«, sagte er. Er hatte sich die PIN für den Anrufbeantworter beschafft, falls sie einmal nützlich werden könnte. Es schien eine gute Idee, die Beweise dafür zu basteln, dass Gemma als Begleitdame arbeitete. »Ich hab das an allen Stellen gestreut, die mir einfielen. Nur für den Fall, dass sie versuchen würde, Holbrook in Schwierigkeiten zu bringen. Dann würde ihr niemand glauben«, sagte er.

»Warum Beweise basteln, wenn sie sowieso als Prostituierte arbeitete?«, fragte Farnham. »Sie haben gerade gesagt, dass das so war.«

Lewis sah einen Moment verdrossen aus. »Ich wollte nur sichergehen, dass die Leute es erfuhren«, sagte er. »Sie verstehen nicht, wie solche Frauen wie Gemma ticken. Ich wollte nur sichergehen.«

Es hätte alles funktioniert, meinte er, wenn Holbrook nicht das Band im Archiv belassen hätte. Er selbst hatte das nicht gewusst, behauptete er, bis Roz Bishop es gefunden hatte. »Ich habe alles im Auge behalten«, sagte er. »Aber ich habe nicht damit gerechnet, dass Holbrook so ein Idiot sein könnte. Das war's dann«, sagte er. »Es war ein Geschäft, ganz einfach.«

Farnham fragte ihn zu Angel Escorts. Lewis schüttelte den Kopf. »Ich hab das alles erfunden«, sagte er. Zum ersten Mal wirkte er nervös und unsicher. »Ich brauchte nur einen Namen, verstehen Sie? Es gibt keine Agentur, die sich Angel Escorts nennt.« Er sah sich im Raum um. »Es war alles eine rein geschäftliche Angelegenheit«, beharrte er.

Hull, März

Aber es war nicht nur ein Geschäft für Sean Lewis, dachte Lynne drei Wochen später, als sie die Unterlagen zusammenstellte, um endgültig die Verbindung zwischen Katja, die tot in der Humber-Mündung gelegen hatte, und Oksana, der jungen

Studentin, die in Jekaterinburg verschwunden war, herzustellen. Es war keineswegs ein Geschäft. Gemma hatte allerdings eine Gefahr für ihn dargestellt. Aber hätte er nur gewollt, dass Gemma starb, dann hätte er es sicher so einrichten können, dass es keine polizeiliche Ermittlung und keine Untersuchung eines Mordfalls gab. Nehmen wir an, Gemma wäre einfach verschwunden. Nehmen wir an, sie wäre bei einem Autounfall umgekommen, Fahrerflucht ohne Zeugen. Nehmen wir an, sie wäre an einer Überdosis Drogen gestorben. Lynne fragte sich oft, wie viele der ganz alltäglichen Todesfälle in Wirklichkeit Morde waren.

Der Computer aus seiner Wohnung enthielt einige interessante Dateien, die bei einem flüchtigen ersten Blick verborgen geblieben waren. Hardcore-Pornografie, Fotos, die extreme Fesselungen zeigten. Es gab auch eine Serie bearbeiteter Bilder von Gemma, die zu einer Art Geschichte montiert waren. Es ging los mit dem Bild, auf dem sie gefesselt auf dem Bett lag, die Arme über dem Kopf, dann eine Serie kalkulierter Sadismus-Szenen, und es endete mit dem Bild ihrer Leiche in der Badewanne. Es gab den Anfang einer ähnlichen Reihe für Roz Bishop, die mit einem Foto begann, auf dem sie schlafend, die Arme zur Seite gestreckt, auf dem Bett lag. Das Laken war zurückgezogen, die Brüste entblößt, und es ging weiter mit einer Serie von Bildern mit Luke Hagan auf dem gleichen Bett. Lynne fragte sich, was Lewis als letztes Bild geplant hatte.

Matthew Pearse war immer nett und entgegenkommend. Er war ein vorbildlicher Insasse des Untersuchungsgefängnisses und nutzte den Hofgang, um andere Gefangene zu beraten, bei einigen Gelegenheiten auch die Angestellten. Er sagte Farnham, was er über Anna wusste und über ihre Angst vor einem Mann, der »Angel« hieß. Pearse erzählte ihm, dass Anna glaubte, Angels Freund getötet zu haben, er schilderte ihre Flucht zur Beratungsstelle und wie er ihr geholfen hatte. Und er berichtete, dass zwei Wochen, nachdem er für sie ein Zimmer und Arbeit in einem Hotel gefunden hatte, jemand anderes nach Anna gesucht hatte. Ein junger Mann mit hellen Haaren, in den Zwanzigern. »Er hatte einen Schnitt im Gesicht«, sagte Pearse. »Hier.« Er zeigte auf seine eigene Augenbraue. »Ich wusste damals nichts von Annas Schwierigkeiten, aber ich half ihm nicht.«

Er machte sich Sorgen, erklärte Pearse ihnen, als er denselben Mann zwei Wochen später in der Nähe des Blenheim Hotels sah. Pearse hatte unauffällig auf Anna aufgepasst, aber als die Zeit verging und nichts passierte, dachte er, dass der Mann wohl nichts Schlimmes im Sinn hatte, und ließ es auf sich beruhen. »Es war sicherer, wenn ich keinen Kontakt mit Anna hatte«, sagte er. Farnham zeigte ihm ein Foto von Sean Lewis. Pearse nickte. »Das ist der Mann«, sagte er.

Lynne erinnerte sich an den Eifer, mit dem Sean Lewis die Ermittlung auf den Namen Angel Escorts gelenkt hatte. Jetzt behauptete er, der Name sei erfunden, aber laut Pearse war Anna vor einem Mann geflohen, der Angel hieß. Wenn dies Lewis irgendwie zu Ohren gekommen war, dann bedeutete die Tatsache, dass die Leiche Gemmas in dem Hotel abgelegt wurde, wo Anna arbeitete, und die Geschäftskarte ... vielleicht, dass er damit gerechnet hatte, dass Anna den Namen sofort erkennen und der Polizei mitteilen würde, sobald die Leiche gefunden und gemeldet war. Sie wäre vielleicht in der Lage gewesen, die Polizei zu Angel Escorts zu führen, und die Polizei hätte ein Unternehmen zerschlagen, das vermutlich eine starke Konkurrenz für die Agentur war, die Holbrook und Lewis gemeinsam aufbauen wollten – wie sehr Lewis das auch abstreiten mochte. Aber Annas große Angst vor Angel und der Polizei hatte sie die Spuren verwischen und fliehen lassen. Wie so viele von Lewis' Plänen war auch dieser oberschlau und zu kompliziert gewesen und war schief gegangen.

Eine Sache blieb Lynne ein Rätsel. Lewis tauchte Monate, bevor Oksana starb, auf, um nach Anna zu suchen. Lange bevor Gemma in Holbrooks Archiv herumstöberte und in gefährliche Nähe zur Identifizierung Oksana Ilbekows und also auch der Leute kam, die sie entführt hatten. Warum hatte Lewis Anna gesucht? Ein Rätsel. Lynne schob es beiseite, um sich später damit zu beschäftigen.

Anna Krleza, eine stille Frau, schwieg in der Abschiebehaft beharrlich. Ihr Status als Flüchtling war zweifelhaft. Der Aufenthaltsort ihrer Familie wurde bei Nachforschungen in einem Dorf im Kosovo gefunden. Ihr Vater war Albanier, ihre Mutter Roma. Die Familie war während der Wirren der NATO-Aktion verschwunden. Niemand wusste oder war bereit zu sagen, was aus ihnen geworden war, aber das Haus war niedergebrannt und die Wände mit Parolen gegen Zigeuner und Hexen beschmiert. Ein Argument der Einwanderungsbehörde und des Innenministeriums war, sie übertreibe, damit man ihr erlaube, in einem Land zu bleiben, das sie immerhin illegal betreten hätte. Sie war Roma, und es gab eine riesige Antragswelle von Scheinasylanten, von Zigeunern, die behaupteten, sie würden verfolgt. Ihrer Familie ginge es wahrscheinlich gut, solche Leute seien ja nicht sesshaft. Anna Krleza sollte in ihre Heimat zurückgeschickt werden.

Der Flüchtlingsrat sagte, Anna sei das Opfer eines Verbrechens, keine Täterin, und sie müsse aufgrund der gegen sie verübten Verbrechen behandelt werden, und diese Therapie werde sie nicht bekommen können, wenn man sie zurückschicke.

Farnham hatte Anna besucht, als sie noch im Krankenhaus war, wo man sie auf einen bisher unentdeckten Schaden untersuchte, der der Grund für ihr endloses Schweigen sein konnte. Er hatte ihr in Begleitung des zuständigen Arztes ein Foto von Sean Lewis gezeigt. Einen Augenblick war auf ihrem blassen, abweisenden Gesicht schreckliche Angst zu sehen, und dann reagierte sie nicht mehr. Anna ging hin, wo immer man sie hinschickte, tat alles, was man von ihr verlangte, aber ihre Augen blieben leer und leblos. Als Lynne ihr ausdrucksloses Gesicht betrachtete, lastete auf ihr erneut die Verantwortung für die Stunden, die sie verloren hatte.

Angel Escorts, jetzt Lynnes erste Priorität, war und blieb verschwunden, als habe es nie eine solche Agentur gegeben.

Es klopfte an der Tür, und Roy Farnham kam herein. Sie hatten seit dem Sonntag, als er Nasim Rafiq zur Vernehmung mitgenommen hatte, keinen privaten Kontakt mehr gehabt. »Ich habe Neuigkeiten«, sagte er schließlich. Lynne wartete ab. »Rafiq«, sagte er. »Man lässt sie gehen, bei der Einwanderungsbehörde.«

Lynne war überrascht. »Sie legen ihr nichts zur Last?«

Er schüttelte den Kopf. »Sie handelte unter Zwang und hat doch auch bei der Ermittlung mitgearbeitet, hat Beweise gesammelt und weitergegeben – die Notizen in dem Lehrbuch«, fügte er hinzu. »Sie haben den Typ gefunden, der die Pässe gefälscht hat.«

»Aber sie hat wichtige Informationen zurückgehalten«, sagte Lynne. »Ich habe nicht geglaubt, dass sie Zugeständnisse machen würden.«

Farnham zuckte die Schultern. »Sagen wir mal, es ist zur Zeit politisch angesagt, Menschlichkeit walten zu lassen.« Er meinte damit die Reaktion auf rassistische Übergriffe gegen Asylsuchende aus Afghanistan. »Pearses Rechtsanwalt wird auf Prozessunfähigkeit plädieren. Wahrscheinlich wird er es durchkriegen. Und mit der Aufklärung von Holbrooks Tod sind wir keinen Schritt weiter. Keine Spuren. *Einer* von den beiden muss es getan haben, und ich wette, es war Lewis, aber es ihm zu beweisen …« Er sah entmutigt aus.

Lynne neigte dazu, Pearse zu glauben, der diesen Mord abstritt. Er hatte die anderen Morde ohne Zögern zugegeben, und

Holbrooks Mord passte einfach nicht in sein Schema von Tod und Erlösung. Lewis schien ehrlich schockiert, als er von Holbrooks Tod erfuhr, und hatte um eine Unterbrechung des Verhörs gebeten. Er wurde in die Untersuchungshaft zurückgeschickt und hatte nach diesem Tag gebeten, dass man ihn von den anderen Gefangenen isolieren möge. »Nachdem ich von Ihnen hier wie ein Vergewaltiger behandelt werde«, sagte er, »werden mir die anderen vielleicht etwas antun.«

Farnham war Lynne gegenüber diesmal untypisch zögerlich. »Ich weiß …«, sagte er. Dann hielt er inne und setzte neu an. »Willst du heute Abend etwas trinken gehen? Oder sonst irgendwann einmal?«

Lynne traute Farnham nicht. Er hatte sie in beruflicher Hinsicht ausgenutzt, hatte sich im Privatleben mit ihr eingelassen und die beiden Bereiche völlig getrennt gehalten. Es war eine zwiespältige Sache. Es war klar, dass der Beruf für ihn das Wichtigere war. Genau wie für sie. Es war schwierig, eigentlich unmöglich. Sie hatte kein Vertrauen zu ihm. Aber der Sex war erstaunlich gut gewesen.

»Ich kann die Pubs in der Stadt nicht ausstehen«, sagte sie. »Du schuldest mir ein schönes Essen.«

»Gut«, erwiderte er lächelnd. »Gleich bei mir um die Ecke ist ein ganz nettes Lokal. Ich hol dich ab – um acht?«

»Okay«, sagte sie und begegnete seinem Blick. »Aber diesmal wird auf keinen Fall gefachsimpelt.«

Hull, März

Anna saß regungslos da und schwieg. Alles war vorbei, die Schmerzen in den Händen und den steifen Gliedern, die Erkältung, das Schwindelgefühl und das Fieber. Und sie konnte wieder schlafen. Oder wenn sie nicht richtig schlafen konnte, so wachte sie doch wenigstens nicht ganz auf und nahm im Dämmerzustand Dinge ihrer Umgebung wahr – einen Stuhl, ein Bett, Schritte und Stimmen –, Dinge, die ihr keine Sorgen mehr bereiteten. Sie ging im Wald spazieren. Die Bäume leuchteten goldgelb in der Spätsommersonne. Anna kannte diesen Wald gut, die Wege durch die weiten Lichtungen, den Ort, wo der Bach über die Felsen plätscherte und im gebrochenen Licht die Wassertropfen in den Regenbogenfarben glänzten, die Wege, die sie oft mit ihrem Vater gegangen war und wohin sie Krischa mitgenommen hatte, damit sie unter den Bäumen spielen konnte.

Es gab Wege im Wald, die sie zu vermeiden lernte, über denen der Geruch nach Verbranntem hing, und Wasser, das in der Stille tropfte. Manchmal hörte sie Stimmen, wieder und immer wieder. *Anna? Anna? Du musst mir sagen…*

Ms. Krleza, es ist nicht gut, wenn Sie… Ms. Krleza…? Immer wieder.

Aber Anna hatte einen sicheren Ort gefunden, den einzigen sicheren Ort, von dem sie niemand vertreiben konnte. Sie würde nicht zurückkommen.

23

Shetland-Inseln, September

Es war eine lange Reise, aber Lynne hatte zehn Tage Zeit und ging es gemächlich an. Der Fall war effektiv abgeschlossen. Matthew Pearses Gesuch, ihn als unzurechnungsfähig anzuerkennen, war vom Generalstaatsanwalt stattgegeben worden. Sean Lewis war tot. Er hatte sich in seiner Zelle erhängt. Niemals hatte er auch nur angedeutet, dass er sich umbringen wollte, und auch keinen Abschiedsbrief hinterlassen, aber die Umstände schienen eindeutig. Man hatte ihn eines Morgens gefunden, er hing an seinem Bettgestell. Die Zellentür war abgeschlossen gewesen. Lynne war genauso frustriert wie Farnham, weil einiges ungeklärt blieb, aber das gerichtsmedizinische Ergebnis war eindeutig.

Lynne nahm den Zug nach Aberdeen und die Nachtfähre nach Lerwick. Am Morgen war sie auf den Shetland-Inseln und fuhr nordwärts nach Toft, um die Fähre nach Yell zu erreichen. Yell war trostlos, in der Mitte ödes Moorland und die Küste felsig und karg. Sie fuhr weiter gen Norden nach Gutcher. Dort nahm sie die Fähre nach Unst, ihrem Reiseziel. Sie sah auf das Paket auf dem Sitz neben sich.

Es war sperrig, ein großes Plastikgefäß – der Bestattungsunternehmer hatte es Urne genannt – in einer Einkaufstüte. Sie war dunkelgrün mit einem schwarzen Schraubdeckel, ein zweckmäßiger Behälter für Asche aus einem Krematoriumsofen. Oksanas Familie war arm, und ihre Eltern waren tot. Sie hatte nur entfernte Verwandte. Sie war *perfekt* gewesen, wie Sean Lewis es genannt hatte. Ihre Asche sollte da verstreut werden, wo sie gestorben war.

Lynne hatte es auf sich genommen, diesen Wunsch zu erfüllen. Oksana war in einem unterirdischen Grab gestorben. Sie hätte sich bestimmt nicht gewünscht, dass ihre Asche in Matthew Pearses »Kirche« verstreut und mit dem Staub und der Feuchtigkeit dort vermischt worden wäre, bis die Abrisstruppe kam. Ihre Leiche war in der Humber-Mündung gefunden worden, deren verschmutztes Wasser auch nur ein trauriger Ruheplatz gewesen wäre. Aber die Nordsee war etwas anderes. Lynne hatte sich die Landkarte angesehen. Wenn sie an den nördlichsten Punkt der Shetland-Inseln auf Unst fuhr, konnte sie Oksanas Asche dort verstreuen. Sie hatte sich ein Bild vom Meer jenseits der Shetland-Inseln und weiter im Norden gemacht. Im Osten war die Barentssee und noch weiter östlich die Karasee. Sie hatte die wohl etwas romantische Vorstellung, dass Oksanas Asche auf den Meereswogen bis zu dem Punkt getragen würde, wo der Jenissei in die eisige Leere der Karasee mündet, wo Oksanas irdische Reise enden würde.

Sie bog von der großen Straße ab und folgte der kleineren Landstraße zum breiten Voe of Burrafirth. Sie stellte das Auto ab und hob die schwere Tüte heraus. Von hier ab würde sie zu Fuß gehen müssen. Vor sich sah sie die Klippen und dahinter das Meer. Die weite Landschaft lag verlassen vor ihr, und trotz des blauen, wolkenlosen Himmels war die Luft kalt. Am Weg vor ihr stand ein kleines, niedriges Steingebäude, das von einer Trockensteinmauer umgeben war. Sie fragte sich, ob es ein Schuppen, der Überrest eines kleinen Bauernhofs, oder vielleicht die Hütte eines Aufsehers im Naturschutzgebiet von Herma Ness war. Es sah so klein und düster aus, dass es unbewohnt wirkte. Als sie näher kam, sah sie, dass jemand in der Tür stand und sie beobachtete.

Es war eine Frau. Ihrer Kleidung und Haltung nach eine *alte Frau*. Ihr Kopf war mit einem schweren schwarzen Schal bedeckt, das Gesicht braun und wettergegerbt, und die dunklen Augen beobachteten Lynne gelassen. Sie wollte gerade grüßen, als ein Hund an der Frau vorbei aus der Tür sprang, bellte, die Ohren anlegte und die Zähne bleckte. Lynne betrachtete den Hund. Er war groß und schwarz, von unbestimmter Rasse, stand am Tor Wache und wollte auf sie zulaufen. Sie nickte der Frau höflich zu und ging mit festem Schritt vorbei, vermied es aber, dem wachsamen Hund in die Augen zu sehen. Ihr war klar, dass die beiden sie beobachteten, als sie das grüne Heideland überquerte und auf den höchsten Punkt der Klippen und das ferne Meer zuging.

Die Klippen von Herma Ness waren steil, und Lynne schaute von den Felsen tief nach unten auf die blaue See und die weißen